W0029470

Ich bin die Angst

Shepherd Reihe

Band 1: Ich bin die Nacht
Band 2: Ich bin die Angst
Band 3: Ich bin der Schmerz

Ethan Cross ist das Pseudonym eines amerikanischen Thriller-Autors, der mit seiner Frau und zwei Töchtern in Illinois lebt. Nach einer Zeit als Musiker nahm Ethan Cross sich vor, die Welt fiktiver Serienkiller um ein besonderes Exemplar zu bereichern. Francis Ackerman junior bringt seitdem zahlreiche Leser um den Schlaf und geistert durch ihre Albträume.

Ethan Cross

Ich bin die Angst

Thriller

Weltbild

Besuchen Sie uns im Internet
www.weltbild.de

Genehmigte Lizenzausgabe für die Weltbild GmbH & Co. KG,
Werner-von-Siemens-Straße 1, 86159 Augsburg

Umschlaggestaltung: Johannes Frick, Neusäß
Umschlagmotiv: Arcangel Images (© Luigi Masella)
Satz: Datagroup int. SRL, Timisoara
Gesamtherstellung: CPI Moravia Books s.r.o., Pohorelice
Printed in the EU
ISBN 978-3-95973-392-2

2020 2019 2018 2017
Die letzte Jahreszahl gibt die aktuelle Lizenzausgabe an.

Für Gina, meine wundervolle Frau,
weil sie mit mir in Chicago zehn Meilen
durch einen Schneesturm spaziert ist.

1

Francis Ackerman junior blickte aus dem Fenster des Bungalows auf den MacArthur Boulevard. Auf der anderen Straßenseite stand in gelber Schrift auf einem grünen Schild: *Spielplatz Mosswood – Gartenamt Oakland.* Kinder lachten und spielten, Mütter und Väter stießen Schaukeln an, saßen auf Bänken, Taschenbücher lesend, oder tippten auf Handys herum. Als Kind hatte Francis Ackerman so etwas nie erlebt. Wenn sein Vater mit ihm gespielt hatte, waren jedes Mal Narben an Körper und Seele zurückgeblieben. Nie war er verhätschelt worden, nie geliebt. Aber das hatte er mittlerweile akzeptiert. In Schmerz und Chaos, in denen sein Leben verglüht war, hatte er Sinn und Zweck seiner Existenz gefunden.

Nun beobachtete Ackerman, wie die Sonne auf den lächelnden Gesichtern leuchtete, und stellte sich vor, wie anders die Szene aussähe, wenn die Sonne plötzlich ausbrannte und vom Himmel fiel. Die reinigende Kälte eines immerwährenden Winters würde sich über das Land senken und es von allem Schmutz befreien. Ein Ausdruck ewiger Qual würde sich in die Gesichter der Menschen eingraben, während ihre Schreie gellten und ihre Augen wie Kristallkugeln widerspiegelten, was hinter dem Tod verborgen lag.

Ackerman stieß einen langgezogenen Seufzer aus. Wie wunderschön das wäre. Ob normale Menschen je solche Überlegungen anstellten? Ob sie jemals im Tod Schönheit entdeckten?

Er wandte sich den drei Personen im Zimmer zu, die an Stühle gefesselt waren. Zwei waren Männer – Kriminalbeamte, die das Haus beobachtet hatten. Der eine trug einen Bleistiftbart und besaß schütteres braunes Haar. Sein jüngerer Kollege hatte einen fettigen schwarzen Schopf, der wie ein Mopp aussah und von buschigen Brauen ergänzt wurde. Über den dünnen rosa Lippen und dem zurückweichenden Kinn reckte sich eine Hakennase. Der ältere Cop erschien Ackerman wie der typische Durchschnittspolizist, ehrlich und fleißig. Der Jüngere aber hatte etwas an sich, das Ackerman nicht gefiel. Es lag in seinem Blick. Und an seinem herablassenden Grinsen. Ackerman konnte sich nur mit Mühe davon abhalten, ihm dieses Grinsen aus dem Frettchengesicht zu prügeln.

Statt den Kerl zu schlagen, lächelte Ackerman ihn an. Er brauchte ein Demonstrationsobjekt, um zu erfahren, was er wissen wollte, und dazu eignete das Frettchen sich ausgezeichnet. Er blickte ihm noch einen Moment in die Augen, dann blinzelte er und wandte sich Nummer drei unter seinen Gefangenen zu.

Rosemary Phillips trug ein ausgebleichtes Sweatshirt mit dem Emblem des örtlichen Footballteams, der Oakland Raiders. Sie hatte graumeliertes Haar. Pockennarben verunstalteten ihre schokoladenfarbene, glatte Haut. In ihren Augen lag eine innere Kraft, die Ackerman respektierte.

Unglücklicherweise musste er ihren Enkel Ty finden. Um dieses Ziel zu erreichen, würde er notfalls sie und die beiden Bullen töten.

Er zog der alten Frau den Knebel herunter. Sie schrie nicht. »Hallo, Rosemary. Ich bitte um Vergebung, dass ich mich noch nicht vorgestellt habe. Mein Name ist Francis Ackerman junior. Haben Sie schon mal von mir gehört?«

Rosemary blickte ihm fest in die Augen. »Ich kenne Sie aus dem Fernsehen. Sie sind dieser Serienmörder, mit dem sein Vater experimentiert hat, als Sie ein Kind waren, weil er beweisen wollte, dass er ein Monster erschaffen kann. Wie ich sehe, ist es ihm gelungen. Aber ich habe keine Angst vor Ihnen.«

Ackerman lächelte. »Das ist wunderbar. Da kann ich die Vorstellungsrunde ja überspringen und gleich zur Sache kommen. Wissen Sie, weshalb ich die beiden Gentlemen zu uns gebeten habe?«

Rosemary drehte den Kopf zu den Polizisten. Ihr Blick blieb auf dem Frettchen haften. Ackerman sah Abscheu in ihren Augen. Offenbar mochte sie den Kerl auch nicht. Schön. Dann wurden die Dinge umso interessanter, sobald er sich daranmachte, das Frettchen zu foltern.

»Ich hab die beiden schon gesehen«, sagte sie. »Dabei hatte ich den Cops gesagt, dass mein Enkel kein Volltrottel ist. Ty kommt nicht hierher. Ich hab nichts mehr von ihm gehört, seit dieser Schlamassel losgegangen ist, aber sie wollten mir nicht glauben. Offenbar halten sie es für eine gute Idee, das Haus einer alten Frau zu beobachten, statt das zu tun, wofür man sie bezahlt. Typisch Beamte.«

Ackerman lächelte. »Ich weiß, was Sie meinen. Auch ich hatte nie Respekt vor Leuten, die mir Vorschriften machen wollten. Die Sache ist nur die, dass auch ich Ihren Enkel suche. Und ich habe weder die Zeit noch die Geduld, hier zu sitzen und darauf zu warten, dass der unwahrscheinliche Fall eintritt und Ty bei Ihnen auftaucht. Da erkundige ich mich lieber direkt. Daher bitte ich Sie, offen zu mir zu sein. Wo finde ich Ty?«

»Das hab ich doch schon gesagt. Ich weiß es nicht!«

Ackerman ging zu einem hohen Mahagonischrank, alt und gut gezimmert, der an der Wand stand. Auf der Ablage und in den Regalfächern standen gerahmte Familienfotos. Er nahm das Bild eines lächelnden jungen Schwarzen, der den Arm um Rosemary gelegt hatte. Vor den beiden stand eine Geburtstagstorte in Blau und Gold. »Also schön, Rosemary. Ich habe meine Hausaufgaben gemacht und weiß, dass Ihr Enkel Sie für die Größte hält. Sie waren sein Anker auf stürmischer See. Vielleicht das einzige Gute in seinem Leben. Der einzige Mensch, der ihn liebgehabt hat. Sie wissen, wo er sich versteckt. Und Sie werden es mir sagen. So oder so.«

»Warum wollen Sie das überhaupt wissen? Was hat er mit Ihnen zu tun?«

»Nichts. Ty könnte mir nicht gleichgültiger sein. Aber jemand, der mir *nicht* gleichgültig ist, sucht ihn, und ich versuche zu helfen. Und wie Sie schon sagten, manchmal arbeiten die Bürokraten sehr umständlich. Also werden wir den Vorgang beschleunigen.«

Rosemary schüttelte den Kopf, zerrte an ihren Fesseln. »Ich weiß nicht, wo Ty steckt. Und wenn ich es wüsste, würde ich es einem Ungeheuer wie Ihnen niemals sagen!«

Die Worte seines Vaters schossen Ackerman durch den Kopf. *Du bist ein Monster ... Töte sie, und die Schmerzen hören auf ... Niemand wird dich jemals lieb haben ...*

»Nicht doch, meine Liebe. Worte können verletzen. Aber Sie haben recht. Ich bin ein Ungeheuer.«

Ein Arzt aus dem psychiatrischen Krankenhaus von Cedar Mill hatte ihm einmal bescheinigt, in seinem Hirn sei ein Bereich geschädigt, der als paralimbisches System bezeichnet wird – eine Hirnregion, die an der Verarbeitung von Emotionen, dem Verfolgen von Zielen und der Fähigkeit zur Selbstbeherrschung beteiligt ist. Der Psychiater hatte Ackermans Gehirn mithilfe funktioneller Magnetresonanztomografie untersucht und obendrein Schädigungen an der Amygdala entdeckt, dem »Mandelkern« – jenem Bereich, in dem Emotionen wie Angst entstehen. In freier Wildbahn gehen Affen, deren Mandelkern geschädigt ist, auf Menschen los, sogar auf Raubtiere. Dies sei der Grund, hatte der Psychiater erklärt, weshalb Ackerman die Angst anders wahrnehme als andere Menschen.

Ackerman hob eine Reisetasche vom Boden auf und warf sie auf einen kleinen Beistelltisch. Während er den Reißverschluss der Tasche öffnete und im Inhalt wühlte, sagte er: »Ist Ihnen die spanische Inquisition ein Begriff? In letzter Zeit habe ich viel darüber gelesen. Eine faszinierende Epoche. Die Inquisition war ein Tribunal, das Ferdinand II. von Aragon und Isabella I. von Kastilien, zwei katholische Monarchen, eingesetzt hatten, um innerhalb ihrer Königreiche den orthodoxen Katholizismus aufrechtzuerhalten und bei den neu bekehrten Juden und Muslimen durchzusetzen. Aber das ist es nicht, was mich daran fasziniert, sondern die unfassbare Barbarei und Folter, die im Namen Gottes an denen verübt wurde, die man als Ketzer betrachtete. Wir glauben, in brutalen Zeiten zu leben, aber jeder Historiker kann Ihnen sagen, dass wir ein Zeitalter der Milde und Aufklärung genießen, verglichen mit anderen

Epochen. Was die Inquisitoren ihren Opfern angetan haben, um ihnen ein Geständnis abzupressen, ist unfassbar. Diese Leute hatten eine fabelhafte Erfindungsgabe.«

Ackerman holte ein merkwürdiges Gerät aus der Reisetasche. »Das ist eine Antiquität. Ihr Vorbesitzer hat mir geschworen, dass es die exakte Nachbildung eines Folterinstruments ist, das von der Inquisition benutzt wurde. Man muss eBay einfach lieben.«

Er hielt das Gerät in die Höhe. Es bestand aus zwei klobigen, mit Stacheln besetzten Holzblöcken, die durch zwei stählerne Gewindestangen verbunden waren. »Man nannte es die Knieschraube. Sie ließ sich allerdings an verschiedenen Körperteilen benutzen, nicht nur am Knie. Wenn der Inquisitor diese Schrauben drehte, zogen die beiden Blöcke sich zusammen, und die Stacheln drangen dem Opfer ins Fleisch. Der Inquisitor zog die Schrauben immer enger, bis er die Antwort bekam, die er hören wollte, oder bis der betroffene Körperteil zerquetscht war.«

Rosemary spuckte ihn an. Als sie sprach, klang ihre Stimme fest und selbstbewusst. Ackerman hörte den Hauch eines Südstaatenakzents heraus – Georgia vielleicht. Er vermutete, dass sie dort ihre Jugend verbracht hatte und der Einschlag sich nur zeigte, wenn sie extrem aufgeregt war. »Sie bringen uns ja doch um, egal was ich tue. Ich kann die beiden Kerle genauso wenig retten wie mich selbst. Bestimmen kann ich nur noch, wie ich abtrete. Und vor einem Irren wie Ihnen winsle ich nicht um Gnade. Die Genugtuung gönne ich Ihnen nicht.«

Ackerman nickte. »Das verdient meinen Respekt. Viele Leute geben der Welt oder anderen Menschen die Schuld daran, wie sie sind. Aber wir alle sind nur in gewissem Maße Opfer der Umstände. Wir reden uns gern ein, dass wir unser Schicksal beherrschen. In Wahrheit aber wird unser Leben von Kräften bestimmt, auf die wir keinen Einfluss haben. Die Fäden zieht jemand anders. Wahre Herrschaft üben wir nur hier drin aus.« Mit der Spitze seines unterarmlangen Survivalmessers tippte er sich gegen die Schläfe. »In unseren Köpfen. Die meisten Menschen wissen das nicht, aber Sie, Rosemary, nicht wahr? Ich bin nicht hier, um Sie zu töten. Es würde mir keine Befriedigung verschaffen. Nur ist es halt so, dass ich genau wie alle anderen Menschen an Fäden hänge, die jemand anders zieht. Und in diesem Fall lassen mir die Umstände keine andere Wahl, als Sie und diese beiden Männer zu foltern, um mein Ziel zu erreichen. Und glauben Sie mir, das ist mein Fachgebiet. Ich bin mein Leben lang in Schmerz und Leiden geschult worden. Aus Zeitmangel kann ich leider nur einen kleinen Teil meines Fachwissens bei Ihnen anwenden, aber ich versichere Ihnen, es wird ausreichen. Sie *werden* mir sagen, was ich wissen will. Sie können jedoch die Dauer der Qualen beeinflussen, die Sie erdulden müssen. Deshalb frage ich Sie noch einmal: Wo ist Ty?«

Rosemarys Lippen bebten, aber sie sagte kein Wort.

Zimtgeruch erfüllte die Luft, allerdings konnte er die Ausdünstungen, die nach Schweiß und Angst rochen, nicht überdecken. Diesen Geruch hatte Ackerman vermisst. Und das Gefühl der Macht. Doch er musste seine Erregung zügeln. Er durfte nicht die Beherrschung verlieren. Schließlich ging es um Informationen, nicht um die Befriedigung seiner Begierden.

Er schaute die Polizisten an.

»Es wird Zeit, einen von Ihnen unter Druck zu setzen. Mit dieser Formulierung wird die Funktion der Knieschraube sehr plastisch beschrieben, finden Sie nicht?«

***

Nachdem Ackerman sich eine Zeit lang mit seinem neuen Spielzeug beschäftigt hatte, schaute er Rosemary an, doch sie wich seinem Blick aus. Wieder drehte er an den Griffen. Der Mann schrie und wand sich wild in den Fesseln.

»Hören Sie auf! Ich sag es Ihnen!«, rief Rosemary. »Ty ist in Spokane, im Staat Washington! Sie haben sich da in einer verlassenen Werkstatt breitgemacht ... Irgendein korrupter Makler hat sie ihnen beschafft. Ich wollte Ty dazu bringen, dass er sich stellt. Ich habe sogar überlegt, die Polizei zu verständigen, aber ich weiß, dass Ty und seine Freunde sich nicht lebend festnehmen lassen. Und mehr Familie als ihn habe ich nicht ...« Tränen rannen ihr die Wangen hinunter.

Ackerman beugte sich vor und nahm den Druck von den Beinen des Polizisten. Der Mann ließ den Kopf gegen den Stuhl sinken. »Ich danke Ihnen, Rosemary. Mir ist bewusst, in welche Lage ich Sie bringe. Ihr Enkel ist ein schlimmer Finger, aber er ist Ihr eigen Fleisch und Blut, und Sie haben ihn trotzdem lieb, nicht wahr?«

Er zog einen Stuhl vom Tisch weg und stellte ihn vor Rosemary. Nachdem er sich gesetzt hatte, nahm er einen Notizblock mit Spiralbindung und blutrotem Deckblatt aus der Hosentasche. »Da Sie mir so sehr entgegengekommen sind, gebe ich Ihnen die Chance, Ihr Leben zu retten.« Ackerman klappte das Deckblatt nach hinten, zückte einen Stift und begann zu schreiben. Dabei fuhr er fort: »Ich lasse Sie das Ergebnis unseres kleinen Spielchens bestimmen. Auf diesem ersten Blatt habe ich ›Frettchen‹ notiert, was für unseren ersten Gesetzeshüter steht.« Er riss das Blatt ab, knüllte es zusammen und legte es zwischen seine Beine. »Auf das zweite schreiben wir ›Jackie Gleason‹ für Cop Nummer zwei. Auf das dritte Blatt kommt Ihr Namen, Rosemary. Dann gibt es noch ›alle überleben‹ und ›alle sterben‹.«

Er mischte die Papierkugeln und legte sie vor Rosemary auf den Boden. »Nun denn, meine Liebe: Sie suchen das Papier aus, und ich töte den, dessen Name daraufsteht. Sie haben eine Chance von zwanzig Prozent, dass alle überleben. Falls Sie sich weigern oder zu lange zögern, töte ich Sie alle drei. Versuchen Sie daher nicht, gegen das Schicksal anzukämpfen. Also, entscheiden Sie sich.«

Rosemary blickte auf die Papierkugeln, dann schaute sie in die Augen ihres Peinigers. »Die dritte Kugel«, flüsterte sie. »Die in der Mitte.«

Ackerman hob die Kugel auf, entfaltete das kleine Blatt und lächelte. »Heute ist Ihr Glückstag. Sie alle überleben. Tut mir leid, dass Sie wegen der Taten eines anderen solche Unbilden erdulden mussten. Aber wie ich schon sagte, wir alle sind Opfer der Umstände.«

Er stand auf, suchte seine Sachen zusammen und trat hinaus auf den MacArthur Boulevard.

***

Ackerman warf die Reisetasche in den Kofferraum eines hellblauen Ford Focus. Er wäre gern stilvoller gereist, aber es war wichtiger, stets in der Menge verschwinden zu können, als seinem Hang zur Selbstdarstellung nachzugeben. Er öffnete die Fahrertür, glitt in den Wagen und warf den Schmuck, die Brieftaschen und die Geldbörsen seiner ehemaligen Gefangenen auf den Beifahrersitz. Er hasste es, sich auf das Niveau schäbigen Diebstahls herablassen zu müssen, aber bekanntlich gab es nichts umsonst, und irgendwoher musste das Geld ja kommen. Und mit seinen speziellen Fertigkeiten konnte er sich nirgendwo bewerben. Außerdem hatte er fürs Geldverdienen ohnehin keine Zeit.

Aus dem Handschuhfach nahm er ein Prepaid-Handy und schaltete es ein. Während er wählte und die Ruftaste drückte, schaute er auf das kleine Blatt Papier, das Rosemary ausgewählt hatte. *Alle sterben*, stand darauf.

Nach mehrmaligem Klingeln fragte die Stimme am anderen Ende: »Was willst du?«

Ackerman lächelte. »Hallo, Marcus. Bitte vergib mir, denn ich habe gesündigt. Aber ich habe es nur für dich getan.«

2

Marcus Williams starrte auf die Leiche der misshandelten Frau. An den blauen Flecken und den Fesselspuren erkannte er, dass sie vor ihrer Ermordung vergewaltigt worden war.

Der kleine Anbau hinter der Fabrik befand sich im Zustand fortgeschrittenen Verfalls. Aufgrund von Wasserschäden fiel der Putz von den Wänden, und im Dach klafften Löcher, durch die man den klaren Nachthimmel sehen konnte. Schnee war durch die Öffnungen gerieselt; eine dünne weiße Schicht bedeckte alles im Raum. Ein Regal an der hinteren Wand war umgekippt und hatte seinen Inhalt über den Boden verstreut: rostige Rohrmuffen, Bindedraht, halb aufgelöste Pappschachteln, zerfledderte Handbücher.

Die Leiche war abgelegt worden wie Müll zur späteren Entsorgung. Nach der Starre der Toten zu urteilen, lag der Mord erst ein paar Stunden zurück. Sie war mit einem kleinen stumpfen Gegenstand, einem Hammer vielleicht, erschlagen worden.

Wäre er nur ein bisschen früher eingetroffen …

Marcus verdrängte Wut und Schuldgefühle. Beides nutzte ihm jetzt nichts. Er verließ den Anbau durch die Außentür, drückte sie zu und verkeilte sie mit einem Stein, damit sie nicht wieder aufschwingen konnte. Die Tür war mit einem Vorhängeschloss gesichert gewesen, das Marcus mit einem Halligan-Tool aufgebrochen hatte, einem Werkzeug, das einer Brechstange ähnelte, wie man sie bei Einbrüchen benutzte. Er musste verhindern, dass ein Windstoß die Tür aufriss und gegen den Rahmen knallte. Er wollte sich das Überraschungsmoment bewahren.

Marcus überquerte den Parkplatz, kletterte über einen Maschendrahtzaun und sprang auf einen Gehweg hinunter. In der Nähe befanden sich andere, modernere Fabriken, doch der Besitzer des Firmengebäudes, in dem die Leiche lag, war bankrott gegangen und hatte die Fabrik aufgegeben. Die Bank Crew, wie sie von der Presse getauft worden war, hatte dem Makler unter der Hand Geld hingeblättert, damit er ihr Zugang zu dem baufälligen Ziegelgebäude gewährte. Marcus hatte den Mann nicht lange in den Schwitzkasten nehmen müssen, um das zu erfahren. Ein paar Worte über eine Gefängnisstrafe wegen Beihilfe hatten gereicht, und der Makler war zusammengebrochen wie ein Kartenhaus.

Marcus verfolgte schon mehrere Wochen die Spur der Bank Crew, aber nach ihrem letzten Coup war sie untergetaucht. Erst vor zwei Tagen hatte sie wieder zugeschlagen und die Frau sowie die beiden Töchter eines Juweliers als Geiseln genommen. Es war die gewohnte Vorgehensweise der Crew, die Familie eines Opfers zu kidnappen, das Zugang zu Bargeld oder Wertsachen besaß. Die Bande zwang die Betreffenden, ihr das Geld zu bringen, indem sie drohte, ihre Familie zu ermorden. Im Grunde war es eine normale Lösegelderpressung, aber die Bank Crew stach durch extreme Brutalität hervor. Die Opfer erfüllten fast immer die Forderungen, doch die Crew mordete trotzdem. Sobald sie das Geld hatte, tötete sie als Erstes den Vater. Dann missbrauchten sie die weiblichen Familienangehörigen, ehe sie auch ihnen das Leben nahmen.

Die Polizei wusste, dass die Bande aus vier Komplizen bestand, aber mehr auch nicht, denn die Verbrecher hinterließen keinerlei Hinweise. Die einzige brauchbare Spur war ein Fingerabdruck, der an einem Tatort entdeckt worden war. Der Besitzer dieses Abdrucks, Ty Phillips, hatte ein ellenlanges Vorstrafenregister, war aber wie vom Erdboden verschwunden, seit die Bank Crew in Erscheinung getreten war.

Die Polizei in Oakland, die Tys Großmutter Rosemary vernommen hatte, war überzeugt, dass die Frau mehr wusste, als sie zu sagen bereit war, aber sie hatte nicht mehr tun können, als Rosemarys Haus rund um die Uhr zu überwachen. Marcus hatte die alte Frau persönlich aufsuchen wollen, doch Ackerman war ihm zuvorgekommen.

Marcus riss die Tür des schwarzen GMC Yukon auf, ließ sich hinters Lenkrad fallen, schaltete die Sitzheizung ein und pustete sich in die Hände. Ein paar Sekunden später öffnete sich die Beifahrertür, und Andrew Garrison stieg ein. Er riss sich die Mütze vom Kopf, sodass sein kurzes sandblondes Haar zum Vorschein kam. Im Unterschied zu Marcus, der einen dunklen Dreitagebart trug, war Andrew glatt rasiert und eine gepflegte Erscheinung.

»Irgendwas rausgefunden?«, fragte Marcus.

»Ja. Ich weiß, wo die Crew die Töchter festhält. Im Hauptgebäude habe ich einen von den Bastarden gesehen. Sie haben einen Klapptisch und ein paar Möbelstücke hergeschafft, um es sich gemütlich zu machen. Außerdem haben sie die Fenster der vorderen Büros vernagelt. Und was ist mit dir?«

»Ich habe die Mutter gefunden.«

Andrew schien auf nähere Erklärungen zu warten, doch als Marcus' Schweigen anhielt, wusste Andrew, was Sache war. Er blickte durch die Windschutzscheibe. »Verflucht. Wie willst du es anpacken?«

»Wir gehen hinten rein und arbeiten uns durchs Gebäude vor.« Marcus seufzte. »Ich gebe es durch.«

Er zog ein Handy aus der Tasche und wählte. Der Director der Shepherd Organization antwortete nach dem ersten Klingeln. »Haben Sie sie?«, fragte er ohne Umschweife.

»Ja. Die Mutter ist tot.«

»Verdammt! Sind Sie bereit für den Zugriff?«

»Ja.«

»Gut. Der Beirat hat Ihnen volle Handlungsfreiheit garantiert. Seien Sie vorsichtig. Hals- und Beinbruch.« Ohne ein weiteres Wort legte der Director auf.

Marcus ließ das Handy sinken und starrte aus dem Wagenfenster auf den Schnee. Seit über einem Jahr war er nun »Shepherd«, ein Hirte, doch er war immer noch nicht sicher, ob er die richtige Entscheidung getroffen hatte. Die Shepherd Organization arbeitete innerhalb des Justizministeriums unter dem Deckmantel einer beratenden Abteilung im Kampf gegen Gewaltverbrechen, spezialisiert auf Serienmörder. Von ähnlichen Strafverfolgungsbehörden, beispielsweise der berühmten Verhaltensanalyseeinheit des FBI, unterschied sie sich durch ihr Hauptaufgabengebiet: Die Shepherds waren nicht allein mit der Festnahme von Mördern befasst, sondern versuchten, sie auf jede erdenkliche Weise aus der Welt zu schaffen. Um dies zu erreichen, beugten oder brachen sie notfalls die Gesetze. Die Shepherds waren als Sondereinheit konzipiert, der jedes Mittel erlaubt war, die sämtliche Vorschriften missachten durfte und ihre Aufgaben erledigen konnte, ohne sich Gedanken über Beweismaterial und Verfahrensregeln machen zu müssen. Was die Shepherds taten, unterschied sich nicht sonderlich von den Operationen, mit denen die CIA und das Militär seit Jahren feindliche Zielpersonen in Übersee ausschalteten. Der Unterschied bestand darin, dass die Shepherd Organization auf amerikanischem Boden gegen US-Bürger tätig wurde.

Die Organisation bestand aus kleinen Zellen. Aufgrund bestimmter Begabungen, die Marcus während seiner Zeit als Kriminalbeamter bei der New Yorker Mordkommission an den Tag gelegt hatte, war er als Leiter eines dieser Teams angeworben worden. Als Polizist hatte Marcus mit seinem Ermittlungsgeschick große Hoffnungen geweckt, hatte sich dann aber seine Zukunft zerstört, indem er das Recht selbst in die Hand nahm und einem Senator aus mächtiger Familie, der mit Vorliebe junge Mädchen misshandelte und ermordete, eine Kugel durch den Kopf jagte. Er war einer Mordanklage nur deshalb entgangen, weil das Vorleben des Senators nicht ans Tageslicht kommen sollte.

Marcus besaß die operative Befehlsgewalt über seine Einheit, war aber einem Mann verantwortlich, den er nur als »Director« kannte, sowie einem »Beirat« aus gesichtslosen Männern oder Frauen, über die er rein gar nichts wusste.

»Was ist los?«, riss Andrew ihn aus seinen Gedanken.

»Hast du jemals einen Vorgesetzten kennengelernt?«, fragte Marcus. »Ein Mitglied des Beirats?«

»Wo kommt das plötzliche Interesse her?«

»Das ist kein plötzliches Interesse. Es ist ein Verdacht, der mir zu schaffen macht. Hast du dich nie gefragt, weshalb wir mit allem davonkommen, was wir tun? Oder wer die Fäden in der Hand hält?«

Andrew zuckte mit den Schultern. »Sicher. Aber ich glaube an das, was wir tun. Ich glaube, die Welt wird ein besserer Ort, wenn wir unseren Job machen. Deshalb konzentriere ich mich darauf. Ich versuche, mit den Gedanken bei den Dingen zu bleiben, die ich beeinflussen kann.«

»Meinst du wirklich, dass wir das Richtige tun?«

»Wir beschützen die Leute vor Monstern, von deren Existenz sie am liebsten gar nichts wissen würden. Was kann falsch daran sein?«

»Gandhi hat mal gesagt: Ich lehne Gewalt ab, weil das Gute, das sie bewirkt, nicht anhält. Nur das Schlechte ist von Dauer.«

»Das mag ja stimmen, aber was hätte Gandhi gesagt, wenn jemand, den er liebte, tot da drüben in dem Haus läge?«, erwiderte Andrew. »Kann sein, dass wir genauso schlecht sind wie die Verbrecher, die wir jagen. Kann sein, dass wir die Menschenrechte der Täter verletzen. Aber wer so argumentiert, hat nie sein eigenes Kind beerdigen müssen, nachdem es von irgendwelchen Bestien abgeschlachtet wurde. Wer nie in eine solche Lage geraten ist, kann unmöglich begreifen, was wir tun.«

Marcus schwieg und rieb sich die Schläfen. Die Migräne war in letzter Zeit schlimmer geworden, und wenn er in einer Woche fünfzehn Stunden schlief, konnte er von

Glück sagen. Und die Existenz Ackermans machte alles noch viel schlimmer. Der Killer war während Marcus' Anwerbung eingesetzt worden, um ihm das wahre Gesicht jener Bestien zu zeigen, die die Shepherd Organization jagte. Doch diese Demonstration war nach hinten losgegangen. Der Killer war entkommen. Und was noch viel schlimmer war: Er war zu der Überzeugung gelangt, Marcus und er stünden in irgendeiner schicksalhaften Verbindung. Ackermans Fixierung auf Marcus führte zu regelmäßigen Anrufen und unerwünschten Versuchen, ihn bei seinen Ermittlungen zu unterstützen. Weder Marcus noch die anderen Teammitglieder wussten, woher Ackerman seine Informationen darüber bezog, an welchem Fall die Shepherds gerade arbeiteten. Und sämtliche Versuche, den Verrückten aufzustöbern, waren bisher fehlgeschlagen.

»Vielleicht sollten wir Ackerman dankbar sein«, meinte Andrew. »Er hat die Bank Crew für uns gefunden. Vielleicht rettet er den beiden Mädchen damit das Leben.«

Marcus' Arm zuckte vor. Er packte Andrew beim Mantel und zerrte ihn zu sich heran. »Dieser wahnsinnige Hurensohn hat zwei Cops und eine alte Frau gefoltert! Es ist nur eine Frage der Zeit, bis er wieder zu töten beginnt, falls er nicht schon damit angefangen hat. Aber das ist okay, solange der Zweck die Mittel heiligt, was?«

Er stieß Andrew in den Sitz zurück und starrte hinüber zur stillgelegten Fabrik. Im Wagen dehnte sich das Schweigen.

»Wir kriegen ihn, Marcus«, sagte Andrew schließlich.

»Na klar.«

»Wenn es schiefgeht da drin und die Cops auftauchen, dann denk daran, dass du mir das Reden überlässt.«

Marcus starrte ihn an. »Was willst du damit sagen?«

»Du weißt schon, du kannst nicht so gut mit Menschen umgehen.«

»Was soll das heißen?«

»Man nennt so etwas einen Euphemismus oder eine beschönigende Art, zu sagen, dass du ein Arschloch sein kannst.«

»Danke. Ich bin wirklich froh, dass du mein Partner bist.«

Andrew hob die Hände. »Ich sag nur, wie ich es sehe.«

Marcus ignorierte den Kommentar und versuchte, sich auf das vorzubereiten, was vor ihnen lag. Er schaute zu dem Gebäude hinüber, das von Lichtmasten umgeben war, die den Großteil der Fassade erhellten. Das Gebäude war ein weißer Klotz mit Blechdach, das dringend einen neuen Anstrich benötigte. Vor den Büros ragte eine Stange aus der Wand, an der einst ein Schild gehangen hatte, das längst verschwunden war. Das Gebäude unterschied sich durch nichts von den anderen unauffälligen Bauten in dem Industriegebiet, nur stand es seit Jahren leer.

»Hast du deine Weste an, Andrew?«, fragte Marcus.

»Sicher. Ich schlafe in dem verdammten Ding.«

Marcus atmete tief durch, rollte den Kopf auf den Schultern, dass die Nackenwirbel knackten, und öffnete die Fahrertür. »An die Arbeit.«

***

Mit vorgehaltener Waffe, einer schallgedämpften SIG Sauer, drang Marcus als Erster ins Gebäude ein. Andrew folgte ihm, eine Glock in der rechten Hand; seine Linke berührte Marcus' Rücken. Sie bewegten sich synchron vorwärts, als wären sie durch eine unsichtbare Leine verbunden. Auf diese Weise konnten sie alle Richtungen abdecken. In einer Umgebung wie dieser – große offene Räume und etliche Zugangspunkte – mussten sie ihren Rücken genauso sehr im Auge behalten wie das, was vor ihnen lag. Letzten Endes konnten sie noch so gut ausgebildet sein – ein Gegner, der Glück und ein paar Kugeln in der Waffe hatte, konnte ihr Leben genauso leicht beenden wie sie das seine.

Vom gegenüberliegenden Ende des Lagerhauses führte ein blassgrüner Gang weg, in dem sich zwei Wabentüren mit Holzfurnier befanden. Die eine Tür lag nach rechts, die andere nach links. Am Ende des Gangs befanden sich eine weitere Tür und eine Abzweigung nach rechts. Marcus und Andrew hatten vom Makler einen Grundriss erhalten; durch ein Fenster hatte Andrew beobachten können, wie eines der Mädchen in das große Büro auf der linken Seite geschafft worden war.

Die Mädchen hießen Paula und Kristy, sechzehn und zwölf Jahre alt.

Marcus machte eine Kopfbewegung zur zweiten Tür. Er und Andrew bezogen Stellung zu beiden Seiten des Durchgangs, wobei Andrew den Gang hinter ihnen im Auge behielt.

Marcus drehte den Knauf und drückte die Tür behutsam auf.

Der Raum war leer.

Sie wiederholten diese Vorgehensweise an der nächsten Tür. Eine Toilette. Leer.

Mit zwei Fingern wies Marcus auf die Tür links. Sie gingen in Stellung, und er drehte den Knauf. Die Tür war verschlossen. Andrew nickte und brachte sich in Position, um sie einzutreten. Marcus mochte den zusätzlichen Lärm nicht, doch ihr oberstes Ziel war, die Mädchen unverletzt zu befreien.

Sie tauschten einen raschen Blick. Dann trat Andrew mit Wucht gegen die Tür. Die Schlossfalle riss aus der Laibung, und die Tür flog nach innen. Marcus huschte durch die Öffnung.

Binnen einer Millisekunde verarbeitete er, was er vor sich sah. Auf dem Boden lag eine Matratze, vergilbt und fleckig. Im ganzen Raum roch es nach ungewaschenen Körpern und Urin. Das Mädchen saß auf der dreckigen Matratze, mit Klebeband an Händen und Füßen gefesselt und geknebelt. Ihr blondes Haar war fettig und verschwitzt, ihre Augen rot vom Weinen. An der Wange hatte sie eine große Prellung, die sich bereits dunkellila verfärbt hatte.

Rechts von ihr saß ein dunkelhäutiger Mann in einem ausgebleichten Sweatshirt auf einem schmutzigen alten Sessel vom Sperrmüll. Auf seinem Schoß lag eine Ithaca-Flinte mit Pistolengriff.

Der Mann riss die Augen auf. Seine Hände zuckten zur Schrotwaffe.

Marcus drückte ab. Die Waffe ruckte in seiner Hand. Der Mann wurde in den Sessel zurückgeschleudert. Um sicherzugehen, feuerte Marcus ihm zwei weitere Kugeln in die Brust.

Andrew war schon bei dem Mädchen und schnitt ihre Fesseln durch. Sie wich von ihm zurück wie ein verletztes Tier, das nicht begreift, dass ihm geholfen werden soll. Ihr Kopf zuckte hin und her, als suchte sie nach einem Fluchtweg. Ihre einst schönen blauen Augen zeigten einen Ausdruck animalischer Angst. Das Mädchen war Paula, die Sechzehnjährige. Andrew hielt ihr die Hand hin, und endlich begriff sie und begann zu schluchzen.

»Bring sie hier raus«, raunte Marcus. »Ich suche das andere Mädchen. Wir treffen uns am Wagen.«

»Du kannst nicht allein gegen diese Kerle antreten.«

»Sieh dir die Kleine an, Andrew. Wir können sie nicht einfach hierlassen. Außerdem weiß ich, was ich tue.« Marcus zog die Lederjacke aus und warf sie Andrew zu, der sie Paula um die bebenden Schultern legte. Ohne ein weiteres Wort hob er das Mädchen von der Matratze und machte sich auf den Rückweg zur Hintertür.

Der Anblick Paulas und der Gedanke an ihre Schwester Kristy, die irgendwo in diesem Gebäude in einer ähnlichen Lage sein konnte, trieb Marcus an. Zorn stieg in ihm auf, doch er versuchte, Ruhe zu bewahren. Er musste gelassen und zielorientiert bleiben. Doch der animalische Ausdruck in Paulas Augen ging ihm nicht aus dem Kopf. Körperlich würde das Mädchen wieder in Ordnung kommen, aber die Ereignisse der letzten beiden Tage würden sie für den Rest ihres Lebens begleiten. Sie würde sich nie wieder sicher fühlen. Ihr Körper würde genesen, doch ein Stück ihrer Seele blieb für immer verschwunden. Das wusste Marcus aus eigener Erfahrung.

Er gelangte in den Hauptteil des Lagerhauses und hörte

Rapmusik, die aus kleinen, schwachen Lautsprechern schepperte. Die Decke aus nackten Betonstützen und Stahl hing zehn Meter über seinem Kopf. Hohe Regale voller Kästen für Kleinteile säumten die Wände und zerteilten die Halle. In der Luft hing der Geruch nach altem Öl und Rost. Am Ende einer Regalreihe vorbei sah Marcus staubbedeckte Tische und Maschinen. Schraubstöcke, Schleifmaschinen und andere Werkzeuge zur Metallbearbeitung lagen auf den Arbeitsbänken. Offenbar war versucht worden, die Ausstattung zusammen mit dem Gebäude zu verkaufen. Von einer freien Fläche innerhalb der Regalreihen kam das Dröhnen eines tragbaren Heizlüfters. Marcus entdeckte einen stämmigen Mann in einer geblähten roten Steppjacke, der an einem beigefarbenen Tisch neben dem Heizlüfter saß und Patiencen legte. Seine langen Beine hingen über die Armlehnen eines kleinen Sessels. Das dunkelbraune Haar des Mannes stand in merkwürdigen Winkeln ab, und eine Strickmütze lag neben den Kartenreihen auf dem Tisch.

Marcus schlich sich von hinten an den Mann heran und hob die Waffe.

Ein Schrei gellte, hoch und schrill: ein Mädchen, das vor Angst oder Schmerzen schrie.

Der Mann in der roten Jacke lachte bei dem Schrei stillvergnügt in sich hinein und legte eine Kreuzzehn auf einen Karobuben.

Zorn erfasste Marcus. Er richtete die Pistolenmündung aus zwei Handbreit Entfernung auf den Hinterkopf des Mannes, zielte auf die Medulla Oblongata, jene Stelle, wo das Rückenmark am Hinterhirn ausfächert, und drückte ab. Der scharfe

Knall war ganz anders als das leise *Plopp*, das man normalerweise im Film hörte. Das Schussgeräusch beim Abfeuern einer Waffe mit einem Kaliber, das größer ist als .22, lässt sich nicht völlig dämpfen. Doch Marcus weigerte sich, ein kleineres Kaliber als neun Millimeter zu benutzen, und trug üblicherweise eine .45. Da es bei dieser Operation von größter Bedeutung war, unentdeckt zu bleiben, hatte er die SIG Sauer mit Unterschallmunition geladen und einen Schalldämpfer vom Fabrikat SWR Trident aufgesetzt.

Der stämmige Mann fiel nach vorn auf den Tisch, dessen Beine sich unter seiner Masse bogen. Der Tisch rutschte zur Seite, und der Tote prallte auf den Betonfußboden.

»Jeff?«, rief eine Stimme. »Alles okay da drüben?«

Marcus fluchte leise und rannte zur Regalreihe am anderen Ende der freien Fläche. Er kniete nieder, sodass niemand, der sich durch die benachbarten Gänge bewegte, ihn durch die Regale entdecken konnte. Schwere Schritte waren auf dem Beton zu hören. Sie näherten sich rasch. Wieder zielte Marcus auf den stämmigen Mann. Er hoffte, dass sein Komplize nach ihm sehen würde.

Aber der war zu schlau.

Die Muskeln in Marcus' Unterarm begannen zu brennen, als die Zeit sich dehnte. Seine Beute wusste, dass er da war, und wartete nur darauf, dass er einen Fehler beging.

Er hörte ein Grunzen, dann das Klirren von Metall auf Beton. Zuerst begriff Marcus nicht, was geschehen war, dann erkannte er die Gefahr. Das Krachen und Scheppern wurde lauter und kam in seine Richtung. Marcus rollte sich ins Freie, als das Regal, hinter dem er sich versteckt hatte, zusammenbrach.

Sein Blick zuckte durch den Raum. Er entdeckte einen Schwarzen in Jeans und grauem Kapuzenshirt am anderen Ende der Regalreihen. Der Mann hob eine Maschinenpistole und jagte einen Hagel aus 9-mm-Kugeln in Marcus' Richtung.

Marcus stürmte an dem Toten vorbei zum anderen Ende des Regals. Die Kugeln umschwirrten ihn jaulend und Funken schlagend, prallten vom Beton ab und rissen Löcher in die Kästen in den Regalen. Marcus gelangte bis an die Tür, die zu den Büros führte, und warf sich hinein, während Kugeln im Türrahmen einschlugen. Der Flur erstreckte sich vor ihm. Einem Instinkt gehorchend, rannte Marcus zu dem Raum, in dem sie Paula befreit hatten. Das Geräusch von Sportschuhen, die auf den Beton knallten, trieb ihn hinein.

Marcus riss die Flinte vom Schoß des Toten, zog den Unterschaft zurück und schob ihn wieder nach vorn, damit die Waffe geladen und schussbereit war. Dann packte er die schmutzige Matratze, stellte sie auf die Kante, stieß sie zum Eingang und huschte nach links. Flach blieb er auf dem Boden liegen, die Repetierflinte auf die Tür gerichtet.

Kugeln schlugen in die Tür und die Matratze ein. Marcus hörte, wie ein leeres Magazin über den Beton schepperte, dann das blecherne Geräusch, als ein neues eingesetzt wurde. Wieder schlugen Kugeln durch die Wand und hüllten den Raum in Mörtelstaub, der Marcus in die Augen und die Nasenlöcher drang.

Er wartete.

Die Sekunden dehnten sich.

Dann stieß der Mann im Hoody die Matratze aus dem

Eingang und wollte darübersteigen. Er war noch keinen Schritt weit in den Raum vorgedrungen, als Marcus feuerte. Die Brust des Mannes zerbarst in einer roten Wolke. Er wurde durch den Eingang zurückgeschleudert und landete draußen im Gang.

Marcus ließ die Flinte fallen und rannte in den Korridor, die SIG Sauer im Anschlag. Die Augen des Mannes starrten ins Leere, und sein graues Kapuzenshirt war blutig.

Marcus stieg über den Leichnam hinweg und kehrte in den Haupttrakt des Gebäudes zurück, um nach Kristy zu suchen. Er ging an dem toten stämmigen Mann, dem zerbrochenen Tisch, dem umgestürzten Stahlregal und den verstreuten, rostigen Kleinteilen vorbei. Eine Treppe führte nach oben – vermutlich ging es dort zum Büro des Betriebsleiters neben einer weiteren Reihe von Arbeitsplätzen. Die gesamte Wand des erhöhten Bereichs war verglast.

Ob Ty Phillips auf ihn vorbereitet war? Rosemary hatte einen gerissenen, grausamen Enkel. Es konnte kein Zweifel bestehen, dass Ty das Zeug hatte, Anführer der Bank Crew zu sein.

Und nun hatte er sich im Büro des Betriebsleiters mit dem Mädchen seiner Wahl verschanzt.

Marcus stieg die Treppe hinauf, lauschte dabei auf Bewegungen von oben, hörte aber nur das Dröhnen des Heizlüfters und das Stampfen der Rapmusik. Ihm kam ein Verdacht, was er im Büro des Betriebsleiters vorfinden würde.

Wie konnte er mit der Situation am besten umgehen?

Er blieb auf der linken Hälfte der Treppe und hielt die Waffe bereit. Am oberen Ende der Stufen schob er sich durch eine Milchglastür in das Büro des Betriebsleiters. Ein leerer Schreibtisch stand an der Wand, darüber hingen mehrere Pinnwände aus Kork, ebenfalls leer. Der Raum hatte blassgelbe Wände und roch schimmlig.

Ty Phillips stand neben dem Schreibtisch. Den linken Arm hatte er fest um den Hals der weinenden Kristy geschlungen, mit der rechten Hand drückte er ihr eine Pistole an die Schläfe. Phillips, der kein Hemd trug, überragte das Mädchen um zwei Köpfe. Er war dünn. Knasttattoos schlängelten sich um die Arme und über die Brust. Kristy war noch angezogen, aber ihre Kleidung war zerfetzt, ihre Lippe blutete.

Phillips grinste und verstärkte den Griff um den Hals des Mädchens. »Dämlicher Bulle. Du hättest besser ein SWAT-Team mitgebracht, wenn du's mit mir aufnehmen willst. Und jetzt lass die Knarre fallen, oder ich puste dir und der Kleinen den Schädel weg.«

Marcus hielt unbeirrt die Waffe auf ihn gerichtet. »Ich bin kein Cop. Ich bin ein Hirte. Ich halte Wölfe wie Sie davon ab, gute Menschen wie dieses Mädchen zu verletzen.«

Phillips lachte auf. »Ein Hirte? Du Schwachkopf. Das ist die irrste Scheiße, die ich je ...«

Die SIG Sauer in Marcus' Hand ruckte. Das Projektil riss Phillips' Kopf nach hinten. Er stürzte auf den Boden des Büros. Kristy zuckte bei dem Knall zusammen, doch sonst reagierte sie kaum. Sie stand nur da, mit glasigen Augen, wie eine Statue.

Marcus ging näher. Mit dem Fuß schob er Phillips' Waffe weg. Ty Phillips hatte ein sauberes kleines Loch über dem linken Auge. Eine Blutlache bildete sich unter seinem Kopf, wo der Leichenbeschauer eine große, gezackte Austrittswunde finden würde. Seine Augen waren leblos und leer.

Marcus legte die Arme um das Mädchen. Sie versuchte, sich von ihm zu lösen, doch er hielt sie fest. Schließlich sank sie gegen ihn und vergrub ihr Gesicht an seiner Brust. Marcus legte ihr eine Hand auf den Hinterkopf. »Du bist in Sicherheit«, sagte er. »Wir bringen dich nach Hause.«

Noch während er sprach, fiel ihm ein, dass Kristy kein Zuhause mehr hatte. Ihre Eltern waren tot. Ihr altes Leben gab es nicht mehr. Der Mensch, der sie war und der sie werden würde, hatte sich verändert – unwiderruflich und für immer.

Marcus' Blick fiel auf Phillips' Leiche. Vielleicht verdienten Bestien wie er den Tod für das, was sie taten, aber hatte er das Recht, sie zu bestrafen? In einem der Fenster des Büros sah er sein Spiegelbild. Er blickte seinem Doppelgänger in die Augen und fragte sich, was aus ihm geworden war.

Die Antwort war einfach.

Er war ein Mörder. Ein Monster.

Marcus fragte sich, was ihn von Verbrechern wie der Bank Crew unterschied. War er besser als sie?

War er besser als Ackerman?

Erster Tag

15. Dezember, abends

3

Sandra Lutrell spürte, wie ihr in den Arm gestochen wurde, und erwachte aus einem schrecklichen Traum. Sie fühlte sich groggy, und der Kopf tat ihr weh. Sie wollte sich den Schlaf aus den Augen reiben, konnte die Arme aber nicht bewegen.

Ihre Lider flatterten, als sie versuchte, wieder ganz zu sich zu kommen. Zuerst erkannte sie nicht, wo sie war. Sie befand sich in einem kleinen, länglichen Raum mit grauen Blechwänden. Auf dem Boden stand eine Coleman-Benzinlampe und warf eine kleine, spärliche Lichtpfütze auf den kahlen Fußboden.

Mit einem Mal wusste Sandra wieder, wo sie war: im Innern eines Lagercontainers wie der, in dem sie überzählige Möbel untergebracht hatte, nachdem sie von Chicago nach Nebraska gezogen war. Der neue Job hatte eine Verbesserung bedeutet, das neue Apartment jedoch einen Abstieg. Sie hatte lange Zeit nichts gefunden, was ihr gefiel, deshalb war sie über Monate hinweg Kundin einer Einlagerungsfirma in der Nähe von Jackson's Grove gewesen, bis sie endlich ihr Traumhaus entdeckt hatte – ein Terrassenhaus, unter dessen Dach sie am Abend eingeschlafen war.

Sandra versuchte, den Kopf zu drehen, doch er war ebenfalls fixiert. Ihr war kalt. Als sie an sich hinunterblickte, sah sie, dass sie noch immer ihren Schlafanzug trug. Sie öffnete den Mund, um nach Hilfe zu rufen. In diesem Moment entdeckte sie den Mann, der am anderen Ende des Containers im Dunkeln stand. Die Finsternis verdeckte sein Gesicht, doch sie konnte sehen, dass er ganz in Schwarz gekleidet war. Von seiner rechten Hand baumelte eine Injektionsspritze.

Sandra blieb vollkommen regungslos, die Augen weit aufgerissen, die Muskeln erstarrt vor Angst.

Die Stimme des Mannes drang durch die kalte, feuchte Luft. Es war eine leise Stimme, die Selbstsicherheit vermissen ließ. »Ich habe Ihnen gerade eine kleine Dosis Adrenalin injiziert«, sagte er, »um den anderen Substanzen entgegenzuwirken, die ich Ihnen verabreicht hatte, und Ihr Erwachen zu beschleunigen.«

Andere Substanzen? Nur langsam wurde Sandra bewusst, was diese Wörter bedeuteten. Drogen? Ihre Gedanken waren noch immer verworren und nebelhaft, doch als sie begriff, traf es sie mit der Wucht eines Güterzugs. Sie war entführt worden. Ein Mann war zu ihr ins Haus gekommen, während sie schlief, und hatte sie verschleppt.

Doch was geschah jetzt? Was hatte er mit ihr vor?

Sie öffnete den Mund, um den Fremden um Gnade anzuflehen, brachte aber kein Wort hervor. Angst schnürte ihr die Kehle zu.

Der Mann trat vor ins Licht. Auf seiner Nase funkelte eine Nickelbrille mit ovalen Gläsern, und sein Gesicht war dünn und blass. Es war ein altersloses Gesicht; der Mann konnte ebenso Anfang zwanzig sein wie Ende dreißig. Er hatte kurzes braunes Haar, ordentlich gescheitelt. Er hätte wie ein Bücherwurm ausgesehen, wären da nicht die Muskelpakete gewesen, die unter seiner eng sitzenden schwarzen Kleidung zu sehen waren. Aber er wirkte in keiner

Weise gefährlich oder gar verrückt. Wäre Sandra ihm auf einer dunklen Straße begegnet, hätte sie sich nicht bedroht gefühlt.

Sein stilles, ruhiges Auftreten ließ Hoffnung in Sandra aufkeimen. »Bitte, lassen Sie mich gehen«, sagte sie, »und wir vergessen, was geschehen ist. Es wurde kein Schaden angerichtet, und es gibt keine Vorwürfe. Oder wollen Sie einen Weg einschlagen, von dem es kein Zurück gibt?«

Der Mann wich ihrem Blick aus, als er antwortete: »Tut mir leid. Ich wünschte, es ginge anders.«

Er griff in eine kleine Ledertasche, die neben der Coleman-Lampe lag, und nahm zwei klammerartige Gegenstände heraus, die Sandra irgendwie bekannt vorkamen. Dann kam er auf sie zu.

»Was tun Sie da? Bitte, ich ...«

Ihre Worte wurden von einem Schrei fortgerissen, als seine linke Hand mit brutaler Kraft ihr Gesicht packte. Mit Daumen und Zeigefinger hielt er ihre Lider offen. Sandra versuchte zu blinzeln und den Kopf zurückzuziehen, konnte ihn aber nicht bewegen. Mit der rechten Hand führte der Mann einen der Gegenstände an ihr rechtes Auge. In diesem Moment erinnerte sich Sandra, wo sie so etwas schon gesehen hatte: beim Augenarzt. Er hatte etwas Ähnliches benutzt, um ihre Augen bei einer Untersuchung offenzuhalten.

Sandra versuchte, den Kopf hin und her zu werfen, und schrie um Hilfe, konnte aber nicht verhindern, dass der Fremde die Prozedur an ihrem linken Auge wiederholte. Sie konnte nicht einmal die Tränen fortblinzeln, die ihr über das Gesicht liefen.

Der Mann griff wieder in die Ledertasche. Sandra sah, dass er etwas Glänzendes hervorholte, das im Licht der Benzinlampe aufblitzte.

»Bitte tun Sie mir nichts«, schluchzte sie. »Ich tue alles, was Sie verlangen.«

»Schreien hat keinen Zweck. Niemand hört dich. Ich weiß, dass du es trotzdem versuchen wirst, aber glaub mir, es ist besser, du nutzt deine letzten Atemzüge sinnvoller.«

Seine Hand bewegte sich auf ihr Bein zu. Sandra sah das Skalpell. Ihre schrillen Schreie hallten von den Blechwänden wider. Grauenhafter Schmerz durchraste die Innenseite ihres Oberschenkels. Dann beugte der Mann sich vor. Sein Blick bohrte sich in Sandras Augen.

»Ich habe gerade einen tiefen diagonalen Einschnitt an deiner Oberschenkelarterie durchgeführt. Wie du vielleicht weißt, ist sie eine der wichtigsten Blutbahnen unseres Körpers. Wenn ich die Wunde nicht verschließe, bist du in wenigen Augenblicken tot.«

Schluchzer schüttelten ihren Körper. »Bitte nicht. Ich …«

»Ich stoppe die Blutung und lasse dich frei, wenn du meine Fragen ehrlich beantwortest.«

»Ja! Ja! Nur lassen Sie mich gehen.«

»Okay, Sandra. Wieso bist du glücklich?«

»Was? Ich verstehe nicht …«

»Uns bleibt wenig Zeit, Sandra. Du hast nur eine Minute, dann stirbst du am Blutverlust. Sag es mir sofort. Was ist der Schlüssel zu deinem Glück?«

Ihr wurde schwindlig. Ihr Bein pochte und spritzte mit jedem Herzschlag einen Blutschwall aus. Der Raum drehte sich um sie, und Übelkeit kroch durch ihren Unterleib. Sie rang um eine Antwort. »Ich ... weiß nicht. Ich versuche, mich auf die guten Dinge im Leben zu konzentrieren ... und das Beste in anderen Menschen zu sehen ...«

Er lächelte. »Das ist eine gute, schliche Antwort. Danke, Sandra. Vielleicht werde auch ich dazu imstande sein, wenn ich deine Seele aufgenommen habe.«

»Was? Aber Sie haben gesagt, Sie lassen mich gehen!« Ihr Bein pochte und schmerzte. »Sie müssen die Blutung stillen!«

»Ich muss mich noch einmal entschuldigen, denn ich habe gelogen. Selbst wenn wir jetzt in einem Krankenhaus wären, könnte man nur noch sehr wenig für dich tun.«

Erneut griff er in die Ledertasche, nahm eine kleine Tasse heraus und füllte sie mit Sandras Blut. Was sie dann sah, konnte sie nicht fassen. Voller Grauen beobachtete sie, wie er die Tasse an die Lippen setzte und ihr Blut trank.

Das Innere des Containers verschwamm vor ihren Augen, doch sie kämpfte gegen die aufziehende Finsternis an.

Der Mann zog einen Stuhl heran und setzte sich vor sie. Sekunden später spürte Sandra eine kühle Flüssigkeit auf ihrer bloßen Haut. Ein intensiver Geruch drang ihr in die Nase, doch sie erkannte ihn nicht.

Sein starrer Blick bohrte sich in ihre Augen. Sandra konnte nicht wegschauen. Zum ersten Mal fielen ihr seine grünen Augen auf. Es waren schöne Augen – und sie waren das Letzte, was Sandra sah, ehe er ein Streichholz anriss und Flammen sie einhüllten.

4

Als die junge Frau tot war, rezitierte Harrison Schofield die Worte und malte die Symbole auf die Wände des Lagercontainers, wobei er sich exakt an die Vorgaben des Propheten hielt. Dann verließ er das Gelände der Einlagerungsfirma. Er kam an dem beige-weißen Wachhäuschen vorbei, in dem der ermordete Nachtwächter lag, und ging die Straße entlang zu seinem Toyota Camry. Das ruhige Viertel bestand hauptsächlich aus einem Holzlager und einem Schuppen, knallgrün und rot gestrichen wie eine Wassermelone, in dem ein Obst- und Gemüselieferant untergebracht war. Die einzigen Wohnhäuser waren ein paar schäbige Bungalows am anderen Ende der Straße. Die Einlagerungsfirma besaß Videoüberwachung, doch Schofield hatte das Gerät außer Gefecht gesetzt. Er kannte das Modell, ein AVMS 2500: keine Fernsicherung, nur simple Digitalaufnahmen, die auf einer Festplatte gespeichert wurden.

Er ging an einer Reihe gusseiserner Straßenlaternen vorbei, die wie zornige Wächter auf ihn hinunterblickten, ihn beobachteten, ihn anklagten. Er öffnete die Autotür und schob sich hinters Lenkrad. Der Prophet saß auf dem Beifahrersitz.

»Was empfindest du?«, fragte der Prophet. Seine schleppende, träge Südstaatlerstimme war tief, beinahe hypnotisch.

Schofield wusste, was der Prophet hören wollte. »Ich fühle mich gekräftigt. Stärker«, sagte er. Und das stimmte.

»Das ist gut. Sehr gut. Hast du das Ritual genau so ausgeführt, wie ich es dich gelehrt habe?«

Respektlos entgegnete Schofield: »Ich weiß, was ich tue.«

Ehe er reagieren konnte, zuckte die Hand des Propheten vor und traf ihn mit lautem Knall auf die linke Wange. »Vergiss nie, wo du stehst, Junge. Sobald du aufsteigst, sitzt du zur rechten Hand des Vaters und herrschst über diese Welt. Aber bis es so weit ist, spreche *ich* für den Vater. Vergiss das nie. Du zeigst mir jederzeit Respekt.«

Wieder einmal kam Schofield sich wie ein kleiner dummer Junge vor. Bilder, auf denen der Prophet ihn mit einer stachelbewehrten Peitsche prügelte, standen ihm vor Augen. Er konnte beinahe spüren, wie sie ihm das Fleisch vom Rücken riss. Er ließ den Kopf hängen und murmelte eine leise Entschuldigung.

Der Prophet legte ihm eine Hand auf die Schulter. Seine Stimme wurde sanft. »Nur noch wenige Tage bis zur Dunkelsten Nacht. Dein Geist muss für den Aufstieg bereit sein. Hast du das Ritual ganz sicher korrekt ausgeführt?«

»Ich habe deine Anweisungen buchstabengetreu eingehalten.«

»Gut. Hast du das Opfer für morgen Nacht ausgewählt?«

Schofield nickte, und sein Puls beschleunigte sich vor Erwartung. »Alles ist bereit, Herr.«

Ein Laut der Freude drang aus der Kehle des Propheten. Der ältere Mann hob den Arm und schaltete das Radio des Camrys ein. Ein Song der Rolling Stones dröhnte aus den Lautsprechern: *Sympathy for the Devil.*

Schofield legte den Gang ein und fuhr los. Er fragte sich, was er am Morgen empfinden würde, wenn er seinen Kindern in die Augen blickte.

Zweiter Tag –

16. Dezember, morgens

5

Elk Grove Village, dreißig Kilometer nordwestlich vom Chicagoer Stadtzentrum gelegen, galt als eine der handelsfreundlichsten Vorstädte im County und beherbergte eines der größten Gewerbegebiete in Nordamerika. Die Schulen der Ortschaft zählten zu den besten in Illinois, und die Stadtverwaltung hatte alles darangesetzt, um Elk Grove Village ein pittoreskes und zugleich modernes Äußeres zu verleihen.

Die friedliche Vorstadt war keine jener Örtlichkeiten, die man normalerweise mit einem Menschenhändlerring in Verbindung brachte, doch nicht selten trog der Schein, wie FBI Special Agent Victoria Vasques nur zu gut wusste. Genau wie jeder Mensch besaß jeder Ort zahlreiche komplexe Ebenen, die nie ans Tageslicht kamen. Vasques' Partner, Troy LaPaglia, klapperte auf der Tastatur seines PC und rief den Videokanal des Starbright Motel ab – eine Absteige, wo man inoffiziell die Zimmer stundenweise mieten konnte und wo über jedem Bett ein Deckenspiegel hing.

Vasques rutschte auf ihrem Sitz nach vorn, lehnte sich zurück und versuchte, die Beine so gut es ging auszustrecken. Der Überwachungswagen – ein Kleinbus, auf dem außen der Schriftzug MASCONI HEIZUNG UND SANITÄR angebracht war – bot nicht viel Platz, und ihr schliefen allmählich die Beine ein. Die steinharten kleinen Hocker verbesserten die Lage auch nicht gerade. Vasques nahm sich vor, für den nächsten Einsatz ein Sitzkissen zu kaufen, wie alte Damen es zu Basketballspielen mitbrachten, damit sie es auf den Bänken halbwegs bequem hatten.

Der Geruch nach kaltem Kaffee und fettigem Fast Food trieb durch das Wageninnere und verursachte ihr Übelkeit. Sie musste hier raus. Und sie brauchte unbedingt eine Zigarette. Andererseits hatte sie es nun schon zwei Wochen ohne Kippe ausgehalten, da wäre es schön dumm, sich jetzt vom Verlangen übermannen zu lassen. Seufzend schob sie sich einen frischen Streifen Kaugummi in den Mund.

LaPaglia schien Vasques' Gedanken gelesen zu haben. »Ich kriege so das Gefühl, dass wir nicht mehr lange in dieser Blechbüchse sitzen müssen. Sie dürften jeden Augenblick kommen.«

»Hoffentlich«, erwiderte sie. »Ich muss mal pissen.«

LaPaglia schüttelte den Kopf. »Du bist wirklich ein zartes Pflänzchen, Vasques. So schüchtern und zurückhaltend.«

»Ich bin bei einem alleinerziehenden Vater aufgewachsen, der noch dazu bei der Mordkommission war. Ich weiß überhaupt nicht, wovon du redest.«

LaPaglia beugte sich vor. Das Licht des Monitors ließ sein Gesicht weiß leuchten. Vasques hatte seinen Nachnamen immer irgendwie komisch gefunden, weil LaPaglia einen teigig-weißen Teint hatte, wie er schlimmer nicht sein konnte, und dazu kurzes blondes Haar. Er sah kein bisschen wie der dunkelhäutige, schwarzhaarige Südländer aus, worauf sein italienischer Nachname hindeutete. Vasques hingegen hatte von ihren brasilianisch-amerikanischen Eltern die bronzene Haut und das dunkle Haar geerbt, und ihr portugiesischer Nachname passte perfekt zu ihr.

Sie blickte auf einen anderen Monitor und sah die beiden Cops vom Sittendezernat der Cook County Police in einer zivilen beigefarbenen Limousine, wo sie auf das Stichwort warteten, um ihre Kollegen beim Zugriff zu unterstützen.

Das Motel stand seit mehreren Tagen unter Beobachtung, und jetzt würde ihre Arbeit Früchte tragen. Sie warteten auf die Ankunft eines Mannes namens Oscar Wilhelm. Sein Fahrgast würde ein großer Jamaikaner sein, der sich Mr Chains nannte. Vasques stellte immer wieder fest, dass Kotzbrocken wie Chains einen merkwürdigen Hang zum Dramatischen besaßen. Chains war der Drahtzieher eines Menschenhändler- und Zuhälterrings, der Mädchen aus Guatemala im Alter von zwölf bis Mitte zwanzig zur Prostitution in die USA verfrachtete und abkassierte. In ihren armen Heimatdörfern wurden diese Mädchen und jungen Frauen mit der Aussicht auf legale Arbeit in den Vereinigten Staaten angeworben, als Sexsklavinnen verkauft und gezwungen, jeden Tag zwischen fünf und fünfundzwanzig Freier zu bedienen.

Oscar Wilhelm, der Fahrer, war von Chains angestellt worden, um ihn diskret durchs Land zu transportieren und zu schützen. Doch Wilhelm hatte nicht damit gerechnet, in die Abgründe blicken zu müssen, die sich vor ihm auftaten. Voller Abscheu hatte er einer Gruppe namens CAST, die Sklaverei und Menschenhandel bekämpfte, einen Tipp gegeben. CAST hatte augenblicklich die zuständige Sonderkommission im Raum Chicago benachrichtigt – ein Team aus Angehörigen mehrerer Strafverfolgungsbehörden. Auf diese Weise waren Vasques und LaPaglia ins Spiel gekommen. Sie hatten Wilhelm überredet, ein Mikrofon zu tragen, Beweismaterial gegen Chains zu sammeln und den Harem dieses Mistkerls zu befreien.

»Da kommen sie«, sagte LaPaglia.

Vasques beobachtete, wie Wilhelm den Wagen parkte und Chains die Tür öffnete. Sie stiegen die Außentreppe zu der Zimmerreihe hinauf, die sie an Freier vermieteten und in der die Mädchen untergebracht waren. Vasques hätte zu gern gewusst, was es kostete, dass die Motelbesitzer ihre Seelen verkauften und wegschauten. Vor den Türen wachte ein großer, kahlköpfiger Bursche über jenen Bereich, den Chain als »Pferch« bezeichnete. Dort wurden normalerweise fünf bis zehn Mädchen in einem einzigen Zimmer festgehalten.

Die Stimme des hünenhaften Wächters drang aus den Mini-Lautsprechern im Kleinbus. Seine Worte waren undeutlich und ein wenig gedämpft, weil sie mit dem Mikrofon unter Wilhelms Hemd aufgenommen wurden. Vasques beugte sich näher heran, damit sie verstehen konnte.

»Eins von den Mädchen wollte heute Morgen abhauen«, sagte der Riese. »Sie ist nicht weit gekommen, aber sie hat 'ne richtige Szene gemacht. Zum Glück hat's keiner gemeldet und die Bullen gerufen.«

Chains sprudelte irgendetwas in einer Sprache hervor, die Vasques nicht verstand, aber es handelte sich offenbar um Flüche. Wieder blickte sie auf den Monitor, als Chains die Tür des Motelzimmers schwungvoll öffnete und ins Zimmer dahinter stürmte, gefolgt von Wilhelm. Chains' zorniges Gebrüll erfüllte knisternd den Überwachungswagen. Wieder stieß er wütende Phrasen in der fremden Sprache aus. Dann sagte er auf Spanisch: »Ich frage gar nicht erst, welche von euch es war, denn das ist scheißegal. Wenn eine mich verrät, verratet ihr mich alle. Und dann leidet ihr alle. Wenn ich andere Mädchen hätte, die euren Job machen könnten, würde ich euch umbringen, ihr Miststücke, und eure Leichen mit dem übrigen Abfall zur Müllkippe fahren. Nur habe ich leider keine Ersatzmädchen, und das Geschäft muss weitergehen. Trotzdem müsst ihr begreifen, was passiert, wenn ihr unsere kleine Familie verratet.«

Vasques beugte sich vor und übersetzte das Spanische, so gut sie konnte. In diesem Augenblick stieß eines der Mädchen einen schrillen Schrei aus. Wilhelm sagte laut und deutlich – wahrscheinlich nur, damit die Polizei wusste, was vor sich ging: »Verdammt, Chains, Sie müssen doch jetzt nicht mit dem Messer auf sie los, oder?«

Mehr brauchte Vasques nicht zu hören. Sie stürzte zu den Hecktüren des Vans und hielt bereits die SIG Sauer Kaliber .45 in der Hand, ehe ihre Füße den Asphalt berührten. Sie stolperte vor und wäre beinahe gestürzt, weil ihr nach so langem Sitzen auf engem Raum die Beine eingeschlafen waren.

»Vasques! Warte!«

Sie ignorierte ihren Partner, erlangte das Gleichgewicht wieder, sprintete über den Parkplatz des Starbrights und stürmte die Treppe hoch, wobei sie immer zwei Stufen auf einmal nahm. Ehe der kahlköpfige Wächter reagieren konnte, knallte sie ihm die Pistole gegen die linke Schläfe und rammte ihm ihr Knie in die Weichteile. Dann schob sie sich an dem halb bewusstlosen Mann vorbei. Sie hörte, wie hinter ihr LaPaglia dem Hünen befahl, sich auf den Boden zu legen.

Neben der Tür von Chains »Pferch« nahm Vasques Aufstellung. Bei einem Blick über die Schulter sah sie, wie LaPaglia dem Glatzkopf Handschellen anlegte, während die beiden Cook County Deputys bereits die Treppe hinaufgerannt kamen. Doch Vasques wartete gar nicht erst auf sie. Nur eine Sekunde Zögern konnte den Unterschied zwischen Leben und Tod für eine der jungen Guatemaltekinnen bedeuten, die nichts anderes verbrochen hatten, als für sich und ihre Familien ein besseres Leben zu suchen.

Vasques' Fuß traf die Tür. Zersplitternd flog sie nach innen. »FBI!«, rief sie in den Raum, glitt hinein und entdeckte Chains an der gegenüberliegenden Wand. Er hielt ein kleines Mädchen vor seinen fetten Leib, die Arme um die Taille der Kleinen geschlungen, deren Füße einen halben Meter über dem Boden baumelten. In der rechten Hand hielt er eine 9-mm-Glock. Bis auf die Mädchen, Wilhelm und ein paar Decken war der Raum leer. Das Bett, der Fernseher, der Tisch und die schäbigen Fotos, wie man sie in solchen Zimmern normalerweise fand, waren entfernt worden. Die Mädchen hatten nicht einmal Matratzen, auf denen sie schlafen konnten. Ein vertrauter Geruch nach Gewalt und Angst lag in der Luft.

»Mach nur einen Schritt näher, und sie stirbt.« Noch während Chains sprach, wich er nach links zum Bad zurück.

Vasques zielte auf ihn. Sie hätte zu gern abgedrückt, konnte es aber nicht riskieren. Chains hielt das Mädchen schützend vor seinen dicken Schädel, und alles außer einem Kopfschuss barg die Gefahr, dass die Geisel doch noch getötet wurde. Chains ging weiter rückwärts zur offenen Badezimmertür.

Vasques fluchte in sich hinein. Jetzt hatten sie es mit einer beschissenen Geiselnahme zu tun. Sie hatten Chains beim Verlassen des Motels festnehmen wollen, um genau diese Situation zu vermeiden. Vasques drehte sich der Magen um. Sie wusste, dass sie mit ihrer Aktion womöglich mehr Schaden als Gutes angerichtet hatte.

»Und jetzt raus mit dir, du Dreckstück, oder ich bringe sie um!«, rief Chains. »Ich rede nur mit jemandem, der meine Forderungen erfüllen kann. Bring mir jemanden, der was zu sagen hat!«

Vasques musste hilflos zuschauen, wie er die Badezimmertür zuwarf.

»Verdammt!«

LaPaglia erschien neben ihr, während die Cook County Deputys die Mädchen und Wilhelm aus dem Zimmer führten. »Das ist ja nicht so gelaufen wie geplant.«

Vasques schüttelte voller Abscheu den Kopf und öffnete den Mund zu einer Erwiderung, als ihr ein Gedanke kam. Sie hatte sich ganz auf Chains konzentriert, doch als ihr die Bilder jetzt noch einmal durch den Kopf schossen, erinnerte sie sich, dass sie über seiner linken Schulter ein Fenster gesehen hatte. Chains hatte sich keineswegs mit einer Geisel in die Ecke drängen lassen. Er hatte versucht, genügend Zeit zu kaufen, um aus dem Fenster zu klettern und zu entkommen.

Vasques rannte zur Treppe. »Er will hinten raus!«, rief sie über die Schulter, eilte die Stufen hinunter, blieb stehen und betrachtete die Motelfassade. Die Türen waren in einem verblassten Rot gestrichen, die Wände in einer schmutzigen Cremefarbe. Die Zimmerzeile erstreckte sich fünfzehn Einheiten weit von ihrer Position bis zum Büro. Ihr blieb keine Zeit, um das gesamte Gebäude herumzulaufen, dann wäre Chains längst verschwunden.

Vasques blickte sich um und entdeckte einen Gang, der zwischen zwei Zimmern hindurchführte. Sie umging die Treppe und rannte in den Gang hinein. Eine Eismaschine aus den Fünfzigerjahren, ein Automat für Schokoriegel und Chips und ein Colaautomat standen links von ihr in einer dunklen Nische, doch vor ihr strahlte Tageslicht. Der Gang führte auf einen Hof mit einem leeren Schwimmbecken, in dem vertrocknetes Laub verrottete. Am einen Ende war eine kleine Pfütze aus grünlichem Wasser. Wieder blieb Vasques stehen und suchte nach der Rückseite von Chains' Zimmer.

Dann entdeckte sie ihn. Chains war aus dem Fenster geklettert und rannte über das zerbröckelnde, rötlich braune Dach zur Gasse. Er hatte seine Verfolgerin nicht gesehen.

Vasques stürmte um den leeren Pool herum und lief in die gleiche Richtung wie Chains, wobei sie sich so nahe an der Wand hielt wie möglich. Als sie das Ende des Gebäudes erreichten, glitt sie genau in dem Moment um die Ecke, als Chains vom Dach auf einen leeren Müllcontainer sprang. Der Deckel war aus schwarzem Kunststoff und bog sich unter Chains' Gewicht. Er glitt vom Container und landete auf dem Asphalt der Gasse. Immer noch kehrte er Vasques den Rücken zu.

Sie richtete ihre Waffe auf ihn. »Weiter geht's nicht, Chains. Es ist vorbei.«

Der massige Jamaikaner drehte sich langsam in ihre Richtung. In seinen Augen stand ein wütender, beinahe irrer Ausdruck. Die Glock baumelte in seiner rechten Hand. Seine Nasenlöcher blähten sich und zogen sich zusammen wie bei einem Stier, der jeden Moment losstürmt.

»Fallen lassen«, sagte sie langsam und betont.

Chains lachte schnaubend und hob den rechten Arm.

Vasques feuerte.

Die .45-Kugel bohrte sich in seine rechte Schulter, und mit einem lauten Schmerzensschrei krümmte er sich zusammen. In der nächsten Sekunde war Vasques bei ihm, trat die Pistole weg und hielt ihn in Schach, während Chains in Schonhaltung ging. Die Hände an der Schulter, sprach er wieder in der seltsamen Sprache und stieß etwas hervor, bei dem es sich offenbar um einen Fluch handelte, mit dem er sie und ihre Familie bedachte, wie Vasques vermutete.

Sie hörte LaPaglias Schritte auf dem Asphalt hinter ihr, ohne den Blick von Chains zu nehmen. Sie bedauerte, nicht auf seinen Kopf gezielt zu haben. »Dieses Jahr verbringen Sie Weihnachten hinter Gittern, Chains. Und ich werde persönlich dafür sorgen, dass Ihre Vorliebe für kleine Mädchen sich herumspricht. Also keine Sorge, auch im Knast brauchen Sie auf ein Liebesleben nicht zu verzichten.«

6

Vasques knallte die Tür des Rettungswagens zu, der Chains zur Behandlung ins Alexian Brothers Medical Center bringen sollte. Dann ließ sie den Blick über die Ansammlung von Streifenwagen und Polizeibeamten schweifen, die Aussagen aufnahmen, Beweise sicherten und den gesamten Bereich abriegelten. Mitarbeiter der Einwanderungsbehörde waren ebenfalls erschienen und kümmerten sich um die Mädchen. Vasques wusste nicht, was den versklavten jungen Frauen bevorstand, doch es konnte nur besser sein als die Hölle, die hinter ihnen lag.

Eine vertraute Stimme übertönte das Durcheinander. »Anscheinend folgt dir der Ärger, wo du auch hingehst, Vicky.«

Auf der ganzen Welt nannten sie nur sehr wenige Menschen »Vicky«. Als Vasques sich umdrehte, sah sie Detective Sergeant Trevor Belacourt vor sich, der mit verschränkten Armen an der Motorhaube seines metallicroten Chevy Impala lehnte, ein schiefes Grinsen auf den Lippen. Belacourt war ein großer, schon älterer Mann mit schütterem Haar und Schnurrbart; einer seiner Vorderzähne stand auf seltsame Weise vor. Über einem weißen Button-Down-Hemd trug er eine Khakihose und ein hellbraunes wollenes Sportsakko. Belacourt war der Partner von Vasques' Vater gewesen, bis zu dessen Tod. Mittlerweile leitete er die kleine Mordkommission von Jackson's Grove.

Dass Vasques ihn hier sah, konnte nur eines bedeuten,

doch sie hielt es für unhöflich, das Thema ohne Umschweife anzusprechen. Stattdessen ging sie zu ihm und drückte ihn kurz. »Wie ist es dir ergangen, Trevor?«

Belacourt hatte eine tiefe, näselnde Stimme. »Prima. Jeden Tag guck ich in die Post und warte auf eine Einladung zu deiner Hochzeit.«

»Da muss ich erst den passenden Typen finden. Was ist mit dir? Willst du deine besten Jahre als Junggeselle verbringen?«

Er lachte. »Ein Ehering vermasselt mir im Altersheim nur die Chancen, mein Kind. Bei meinem Aussehen werde ich mir mit meinem Krückstock die liebestollen Witwen vom Leib halten müssen.«

Sie nickte und überlegte, was sie noch sagen konnte.

»Nur raus damit, Mädchen«, forderte Belacourt sie auf. »Mach aus deinem Herzen keine Mördergrube. Du weißt, wieso ich hier bin.«

»Der Anarchist ist wieder da. Er mordet wieder.«

Belacourt nickte. »Gestern Nacht haben wir das erste Opfer gefunden. Er hat den Nachtwächter einer Einlagerungsfirma ermordet und in einem leeren Container seine verdammte Show abgezogen. Gleicher Tathergang wie früher. Ich habe schon mit deinem Chef gesprochen und dich als Beraterin für den Fall angefordert. Ich musste ihm ein bisschen zureden, aber in Anbetracht deines Wissens aus erster Hand, was diesen Verrückten angeht, und deinen Kenntnissen im Profiling musste er mir am Ende geben, was ich wollte.«

Vasques wurde die Brust eng, und die Erinnerung an den Tod ihres Vaters überfiel sie. Er hatte am Fall des Anarchisten gearbeitet, als er gestorben war. Sie hatte die Akten eingehend studiert und das Gefühl gehabt, als könnte sie das Andenken ihres Vaters am besten dadurch ehren, dass sie seinen letzten Fall abschloss. Doch sie hatte keine Fortschritte machen können. Dann war der Killer untergetaucht und hatte sich fast anderthalb Jahre lang nicht gezeigt.

Bis jetzt.

Vasques nickte. Entschlossenheit überkam sie. Diesmal würde sie den Mistkerl fassen, ganz egal, was dazu nötig war.

»Worauf warten wir. Sehen wir uns den Tatort an.«

Zweiter Tag –

16. Dezember, nachmittags

7

In einem anderen Leben war Emily Morgan klinische Psychologin gewesen, die Polizeibeamten half, traumatische Erlebnisse zu verarbeiten. Ihr Ehemann Jim war Beamter bei der State Police von Colorado. Sie hatten eine kleine Tochter und wohnten in einem wunderschönen, grünbraunen Haus im Kolonialstil in den Wäldern von Südost-Colorado. Dann war durch Zufall Francis Ackerman in ihr Leben getreten, und alles hatte sich verändert.

Bei ihrem Kampf gegen Ackerman hatte Emily einen Mann namens Marcus Williams kennengelernt, der sie einem anderen Mann vorstellte, den er nur »Director« nannte. Emily hatte bei der Auseinandersetzung mit dem wahnsinnigen Killer große Stärke bewiesen, worauf der Director ihr die Stelle als psychologische Betreuerin für Einsatzagenten der Shepherd Organization anbot. Es war eine Chance für einen Neuanfang gewesen. Eine Chance, die Erinnerung an Jim und ihr altes Leben hinter sich zu lassen. Und so hatte Emily ihre Tochter genommen und war in eine kleine Stadt in Nord-Virginia gezogen.

Das war nun fast ein Jahr her, doch bei ihrem wichtigsten Klienten hatte Emily seither nur geringe Fortschritte gemacht: bei Marcus Williams. Marcus hatte ein gutes Herz, doch er besaß die Neigung, sich zu quälen und die Sorgen der Welt auf seine Schultern zu laden. Im Einsatz war er ein Mann der Tat, doch sobald es um seine persönlichen Probleme ging, erwies er sich als schwerfälliger

Grübler. Emily machte sich Sorgen um ihn – und der Director ebenfalls.

»Möchtest du es mit einer weiteren Hypnosesitzung versuchen? Um zu sehen, ob du dich an mehr Einzelheiten aus der Nacht erinnern kannst?«, wollte Emily von Marcus wissen.

»Wozu?«, fragte er.

Marcus saß Emily auf einem Sofa aus hellem Leder gegenüber. Sie hatte versucht, das Sprechzimmer im Anbau hinter ihrem Haus mit beruhigenden neutralen Pastellfarben auszustatten, dazu friedlichen Bildern von idyllischen Bächen, stillen Wäldern und romantischen Sonnenuntergängen. Sie hatte sich eingehend mit der psychologischen Bedeutung von Farben und Bildern befasst und experimentierte ständig damit, tauschte sie aus und beurteilte die Wirkung, die sie damit erzielte. Eine exakte Wissenschaft war es nicht gerade, doch sie wollte den Männern und Frauen, denen sie zu helfen versuchte, eine Bastion bieten, in der sie sich sicher und beschützt fühlen konnten. Und es schien zu helfen. Alle waren ruhig und entspannt – nur nicht Marcus. Manchmal fragte sie sich, ob er sich in ihrem Sprechzimmer wohler fühlen würde, wenn sie die Wände schwarz gestrichen und Wälder und Bäche gegen Tatortfotos ausgetauscht hätte.

»Ich glaube, wir haben gute Fortschritte gemacht. Als wir angefangen haben, konntest du dich an kaum etwas erinnern, nur an Finsternis und Angst.«

»Und woran erinnere ich mich jetzt? An eine Stimme in der Dunkelheit, von der du sagst, es hätte sie vermutlich gar nicht gegeben, und die Schreie meiner Eltern. Wir haben nichts erreicht. Was wir hier tun, ist eine einzige Zeitverschwendung. Für mich und für dich.«

Emily hob die Hand, nahm die Brille ab und legte sie und ihr Notizbuch auf das Tischchen neben dem Sessel. Dann beugte sie sich vor und stützte die Ellbogen auf die Knie. »Da bin ich gegenteiliger Ansicht. Übrigens hast du mir nie gesagt, weshalb du dich genauer an diese Nacht erinnern möchtest. Hoffst du, dadurch den Mörder deiner Eltern zu finden? Dich an einen Hinweis zu erinnern, der dich zu ihm führt?«

Eine undeutbare Regung blitzte in Marcus' Augen. Für einen Moment glaubte Emily, er würde sich ihr tatsächlich öffnen. Dann zog er sein Handy aus der Tasche und warf einen Blick auf die Uhrzeit. »Ich glaube, die Sitzung ist zu Ende, Doc. Ich möchte den Steuerzahler nicht übermäßig belasten.«

Emily lehnte sich zurück und seufzte. »Ich habe es dir schon oft gesagt. Ich bin für dich da, rund um die Uhr. Sich am Zorn festzuklammern ist so, als würde man eine glühende Kohle in der Hand halten, weil man sie nach jemandem werfen will. Man verbrennt sich dabei nur selbst.«

Marcus hob eine Augenbraue. »Hast du das auf einem Glückskeks gelesen?«

»Mein Großvater war Japaner und Buddhist. Er hat dieses Beispiel mal genannt. Es stammt aus den Lehren Buddhas. Meine Großmutter war Irin und Katholikin. Sie hat mich gelehrt, meine Feinde zu lieben und für die zu beten, die mich verfolgen. Das stammt von Jesus Christus.«

Marcus erwiderte nichts.

Emily erwog, noch eine Lehre Buddhas anzubringen, die

sie von ihrem Großvater kannte. *Besser als tausend hohle Wörter ist ein Wort, das Frieden bringt.* Nur musste sie noch immer herausfinden, was Marcus den Frieden bringen konnte.

»Wie lange hast du nicht mehr geschlafen?«

Marcus lächelte. »Wieso? Willst du mich in den Schlaf singen?«

Emily antwortete nicht. Sie hatte ihn schon öfters so erlebt und wusste, dass jeder Versuch, ein echtes Gespräch zu führen, mit einer scharfzüngigen Bemerkung erwidert würde, die von den eigentlichen Fragen ablenkte. Sie ging zu ihrem Schreibtisch, öffnete eine Schublade, nahm ein Fläschchen mit Tabletten heraus und warf es ihm zu.

Marcus fing es aus der Luft und blickte darauf. »Was ist das?«

Emily setzte sich an den Schreibtisch und notierte etwas. »Es hilft dir beim Einschlafen.«

»Nein, danke. Ich muss mich konzentrieren. Ich kann so einen Mist nicht schlucken.« Marcus warf das Pillenfläschchen zu ihr zurück. Sie fing es und schleuderte es mit aller Kraft zurück, die sie aufbringen konnte. Das Fläschchen prallte von Marcus' Brust ab.

»Konzentrieren? Was meinst du denn, wie konzentriert du bist? Du pfeifst auf dem letzten Loch! Deine Effizienz im Einsatz ist gleich null. Genauso gut könntest du dich vorher besaufen. Du nimmst diese verdammten Pillen und schläfst, oder ich ziehe dich aus dem aktiven Dienst ab. Habe ich mich klar genug ausgedrückt?«

Er starrte sie an. Dann bückte er sich, hob das Fläschchen auf und ging zur Tür.

Emily hob den Blick von ihren Notizen. »Pass da draußen auf dich auf, Marcus.«

Ohne sich umzudrehen, erwiderte er: »Du weißt ja, Buddha hat auch Folgendes gelehrt: ›Das ganze Geheimnis der Existenz besteht darin, keine Furcht zu haben. Fürchte nicht, was aus dir wird, verlasse dich auf niemanden. Erst wenn du alle Hilfe zurückweist, bist du befreit.‹«

Emily blickte ihm nach, als er die Tür öffnete und hinaus in die Nacht ging.

8

Marcus betrat sein Büro und warf seine Lederjacke über die Lehne eines der schwarzen Besuchersessel vor dem Schreibtisch. Der ganze Raum roch nach neuem Leder und altem Vinyl. Der Lederduft stammte von den neuen Möbeln, die Marcus auf Rechnung der Shepherd Organization gekauft hatte. Der Geruch nach altem Vinyl kam von seiner Schallplattensammlung, die in einer Ecke stand. Filmposter hingen an den Wänden – von Jack-Nicholson-Filmen, dem ersten *Predator*, von *Alien*, den ersten drei *Indiana-Jones*-Filmen, *Stirb langsam* und ein paar anderen. Alle waren von den Hauptdarstellern und Mitgliedern der Filmcrew signiert. In einer Vitrine in der Ecke befand sich eine Sammlung von Filmrequisiten, die bei Dreharbeiten benutzt worden waren. Marcus hatte viel überschüssiges Einkommen und verbrachte seine wenige Freizeit bei eBay. Familienfotos gab es in seinem Büro nicht.

Schon beim Eintreten hatte Marcus gespürt, dass jemand auf der Couch saß, doch er täuschte Unwissenheit vor, bis er an seinem Schreibtisch saß und sich daranmachte, die Post zu öffnen. Ohne von der Sendung in dem braunen Polsterumschlag aufzublicken, ließ er den Mann wissen, dass ihm seine Anwesenheit bewusst war. »Sie sollten aufpassen, an wen Sie sich ranschleichen. Normalerweise schieße ich erst und stelle dann die Fragen.«

»Woher wollen Sie wissen, dass ich nicht den Zündstift aus Ihrer SIG genommen habe?«

Marcus blickte auf den Director der Shepherd Organization und hätte beinahe an sein Schulterholster gegriffen, um sich zu vergewissern. »Das würde ich Ihnen glatt zutrauen.«

»Ich habe es Ihnen schon mehr als einmal gesagt, mein Junge. Meist können Sie nicht beeinflussen, in welche Situation Sie geraten. Deshalb müssen Sie Einfluss ausüben, sobald es Ihnen möglich ist.« Der Director stieß ein Kissen und eine Decke an, die über der Sofalehne lagen. »Wie ich höre, haben Sie das Apartment aufgegeben, das wir in Ihrem Namen angemietet hatten, und sind in Ihr Büro gezogen.«

»Das Apartment war überflüssig. Neunzig Prozent meiner Zeit verbringe ich auf der Straße, den Rest hier. Die Wohnung hat nur unnötig Steuergelder geschluckt.«

»Ein häusliches Leben ohne Zuhause zu führen ist schwierig, Marcus.«

Marcus breitete die Arme aus. »Hier ist mein Zuhause.«

Der Director stand auf und betrachtete die verschiedenen Sammlungen im Büro. Dann blieb sein Blick auf den Stapeln aus Tatortfotos haften, die auf der Schreibtischplatte lagen. »Steht es jetzt besser zwischen Ihnen und Maggie?«

Marcus blickte den Director ausdruckslos an und zeigte auf die Akte, die der ältere Mann unter dem Arm trug. »Haben wir einen neuen Fall?«

»Eigentlich ist es ein alter Fall mit neuen Entwicklungen. Aber Sie haben meine Frage nicht beantwortet.«

Marcus schwieg.

»Sie liebt Sie. Das wissen Sie doch, oder?«

Marcus streckte die Hand aus. »Möchten Sie mir die Akte geben? Wenn der Fall so ist wie die anderen, an denen wir arbeiten, haben wir keine Zeit fürs Herumeiern.«

Der Director stand reglos da wie eine Statue, die Akte fest unter den linken Arm geklemmt. »Wie haben Sie geschlafen?«

Marcus stieß den Atem aus, stand auf und kam um den Schreibtisch herum. »Sie haben mich in die Organisation geholt, damit ich einen Job erledige. Im vergangenen Jahr habe ich genau das getan, nichts anderes, nonstop. Ich lebe und atme in dem, was ich tue. Ich habe jeden Killer zur Strecke gebracht, dessen Akte Sie mir auf den Tisch geknallt haben. Haben Sie auf einmal Zweifel, dass ich den Job machen kann, für den Sie mich angeworben haben?«

Der Director verzog keine Miene. »Nein. Und das wissen Sie.«

»Dann geben Sie mir die verdammte Akte und lassen Sie mich meine Arbeit tun. Wenn Sie auf professioneller Ebene ein Problem mit meiner Vorgehensweise haben, können Sie mich feuern. Aber aus allem anderen halten Sie sich gefälligst raus!«

Der Director schwieg. Keiner von beiden rührte sich. Schließlich schob der Director die rechte Hand über seine Brust, zog die Akte unter der Achsel hervor und hielt sie zwischen sich und Marcus. Der riss sie ihm aus der Hand, schlug sie auf und lehnte sich an die Schreibtischkante. »Der Anarchist?«

»Ja. Wir wissen nicht, wie viele seiner Opfer er umgebracht hat, aber es gibt auf jeden Fall eine Verbindung zum Okkultismus. Die Einzelheiten stehen in der Akte. Er war etwa anderthalb Jahre lang inaktiv. Allen möchte Sie in Chicago treffen. Er hat kurzzeitig an dem Fall gearbeitet, ehe der Killer untergetaucht ist. Dieser Irre hat drei Frauen ermordet. Fünf weitere sind spurlos verschwunden.«

»Von den fünf sind nie Leichen aufgetaucht?«

»Nein. Lassen Sie die Polizei ihre Arbeit machen, Marcus, und halten Sie sich bedeckt, aber tun Sie, was immer nötig ist, um diesen Psycho aufzuhalten.«

Marcus nickte. Das Ziel der Shepherd Organization war nicht der Tod der Männer, die sie jagten. Manchmal genügte es zu helfen, wo man konnte, und die Killer von der Polizei festnehmen zu lassen. Marcus hoffte, dass er bei diesem Einsatz niemand zu töten brauchte.

Der Director ging zur Tür, blieb kurz stehen und sagte: »Sie machen wenigstens einen Tag Urlaub, ehe Sie an diesen Fall gehen. Die Polizei kann die Vorarbeiten erledigen, und Sie haben viel Zeit. Wir brauchen Sie zu einhundert Prozent. Ist das klar?«

»Absolut. Kristallklar. Hundertzehn Prozent.«

Der Director kniff die Augen zusammen, erwiderte aber nichts. Ehe er die Tür schloss, sagte er nur: »Hals- und Beinbruch, und gute Jagd.«

Marcus ging an seinen Schreibtisch zurück und machte Platz für die Akte. In einem Plastikbeutel, der an die Titelseite geheftet war, befand sich ein USB-Stick. Marcus nahm ihn heraus und steckte ihn in sein Notebook, wobei er sich fragte, weshalb der Director ihm noch immer Akten in Papierform brachte. Marcus selbst hatte nach der Übernahme seines Teams alles auf digitale Dokumente umgestellt. Er sendete die Falldateien als verschlüsselte E-Mails an Andrew und die anderen Mitglieder des Teams, dann öffnete er sie und betrachtete die Fotos der Frauen, die der Anarchist vor anderthalb Jahren getötet hatte, sowie das Foto der Frau von letzter Nacht. Es waren fröhliche, lächelnde Gesichter. Marcus nahm an, dass einige dieser Fotos in Suchanzeigen im Raum Chicago auftauchten. Diese Frauen hatten Familien gehabt, Hoffnungen und Träume, Wünsche und Sehnsüchte. Doch alles, was sie waren und hätten sein können, war ihnen geraubt worden. Marcus schaute in ihre Augen, prägte sich die Gesichter ein.

Schließlich nahm er das Handy aus der Tasche und rief Andrew an. »Ich habe dir gerade eine E-Mail geschickt.«

Am anderen Ende dehnte sich das Schweigen. »Wir gehen schon wieder raus?«

»Kein Friede den Gottlosen. Ich möchte in ein paar Stunden unterwegs sein. Pack unsere Sachen.«

Andrew seufzte. »Du bist der Boss.«

Marcus legte auf und drückte eine Taste an seinem Laptop, die die Falldateien öffnete. Er tastete nach den Tabletten in seiner Tasche, blickte auf das Fläschchen, legte es in die Schreibtischschublade und schloss sie.

Das Leben Unschuldiger stand auf dem Spiel, und er hatte viel zu lesen, ehe sie nach Chicago aufbrachen.

Zweiter Tag –

16. Dezember, abends

9

In der Werkstatt im hinteren Teil seiner Garage leitete Harrison Schofield seinen Internetzugriff über drei Proxyserver um. Er war sicher, dass die Polizei nie in der Lage sein würde, irgendetwas bis zu ihm zurückzuverfolgen. Die Kameras hatten keine Zugriffslogs; außerdem hatte er Vorsichtsmaßnahmen ergriffen, um seine digitale Identität zu verschleiern. In der Baumgruppe hinter seinem Haus hatte er einen WLAN-Repeater installiert, der die Reichweite drahtloser Netzwerke vergrößerte, und mit dem ungesicherten Funknetz eines Nachbarn verbunden. Selbst wenn man die IP-Adresse zurückverfolgen sollte, führte die Spur zum Haus des Nachbarn und nicht zu ihm.

Im sicheren Gefühl der Anonymität griff Schofield auf die Kamerabilder zu und schaltete durch die verschiedenen Ansichten. Da war sie, Jessie Olague, das nächste Opfer. Sie ging ihrer abendlichen Routine nach – ein Ablauf, den Schofield in den letzten sechs Monaten studiert hatte.

Sie spielte Musik. Obwohl er nichts davon hören konnte, spürte er über den Rhythmus ihres Körpers, den sanften Schwung ihrer Hüften und das leichte Auf und Ab ihres Kopfes den Beat. Sie wirkte glücklich, im Frieden mit der Welt. Er fragte sich, wie sie das schaffte. Im Zuge seiner Recherchen hatte er alles über Jessie Olague erfahren, was es zu erfahren gab. Ihre Eltern waren drogensüchtig gewesen. Nachdem irgendwann das Jugendamt eingeschritten war, hatte Jessie den Rest ihrer Kindheit bei unterschiedlichen

Pflegeeltern verbracht. Sie selbst war kinderlos. Mehrfach aufgetretene Eierstockzysten hatten sie unfruchtbar gemacht. Ihr Mann war Trinker und neigte zur Gewalttätigkeit, wenn er ausnahmsweise mal zu Hause war. Zu Jessies Glück arbeitete er nachts, und sie sah ihn kaum. Sie begegneten einander nur im Vorbeigehen, doch selbst diese Augenblicke waren angespannt und konnten zu Prügeln eskalieren. Jessie hatte nur wenige enge Freundinnen und arbeitete ohne Aufstiegschancen in einem Coffeeshop im Einkaufszentrum. Dort war Schofield auf sie aufmerksam geworden.

Trotz allem sah man sie selten ohne ein Lächeln. Jeden Sonntag half sie freiwillig in einer Suppenküche, jeden zweiten Dienstag im Monat in einem Tierheim. Wenn sie einen Raum betrat, schien es darin heller zu werden. Jessie Olague hatte ein gutes Herz.

Schofield wollte, was sie besaß.

Er brauchte es.

So viel Lebensfreude und Zufriedenheit waren selten und schwer erreichbar. Schofield war ohne Seele geboren, aber bald würde er ein Stück von Jessies Seele rauben. Er würde empfinden, was sie empfand. Er würde von ihrem Glück kosten und es sich zu eigen machen.

10

Schofield parkte in der Gasse hinter Jessie Olagues Haus und zog sich die schwarze Sturmhaube über den Kopf, die nur seine Augen und den Mund freiließ. Ein letztes Mal ließ er den Blick in die Runde schweifen, dann stieg er aus dem Wagen. In seinem Schritt lag kein Zögern. Er hatte jede Bewegung visualisiert und choreografiert. *An der Garage vorbei, dem Weg folgen, den Schlüssel zur Hintertür unter dem Topf mit dem verwitterten Hibiskus hervorholen, den Jessie den Winter über besser ins Haus geholt hätte, dann die Stufen hinauf zur Glasschiebetür, den Schlüssel ins Schloss stecken, umdrehen, die Tür vorsichtig zur Seite schieben, ins Haus treten, die Tür wieder schließen.*

Er besah sich das Innere ihrer Küche. Es kam ihm eigenartig vor, den Raum aus diesem Winkel und in Farbe zu sehen, nachdem er sich an die verrauschten Schwarz-Weiß-Aufnahmen der Videoüberwachung gewöhnt hatte. Roter und weißer Zierrat im Americana-Stil schmückte die Wände und Arbeitsflächen in der Küche und dem sich anschließenden Esszimmer. Ein mickriger Weihnachtsbaum, mit selbst gemachtem Schmuck behängt, stand am vorderen Fenster im Wohnzimmer. Die Jalousien waren geschlossen, aber das Licht eines vorüberfahrenden Pkws sickerte durch die Ritzen und huschte über die Zimmerdecke. Schofield horchte einen Augenblick, hörte aber nichts außer dem Knarren und Ächzen eines Hauses im Winter.

Er schloss die Augen, nahm die Gerüche in sich auf. Jessie

hatte eine Kerze brennen lassen, und noch immer hing ein süßlicher Karamellgeruch in der Luft.

Schofield durchquerte das Wohnzimmer und stieg die Treppe zu Jessies Schlafzimmer hinauf. Er wusste, dass die zweite und fünfte Stufe knarrten, und stieg über beide hinweg. Am oberen Ende der Treppe schob er sich in die Dunkelheit an der Seitenwand und bewegte sich den Flur entlang zur Tür am Ende. Sie war von innen mit einer gewöhnlichen Türkette verschlossen. Schofield brachte ein Drahtwerkzeug mit einem Magneten zum Vorschein, mit dem er das simple Schloss mühelos öffnen konnte. Er zog die Tür nur einen Zentimeter weit auf und schob den Draht durch den Spalt am oberen Rand. Dann bewegte er den Magneten, bis er den Schieber fasste, und löste ihn behutsam. Er ließ ihn nicht fallen, damit er nirgendwo anschlug, und schlich ins Zimmer.

Mit vorsichtigen, leisen Schritten bewegte Schofield sich ans Bett.

Einen Moment lang stand er da und betrachtete die schlafende Jessie. Sie trug ein langes T-Shirt und eine Schlafanzughose aus Flanell. Der graue Esel aus Puh der Bär zierte die Brust des Shirts. Eine lose Haarsträhne war ihr über Wange und Mund gefallen. Er widerstand dem Verlangen, sie zur Seite zu streichen.

Schofield ging ans Fußende, hob sanft die Decke und entblößte Jessies nackte Füße. Aus der Jackentasche nahm er Lidocain, ein starkes örtliches Betäubungsmittel, und strich es ihr zwischen die Zehen. Dann beobachtete er sie regungslos ein paar Minuten lang, bis das Lidocain die Haut ausreichend betäubt hatte. Mithilfe einer Spritze injizierte er ihr einen Cocktail aus Pethidin, Ethinamat und Valium durch die gefühllose Hautpartie.

Schofield blickte auf die Uhr und wartete noch ein paar Minuten. Dann trat er wieder an die Seite des Bettes und strich Jessie die Haarsträhne aus dem Gesicht. Sie rührte sich nicht. Er beugte sich vor und küsste sie auf die Wange.

»Es tut mir leid, Jessie. Ich wünschte, es ginge anders.«

Dritter Tag –

17. Dezember, morgens

11

Maggie Carlisle stieg die Stahltreppe in die Tiefgarage hinunter. Ein einziges Rolltor öffnete sich zur Außenwelt, doch die große Garage enthielt den gesamten Fahrzeugpool ihrer Einheit: einen schwarzen GMC Yukon, einen cremefarbenen Kastenwagen, einen weißen Ford Escape Hybrid, einen silbernen Buick LaCrosse und einen 1969er Chevrolet Camaro Z 28. Letzter war schwarz mit roten Rennstreifen und allen Schikanen ausgestattet. Die Benutzung war Marcus vorbehalten. Maggie fragte sich oft, ob Marcus den Director beschwatzt hatte, den Sportwagen als eine Art Bonus für die Unterzeichnung des Vertrages anzuschaffen.

Die Mauern der Garage bestanden aus verblassten Ziegeln. Der Boden, einst glatter Beton, war mit den Jahren so rissig geworden, dass man ihn an mehreren Stellen herausbrechen und durch Kies hatte ersetzen müssen. In einer Ecke hatte eine Kletterpflanze Wurzeln geschlagen und rankte an der Ziegelwand hoch.

Über Maggies Kopf befand sich das Nervenzentrum ihrer Einheit mit den Büros und Trainingshallen. Das Gebäude, eine alte, bereits zum Abriss vorgesehene Textilfabrik, hatte über zehn Jahre lang leergestanden. Die Räumlichkeiten waren mehr als bescheiden, aber Marcus hatte sich in den alten Bau verliebt. Und die Lage war gut. Das Gebäude befand sich, von Bäumen umstanden, in einer Sackgasse unweit Rose Hill, Virginia. Daher war es nur ein kurzes Stück bis zur I-395, auf der man in nördlicher Richtung nach einer knappen halben Stunde Fahrt über die George Mason Memorial Bridge das Zentrum von Washington, D. C., erreichte.

Maggie gelangte an das untere Ende der rostigen Treppe und eilte durch die Garage auf den Yukon zu. Die Türen des schwarzen SUVs standen offen. Marcus und Andrew beluden das Fahrzeug mit Ausrüstung. Maggie hörte sie frotzeln.

Andrew öffnete den Deckel einer Munitionskiste. »Heilige Scheiße, wofür brauchen wir so viel Feuerkraft?«

Marcus' Antwort hallte über den geflickten Boden. »Das Kondom-Prinzip.«

»Was?«

»Ich habe lieber einen und brauche ihn nicht, als dass ich einen brauche und keinen habe.«

»Wir haben zwei vollautomatische KRISS Super V und fünftausend Schuss fünfundvierziger ACP-Munition. Dazu diverse Handfeuerwaffen. Rechnest du mit der Zombie-Apokalypse, oder was?«

»Man kann nie wissen. Wenn es das nächste Mal hart auf hart kommt, möchte ich die Feuerkraft auf unserer Seite wissen.«

»Ich komme mit euch«, sagte Maggie, als sie die beiden erreicht hatte.

Marcus ließ eine Reisetasche auf den Kies fallen und wandte sich ihr zu. Hinter seiner dunklen Oakley-Sonnenbrille waren seine Augen nicht zu sehen. »Du musst hierbleiben, Maggie. Möglicherweise finden wir zusätzliches Beweismaterial, das du außerhalb der Metropolregion Chicago überprüfen musst.«

Sie suchte in Andrews Blick nach Unterstützung, doch er zog nur die Augenbrauen hoch und zuckte mit den Schultern auf eine Art, die ihr sagte, dass sie auf sich gestellt war. »Verdammt, Marcus. Das kannst du mit mir nicht machen. Das ist jetzt schon der dritte Fall in Folge, bei dem du mich auf die Seite schiebst und nur den Papierkram erledigen lässt. Seit Harrisburg hätschelst du mich, als wäre ich ein Kind, das einen Babysitter braucht. Ich habe einen kleinen Fehler begangen, der jedem von uns hätte passieren können. Ich hab's nicht verdient, deswegen für immer auf die Ersatzbank gesetzt zu werden.«

»Ein kleiner Fehler? Du hast meine Anweisungen missachtet und wärst um ein Haar getötet worden. Aber das ist nicht der Grund, weshalb du hier bleibst. Du bleibst, weil wir dich hier vielleicht brauchen. Ende der Diskussion.«

Sie hob die Hand, ergriff seinen Arm. »Ist es wegen dem, was zwischen uns gewesen ist?«, flüsterte sie. »Ich bin Profi. Ich würde niemals zulassen, dass unsere persönliche Beziehung meine Arbeit beeinträchtigt.«

Marcus schloss für einen Moment die Augen, dann sagte er: »Damit hat es auch nichts zu tun. Ich brauche dich hier. Okay?«

Maggie hörte einen Beiklang in seiner Stimme. Angst. Scham. Reue. Aber weswegen Reue? Tat es ihm leid, wie er ihre Beziehung führte? Oder dass sie überhaupt eine Beziehung hatten? Sie wusste nicht, was sie erwidern sollte, also schwieg sie.

Schwere Schritte näherten sich. Als Maggie sich umdrehte, sah sie Stan Macallan, den Technik-Guru ihrer Einheit. Stan wandte sich an Marcus. »Ich habe dir die Statistiken und Dateien über Chicago gemailt, die du haben wolltest.«

Marcus nickte. »Danke.« Er blickte Maggie an. »Ich rufe dich morgen früh an und gebe dir eine Statusmeldung.«

Andrew war mit dem Einladen fertig und fuhr das Garagentor hoch. Dann winkte er Maggie zu und setzte sich hinter das Lenkrad des Yukons. Marcus schaute zu dem SUV, dann wieder zu Maggie. Es sah aus, als wollte er ihr noch mehr sagen, doch wie üblich hielt er den Mund. Mit einem Nicken ging er zum Yukon und stieg ein.

Während Maggie beobachtete, wie sich das große schwarze Fahrzeug vom Gebäude entfernte und einem Feldweg folgte, auf dem sich Gras und Kies abwechselten, fragte sie sich, wieso der Mann, den sie liebte, ihre Gefühle nicht erwiderte. Und falls doch, wieso stieß er sie dann von sich?

Dritter Tag –

17. Dezember, abends

12

Special Agent Victoria Vasques dankte dem blassen jungen Mann im Drive-Through von Starbucks für den Kaffee und fädelte den grauen Crown Victoria in den Verkehr auf der Route 30 ein. Die Kriminaltechniker der Polizei von Jackson's Grove hatten den Tatort der zweiten Entführung bereits freigegeben, und der Ehemann war im Revier und beantwortete Fragen. Vasques wollte noch einen weiteren Blick auf das Haus werfen, ohne dass jemand sie ablenkte, und dazu bot der Abend die beste Gelegenheit. Sie brauchte nur ein kurzes Stück über den Lincoln Highway zu fahren und der Division Street zu folgen, dann erreichte sie das Haus des jungen Paares an der Hickory.

Die Metropolregion Chicago erstreckte sich über achtundzwanzigtausend Quadratkilometer und hatte eine Bevölkerung von 9,8 Millionen Menschen. Die Vorstädte bestanden aus Kleinstädten und Dörfern, die von Reihenhäusern und Geschäftsvierteln geprägt waren. Alle hatten idyllische Eigennamen und eine eigene Polizei mit Zuständigkeitsbereichen, die nicht nach geografischen Gegebenheiten, sondern nach Straßennamen eingeteilt war. Die eigentliche Stadt Chicago war das Epizentrum, alles zusammen bildete »Chicagoland«.

Während Vasques durch die friedliche Vorstadt fuhr, wurde ihr einmal mehr bewusst, dass die Einwohner kaum damit gerechnet haben konnten, dass sich mitten unter ihnen ein so schreckliches Verbrechen ereignen könnte. Niemand machte sich solche Gedanken. Zugleich wusste sie, dass sich in jedem Haus, an dem sie vorbeifuhr, der Anarchist verbergen konnte – ein Wolf, der sich ungesehen unter die Schafe gemischt hatte.

Vasques folgte dem Weg, den der Killer genommen hätte, und bog in die Gasse hinter dem cremefarbenen zweistöckigen Haus. Auf dem Beifahrersitz schnaufte ihr kleiner Yorkie-Welpe und sprang ihr auf den Schoß. Die rosa Hundemarke an seinem Halsband klingelte wie ein Glöckchen, sobald er sich bewegte. Er beschnüffelte ihr Gesicht und leckte an ihrer Nasenspitze. Vasques zuckte zurück und tätschelte ihm leicht den Kopf. Sie war noch nicht an die Zuneigungsbekundungen des Hündchens gewöhnt. Ihr Bruder Robbie hatte ihn ihr als verfrühtes Weihnachtsgeschenk gegeben und gesagt, dass sie wenigstens einen Hund haben sollte, wenn sie schon keinen Mann finden könne. Zum Glück hatte sie einen älteren Nachbarn, der sich um das Tier kümmerte, wenn sie zur Arbeit musste. Robbie war ein impulsiver Mensch. An praktische Fragen hatte er noch nie einen Gedanken verschwendet.

»Das machst du ganz toll«, sagte sie, als der kleine Hund ihr über die Wangen leckte, und drückte seinen Kopf von ihrem Gesicht. »Okay, jetzt reicht's. Ich muss arbeiten. Und wenn du mir ins Auto kackst, kaufe ich mir eine große Schlange, und du bist das Begrüßungsmenü.«

Sie blickte auf die Hinterseite des Hauses und dachte an Jessie Olague. Die Vermisste war noch irgendwo da draußen, jetzt, in diesem Augenblick. Verängstigt hoffte sie darauf, dass jemand sie rettete, während ihr bewusst war, dass der baldige Tod unaufhaltsam näher kam, wenn niemand sie fand.

Wie immer, wenn sie unter Stress stand, überkam Vasques die Gier nach einer Zigarette. Sie steckte sich einen frischen Streifen Kaugummi zwischen die Zähne und kaute beinahe verzweifelt darauf herum. Sie hatte sich einen verdammt ungünstigen Moment ausgesucht, mit dem Rauchen aufzuhören.

Während sie das Kaugummi bearbeitete, bemerkte sie etwas Fremdartiges am Haus. In etlichen Zimmern brannte Licht. Seltsam. Die Spurensicherer hätten die Lampen ausgemacht, und der Ehemann war noch auf dem Revier.

Vasques griff nach dem Handy und wählte Belacourts Nummer. »Hallo, Trevor. Ich nehme an, ihr vernehmt den Ehemann.«

Eine blecherne Stimme antwortete: »Wir machen gerade Pause. Er soll erst mal zu sich kommen. Die ganze Sache hat ihn ziemlich mitgenommen.«

»Meinst du, er könnte in der Sache mit drinstecken?«

»Ist noch zu früh, um das mit Sicherheit zu sagen. Aber wenn ja, ist er oscarverdächtig. Wie sieht's bei dir aus?«

»Habt ihr noch Leute in dem Haus?«

»Dem Olague-Haus? Nein, die haben schon vor zwei Stunden den Abflug gemacht.«

Vasques vermutete, dass ihre Besorgnis übertrieben war, aber Vorsicht war die Mutter der Porzellankiste. »Das Licht ist noch an.«

»Vielleicht haben sie vergessen, es auszumachen. Als sie gegangen sind, war noch Tageslicht. Aber okay, ich schick dir zwei Einheiten zur Verstärkung.«

»Danke.«

Vasques beendete den Anruf und sah im gleichen Moment, wie im Obergeschoss ein Licht aufflammte. Ihre Hand zuckte zur .45er, während sie aus dem Crown Vic stieg. Hinter ihr blieb ein aufgeregt hechelnder Yorkie zurück.

Jemand war im Haus.

Und sie hatte keine Zeit, auf Verstärkung zu warten.

13

Vasques betrat das Haus durch die Glasschiebetür und hielt inne, um zu horchen. Sie hörte Bewegung im Obergeschoss. Während sie zur Treppe ging, zielte sie auf das Geländer über ihr. Ihr Herz schlug schneller, und ihr Zeigefinger zuckte am Abzugsbügel ihrer SIG Sauer 1911 Kaliber .45.

Langsam stieg sie die Treppe hoch und verfluchte die Stufen, die unter ihr knarrten und ächzten. Am oberen Ende hielt sie inne, horchte. Aus dem Schlafzimmer des Opfers waren Schritte zu hören. Er war der Raum, in dem der Killer seine Visitenkarte hinterlassen hatte.

Er konnte es tatsächlich sein. Der Anarchist. Weniger als zehn Meter von ihr entfernt. Oft kehrten Mörder auf die eine oder andere Weise an den Tatort zurück, um den Ablauf des Verbrechens noch einmal zu durchleben oder ihre Fantasie erneut auszukosten.

Vasques atmete tief durch und schob die Schlafzimmertür vorsichtig mit dem rechten Fuß auf. Im Zimmer sah sie einen Mann in einem grauen Button-Down-Hemd und Khakihose, der die Bilder auf Jessie Olagues Eichenkommode betrachtete. Er schien sie nicht bemerkt zu haben.

Mit ruhiger, fester Stimme sagte Vasques: »Hände hinter den Kopf.«

Der Mann gehorchte, hob langsam die Arme. Aber irgendetwas stimmte nicht. Zu spät bemerkte Vasques, dass jemand hinter ihr stand.

Sie fuhr zu dem zweiten Eindringling herum. Sie sah ihn nur schemenhaft, als er aus dem Dunkeln vorsprang. Schwarzes Kapuzensweatshirt, Lederjacke, Bluejeans.

Er packte ihre Waffenhand, drehte ihr mit beängstigender Präzision das Handgelenk um und entwand ihr die Pistole. Ehe sie reagieren konnte, schmetterte er ihr die flache Hand vors Brustbein und trieb sie durch den Eingang des Schlafzimmers. Vasques kämpfte ums Gleichgewicht. Sie bedauerte inständig, nicht auf die Verstärkung gewartet zu haben.

Hinter ihr sagte der Mann in der Khakihose: »Ich glaube, jetzt sind Sie an der Reihe, die Hände zu heben.«

Der Mann auf dem Flur kam in das beleuchtete Schlafzimmer und bedrohte Vasques mit ihrer eigenen Waffe. Er war groß, vielleicht eins fünfundachtzig, und hatte dunkelbraunes Haar. Seine Kleidung war weit, doch Vasques sah die Konturen fester Muskeln unter den Falten von Stoff und Leder. Er hatte helle, intelligente Augen, doch das Weiße war von einem Geflecht roter, geplatzter Adern durchzogen.

Vasques fragte sich, ob sie in einen Einbruch hineingestolpert war. Vielleicht hatten die Kerle davon gehört, was passiert war, und rechneten nicht damit, dass so rasch jemand ins Haus kam. Solche Parasiten, die nur auf eine Gelegenheit warteten, sich den Schmerz anderer Menschen zunutze zu machen, gab es überall.

Vasques hob die Hände und legte sie hinter den Kopf.

Der Mann, der ihre Pistole hielt, überraschte sie, indem er das Magazin auswarf und den Verschluss zurückzog. Die Patrone, die in der Kammer saß, flog heraus. Er fing sie aus der Luft, schob sie wieder ins Magazin und warf es zusammen mit der Waffe auf Jessie Olagues Bett. Wortlos griff er in die Außentasche seiner Lederjacke und zückte einen Ausweis, auf dem zu lesen stand: *Justizministerium – Special Agent Marcus Williams.*

Vasques ließ augenblicklich die Hände sinken und rammte ihm den Finger vor die Brust. »Was haben Sie hier verloren, verdammt noch mal? Das ist ein Tatort. Man begibt sich nicht an einen Tatort, ohne vorher die ermittelnde Behörde zu verständigen. So was Dämliches! Ich hätte Sie beide umbringen können!«

Marcus verdrehte die Augen. Vasques hätte ihm am liebsten in die Eier getreten und das selbstgefällige Grinsen aus seinem Gesicht gewischt. »Das wird uns bestimmt schlaflose Nächte bereiten«, erwiderte er.

»Für wen halten Sie sich eigentlich? Und seit wann untersucht das Justizministerium Fälle wie diesen? Sie haben gar kein Recht, hier zu sein.«

Marcus trat an sie heran, bis der Abstand zwischen ihnen nur noch ein paar Zoll betrug. »Wir sind Sonderermittler. Thomas Caldwell hat uns persönlich hierher beordert. Sagt Ihnen der Name etwas? Justizminister der USA. Ranghöchster Strafverfolgungsbeamter im ganzen Land.«

»Ist mir scheißegal, wer Sie geschickt hat. Das gibt Ihnen trotzdem nicht das Recht, offizielle Kanäle zu umgehen und das Protokoll zu ignorieren.«

Williams kniff die Augen zu Schlitzen zusammen. »Das Leben einer Frau steht auf dem Spiel. Ich habe keine Zeit, hier rumzustehen und mir anzuhören, wie Sie heiße Luft ablassen. Sie können sich Ihre offiziellen Kanäle und Protokolle nehmen und sie sich in den …«

Der Mann in der Khakihose trat zwischen sie. »Okay, okay. Ich bin Special Agent Andrew Garrison. Es tut uns sehr leid, dass wir das Protokoll nicht beachtet haben. Wir sind hier vorbeigekommen und wollten ein bisschen Zeit sparen, aber Sie haben natürlich recht, wir hätten vorher anrufen sollen.« Marcus blickte wieder zur Decke und trat beiseite. Garrison warf ihm einen gereizten Blick zu. »Wir sind abgestellt worden, um die Ermittlungen beratend zu unterstützen, okay? Wir stehen auf derselben Seite, und es gibt keinen Grund, nicht noch mal neu zu beginnen. Wie wäre das? Und ich glaube, Ihren Namen haben wir auch nicht verstanden.«

Vasques wollte Garrison erklären, dass sie keine Hilfe bräuchte, aber sie kannte die Bundesbehörden gut genug, um zu wissen, dass jeder Versuch, die beiden draußen zu halten, zum Scheitern verurteilt war. Wenn wirklich der Justizminister sie schickte, konnten Marcus Williams und Garrison gar keine besseren Beziehungen haben. »Na schön. Ich bin Special Agent Victoria Vasques. Was haben Sie hier gemacht?«

»Ich wollte mir den Tatort ansehen, ohne dass jemand mich ablenkt«, erwiderte Marcus.

Mit einem Mal fiel Vasques ein, dass Belacourt Verstärkung schickte. Leise fluchend nahm sie ihr Handy und meldete ihm, dass die Streifenwagen nicht gebraucht wurden. Dann wies sie hinaus auf den Flur. »Wo wir nun schon da sind, kann ich genauso gut die große Führung mit Ihnen machen.«

14

An seinem Laptop rief Ackerman die Kommandozeile auf. Dann aktivierte er das Backdoor-Programm, das ihm Zugriff auf eine Workstation gab, die im Büro des Directors der Shepherd Organization stand. Das kleine Programm hatte sich in das Betriebssystem des Rechners eingebettet und war, so sagte wenigstens Ackermans Experte, praktisch nicht zu entdecken. Mithilfe seiner besonderen Fähigkeiten hatte Ackerman die Schwester eines bekannten Hackers entführt und den Mann zur Kooperation erpresst. Das Können des Hackers hatte den Aufwand gerechtfertigt. Ackerman war es immer leichtgefallen, zu bekommen, was er wollte, indem er Schmerzen zufügte oder tötete, um sein Ziel zu erreichen. Und was Schmerzen anbetraf, war er Experte.

Er rief die aktuellen Fallakten für Marcus' Einheit ab und las die Informationen über den Mann, den die Medien den »Anarchisten« getauft hatten. Je mehr Ackerman las, desto beeindruckter war er. Die Arbeit des Anarchisten war bewundernswert. Der Kerl kannte sich mit dem Hunger aus. So viel konnte Ackerman mit Sicherheit sagen.

Er klappte den Laptop zu und suchte seine Sachen zusammen. Chicago. Gegen Morgen konnte er problemlos dort sein.

Im Preis seines billigen Hotelzimmers war WLAN inbegriffen. Ackerman hatte seine Aktivitäten über Proxy-Server und entfernte Knoten umgeleitet, wie es ihm von seinem

Hackerfreund gezeigt worden war – hauptsächlich über solche in fremden, nicht sonderlich entgegenkommenden Ländern wie Weißrussland, die US-Behörden bei ihren Ermittlungen eher nicht unterstützen würden. Als zusätzliche Vorsichtsmaßnahme blieb er nie dort, von wo er auf die Dateien zugegriffen hatte. Er ging schnell rein und ebenso schnell wieder raus, wie ein Geist in der Maschine, als wäre er nie dort gewesen. Und dann verschwand er in der Nacht. Sie versuchten, ihn über seine Anrufe bei Marcus zu finden, aber er war zu vorsichtig, als dass sie damit Erfolg haben konnten.

Die Wände des Hotelzimmers waren kahl und weiß. Bei seiner Ankunft hatten dort Bilder gehangen, doch Ackerman hatte sie heruntergenommen. Er hatte seine Kindheit in einer winzigen Zelle verbracht, in der sein Vater ihn gequält hatte. Anschließend hatte er mehrere Jahre in Nervenheilanstalten und Gefängnissen eingesessen. Er war den Mangel an Behaglichkeit und persönlichen Besitz gewöhnt, deshalb bereitete es ihm ein merkwürdiges Gefühl, in einem Zimmer zu schlafen, in dem Bilder an den Wänden hingen. Er zog nichtmöblierte Zimmer vor und nächtigte oft auf dem nackten Fußboden.

Ackerman überlegte, ob er die Bilder wieder aufhängen sollte, entschied sich aber dagegen. Er musste aufbrechen. Marcus würde schon bald seine besondere Art der Hilfe brauchen.

15

Vasques taxierte Agent Williams misstrauisch, während sein Blick über den Tatort schweifte. Er schien bei jedem noch so kleinen Detail zu verweilen und es in sich aufzunehmen. Vasques blickte auf die Armbanduhr und versuchte, ihre wachsende Ungeduld zu unterdrücken. »Der Killer ist sehr vorsichtig«, sagte sie. »Er hinterlässt so gut wie keine Spuren.«

»Egal, wohin man geht, man nimmt etwas mit und lässt etwas zurück. Locard'sches Prinzip«, gab Marcus zurück.

»Ja, in dem Kurs war ich auch«, entgegnete Vasques. »Natürlich hinterlässt er Spuren. Nur hat der Bursche bisher leider nichts zurückgelassen, was uns verraten könnte, wo wir ihn suchen sollen. Wir haben Schuhabdrücke der Größe fünfundvierzig, aber an jedem Tatort sind es andere. Die Schuhe, die er trägt, könnten gewöhnlicher nicht sein. Man bekommt sie in jedem Wal-Mart. An den Türgriffen haben wir Talkumpuder gefunden.«

»Latexhandschuhe.«

»Genau. Wir haben weder Haare noch Hautzellen entdeckt. Keine Fingerabdrücke. Er verabreicht den Frauen Betäubungsmittel, sodass es keinen Kampf gibt und kein Blut zurückbleibt. Er ...«

Marcus hob eine Hand, damit sie schwieg. »Das habe ich alles in den Akten gelesen. Seien Sie mal einen Augenblick still. Wenn ich Fragen habe, melde ich mich.«

Seine Unhöflichkeit und Schroffheit verschlugen Vasques

schier die Sprache. Sie rang um Worte. »Was ist eigentlich Ihr Spezialgebiet innerhalb des Justizministeriums, *Special* Agent Williams?«

Er verzog den Mund zu einem schiefen Grinsen. »Nennen Sie mich Marcus. Und was Sie wissen wollen, ist geheim.«

Er ging an ihr vorbei zur Hintertür.

Vasques war sprachlos. Sie wandte sich dem anderen Agent zu, dem Mann, der sich als Andrew Garrison vorgestellt hatte. Sie bedachte ihn mit einem *Ist-der-immer-so*?-Blick. Garrison antwortete mit einem verlegenen *Tut-mir-leid-mit-meinem-Partner*-Schulterzucken.

Vasques folgte Marcus aus der Glasschiebetür, innerlich schäumend, dass sie die Babysitterin für diese Trottel spielen musste, statt einen Mörder zu fangen.

16

Marcus verließ das Olague-Haus und durchquerte den Hof. Frisch gefallener Schnee knirschte unter seinen Schuhen, und die Kälte prickelte an seinen Wangen. Als er die Gasse erreichte, atmete er tief durch. Sein Atem hing in der Luft wie eine Wolke aus weißem Dunst. Er schloss die Augen und versuchte, sämtliche Ablenkungen auszuschließen und sich zu sammeln. In der Ferne hörte er Vasques, die sich bei Andrew beschwerte, und Andrews Stimme, der die Rolle des Vermittlers einnahm, doch er ignorierte beide und konzentrierte sich.

Als er die Augen wieder aufschlug, war er bereit. Mit frisch gestärkter Wahrnehmungskraft betrachtete er das Haus.

Von dort, wo er stand, konnte er die Küche und das Esszimmer teilweise einsehen, aber nicht genau genug, um sagen zu können, wann Jessie Olague zu Bett gegangen war. Er stellte fest, dass das Badezimmerfenster auf der anderen Seite des Hauses von der Gasse aus nicht zu sehen war. Vielleicht von vorn? Nein, ein großer Zuckerahornbaum versperrte die Sicht von dort.

Aber der Killer würde sein Opfer sehen wollen. Das gehörte zum Spiel, war Teil des Kitzels. Ihre Privatsphäre zu verletzen. Sie zu beobachten und dann zu besitzen, zu entmachten.

Die Gasse war abschüssig. Vielleicht weiter oben? Marcus stieg die leichte Steigung hoch und drehte sich um. Von hier aus hätte er bessere Sicht in die Küche und ein paar andere Zimmer, wenn er ein Fernglas benutzte. Marcus schaltete die Taschenlampe ein und leuchtete den Boden ab, suchte nach etwas Ungewöhnlichem – Zigarettenstummeln, Papier von einem Schokoriegel, einem Kaffeebecher. Aber er hatte kein Glück.

Dennoch, irgendetwas stimmte hier nicht. Die Frau war nicht zufällig entführt worden. Der Killer hatte sie aus einem bestimmten Grund ausgesucht, und das Verbrechen war sorgfältig geplant gewesen, bis ins Detail.

Er wollte die Frau beobachten, überlegte Marcus. *Vielleicht wollte er sie sogar kennenlernen oder wenigstens das Gefühl haben, sie zu kennen.*

»Was macht der denn da? Hier draußen ist es bitterkalt«, hörte er Vasques zu Andrew sagen.

Marcus ignorierte sie und ging wieder an die Stelle, an der er zuerst gestanden hatte. Der Mörder war vorsichtig. Er hatte auf jeden Fall dafür gesorgt, dass er nicht gesehen wurde, als er sich dem Haus näherte. Jede seiner Bewegungen war kalkuliert. Möglicherweise hatte er beruflich mit Zahlen oder Variablen zu tun, aber das war im Moment noch reine Spekulation.

Je eingehender Marcus die Umgebung musterte – die Gasse, die Lage des Olague-Hauses, die Sichtlinien von den Häusern der Nachbarn, Zäune, Bäume, Hindernisse –, desto deutlicher wurde ihm eines: Der Killer hatte gewusst, dass er unmöglich dafür sorgen konnte, dass er oder sein Fahrzeug ungesehen blieb. Deshalb holte er sich seine Opfer nachts, wenn die meisten Nachbarn schliefen. Aber eine Garantie dafür gab es nicht, und dieses Risiko würde er niemals eingehen. Also würde er eine Maske oder Kapuze tragen, sein Gesicht und sein Haar verdecken. Und er würde Vorsichtsmaßnahmen ergriffen haben, damit man auch sein Fahrzeug nicht identifizieren konnte.

Marcus näherte sich wieder dem Haus auf dem Weg, den der Killer genommen haben musste, bis er die hintere Veranda und die gläserne Schiebetür erreichte. Die Veranda war lediglich eine Betonplatte unter einem Vordach, die etwas höher lag als die Beete und der Rasen. Einem neugierigen Blick hielt sie nichts verborgen. Und eine Glasschiebetür konnte man nicht mit einer Kreditkarte öffnen. Man musste das Schloss knacken, wie Marcus und Andrew es getan hatten, aber die Gefahr, dabei erwischt zu werden, war groß. Was also hatte der Mörder getan? Er hatte dafür gesorgt, dass das Öffnen der Tür ganz normal aussah, falls jemand ihn beobachtete, und nicht wie ein Einbruch. Das Schloss aufzubrechen war riskant, besonders wenn das Verandalicht brannte.

»Keine Anzeichen für gewaltsames Eindringen, oder?«

»Ach, jetzt reden Sie plötzlich doch mit mir?«, erwiderte Vasques.

Marcus bedachte sie mit einem vernichtenden Blick und wartete. Es dauerte nicht lange, und Vasques gab den Anstarrwettstreit auf. »Stimmt«, sagte sie. »Kein gewaltsames Eindringen.«

Marcus nickte. Dann tastete er die Tür rundherum ab, fand aber kein Behältnis für einen versteckten Schlüssel. Sein Blick schweifte über die kleine Veranda. Ein paar Topfpflanzen standen dort. Neben der Veranda waren kleine Steine zu sehen, nach Farben sortiert, und getrocknete Blumen, beides von Schnee bedeckt. Rote Ziegel umschlossen den Bereich und trennten die Steine vom Rasen. Unter jedem dieser Steine hätte ein Schlüssel versteckt sein können, aber es wäre umständlich, an diesen Schlüssel heranzukommen. Er wäre schmutzig, voller Erde, und läge inmitten von Käfern und Würmern.

Marcus ging zu den Pflanzentöpfen und kippte sie an. Unter dem dritten Topf lag eine kleine schwarze Schachtel mit weißen Buchstaben darauf, die das Wort »Schlüsseltresor« bildeten.

»Ist das schon auf Fingerabdrücke untersucht worden? Vielleicht haben wir Glück. Möglicherweise hat er vergessen, die Handschuhe anzuziehen, ehe er den Schlüssel hatte.« Marcus bezweifelte es, aber jeder beging Fehler.

»Ich frag mal nach«, sagte Vasques.

Marcus zog die Hintertür beiseite und ging ins Haus. Er besah sich die Küche, das Esszimmer, das Wohnzimmer. Er nahm die Gerüche und Geräusche in sich auf. Ein paar typische Ächz- und Knacklaute. Eine Spur von Karamellduft in der Luft. Eine Kerze, die vor Kurzem benutzt worden war, stand auf einer alten Kiste aus Eiche. Auf dem schlichten weißen Etikett stand »Maple-Valley-Kerzen«.

Marcus folgte dem Weg durchs Wohnzimmer und die Treppe hinauf zu den Schlafräumen. Die Stufen knarrten unter seinem Gewicht. Er prüfte jede einzelne, um herauszufinden, welche Geräusche machte. Hatte der Killer das auch getan? War er so gut?

Am oberen Ende der Treppe ging Marcus in Jessies Schlafzimmer und stellte sich vor, wie sie friedlich schlummernd im Bett lag. Die Akten und Notizen, die er gelesen hatte, traten ihm bildhaft vor Augen. Der Killer verabreichte seinen Opfern Betäubungsmittel, damit sie sich nicht wehren konnten. Marcus stellte sich vor, wie er die Spritze ansetzte, die junge Frau in die Arme hob und leise summte, damit sie sich weiterhin sicher und geborgen fühlte.

Aber wie konnte er wissen, dass sie schon geschlafen hat, als er ins Zimmer kam?, überlegte er.

Der Anarchist war zu detailversessen, um so etwas dem Zufall zu überlassen. Wenn er die Schlafzimmertür öffnete und Jessie ein Buch las oder nicht einschlafen konnte, weil ihr etwas auf der Seele lag, wäre es zu einem heftigen Kampf gekommen. Sie hätte sich gewehrt, hätte gekratzt und gebissen. Sie hätte mit Gegenständen nach ihm geworfen und zu fliehen versucht. Aber dazu war es nie gekommen – bei keiner einzigen Entführung durch den Anarchisten.

Und es stellten sich weitere Fragen. Woher hatte der Killer gewusst, dass der Ehemann nicht zu Hause war? Woher hatte er gewusst, dass niemand vorbeikam und ihn störte? Wann ging die Frau ins Bett? Wann musste sie am Morgen zur Arbeit?

Die Antwort war einfach. Der Killer wusste das alles, weil er sie studiert hatte. Er kannte ihre Gewohnheiten, ihren Tagesablauf. Er war ein hochmethodischer Verbrecher, der nichts dem Zufall überließ.

Dennoch hatte Marcus das Gefühl, irgendetwas zu übersehen.

Woher hatte er gewusst, dass sie schon schlief?

Marcus' Blick richtete sich auf den meterhohen roten Buchstaben A innerhalb eines Kreises, der mit Sprühfarbe auf die Schlafzimmerwand gespritzt war. Das war das Markenzeichen des Killers, seine Visitenkarte. Sie hatte ihm den Spitznamen »Anarchist« eingebracht.

Marcus stellte sich vor, wie er die junge Frau durch die Tür trug, über den Flur, die Treppe hinunter, zur hinteren Veranda. Von dort musste er ungeschützt über den Hof laufen.

»Hat es in irgendeinem der Fälle Zeugen gegeben?«

»Sämtliche Entführungen und Morde ereigneten sich gegen drei Uhr morgens. Die meisten Leute schlafen um diese Zeit. In der alten Mordserie gab es jemanden, der nach draußen gegangen war, um eine zu rauchen, und der einen Wagen wegfahren sah. Aber das war eine Sackgasse. Dann gab es eine Frau, die jemanden in der Gasse parken und zum Haus gehen sah. Sie hat sich aber nichts dabei gedacht, deshalb konnte sie uns kaum Einzelheiten nennen, die wir nicht schon kannten.«

»Ich würde sie gern selbst sprechen.«

Vasques rieb sich die Schläfe, nahm einen Streifen Kaugummi aus der Tasche und schob ihn sich in den Mund zu den wenigstens zwei Streifen, die sie bereits kaute. »Meinetwegen«, sagte sie. »Ich richte es ein. Sind wir hier fertig? Dann schalte ich das Licht aus und schließe ab.«

Marcus sah sich noch einmal im Zimmer um und nickte. »Ja, wir sind fertig.«

Als er in die Kälte auf der Veranda hinaustrat, kämpfte er eine Woge der Verzweiflung nieder. Er hatte ein paar Dinge erfahren und einige Einblicke erhalten, aber viel war es nicht. Der Anarchist war ein Profi, und Marcus befiel das entsetzliche Gefühl, dass sie ihn nicht aufhalten könnten, ehe noch mehr unschuldige Menschen starben.

17

Eleanor Adare Schofield beugte sich vor und gab ihrem Mann einen Gutenachtkuss. Er drückte ihre Hand und rieb sie sich über den Nacken. »Ich liebe dich. Bleib nicht zu lange auf«, sagte sie. Sie war Krankenschwester am Oka Forest Hospital und arbeitete in der Frühschicht. An den meisten Abenden ging sie sehr früh ins Bett.

»Ich liebe dich auch«, sagte Harrison Schofield und blickte Eleanor hinterher, als sie die offene Treppe in den zweiten Stock ihres schönen Hauses hinaufstieg.

Der dunkle Holzboden war eine Sonderanfertigung, die auf historischen Vorlagen beruhte. Er besaß eine Umrandung aus Eichenstreifen in Blockhausmuster mit schmalen Intarsien aus Nussbaum und einem Kreuzknoten in jeder Ecke. Schofield hatte das Muster im Internet gefunden und erfahren, dass Intarsien und komplizierte Muster nach der industriellen Revolution, als Holzböden sich billiger herstellen ließen, sehr beliebt gewesen waren. Das Haus hatte vierhundertzweiunddreißig Quadratmeter Wohnfläche – ohne das erst teilweise fertig gestellte Kellergeschoss. Fünf große Schlafzimmer. Drei voll eingerichtete Bäder. Küchenarbeitsflächen aus dunklem Granit. Das große Bad hatte eine Whirlpool-Wanne und eine geräumige, luxuriöse Dusche mit einstellbaren Brauseköpfen, die den Körper von allen Seiten liebkosten. Sowohl Harrison als auch seine Frau besaßen einen begehbaren Kleiderschrank von einer Größe, die bei vielen Menschen für die gesamte Wohnung reichen musste. Die normalen Zimmer waren drei Meter sechzig hoch, bei anderen war die Decke so hoch wie in einer Kathedrale. Das Haus mit seiner roten Ziegelfassade nahm zwei Baugrundstücke ein.

Es war ihr Traumhaus, in jeder Hinsicht perfekt.

Und dennoch genügte es nicht.

Schofield hasste sich dafür, dass er mit seinem Leben unzufrieden war, aber nichts schien die Leere füllen zu können, die sein Herz befallen hatte wie ein Krebsgeschwür. Er fühlte sich hohl, wertlos.

Vor ein paar Jahren hatte Eleanor ihn überredet, einen Psychiater aufzusuchen, einen Kerl mit ungepflegtem grauem Bart, und Schofield hatte ein paar Termine über sich ergehen gelassen. Nach mehreren Monaten Therapie hatte der Psychiater Schofield eröffnet, dass weitere Untersuchungen erforderlich seien. Möglicherweise, so der Psychiater, sei bei ihm die Fähigkeit gestört, bei angenehmen Erlebnissen Vergnügen zu empfinden – verbunden mit einer brisanten Mischung aus gemäßigter Depression und selbstunsicherer Persönlichkeitsstörung. Dies, so der Psychiater, sei die Ursache für Schofields Minderwertigkeitsgefühle, seine extreme Empfindlichkeit gegenüber Kritik und seine Scheu vor sozialer Interaktion.

Doch Schofield wusste, dass viel mehr dahintersteckte. Kurz darauf hatte er die Therapie abgebrochen. Kein Psychiater konnte ihm helfen. Für sein Leiden gab es keine Behandlung.

Er konnte keine Freude empfinden, weil er keine Seele hatte.

Doch er liebte seine Familie, und nur für sie wollte er ein besserer Mensch werden. Seine Familie verdiente einen ganzen Menschen, und es gab nur einen Weg für ihn, ein ganzer Mensch zu werden.

Schofield drückte die Power-Taste der Fernbedienung, und der große Flachbildfernseher schaltete sich ab, wobei ein digitales Glockenspiel ertönte. Die nächste Stunde saß er allein im Dunkeln und plante den Rest des Abends. Dann stieg er die Treppe hinauf und sah nach seiner Frau und den Kindern. Alle schliefen friedlich in ihren Betten.

Es war Zeit, dass er sich an die Arbeit machte.

Schofield ging zu der Garage, die mit seiner Werkstatt verbunden war, und öffnete den Kofferraum seines Toyota Camry. Jessie Olague schlief noch immer. Er hatte ihre Dosis während des Tages auf Grundlage ihres Gewichts, ihrer Größe und des Körperfettanteils immer wieder aufgefrischt, damit es in der Nacht nicht zu Komplikationen kam.

Nun strich er ihr eine braune Strähne aus dem Gesicht. Jessie erinnerte ihn an ein Mädchen aus der Waldkommune, in der er aufgewachsen war. Deshalb hatte sie sofort seine Aufmerksamkeit erregt, als er sie bei der Arbeit im Coffeeshop zum ersten Mal zu Gesicht bekam. Sie sah wie eine erwachsene Version von Mary Kathryn aus, die er vor vielen Jahren gekannt hatte und in die er heimlich verknallt gewesen war.

Das Bild der anderen Kinder, wie sie kreischten und brannten, zuckte ihm durch den Kopf. Die Augen vor Entsetzen weit aufgerissen, hatten sie ihn angestarrt, während er im Zentrum des Kreises saß.

Schofield schluckte mühsam und wehrte die Gedanken an die Vergangenheit ab. Er warf einen letzten ausgiebigen Blick auf Jessie, dann schlug er den Kofferraumdeckel zu. Zeit für ein neues Opfer.

Vierter Tag –

18. Dezember, morgens

18

Maggie zielte auf die Scheibe und setzte sechs 9-mm-Kugeln in den zentralen Ring auf der Brust des schwarzen Umrisses, der einem menschlichen Körper nachempfunden war. Schwer atmend und zitternd vor Wut warf sie das Magazin aus und knallte ein neues in die Waffe. Diesmal feuerte sie alle fünfzehn Projektile rasch hintereinander in zwei enge Kreise, einen in der Brust, einen im Kopf der Zielscheibe.

Sie blies sich eine hellblonde Haarsträhne aus den Augen und hängte den Ohrenschützer an einen Nagel in der Wand des Schützenstandes. Dann zerlegte sie gekonnt ihre Glock 19, indem sie den Schlitten mit der rechten Hand zurückzog und die Demontageschieber auf beiden Seiten der Waffe nach unten schob. Sie drückte die Feder nach vorn und zog sie heraus. Dann tat sie mit dem Lauf das Gleiche. Sie sprühte die Bauteile ein, bürstete sie sauber, ölte sie und setzte die Waffe wieder zusammen.

Als Maggie den Schützenstand verließ, schaltete sie das Licht dreimal aus und ein. Dann folgte sie einem langen Gang bis zur zweiten Tür rechts. Im Waschraum gab es ein altes weißes Becken mit Rohren über Putz und eine Toilette von American Standard. Maggie ging ans Waschbecken, wusch sich die Hände mit antibakterieller Seife, spülte sie sauber und wiederholte den Vorgang zweimal.

Als sie hinaus auf den Gang trat, schaltete sie wieder dreimal das Licht aus und ein, so schnell, dass ein Stroboskopeffekt entstand.

Der Gang führte zu einem großen Raum, der in der alten Textilfabrik als Sortierhalle gedient hatte. Jetzt enthielt er eine merkwürdige Mischung aus zerfallenden Ziegelwänden, rostigroten Stützpfeilern und den modernsten Computersystemen, die für Geld zu kaufen waren. Die Serverracks und Workstations standen in einem großen Käfig. Maggie erinnerte sich, dass ihr technisches Hausgenie, Stan Macallan, etwas davon gesagt hatte, es handele sich um einen Faraday'schen Käfig, der vor elektromagnetischen Impulsen schützte. Netzwerk- und Stromkabel schlängelten sich als verworrene Masse über den Boden. Außer den Computern standen ein 82-Zoll-Fernseher, zwei schwarze Ledersofas, ein Couchtisch und eine PlayStation 3 in dem Käfig. Auf dem Fernseher war der Pausebildschirm eines Spiels zu sehen, und auf dem Couchtisch lag ein rot blinkender Controller.

Stan saß an einer Workstation und hämmerte mit raschen, stakkatohaften Salven auf der Tastatur. Der hochgewachsene Hacker hatte in keiner Weise den Vorstellungen entsprochen, die Maggie in den Sinn gekommen waren, als sie seinen Lebenslauf gelesen hatte. Nachdem Stan am renommierten MIT seinen Doktortitel erworben hatte, hatte er eine kleine Softwarefirma gegründet, die von Google für ein ansehnliches Paket aus Bargeld und Aktien gekauft worden war. Maggie war sich allerdings nicht sicher, was Stan danach alles zugestoßen war.

Innerhalb der Shepherd Organization galt das ungeschriebene Gesetz des »Nichts fragen, nichts sagen«, was die zum Teil schrecklichen Vorgeschichten betraf. Jeder wusste, dass die Mitarbeiter ausgewählt worden waren, weil sie ein Trauma erlitten oder irgendeinen Vorfall durchlebt hatten, der ihnen Perspektiven verlieh, wie kein anderer Mensch sie besaß. Sie waren ausnahmslos vorgeschädigt. Maggie wusste, dass Andrew einst Frau und Tochter gehabt hatte. Und der Director hatte früher als Profiler für die Verhaltensanalyseeinheit des FBI gearbeitet. Dann war da natürlich ihre eigene Geschichte, in der es um ihren kleinen Bruder ging und einen Serienkiller namens »The Taker«. Maggie krümmte sich innerlich, als ihr bewusst wurde, dass der Mörder ihres Bruders noch immer auf freiem Fuß war.

Über Stans dunkle Geheimnisse wusste sie so gut wie nichts, nur dass sie noch nie gesehen hatte, wie er das Gebäude verließ.

Stan sah nicht so aus, wie sie sich einen Doktor vorgestellt hatte. Er war eins neunzig groß und wog hundertdreißig Kilo. Seine Arme waren von Tattoos bedeckt, und sein rotblonder Bart reichte vom Kinn bis zum vorgewölbten Bauch. Auf der Resopalplatte seines Schreibtisches standen eine halb geleerte Flasche mit zwanzig Jahre altem Scotch und ein Plastikbecher.

Maggie drehte sich einen Stuhl herum, setzte sich neben ihn und fragte: »Woran arbeitest du?«

Stan nahm den Blick nicht vom Computerbildschirm. »Marcus glaubt, der Anarchist könnte in den vergangenen anderthalb Jahren aktiv gewesen sein. Vielleicht hat er nur den Tathergang geändert oder die Stadt gewechselt. Deshalb suche ich die Cyberlandschaft nach Verbindungen ab.«

»Hast du schon was gefunden?«

»Nada. Woran arbeitest *du?*«

Maggie füllte den Plastikbecher mit einem doppelten Scotch und kippte ihn herunter. »Siehst du ja.«

Stan starrte sie offenen Mundes an. »Ich glaube nicht, dass ich in meinem ganzen Leben schon mal eine Frau attraktiver gefunden habe. Würdest du dein T-Shirt ausziehen und das noch mal machen?«

Maggie schlug ihm auf die Schulter und schenkte sich noch einen Drink ein.

Stan blickte auf die Uhr. »Marcus hat dich wohl noch nicht angerufen.«

»Nein.«

»Es ist noch früh.«

Sie sagte nichts, stürzte bloß den Becher Scotch herunter.

»Weißt du«, fuhr Stan fort, »ich bin deiner Meinung. Ich halte es auch für ziemliche Scheiße, dass er dich zurücklässt. Was meinst du, was Marcus tun würde, wenn er in dieser Lage wäre?«

Maggie lächelte. »Er würde seinem Vorgesetzten sagen, wo er sich die Weisung hinstecken kann, und dann tun, was er für richtig hält.« Ihr Lächeln verschwand. Genau das musste sie selbst auch tun.

Stan drehte sich mit seinem Sessel zu ihr. »Wenn es um mich ginge, wäre ich so schnell verschwunden wie ein Kleid beim Abschlussball.« Er nahm einen Papierzettel, der auf der anderen Seite neben dem Monitor lag, und reichte ihn ihr. »Ich war so frei, dir einen Flug in der nächsten Maschine von DCA nach O'Hare zu buchen. Hier ist deine Bordkarte. Du solltest dich mit dem Packen beeilen.«

19

Harrison Schofield setzte sich zu seinen drei Kindern, zwei Mädchen und einem Jungen zwischen fünf und fünfzehn, an den Frühstückstisch. Seine älteste Tochter Alison stellte einen Teller mit einem Berg Pfannkuchen mitten auf die Insel aus dunklem Granit. Harrison und die Kinder frühstückten jeden Morgen zusammen an der Kücheninsel. Sie hatten zwar ein stilvolles Esszimmer, doch es wirkte förmlich und unpersönlich. Er und die Kinder aßen für gewöhnlich Frühstücksflocken oder Pop-Tarts, doch Alison hatte in der Schule einen Kochkurs gehabt und bestand nun darauf, ihnen wenigstens einmal in der Woche ein richtiges Frühstück zu machen.

Schofield war sich bewusst, dass er Stolz und Freude über Alisons Verantwortungsbewusstsein und ihre Fürsorglichkeit hätte empfinden sollen. Schließlich wuchs seine Erstgeborene zu einer jungen Frau heran. Doch er empfand nur wenig – nur den immer gleichen dumpfen Schmerz, der jede Sekunde seiner Existenz bestimmte.

Er gab sich alle Mühe, sich nichts anmerken zu lassen, damit seine Kinder seine wahren Gefühle nicht erkannten. Er schnüffelte und setzte ein gespieltes Lächeln auf. »Das riecht wunderbar, Alison. Ich bin sehr stolz auf dich. Das hast du großartig gemacht.«

Sie setzte sich und zwinkerte ihm zu. »Du kennst mich. Ich bin die tollste Tochter des Jahres und so.«

Er lächelte sie an und drückte ihr die Schultern. Dann

spießte er mit der Gabel den obersten Pfannkuchen vom Stapel.

»Hey, Daddy«, ermahnte ihn Melanie, die Fünfjährige. »Erst beten!«

»Na klar, Liebes. Betest du für uns?«

Sie fassten einander bei den Händen. Dann sagte Melanie mit dünnem, hohem Stimmchen: »Komm, Herr Jesus, sei unser Gast, und segne, was du uns bescheret hast. Amen.« Sie sprach das Sch als scharfes S aus und machte aus dem »bescheret« ein »beßeret«.

Schofield registrierte es kaum. In Gedanken war er zu den Gebeten seiner Kindheit zurückgekehrt, die ihm ein Mann beigebracht hatte, der ihm nur als »Prophet« bekannt gewesen war, als er in einer satanistischen Sektenkommune gelebt hatte, die sich »Jünger der Anarchie« nannte.

Er dachte an die anderen Kinder in der Sekte.

Er dachte an ihre Schreie.

Er dachte daran, wie sie lebendig verbrannt waren.

»Daddy?«, sprach Melanie ihn an.

Schofield kehrte in die Gegenwart zurück. »Ja, Liebling?«

»Ich brauch den Sirup.«

»Aber sicher, Kleines.« Er schob ihr die Flasche zu, beugte sich zu ihr und küsste sie auf den Scheitel. Sie lächelte zu ihm hoch. Die beiden mittleren Schneidezähne fehlten.

Schofield lächelte sein wunderschönes kleines Mädchen an. Wie sehr er seine Frau und seine Kinder liebte. Obwohl er kaum jemals Freude empfand – andere Gefühle wie Liebe, Treue und Verbundenheit kannte er sehr wohl. Seine

Familie würde schrecklich verletzt sein, wenn sie erfuhr, was für ein Ungeheuer er in Wirklichkeit war. Aber er wollte nichts anderes, als dass sie glücklich waren, und ihr Glück teilen. Das Bild, wie seine Kinder ihn anspuckten und ihn »Missgeburt« nannten, erschien vor seinen Augen. Er stellte sich vor, wie sie ihn steinigten, die engelhaften Gesichter zu hasserfüllten Fratzen verzerrt.

Schofield dachte an Jessie Olague, die in der vergangenen Nacht verblutet und verbrannt war, und er wusste, dass auch er ein solches Schicksal verdient hätte. Jeden einzelnen Stein, der ihn traf.

20

Als Allen Brubaker sich dem Hotelzimmer näherte und die Hand hob, um anzuklopfen, bemerkte er in der Wandnische vor dem Türrahmen auf Kniehöhe eine Art kreisrundes Pflaster, das in der Cremefarbe, mit der die Wände gestrichen waren, kaum auffiel. Für ein nicht geschultes Auge wäre es unsichtbar gewesen, doch Allens Augen waren bestens geschult – zumindest solange er seine Brille trug. Das kleine Pflaster war ein Bewegungsmelder, der eine SMS an ein Handy oder einen Computer sendete, sobald das Feld rings um die Tür durchbrochen wurde. Marcus hatte vermutlich eruiert, wann das Personal die Zimmer zu putzen pflegte, damit er es ignorieren konnte, wenn die Raumpflegerin hereinkam. Am Türgriff baumelte außerdem ein Bitte-nicht-stören-Schild. Allen schüttelte den Kopf. Selbst für seine eigenen Verhältnisse wurde Marcus ein wenig paranoid.

Wieder hob Allen die Hand, hielt jedoch erschrocken inne, als plötzlich eine Stimme fragte: »Wer da?«

»Ich bin nichts, aber die Wahrheit ist alles«, sagte Allen.

Marcus öffnete die Tür und grinste. »Wer hat das gesagt, Professor? Wieder mal Shakespeare?«

Allen, ein Liebhaber der Geschichte und der Literatur, entgegnete: »Nein, Abraham Lincoln.«

»Ich glaube, von dem hab ich schon mal gehört. Bart, großer Hut.«

Allen lachte leise und schlug Marcus auf den Rücken.

»Genau der.« Er hatte Marcus in dessen ersten Monaten als Hirt betreut, und sie waren einander ans Herz gewachsen. An Marcus' klugscheißerische Kommentare hatte er sich gewöhnt, und von seinen Fähigkeiten als Ermittler war er beeindruckt. Trotzdem musste der junge Bursche noch einiges lernen. »Willst du mich nicht reinbitten?«

»Wenn der Herr Professor sich hier herüber bemühen möchte.« Marcus wies auf das Nachbarzimmer. »Der Raum hier dient nur zur Ablenkung. Ich habe ihn unter meinem Namen gemietet und den, den wir wirklich benutzen, als Henry Jones junior.«

Gütiger Himmel, dachte Allen. *Der Junge wird wirklich paranoid.*

Er trat ins Nachbarzimmer, begrüßte Andrew und bestaunte die Einrichtung. Der Raum war eine Suite mit zwei Zimmern. Im vorderen Raum standen eine Ausziehcouch, zwei Stühle, ein Minikühlschrank und ein Flachbildfernseher. Marcus und Andrew hatten das Fernsehschränkchen mit dem TV-Gerät in die Ecke geschoben und durch einen hypermodernen berührungsempfindlichen Bildschirm ersetzt. Schon kurz nach seinem Beitritt zur Organisation hatte Marcus davon gesprochen, ein Exemplar anzuschaffen. Der Bildschirm bestand aus einem faltbaren, papierdünnen Aktiv-Matrix-OLED-Display, montiert auf zwei Glasschilden und Silikongummi, einem hyperelastischen Material, das Dehnbelastungen sehr gut standhielt. Die Technik war von Samsung entwickelt worden, befand sich aber noch im Stadium des Prototyps. Allen wusste, dass der Director gute Beziehungen zur DARPA besaß, dem Amt für Forschung und Entwicklung im Verteidigungsministerium, aber er hatte nie die Notwendigkeit gesehen, solche Technik bei Ermittlungen einzusetzen.

»Was ist denn aus meiner guten alten Pinnwand geworden?«

Marcus zuckte mit den Schultern. »Ich habe Stan gesagt, er soll sie verbrennen. Willkommen in der Zukunft, Professor.«

»Zeigt mir, was ihr schon habt«, sagte Allen.

»Du hast die Akten gelesen, und damit weißt du schon das meiste. Mir lassen nur ein paar Fragen keine Ruhe. Erstens, woher weiß der Killer mit Sicherheit, dass sein Opfer schläft, ehe er ins Haus einsteigt? Dieser Kerl ist kein Hitzkopf, er ist kühl und berechnend. Ich begreife nicht, dass er kein einziges Mal in einen Kampf geraten ist. Zweitens, warum holt er seine Opfer in der einen Nacht und tötet sie in der nächsten?«

»Vielleicht will er sie eine Zeit lang besitzen«, meinte Andrew, »wie ein Sammler. Ihm geht einer ab, wenn sie ihm gehören, wenn er die Herrschaft über sie hat.«

Marcus kaute auf der Unterlippe, während sein Blick über die verschiedenen Asservaten glitt, die auf dem Display abgebildet waren. Er hob die Hand und positionierte zwei davon neu. »Möglich.«

Andrew verdrehte die Augen. »Jedes Mal, wenn du ›möglich‹ sagst, meinst du eigentlich: ›Das glaube ich nicht.‹«

Marcus nickte. »Möglich.«

Andrew sah Allen um Unterstützung heischend an, aber der grinste nur. Er freute sich zu sehen, dass sich während seiner Abwesenheit nicht alles geändert hatte.

»Noch etwas«, fuhr Marcus fort. »Die Augen. Wieso

muss er ihnen die Augen aufhalten, während er sie umbringt? Er tut es, damit sie nicht wegschauen können.«

»Weil er will, dass sie zuschauen. Dass sie ihn sehen. Vielleicht glaubt er, nur in einem Augenblick wie diesem kann jemand ihn so sehen, wie er wirklich ist.«

Marcus bedachte Andrew mit einem schiefen Lächeln. »Möglich.«

»Was hältst du vom Aspekt der satanistischen Rituale, Marcus?«, fragte Allen.

»Auch wenn die Öffentlichkeit es anders wahrnimmt, gibt es so gut wie keinen Fall, bei dem jemand während eines echten satanistischen Rituals ermordet wurde. Natürlich gibt es hin und wieder wahnhafte Einzeltäter, die behaupten, der Teufel hätte ihnen zu morden befohlen, aber das ist im Grunde nichts anderes, als wenn jemand sagt, sein Hund oder Elvis hätte ihn dazu gebracht. Es ist nur eine Wahnvorstellung. Trotzdem ist es nicht ganz ausgeschlossen, dass eine satanistische Sekte dahintersteckt. Aber selbst wenn es eine Verbindung zu einer Sekte gibt, können wir aufgrund der Ähnlichkeit der Tatorte, der Handschriftenanalysen und der Fußabdrücke mit ziemlicher Sicherheit davon ausgehen, dass die Verbrechen immer vom gleichen Einzeltäter begangen werden. Und was die Sekten angeht, habe ich Stan recherchieren lassen.«

Marcus tippte auf ein Icon rechts am unteren Rand des Schirms. Ein Fenster mit einem kreisförmigen Ladesymbol öffnete sich. Nach ein paar Sekunden erschien Stans Gesicht. »Kung-Fu-Meister Stan ist bereit.«

»Was hast du über die Sektenaspekte herausgefunden?«

»Die Symbole passen zu nichts von dem, was ich gefunden habe. Und es gibt kein dokumentiertes Ritual, dem der Killer folgt.«

»Was ist mit dem A im Kreis?«

»Das ist das Symbol für Anarchie, das dem Killer seinen Spitznamen eingebracht hat, nachdem irgendein Cop ein Foto seiner Visitenkarte an die Presse weitergegeben hatte. Mit dem Geld, das der Mistkerl dafür bekam, hat er wahrscheinlich Frau und Kinder nach St. Lucia, Aspen oder Disney World mitgenommen. Oder seine Geliebte. Das gäbe eine viel bessere Story.«

»Bleiben wir bei der Sache, Stan.«

»Alles klar, Boss. Als ich ein bisschen tiefer grub, fand ich eine Quelle, die besagt, dass das A im Kreis für den Antichristen stehen kann, der die Anarchie und die Apokalypse bringt.«

»Okay«, sagte Marcus. »Dann hack dich in die Datenbanken von jedem Krankenhaus, jedem Psychiater und jedem Psychotherapeuten in der Metropolregion Chicago und schau nach, ob irgendwo das A im Kreis erwähnt wird oder ob sich jemand für den Antichristen oder seinen Agenten hält. Suche außerdem nach allen Verbindungen zwischen dem A im Kreis und satanistischen Gruppen oder einzelnen Satanisten. Dann suchst du nach einem Eingeweihten, der bereit ist, mit uns zu sprechen. Jemanden, der den Finger am Puls dieser Subkultur hat.«

Stan schwieg einen Augenblick. Er blinzelte heftig, und sein Gesicht auf dem Schirm zerknitterte. »Weißt du eigentlich, wie viele Psychiater und Therapeuten es in Chicagoland gibt?«

Marcus verschränkte die Arme vor der Brust und sagte: »Zweitausendvierhundertneunzig.«

»Woher zum Teufel weißt du das?«

»Es stand auf den Datenblättern, die du für mich vorbereitet hast.«

»Aber wie kannst du dir so was merken?«

»Ich merke mir nicht die Zahlen. Ich mache einen mentalen Schnappschuss von jeder Seite und speichere das Bild. Wenn ich es brauche, kann ich es abrufen. So ähnlich, wie man Digitalbilder in einem Verzeichnis auf seinem Rechner speichert.«

»Du solltest dein Hirn mal von Wissenschaftlern untersuchen lassen, Boss.«

»Was sie da fänden, würde ihnen nicht gefallen.« Marcus blickte auf die Zeitanzeige. »Okay, Stan, du hast viel zu tun, und wir müssen zu einer Besprechung bei der Polizei von Jackson's Grove.«

Stan deutete eine spöttische Ehrenbezeigung an und trennte die Verbindung.

»Wir gehen zu einer Besprechung?«, fragte Allen.

Wieder ordnete Marcus ein paar Beweisstücke auf dem Bildschirm neu an, während Andrew antwortete: »Ja, eine FBI-Beamtin namens Vasques hat uns gestern Abend eingeladen.«

»Der Director sagte, ihr hättet einen Zusammenstoß mit dem FBI gehabt.«

»Das kann man so sagen. Zwischen Marcus und ihr hat es sofort gefunkt.«

Marcus nahm den Blick nicht vom Display und sprang auch nicht auf den Köder an. »Bei keinem dieser Morde wurde eine Staatsgrenze überschritten. Sie sind alle innerhalb des gleichen Zuständigkeitsbereichs geschehen. Üblicherweise folgen die Mordschauplätze und Orte, an denen die Leichen abgelegt werden, einem räumlichen Muster, auch wenn diese Muster für jeden Täter unterschiedlich sind. Jeder Täter hat eine Komfortzone, die seine Heimatbasis umgibt, üblicherweise den Arbeits- oder Wohnort. Statistisch wächst die Komfortzone eines Täters mit der Zeit, weil er seine Fertigkeiten verbessert. Aber bei unserem Täter ist es anders. Er geht bis in die äußerste Ecke des Zuständigkeitsbereichs, verlässt ihn aber nie. Da drängt sich mir die Frage auf, ob er das aus einem bestimmten Grund tut. Es bedeutet auch, dass das FBI für diesen Fall technisch gesehen gar nicht zuständig ist.«

Allen schnippte mit den Fingern. »Vasques. Der Name kam mir gleich bekannt vor. Zwei Detectives namens Vasques und Belacourt waren die leitenden Beamten in dem Fall, als wir ihn während der letzten Mordserie bearbeitet haben. Ich habe Vasques nie kennengelernt, aber er soll ein guter Cop gewesen sein. Ein halbes Jahr, nachdem der Fall kalt wurde, wollte ich mich bei ihm erkundigen, ob es neue Hinweise gab. Dabei habe ich erfahren, dass er bei einem Feuer umgekommen war. Der Anarchist war der letzte Fall, den Vasquez bearbeitet hat.«

»Das ergibt Sinn«, sagte Marcus. »Mir scheint, unsere Vasques hat ein persönliches Interesse an dem Fall. Ich glaube, sie ist misstrauisch, weil wir uns eingeschaltet haben. Und sie war ein bisschen zugeknöpft.«

»Kein Wunder«, sagte Andrew. »Du hast dich ihr gegenüber wie der letzte Mistkerl verhalten.«

»Habe ich nicht.«

»Doch, hast du.«

Allen hob beide Hände. »Jungs, das ist egal. Bleiben wir ihr aus den Augen und halten uns bedeckt.«

Marcus blickte wieder auf die Zeitanzeige. »Wir müssen los. Wir sollten nicht zu spät zur Besprechung kommen.«

21

»Wo ist dein Bruder? Wir müssen los«, sagte Harrison Schofield zu Alison, seiner Ältesten.

»Ich glaube, er ist hinten im Garten.«

Schofield hielt den Spiderman-Rucksack des Jungen hoch. »Den braucht er vielleicht.«

Alison seufzte entnervt. »Ich kann mich nicht um alles kümmern, Dad.«

Er hob kapitulierend die Hände. »Nur die Ruhe, Teenager. Ich will dir nichts Böses.«

Sie streckte ihm die Zunge heraus, und er zwinkerte ihr zu. »Fährst du heute eigentlich zu Grandma, Dad?«

Bei dem Gedanken an seine Mutter überkam Schofield ein Gefühl der Scham, und sein Magen verkrampfte sich. Doch egal, was sie getan hatte, egal, wie viel Schmerz sie ihm verursacht hatte – sie war die Frau, die ihn zur Welt gebracht hatte. Etwas in ihm liebte sie trotz allem. Ein anderer Teil von ihm aber hasste sie und konnte ihr niemals verzeihen. »Wieso fragst du?«

»Ich hab dich und Mom davon reden gehört. Ich hab ... na ja, ich hab überlegt, ob ich mitkommen kann. Ich bin alt genug, ich komm schon damit klar.«

»Mal schauen, wie es ihr heute geht. Wenn es gut läuft, kannst du beim nächsten Mal mitkommen, okay?«

»Okay, Dad.«

Er machte das Mittagessen für die beiden Jüngeren fertig – Sandwiches mit Erdnussbutter, Marmelade und Apfelscheiben – und packte es in ihre Lunchboxen. Alison war im Gegensatz zu ihren jüngeren Geschwistern zu cool, um Brote mit in die Schule zu nehmen.

Als Schofield die Mädchen zur Tür hinaus in den Garten trieb, hörte er die Stimme eines Mannes. Angst durchfuhr ihn. Er eilte um die Hausecke und sah seinen Sohn Ben, der einem alten Mann mit langem weißem Haar und kurz geschnittenem Bart einen Football zuwarf.

Ben bemerkte Schofield und sagte: »Hey, Dad, Mr O'Malley ist rübergekommen und spielt mit mir.«

Schofields Nachbar warf Ben den Ball wieder zu. »Der Junge hat einen verflixt guten Arm, Harrison.« O'Malley sprach mit breitem irischem Akzent. »Ehe wir's uns versehen, spielt er in der NBA.«

Ben lachte. »Das ist die Basketballliga, Mr O'Malley. Die Footballliga ist die NFL.«

O'Malley lachte mit dem Jungen. Schofield empfand einen Stich der Eifersucht darüber, wie natürlich und locker sie miteinander umgingen, wie zwei alte Freunde, die auf seine Kosten einen Scherz machten, den nur sie verstanden.

»Tut mir leid, mein Junge«, sagte O'Malley. »Der einzige Sport, der mich interessiert, ist Fußball. Und an der Uni habe ich Rugby gespielt. Ich bring's dir bei, wenn das Wetter besser ist.«

»Hast du gehört, Dad? Mr O'Malley bringt mir bei, wie man Rockbi spielt.«

Schofield tätschelte seinem Sohn den Kopf. »Das ist toll, Ben. Aber wir müssen jetzt zur Schule, und Mr O'Malley ist ein vielbeschäftigter Mann.« Während er sprach, stolperte er über einige Wörter und wich dem Blickkontakt zu seinem Nachbarn aus.

Auf dem Weg zur Garage winkte Ben dem weißhaarigen alten Mann zu. »Bye, Mr O'Malley. Einen schönen Tag!«

»Dir auch, mein Junge!«

Innerlich schäumte Schofield vor Wut, dass der Alte immer wieder versuchte, sich in sein Leben zu drängen – diesmal mit dem Umweg über die Kinder –, doch er hielt seine Empfindungen verborgen. Wortlos drehte er sich um und folgte seinem Sohn. Hinter ihm sagte der alte Mann: »Ich möchte Ihnen noch danken, Harrison, dass Sie mir dieses Schneefräsengerät geliehen haben.«

Schofield hob die Hand, drehte sich aber nicht um. Der Alte war ihm zuwider. Vor allem der Klang seiner Stimme, sein dämlicher Akzent.

Der Alte fügte hinzu: »Ich bin damit fertig und bringe es zurück in Ihre Garage.«

Schofield drehte sich um. »Nein, schon gut. Lassen Sie es einfach vor dem Tor stehen.«

»Na, ich weiß nicht. Das hier ist ein ruhiges Viertel, aber wenn das Ding herumsteht, wird es vielleicht gestohlen. Ich kann Ben ja bitten, mir zu helfen, wenn er aus der Schule kommt. Er ist ein guter Junge. Er hilft gern.«

»Nein, wir ... wir sind beschäftigt. Stellen Sie es dann doch einfach in die Garage, okay?« Schofield eilte zu seinen Kindern, ehe der Alte mit der nächsten Zumutung aufwarten konnte. Durch das Fenster im Garagentor sah er, dass die Kinder bereits im Camry saßen. Seine Hände zitterten in der Kälte. Schofield stützte sich an der Garagenwand ab. Ihm war schwindlig. Er hasste den alten O'Malley, hasste dessen Angewohnheit, sich in das Familienleben anderer Menschen zu drängen.

Er fragte sich, ob er eines Tages den Mut haben würde, etwas dagegen zu unternehmen.

22

Das Revier des Jackson's Grove Police Departments war ein kleiner einstöckiger Bau aus roten Ziegeln, den kahle Bäume umgaben und der an einen breiten Streifen Brachland grenzte. Ackerman beobachtete, wie Marcus und die anderen von der Route 50 abbogen und auf den Parkplatz fuhren. Ein gewaltiger Funkturm überragte das Gebäude, und das Foyer und der überdachte Eingang im Zentrum davor waren vollverglast. Der Aufbau erinnerte an ein Einkaufszentrum. Ein beigefarbenes Schild wies auf das Ortszentrum von Jackson's Grove hin. Streifenwagen standen in Reihe auf dem Parkplatz.

Während er vorbeifuhr, dachte Ackerman darüber nach, wie das Schicksal, die Hand einer höheren Macht, ihn hierhergeführt hatte. Einst hatte er geglaubt, jeder würde für sich allein durch die Finsternis ziehen. Dass es keinen Gott gäbe, keinen Teufel, nur Menschen. Er hatte geglaubt, Menschen seien nichts weiter als Tiere, die sich Religion und das Leben nach dem Tod bloß einredeten.

Doch wenn er nun auf die Ereignisse seines Lebens zurückblickte, sah er kein Chaos mehr, nicht mehr nur Schmerz und Tod, sondern Zweckbestimmtheit. Bedeutung. Der viele Schmerz hatte nur dazu gedient, aus ihm eine Waffe zu schmieden, ein scharfes Instrument des Schicksals. Und noch immer wurde er geformt, geschliffen, verändert. Alle Menschen waren die Summe ihrer Erfahrungen, und sein Martyrium hatte ihn stark gemacht.

Auf ähnliche Weise war Marcus von den Ereignissen seines Lebens geprägt worden. Und bald schon würde er die Wirkungsweise des Schicksals begreifen. Die Puzzleteile würden sich zusammenfügen, bis das Gesamtbild deutlich vor ihm stand. Dann würde Marcus die Welt mit anderen Augen betrachten. Und das Schicksal hatte ihn, Ackerman, dazu auserkoren, der Katalysator für Marcus' Erleuchtung zu sein – so, wie Marcus es für ihn selbst gewesen war.

Ackerman drehte die lange Klinge seines Kampfmessers und beobachtete die Lichtreflexe auf dem Edelstahl. Während er die Waffe bestaunte, fragte er sich, ob er erst einige Ablenkungen in Marcus' Leben beseitigen müsste, ehe dieser sein wahres Potenzial begriff.

23

Marcus saß auf einem unbequemen grauen Klappstuhl im hinteren Teil des Besprechungsraums, während Detective Sergeant Trevor Belacourt vorn auf ein kleines Podium stieg. Der Chef des Morddezernats bat um Aufmerksamkeit. Die Wand hinter Belacourt wurde von einem Whiteboard eingenommen. Ein Projektor, der an silbrigen Ketten von der Decke hing, beleuchtete sie. Der Raum hatte nackte cremefarbene Wände, und durch die Fenster sah man Ackerland. An einer Wand stand ein großer Klapptisch, beladen mit Donuts, Kaffeekannen und Zuckerpäckchen. Eine bunte Mischung aus Uniformierten und Beamten beiderlei Geschlechts in Khakihosen und weißen Hemden füllte den Raum, insgesamt etwa dreißig Personen. Sie stellten ihre Gespräche ein und ließen sich auf ihren Plätzen nieder. Es roch wie ein Klassenzimmer in einer Volkshochschule – Spuren von Reinigern mit Zitrusaroma, Kaffee und den Dämpfen aus Whiteboardstiften. Marcus bemerkte Vasques, die schweigend in der vordersten Reihe saß.

Belacourt begann seine Rede. Der kahl werdende Leiter des Morddezernats von Jackson's Grove legte die Einzelheiten des Falles dar und verwies die Beamten auf die Unterlagen, die jeder von ihnen beim Betreten des Besprechungsraums erhalten hatte. Er erklärte, dass er zusammen mit dem Chefermittler, Marlon Stupak, die Untersuchung leiten würde, weil er bereits früher am Anarchisten-Fall gearbeitet habe. Stupak erhob sich und winkte kurz. Er war ein dünner Schwarzer mit säuberlich rasiertem Schädel und gepflegtem Ziegenbart. Sein Anzug erschien Marcus ein wenig zu sauber und zu teuer.

»Wir haben die Ehre, dass Special Agent Victoria Vasques uns ebenfalls bei diesem Fall zur Seite steht«, fuhr Belacourt fort. Auch Vasques erhob sich, blickte über die Beamten hinweg und nickte knapp und geschäftsmäßig.

»Wie Sie vielleicht wissen«, fuhr Belacourt fort, »wurde vor zwei Nächten eine junge Frau namens Jessie Olague entführt. Wenn der Killer sich an sein Muster hält, könnte sie bereits tot sein.«

Marcus öffnete den Hefter und blätterte ihn durch. Belacourt berichtete derweil von den Anstrengungen des Departments, den Killer zu stoppen, doch Marcus kannte diese Informationen bereits. Der Hefter enthielt etwas, das interessanter für ihn war: ein Profil des Mörders.

Das Dokument beschrieb den Anarchisten als äußerst organisierten Täter, einen männlichen Weißen zwischen fünfunddreißig und fünfzig. Dieser und einigen anderen Schlussfolgerungen konnte Marcus zustimmen, doch je mehr er las, desto mehr bestürzte ihn der Inhalt des Profils. Er entdeckte mehrere vorschnelle Einschätzungen, die er für schlichtweg falsch hielt. Er las, dass der Täter vermutlich alleinstehend war, sozial kompetent und auf seine Weise charmant, zugleich aber ein Einzelgänger, der andere Menschen nicht mochte. Darüber hinaus sei er ein Narzisst und Psychopath, der nicht in der Lage sei, wegen seiner Verbrechen Reue zu empfinden. Er habe Schwierigkeiten mit Frauen und gebe ihnen und anderen die Schuld an seinen Problemen.

Der Verfasser des Profils benutzte die korrekte Terminologie, ließ aber wirkliche Einblicke vermissen. Marcus sah die Gefahr, dass das Profil die Ermittler in eine falsche Richtung lenkte. Verließen sie sich zu sehr darauf, übersahen sie möglicherweise potenzielle Verdächtige und tappten im Dunkeln, während noch mehr Unschuldige starben.

Belacourt sprach gerade über die Opferdemografie, als Marcus die Hand hob. Er schwenkte sie hin und her, um die Aufmerksamkeit des Sergeants zu wecken. Andrew, der neben ihm saß, fragte entgeistert: »Was tust du da? Nimm die Hand runter.«

Marcus beachtete ihn nicht. Er war sicher, dass Belacourt ihn längst bemerkt hatte, aber geflissentlich ignorierte. Er machte noch übertriebenere Bewegungen. Endlich sagte der Sergeant: »Ja, Sie da hinten, haben Sie etwas hinzuzufügen?«

Marcus erhob sich. »Ja, habe ich. Ich bin Special Agent Marcus Williams vom Justizministerium. Ich möchte nur anmerken, dass dieses Profil«, er hielt den Hefter in die Höhe, »das Papier nicht wert ist, auf das es gedruckt wurde. Wenn Sie sich daran halten, werden Sie den Kerl niemals fassen.«

»Setz dich, Marcus«, wisperte Allen.

Belacourt neigte den Kopf zur Seite. »Ach, wirklich, Agent Williams? Warum erleuchten Sie uns dann nicht?«

»In diesem Profil sind ein paar grobe Schnitzer, die die Ermittlungen in die falsche Richtung lenken könnten. Erstens existiert kein Hinweis, dass der Killer alleinstehend ist. Ich vermute eher, er ist verheiratet oder lebt mit jemandem zusammen.«

Belacourt nickte. »Vielen Dank, Agent, aber …«

Marcus unterbrach ihn: »Er entführt seine Opfer in der einen Nacht, hält sie während des kommenden Tages irgendwo fest und wartet bis zur nächsten Nacht. Dann erst tötet er sie. Das deutet für mich darauf hin, dass ihm die Zeit fehlt, alles in der ersten Nacht zu erledigen.«

Belacourt grinste. »Ihm fehlt die Zeit? Wieso?«

»Weil er nach Hause muss, ehe man ihn vermisst. Er könnte eine Frau haben, die in der Nachtschicht arbeitet. So wie es bei Jessie Olagues Ehemann der Fall war.«

»Wir werden das berücksichtigen. Und nun …«

»Außerdem ist er vermutlich weder charmant noch sozial besonders kompetent, wie es hier im Profil steht. Es wäre viel einfacher, eine Frau von der Straße zu entführen oder sie mit Charme in einen Wagen zu locken, wie Ted Bundy es getan hat, aber unser Täter tut das nicht. Er macht seine Opfer in ihrem eigenen Haus bewegungsunfähig, ohne dass es zur geringsten Konfrontation kommt, was viel Vorsicht und Planung erfordert. Außerdem soll der Killer ein Psychopath sein, aber das stimmt nicht. Er hasst sich für das, was er tut. Aber aus irgendeinem Grund kann er nicht damit aufhören.«

»Danke, Agent Williams, wir …«

»Überlegen Sie nur, wie rücksichtsvoll er seine Opfer behandelt.«

»Rücksicht? Er trinkt ihr Blut, hält ihnen die Augen offen, während sie sterben, und verbrennt sie bei lebendigem Leib!«

»Richtig, aber erst, nachdem er ihnen die Beinschlagader zerschnitten hat, was unnötig ist. Ich vermute, er tut es, weil er glaubt, dass er ihnen auf diese Weise ein langes Leiden erspart. Ein Psychopath würde es genießen, den Frauen noch im Sterben Schmerzen zuzufügen und sie zu beherrschen. Dieser Kerl verabreicht ihnen Betäubungsmittel – auf eine Art und Weise, dass sie sich nicht an den Zwischenfall erinnern könnten, würde er sie nicht wecken. Auf seine eigene verdrehte Art und Weise will er nicht, dass sie mehr leiden als nötig. Er ist zielorientiert. Er tötet nicht aus Vergnügen, er will etwas anderes.«

Belacourt stand einen Augenblick reglos da. Dann fragte er mit seiner näselnden Stimme: »War das alles? Können wir jetzt weitermachen?«

»Nein, noch nicht. Das Profil sagt außerdem nichts über einen Beruf oder ein Fahrzeug aus. Ich würde sagen, dieser Killer arbeitet mit Zahlen oder Variablen. Risikomanagement, Versicherung, Banken, Finanzbranche, Systemanalyse ... irgendeine Schreibtischarbeit. Und er fährt entweder einen Toyota Camry, Honda Accord, Toyota Corolla, Honda Civic, Nissan Altima oder Ford Fusion. Das sind die Automodelle, die sich in diesem Jahr am besten verkauft haben.«

Belacourt lachte leise. »Dann ist das nur eine Vermutung auf der Grundlage statistischer Wahrscheinlichkeit. So was können wir online selber abrufen.«

»Sicher können Sie das, und unser Killer kann es auch. Deshalb fährt er ja einen dieser Wagen. Er will nicht auffallen. Er überlässt nichts dem Zufall. Er wird die Daten analysiert und sich ein Auto ausgesucht haben, das auf der Straße möglichst anonym bleibt. Das entspricht seiner Denkweise.«

»Danke, Agent Williams, für Ihre Beiträge. Mir erscheint das vorliegende Profil dennoch zutreffender. Machen wir also weiter. Wir ...«

»Wer hat das Profil erstellt? Es liest sich, als wäre da ein Polizeischüler am Werk gewesen. Auf keinen Fall kommt es von der Verhaltensanalyseeinheit des FBI.«

Allen packte ihn beim Arm. »Du musst dich jetzt setzen, verdammt!«

Belacourts Nasenflügel zitterten, und er kniff die Lippen zusammen. Er hatte erkennbar genug von den Unterbrechungen. »Das reicht jetzt. Wenn Sie noch ein einziges Mal versuchen, diese Besprechung an sich zu reißen, lasse ich Sie aus dem Raum entfernen.«

Marcus ließ sich auf den Sitz sinken. Er schäumte innerlich vor Wut.

Andrew schlug den Hefter mit dem Täterprofil auf, tippte Marcus an und zeigte auf einen Kasten in der rechten unteren Ecke. Da stand: *Erstellt von FBI Special Agent Victoria Vasques.*

Marcus schloss die Augen und rieb sich die Schläfen. Er hatte sein Migränemedikament im Hotel vergessen.

24

Harrison Schofield und seine Frau Eleanor durchfuhren das Sicherheitstor und hielten auf dem Parkplatz der Psychiatrischen Klinik von Will County. Die Anstalt hatte 1975 den Namen geändert, um politisch korrekter zu sein. Zuvor war sie als »Heim für Kriminelle Geistesgestörte von Will County« bekannt gewesen.

Schofield atmete tief durch und musterte das Gelände der sogenannten Klinik, die eher an ein Zuchthaus erinnerte. Sie bestand aus einem großen einstöckigen Gebäude mit roter Ziegelfassade, das umschlossen wurde von einem sechs Meter hohen Stacheldrahtzaum, der sich nach innen wölbte, was es fast unmöglich machte, ihn zu erklettern. Schnee bedeckte den Boden, Eisscherben klammerten sich an die nackten Ahorne und Eichen, die vereinzelt auf dem Gelände standen. Als Schofield sich vom Wagen entfernte, roch er eine Mischung aus Diesel und ungeklärtem Abwasser. Wehte der Wind aus der richtigen Richtung, mischten sich auch Industrieabgase in den Kanalgeruch und schufen einen Brodem widerlichen Gestanks.

Schofield und Eleanor gingen zum Besuchereingang. Ein Wärter drückte den Summer und ließ sie ein. Der massige Schwarze saß hinter einer dicken Scheibe aus Lexan-Polycarbonat. Durch einen hüfthohen Schlitz schob er ein Klemmbrett. Während Schofield die Papiere ausfüllte und sich ins Besucherverzeichnis eintrug, bemerkte er, dass die Hände des Wärters für einen Mann seiner Größe abnormal klein waren.

»Brauchen Sie einen Spindschlüssel?«, fragte der Wärter.

»Nein, danke. Meine Frau wartet hier.«

»Gut, ich sag Ihnen Bescheid, wenn die Patientin so weit ist.«

Schofield ging zu der Reihe orangefarbener Besucherstühle und setzte sich neben Eleanor. Er leerte seine Taschen aus und reichte ihr den Inhalt.

»Bist du sicher, dass ich nicht mit hineinkommen soll?«, fragte sie.

»Ja. Du hättest dir wirklich nicht freinehmen brauchen, um mich zu begleiten. Ich hätte es auch allein geschafft.«

»Sicher, aber das muss ja nicht sein. Ich weiß, wie schwer es dir fällt. Ist alles okay?«

»Ja, ich komme zurecht.«

»Ich liebe dich, Harrison. Egal was ist, ich bin für dich da. Du kannst mir alles sagen.«

Schofield wusste, dass er Wärme oder ein Aufwallen von Glück hätte spüren müssen, als er diese Worte hörte, doch er empfand gar nichts. Er drückte Eleanors Hand und hob sie an die Lippen. »Ich danke dir.«

Im nächsten Moment fragte der Wärter: »Mr Schofield?«

Er fand es merkwürdig, dass der Mann ihn aufrief, als wäre der Wartesaal voll besetzt, obwohl er der einzige Besucher auf der Liste war. Als er sich erhob, sagte seine Frau: »Wenn es ihr besser geht, können wir beim nächsten Mal vielleicht die Kinder mitbringen.«

Schofield lächelte sie an. »Das hätte sie bestimmt gern.«

Der kleine Besuchsraum war einer von vielen auf einem langen Flur. Ein hispanischer Pfleger ganz in Weiß öffnete Schofield die Tür mit dem Beobachtungsfenster. Der Mann trug die Tätowierung eines Pythons, die sich an seinem Hals hochschlängelte.

Die Wände des Raums waren vom Alter vergilbt. Schofields Mutter saß auf der anderen Seite des grauen rechteckigen Tisches auf einem Stahlrohrstuhl. Sie sah gut aus. Sie war eine schöne Frau mit langem schwarzem Haar und rosigen Wangen. Sie hatte Schofield im Alter von nur dreizehn Jahren zur Welt gebracht und hätte leicht als seine Frau oder seine Schwester durchgehen können.

Er setzte sich ihr gegenüber an den langen Tisch. Das Licht aus einem vergitterten Fenster in ihrem Rücken fiel ihr über die Schultern und ließ ihr schwarzes Haar schimmern. Sie starrte ihn wütend an und wandte sich dann voll Abscheu ab.

»Hallo, Mutter«, sagte er. »Frohe Weihnachten.«

»Wieso kommst du her?«, herrschte sie ihn an. »Du dreckige kleine Made! Du bist ein Gräuel in den Augen Gottes.«

Er schluckte heftig und versuchte, ruhig zu bleiben. »Wie ich höre, geht es dir gut. Du siehst gesund aus.«

Sie wandte sich von ihm ab und tat, als wäre er nicht da. Schofield blickte auf das Fenster in der Tür, ob der Pfleger zuschaute, aber der tätowierte Mann war nicht zu sehen. »Niemand hört zu, Mutter. Findest du nicht, dass es Zeit wird, mir zu sagen, wer wirklich mein Vater ist?«

Ihr Gesicht verzerrte sich zu einer gehässigen Fratze. »Du weißt, wer er ist. Dieser Dämon hat mich vergewaltigt und mit seinem schmutzigen Samen geschwängert.«

Schofield schloss die Augen, damit sie ihn nicht weinen sah. So lange er zurückdenken konnte, musste er sich so etwas anhören. Seine Mutter war stets labil gewesen und als junges Mädchen von zu Hause weggelaufen. Im Alter von nur zwölf Jahren war sie geschwängert worden. Zu der Zeit hatte sie Aufnahme in einer Sekte gefunden, die von einem Mann geführt wurde, der sich »der Prophet« nannte. Die Sekte bestand aus Menschen wie Schofields Mutter – Ausreißern und psychisch Labilen. Als sie schwanger wurde, behauptete sie gegenüber den anderen Sektenmitgliedern, Satan sei in einem Traum zu ihr gekommen und habe sie mit seinem Samen geschwängert, damit sie den Antichristen zur Welt brachte. Während des zweiten Trimenons hatte sie einen Selbstmordversuch unternommen, doch der Prophet hatte ihn unterbunden.

Vom Moment seiner Geburt an war Schofield ein verehrter Außenseiter gewesen. Die anderen Kinder in der Sekte hatten Angst vor ihm. Sie wollten nicht mit ihm spielen und waren neidisch auf seine Sonderstellung. Wenn die Erwachsenen nicht zuhörten, hänselten sie ihn, nannten ihn Missgeburt, Monster, Teufel. Sie hassten ihn, doch er wollte nichts weiter, als dass sie seine Freunde waren und ihn behandelten wie jeden anderen.

Am schlimmsten aber war seine eigene Mutter gewesen. Sie hasste ihn mit einer Leidenschaft und Intensität, die er nie begriffen hatte. Während seiner Kindheit hatte sie oft versucht, ihn zu ermorden. Wäre der Prophet nicht gewesen, hätte er das Erwachsenenalter nie erreicht.

»Man behandelt dich hier also gut, Mutter? Gibt es einen Christbaum? Macht ihr euch gegenseitig Geschenke?«

Ihre Lippen zitterten vor Wut, aber sie wollte ihm nicht in die Augen blicken, noch wollte sie antworten.

Schofield seufzte und erhob sich. »Frohe Weihnachten, Mutter. Auch von Eleanor und den Kindern. Die Kinder würden dich gern einmal sehen.«

Die Wut in ihrem Gesicht verflog, und sie bekam große Augen. Als sie sprach, erfüllte atemlose Vorfreude ihre Stimme. »Bringst du sie mit? Ich würde sie schrecklich gerne sehen.«

Er blickte aus dem Fenster und dachte einen Moment nach. »Ich bringe sie nur mit, wenn du dich benimmst. Du musst mich nicht liebhaben. Ich bin dir nicht böse, dass du mich hasst. Du hast recht. Du hattest immer recht damit, das begreife ich heute. Ich bin eine Abscheulichkeit. Trotzdem lasse ich nicht zu, dass du vor meinen Kindern so zu mir sprichst wie vorhin.«

»Ich verspreche es. Bitte, bring sie mit.«

»Ich werde es mir überlegen.«

Schofield klopfte gegen die Scheibe. Der tätowierte Pfleger öffnete die Tür und führte ihn zum Ausgang. Als sie über den langen Korridor gingen, versuchte Schofield, sich auf den weißen Fliesenboden und die schimmernden Reflexe der Leuchtstoffröhren zu konzentrieren und nicht auf seine Mutter und die Vergangenheit. Sein Atem ging schnell. Er brauchte alle Kraft und Konzentration, um nicht zu hyperventilieren oder sich zu erbrechen.

25

Vasques war wütend, als Belacourt die Besprechung beendete und die Beamten entließ. Sie war zutiefst gedemütigt worden, wollte sich von Marcus' Worten aber nicht erschüttern lassen. Sie durfte nicht die Beherrschung verlieren.

Im Besprechungsraum war es durch die vielen Menschen warm und stickig geworden, und sie brauchte frische Luft. Doch als sie zur Tür ging, trat Agent Garrison vor sie hin und schenkte ihr ein verlegenes *Was-soll-man-da-machen-*Lächeln. »Wir hatten gehofft, mit Ihnen über den Fall sprechen zu können, Agent Vasques«, sagte er. »Vielleicht können wir gemeinsam ein paar Beweisstücke sichten und die Zeugin befragen.«

Am liebsten hätte sie ihm die Zähne eingeschlagen. Diese Kerle hatten sie öffentlich gedemütigt, und jetzt wollten sie auch noch ihre Zeit in Anspruch nehmen. Andererseits erhielt sie dadurch eine Gelegenheit, Marcus die Meinung zu geigen. Sie verzog die Mundwinkel zu einem falschen Lächeln, was sie alle Willenskraft kostete. »Sicher. Ich habe in der Chicagoer FBI-Außenstelle sowieso einiges zu erledigen. Wir können uns in einer Stunde dort treffen.« Sie reichte Garrison eine Visitenkarte. »Die Adresse steht hier. Es ist auf der West Roosevelt Road. Nehmen Sie das Parkhaus auf der anderen Straßenseite.«

Garrison schien es ein wenig zu überraschen, dass sie ohne Weiteres auf seine Bitte einging. »Toll. Danke. Wir sehen uns dort.«

Vasques verließ das Gebäude und ging zu ihrem Crown Vic. Sie steckte sich vier Kaugummistreifen in den Mund, zermahlte sie wütend und umklammerte das Lenkrad, bis ihr die Finger schmerzten: Ihr Handy war während der Besprechung stummgeschaltet gewesen, doch sie hatte an den Vibrationen gemerkt, dass mehrere SMS eingetroffen waren. Mit einiger Anstrengung löste sie die Finger vom Lenkrad und zog das Handy aus der Jacketttasche. Die erste SMS war von einem Freund beim FBI.

Hab deine neuen Kumpel aus dem JM überprüft. Williams steht auf der Mitarbeiterliste, aber sonst scheint er nicht zu existieren. Als wäre er ausgelöscht.

Vasques saß eine Zeit lang da, beobachtete den vorüberschießenden Verkehr auf der Route 50 und ging gedanklich die Bedeutung dieser neuen Informationen durch. Das FBI hatte einige der besten Rechercheure der Welt. Wenn ihr Freund nichts über Marcus Williams' Vergangenheit herausfand, konnte das nur bedeuten, dass sie der allerhöchsten Geheimhaltung unterlag.

Je mehr Vasques darüber nachdachte, was während der Besprechung geschehen war, umso deutlicher wurde ihr, dass Williams recht hatte. Die Punkte, die er angeführt hatte, waren schlüssig. Ihre Einschätzungen, was den Täter betraf, waren tatsächlich fehlerhaft. Eigentlich trug Belacourt die Schuld an dem Debakel. Der alte Partner ihres Vaters mochte das FBI nicht und wollte außer mit ihr mit niemandem dort zu tun haben. Er hatte sie gedrängt, ein Täterprofil für ihn zu erstellen. So etwas tat Vasques nicht gern, und sie hatte auch kein großes Talent dafür. Aus diesem Grund hatte sie die Verhaltensanalyseeinheit verlassen und sich auf die Ermittlungen in Fällen von Menschenhandel konzentriert.

Eine Frage ging ihr nicht aus dem Sinn. *Wer zum Teufel sind Williams und die anderen Kerle?*

Vasques hatte nicht die leiseste Idee, war sich aber sicher, dass sie es herausbekommen würde.

26

Die Chicagoer Außenstelle des FBI lag ein Stück von der Roosevelt abgesetzt auf einem Grundstück, das von weißen Säulen und einem schwarzen Eisengitterzaun umschlossen wurde. Es war so lang wie breit. Die gesamte Front wurde von einem Raster aus verspiegelten Fenstern bedeckt. Vasques' Büro befand sich im vierten Stock an einer Südwand. Von dort blickte man über ein Großraumbüro voller Agenten, die in Boxen arbeiteten.

Vasques führte die drei Männer vom Justizministerium hinein und schloss die Tür. Das Büro hatte keine Fenster und lag ziemlich abgeschieden; dennoch ermahnte sie sich, mit gedämpfter Stimme zu reden und ruhig zu bleiben. Sie zeigte auf die beiden Besucherstühle, trat um den Schreibtisch herum und setzte sich. Der ältere Mann, der sich als Allen Brubaker vorgestellt hatte, und Williams nahmen Platz. Sie hatte nur zwei Stühle, daher blieb Garrison stehen. Brubaker und er trugen identische schwarze Anzüge, weiße Hemden und schwarze Krawatten, Marcus Williams hingegen hatte ein graues Seidenhemd an, bei dem die beiden oberen Knöpfe offenstanden, sodass darunter ein schwarzes T-Shirt zum Vorschein kam. Natürlich trug er keine Krawatte.

Vasques wusste, dass er der Rebell der Gruppe war. Schon sein Äußeres wies auf einen gewissen Trotz gegenüber Autoritäten hin. Während ihrer Dienstzeit beim FBI hatte sie Einzelgänger wie ihn kennengelernt; ihrer Erfahrung nach verschuldeten solche Leute oft, dass andere verletzt oder getötet wurden.

»Okay, Gentlemen. Sparen wir uns die Höflichkeitsfloskeln. Sagen Sie mir gleich, wer Sie wirklich sind.«

Allen Brubaker blickte Williams an. Irgendetwas ging zwischen ihnen vor, doch Vasques war sich nicht sicher, was es war. Schließlich sagte Williams: »Wir haben Sie nicht belogen. Wir gehören einer Gruppe innerhalb des Justizministeriums an, die auf Fälle dieser Art spezialisiert ist. Wir stehen auf derselben Seite, Sie und wir. Wir wollen diesen Killer fassen und aus dem Verkehr ziehen.«

Wieder schaute Williams Brubaker an. Der ältere Mann zog die Brauen hoch und neigte den Kopf in Vasques' Richtung. Marcus Williams fuhr fort: »Ich möchte Ihnen außerdem sagen, dass es mir leidtut, was bei der Besprechung passiert ist. Hätte ich gewusst, dass Sie das Profil erstellt haben, hätte ich mich anders ausgedrückt.«

Sie dachte darüber nach. Sollte sie ihn schon vom Haken lassen? Sie entschied sich dagegen. »Wieso sollten wir Ihre Hilfe wollen? Was bringen Sie mit?«

Für einen Moment schweifte sein Blick in die Ferne, und er griff sich an die Stelle, an der seine Krawatte gewesen wäre. Schließlich sagte er: »Ich bemerke Dinge.«

Das Schweigen dehnte sich. »Das ist alles?« Vasques lachte auf. »Sie bemerken also *Dinge*. Ich fürchte, da müssen Sie sich schon ein bisschen mehr Mühe geben.«

Marcus schloss die Augen, streckte den rechten Arm aus und deutete im Büro umher. »Ihr Papierkorb ist klein und schwarz, aus Drahtgitter. Es liegen ein paar Papiere darin, aber hauptsächlich Junkfood-Verpackungen. Eine halb leere Schachtel Pommes frites von McDonald's, Einwickelpapier von Subway und Snickers-Verpackungen, soweit ich sehen konnte. In der hinteren rechten Ecke haben Sie oben einen Ventilator. An ihm fehlt eine Schraube, und er quietscht leicht. Das Gleiche gilt für Ihren Schreibtischsessel, der ein anderes Modell ist als die, an denen wir auf dem Weg hierher vorbeigekommen sind. Ich nehme an, Sie haben ihn von zu Hause mitgebracht, weil er die Lendenwirbelsäule besser stützt. An der linken Wand hängen vierzehn Urkunden und Auszeichnungen in zwei Siebenerreihen. Am Rahmen der dritten in der zweiten Reihe klebt noch ein Rest vom Preisschild, und Sie haben es offenbar aufgegeben, es abzukratzen. In der linken Ecke sind drei graue Aktenschränke mit je fünf Schubfächern. Auf den Schränken stehen zwölf Fotos in schwarzen Rahmen.«

Er öffnete die Augen und suchte Vasques' Blick. Seine Augen waren schön und hell, freundlich und durchdringend zugleich. Ihr fiel auf, dass sie zweifarbig waren – halb bläulich grün, halb braun.

»Das waren nur die offensichtlichen Dinge«, sagte er. »Alles an der Oberfläche. Sie sind nicht einfach nur Objekte. Jedes hat eine Geschichte zu erzählen.« Ohne den Blick von ihr zu lösen, wies Marcus auf die Bilder in der Ecke. »Da hinten steht ein Foto von Belacourt und einem Mann, den ich für Ihren Vater halte. Es wurde in dem gleichen Revier aufgenommen, aus dem wir kommen. Das nächste Bild rechts zeigt Ihre Collegeabschlussfeier mit Ihrem Dad und Ihrem Bruder. Sie tragen eine Robe und einen Doktorhut. Ihr Vater trägt einen grauen Anzug mit roter Krawatte. Ihr Bruder –

eine Vermutung auf Grundlage der Ähnlichkeit zu Ihnen – trägt einen blauen Sweater und ein Wollsakko. An der Kapelle im Hintergrund erkenne ich, dass Sie die Duke University besucht haben. Die Kapelle ist charakteristisch. Es gibt keine Bilder von Ihrer Mutter. Ich kann also davon ausgehen, dass Sie nur von Ihrem Vater aufgezogen wurden und Ihre Mutter gestorben ist, als Sie noch sehr klein waren. Aber das passt nicht ganz … nein, sie ist nicht gestorben. Wäre sie gestorben, hätten Sie vermutlich trotzdem ein Foto von ihr. Ich vermute, sie hat Ihren Bruder und Sie im Stich gelassen. Vielleicht ist sie nicht damit zurechtgekommen, Mutter zu sein und einen Polizisten zum Mann zu haben. Sie sind alleinstehend, keine Kinder. Das ist leicht zu erkennen, weil Sie keine anderen Familienfotos als die von Ihrem Vater und Ihrem Bruder hier haben.«

Vasques atmete flach und mühsam. Sie wollte, dass er aufhörte, aber ihr fehlten die Worte.

»Sie sind vorübergehend abgestellt, um bei diesem Fall zu helfen, denn Sie haben eine Ausbildung bei der Verhaltensanalyseeinheit des FBI absolviert. Aber Sie sind ausgestiegen. Das ist der Grund, weshalb das Profil zwar in der richtigen Terminologie verfasst war, aber nicht den Einblick aufwies, den man nur erlangt, wenn man echte Fälle bearbeitet. Sie sind ein Workaholic und wissen nichts mit sich anzufangen, wenn Sie nicht hier sind. Sie essen meist in Ihrem Büro … die vielen Fast-Food-Schachteln, und dann sind kleine Flecken auf Ihrer Schreibunterlage. Sieht nach Barbecue- oder Steaksoße aus. Da sind auch Schmierspuren, die aussehen wie Make-up und Lippenstift. Offenbar sind Sie eingeschlafen und haben das Gesicht auf die Unterlage gelegt.«

»Ich glaube«, sagte Allen Brubaker, »sie hat genug gehört, Marcus.«

Doch Marcus beachtete den älteren Agent nicht. »Sie haben vor Kurzem mit dem Rauchen aufgehört. Sie kauen auf der Unterlippe, und jedes Mal, wenn ich Sie sehe, haben Sie wenigstens zwei Streifen Kaugummi im Mund. Die Urkunden und Auszeichnungen verraten mir, dass Sie sich Ihrer Stellung innerhalb des FBI nicht ganz sicher sind. Vermutlich stellen Sie jede Schützentrophäe und jede Belobigung aus, die Sie jemals erhalten haben. Dann ist da Ihre Waffe. Das FBI gibt normalerweise Glock 22 oder 23 aus, eventuell auch eine auf neun Millimeter umgerüstete 19, da sie mit ihrem kleineren Rahmen besser in eine Frauenhand passt. Sie könnten auch eine SIG P226 oder eine P220 führen, stattdessen laufen Sie mit einer SIG Sauer 1911 für .45-ACP-Patronen herum. Das ist das größte Modell, das hergestellt wird. Offenbar wollen Sie sich oder Ihren Kollegen beweisen, dass Sie zäh genug sind, um mit allem fertig zu werden. Was die Gleichberechtigung angeht, sind wir weit gekommen, aber vermutlich gibt es für eine Frau beim FBI noch immer mehr als genug Hürden.«

»Okay, Marcus. Sie weiß, was du sagen willst«, meldete sich Garrison aus der Ecke des Zimmers.

»Da bin ich mir nicht so sicher. Noch eine Sache. Wenn ich raten sollte, würde ich sagen, dass Sie ungefähr zu der Zeit mit dem Profiling aufgehört haben, als Ihr Vater starb. Sie haben allen gesagt, das wäre der Grund dafür, aber in Wirklichkeit gefiel es Ihnen nicht, sich in die Gedanken von Killern zu versetzen. Für manche Menschen ist das nichts. Außerdem merke ich, dass Sie jemand sind, der selbst gern aktiv wird. Sie sind bevorzugt auf der Straße, treten Türen ein, bringen Verbrecher zur Strecke. Sie bekommen die Gesichter der Menschen zu sehen, die Sie retten. Profiler verbringen den Großteil ihrer Zeit in Quantico im Keller und leben in den Köpfen der geistig anormalsten Menschen dieser Welt. Trotzdem war es eine Ehre, überhaupt ausgesucht zu werden. Unter den 13.864 Special Agents des FBI sind nur ungefähr dreißig Profiler. Ihr Dad muss sehr stolz auf Sie gewesen sein. Vielleicht haben Sie deshalb erst damit aufgehört, als er nicht mehr lebte. Sie wollten ihn nicht enttäuschen. Aber letzten Endes war es auch nicht das Leben, das Sie sich wünschten. Sie hatten Angst, die Wahrheit zu gestehen, weil es wie eine Schwäche erscheinen konnte.«

Marcus schaute ihr weiterhin in die Augen. Vasques hatte das merkwürdige Gefühl, dass er direkt in ihre Seele blickte. Das Herz schlug ihr bis zum Hals. Sie fühlte sich nackt, hilflos. Sie schluckte schwer und sagte: »Ich weiß jetzt, was Sie gemeint haben, als Sie vorhin sagten, Sie bemerken Dinge. Ich bin sicher, das wird uns während der Ermittlung weiterhelfen. Garrison erwähnte, dass Sie mit dem Zeugen sprechen wollten.«

»Stimmt.«

»Gut, dann treffen wir uns in fünf Minuten unten im Foyer.«

Sie erhob sich, noch immer völlig durcheinander. Ihre Wangen brannten. Die Luft war heiß. Ihre Fassung hatte Risse bekommen. Sie schob sich an den drei Männern vorbei aus ihrem Büro und überließ es ihnen, ihr zu folgen. Zu den Waschräumen ging es an mehreren Büros vorbei. Vasques huschte in die Damentoilette und suchte sich eine offene Kabine. Nachdem sie die Tür zugeknallt und sich auf die Toilette gesetzt hatte, versuchte sie tief durchzuatmen und ihre Gefühle unter Kontrolle zu bekommen, doch es gelang ihr nicht. Marcus hatte Dinge über sie herausgefunden, die niemand wusste. Er hatte sie regelrecht nackt ausgezogen, hatte Punkte berührt, über die sie mit niemandem sprach. Sie fühlte sich, als wäre er der einzige Mensch auf der Welt, der sie so gesehen hatte, wie sie war. Und das machte ihr Angst und beschämte sie.

Special Agent Victoria Vasques vergrub das Gesicht in den Händen und weinte.

27

Das gedrungene weiße Parkhaus gegenüber der FBI-Außenstelle an der West Roosevelt Road in Chicago verfügte über sechs Etagen, zählte man das Dach mit. Marcus und die anderen hatten einen Parkplatz am westlichen Ende der vierten Etage gefunden. Marcus war freiwillig als Fahrer eingesprungen, und Vasques hatte zugestimmt. Er hatte damit gerechnet, dass sie Einwände erhob – ohne triftigen Grund, nur um Unabhängigkeit und Autorität zu beweisen. Zu seiner Überraschung aber war ihre frostige Attitüde geschmolzen. Seine kleine Vorführung hatte offenbar Eindruck gemacht.

Auf dem Weg zum Parkhaus sprachen sie über Belanglosigkeiten. Allen fragte Vasques nach ihrer Meinung über die Duke University, denn sein Sohn Charlie hoffte, im nächsten Herbst dort ein Basketball-Stipendium zu erhalten. Marcus hörte nur mit halbem Ohr zu, denn er analysierte jede Einzelheit ihrer Umgebung. Als sein Handy vibrierte, zog er es aus der Tasche. Die Nummer erkannte er nicht. Normalerweise bedeutete es, dass Ackerman anrief.

Marcus hatte seine Nummer zweimal geändert, als der Killer ihn fast täglich mit Anrufen behelligte, doch irgendwie war es Ackerman jedes Mal gelungen, die neue Nummer herauszufinden. Auf Marcus' Bitte hatte Stan Macallan die Computersysteme der Shepherd Organization überprüft, allerdings ohne Ergebnis. Marcus konnte sich nicht vorstellen, wieso jemand innerhalb der Organisation dem

Killer solche Informationen weitergeben sollte. Es musste an den Computern liegen. Er nahm sich vor, Stan zu bitten, alles noch einmal zu checken, einschließlich sämtlicher Handys, Laptops und Server.

Nach mehreren gescheiterten Bemühungen hatten sie es aufgegeben, ihre Ressourcen zu verschwenden, indem sie versuchten, die Anrufe zurückzuverfolgen. Ackerman benutzte stets Weiterleitungen mit Prepaid-Handys oder eine der wenigen verbliebenen Telefonzellen. Sie konnten die Anrufe orten, aber er blieb nie so lange an einer Stelle, als dass man ihn dort fassen konnte. Er war vorsichtig und sorgfältig. Marcus vermutete, dass er sich sogar maskierte, wenn er in die Öffentlichkeit ging. Im Laufe der Jahre hatte er gelernt, in der Menge zu verschwinden. Ackermans Verwendung modernster Technik deutete darauf hin, dass er von jemandem Hilfe bekam, der sich mit Computern und Elektronik auskannte. Das war nicht viel, aber immerhin eine Spur.

Sie gingen das Parkdeck entlang. Marcus verlangsamte das Tempo, um etwas mehr Abstand zu den anderen zu schaffen. Dann hob er das Handy ans Ohr. »Was willst du?«

»Marcus! Wie schön, deine Stimme zu hören.«

Marcus erwiderte nichts.

»Genießt du die Zeit in Windy City?«

Marcus biss die Zähne zusammen. Woher wusste Ackerman, dass er in Chicago war? Woher wusste er stets so gut über ihre Einsätze Bescheid? »Was willst du?«

»Du klingst noch angespannter als sonst, Marcus. Hast du geschlafen? Nein? Diese lästige Schlaflosigkeit. Und die

Migräne. Da müssen wir wirklich etwas unternehmen. Ich brauche dich in Bestform.«

»Deine Sorge rührt mich.«

»So sollte es auch sein. Ich bin der beste Freund, den du jemals haben wirst, Marcus. Niemand wird dich je so lieben wie ich. Und du musst in Bestform sein, wenn du den Anarchisten zur Strecke bringen willst. Ich habe von deinem neuen Spielgefährten gelesen. Ich bin beeindruckt.«

Ein Chevy Malibu schlitterte vor ihnen um die Ecke und nahm die Kurve ein wenig zu schnell. Die Reifen kreischten, als der Fahrer beinahe mit einem Chrysler zusammenstieß, der gerade ausparken wollte. Der Fahrer des Malibu drückte auf die Hupe und schüttelte die Faust gegen die Frau hinter dem Lenkrad des Chryslers, auch wenn der Beinahezusammenstoß seine Schuld war.

Am anderen Ende der Leitung fuhr Ackerman fort: »Dieser Anarchist. Er ist echt. Er kennt den Hunger. Er ist wie wir, Marcus.«

»Wir ähneln uns kein bisschen.«

Ackerman lachte leise. »Ach ja? Jedem anderen kannst du etwas vormachen, sogar dir selbst, aber nicht mir. Ich kenne ihn nur zu gut, den Dämon, der in dir wütet und sich zu befreien versucht.«

Mit einem Mal rückten die Worte des Killers in den Hintergrund, denn soeben war etwas geschehen. Marcus hatte etwas gehört. Sein Unterbewusstsein hatte etwas herausgefiltert, doch er brauchte einen Moment, um die Bedeutung zu begreifen.

Er riss die Augen auf. Sein Puls schoss in die Höhe. Er spürte, wie sein Blut schneller durch die Adern strömte.

Doch er durfte sich nichts anmerken lassen. Ackerman durfte auf keinen Fall erfahren, was Marcus gehört hatte: Als der Fahrer des Malibu um die Ecke geschlittert war und gehupt hatte, hatte Marcus das Geräusch nicht nur durch das Parkhaus hallen gehört, es war zugleich aus dem Handy gedrungen.

Von Ackermans Ende der Leitung.

Und das konnte nur eines bedeuten.

28

Ackerman beobachtete die Gruppe durch ein Fernglas, als sie die Rampe hinauf zu ihrem Wagen ging. Er saß auf dem Fahrersitz eines silberfarbenen Dodge Avengers, fünfzehn Fahrzeuge von ihrem Yukon entfernt. Er wollte Marcus' Gesicht sehen, während sie sprachen. Es sollte so sein, als wären sie zusammen und würden ein Gespräch unter vier Augen führen.

Was sie bald tun würden.

Doch als dieser Idiot viel zu schnell die Kurve nahm und beinahe einen Unfall verursachte, sah Ackerman sofort, dass Marcus seine Anwesenheit bemerkte. Er hatte versucht, seinen Schock zu verbergen, doch er verriet sich, indem er einen halben Schritt aussetzte und die Schultern spannte. Zuerst war Ackerman wütend gewesen, doch als er näher darüber nachdachte, sagte er sich, dass er enttäuscht gewesen wäre, hätte Marcus es nicht bemerkt.

Dabei hatte er nur beobachten wollen. Vielleicht ergab sich ja die Gelegenheit, dass er sich bei den Ermittlungen gegen den Anarchisten nützlich machen konnte. Entdeckt und zu einer Konfrontation gezwungen zu werden war nicht Teil des Plans gewesen. Doch Ackerman hatte schon vor langer Zeit gelernt, wie man sich anpasste und Hindernisse überwand. Situationen wie diese waren unvorhersehbar. Man musste stets vorbereitet sein, auf solche Überraschungen zu reagieren und mit den Folgen klarzukommen.

Zum Glück hatte er die Voraussicht besessen, rückwärts

in die Parktasche einzufahren, sodass er rasch fliehen konnte. Diese wenigen Sekunden waren manchmal entscheidend.

Ackerman setzte sich auf, drehte den Zündschlüssel und legte den Gang ein.

29

Marcus spürte, wie Ackermans Blick über ihn hinwegstrich. Wie sollte er die anderen verständigen, ohne den Killer zu warnen? Vasques, Allen und Andrew gingen drei Meter vor ihm. Vasques' Schuhe klackerten über den Boden. Das Geräusch erinnerte Marcus an das Ticken einer Uhr.

Zehn Meter voraus brüllte auf dem gleichen Parkdeck der Motor einer silberfarbenen Limousine auf. Der Wagen hätte einem Angestellten auf dem Weg zum Mittagessen gehören können – oder einem sadistischen Mörder. Marcus überlegte fieberhaft, was der richtige nächste Schritt war, Angriff oder Verteidigung, Reaktion oder Aktion. Der Killer beobachtete ihn. Falls Ackerman tatsächlich hinter dem Lenkrad saß, vermasselte Marcus womöglich die beste Chance auf eine Festnahme des Killers, die sich seit Monaten ergeben hatte.

Der Wagen fuhr vorwärts aus der Parktasche.

Damit er schnell davonkam?

So hätte Ackerman jedenfalls geparkt, und so hätte Marcus es an seiner Stelle getan. Eine Sekunde des Zögerns konnte darüber entscheiden, ob er den Killer ein für alle Mal aufhielt, oder ob er wieder versagte. Diese Sekunde konnte den Unterschied zwischen Leben und Tod für ihn oder seine Kollegen bedeuten.

Ein Raubtier ist am gefährlichsten, wenn man es in die Enge treibt. Marcus hatte nicht die leiste Ahnung, wie Ackerman sich verhalten würde, wenn er sich einer möglichen Festnahme gegenübersah. Still und leise würde er sich bestimmt nicht in sein Schicksal fügen, so viel stand fest.

Marcus traf seine Entscheidung und rannte zu den anderen, verringerte den Abstand, so schnell er konnte.

Mit kreischenden Reifen machte der silberfarbene Wagen einen Satz nach vorn.

Vasques riss den Kopf herum, als sie den Lärm hörte. Ihr schwarzer Pferdeschwanz peitschte bei der raschen Bewegung gegen ihren Hals.

Das Auto raste das Parkdeck entlang. Die anderen, die nicht ahnten, wie nahe sie einem der brutalsten Serienmörder des Landes waren, spürten die Gefahr erst, als es beinahe zu spät war.

Vasques wich zur Seite, bis an die Reihe der geparkten Wagen, und drückte sich an den Kofferraum eines schwarzen Ford Focus. Sie konnte nicht ahnen, in welcher Gefahr sie schwebte.

Marcus blieb nur ein Sekundenbruchteil. Er warf sich nach vorn, stieß Allen weg, schlang den linken Arm um Vasques' Taille und riss sie mit sich auf den Kofferraum des Fords.

Das silberfarbene Auto krachte genau an der Stelle, an der Vasques gerade noch gestanden hatte, in das Heck des Focus. Funken stoben. Marcus spürte heiße Nadelstiche auf der Haut. Der Ford brach zur Seite aus und knallte gegen den danebenstehenden Wagen. Marcus zog Vasques fest an sich. Einen Sekundenbruchteil später wurden sie vom Kofferraum geschleudert und prallten auf den Beton.

Der silberne Wagen schoss das Parkdeck entlang und bog kreischend um eine enge Kurve.

Mit einer flüssigen Bewegung löste Marcus sich von der benommenen FBI-Beamtin, zog die Waffe und sprintete dem Killer hinterher.

Der metallische Geschmack von Blut lag ihm auf der Zunge. Beim Sturz war er mit dem Gesicht auf den Beton geprallt. Der Gestank von Abgasen und verbranntem Gummi stach ihm in die Nase.

»Zum Wagen!«, rief er.

Zu Fuß würde er Ackerman niemals fassen. Auf dem Weg nach unten musste sich der Killer allerdings an die Fahrstreifen auf den Parkdecks und die Rampen halten. Marcus blickte über den Rand der Rampe. Die Parketage unter ihm war durch die Lücke zu erkennen; nur eine meterhohe Betonbarriere bewahrte ihn vor dem Sturz. Er steckte die Pistole ins Schulterholster zurück und sprintete los. Seine Füße trugen ihn zur Kante und darüber hinweg. Ihm blieb keine Zeit, sein Tun zu überdenken. *Reagieren, nicht denken.*

Mit gebeugten Knien landete er eine Etage tiefer auf dem Dach eines weißen Wagens. Er ließ den Blick über das Parkdeck huschen. Da war die silberne Limousine. Ackerman bog wieder um die Kurve, folgte der Spirale nach unten.

Marcus packte erneut die Betonbrüstung, schwang sich hinüber und landete auf einem weiteren Autodach. Der Aufprall schüttelte ihn durch, doch er zog seine Pistole und zielte auf Ackermans Wagen. Das silberne Fahrzeug schlitterte zur Seite und wäre beinahe gegen einen Stützpfeiler geprallt, als Ackerman um die Kurve zur nächsttieferen Etage bog.

Marcus fluchte und steckte die Waffe wieder ein. Mit jedem Sprung holte er auf, gelangte ins Erdgeschoss, schwang sich über die Kante durch die Lücke. Diesmal war die Parktasche unter ihm leer; kein Autodach fing seinen Sturz ab. Er fiel vier Meter tief und prallte auf Beton. Er versuchte, die Knie zu beugen und sich abzurollen, doch er spürte den Aufprall bis in die Knochen. Ein Fußgelenk knickte ab. Schmerz schoss durch sein Bein.

Er taumelte, zog die Waffe. Ihm blieb nur eine Chance. Er stellte sich dem näherkommenden Wagen in den Weg und zielte. Ackermans Kopf war schemenhaft hinter der Windschutzscheibe zu sehen. Die Leuchtstofflampen unter der Decke erhellten sein regloses Gesicht.

Marcus drückte ab. Die Waffe ruckte in seiner Hand. Der Knall hallte von den Wänden des Parkhauses wider. Immer wieder zuckte Marcus' Finger vor und zurück. Ein Schwall heißen Metalls brandete der silberfarbenen Limousine entgegen.

Ackerman duckte sich, als die Windschutzscheibe barst und von einem spinnwebenartigen Geflecht aus Rissen überzogen wurde, als Marcus das gesamte Magazin auf den Wagen abfeuerte. Mit der ruhigen Präzision eines immer wieder geübten Handgriffs warf er das Magazin aus, während er noch eine Patrone in der Kammer hatte, und führte ein neues ein. Der Wagen jagte weiter auf ihn zu. Er konnte noch drei Schuss aus dem frischen Magazin abfeuern, dann war Ackerman direkt vor ihm.

Marcus wartete bis zum letzten Augenblick, warf sich aus dem Weg des heranrasenden Fahrzeugs und entging nur knapp den Reifen und dem tödlichen Gewicht der

Limousine. Noch am Boden warf er sich herum und feuerte wieder, zielte auf die Reifen. Doch der Wagen raste weiter, durchbrach das Tor des Parkhauses und schoss auf die öffentliche Straße.

Marcus stieß einen wilden Schrei aus und sprang auf. Bei jedem Schritt protestierte sein Fußgelenk, doch er achtete nicht auf die Schmerzen, sprintete Ackerman hinterher auf die Straße und die Roosevelt Road entlang.

30

Vasques schob Garrison von der Fahrertür des großen schwarzen Geländewagens weg. »Ich fahre«, sagte sie.

Er erhob keine Einwände, und das war sein Glück. Der Tag war wie eine Achterbahnfahrt gewesen, und Vasques war nicht in Stimmung für Diskussionen. Gedemütigt, psychoanalysiert und beinahe überfahren zu werden hatte sie stocksauer werden lassen. Aber diesmal wusste sie genau, was sie deswegen unternehmen wollte, auch wenn sie noch immer keine Ahnung hatte, was gerade geschehen war oder wer versucht hatte, sie umzubringen.

Sie legte den Rückwärtsgang ein und trat aufs Gas, ehe Garrison die Tür geschlossen hatte. Der Yukon raste die Rampe hinunter, setzte auf dem Beton auf und spie Funken, während Vasques ihn mit halsbrecherischer Geschwindigkeit um die Kurven lenkte. Als sie auf die Roosevelt Road bog, warf sie Garrison ein Handy auf den Rücksitz.

»Schnellwahl 3. Wir verfolgen einen Verdächtigen wegen versuchten Mordes an einem Bundesbeamten. Fordern Sie Unterstützung an.«

Während Garrison nach dem Handy tastete und wählte, stieß er hervor: »Ich sag einfach, wir verfolgen Francis Ackerman. Dann schicken sie uns die Nationalgarde.«

»Ackerman? Woher wollen Sie das wissen?«

Der Serienmörder stand ganz oben auf den Fahndungslisten, und seine Taten waren spätestens seit seiner Flucht aus einem brennenden Krankenhaus in Colorado Springs legendär. Irgendwie hatte er es seitdem geschafft, nicht aufzufallen und der Verhaftung zu entgehen. Bei der Polizei erklärten viele Beamte seine Unauffindbarkeit damit, dass er das Land verlassen habe.

»Das ist eine lange Geschichte für ein andermal«, sagte Allen Brubaker vom Beifahrersitz. Dann wies er auf die Straße vor ihnen. »Da ist Marcus!«

Marcus Williams sprintete vor ihnen die Straße entlang. Er hielt sich an den Mittelstreifen und versuchte, nicht überfahren zu werden. Vasques hielt neben ihm an. »Steigen Sie ein.«

Marcus sprang auf den Rücksitz und zeigte zur Roosevelt Road. Keuchend stieß er hervor: »Da vorn ist er eben erst abgebogen. Wir verlieren ihn.«

»Von wegen«, sagte Vasques. Das hier war ihre Stadt, und Ackerman hatte gerade einen Kardinalfehler begangen: Er war in die Wood Street eingebogen. Zu seinem Pech wurde an diesem Tag vor einer Statue am University of Illinois Medical Center eine Szene für einen Film gedreht. Die Straßen blieben den ganzen Nachmittag gesperrt.

Vasques riss das Lenkrad herum und bog auf die Damen Avenue. Die Reifen kreischten protestierend, und der große, kopflastige SUV neigte sich auf die Seite. Ein wütender Pendler auf der Gegenfahrbahn machte eine Vollbremsung, um nicht mit ihnen zusammenzustoßen, und schlug wütend auf die Hupe.

»Wissen Sie, was Sie tun?«, fragte Marcus.

Vasques ignorierte ihn und folgte der Damen Avenue nach Norden, dann riss sie das Fahrzeug herum auf die

Taylor Street. Ackerman saß in der Falle. Er konnte nirgendwohin, musste in ihre Richtung.

Vasques trat wieder voll aufs Gaspedal und hielt das Lenkrad fest umklammert. »Da!«, rief sie. Der silberne Wagen, der sie beinahe überfahren hätte, kam direkt auf sie zu. Er schlitterte um einen roten Pick-up herum – und dann trennten sie nichts mehr als ein paar Fußballfeldlängen grauer Asphalt.

»Was tun Sie?«, fragte Marcus von hinten.

Vasques antwortete wieder nicht, beschleunigte weiter. Sie legte es nicht zum ersten Mal darauf an, dass der andere kalte Füße bekam und als Erster auswich.

»Tun Sie das nicht!«

Die Straße war ein schmaler zweispuriger Streifen Asphalt, zu beiden Seiten von geparkten Autos gesäumt. Beide Fahrzeuge hielten sich in der Mitte, fuhren auf der gelben Linie. Ackerman saß in einem mittelgroßen Dodge. Vasques fuhr einen ausgewachsenen Geländewagen, doppelt so groß wie Ackermans Auto. Der Killer musste ausweichen oder anhalten und zu Fuß weiterfliehen, alles andere bedeutete Selbstmord.

»Er wird nicht ausweichen!«, rief Marcus.

Vasques betrachtete die kleinere Limousine von dem erhöhten Sitz des Yukon und begriff, dass Marcus recht hatte.

Ackerman beschleunigte ebenfalls.

31

Als ihr klar wurde, dass sie den schweren Fehler begangen hatte, sich mit einem wahnsinnigen Psychopathen auf ein Spiel einzulassen, riss Vasques das Lenkrad herum. Doch Ackerman blieb in der Straßenmitte, und für beide war nicht genügend Platz. Er war nur noch dreißig Meter entfernt und kam rasch näher.

Sie wartete bis zum letzten Augenblick, dann machte sie eine Vollbremsung und riss das Lenkrad herum. Der Wagen krachte gegen einen kleinen Chevy, der am Straßenrand parkte. Dann war Ackerman da. Von beiden Seiten des Yukons stoben Funken auf, als der Killer links vorbeischrammte und sie gegen den Chevy presste.

Ackerman bremste nicht einmal ab, sondern folgte der Taylor Street nach Osten. Vasques versuchte, ihr Fahrzeug in der Gewalt zu halten und dem Killer nachzusetzen, aber der doppelte Aufprall hatte sie ins Schleudern gebracht. Der Yukon wirbelte über die Straßenmitte und rammte einen Laternenpfahl direkt vor einem gedrungenen Ziegelbau, der mit drei Kreuzen und der Aufschrift »Children of Peace School« gekennzeichnet war. Zum Glück hatten die Schüler bereits Weihnachtsferien.

Vasques' Kopf schoss von der Kopfstütze weg und knallte gegen die Windschutzscheibe. Sie schmeckte Blut im Mund, und in ihren Ohren klingelte es. Sie presste die Hand an die Stirn und versuchte sich zu orientieren. Etwas Warmes, Nasses lief ihr den Arm hinunter. Sie hörte, wie jemand fragte, ob es ihr gutgehe, doch die Stimme schien aus weiter Ferne zu kommen.

Nach mehreren Sekunden konnte sie wieder deutlicher sehen und rammte den Schalthebel in den Rückwärtsgang. Sie lösten sich vom Laternenpfahl. Ackerman konnte noch nicht weit sein. Noch hatten sie eine Chance.

Vasques suchte die Taylor Street ab, aber der silberne Dodge war verschwunden. Ackerman musste die nächste Abzweigung genommen haben. Sie trat das Gaspedal durch und bog die nächste Straße rechts ab. Die Damen Avenue war vierspurig, mit einem befestigten Mittelstreifen. Laternenpfähle, die aussahen wie aus dem viktorianischen England, säumten die Straßenränder. Ein Dutzend Fahrzeuge waren hier unterwegs, aber ein silberner Dodge war nirgendwo zu sehen. An der Straßenecke links standen mehrere Personen an einer überdachten Bushaltestelle; die Leute zeigten heftig gestikulierend nach Osten, Richtung Polk Street. Vasques vermutete, dass sie den Wagen meinten, der gerade mit hoher Geschwindigkeit an ihnen vorbeigeschlittert war, und bog in die Polk Street ab. Der Campus des John H. Stroger Jr. Hospitals ragte links von ihr auf.

Sie drangen in das Chicagoer Krankenhausviertel vor.

Weiter die Polk hinunter entdeckte sie Ackerman, wie er wiederholt aus dem Verkehr ausscherte und sich wieder einfädelte. Von der Rückbank aus rief Marcus: »Da ist er!«

Vasques meinte, Sirenen zu hören, die in ihre Richtung kamen, aber sie musste Sichtkontakt behalten. Eine eigene Sirene wäre jetzt nicht schlecht gewesen. Auf der Polk war der Verkehr sehr dicht; beinahe wäre sie mit einem roten

Minivan kollidiert, als sie in den Gegenverkehr ausscherte, um einen langsamen Wagen zu überholen. Dann hing sie hinter einem FedEx-Lieferwagen fest, während der Gegenverkehr und die geparkten Autos sie von beiden Seiten einengten. Der Lieferwagen behinderte zudem ihre Sicht auf Ackermans Dodge. Die Einmündung zur Wolcott und die Kreuzung mit der Wood Street huschten vorbei, doch ehe sie die Paulina Street erreichten, entdeckten sie Ackermans Wagen, der an der rechten Straßenseite vor einer langen Reihe bunter Zeitungsautomaten stand, die Fahrertür weit offen. Der erhöhte Bahnsteig für die Pink Line des CTA Rapid Transit war nur ein paar Meter entfernt.

Vasques bremste unvermittelt. »Er wird versuchen, mit dem Zug wegzukommen«, sagte sie, sprang aus dem SUV und sprintete zur Glasfassade des Bahnhofseingangs.

Allen Brubaker rief ihr hinterher: »Warten Sie, Vasques! Er nimmt nicht den Zug! Wir könnten ein paar Leute hinbeordern, die an der nächsten Station auf ihn warten!«

Sie zögerte, blickte zur Paulina Street. Ein Mann mit einer blauen Strickmütze und einer Chicago-Bears-Jacke kettete gerade ein hellgrünes Rennrad an einen Ständer vor dem Eingang an. »He, Sie!«, rief Vasques. Der Mann blickte auf. »Haben Sie jemanden aus dem Wagen da steigen sehen?«

Der Bears-Fan nickte und zeigte nach Norden. »Ja, er ist da lang.«

32

Allen Brubaker kam es vor, als würde ihm die Lunge in einem Schraubstock zerquetscht. Die Luft war kalt und dünn, und er hatte an Form verloren. Dennoch gelang es ihm, mit den anderen Schritt zu halten, obwohl sie fünfundzwanzig Jahre jünger waren als er. Das Klappern ihrer Schuhe auf dem Gehsteig und sein eigenes Keuchen war das Einzige, was Allen hörte. Sie rannten nach Norden in die Richtung, in die der Mann mit dem Fahrrad gezeigt hatte, und wurden mit einem Blick auf Ackerman belohnt, der sich ein Stück die Straße hinauf in ein großes Gebäude duckte.

Allens Augen waren nicht mehr so gut wie früher, aber er war sich ziemlich sicher, dass Ackerman sich die linke Schulter hielt. Offenbar hatte er eine von Marcus' Kugeln abbekommen, aber sie genügte nicht, um den Killer zu stoppen.

Als sie näherkamen, blickte Allen das fremdartige Gebäude hinauf, das Ackerman betreten hatte. Es hatte die Farbe von hellem Sand. Der Mittelteil berührte den Boden, während die ersten Etagen der beiden Flügel offen waren und von quadratischen Säulen gestützt wurden. Allen fühlte sich an eine futuristische Raumstation erinnert. Ein dunkelgraues Vordach über dem Eingang trug die Aufschrift »Johnston R. Bowman Health Center«.

Sie eilten ins Innere und blickten sich in der kleinen Lobby um. Ein dunkelhäutiger Wachmann mit einem grauen Fu-Manchu-Bart saß hinter einem Empfangstisch. Vasques ließ ihre Dienstmarke aufblitzen. »Haben Sie einen Mann in einem dunklen Mantel gesehen, der sich die Schulter hält?«

»Ja, ich habe ihm gesagt, die Notaufnahme ist auf der anderen Seite, aber er hat mir nicht zugehört. Er ist einfach in den Aufzug gerannt.«

»Gibt es noch andere Ausgänge?«

Der Wachmann nickte. »Auf der dritten gibt es eine Verbindungsbrücke zum Academic Center.«

Aller Blicke richteten sich auf die Lichter über dem Aufzug. Sie zeigten, dass der Lift im dritten Stock gehalten hatte.

»Verdammt«, fluchte Vasques. »Der Campus der Rush University ist ein Labyrinth. Wenn er es bis ins Academic Center schafft, verlieren wir ihn.«

»Außerdem ist es voller Menschen«, fügte Andrew hinzu.

»Okay«, sagte Marcus, der bereits auf den Ausgang zuhielt. »Vasques und ich versuchen ihn vom Gebäude des Academic Center abzuschneiden, ehe er es über die Brücke schafft. Andrew, du und Allen, ihr fahrt ihm mit dem Aufzug hinterher und fallt ihm in den Rücken. Wir versuchen ihn einzukesseln.«

Vasques folgte Marcus hinaus. Dabei hob sie ihr Handy ans Ohr. Allen hörte, dass sie Verstärkung anforderte. Hinter ihm klingelte der Aufzug, die Tür öffnete sich. Andrew trat hinein und hielt die Hand in die Lichtschranke der Tür. »Komm schon, Allen.«

Allen machte einen Schritt in den Aufzug, zögerte dann aber. Irgendetwas stimmte nicht. In der hinteren Ecke war die Tür zur Feuertreppe. Vielleicht kam Ackerman auf diesem Weg zurück? »Ich nehme die Treppe und sorge dafür, dass er dort nicht an uns vorbeikommt«, sagte Allen.

Andrew nickte und zog die Hand aus der Lichtschranke. Die Tür fuhr zu. Allen ging zur Feuertür und schob sie auf. Eine Stahltreppe führte nach oben. Er eilte hinauf, nahm immer zwei Stufen auf einmal.

Als er die Tür zum zweiten Stock erreicht hatte, brannte seine Lunge, und Benommenheit überfiel ihn. Er keuchte, rannte aber weiter. In den letzten Monaten im Ruhestand hatte Allen oft sehnsüchtig auf seine Zeit in der Shepherd Organization zurückgeblickt. Der Kitzel der Jagd. Das Wissen, etwas zu bewirken. Leben zu retten. Ein Werkzeug der Gerechtigkeit zu sein. Der menschliche Verstand hatte eine seltsame Art, die Vergangenheit zu verklären.

Als Allen die Stufen hinaufhetzte, wurde ihm wieder einmal bewusst, was es bedeutete, ein Shepherd zu sein. Es gab viel Action, aber auch viel Angst. Wenn er es recht bedachte, bestand die Arbeit aus fünfundneunzig Prozent Angst und fünf Prozent Hochgefühl.

Während Allen um Luft rang, fragte er sich, wieso er sich freiwillig für die Treppe gemeldet hatte. Dann nahm er die letzten Stufen und erreichte den Absatz des dritten Stocks. Als er nach dem Türknauf griff, schien der sich von selbst zu drehen, und die Tür schwang auf ihn zu. Allens Hand zuckte zur Beretta, die im Holster unter seinem linken Arm steckte.

Ackermans Gesicht erschien im Durchgang.

Allen umfasste die Waffe, zog sie heraus.

Ehe er die Pistole auf den Killer richten konnte, stürmte

Ackerman vor und prallte gegen ihn. Seine Finger umfassten Allens rechtes Handgelenk. Ackerman presste ihn gegen das Geländer. Allen drosch ihm die linke Faust in die Seite, doch der Killer knallte ihm die Stirn auf den Nasenrücken.

Allen spürte, wie etwas brach, und seine Sicht verschwamm. Eine Übelkeit erregende Flut aus Schmerz donnerte durch seinen Schädel. Dann sank die Welt unter ihm weg, und er taumelte nach hinten über das Geländer.

VIERTER TAG –

18. Dezember, nachmittags

33

Der Wartebereich im medizinischen Zentrum der Rush University wirkte modern und versprühte zugleich einen gewissen Retro-Charme. Marcus saß auf einer seltsam gekrümmten Couch an einer Wand des Raumes. Sie war bunt, mit roten, gelben und braunen Streifen. Fenster, die die gesamte Wand hinter ihm einnahmen, ließen das Sonnenlicht in den Raum fallen und gewährten einen Blick über die Stadt. Doch die Umgebung war ihm zu fröhlich. Die Wände waren knallgelb, die Sessel minzgrün. Er fragte sich, was aus dem guten alten Krankenhausweiß geworden war. Das Einzige, was seiner Stimmung entsprach, war der grau gemusterte Teppich.

Marcus drückte die Handflächen an die Schläfen und versuchte, das Hämmern in seinem Schädel zurückzudrängen. Andrew ging derweil vor einem Verkaufsstand in der Mitte des Raumes auf und ab. Die Tür öffnete sich, und Krankenhausgeräusche drangen heran. Die Männer blickten zum Eingang und hofften, einen Arzt zu sehen, der Neuigkeiten über Allens Zustand brachte. Doch es war kein Arzt, es war Vasques.

Sie ging zu Marcus und setzte sich neben ihm auf die Technicolor-Couch. In der rechten Hand hielt sie ein Tablett mit Kaffeebechern. Andrew nahm sich einen und nickte dankend. Als auch Marcus nach einem Becher griff, fragte er: »Ackerman?«

Vasques seufzte. »Man nimmt an, er hat einen Rettungswagen gestohlen und ist damit durch die Absperrung gekommen. Wir haben eine Fahndung laufen. Wir finden ihn.«

Marcus schüttelte den Kopf. »Nein, Sie finden ihn nicht. Er hat fast sein ganzes Leben auf der Flucht verbracht und kennt jeden Trick. Wenn er will, ist er ein Chamäleon.«

Vasques schluckte schwer. »Es tut mir leid wegen Agent Brubaker. Ich kannte ihn nur kurz, aber er schien mir ein wunderbarer Mensch zu sein. Standen Sie sich nahe?«

»Wir *stehen* uns nahe«, versetzte Marcus.

»Entschuldigen Sie. Ich wollte nicht ...«

Er winkte ab. »Schon gut. Ich bin ein bisschen gereizt. Ich kenne Allen nur wenig länger als ein Jahr. Er hat geholfen, mich für die Organisation anzuwerben. Dann hat er mich unter seine Fittiche genommen und mir gezeigt, wo es langgeht. Meine Eltern wurden getötet, als ich noch klein war, aber in vieler Hinsicht erinnert Allen mich an meinen Vater. Dad war Detective beim NYPD. Dort habe ich auch angefangen. Jedenfalls, während ich von Allen geschult wurde, war es beinahe so, als hätte ich ein wenig von meinem Dad zurück. Er ist ein guter Freund.«

Marcus' Handy vibrierte. Er nahm es aus der Tasche, warf einen Blick darauf und schob es wieder zurück, wobei er gegen den Impuls ankämpfte, es durch den Raum zu schleudern, was Vasques nicht entging.

»Wer war das?«, fragte sie.

»Er.«

»Ackerman?«

Marcus antwortete nicht. Er schloss die Augen und lehnte den Kopf an die Couch.

»Wer seid ihr bloß?«, fragte Vasques. »Ich kenne nicht viele Leute, die Charles Manson auf der Schnellwahltaste haben.«

Marcus atmete langsam aus. »Ackerman war sozusagen mein erster Fall bei der Shepherd Organization. Er ist geradezu besessen von mir. Hält mich für das Yin zu seinem Yang. Er behauptet, unser beider Schicksal sei verknüpft. Seit er geflohen ist, verfolgt er unsere Ermittlungen und versucht sogar, uns dabei zu helfen – auf seine verdrehte Art und Weise.«

»Er folgt Ihnen?«

»Weiß ich nicht. Ich nehme es an.«

»Woher weiß er von Ihren Fällen?«

»Keine Ahnung.«

»Was wissen Sie überhaupt?«

»Dass Ackerman ein Experte für Schmerz ist.« Er hob die Hand, rieb sich den Nasenrücken und dachte an die Schmerzen, die der Killer ihm zugefügt hatte. Vielleicht war das der wahre Grund, weshalb Ackerman sich an ihn gehängt hatte: Um ihn ganz langsam zu töten, immer einen kleinen Teil seiner Seele auf einmal. »Haben Sie seine Geschichte gelesen? Was er als Junge durchgemacht hat?«

»Nur dass sein Vater ihn gefoltert hat. Ich kenne seine Taten. Mit dem Krankenhausbrand in Colorado Springs und seiner Flucht hat Ackerman ganz schön Furore gemacht.«

Erinnerungen an diese Nacht durchrasten Marcus wie die Flutwelle eines Tsunamis.

Flammen, die nach ihm riefen, um ihn zu verschlingen. Ackermans Fäuste, die immer wieder gegen seine Rippen schmetterten. Von der Kante des Gebäudes zu hängen, während der Killer zu ihm herunterblickte. Durch das brandgeschädigte Dach zu stürzen. Das Feuer, das ihn umgab und immer näher kam. Und dann hatte Ackerman ihm das Leben gerettet und ihn aus dem Inferno in die Sicherheit getragen.

In jener Nacht hatte Marcus sich seinen finstersten Dämonen und tiefsten Geheimnissen gestellt. Er war den Flammen lebendig, aber nicht unversehrt entkommen. In jener Nacht waren seine Träume von einem normalen Leben gestorben. Er versuchte die Erinnerungen wegzuschieben, indem er weitererzählte. »Ackermans Vater war ein verrückt gewordener Psychologe, der Einblick in den Geist von Serienmördern gewinnen wollte, indem er seinen eigenen Sohn so ziemlich jeder traumatischen Erfahrung aussetzte, die je dokumentiert wurde.«

Vasques nickte. »Daran erinnere ich mich. Er hat den Jungen in einer winzigen Zelle eingesperrt und sämtliche Experimente auf Band festgehalten. Die Agents von der Verhaltensanalyseeinheit gehen mit diesen Videos um, als wären sie eine Art Heiligtum. Sie nennen sie die ›Ackerman-Bänder‹. Als wären es die Schriftrollen vom Toten Meer. Die Verschwörungstheorie dazu kennen Sie sicher?«

»Nein«, entgegnete Marcus. »Wovon sprechen Sie?«

Sie neigte sich ihm zu, als wollte sie ihm besonders pikanten Klatsch anvertrauen. »Ackermans Vater hat jeden Schritt aufgezeichnet, den der Junge gemacht hat. Alles, was er ihm angetan hat, wozu er ihn gezwungen hat. Aber irgendein Schlaukopf bemerkte beim Ansehen der Bänder, dass es eine zweiwöchige Lücke gibt, wo nichts passierte. Keine Experimente. Kein Videomaterial.«

»Ich habe mir die meisten Videos selbst angesehen, aber auf diese Daten habe ich nicht geachtet. Vielleicht hat ihn irgendwas unterbrochen. Was meinen Sie?«

Vasques zuckte mit den Schultern. »Wahrscheinlich. Das werden wir wohl nie erfahren.«

Marcus öffnete den Mund, um zu fragen, welche Verschwörungstheorien es gebe, doch alle Gedanken an Ackerman wurden in den Hintergrund gedrängt, als eine zierliche Asiatin in einem weißen Kittel in den Raum kam. Marcus sprang auf.

»Lebt er?«

Die Ärztin nickte. »Er kommt durch, aber wir wissen noch nicht, wie schlimm es ist. Er hat mehrere Knochenbrüche, unsere Hauptsorge ist jedoch, dass sein Rückgrat schwer geschädigt wurde.« Sie zögerte, blickte zu Boden. »Wir können noch nicht sagen, ob er jemals wieder gehen kann.«

Marcus standen Tränen in den Augen. Er dachte an Allens Familie – den Sohn Charlie, die Tochter Amy und Loren, seine Frau. Sie waren gute Menschen und hatten ihn, Marcus, als Ersatzonkel und -sohn akzeptiert. Allen war schließlich in den Ruhestand gegangen. Viele Jahre hatte er unverletzt überstanden, und jetzt, wo er sich endlich ganz den Menschen widmen konnte, die er liebte, endete er im Rollstuhl.

Die Ärztin fuhr fort: »Er ist bei Bewusstsein, und sein Zustand ist stabil. Sie können kurz mit ihm sprechen, wenn Sie möchten, aber nur einen Augenblick. Dann braucht er Ruhe.«

Marcus nickte. Die Ärztin führte ihn und Vasques durch

einen Gang. Allem haftete der antiseptische Krankenhausgeruch an, doch man hatte versucht, ihn mit Blumenduft zu überdecken.

Allens Zimmer war nicht weit entfernt. Blautöne beherrschten den Raum. Rechts war ein Waschbecken. Ein Lehnstuhl und ein zweisitziges Sofa standen an der Wand vor einem Fenster. Das Krankenhausbett stand mitten im Zimmer. Allen war mit Schläuchen an verschiedene Geräte angeschlossen, die summten, sirrten und piepten.

Als sie herantraten, drehte Allen die Augen in ihre Richtung. Marcus schluckte und drückte ihm die Hand. »Hast du uns einen Schreck eingejagt, Professor. Du scheinst im Alter weich zu werden. Vor fünf Jahren hätte Ackerman in diesem Bett gelegen.«

Ein geisterhaftes Lächeln kroch über Allens Lippen, doch er wirkte gebrechlich und schwach. Als er sprach, war seine Stimme nur ein Flüstern, und sie mussten sich näher zu ihm beugen, um ihn zu verstehen. »Von allen Wundern, die ich je gehört, scheint mir das größte, dass sich Menschen fürchten, da sie doch sehn, der Tod, das Schicksal aller, kommt, wann er kommen soll.«

Auf Vasques' Gesicht erschien ein merkwürdiger Ausdruck. »Shakespeare«, sagte sie.

»Macht euch keine Gedanken um mich. Ich möchte nicht, dass ihr hier mit einem Daumen im Hintern sitzt und mich bemuttert.« Allen hustete, und sein Gesicht verriet Schmerzen. »Raus mit euch, und fangt mir einen Mörder.«

Marcus dachte an Ackerman und den Anarchisten und fragte: »Wie wär's mit zwei?«

»Noch besser.«

34

Nachdem er Marcus zum fünften Mal angerufen und dieser sich wieder nicht gemeldet hatte, schleuderte Ackerman das billige Prepaid-Handy durch das schäbige kleine Zimmer. Das Mobiltelefon zerbarst an der Wand, und die Teile regneten auf die beiden Leichen, die Ackerman in die Ecke geschoben hatte. Die Männer waren schmierige Drogendealer gewesen, die jedem, der das nötige Kleingeld besaß, eine chemische Flucht aus der Wirklichkeit verkauft hatten. Ackermann begriff nicht, wieso jemand Rauschgift nahm. Wovor hatten normale Menschen zu fliehen? Warum sollte man für ein billiges Hochgefühl seine kostbaren Hirnzellen und mit ihnen seinen Verstand zerstören? Er hätte alles dafür gegeben, so sein zu können wie die Menschen, an denen er jeden Tag auf der Straße vorbeiging – normal zu sein, dem Monster im Spiegel zu entkommen. Doch das Schicksal hatte ihm einen anderen Weg bestimmt. Das akzeptierte er. Andere hingegen sehnten sich nach einer Flucht aus der Normalität und Monotonie, die Ackerman so sehr begehrte. Das lag wohl in der menschlichen Natur: Das Gras auf der anderen Seite des Zauns war immer grüner.

Mit der Faust schlug er auf den Siebzigerjahretisch mit dem Dekor aus bunten Bumerangs. Wieso ging Marcus nicht ans Telefon? Bestimmt war er wütend wegen seines Freundes. Aber er hätte ihm, Ackerman, wenigstens die Gelegenheit geben können, es zu erklären. Ackerman hatte nicht vorgehabt, jemanden zu verletzen; er hatte Allen Brubaker nicht das Treppenhaus hinunterstürzen wollen. Es war ein Unfall gewesen. Ackerman hatte sogar versucht, den alten Mann festzuhalten, als er über das Geländer kippte.

Nicht dass es ihn wirklich interessierte, ob Brubaker noch lebte oder nicht, aber Marcus war ihm wichtig. Ihre unsichere Beziehung stand vor einer Krise. Bald würde er seinen Plan in die Tat umsetzen. Der Zwischenfall mit Brubaker sollte ihn nicht beeinflussen, doch Ackerman überließ nur ungern etwas dem Zufall.

Und an dem ganzen Mist trug er die Schuld. Er hatte im Parkhaus einen großen Fehler begangen. Er war schlampig gewesen. Er hätte Marcus anrufen müssen, als sie unterwegs waren. Solch einen Fehler würde er nie wieder begehen.

Der Geruch in dem kleinen Haus in Englewood, einem der verrufensten Stadtteile Chicagos, störte Ackerman immer mehr. Die Verwesung der Leichen – derer er sich bald entledigen müsste – trug zu seiner miesen Laune bei, war aber nicht der Hauptgrund. Verwesung war ein Geruch, an den er sich gewöhnt hatte, der ihm sogar ein heimeliges Gefühl verschaffte. Doch mit dem Schmutz, in dem die beiden Degenerierten gehaust hatten, war es etwas ganz anderes. Nicht einmal Marcus würde es ihm verübeln können, dass er diesen menschlichen Abfall beseitigt hatte.

Mit der linken Hand griff er nach einem anderen, noch eingepackten Handy auf dem Tisch, und Schmerz durchstach seine Schulter wie ein Lanzenstoß. Er berührte die Schusswunde. Seine Finger waren blutig, als er sie zurückzog. Wegen der Gedanken an Marcus, die ihn plagten, hatte er seine Verletzung beinahe vergessen. Zum Glück hatte die .45-Kugel seine Schulter glatt durchschlagen. Im Grunde war es kaum mehr als eine oberflächliche Fleischwunde. Eine kleinere Unannehmlichkeit. Dennoch musste sie versorgt werden, damit die Blutung aufhörte.

Ackerman erhob sich und ging in die Küche des heruntergekommenen kleinen Hauses. Als er das Licht einschaltete, flitzten die Kakerlaken in alle Richtungen davon. Schmutziges Geschirr und schimmlige Essensreste stapelten sich auf den Abstellflächen, überall auf dem vergilbten Linoleumboden lag Müll. Ein modriger Pilzgeruch brannte ihm in der Nase, mit einem rauchigen Aroma vermischt. Das Haus widerte ihn an. Er wünschte, er könnte die beiden Rauschgifthändler wiederbeleben und noch einmal töten. Andererseits hatte er schon schlimmer gewohnt, und bisher hatte es ihn nie wirklich gestört. Offenbar färbte sein Zorn, dass Marcus ihn ignorierte, sein Verhalten.

Ein Aschenbecher voller ausgedrückter Kippen stand auf einem lindgrünen Tisch. Ein purpurnes Streichholzheft lag daneben. Ackerman streifte das Hemd ab, doch als er sich in der ekligen kleinen Küche umsah, entdeckte er keine einzige Stelle, wo er das Hemd hätte ablegen können. Schließlich hängte er es über eine Stuhllehne, nahm das Streichholzheft und klappte es auf. Es war fast voll. Er riss den Inhalt heraus und rollte ihn zusammen. Dann riss er ein Streichholz an und setzte damit die anderen in Brand.

Mit der rechten Hand führte er das aufflammende Streichholzbündel zur Schusswunde und presste es in das Loch in seiner Schulter. Der angenehmere Duft nach bratendem Fleisch überdeckte die anderen Gerüche im Haus. Er biss die Zähne aufeinander und verlor sich in der Ekstase des Schmerzes. Im Laufe seines Lebens war der Schmerz durch die Experimente, die sein Vater an ihm vorgenommen hatte, zu einem Trost für ihn geworden. Schmerz brachte ihn mit sich selbst in Kontakt. Er klärte seinen Verstand und schenkte ihm Konzentration. Litt er Schmerzen, war er in einem eigenartigen Frieden mit sich selbst. Vielleicht war dieser Friede mit dem Gefühl vergleichbar, das ein normaler Mensch empfand, wenn er nach längerer Abwesenheit über die Weihnachtsfeiertage ins Haus seiner Eltern zurückkehrte.

Ackermans Blick fiel auf den Umschlag des Streichholzbriefchens. Name und Anschrift einer Bar standen darauf. *The Alibi Lounge.* Der Adresse zufolge war die Bar nicht allzu weit entfernt. Ackerman sagte sich, dass ein kleiner Spaziergang ihm guttun würde.

Doch zuvor streifte er ein sauberes schwarzes Polohemd und Chinos über, öffnete die Verpackung eines neuen Prepaid-Handys und wählte noch einmal Marcus' Nummer. Keine Antwort. Die Wut, wie mühelos Marcus ihn ignorieren konnte, brannte in seinem Magen. Im dunkelsten Teil seiner Seele wuchs Ackermans Hunger.

Vielleicht fand er im Alibi Lounge interessante Spielgefährten.

35

Margot Whitten wohnte in einem gelben Terrassenhaus mit braunen Fensterläden. Zu beiden Seiten der kurzen Asphalteinfahrt erhoben sich zwei große Ahornbäume. Nebenan stand ein weiteres Terrassenhaus, das sich nur durch die Farbe und Gartengestaltung unterschied. In diesem Haus hatte einmal eine junge Frau namens Sandra Lutrell gewohnt – das erste der neuen Opfer des Anarchisten. Margot Whitten hatte in der Nacht, in der Lutrell verschwunden war, einen Mann auf der Straße beobachtet.

Als sie vor dem Haus hielten, bekam Vasques einen Anruf. Nach ihrer Miene zu urteilen, war es keine gute Nachricht.

»Jesse Olagues Leiche wurde gefunden«, sagte sie. »In einem leerstehenden Haus am Südrand der Stadt. Genau wie bei den anderen. Vielleicht sollten wir die Zeugenbefragung abblasen und lieber dorthin fahren.«

Marcus überlegte kurz. »Es ist Ihre Entscheidung, aber ich würde die Polizei ihre Arbeit machen und den Tatort untersuchen lassen. Wir können rüberfahren, nachdem wir mit Mrs Whitten gesprochen haben.«

Vasques nickte. »Okay.«

Zu dritt gingen sie auf dem schneebedeckten Bürgersteig zur Tür des Terrassenhauses. Mrs Whitten hatte sie erwartet und bat sie aus der Kälte ins Haus. Vasques stellte sie einander vor und setzte sich mit Andrew auf eine Couch mit weißem Blumenmuster an einen gläsernen Sofatisch. Mrs

Whitten nahm auf der Kante eines Lehnstuhls Platz, während Marcus stehenblieb und das Zimmer betrachtete.

An einer Wand stand eine Vitrine voller Elvis-Sammlerstücke. Die Devotionalien und Souvenirs hatten keinen großen Wert, aber die ältere Dame hatte eine beachtliche Sammlung zusammengetragen. Auf einem kleinen Tisch neben der Vitrine stand ein Telefon mit einer lebensechten Elvis-Figur in goldenem Jackett.

Marcus wies auf das Telefon. »Das kenne ich«, sagte er. »Er tanzt, wenn Sie einen Anruf bekommen, stimmt's?«

Mrs Whitten lächelte schüchtern und kräuselte die Nase. Sie hatte kurzes weißes Haar und war kräftig gebaut – nicht dick, aber stämmig. »Und er spielt *Blue Suede Shoes.*«

»Sie haben eine hübsche Sammlung. Ich bin selber Sammler. Hauptsächlich Filmrequisiten, die ich übers Internet gekauft habe. Bei Ihnen ist es anders. Jedem Stück in Ihrer Vitrine sieht man an, dass eine Geschichte dahintersteht. Erst das macht eine gute Sammlung aus – die Erinnerungen, die dazugehören.«

»Danke«, sagte Mrs Whitten. »Es ist mein Hobby. Wissen Sie, ich war bei seinem letzten Konzert dabei.«

»26. Juni 1977. Indianapolis.«

Mrs Whittens Augen leuchteten auf. »Das stimmt! Ich werde es nie vergessen. Ich habe mit angehört, wie er zum letzten Mal einen Song auf der Bühne sang. *Can't Help Falling in love.*«

Marcus ging zu ihr und setzte sich neben sie auf das Zweiersofa. »Können Sie uns von der Nacht erzählen, Mrs Whitten?«

»Dem Konzert?«

Er lächelte. »Nein, Ma'am. Von dem Mann, den Sie auf der Straße gesehen haben.«

»Ach so.« Ihr Gesicht wurde ernst. »Nun ja, ich möchte Ihnen auf jede Weise helfen. Sandra war eine sehr nette junge Frau. Ich kann noch immer nicht glauben ... Es tut mir leid, ich erinnere mich nicht an viel.«

»Alles, woran Sie sich erinnern, könnte uns weiterhelfen.«

»Nun, ich bin bei der Müllabfuhr und habe recht ungewöhnliche Arbeitszeiten. Normalerweise wache ich zwischen zwei und drei Uhr morgens auf. Dann mache ich mir Frühstück und sehe ein bisschen fern, ehe ich zur Arbeit gehe. An dem Morgen habe ich jedenfalls gesehen, wie ein Mann in der Straße hinter Sandras Haus geparkt hat.«

»Ist Ihnen an dem Mann etwas aufgefallen? Etwas Besonderes?« Marcus machte sich keine Notizen. Das tat er nie.

»Durchschnittlich groß. Er war ganz in Schwarz oder Dunkelblau gekleidet. Sein Gesicht konnte ich nicht sehen. Zuerst war ich misstrauisch, aber er wusste genau, wo sie ihren Ersatzschlüssel aufbewahrte. Ich dachte, er wäre vielleicht ein neuer Freund.« Ihre Augen glänzten feucht. »Wie sonst hätte er von ihrem Schlüssel wissen können? Er benahm sich, als würde er dort hingehören. Aber ich ...« Sie blickte weg, und die Tränen rannen ihr die Wangen hinunter.

Marcus beugte sich vor, legte ihr eine Hand auf die Schulter. »Das war nicht Ihre Schuld. Ich weiß, nichts von dem, was ich sage, kann Sie überzeugen. Das Schuldgefühl ist seltsam, aber glauben Sie mir, Sie konnten es nicht wissen. Dieser Mann ist der Übeltäter, nicht Sie. Er ist es, der die Schuld trägt. Aber wenn Sie sich an etwas erinnern können und uns helfen, den Mann zu finden, sorge ich dafür, dass er nie wieder jemandem etwas antut. Ich verspreche es Ihnen.«

»Es tut mir leid. Ich … ich habe auf sein Nummernschild geschaut, aber ich habe es nicht aufgeschrieben. Die Nummer begann mit einem M oder N … ich weiß es nicht mehr.«

»Wie sah der Wagen aus? Haben Sie das Modell erkannt?«, fragte Andrew von der Couch her.

»Es war dunkel. Wie ich schon den anderen sagte, ich wusste es einfach nicht.«

Marcus beschloss, die Taktik zu ändern. »Eine andere Frage, Mrs Whitten. Was haben Sie zu dem Zeitpunkt getan, als Sie den Mann sahen?«

»Ich habe mir Frühstück gemacht.«

»Haben Sie sich etwas zubereitet?«

»Ich habe mir zwei Eier gebraten. Wieso?«

»Es mag merkwürdig klingen, aber hätten Sie etwas dagegen, ein paar Eier für mich zu braten? Ich möchte, dass Sie versuchen, genau nachzustellen, was Sie getan haben, als Sie den Mann sahen. Den meisten Menschen ist es nicht bewusst, aber der Geruchssinn besitzt eine enge Verbindung zum Gedächtnis. Manchmal kann die Wiederholung eines Vorgangs, von Gerüchen und Geräuschen, einem helfen, sich an Dinge zu erinnern, die man nicht einmal bewusst beobachtet hat.«

»Wenn es hilft, gern.«

Die Küche diente auch als Esszimmer. Der Raum war weiß

mit roten Akzenten: weiße Schränke, rote Griffe, rote Arbeitsfläche. Weißer Tisch, rote Stühle. Rot-weiße Nippessachen auf weißen Regalen. Weiße Vorhänge mit roten Punkten.

Marcus fühlte sich in dem Raum, als ertrinke er in Blut, doch er wusste, dass das nicht der Reaktion normaler Menschen entsprach. Für die meisten war rot nur eine Farbe.

Margot Whitten nahm eine Pfanne aus einem Schrank und schlug zwei Eier auf.

»Machen Sie alles genau so wie immer. So, wie Sie es in der fraglichen Nacht getan haben. Versuchen Sie sich vorzustellen, dass Sie in diesen Moment zurückversetzt werden und sehen, wie der Mann hält und aus dem Wagen steigt. Versuchen Sie sich an jedes Detail zu erinnern.«

Sie runzelte konzentriert die Stirn, schloss die Augen, öffnete sie wieder, schloss sie erneut. »Okay, der Kerl hält. Der Wagen ist dunkel, blau ... oder vielleicht schwarz ...«

»Setzen Sie sich nicht unter Druck. Lassen Sie sich Zeit.«

Sie seufzte und war ein paar Sekunden still. Dann fügte sie hinzu: »Die Bremslichter zeigten nach innen und unten, und über dem Nummernschild war ein silbriges Emblem.«

Wieder dehnte sich das Schweigen. Der Geruch nach brutzelndem Fett stieg vom Herd auf. Marcus drängte die ältere Frau nicht.

Plötzlich wandte sie ihm den Kopf zu und wurde lebhaft und aufgeregt. »Ich erinnere mich. Ja, ich erinnere mich! Das Nummernschild war MJA 4 ... und dann vielleicht 59 oder 69. Aber bei den letzten beiden Ziffern bin ich mir nicht sicher. Hilft Ihnen das weiter?«

»Das war fabelhaft. Das ist mehr als genug, um den Halter des Wagens zu ermitteln.«

36

Ackerman setzte sich auf einen mit schwarzem Leder bezogenen Hocker an die Theke der Alibi Lounge. Absplitterungen und Furchen, Zeichen des Alters, überzogen die Oberfläche der Theke, die dringend eine Politur nötig hatte. Die Bar war klein und eng. Es gab nur wenige Nischen und Tische, einen Billardtisch und eine Dartscheibe an einer Wand gegenüber der Theke mit den Reihen aus Spirituosenflaschen. Der Zigarettenrauch hing wie Nebel in der Luft, obwohl es in Illinois gegen das Gesetz verstieß, in einer Bar zu rauchen.

»Ich nehme einen doppelten Jack Daniel's«, sagte Ackerman zur Barkeeperin.

Sie war ungewöhnlich groß und hatte ein langes, sommersprossiges, pickliges Gesicht. Ein Vorderzahn war schartig abgebrochen. Sie musterte Ackerman von oben bis unten, und er wusste, was sie dachte. Für diese Bar war er zu gut gekleidet. Doch sie sagte kein Wort, setzte nur ein Glas auf die Bar und füllte es.

Als Ackerman zur Bar gegangen war, hatte er Marcus noch einmal zu erreichen versucht. Wieder keine Antwort. Nun kippte er den Whiskey herunter und klopfte auf die Theke, um anzuzeigen, dass er noch einen wollte. Die Barkeeperin neigte die Flasche und ließ erneut die bernsteinfarbene Flüssigkeit in das Glas laufen. Noch immer sagte sie kein Wort. Es war kein Lokal, in dem die Gäste eine Konversation erwarteten.

Eine hübsche junge Frau saß zwei Hocker von Ackerman entfernt. Sie hatte die Ellbogen auf die Theke gestützt und schnippte den Kronkorken einer Flasche Bud Light zwischen den Fingern hin und her. Sie trug ein schwarzes, langärmeliges Shirt mit dem Bild einer Heavy-Metal-Band. Langes dunkles Haar fiel ihr über die Schultern und verbarg die eine Seite ihres Gesichts.

Ackerman schenkte ihr sein bestes Filmstarlächeln. Sie errötete, und beinahe hätte sie das Lächeln erwidert. Ihr Blick schweifte zum Billardtisch, als wollte sie sich vergewissern, dass niemand hinschaute. Ackerman blickte in die gleiche Richtung und sah einen riesigen Biker mit kahlem Kopf und ungepflegtem Ziegenbart, der ein schwarzes Harley-Shirt trug. Das Tattoo eines Adlers streckte sich über seinen Nacken. Sein Partner hatte dunkle Haut und kurze Dreadlocks. Zwei andere Schlägertypen von ähnlichem Aussehen beobachteten das Spiel von einem Tisch in der Nähe aus.

Ackerman blickte wieder die Frau auf dem Barhocker an. Ihre Lippe war gepierct, und er sah die Spitze eines Tattoos, das unter dem Ärmel ihres Shirts hervorlugte. Tätowierungen und Piercings stießen Ackerman normalerweise ab, doch in ihrem Fall konnte der überflüssige Körperschmuck die Schönheit darunter nicht verdecken. Und etwas an ihr – die Augen, Jochbeine, der Schnitt des Gesichts – erinnerte ihn an seine Mutter. Sie blickte in seine Richtung, bemerkte erneut seine Aufmerksamkeit und sah rasch weg. Dabei schwang ihr dunkles Haar von der linken Hälfte ihres Gesichts weg, und Ackerman sah es zum ersten Mal. Ein großer blauer Fleck, den sie mit Make-up zu verdecken versucht hatte, prangte auf ihrer Wange.

Ackerman lächelte. Offenbar hatte ihn das Schicksal zur richtigen Zeit an den richtigen Ort geführt – wie immer.

Er rückte auf den Hocker direkt neben ihr. »He, Ma'am, ich nehme ein normales Budweiser und noch ein Bud Light für die Lady.«

Die große Frau hinter der Theke reagierte nicht. Ihr Blick wanderte langsam von Ackerman zu der dunkelhaarigen Schönheit, dann zu dem Biker mit der Glatze. Ackermans Blick bohrte sich in die Augen der Barkeeperin, und nach einem Moment bückte sie sich, holte zwei Flaschen aus einem Kühlschrank, stellte sie auf die Bar und ging davon.

Die dunkelhaarige Schönheit blickte über ihre Schulter, aber offenbar wollte sie keine Szene machen oder die Aufmerksamkeit ihres Freundes erregen, indem sie das Getränk zurückwies. Sie flüsterte nur: »Danke für das Bier, aber lassen Sie es bitte. Wenn der Kerl da vorn sieht, dass Sie mit mir flirten, gibt es für uns beide Ärger.«

»Ich weiß Ihre Besorgnis zu schätzen, aber ich bekomme nicht so leicht Angst.«

»Das sollten Sie aber. Er ist kein netter Mann.«

»Warum sind Sie dann mit ihm zusammen?«

Sie wich jedem Blickkontakt aus, und ihr Atem kam in kurzen Stößen. »Hören Sie, lassen Sie mich einfach in Ruhe.«

Ackerman dachte einen Moment über die Situation nach. »Sie haben also Angst vor dem Kerl«, sagte er, »und er behandelt Sie, als würden Sie ihm gehören. Er prügelt Sie. Vermutlich misshandelt er Sie auch seelisch. Beschimpft Sie. Gibt Ihnen das Gefühl, Sie wären so minderwertig und verpfuscht, dass niemand Sie je lieben könnte.

Trotz allem bleiben Sie bei ihm. Haben Sie wirklich solche Angst vor diesem Mann? Fürchten Sie, er würde Sie umbringen, ehe er Sie gehen lässt? Vielleicht hat er Ihnen damit gedroht. Glauben Sie tatsächlich, was er Ihnen sagt? Glauben Sie wirklich, Sie könnten es nicht besser haben?«

Sie schluckte heftig, und eine Träne kullerte ihr die Wange hinunter. »Bitte, lassen Sie mich einfach ...«

»Ich sag Ihnen was«, flüsterte er. »Spielen wir ein kleines Spiel. Die Regeln sind einfach. Ich lasse Sie entscheiden. Wenn Sie es wirklich wollen, zahle ich und gehe zur Tür hinaus. Sie können mit Ihrem Leben weitermachen, als wäre ich nie hier gewesen. Aber ab heute Abend wäre es ein Gefängnis, für das Sie sich selbst entschieden haben. Denn ich biete Ihnen Erlösung. Ich zeige Ihnen einen Ausweg.«

»Wovon reden Sie?«

»Das ist Option Numero eins. Sie folgen weiter der Straße, auf der sie sind. Wohin sie auch führt. Bei Option Numero zwei sorge ich dafür, dass er Ihnen nie wieder wehtut. Auch diese Entscheidung hat Konsequenzen. Konsequenzen, mit denen Sie leben müssen. Sie werden sich verantwortlich fühlen, schuldig, sogar beschämt. Aber Sie werden frei sein.«

»Warum tun Sie das?«

»Warum nicht? Manchmal schaltet sich das Schicksal ein, wenn man am wenigsten damit rechnet. Es hat eine merkwürdige Art, die Welt auf den Kopf zu stellen und einen auf den richtigen Weg zu leiten. Ich bin nur das Werkzeug Ihrer Kurskorrektur. Wie ich sagte, ist es einfach. Wenn Sie nein sagen, gehe ich. Aber wenn Sie ja sagen, greift das Schicksal zu Ihren Gunsten ein.«

Sie war lange still. Ihre Hände zitterten an der beschlagenen Bierflasche, und ihr Atem ging schnell. Sie wandte sich ihm zu, musterte ihn, versuchte zu ergründen, wie ernst sein Angebot zu nehmen war. Dann blickte sie wieder weg. Weitere Tränen kullerten. Schließlich wisperte sie: »Ja.«

37

Belacourt und Stupak waren bereits bei Glasgow Jewelers eingetroffen, als Marcus auf den Bordstein fuhr. Das Geschäft war in der Ecke eines hellbraunen Gebäudes untergebracht. Zu beiden Seiten des Eingangs befanden sich Art-déco-Schaufenster. Ein blauer Toyota Camry mit dem Nummernschild *MJA 459* stand davor. Auf der Zulassung stand der Name Raymond Glasgow, der Inhaber des kleinen Ladens.

Vasques stieg aus dem Wagen und fragte: »Kommen Sie mit rein?«

Marcus blickte auf den Laden und das Auto. »Nein, das überlasse ich den Profis.«

Sie schaute ihn merkwürdig an. »Das haben Sie gut gemacht bei der Zeugin. Wenn er sich als der Richtige erweist, schulde ich Ihnen ein Abendessen.«

»Ich komme darauf zurück.«

Ohne weiteren Kommentar schloss sie die Tür und überquerte die Straße. Die beiden Polizeibeamten stiegen aus ihrem roten Chevy Impala und schlossen sich Vasques an, die ihnen die Tür aufhielt.

Marcus lehnte den Kopf an die Kopfstütze und schloss die Augen. Er wollte nur einen Moment ausruhen. Vom Rücksitz fragte Andrew: »Okay, raus mit der Sprache. Wieso ist er es nicht?«

»Das erfährst du in ein paar Minuten.«

Andrew brummte irgendetwas, doch Marcus hörte nicht

hin. Er versuchte, die Welt ein paar Sekunden lang fernzuhalten und wollte für einen Moment die Augen schließen. Gerade als er zum ersten Mal seit zwei Tagen einnickte, fragte Andrew: »Wie lange ist es eigentlich her, seit du zum letzten Mal geschlafen hast? Du weißt, dass Übermüdung genauso schlimm ist wie Trunkenheit. Beides beeinträchtigt dein Urteilsvermögen.«

Marcus seufzte. »Ich habe schon eine Seelenklempnerin. Das reicht.«

»Komm schon, ich bin dein bester Freund. Teufel, ich bin so ziemlich dein einziger Freund. Was macht dir in letzter Zeit so zu schaffen? Das alles in sich reinzufressen ist nicht gesund.«

»Wenn du mir helfen willst, halt die Klappe und lass mich eine Minute in Ruhe.«

Andrew brummte vor sich hin: »Gut. Ich halte den Mund. Du hörst keinen Mucks von mir. Kein Wort. Meinetwegen kannst du ruhig abstürzen. Ist mir egal. Wie konnte ich es wagen, dir helfen zu wollen?«

»Würdest du endlich ruhig sein!«

»Sicher. Meinetwegen.«

Marcus schloss die Augen und versuchte sich zu entspannen, aber sein Verstand ließ es nicht zu. Sein Kopf füllte sich immer wieder mit einer Collage aus einer Million unzusammenhängender Gedanken, einer Million Bilder, die mit Hochgeschwindigkeit durch sein Hirn schossen: Ackerman, die Lücke in den Bändern, der Anarchist, verbrannte Leichen, aufgerissene Augen, eine schmutzige Matratze auf dem nackten Boden, ein zitterndes Mädchen, das Kugelloch in Ty Phillips' Stirn, lächelnde Gesichter, Blut,

Schmerz, die Nacht, in der seine Eltern ermordet wurden, die Stimme in der Dunkelheit.

Nach ein paar Minuten klopfte Vasques an das Seitenfenster. Marcus ließ die Scheibe hinunterfahren. »Wasserdichtes Alibi«, sagte Vasques. »Er war auf einer Schmuckmesse in San Diego. Seine Maschine ist gestern Morgen gelandet. Wir überprüfen es, aber ich glaube nicht, dass er lügt. Er behauptet, seine Frau hätte ihn zum Flughafen gefahren, und sein Wagen hätte hier gestanden, seit er letzte Woche abgeflogen ist. Wir lassen den Wagen von der Spurensicherung untersuchen, um festzustellen, ob der Anarchist ihn gestohlen und benutzt hat, um Sandra Lutrell zu kidnappen.«

»Ich hatte mir schon gedacht, dass der Anarchist zu vorsichtig ist, als dass wir ihn über ein Nummernschild identifizieren könnten. Und ich wette, Ihre Leute finden nichts im Wagen. Aber sie sollen sich unbedingt das Nummernschild selbst ansehen.«

»Sie glauben, er hat es ausgetauscht?«

»Ich jedenfalls hätte es getan.«

Vasques rieb sich den Nacken. »Dann haben wir nichts.«

Andrew beugte sich aus dem Rücksitz vor. »Nicht unbedingt. Wenn bei einer Verkehrskontrolle ein Cop das Nummernschild überprüft hätte, und es wäre das falsche Automodell gewesen, hätte er auf diese Weise gefasst werden können.«

»Also fährt er den gleichen Wagen wie Raymond Glasgow«, sagte Vasques. »Das ist immerhin etwas. Wir stellen eine Liste von allen Personen zusammen, die in der Metropolregion Chicago einen Camry fahren. Das gibt eine lange

Liste, aber vielleicht finden wir noch ein anderes Kriterium.« Sie blickte Marcus an und spitzte die Lippen, als würde sie über irgendetwas nachdenken. »Sie haben richtig vermutet, was für einen Wagen der Killer fährt. Wenn ich mich recht erinnere, stand der Camry an erster Stelle.«

»Na ja, ich werde mir nicht den Arm brechen, indem ich mir selbst auf die Schulter klopfe. Es verrät uns nur, dass der Kerl schlau und methodisch ist und mit Google umgehen kann. Ich bin mir nicht sicher, ob wir dichter an ihn herangekommen sind ... oder ihn an einem weiteren Mord hindern können.«

38

Ackerman fuhr auf dem Barhocker herum, ging direkt auf den großen Biker mit der Glatze zu und klopfte ihm auf die massige Schulter. Der Mann drehte sich um und blickte ihn mit gerunzelter Stirn an. Der Biker war wenigstens hundertfünfzig Pfund schwerer als Ackerman und überragte ihn um einen halben Kopf.

Je größer sie sind, dachte er.

»Was willst du?«, fragte der große Mann. Seine Stimme war ein tiefes Grollen. Er bedachte Ackerman mit einem Blick, von dem der Killer annahm, dass er ihn jahrelang bei Auseinandersetzungen in Seitenstraßen geübt und verfeinert hatte. Der Ausdruck in den Augen des Bikers besagte: Ich bin eine Macht, die du nicht aufhalten kannst – unverwüstlich, beängstigend, kraftvoll.

Ackerman grinste. Er kannte diesen Typ. Die Größe, Masse und einschüchternde Art des Mannes hatten ihm erlaubt, mehr Kämpfen aus dem Weg zu gehen, als er je geführt hatte. Der Biker war wenig mehr als ein übergroßer Schulhofschläger, und hinter dem Draufgängertum entdeckte Ackerman etwas, das im Herzen jedes Schlägers lebte, den er je kennengelernt hatte: Angst.

»Sind Sie für den hässlichen blauen Fleck der hübschen jungen Dame da drüben verantwortlich?«

Der Biker musterte ihn von Kopf bis Fuß und sah lachend seine Freunde an. Dann stellte er seine Bierflasche auf den Rand des Billardtisches. »Ist das dein Ernst? Bist du so ’n Ritter in funkelnder Rüstung?«

»Alles andere als das.«

Der Biker stieß wieder ein kehliges Lachen aus. »Ich mach mit der Tussi, was ich will. Das geht keinen was an. Ist deine Frage damit beantwortet?« Eine fleischige Pranke schoss vor und stieß Ackerman gegen die Schulter. Der Killer taumelte nach hinten, stellte sich aber sofort wieder vor den großen Mann und lächelte unverdrossen.

Mit einem höhnischen Grinsen fragte der Biker: »Bist du gekommen, damit dir einer die Fresse einschlägt? Wenn ja, bist du hier richtig.«

Ackerman erwiderte: »Ich bin nur hier, um ein bisschen Dampf abzulassen.«

Seine Hand zuckte vor und packte die Bierflasche des glatzköpfigen Bikers auf dem großen Brunswick-Billardtisch. Ackerman schlug sie gegen die Kante, und die untere Hälfte ging in Scherben. Die abgebrochene Flasche vor sich haltend, sprang er vor.

Der Biker war vorbereitet und reagierte rasch.

Schade für ihn, dass der Angriff nur eine Finte war.

Als der Biker auswich, verlagerte er sein ganzes Gewicht auf das rechte Bein. Ackermans Fuß schoss vor und krachte gegen die Innenseite der Kniescheibe. Das Gelenk gab nach, und der große Mann sank auf ein Knie.

Ackerman knallte den kahlen Kopf des Mannes gegen die Kante des Billardtisches und rammte ihm das gezackte Ende der Flasche ins linke Auge.

Der schwere Mann heulte vor Schmerz und schlug die Hände vors Gesicht. Er brach zusammen und rollte auf dem Boden Richtung Theke, brüllend, fluchend, schimpfend.

Der Schwarze mit den Dreadlocks blickte mit weit aufgerissenen, panischen Augen auf seinen Freund am Boden. Als er bemerkte, dass Ackerman ihn anstarrte, ließ er das Queue fallen und hob beide Hände, als wollte er sich ergeben.

»Keine Bewegung!«, hörte Ackerman eine Frauenstimme hinter sich.

Als er sich umdrehte, bedrohte ihn die Barkeeperin mit einer alten 9-mm-Pistole. Sie war vor die Theke getreten und stand ein paar Schritte von ihm entfernt. Ohne die Freunde des Bikers zu vergessen, neigte Ackerman den Kopf zur Seite und musterte ihre Waffe. Dann ging er einen Schritt auf sie zu.

»Stopp!«, schrie sie.

»Auf Ihrer Waffe ist eine Staubschicht. Wie lange lag sie unbenutzt unter der Theke?«

Die Frau antwortete nicht.

»Wissen Sie, klüger wäre es gewesen, einen Revolver bereitzuhalten. Eine .357 Magnum vielleicht. Ihre Neunmillimeter hat ein Magazin, und wenn sie geladen herumgelegen hat, war die Feder im Magazin ständig zusammengedrückt. Das tut einer Feder gar nicht gut. Am Ende versagt sie, und die Patronen werden nicht korrekt in die Kammer geführt. Die Waffe wird eine Ladehemmung haben oder gar nicht feuern.«

Langsam machte er einen weiteren Schritt auf sie zu.

»Sind Sie bereit, das Risiko einzugehen, dass die Waffe nicht feuert oder Ihnen sogar in der Hand explodiert? Außerdem müssen Sie sich fragen, ob Sie wirklich in sich haben, was man braucht, um einen Menschen zu töten.«

»Hauen Sie ab«, wisperte die große Frau. »Gehen Sie einfach.«

»Das mach ich. Gleich. Doch vorher müssen Sie eine Entscheidung treffen.« Ackerman streckte die offene Hand vor. »Entweder legen Sie mir die Pistole in die Hand und gehen wieder hinter die Theke, oder ich hole sie mir und breche Ihnen das Genick.«

Sie stand wie erstarrt vor ihm. Die Zeit dehnte sich. Dann legte sie ihm die Pistole in die Hand und eilte davon.

»Eine gute Wahl«, sagte er.

Er drehte sich wieder zu dem kahlköpfigen Biker und seinen Freunden um. Der schwere Mann hatte sich auf die Knie aufgerafft und hielt sich noch immer die linke Hälfte seines Gesichts. Blut quoll ihm zwischen den Fingern hervor, lief an seinem Unterarm herunter und tropfte auf den Boden.

Ackerman richtete die Pistole auf den Kopf des Mannes und drückte ab. Eine Flamme brach aus der Mündung, und der große Mann stürzte erneut zu Boden, um sich nie wieder zu erheben.

Ackerman drehte die Smith & Wesson hin und her und musterte sie. Er hob die Brauen. »Na so was. Sie hat doch noch geschossen.«

39

Der Ort, an dem Jessie Olague ihren letzten Atemzug getan hatte, war ein Terrassenhaus im Süden von Jackson's Grove mit einer blau eingefassten Fassade aus orangefarbenen Ziegeln und einem großen Grundstück, das an ein Wäldchen aus Eichen und Ahornbäumen grenzte. Dem Makler zufolge stand das Haus seit einem halben Jahr leer, ohne dass es ernsthafte Angebote gegeben hätte. Jetzt, da die Todesschreie einer jungen Frau durch die Flure gehallt waren, schien es unwahrscheinlich, dass das Interesse zunehmen würde.

Als sie an dem Tatort hielten, wo noch immer Streifenwagen und Absperrungen standen, betrachtete Marcus als Erstes die Menschenmenge. Mörder besuchten oft die Schauplätze ihres Verbrechens, indem sie vorgaben, ein unbeteiligter Zuschauer zu sein, doch die Polizei von Jackson's Grove hatte die Zaungäste fotografiert und keinerlei Gemeinsamkeiten finden können.

Marcus untersuchte das Gebiet und stellte sich eine Reihe von Fragen, die Licht auf den Täter werfen konnten. Wie vertraut musste der Anarchist mit der Umgebung sein? Von welchen Punkten aus konnte er sich am besten Zugang verschaffen? Hätten die Nachbarn etwas gesehen oder den Wagen gehört?

Das Nachbarhaus links stand ebenfalls zum Verkauf, und an die rechte Seite des Terrassenhauses grenzten Bäume. Sehr wahrscheinlich war es nicht, hier mit Zeugen rechnen zu dürfen, doch Marcus wusste, dass die Polizei trotzdem bei der gesamten Nachbarschaft die Klinken putzen würde.

Da sie im Freien nichts entdeckten, was ihnen weiterhalf, betraten Marcus, Vasques und Andrew das Haus durch die Hintertür – den Eingang, den vermutlich auch der Killer benutzt hatte – und gingen zum Tatort. Das ganze Haus wimmelte von Kriminaltechnikern, Fotografen und Ermittlern. Messbänder wurden angelegt, Blitzlicht flackerte. Die Zimmer waren frisch in Beige gestrichen, die Wände mit Hellblau und Braun akzentuiert. Überall stank es nach Rauch und verbranntem Fleisch.

Jessie Olague war mitten im Hobbyraum an einen speziell konstruierten Sessel gefesselt worden. Das Feuer hatte ihren Körper fast vollständig verzehrt und nur ein verkohltes Etwas zurückgelassen. An die Beine des Rohrgestells waren Stahlplatten geschweißt, an die Rückenlehne eine Verlängerung, mit der sich der Kopf des Opfers fixieren ließ. Die Platten waren mit dem Boden verschraubt, damit der Sessel nicht verschoben werden konnte. Der Anarchist hatte ähnliche Sessel an den anderen Tatorten benutzt. Marcus vermutete, dass er alles vorbereitet hatte, ehe er das Mädchen hierherbrachte und den eigentlichen Mord verübte.

Marcus hielt sich zurück. Er ließ die Kriminaltechniker ihre Arbeit tun und die Bühne untersuchen, die der Mörder für seine Tat geschaffen hatte. Sie passte perfekt zu den anderen. Merkwürdige Symbole in roter Farbe bedeckten die Wände, eine Mischung aus satanischen Emblemen und geheimnisvollen Runen.

Jessie Olagues Leiche zog seinen Blick auf sich, auch wenn die Überreste der armen Frau einen grauenerregenden Anblick boten. Während seiner Jahre als Polizist hatte er viele Leichen gesehen und keine Einzige davon vergessen. Er wusste noch die Namen sämtlicher Opfer und konnte die Szenarien ihres Todes in allen Einzelheiten augenblicklich abrufen. Bei seiner Arbeit war ein fotografisches Gedächtnis ein Segen, aber oft auch ein Fluch.

Während seiner Zeit als Streifenbeamter in New York hatte Marcus bei Autounfällen verbranntes Fleisch und verkohlte Leichen gerochen, später als Detective an Mordschauplätzen. Der Gestank war ganz anders als erwartet. Anfangs hatte er törichterweise angenommen, es würde riechen wie ein Braten, der zu lange im Ofen gewesen war, wie ein Stück gebratenes Fleisch, doch es war etwas völlig anderes. Schlachtvieh wird ausgeblutet, die inneren Organe entfernt. Bei Jessie Olague war das nicht geschehen. Ihr eisenreiches Blut fügte dem Geruch eine metallische Note bei. Das Keratin in ihren Haaren bestand zu großen Teilen aus Cystein, einer schwefelhaltigen Aminosäure, die ebenfalls ihren charakteristischen Geruch besaß. Brennende Haut roch wie Holzkohle. Und das Hirnwasser erzeugte unter Hitzeeinwirkung einen moschusartigen, süßlichen Duft.

Die Mischung aus unvereinbar angenehmen und widerlichen Aromen könnte er niemals vergessen. Und er wusste aus Erfahrung, dass der Gestank tagelang in seiner Nase festsitzen würde.

»Mein Gott«, sagte Vasques neben ihm, hielt sich die Hand vor den Mund und blickte von der Leiche weg. »Wie kann jemand einem Menschen so etwas antun?«

Marcus gab keine Antwort. Er kannte die innere Finsternis, die erforderlich war, um auf diese Weise ein Leben zu nehmen. Aber so etwas ließ sich nicht beiläufig erklären oder gar verstehen. Stattdessen erwiderte er beinahe flüsternd: »Was haben Sie über die Symbole herausgefunden?«

»Nicht viel. Wir haben einige Experten kontaktiert, aber bisher können wir nur sagen, dass es sich um eine Mischung aus satanischer Symbolik und Kauderwelsch handelt.« Vasques blickte in ihr Notizbuch, blätterte durch mehrere Seiten, musste aber kurz innehalten und ihre Nase bedecken. Sie sah blass aus. Marcus fragte sich, ob ihr schlecht wurde. Er hätte sie vor dem Gestank warnen sollen. Einer der Kriminaltechniker hatte vielleicht Wick VapoRub dabei, das Vasques sich unter die Nase hätte reiben können.

Nach kurzem Suchen fand sie, was sie Marcus mitteilen wollte. »Die Schriftzeichen sind offenbar eine Mischung aus klassischer kyprischer Schrift, die zwischen dem elften und dritten Jahrhundert vor Christus auf Zypern gebräuchlich war, und Glagoliza, eine Schrift, die in Osteuropa zwischen dem neunten und zwölften nachchristlichen Jahrhundert benutzt wurde.«

Marcus schüttelte den Kopf und atmete entmutigt aus. Was konnte die Verbindung zwischen den Morden und diesen merkwürdigen Symbolen und Schriftzeichen sein? Der Mörder war intelligent und organisiert. Weshalb sollte er willkürlich Symbole und Schriftzeichen bilden, die weder eine Bedeutung noch einen Zusammenhang aufwiesen? Glaubte der Mörder vielleicht, die Symbole seien ihm von einer übernatürlichen Quelle mitgeteilt worden?

»Der Brandbeschleuniger?«, fragte Andrew.

»Das Gleiche wie immer. Lösungsmittel aus aliphatischen Kohlenwasserstoffen, allgemein bekannt als Feuerzeugbenzin. Frei erhältlich in fast jedem Baumarkt, Lebensmittelgeschäft, Drogeriemarkt oder Kaufhaus.«

Marcus kniff die Augen zu. Wieder machte die Migräne ihm zu schaffen. Er brauchte Schmerztabletten und Koffein, und er hatte den ganzen Tag nichts gegessen als ein Twinkie am frühen Morgen.

Belacourt und Stupak kamen durch eine andere Tür in den Hobbyraum und traten auf sie zu. Belacourt musterte Marcus verächtlich. »Jetzt, wo Sie seine Arbeit gesehen haben, Klugscheißer, meinen Sie da immer noch, der Kerl sei kein Psychopath?«, fragte er.

Marcus ächzte. Ihm gefiel nicht, wohin diese Sache sich entwickelte, und Belacourts Stimme und sein abfälliger Ton hatten etwas an sich, wovon ihm der Kopf noch stärker pochte. »Psychopathie ist eine Persönlichkeitsstörung. Diese Störung liegt bei unserem Täter nicht vor. Wenn Sie lesen könnten, würde ich Ihnen ein paar Bücher zu dem Thema nennen.«

Belacourt lachte, doch in seinen Augen loderte Wut. »Sie halten sich für einen klugen Kopf, was? Für viel besser und schlauer als wir einfältigen Detectives. Ich werde uns eine Menge Zeit und Energie sparen und Ihnen offen sagen, was ich denke. Wir brauchen Sie hier nicht. Wir wollen Sie hier nicht. Wenn der Kerl sein Muster einhält, holt er sich heute Nacht wieder ein Mädchen. Ich brauche Agent Vasques an der Front, um den Fall zu lösen, nicht als Babysitter für Sie.«

»So geht das nicht«, sagte Vasques. »Agent Williams hat …«

»Er hat diese Ermittlung keinen Schritt weitergebracht. Mit einem alten Trick hat er nutzlose Infos aus einer Zeugin herausgeholt. Was hat er damit bewirkt, außer unsere Zeit und Mittel zu verschwenden?«

Belacourt trat näher und tippte Marcus mit dem Finger an die Brust. Trotz des Gestanks der Leiche roch Marcus die widerliche Mischung aus Zigarettenrauch und Zwiebeln, die Belacourt aus dem Mund schlug. »Ich will Ihnen mal was sagen. Das Fiasko, das Sie heute angerichtet haben, als Sie einen Kerl verfolgten, der angeblich Francis Ackerman war, und wild in der Gegend herumballerten – so eine Hirnlosigkeit lasse ich in meiner Stadt nicht zu. Ich weiß nicht, wer Sie sind oder was Sie wirklich vorhaben, aber ich werde es herausfinden. Ich weiß nur, dass Sie sich für eine Art Ermittlergenie halten. Aber das sind Sie nicht. Sie sind bloß ein dummer Junge, dem irgendein Bürokrat im Osten eine Dienstmarke gegeben hat. Wahrscheinlich sind Sie der Neffe von irgendeinem hohen Tier und wollten Räuber und Gendarm spielen, also hat man eine Position geschaffen, die sogar Sie ausfüllen können.«

Vasques wollte ihn verteidigen, doch Marcus stoppte sie, indem er eine Hand hob. Er zog es vor, seine Kämpfe selbst auszufechten. Er blickte auf den Finger, der an seiner Brust lag, dann sah er Belacourt in die Augen. »Ich habe großen Respekt vor Cops. Ich bin selbst in dritter Generation Polizist. Deshalb warne ich Sie aus Respekt vor der Marke an Ihrem Gürtel. Wenn Sie mir noch einmal die fette Wurst, die Sie Finger nennen, gegen die Brust stoßen, reiße ich ihn ab und nutze mein Ermittlergenie, um an Ihrem Körper eine Stelle zu finden, wo ich ihn Ihnen reinstopfen kann.«

Belacourt verzog hasserfüllt das Gesicht. Offenbar war er drauf und dran, Marcus die Faust ins Gesicht zu schlagen. Marcus hoffte es beinahe.

Stupak legte seinem Vorgesetzten eine Hand auf die Schulter. »Komm schon. Lass es auf sich beruhen. Wir müssen den Kerl schnappen.«

Belacourts Blick bohrte sich in Marcus' Augen. Die Zähne gefletscht stieß er hervor: »Verschwinden Sie von meinem Tatort, Junge, ehe ich meinen Gürtel nehme und Sie damit durchprügle.«

Marcus grinste. »Ich kenne die hiesigen Gepflogenheiten nicht, aber wo ich herkomme, müssen Sie einem erst ein Abendessen spendieren, ehe Sie mit dem abartigen Scheiß anfangen dürfen.«

Belacourt schüttelte langsam den Kopf. »Sie haben genug von meiner Zeit verschwendet. Sie sind keine weitere Sekunde wert.« Der Cop drehte sich um und stürmte aus dem Raum.

Vasques fragte: »Wir finden nicht leicht Freunde, was?«

Mit leisem Lachen fügte Andrew hinzu: »Danke! Das versuche ich ihm schon lange klarzumachen.«

40

Schofield starrte auf die Menge, die sich in der Turnhalle der Mittelschule von Tinley Park versammelt hatte. Die glücklich lächelnden Gesichter, auf denen die Freude zu lesen war. Die Gesichter normaler Menschen. Kinderlachen. Eine dunkelhaarige Großmutter wiegte ein Baby auf dem Knie. Die Eltern eines Basketballspielers jubelten, als ihr Sohn mit zwei Freiwürfen punktete. Solch einfache Freuden, doch ihm blieben sie versagt. Diese Leute wussten nicht, wie froh sie sich schätzen konnten, dass ihnen die Gabe des Glücksempfindens zuteil geworden war.

Schofields Sohn Ben saß am Ende der Bank, rieb mit dem Schuh über dem roten Turnhallenboden und starrte darauf. Schofield beobachtete ihn sorgenvoll. Mit dem Jungen stimmte etwas nicht. Er hatte sich verändert. Vor zwei Jahren war er noch ein Star gewesen, jetzt zeigte er kein Interesse mehr. Ein guter Vater hätte der Sache auf den Grund gehen und dem Jungen helfen können, über das hinwegzukommen, was ihn belastete. Eine dunkle Wolke legte sich auf Schofield, als er sich fragte, wie tiefer die Menschen enttäuschte, die er liebte. Die schwarze Hand der Traurigkeit drückte ihn nieder, zermalmte ihn, quetschte ihn aus.

»Harrison? Alles okay?«

Er blickte seine Frau an und setzte sein bestes, beruhigendes Lächeln auf. Er konnte sich glücklich schätzen, sie zu haben. Auf dem College war er ein Einzelgänger gewesen, hatte die anderen Studenten gemieden wie die Pest. Doch die Mathematikdozentin hatte ihn gebeten, Eleanor Nachhilfe zu geben, und zu seiner großen Überraschung hatte sie Interesse an ihm entwickelt. Es war nicht einmal so, dass sie beschlossen hatte, seine vielen Fehler zu übersehen. Sie hatte diese Fehler akzeptiert. Dafür liebte er sie.

»Alles in Ordnung. Eleanor ... du weißt, wie sehr ich dich liebe, nicht wahr?«

Sie schaute ihn merkwürdig an, wölbte die Augenbrauen und neigte den Kopf zur Seite. »Bist du sicher, dass es dir gutgeht? Du bist doch nicht etwa todkrank, oder?«

Er lachte, aber es war nur Show. »Kann ein Mann seiner Frau nicht ohne Hintergedanken sagen, wie viel sie ihm bedeutet?«

»Wahrscheinlich schon«, sagte sie, aber hinter ihren Worten steckte keine große Zuversicht. »Ich liebe dich auch. Aber wenn du etwas auf dem Herzen hast, kannst du mit mir darüber sprechen.«

»Ja, aber es ist alles in Ordnung. Wirklich. Du weißt ja, dass ich mich in Menschenmengen nicht besonders wohl fühle. Aber wo wir von Dingen sprechen, die jemand auf dem Herzen hat – weißt du, was mit Ben los ist? Hat er Probleme in der Schule?«

Eleanor zuckte mit den Schultern. »Ich weiß es nicht. Er will nicht darüber reden. Da kommt er ganz nach seinem Vater«, fügte sie mit einem Seitenblick hinzu.

Schofield ging nicht auf die Anspielung ein und schaute geistesabwesend zu, wie die Mannschaft seines Sohnes auf dem Platz auf und ab rannte. Hin und her. Vor und zurück. Rein mechanisch.

Doch dann, über den glänzenden Boden der Turnhalle hinweg, sah er sie in der dritten Reihe auf der Tribüne hinter dem gegnerischen Team. Melissa Lighthaus – die Frau, die er als nächstes Opfer auserkoren hatte. Aber wieso war sie hier? Er wusste alles über sie, bis hin zur Marke des Shampoos, das sie benutzte. Sie hatte keine Kinder. Deshalb hatte sie keinen Grund, hier zu sein.

Ihm schnürte sich die Brust ein, als zöge sich die Welt um ihn zusammen. Gelbe Punkte tropften durch sein Blickfeld, und ihm wurde übel.

Was tat sie hier? Es ergab keinen Sinn. Die Variablen fügten sich nicht zusammen.

Mit einem Mal fiel ihm das Atmen schwer. Ihm war, als drücke ihn jemand unter Wasser. Ihm wurde kalt. Mit rudernden Armen ertrank er in den blutigen Fluten.

Er war nicht mehr in der Turnhalle. Eine Erinnerung aus seiner Kindheit hatte sich in sein Bewusstsein gedrängt ...

Für August war der Tag ungewöhnlich kalt. Schofield erinnerte sich daran, weil er nur Shorts und T-Shirt zum Anziehen gehabt hatte. Sie wohnten in einem Motelzimmer mit orangefarbenen Bettbezügen. Daran erinnerte er sich, aber nicht an sein Alter. Seine Mutter hatte ihn zu sich ins Badezimmer gerufen. Sie lag nackt in der Wanne, ihr Haar trieb um ihren Kopf. Leise sang sie ihm ein Schlaflied, vielleicht auch für sich selbst. Dann schlitzte sie sich die Pulsadern auf. Er sah ihr dabei zu und zuckte von der Wanne zurück. Die Tränen rannen ihm die Wangen hinunter, obwohl er nicht die Tragweite dessen begriff, was er sah.

Sie wartete kurze Zeit, damit ihr das Blut aus dem Körper rann, dann rief sie ihn näher. Als er sich über den Rand der Wanne beugte, packte sie ihn und drückte ihn unter Wasser an ihre Brust. Er trat um sich, wehrte sich, doch ihr Griff und ihre Entschlossenheit waren fest wie Eisen. Das Wasser drang ihm in Augen und Mund, und das Blut seiner Mutter lief ihm die Kehle hinunter in die Lunge. Es schmeckte nach Metall. Er erinnerte sich, wie er um sich schlug und versuchte, sich von ihr zu befreien, und wie weich ihre Haut sich angefühlt hatte. Er erinnerte sich, wie ihre Arme ihn fest umschlossen hielten. Die Wärme des Wassers umhüllte ihn wie eine Decke, schloss ihn ein in einen tröstlichen Kokon und bereitete ihn auf die nächste Welt vor. Dann verschwamm alles, doch er erinnerte sich noch an ein deutliches Gefühl des Friedens. Das war es, was er immer gewollt hatte – dass seine Mutter ihn hielt und ihm Geborgenheit und Liebe schenkte. Und in diesem Moment wusste er, irgendwie, dass sie ihn liebte und ihn beschützen wollte. Aber dann hatte der Prophet den Lärm gehört, war ins Badezimmer gestürzt und hatte sie beide von der Schwelle des Todes zurückgeholt …

Als er nun in der Turnhalle saß, wünschte er, an jenem kühlen Augusttag hätte seine Mutter Erfolg gehabt.

»Ich muss an die frische Luft«, sagte Schofield und stolperte die Treppe der Tribüne hinunter. Er schob sich durch die Tür der Turnhalle, fand den Waschraum, erbrach sich ins Waschbecken und starrte sich im Spiegel an. Der Dämon in ihm starrte zurück. Wenn der Prophet recht hatte und er wirklich Satans Sohn war, der Vorbote der Apokalypse, musste er aufgehalten werden. Seine Kinder verdienten es, von ihm befreit zu werden. Seine Frau und seine

Kinder waren alles, was zählte, und in der neuen Welt des Propheten gab es keinen Platz für sie.

Wie benommen durchquerte er das Schulgebäude. Die Flure waren leer, nur von dem Licht erhellt, das von außen hereinfiel. Der stotternde Rhythmus seiner Schritte pochte auf den Kacheln. Der ganze Bau stank nach Reinigungsmitteln mit Fichtenaroma. Ehe er begriff, dass er ein Ziel besaß, hatte er den Zugang zum Dach gefunden.

Schofield suchte sich einen Weg über das schwarze Asphaltdach, vorbei an Schornsteinen, an Heiz- und Kühlaggregaten, die Abgase ausspien, bis zur Kante des Gebäudes. Der Wind zerrte an seinem Haar. Die Luft war eiskalt. Der schneebedeckte Boden rief nach ihm, hielt sich bereit, ihn zu umfangen wie seine Mutter am kältesten Tag seiner Erinnerungen. Er stieg auf den erhöhten Rand des Daches, die Arme zu den Seiten ausgestreckt. Ein Bein baumelte über die Kante. Er brauchte nur einen Schritt zu tun. Ein Schritt, und der Albtraum war vorüber. Der Dämon wäre tot, die Welt ein besserer Ort.

Aber was, wenn der Sturz ihn nicht umbrachte? Wie sollte er dann erklären, was geschehen war? Ein Unfall konnte es unmöglich gewesen sein.

Während er darüber nachdachte, wurde ihm klar, dass es eigentlich keine Rolle spielte. Wie auch immer, der Sturz würde das letzte Ritual unterbrechen. Die Welt würde auch nach der Dunkelsten Nacht weiterbestehen. Er würde verhindern, noch mehr Menschen weh zu tun. Ein Schritt, und die Pläne des Propheten waren zunichte.

Seine Gedanken kehrten zum Propheten zurück, zu den Ritualen, zur Dunkelsten Nacht. Etwas passte nicht zusammen. Wie hatte er es bisher übersehen können? War er dem Propheten wirklich so blind gefolgt?

Bis zur Dunkelsten Nacht waren es noch drei Tage, doch heute Nacht plante er, das erste von fünf Opfern zu bringen, die für das letzte Ritual benötigt wurden. Erwartete der Prophet, dass er mehr als ein Mädchen pro Nacht entführte? Wenn ja, hatte der alte Mann ihm seine Erwartungen nicht mitgeteilt, und Schofield war nicht vorbereitet.

Dann plötzlich wurde alles klar.

Ein entsetzlicher Gedanke brannte sich mit der Glut von tausend Sonnen in sein Herz. Er stieg von der Umrandung und fiel auf die Knie, umschlang sich mit den Armen, wiegte sich vor und zurück, zitternd vor Angst und Scham.

Er hatte einen Verdacht, woher der Prophet die letzten drei Opfer nehmen wollte. Und das änderte alles.

VIERTER TAG –

18. Dezember, abends

41

Maggie hob ihr Gepäck aus dem Kofferraum des hellgrünen Taxis und bezahlte den Fahrer. Der Tag war lang gewesen. Ihre Maschine hatte sich verspätet, und auf der Fahrt zum Hotel war am Mietwagen ein Reifen geplatzt. Eine ganze Stunde hatte der Autoverleih gebraucht, um ihr ein Taxi zu schicken. Der Angestellte hatte versprochen, ihr einen neuen Wagen direkt ans Hotel zu liefern, doch sie vermutete, dass sie noch eine gute Stunde am Telefon verbringen müsste, damit das geschah. Jetzt aber musste sie erst einmal Marcus entgegentreten.

Er würde stinksauer sein, dass sie seine Anweisungen missachtet hatte, aber das war ihr egal. Sie würde an diesem Fall mitarbeiten, ob Marcus ihre Hilfe wollte oder nicht.

Sie checkte an der Rezeption ein. Die Lobby war voller Menschen, und sie musste lange warten. Zum Glück stand Stan auf ihrer Seite: Er hatte ihr bereits ein Zimmer auf dem Flur gebucht, auf dem Marcus und Andrew wohnten.

Sie ging hinauf, stellte ihr Gepäck unter und klopfte an Marcus' Tür. Andrew öffnete. Die beiden obersten Knöpfe seines weißen Hemdes standen offen, und die schwarze Krawatte hing locker herunter. In der linken Hand hielt er ein Stück Pizza. Da es nicht den üblichen Duft warmer Pizza verströmte, musste es der Rest einer zurückliegenden Mahlzeit sein.

»Maggie?« In seinem Gesicht stand ehrliches Erstaunen.

Sie zog die Brauen hoch. »Willst du mich nicht hereinbitten?«

»Äh … doch. Herein mit dir.«

Maggie betrat das Zimmer der Suite und blickte auf das Display, das sämtliche bislang gesammelten Spuren anzeigte. Das Gerät war ein Wunderwerk der Technik, sodass Maggie Allens alte Pinnwand aus Kork kein bisschen vermisste, nur seine ruhige und rücksichtsvolle Art.

»Was tust du hier, Mags?«, fragte Andrew.

Sie holte tief Luft und ignorierte die Frage. »Wie läuft es mit dem Fall?«

Er seufzte. »Ich habe gerade erst mit Stan gesprochen. Er hat ein paar neue Spuren, denen wir nachgehen können.«

»Gut. Worauf warten wir noch? Wo ist Marcus?«

Andrews Blick huschte durchs Zimmer, als suchte er etwas. Er öffnete den Mund, schloss ihn wieder. Schließlich antwortete er: »Er isst unten im Hotelrestaurant mit einem FBI-Agenten … der … an den Ermittlungen beteiligt ist.«

Maggie kniff die Augen zusammen. »Warum benimmst du dich so komisch?«

Er zog die Schultern fast bis zu den Augenbrauen hoch. »Ich weiß nicht, was du meinst.«

»Okay. Dann gehe ich zu ihnen.«

»Äh, ich …«

»Was?«

»Nichts. Er wird begeistert sein, dich zu sehen.«

42

Vasques trank von ihrem Wein und streckte die Schultern, um die Anspannung ein wenig zu lindern. Der Tag war eine Achterbahnfahrt gewesen, und sie brauchte einen Moment, um zur Ruhe zu kommen. Über den Tisch hinweg beobachtete sie den Mann, der in die cremefarbene Speisekarte blickte. Seine schönen Augen von ungewöhnlicher Farbe wanderten von einem Gericht zum nächsten, gleichzeitig spähten sie immer wieder rasch durch den Raum, musterten alles mit Mikroblicken, nahmen jeden in sich auf. Er hatte die Ärmel seines grauen Seidenhemds bis zu den Ellbogen hochgekrempelt und die Muskelstränge an den Unterarmen freigelegt. Vasques ertappte sich bei der Frage, ob der Rest seines Körpers genauso gut aussah.

Eigenartig, dass sie diesen Mann am Morgen noch von Herzen gehasst hatte und bereit gewesen war, ihn aus der Stadt zu verjagen, während sie nun daran dachte, mit ihm ...

Ganz ruhig, Mädchen. Einen Schritt nach dem anderen.

Der Kellner nahm ihre Bestellungen entgegen und schenkte ihnen Wein nach. Das Restaurant war nicht gerade ein Gourmettempel, aber hübsch und ruhig; gut geeignet, um ein spätes Abendessen zu genießen und die Einzelheiten des Falles durchzugehen oder andere Themen zu bereden, auf die das Gespräch vielleicht kam.

Marcus lehnte sich zurück und legte lässig den Arm auf die Rückenlehne der Bank, auf der er saß. »Wieso das FBI?«

»Weil ich der Überzeugung war, dort am meisten erreichen zu können. Und was ist mit Ihnen? Wieso das Justizministerium? Ich wusste gar nicht, dass es dort eine Einheit zur Untersuchung von Serienmorden gibt.«

»Wir sind sehr klein und sehr spezialisiert. Wir bearbeiten nur ... besondere Fälle.«

»Fälle, die besonders schlimm sind?«

»So könnte man es ausdrücken. Neunundneunzig Komma neun Prozent der Zeit erfüllt die reguläre Strafverfolgung ihre Aufgaben sehr gut. Solange braucht man jemanden wie mich nicht. Aber manchmal erfordern extreme Fälle extreme Taktiken.«

»Und dann braucht man jemanden, der *Dinge* bemerkt, so wie Sie.«

Marcus zuckte mit den Schultern. »Unter anderem.«

»Mögen Sie Ihre Arbeit?«

Sein Gesicht wurde ernst. Er nahm einen großen Schluck Kaffee. »Manchmal ist es dem Schicksal egal, ob man den Weg mag, auf den es einen führt.«

Vasques nickte. Sie hatte aus erster Hand miterlebt, was Agenten bei der Verhaltensanalyseeinheit des FBI passieren konnte. Es kam nicht selten vor, dass die Monster einem Agent in den Kopf krochen und ihn nicht mehr verließen.

Marcus hatte sich eine Nische ausgesucht, in der er mit dem Rücken zur Wand sitzen konnte. Seine Körpersprache war die eines Menschen, der extrem aufmerksam war, als rechnete er jeden Moment mit einem Angriff. Trotzdem wirkte er nicht nervös oder angespannt, sondern völlig ruhig, als wäre seine Wachsamkeit seine zweite Natur. Vasques hatte den gleichen Ausdruck einmal in den Augen des Ehemannes einer Freundin gesehen, der in einer Spezialeinheit der Army gedient hatte und aus einem Kriegsgebiet zurückgekehrt war.

»Was sehen Sie?«, fragte sie.

»Ich weiß nicht, was Sie meinen.«

»Sie schauen sich ständig um. Was sehen Sie?«

Er blickte sie mit seinen durchdringenden, grün-braunen Augen an. »Alles.«

»Sie können es nicht abschalten, oder?«

»Im Grunde ist es ermüdend. Jedes Kleidungsstück, jede Geste, jede Bewegung. Alles abgespeichert und kategorisiert. Aber damit hört es nicht auf. Ich muss es auch noch analysieren. Am besten erklärt man es am Beispiel eines Fernsehbildschirms. Wenn ich vor Ihnen sitze, bin ich wie ein solcher Bildschirm. Aber jetzt stellen Sie sich vor, neben mir steht noch ein Fernseher. Und da ist die Sendereinstellung kaputt, und er schaltet ständig die Kanäle durch.«

»Das wäre ziemlich nervtötend.«

»Jetzt stellen Sie sich vor, es wäre nicht nur ein Fernseher, sondern eine ganze Wand, wie man sie in Leitzentralen sieht oder in einem dieser riesigen Wettbüros, wo sie eine Zehnmeterwand aus TV-Geräten haben. Deshalb liebe ich Filme und Bücher. Wenn ich in einem Kino sitze, sind die Fernseher zwar nicht abgeschaltet, aber wenigstens stummgestellt. Nur dann kann ich mir selbst entkommen.«

»Sie mögen sich nicht?«

Er lächelte. »Wer mag sich schon? Außerdem wissen Sie jetzt, wieso es ein Fluch ist, keine Gabe.«

»Ich verstehe, wieso das ermüdend sein kann, aber ich sehe auch, wie nützlich es bei einer Ermittlung ist.«

Der Kellner kam wieder und schenkte noch einmal Wein nach. »Das Problem ist«, fügte Marcus hinzu, »dass ich nicht besonders intelligent bin. Ich bin kein brillanter Sherlock Holmes. Ich habe die Informationen, aber das heißt nicht, dass ich immer weiß, was sie bedeuten, oder auch nur erkenne, was wichtig ist.«

Vasques' Blick ging in die Ferne, als sie nachdachte. Bei dem Fall gab es etwas, das in keinem Bericht stand. Nur sie, Belacourt und Stupak wussten davon. »Sie haben viel über den Anarchisten gelesen. Sind Sie dabei auf den Namen Anthony C gestoßen?«

Marcus' Blick richtete sich für einen Moment nach innen. »Nein«, sagte er dann. »Wieso?«

»Nach dem Tod meines Vaters fand ich auf seinem Schreibtisch zu Hause einen Zettel, auf dem stand: *Anthony C – der Anarchist?*«

»Sie glauben, er hatte eine Spur?«, murmelte Marcus. »Auf der Liste der Verdächtigen steht niemand mit diesem Namen.«

»Ich weiß. Es könnte nichts bedeuten, und es ist schwer, aus dem Anfangsbuchstaben etwas abzuleiten. Es könnte ein Informant gewesen sein, ein Verdächtiger, ein Hinweis, alles Mögliche. Ich habe die Liste der Camry-Halter danach abgleichen lassen, aber nichts gefunden.«

»Okay, ich speichere es mal in meinem Kopf. Gleich neben den Tatortfotos und dem scheußlichen Geruch von Belacourts Aftershave.«

Vasques lachte und setzte ihr schönstes Lächeln auf. »Ja, das riecht schlimm.«

Marcus lächelte, doch dieses Lächeln erlosch abrupt.

Vasques drehte den Kopf, blickte in die Richtung, in die er schaute, und sah eine hübsche junge Frau, die auf sie zukam. Sie trug Jeans und eine enge Lederjacke. Vasques sah eine Pistole unter der Jacke und eine Dienstmarke am Gürtel.

Die Frau schnappte sich einen Stuhl vom Nebentisch, drehte ihn herum, stellte ihn an ihre Nische und setzte sich.

Sie funkelte Marcus an und sagte: »Ich hoffe, ich störe nicht.«

43

Maggie zwang sich zu einem Lächeln, zitterte aber so sehr vor Wut, dass es nicht zu übersehen war. Marcus saß einen Augenblick wie vom Blitz getroffen da. Anscheinend wusste er nicht, was er sagen oder wie er reagieren sollte. Sie hatte ihn auf frischer Tat ertappt.

»Möchtest du mich deiner Freundin nicht vorstellen, Marcus?«, fragte Maggie.

Er blickte zwischen den beiden Frauen hin und her. Schließlich sagte er: »Maggie, das ist Special Agent Vasques vom FBI. Sie arbeitet mit uns an dem Fall. Vasques, das ist Special Agent Carlisle. Sie gehört zu meiner Einheit im Justizministerium.«

Maggie blickte Vasques an und begutachtete die Konkurrenz. Die dunkelhaarige FBI-Beamtin war mit ihrem Teint von der Farbe hellen Karamells, den hohen Jochbeinen und den großen braunen Augen ziemlich hübsch. Sie widerstand dem Verlangen, der anderen Frau die Faust ins Gesicht zu schlagen. Schließlich war Vasques nicht daran schuld, dass Marcus ihr, Maggie, einen Dolch in den Rücken rammte.

»Erfreut, Sie kennenzulernen«, sagte Maggie knapp. Die Frauen schüttelten einander die Hand.

Vasques stand ins Gesicht geschrieben, was sie dachte. Sie merkte genau, dass irgendetwas vorging. »Wissen Sie was«, sagte sie zu Marcus, »ich bin mir sicher, Sie möchten Agent Carlisle ins Bild setzen, und ich will mit Belacourt reden. Deshalb werde ich mich verabschieden.«

»Gut, ich fahre Sie zurück zu Ihrem Büro.«

Vasques ergriff ihre Handtasche und glitt aus der Nische. »Das ist nicht nötig. Ich nehme ein Taxi.«

Marcus wollte Einwände erheben, doch Maggie blickte ihn warnend an. Seine Worte erstarben ihm in der Kehle.

Als Vasques verschwunden war, sagte Maggie: »Jetzt weiß ich wenigstens, weshalb du mich nicht dabeihaben wolltest.«

»Oh, bitte, Maggie. Du liegst daneben.«

»Du weißt verdammt genau, was hier los war.«

»Ich weiß vor allem eines: Ich habe eine Untergebene, die eine dienstliche Anweisung missachtet hat. Genau wie in Harrisburg. Was soll ich deiner Meinung nach jetzt unternehmen?«

Maggie konnte nicht mehr an sich halten. Sie sprang auf und wischte seine Kaffeetasse vom Tisch in seinen Schoß. Dann stürmte sie aus dem Restaurant. Am liebsten hätte sie geweint, geschrien und irgendetwas zerschmettert. Wie hatte sie nur so dumm und blind sein können?

Sie hörte, wie Marcus ihr etwas hinterherrief, aber sie wollte ihn im Augenblick nicht sehen. Sie wusste nicht einmal, ob sie ihn jemals wiedersehen wollte.

Er eilte ihr hinterher. Seine Hand umklammerte ihren Oberarm, doch sie riss sich von ihm los. »Fass mich nicht an!«

»Verdammt, Maggie, was ist denn in dich gefahren? Du führst dich auf, als hättest du den Verstand verloren.«

»Ach, jetzt bin ich eine Irre? Wahrscheinlich willst du deshalb nicht mehr, dass ich an Ermittlungen teilnehme. Weil ich verrückt geworden bin.«

»Verdreh mir nicht das Wort im Mund. Ich sagte, du benimmst dich, als hättest du den Verstand verloren. Das ist ein Unterschied.«

»Das spielt keine Rolle.« Mit der Faust schlug sie auf den Rufknopf des Aufzugs. »Wenn du dich beeilst, holst du deine kleine Freundin vielleicht noch ein.«

Marcus neigte den Kopf zur Seite, bis die Wirbel knackten. Maggie kannte diese Geste: Er tat es – ob unbewusst oder nicht – jedes Mal, wenn er sich für einen Kampf bereitmachte. »Maggie, lass uns über die Sache reden.«

»Ich habe nichts zu sagen.«

»Zwischen Vasques und mir läuft nichts. Und wenn es so wäre, ginge es dich nichts an.«

Maggies Augen wurden groß. Sie konnte nicht glauben, was sie da hörte. Zuerst betrog er sie, und dann führte er sich auf, als wäre nie etwas zwischen ihnen gewesen. Sie schlug ihm ins Gesicht. Als sich hinter ihr die Aufzugtüren öffneten, trat sie in die Kabine und drückte den Knopf, der die Türen wieder zufahren ließ und den Rest der Welt ausschloss.

44

Als Marcus ins Hotelzimmer zurückkehrte, stand Andrew vor dem Display und blickte auf Bilder eines kleinen Bürogebäudes. Er drehte sich um, als sein Partner näherkam. »Hat Maggie dich gefunden?«, fragte er.

Marcus klatschte seine Lederjacke auf die Couch und musterte Andrew verächtlich. »Oh ja, sie hat mich gefunden. Danke übrigens für die Vorwarnung. Schön zu wissen, dass du auf mich aufpasst.«

»Wieso? Was ist passiert?« Andrew musterte ihn von Kopf bis Fuß. »Bist du nass geworden?«

Marcus ließ sich auf die Couch fallen, als könnten seine Beine sein Gewicht nicht mehr tragen. Er rieb sich die Schläfen und sagte heiser, aus der Tiefe seiner Kehle: »Um ehrlich zu sein, ich weiß überhaupt nicht, wie mir geschehen ist. Ich hatte Maggie angewiesen, zurückzubleiben, und nun taucht sie auf, macht mir eine Szene, übergießt mich mit Kaffee und haut mir eine runter. Ich glaube, ich kann von Glück sagen, dass sie mich nicht über den Haufen geschossen hat.«

»Wirklich? Hatte sie denn Grund, wütend zu sein?«

»Fang du nicht auch noch damit an. Erstens haben Vasques und ich bloß zu Abend gegessen. Zweitens haben Maggie und ich schon vor einer Weile Schluss gemacht. Wir hätten uns nie aufeinander einlassen dürfen. Es war ein Fehler.«

Andrew setzte sich an den kleinen Couchtisch aus

Mahagoni. »Das glaubst du doch selber nicht. Wenn man Maggie so hört, macht ihr nur eine Pause, bis du dich wieder gefangen hast.«

»Das hat sie dir gesagt?«

»Was hast du ihr denn gesagt?«

»Wann?«

»Als du mit ihr Schluss gemacht hast.«

Marcus dachte an den Zwischenfall in Harrisburg. Sie untersuchten damals eine Reihe von Mordanschlägen, bei denen es der Killer auf junge Mütter abgesehen hatte. Maggie war einem Hinweis nachgegangen, der zu einem Namen und einer Anschrift führte. Marcus hatte ihr zu warten befohlen, doch sie beschloss, den Kerl auf eigene Faust zu vernehmen. Der Killer hatte ihr in seinem Vorgarten mit einer Pistole, einer Davis .32 ACP, in die Schulter geschossen. Die Davis war eine billige Waffe und stand im Ruf, öfters Ladehemmungen zu haben, und tatsächlich blieb die nächste Patrone stecken, als der Mann ihr in den Kopf schießen wollte. Dadurch bekam Maggie gerade genug Zeit, um ihre Ersatzwaffe zu ziehen und den Kerl niederzustrecken. Aber an diesem Tag wäre sie beinahe gestorben. Nur durch pures Glück hatte sie überlebt.

Marcus hatte damals begriffen, dass er niemals ein auch nur halbwegs normales Leben würde führen können. Jeder, den er liebte, wäre wegen seiner Arbeit in Gefahr. Er hatte immer eine Familie gewollt. Emily Morgan hätte vermutlich gesagt, das käme von dem unterbewussten Wunsch, die Familie zu ersetzen, die er verloren hatte – und vielleicht hätte sie damit recht gehabt. Wie auch immer, das Schicksal hatte andere Pläne mit ihm.

Nur wenige Tage nach dem Zwischenfall in Harrisburg hatte Marcus ihre Beziehung beendet. Er hatte zu Maggie gesagt, der Job sei sehr anstrengend, und er brauche ein wenig Zeit, um ...

»Oh, Mist«, sagte Marcus. »Jetzt weiß ich, wie sie darauf gekommen sein könnte.«

»Wieso solltest du auch mit ihr Schluss machen? Maggie ist umwerfend. Ich weiß wirklich nicht, was sie an dir findet.«

»Danke, Partner. Ich bin froh, dass ich immer auf dich zählen kann.«

»Ich sag ja nur.«

»Du redest zu viel.«

»Und du redest nicht genug«, erwiderte Andrew. »Du frisst alles in dich hinein. Also, sagst du mir es jetzt?«

Marcus seufzte und griff nach einer Tasse mit kaltem Kaffee, die auf einem Beistelltisch stand. Er stürzte den Inhalt herunter, hustete und verzog das Gesicht. »Nach allem, was in Harrisburg passiert ist, konnte ich mir nicht vorstellen, in unserem Job weiterzumachen und dabei zu versuchen, eine echte Beziehung oder eine Familie zu haben. Das ist das Risiko einfach nicht wert. Weißt du, wie man einen tapferen Mann mit Familie nennt?«

Andrew schüttelte den Kopf. »Nein.«

»Einen Feigling.«

Andrew lachte. »Und, was hast du jetzt vor? Willst du ein Kampfmönch werden, der sich ganz und gar irgendwelchen höheren Zielen widmet?« Er ächzte und schlug mit der Faust auf den Couchtisch. »Du kannst einfach ...«

»Spuck's aus«, sagte Marcus.

»Du bist sehr intelligent. Trotzdem benimmst du dich manchmal unfassbar dämlich. Du darfst dir nicht versagen, das Leben zu genießen, weil du Angst hast, etwas Schlimmes könnte geschehen. Wenn du das tust, ist das Schlimme schon eingetreten.«

»Du verstehst mich nicht. Ich habe jeden Menschen verloren, der mir je etwas bedeutet hat. Ich will mir um niemanden mehr Sorgen machen.«

Andrew biss sich auf die Unterlippe. Seine Augen bekamen einen wässrigen Glanz. Er beugte sich vor und flüsterte: »Meinst du, das verstehe ich nicht? Ich würde alles geben, um mein kleines Mädchen wiederzubekommen. Aber so sehr es mir wehtut – wenn ich wählen müsste, ich hätte sie lieber gekannt und verloren, als dass ich sie nie gehabt hätte.«

Marcus schluckte und kniff die Augen zu. Sein Partner hatte recht, er war wirklich ein Arschloch. »Tut mir leid, Andrew, wenn ich ...«

»Schon gut.« Andrew stand auf und ging ans Display. »Komm lieber her und sieh dir das an. Stan hat eine Spur des Anarchisten gefunden.«

45

Marcus drückte auf das Kontakt-Icon. Nachdem er beobachtet hatte, wie der Ladeanzeiger herumwirbelte, erschien Stans bärtiges Gesicht auf dem Bildschirm. »Hallo, Boss. Alles fit im Schritt?«

Stans Kopf und Brust füllten einen quadratmetergroßen Ausschnitt des Bildschirms. Sein langer sandblonder Bart fiel auf seine Brust und schnitt einen Pfad zwischen einem Tattoo von Popeye auf der einen und Super Mario, der eine Mauer durchschlug, auf der anderen Seite seiner Brust.

Marcus neigte den Kopf zur Seite. »Stan, sag mir bitte, dass du wenigstens eine Hose anhast.«

»Hier ist sonst keiner. Hass mich nicht, nur weil ich schön bin.«

Mit einem Kopfschütteln überging Marcus die Bemerkung. »Andrew sagt, du hast etwas gefunden.«

»Genau«, sagte Stan. »Ich hab versucht, die Liste von Psychologen und Therapeuten ein bisschen einzugrenzen und eine alte Freundin kontaktiert, die bei der NSA arbeitet, weil ich wissen wollte, was sie davon hält. Sie gehört zu einem Ableger von Echelon. Du weißt schon, dieses weltumspannende Spionagenetz. Echelon hat ein System, das landesweit sämtlichen E-Mail- und Telefonverkehr überwacht. Es wird aber nicht alles gelesen oder gespeichert, nur dann, wenn bestimmte Schlüsselbegriffe enthalten sind. Meine Freundin sagte mir, dass auch nach bestimmten Schlüsselwörtern mit religiösem Zusammenhang gesucht wird, damit man keine gewaltbereiten Fanatiker übersieht. Sie achten auf Dschihad, großer Satan, Apokalypse, Fegefeuer und so was. Ich weiß nicht genau, wie der Algorithmus funktioniert, aber er dürfte sehr ausgeklügelt sein, sonst wären sie noch immer mit dem Aussortieren falscher Ergebnisse beschäftigt, wenn die Erde längst in die Luft geflogen ist. Das Mädel ist echt hart, Boss. Und außerdem superheiß. Früher am MIT hat sie immer …«

»Was hat sie herausgefunden, Stan?«, unterbrach Marcus seinen Redefluss.

»Ihnen ist eine E-Mail aufgefallen, in der ein Therapeut einen Kollegen um Rat bittet. Es geht um einen Patienten, den er für extrem gefährlich hielt. In dem Dokument, in dem er den Patienten beschreibt, kommen viele böse Schlüsselwörter vor. Und dann … bist du bereit? Einen Trommelwirbel bitte.«

Marcus wartete, doch Stan schien tatsächlich darauf zu warten, dass er einen Trommelwirbel nachahmte. Als er die Augenbrauen hochzog, sagte Stan: »Na gut, Spielverderber. Der Patient – tataaa! – hält sich für den Antichrist.«

»Das könnte unser Mann sein. Hast du eine Adresse? Wir statten ihm einen Besuch ab.«

»Da liegt das Problem. Dieser Therapeut ist ein Höhlenmensch. Er hat seine Akten noch auf Papier.« Stan zog die Brauen hoch und wiegte traurig den Kopf. »Ja, ich weiß, das klingt verrückt, aber so ist es.«

Marcus überlegte. »Schick mir die Adresse dieses Therapeuten und alles, was du über das Gebäude hast. Alarmanlagen, Grundrisse, alles, was du finden kannst. Was ist mit meinem Satanismus-Experten? Hast du da jemanden gefunden?«

»Aber klar. Einen Typen namens Ellery Rowland. Du triffst dich heute Abend mit ihm. Ich schicke dir eine SMS mit den Einzelheiten.«

Andrew fragte: »Wie sollen wir uns um den Therapeuten kümmern und uns gleichzeitig mit diesem Kerl treffen? Es wäre wirklich schön, wenn wir noch jemanden in der Stadt hätten, der uns helfen könnte.«

Marcus stöhnte, aber er wusste, dass Andrew recht hatte. Sie mussten auf sämtliche Mittel zurückgreifen, die ihnen zur Verfügung standen, und er durfte die Ermittlungen nicht durch persönliche Probleme beeinträchtigen lassen. »Okay. Stan?«

»Ja, Boss?«

»Kontaktiere Maggie. Sie soll sich mit Ellery Rowland treffen.«

»Wieso kannst du sie nicht fragen, Boss? Redet ihr nicht mehr miteinander?« Der massige Mann lachte kehlig. »Klingt interessant. Na? Erzähl schon.«

»Bis später, Stan«, sagte Marcus und trennte die Verbindung.

Er las die Zeit ab. Das Personal der therapeutischen Praxis war mittlerweile nach Hause gegangen. Wenn der Anarchist seinem Muster folgte – und es gab keinen Grund zu der Annahme, dass er davon abwich –, würde er innerhalb der nächsten Stunden wieder eine Frau entführen.

Noch eine Tote, noch eine trauernde Familie. Noch mehr Schmerz, Blut und Tränen. Es sei denn, sie fanden ihn vorher.

Er wandte sich Andrew zu. »Lust auf 'nen kleinen Einbruch?«

46

Stan brauchte ein wenig, bis er sich ins Computersystem der Wachdienstfirma gehackt hatte, die für die Praxis des Therapeuten zuständig war, doch die Zeit erwies sich als gut investiert. Die Firma hatte alle Informationen, die man benötigte, um ohne Komplikationen in das Gebäude hinein und wieder heraus zu kommen. Nachdem Marcus und Andrew sich umgezogen und die nötigen Utensilien eingesteckt hatten, machten sie sich auf den Weg zur Praxis in der South Side von Chicago.

Andrew fuhr den Yukon, während Marcus mit geschlossenen Augen auf dem Beifahrersitz saß und versuchte, ein paar Minuten Ruhe zu finden. Sein Migränemedikament war ihm ausgegangen, aber ehe sie aufgebrochen waren, hatte er eine Hand voll extrastarker Paracetamol genommen. Die Tabletten hatten das Pochen in seinem Schädel gemildert, doch den Schwall der Bilder und Gedanken, die als ständige Datenflut durch seinen Verstand strömten, drosselten sie kaum. Dabei hatte dieser Tag mehr als genug unangenehme Informationen gebracht, die er erst noch verarbeiten musste. Zuerst hatte er sich bei der Besprechung danebenbenommen und Vasques gedemütigt. Wenigstens das hatte er wieder in Ordnung bringen können. Seine Auseinandersetzungen mit Belacourt und Maggie waren weniger glimpflich verlaufen. Und dazu kam noch Ackerman.

Als es mit Ackermans Anrufen losgegangen war, hatte

Marcus zuerst geglaubt, der Killer wolle ihn provozieren, ihm seine Überlegenheit beweisen. Jetzt begriff er, dass dieser Psycho eigentlich nur einen Freund suchte. In mancher Hinsicht bemitleidete er Ackerman wegen der schrecklichen Dinge, die ihm angetan worden waren, für seine verzerrte Wahrnehmung der Welt, seine absurde Sicht auf Recht und Unrecht, doch im Hinterkopf war Marcus stets bewusst, dass am Ende entweder er Ackerman töten würde, oder der Irre tötete ihn. Wenn er an die Gelegenheiten dachte, die Ackerman möglicherweise ungenutzt gelassen hatte, krümmte er sich innerlich zusammen. Wenn Ackerman es darauf anlegte, ihn, Marcus, zu töten – oder jemanden, der ihm etwas bedeutete –, konnte er wenig tun, um sich oder seine Freunde zu schützen.

Und woher hatte Ackerman seine Informationen?

Die Situationen, Fragen und Bedenken schufen zusammen mit den Einzelheiten des Anarchisten-Falles einen nicht abreißenden Sturzbach an Informationen, der auf Marcus eindrang, sobald er die Augen schloss.

Erschöpft beobachtete er, wie draußen die Gebäude, Lichter und Straßen vorüberhuschten. Er wünschte, er könnte den Ansturm der Informationen abblocken – den Lärm der Stadt, der Menschen, der Fahrzeuge, das Ächzen des Yukons, das Knirschen des Schnees, Andrews Atmen, das Flüstern der Heizung, ein Rattern hinter dem Armaturenbrett. Sein Verstand zerlegte die Armaturen, analysierte, wie die Teile zusammenwirkten, wo ihre Schwachstellen waren. Ein dreidimensionaler Plan erschien vor seinen Augen, drehte sich, verzerrte sich.

Er war müde, so schrecklich müde. Er dachte an die

Ranch im texanischen Asherton, auf der er einige Zeit verbracht hatte. Wie ruhig war es dort gewesen. Dort hatte er sich zum ersten Mal entspannt gefühlt. Doch in Asherton war er Francis Ackerman begegnet. Dort hatte seine Indoktrination begonnen, die ihn zur Shepherd Organization führte.

»Sollen wir am Krankenhaus halten und sehen, wie es Allen geht?«, fragte Andrew.

»Ich weiß nicht …« Marcus hätte sich nur zu gern versichert, dass Allen auf dem Weg der Besserung war, doch er ging davon aus, dass die Familie Brubaker mittlerweile in Massen eingefallen war. Und *er* trug die Schuld daran, dass Allen ans Bett gefesselt war. *Er* war dafür verantwortlich, dass sein Mentor vielleicht nie wieder laufen könnte. Ackerman hatte es auf ihn, Marcus, abgesehen, und Allen war ins Kreuzfeuer geraten. Marcus war noch nicht bereit, Allens Frau und Kindern unter die Augen zu treten und sich dem Schmerz und der Angst zu stellen, die er verursacht hatte. »Er sollte sich heute Abend lieber ausruhen. Wir fahren morgen zu ihm.«

Andrew wechselte die Spur, und Marcus' Blick wanderte zum Rückspiegel. Plötzlich beugte er sich nach vorn. »Nächste links«, sagte er angespannt.

»Was ist los?«, erwiderte Andrew.

»Drei Wagen hinter uns. Weißer Ford Taurus. Den habe ich heute schon dreimal gesehen.«

»Bist du sicher?«

»Ja. Das letzte Mal habe ich mir das Nummernschild gemerkt.«

Andrew fuhr nach links in eine Nebenstraße. Der Taurus

bog hinter ihnen ebenfalls ab, hielt aber ein gutes Stück Abstand. »Wie willst du es handhaben?«, fragte Andrew.

»Die Nächste scharf nach rechts. Halt dich dicht am Gehweg und bremse so weit, dass ich rausspringen kann. Dann sorg dafür, dass du an der nächsten Ampel halten musst.«

»Okay. Mach dich fertig.«

Marcus hielt sich bereit, als Andrew abbog und seine Anweisungen befolgte. Kaum war der Taurus außer Sicht, sprang Marcus aus dem Yukon. Andrew musste kaum verlangsamen. Marcus zog sich die Kapuze seines Sweatshirts über den Kopf und mischte sich unter die anderen Fußgänger. Zu dieser Zeit waren nicht mehr viele Passanten unterwegs, aber der Fahrer des weißen Taurus würde ihn nicht auf dem Gehsteig suchen.

Er hielt ein unauffälliges Tempo, rasch und zielstrebig, aber nicht gehetzt. Aus dem Augenwinkel sah er den Taurus vorbeifahren. Vor ihm hielt Andrew an der nächsten Ampel, als sie auf Rot sprang. Die Straße war vierspurig, und ein roter Jeep mit Stoffverdeck wartete gleich hinter Andrew. Der Nächste in der Reihe war der Taurus.

Mit einem Blick auf die Passanten vergewisserte sich Marcus, dass niemand in der Nähe war. Er schob die rechte Hand unter die Lederjacke und zog die P220 aus dem Holster. Mit der Linken öffnete er ein Springmesser mit DLC-beschichteter Klinge aus Wolframstahl und einem Griff mit Fiberglaseinsätzen. Am Griffknauf befanden sich ein Sicherheitsgurt-Cutter und ein Scheibenzertrümmerer – ein spitzer Metallkegel, der in Notfällen Ersthelfern schnellen Zugang verschaffen sollte. Dieses Werkzeug setzte Marcus am Beifahrerfenster des Taurus ein, nachdem er zu dem Wagen gespurtet war. Mit einer raschen, heftigen Bewegung holte er aus und schlug die Spitze des Scheibenzertrümmerers gegen das Glas. Sofort flogen winzige Scherben nach innen. Der Mann hinter dem Steuer stieß einen Schreckensschrei aus.

Marcus verschwendete keine Zeit, entriegelte die Türen und schob sich auf den Beifahrersitz, die SIG Sauer auf den Fahrer gerichtet. Die Ampel wurde grün.

»Losfahren«, sagte er.

47

Schofield beobachtete, wie Melissa Lighthaus friedlich schlummerte. Ihre Haut war glatt wie Seide und von der Farbe hausgemachter Butter. Ihr Arm hing über die Bettkante. Sie trug ein übergroßes weißes Herren-T-Shirt.

Die Szene erinnerte ihn an *Nachtmahr*, ein Gemälde aus dem 18. Jahrhundert von Johann Heinrich Füssli. Auf einer Geschäftsreise hatte Schofield das verstörende Bild im Detroit Institute of Arts gesehen, und es war ihm in Erinnerung geblieben. Das Gemälde zeigt eine weiß gekleidete junge Frau, die schlafend im Bett liegt. Ihr langes Haar fällt in Wellen herab und spiegelt eine rote Decke, die ebenfalls in Unordnung ist und den Eindruck vermittelt, dass die Frau sich hin und her gewälzt hat. Auf ihrer Brust kauert ein kleiner hässlicher Dämon. Er wird halb vom Schatten verhüllt und stützt das Kinn auf die Hand wie in Gedanken versunken. Sein groteskes Gesicht mit den stechenden Augen ist zum Beobachter gerichtet. Der Volkssage nach ist das hockende Monstrum ein Inkubus, ein Vertreter des Teufels, der nachts Frauen heimsucht und zum Geschlechtsverkehr verführt. Die Wand hinter dem Dämon zeigt seinen Schatten, was andeutet, dass er nicht nur im Kopf der Träumenden existiert, sondern in der wirklichen Welt.

Doch wenn Melissa die Frau in Weiß war, machte dies Schofield zum Inkubus, einem aus Albträumen geborenen Monster, das den Samen des Teufels verbreitete. Ein groteskes Geschöpf des Bösen. Der Gedanke erfüllte Schofield mit so tiefer Traurigkeit, dass er gegen die Tränen ankämpfen musste.

Er trat an das Fußende des Bettes und legte seine Utensilien zurecht. Doch gerade als er die Bettdecke zurückschlagen und Melissas Füße freilegen wollte, ertönte unter ihrem Fenster die Alarmanlage eines Autos. Das schrille Jaulen durchdrang die Wände ihres Schlafzimmers und füllte den Raum mit Dringlichkeit, Verwirrung, Panik.

Schofield riss die Augen auf. Instinktiv ließ er sich fallen, damit das Fußende des Bettes ihn verdeckte. Das Bettgestell zitterte leicht an seinem Rücken, als Melissa sich aufsetzte.

Schofields Herz pochte. Seine Finger umkrampften den Griff der schallgedämpften Walter P 22. Er trug die kleine Pistole für Zwischenfälle wie diesen bei sich.

Es war noch zu früh. Er hätte niemals so früh anfangen sollen. Das Risiko war größer. Doch Melissas Arbeitszeiten hatten ihn gezwungen, seine Planung umzustellen. Und Schofield brauchte, was Melissa besaß. Sie hatte eine schöne, mitfühlende Seele. Eine, um die er sie in jeder Hinsicht beneidete. In ihrem Leben hatte sie Misshandlung erfahren, zuerst durch einen trunksüchtigen Vater, dann durch einen herrischen Ehemann, doch sie hatte alles überstanden. Er brauchte ihre Kraft für die Konfrontation, die ihm bevorstand, wenn er seinem eigenen Folterer gegenübertrat.

Er wartete. Sobald ihre Füße den Boden berührten, musste er sie augenblicklich töten. Er stellte sich seine Bewegungen vor, choreographierte seine Reaktionen.

Ein Ächzen des Parketts unter ihren Füßen. Er stößt sich mit der linken Hand vom Boden ab, kommt auf die Knie, zielt mit der Pistole in der rechten Hand. Der Winkel wäre schlecht, aber er hat keine Zeit, um seine Position zu korrigieren. Sie könnte gegen die Lampe fallen und dadurch Lärm machen. Und wenn er danebenschießt? Was, wenn die erste Kugel sie in die Schulter trifft und sie die Geistesgegenwart besitzt und wegrennt? Vielleicht kann er sie zwingen, sich die Spritze selbst zu setzen? Aber wäre Flucht nicht ihr erster Instinkt? Was, wenn sie es aus dem Haus schafft? Über das Grundstück bis zum Nachbarn, an ein Telefon, die Polizei rufen …

Variablen, Einschätzungen, Risiken.

Seine Lunge schrie nach Luft, dabei hatte er nicht einmal bemerkt, dass er den Atem anhielt. Wieder vibrierte das Bett, und er umklammerte die Waffe noch fester. Doch Melissa stand nicht auf. Sie schlief wieder ein.

Vorsichtig atmete er wieder.

Wartete.

48

Das Innere des Taurus war schiefergrau mit Akzenten in Schwarz und brauner Holzmaserung. Der Wagen roch nach starkem Kaffee und Fast Food. Im Radio sangen Lennon und McCartney *A Hard Day's Night.* Zwei extragroße Kaffeebecher von einer Tankstelle, einer gefüllt mit Schokoriegelpapier, der andere mit Flüssigkeit, standen in den Getränkehaltern der Mittelkonsole. Der Mann am Lenkrad trug Jeans und einen schwarz-weißen Pullover mit dem Symbol der Chicago White Sox unter einer bauschigen braunen Jacke. Er war Anfang dreißig, hatte einen kahlrasierten Schädel und aknenarbige Wangen, die von einem braunen Zweitagebart bedeckt waren. Und er war massig. Nicht dick, sondern groß und kräftig. Daran, wie der Mann in den Taurus gezwängt dasaß, erkannte Marcus, dass er wenigstens zwei Meter groß war und etwa hundertdreißig Kilo wog.

»Hören Sie mal, ich ...«, sagte der Fahrer.

»Halten Sie den Mund. Fahren Sie auf den Parkplatz da drüben.«

Der große Mann gehorchte, setzte den Blinker, fuhr auf den nahezu leeren Parkplatz eines Bürogebäudes und stellte den Automatikhebel auf P. »Okay«, sagte er, »ich greife jetzt nach meiner Brieftasche. Ich bin Cop. Ganz ruhig. Schießen Sie nicht.«

Langsam zog er eine abgewetzte Brieftasche aus braunem Leder aus der Jacke und öffnete sie. Sie enthielt eine Dienstmarke des Jackson's Grove Police Department und einen Ausweis, ausgestellt auf den Namen Erik Jansen. Widerwillig schob Marcus die SIG Sauer zurück ins Schulterholster. Das Messer in seiner linken Hand ließ er in der Nähe der Mittelkonsole: Notfalls konnte er dem Kerl die Klinge in die Kehle stoßen, ehe es diesem gelang, eine Waffe zu ziehen.

»Wieso sind Sie uns gefolgt?«

Jansen hob kapitulierend die Hände. »Ich tue nur meinen Job. Belacourt hat mir aufgetragen, Sie im Auge zu behalten.«

»Bei der Besprechung heute Morgen habe ich Sie nicht gesehen.«

»Meine Schicht beginnt erst am Nachmittag.«

»Rufen Sie ihn an.«

»Wen? Meinen Sie Belacourt?«

»Nein, Papa Schlumpf.«

»Kommen Sie, Mann. Vergessen Sie die Sache einfach. Er wird stinksauer.«

»Nicht mein Problem. Los, anrufen.«

Jansen griff widerstrebend nach seinem Handy und wählte. Der hilflose Zorn stand ihm ins Gesicht geschrieben. Marcus hörte, wie es am anderen Ende der Leitung klingelte. Als eine Stimme ertönte, nahm er Jansen das Telefon ab.

»Haben Sie für Ihre Ressourcen nichts Besseres zu tun, als uns zu beschatten?«, fragte er.

Am anderen Ende war es einen Augenblick lang still, dann drang Belacourts Stimme aus dem Handy. Sein Tonfall ließ noch immer Erstaunen erkennen, auch wenn er es zu überdecken versuchte. »Das wäre mir sehr recht. Leider kann ich Sie nicht zwingen, sich zu verpissen, und auf Andeutungen reagieren Sie ja nicht.«

Marcus begriff den Mann nicht. Seiner Erfahrung nach hatte eine örtliche Polizeibehörde normalerweise keine Probleme, mit Bundesbehörden zusammenzuarbeiten. Sicher, es gab Revierkämpfe, und manchmal wurde jemandem auf die Zehen getreten, aber nie mit dieser Verbissenheit, dieser Giftigkeit.

»Wieso machen Sie sich so viele Gedanken um mich?«, fragte Marcus. »Wir sind alle im gleichen Team. Ich will nichts weiter, als diesen Killer zu stoppen.«

»Stellen wir eines klar: Sie sind nicht in meinem Team. Sie sind nichts als eine Ablenkung und eine Behinderung der Ermittlungen. Ich kenne Typen wie Sie. Ich brauchte Sie nur einmal zu sehen, um zu wissen, was Sie sind. Sie sind nichts als ein ...«

Marcus legte auf und fluchte leise vor sich hin. Belacourt war eine Ziegelmauer aus Ignoranz. Wenn der Anarchist gefasst werden sollte, dann sicher nicht dank der Hilfe dieses Mannes. Zu Jansen sagte er: »Ich weiß, dass Sie nichts dafür können, ein Arschloch zum Vorgesetzten zu haben, aber glauben Sie mir, für Sie gibt es vorerst Wichtigeres zu tun, als mir zu folgen.« Während er ausstieg, sagte er: »Außerdem müssen Sie das Fenster reparieren lassen, und den Reifen ebenfalls.«

»Reifen? Aber die sind doch ...«

Marcus stieß die Messerklinge in den Vorderreifen des Taurus und ging zu Andrew, der darauf wartete, ihn aufzulesen.

»War das wirklich nötig?«, rief Jansen ihm hinterher.

49

Nachdem Schofield ihr das Betäubungsmittel gespritzt hatte, wickelte er Melissa in eine schwarze Decke. Er schaute auf das Grundstück und auf den Weg zu seinem geparkten Wagen. Er entdeckte kein Lebenszeichen, aber eine einzeln stehende Garage behinderte seine Sicht, außerdem ein weißer Zaun mit abblätternder Farbe und eine Reihe eisverkrusteter Fliederbüsche. Ein Lichtmast an der Garage eines Nachbarn erhellte die Straße, daher konnte Schofield sich nicht in der Dunkelheit verbergen. Er konnte nicht sicher sein, dass sein Weg frei war von Komplikationen.

Es ist zu früh. Zu viele Leute sind noch unterwegs.

Aber er hatte keine andere Wahl. Er musste das Risiko eingehen. Also drückte er den Knopf an seinem Autoschlüssel, der den Kofferraum des Camrys öffnete. Er atmete tief durch und hob Melissa auf. Zur Tür hinaus, über das Grundstück, an der Wand der Garage entlang, außerhalb des Lichts. Er warf sie in den Kofferraum und schloss den Deckel.

Geschafft.

Hinter sich hörte er ein Knurren und ein Kläffen.

Langsam drehte er sich um.

Zehn Meter entfernt, am Ende der kleinen Straße, stand ein Mann in mittleren Jahren mit blauer Adidas-Hose und einem dicken braunen Wintermantel und hielt die Leine eines Zwergspitzes. Der Mantel war dem Mann zu klein.

Er sah aus, als wäre er für eine Frau. Offenbar hatte der Mann sich den erstbesten Mantel geschnappt, der ihm in die Hände fiel, ehe er den Hund ausführte. Der Spitz schien sich noch nicht entschieden zu haben, wie er auf den Neuankömmling reagieren sollte. Er knurrte und zeigte die Zähne, wedelte jedoch mit dem Schweif.

Die beiden Männer starrten einander an. Die Zeit schien stillzustehen. Keiner von beiden bewegte sich.

Dann machte der Mann mit dem Hund zögernd einen Schritt vor. Schofield versuchte etwas zu sagen, vermochte aber nur zu stottern – mit einer Stimme, die eine Oktave höher lag als sonst.

»Ich ... ähm ... ich ...«

Schofield begriff, dass er von Kopf bis Fuß schwarz gekleidet war, eine schwarze Skimaske trug und gerade etwas in seinen Kofferraum gelegt hatte, das die Form eines menschlichen Körpers besaß. Er konnte es nicht leugnen. Mit diesem Mann konnte er nicht argumentieren. Es gab keine Ausflüchte, und eine überzeugende Täuschung war ihm ohnehin nicht möglich.

Er hob die P22 und schoss dem Mann dreimal in die Brust. Der Hund stieß ein schrilles Gebell aus, während der Mann um Hilfe schrie. Der Geruch der verschossenen Patronen hing in der Nachtluft. Im Wind trieben Daunenflocken aus dem Futter des Mantels. Der Mann rollte sich auf den Bauch und versuchte wegzukriechen.

Aus purem Instinkt eilte Schofield vor und drehte den Mann mit dem Fuß auf den Rücken. Blutflecke verschmutzten den Schnee, und eine rotbraune Flüssigkeit lief dem Mann das Kinn hinunter. Als er den Mund öffnete, waren seine Zähne rot. »Bitte ...«, stieß er pfeifend hervor. Eine Kugel musste einen Lungenflügel punktiert haben.

»Schauen Sie mir in die Augen!«, befahl Schofield.

Der Mann fixierte ihn mit einem ungläubigen Starren, als könnte er nicht begreifen, dass es wirklich geschah, dass sein Leben wirklich zu Ende war.

Schofield schoss dem Mann zweimal in die Stirn und noch einmal in die Brust.

Der kleine Hund kläffte und knurrte noch immer wild hinter ihm. Er schleppte die einziehbare Leine hinter sich her, als er von einer Seite der Gasse auf die andere lief, wobei der Plastikgriff klappernd über die Steine sprang.

Schofield richtete die Pistole auf den Zwergspitz. »Sei still!«

Das unablässige Kläffen des kleinen Hundes stach ihm in die Ohren wie Nadeln. Sein Finger spannte sich am Abzug. Der Hund erweckte unerwünschte Aufmerksamkeit. Die Nachbarn würden ihn hören. Er musste zum Schweigen gebracht werden.

Doch Schofield konnte das arme kleine Tier nicht töten. Er stöhnte und jagte es durch die Gasse, bis er den Fuß auf die Leine stellen konnte. Er hob den Hund auf, redete beruhigend und freundlich auf ihn ein, während er mit den Fingern durch das rotbraune Fell fuhr. Der Schwanz schlug heftig von einer Seite auf die andere, und das Hündchen leckte ihm das Gesicht.

»Okay, okay«, sagte Schofield lachend. »Du hast jetzt eine neue Familie.«

50

Eine niedrige dunkelbraune Ziegelmauer und eine Reihe aus Büschen und kleinen Bäumen, von der Kälte kahl gefressen, umschlossen das Gelände der Northern Oaks Psychiatric Group. Vor dem Hauptgebäude tanzten die Bronzestatuen von vier Kindern auf einer erhöhten, beleuchteten Betonplatte im Kreis. Die Praxis von Dr. Henry Burkhart nahm die südöstliche Ecke des Ärztehauses ein. Marcus war sich im Klaren, dass in dem Gebäude alle möglichen verschreibungspflichtigen Medikamente gelagert und teure Geräte benutzt wurden, beides ein Magnet für Junkies und Einbrecher, weswegen dort unweigerlich uniformierte Wachleute ihre Runden gingen. Stan war in die Datenbank der Sicherheitsfirma eingedrungen und hatte die Zugangscodes gefunden, aber beim menschlichen Faktor konnte er Marcus nicht helfen.

Sie parkten einen Häuserblock entfernt auf dem Parkplatz einer Presbyterianerkirche, drangen über das gepflegte Grundstück vor und erreichten einen betonierten Weg, der an den Bronzestatuen der Kinder vorbeiführte und an der Glastür der psychiatrischen Praxis endete. Andrew öffnete das Schloss, während Marcus Schmiere stand. Keine Minute, und sie waren im Gebäude. Andrew gab den Code in ein Tastenfeld links von der Tür ein. Dann drangen sie weiter vor.

Hinter einem Wartebereich mit Zeitschriften und Kinderspielzeugen gelangten sie auf einen langen Korridor, der bis ans Ende des Gebäudes reichte. Ihren Weg beleuchteten sie mit Taschenlampen, die sich auf Knopfdruck zu einem Flutstrahl aufblenden ließen. Dabei lasen sie die Schilder an den Türen, bis sie das Archiv fanden. Darin entdeckten sie Reihen um Reihen blau-weiß lackierter Stahlregale voller Ordner in verschiedenen Farben. Marcus bezweifelte nicht, dass eine Sprechstundenhilfe, die seit fünfzehn Jahren die Praxis verwaltete, keine Schwierigkeiten hätte, der Farbcodierung etwas zu entnehmen und die gesuchten Patientenakten zu finden, aber er musste sich die Frage stellen, ob Andrew und er es schaffen konnten, ehe das Praxisteam am Morgen zur Arbeit erschien.

Er schob die Finger an die Schläfen und rieb sanft. Hätten sie doch wenigstens Kaffee mitgebracht.

Andrew stöhnte. »Wir hätten doch lieber den Teufelsanbeter treffen sollen.«

»Ich hoffe, Maggie kommt mit ihm zurecht. Vielleicht hätten wir sie einweisen sollen, was sie ihn fragen muss.«

»Keine Bange«, sagte Andrew. »Maggie geht vielleicht nicht so vor, wie du es tun würdest, aber sie wird ihre Aufgabe erledigen.« Andrew musterte die Aktenreihen. »Trotzdem bin ich immer noch der Meinung, wir hätten diesen Mist hier ihr überlassen sollen.«

»Ist schon okay. Ihr kleines Rendezvous ist sicher genauso spaßig.«

51

Maggie folgte der Halsted Street. Sie kam an Restaurants verschiedener Nationalitäten vorbei – thailändisch, italienisch, mexikanisch. Die Halsted Street war eine hübsche Straße. Zwischen den Lokalen und Geschäften gab es mehrere neue Apartmentgebäude und Einfamilienhäuser. Die Autos, die davor parkten, waren neu und ziemlich teuer.

Vor sich sah sie ein Gebäude aus hellen Ziegeln mit einem leuchtend orangeroten Vordach. Schwarze Buchstaben auf dem Orange bildeten die Worte *Kingston Mines*, etwas kleiner *Blues Live jede Nacht bis 4*. Einen Block weiter fand sie vor einem Eckgeschäft für Lebensmittel einen Parkplatz und folgte dem Klang der Bluesgitarren zurück zur Bar. Nachdem sie den Eintritt bezahlt hatte, ging sie hinein. Der Raum war größer, als sie gedacht hatte. Die Decke war orange und weiß gefliest. Collegekids reihten sich an der Theke, die rechts vom Eingang entlangführte, und saßen an den Tischen in der Mitte. Am anderen Ende des Saals war eine Bühne mit Spaltentäfelung aus Holz sowie Türen, die nirgendwohin zu führen schienen. Instrumente waren aufgebaut, von den Musikern aber war keine Spur zu sehen. Die Musik kam aus einem Nachbarraum mit einer weiteren Bühne.

Man hatte Maggie gesagt, Ellery Rowland wolle sie im hinteren Teil des Raumes treffen, in dem die Musik spielte. Also bog sie um die Ecke in den nächsten Raum. Drei große männliche Schwarze und eine kleine Weiße mit graumeliertem Haar standen auf der Bühne. Die weiße Frau spielte Leadgitarre und sang. Maggie war kein Bluesfan, hörte aber sofort, dass die Frau spielen konnte, auch wenn sie ein bisschen fehl am Platz wirkte. Die Tische waren lang und schmal und erinnerten an den Ballrücklauf einer altmodischen Bowlingbahn.

Maggie stieg die Stufen zu einem anderen Bereich hinauf, wo schmale Tische und Hocker aus Chrom und glänzendem Schwarz standen. An den Wänden waren Szenen, die an alte Flüsterkneipen erinnerten; Maggie konnte nicht erkennen, ob sie gemalt waren oder ob es sich um eine Art Tapete handelte. Im hinteren Teil des Raumes sah sie nur eine Person. Der Mann saß neben drei alten Videospielautomaten – Pac-Man, Galaga und ein Rennspiel von Atari. Er war ein ungewöhnlich gut aussehender Mann in einem hellen, purpurn und weiß gestreiften Hemd unter einem dunkelblauen Anzug mit unaufdringlichen purpurnen Nadelstreifen. Der Mann hatte langes braunes Haar und ausgeprägte Geheimratsecken. Er wollte nicht recht zu den Collegekids mit ihren Jeans von Abercrombie & Fitch passen.

»Sind Sie Ellery Rowland?«, fragte Maggie.

»Der Unvergleichliche«, sagte der Mann mit einer Stimme, die die Musik übertönte. Er sprach mit einem leichten britischen Akzent. »Sie müssen Special Agent Carlisle sein. Der Mann am Telefon sagte, ich soll einfach nach der schönsten Frau im Lokal Ausschau halten. Ich hätte Sie gleich erkannt.«

Maggie spürte, wie sie errötete.

Mit einer Handbewegung bot der Mann ihr Platz an.

»Möchten Sie etwas essen? Hier gibt es großartige Cajun-Speisen. Ich kann besonders das Maisbrot mit Jalapeños und Cheddar empfehlen.«

Maggie hatte den Geruch von Frittierfett bemerkt, lehnte jedoch ab, obwohl sie ein wenig hungrig war. Als sie ihre Lederjacke auszog und über einen leeren Hocker legte, kam die Kellnerin. »Was darf ich Ihnen bringen?«

»Ladies first.« Rowland wies mit offener Hand auf Maggie.

»Tanqueray Tonic.«

»Zwei, bitte.« Er schaute Maggie an. »Ich dachte, Bundesagenten trinken nicht im Dienst.«

»Wir sind nicht die normalen Bundesagenten. Außerdem bin ich immer im Dienst.«

»Man kann hier gut abschalten.«

»Das stimmt. Hübscher Laden. Und Sie sind anders, als ich Sie mir vorgestellt habe.«

Er lachte und warf den Kopf in den Nacken. Es war ein ehrliches Lachen, voller Charme. »Wahrscheinlich haben Sie mit einem düsteren Schuppen und dröhnender Gothic-Rave-Dark-Techno-Music gerechnet. Und mit einem geschminkten Typen voller Piercings.«

»So ungefähr.«

»Ich bin nicht überrascht. Es gibt viele Fehlurteile und Missverständnisse, was den modernen Satanismus angeht.«

»Dann erleuchten Sie mich.«

»Okay, zuerst einmal gibt es unterschiedliche Typen moderner satanischer Gruppen. Die LaVey-Satanisten und mehrere andere, die die Mehrzahl ausmachen, glauben gar nicht an den Teufel. Innerhalb der Church of Satan gibt es keinerlei Elemente, die Sie als Teufelsverehrung auffassen würden. Solche Praktiken verachtet man als christliche Häresie. Sie akzeptieren nicht die dualistische christliche Weltsicht von Gott wider den Teufel, deshalb stellen sie sich gar nicht erst auf die Seite irgendeines übernatürlichen Wesens. Diese Satanisten glauben nicht an das Übernatürliche, sei es gut oder böse.«

»Warum nennen sie sich dann überhaupt Satanisten? Wären sie nicht eher Atheisten?«

»In gewisser Weise schon, aber sie betrachten sich als ihren eigenen Gott. Satan ist nur ein Symbol für den Menschen, der so lebt, wie es seine körperliche Natur verlangt.«

»Sie sagten, es gibt mehrere Typen …«

»Richtig, es gibt auch Gruppen theistischer Satanisten, die an die Wirklichkeit eines übernatürlichen Wesens glauben. Die verschiedenen luziferianistischen Gruppen sind ein Beispiel dafür. Viele von ihnen betrachten sich nicht einmal als Satanisten und führen an, dass Luzifer eine positive Figur sei, Satan jedoch eine negative, böse. Einige halten Luzifer für einen christlichen gefallenen Engel, andere für einen älteren Gott, der länger existiert als das Christentum. Sie behaupten, Luzifer werde als mythische Gestalt oder Symbol dargestellt, das für bewundernswerte Eigenschaften steht: Wissen, Unabhängigkeit, Stolz, Selbstbehauptung. Luzifer wird als Lichtbringer betrachtet, als Vermittler von Wissen und Wahrheit. Ein Wesen, das gleichzeitig Feuer ist, das für das Licht steht, und Luft, gleichbedeutend mit Weisheit. Charakterisiert wird er durch Sonnenlicht, Wind und Feuer.«

Die Kellnerin brachte ihre Getränke. Rowland zwinkerte

der kurzhaarigen Brünetten zu und sagte: »Danke, Liebes.« Dann setzte er den Vortrag fort. »Also, Luzifer ist der Lichtbringer, aber wegen der dualen Natur von Wissen und Weisheit, die zum Guten oder zum Bösen benutzt werden können, wird Luzifer in geringerem Maß auch durch die traditionellen dunklen Eigenschaften dargestellt. Diese Eigenschaften werden jedoch als bewundernswert und höchst erstrebenswert betrachtet. In vieler Hinsicht möchten diese Satanisten selbst zu Luzifer werden. Aber dazu gehört nicht, merkwürdige dämonische Rituale auszuführen, um Macht zu gewinnen. Es handelt sich um bewusstes Streben nach Selbstvervollkommnung durch Lernen und Anstrengung.«

Das ständige Bombardement mit Frittiergerüchen machte Maggie noch hungriger. Sie sah, dass die Gäste an einem Tisch in der Nähe ein großes Backblech mit Kartoffelecken, Jalapeño-Schoten mit Käsefüllung und überbackenen Pommes frites serviert bekamen. Zwischen den Songs stellte ein Mann, von dem Maggie annahm, dass er der Manager oder Inhaber war, mit rauer Stimme die Band und ihre neueste CD vor.

Maggie wandte sich an Rowland. »Sie lassen das sehr nach Mainstream und New Age klingen. Als wäre der Teufel eine Art Selbsthilfe-Guru.«

Rowland zuckte mit den Schultern. »Sie können es auffassen, wie Sie wollen, aber Satanismus wird immer mehr Mainstream und dringt ans Tageslicht. Satanismus ist heute in der britischen Royal Navy als Religion anerkannt, trotz aller christlichen Widerstände. Und 2005 hat der Oberste Gerichtshof der USA über die religiösen Rechte von Gefängnisinsassen beraten, die Satanisten sind.«

»Okay, jedem das Seine, und Sie zeichnen ein hübsches, freundliches Bild. Aber was ist mit satanistischen Ritualen, bei denen Menschen geopfert und Satan gemäß der christlichen Vorstellung als Herrscher der Hölle verehrt wird?«

Rowlands Stimmung verdüsterte sich ein wenig, und sein Tonfall wurde ernster. »Wovon Sie da sprechen, geht vor allem auf Jugendliche zurück, die Dummheiten begehen. Die nur nach einem Vorwand suchen, ihre Eltern zu provozieren und Vandalismus zu begehen. Aber es gibt auch echte Fanatiker, genauso wie bei den Christen und den Muslimen. Es gibt extreme Sekten, die in das Klischee des Satanismus fallen, aber sie werden von echten Satanisten abgelehnt und bloßgestellt.«

»Nun ja, ich bin nicht hier, um über Religion zu streiten oder Ihren Glauben anzugreifen. Ich bin hier, um einen Killer zu fassen. Haben Sie Informationen, die mir dabei helfen können?«

Rowland stürzte den Rest seines Drinks herunter, suchte Blickkontakt mit der Kellnerin und klopfte auf den Rand seines Glases. »Ich habe einiges gehört. In Chicagoland gibt es mehrere Gruppen, aber ich kenne keine davon. Ich kenne aber jemanden, der wahrscheinlich im Bilde ist. Wenn dieser Anarchist je Teil einer Gruppe gewesen ist, dürfte dieser Bursche davon wissen. Er hätte sicher etwas gehört.«

»Wo finde ich ihn?«

»Ehe ich Ihnen das sage, müssen Sie mir versprechen, dass Sie ihn nicht allein aufsuchen. Es wäre sogar besser, wenn Sie einen männlichen Kollegen schicken.«

»Ich kann auf mich selbst aufpassen.«

Rowland musterte Maggie von oben bis unten. »Das bezweifle ich nicht, aber der Bursche hasst Frauen. Ich kenne nicht die ganze Geschichte, aber er war hinter Gittern. Er ist ein ziemlich furchteinflößender Mistkerl.« Rowland nahm einen Stift aus seinem Jackett und schrieb Namen und Adresse auf eine Serviette.

Maggie nahm sie. »Ist der Name echt?«

Rowland zuckte mit den Schultern. »So nennt er sich jedenfalls. So, nachdem wir das nun hinter uns haben, werden wir essen. Ich sehe, wie Ihnen das Wasser im Mund zusammenläuft. Erlauben Sie mir, Sie einzuladen. Sie werden es nicht bereuen.« In seinen Augen stand die Einladung für mehr als nur Abendessen.

Maggie lächelte schüchtern. »Sie haben mir nie erzählt, was für ein Satanist Sie sind.«

Rowlands Mundwinkel krümmten sich zu einem teuflischen Grinsen. »Ich bin einer von denen, die ihren körperlichen Gelüsten nachgeben.«

52

»Ich glaube, ich habe ihn«, sagte Andrew vom Fußboden aus. Ein Stapel Akten mit bunten Reitern umgab ihn. »Und wir haben eine Adresse.«

»Gut, nimm einfach die ganze Akte mit. Statten wir ihm einen Besuch ab.«

Nachdem sie die Aktenhefter wieder genau so abgestellt hatten, wie sie sie vorgefunden hatten, kehrten sie durch den Gang zurück. Plötzlich blieb Marcus stehen und lauschte. Zuerst begriff er nicht, was sich verändert hatte, nur dass etwas nicht stimmte. Er hielt den Atem an und nahm die Geräusche des Gebäudes und der Stadt in sich auf. Ein Hund bellte. Autos fuhren auf dem Dixie Highway vorüber. Irgendwo lief ein Motor im Leerlauf, gleich vor dem Gebäude: Der Schall ließ die Glasscheiben vibrieren.

»Ich glaube nicht, dass ich die Vordertür hinter uns abgeschlossen habe«, sagte Marcus. »Wenn die Wachleute sich an die Vorschrift halten, überprüfen sie jede Tür darauf, ob sie ordnungsgemäß verschlossen ist.«

»Vielleicht können wir sie noch abschließen, ehe sie es bis hierher schaffen«, meinte Andrew.

Zur Antwort schob sich Marcus durch die Doppeltür in den Wartebereich der therapeutischen Praxis.

Ein Taschenlampenstrahl traf ihn ins Gesicht und blendete ihn. Ein Wachmann rief: »Keine Bewegung!«

Doch kaum hatte Marcus sich von der Überraschung erholt, stürmte er vor. Der Strahl der Taschenlampe tanzte durch den Raum, als der Wachmann nach dem Taser an seinem Gürtel griff. Zwischen ihm und Marcus befand sich ein Sandkasten für Kinder mit kleinen Booten und Blechautos, die mittels eines Magneten, der an einer roten Schnur hing, bewegt werden konnten. Eine hübsche kleine Lektion in Physik. Marcus packte einen kleinen Tisch, kippte ihn um und schleuderte ihn mit einer Hand wirbelnd in Richtung des Wachmanns. Der riss den linken Arm hoch, um sich vor dem Aufprall zu schützen. Er war jung und gut in Form, kein übergewichtiger gescheiterter Polizeischüler.

Als Marcus den Wachmann erreichte, hielt der bereits einen Taser in der Hand und zielte. Marcus linker Unterarm knallte auf das Handgelenk des Wachmanns, während er sich wegduckte. Der Taser feuerte. Kleine, mit Widerhaken besetzte Pfeile an einem langen Kabel schossen durch den Raum ins Leere.

Marcus stieß mit dem Ellbogen nach der linken Schläfe des Wachmanns. Es war ein schwerer Treffer von der Sorte, die Auseinandersetzungen beendete, ehe sie begannen. Der Wachmann brach auf dem dunkelbraunen Berberteppich zusammen, als auch schon sein Partner durch die Tür kam. Der hatte die Elektroschockpistole bereits gezogen. Er war keine zwei Meter entfernt.

Marcus hob die Hände und rief: »Stopp! Polizei!«

Der Wachmann zögerte einen Sekundenbruchteil, aber das reichte. Marcus packte das Handgelenk des Mannes, drehte ihm den Arm auf den Rücken, entwand ihm den Taser und zielte damit auf seine Brust.

Schrecken verzerrte das Gesicht des Mannes. »Warten Sie!«, rief er. »Nein!«

Marcus zögerte nicht. Fünf Sekunden pulsierende Spannung später wand der Wachmann sich kampfunfähig am Boden.

53

Die Hauptstraße war noch nicht geräumt, und Marcus spürte, wie die Reifen über Schnee und Eis rutschten. Zum Glück kam der Yukon so gut wie überall durch. Das Panorama hätte er auch auf Tausenden anderer Straßen sehen können – neue Häuser, eng zusammengedrängt auf kleinen Grundstücken mit wenig Privatsphäre, die sich kaum von den benachbarten Massenfertigbauten unterschieden. Einige Einfahrten waren geräumt, die meisten aber nicht. Die Bürgersteige blieben unter der Schneedecke unsichtbar. Große Flocken trieben träge durch die Luft.

In der Wettervorhersage war von über dreißig Zentimetern Neuschnee in den nächsten drei Tagen die Rede gewesen. Die Äste der Bäume, die noch nicht völlig kahl waren, bogen sich unter der Last des Schnees, und die Wagen am Straßenrand trugen weiße Hauben. Die Kälte hatte jeden nach drinnen und ins Bett getrieben. Nur ein paar vereinzelte Lichter brannten in den Häusern. Keines der Autos war in letzter Zeit vom Schnee befreit oder benutzt worden.

Marcus' und Andrews Ziel war das dritte Haus links. Ein Wagen stand in der Einfahrt, ebenso mit Schnee bedeckt wie die anderen. Ob es ein Camry war, ließ sich unter der dicken weißen Hülle nicht erkennen, aber das Auto hatte die richtige Größe und Form.

Marcus fuhr vorbei und um den Block, musterte die Umgebung. Hinter dem Haus verlief eine Gasse. Der

Schnee war noch kompakter zusammengepresst als auf der Straße. Hinter dem Haus gab es keine Garage, in der ein Fluchtfahrzeug hätte versteckt sein können, nur ein kleiner Werkzeugschuppen, in dem vielleicht ein Rasenmäher Platz fand. Die Route 43 war nur einen Block entfernt. In der Stille sah Marcus die Lichter und hörte den Verkehr.

Sein Handy vibrierte gegen den Getränkehalter in der Mittelkonsole. Das Display leuchtete auf, und *Victoria Vasques* erschien auf dem Schirm. »Tut mir leid wegen vorhin«, sagte Marcus, nachdem er den Finger über den Touchscreen des Handys geschoben hatte, um den Anruf entgegenzunehmen.

»Machen Sie sich deswegen keine Gedanken. Ich bin zum Revier von Jackson's Grove gefahren. Als ich dort war, kam ein Anruf rein, eine Schießerei in einer Gasse. Wie sich herausstellte, war es der Anarchist. Er hat wieder eine Frau entführt, aber diesmal auch einen Mann getötet, der mit seinem Hund zur falschen Zeit am falschen Ort Gassi ging. Ich fahre jetzt dorthin. Ich dachte, Sie wollen vielleicht mitkommen.«

»Gut, schicken Sie mir die Adresse. Ich bin gerade bei einer anderen Sache, aber ich versuche nachzukommen.«

»Etwas, wovon ich wissen sollte?«

»Nein. Eine Angelegenheit des Ministeriums.«

»Irgendwas streng Geheimes nach dem Motto ›Ich könnte es Ihnen sagen, aber dann müsste ich Sie töten‹?«

»In der Richtung.«

»Hmm ...«

»Hat er den Mann, der seinen Hund ausführte, erschossen?«

»Ich glaube schon.«

»Er hat bisher seine Patronenhülsen immer aufgesammelt, wenn er eine Waffe benutzte, aber vielleicht hat er es diesmal vergessen. Schauen Sie mal nach, ob Sie Hülsen finden. Die meisten Leute vergessen, sich Handschuhe anzuziehen, wenn sie ihre Waffen laden.«

»Ich bin mir sicher, die Kriminaltechniker sind schon dabei. Sie kennen ihren Job«, sagte Vasques.

»Trotzdem. Okay?«

»Okay.«

»Halten Sie mich auf dem Laufenden, falls Sie etwas herausfinden.«

»Ja. Vielleicht sehen wir uns bald«, sagte sie, dann beendeten sie das Gespräch.

Falls tatsächlich Patronenhülsen gefunden wurden, würde sich wahrscheinlich erweisen, dass der Anarchist seine Munition nur mit Handschuhen anfasste. Doch irgendwann musste er einen Fehler begehen. Auch der Anarchist war nur ein Mensch. Das Problem war, dass auch die Cops nur Menschen waren, und sie mussten den Fehler erkennen, wenn er auftrat. Er musste zu dem Tatort, aber das wäre sinnlos, wenn sie gerade am Haus des Anarchisten vorbeigefahren waren.

Der Wagen machte Marcus Gedanken. Er war schneebedeckt gewesen. Er fragte sich, wie lange der Mord zurücklag und wie lange es dauerte, bis der Schnee ein Auto völlig bedeckte.

»Wie willst du den Kerl angehen?«, fragte Andrew vom Beifahrersitz.

»Als Erstes versuchen wir mit ihm zu reden. Mal sehen,

wie er reagiert. Ob er dem Profil entspricht. Aber ich werde dich in der Gasse absetzen für den Fall, dass er versucht, hintenherum zu fliehen.«

»Toll. Ich darf im Schnee herumstehen und mir im Garten eines Verrückten einen abfrieren.«

»Unser Leben ist nun mal voller Glamour«, sagte Marcus und stoppte den Yukon am Ende der Gasse.

Andrew sprang aus dem Wagen. Er murmelte noch immer vor sich hin. Marcus grinste. Er hatte nie einen Bruder gehabt, doch Andrew kam einem Bruder so nahe, wie es nur möglich war.

Marcus fuhr den Yukon um den Block und stellte sich vor den schneebedeckten Wagen in der Einfahrt. Als er ausstieg, knirschte der Schnee unter seinen Füßen, und er sank bis an die Schäfte seiner Turnschuhe ein. Er wünschte, er hätte sich feste Stiefel besorgt, aber jetzt war es zu spät. Seine Socken trieften bereits von seinem letzten Marsch durch den Schnee, und seine Füße waren eiskalt.

Er klingelte, aber nichts geschah. Als er klopfte, hörte er Geräusche im Haus, und ein Licht flammte auf. Er versuchte durch die Scheibe in der Haustür zu blicken, doch dicke blaue Vorhänge verdeckten sämtliche Fenster und Türen.

Nach einem Augenblick öffnete sich knarrend die Tür, und ein zerzauster Mann blickte heraus. Er trug eine rote Flanellhose und ein weißes T-Shirt, das von Alter und Schweiß vergilbt war. Sein Blick huschte über den kleinen Vorgarten hinweg. Eine Türkette spannte sich zwischen Tür und Rahmen. Der Mann hatte langes Haar, das ölig glänzte. Körpergeruch quoll zur Tür heraus.

»Was wollen Sie?«

»Rudy Kolenda?«

»Ja. Was soll das?«

»Entschuldigen Sie, dass ich so spät noch störe, Sir.« Marcus hob seine Dienstmarke. Der Mann betrachtete sie aus zusammengekniffenen Augen, und Marcus hielt sie ihm näher vors Gesicht. »Ich bin vom Justizministerium. Ich möchte Ihnen nur kurz ein paar Fragen stellen, dann können Sie weiterschlafen.«

Der Mann schüttelte verwirrt den Kopf. Er sprach mit belegter Stimme, als wäre seine Zunge zu groß für seinen Mund. »Fragen über was?«

»Über eine Reihe von Entführungen und Morden, die sich in der Metropolregion Chicago ereignet haben.«

Der Mann schwieg lange. »Eine Sekunde«, sagte er dann und schloss die Tür.

Marcus trat von einem Fuß auf den anderen und hauchte sich in die Hände. Er rechnete damit, dass der Mann einen Mantel überstreifte, die Kette löste und herauskam. Ein Typ wie er hatte vielleicht Drogen auf dem Couchtisch liegen und hätte einen Polizeibeamten niemals freiwillig ins Haus gelassen.

Durch die Tür war Rascheln und Schlurfen zu hören. Dann vernahm Marcus ein Geräusch, das er augenblicklich erkannte: Das Klicken einer Schrotflinte, die durchgeladen wurde.

Er hechtete von der Tür weg, als sie auch schon in Stücke zerbarst. Feuer und Flammen schossen aus dem Haus. Die Hitze versengte Marcus die Haut. Holzstückchen und Fiberglassplitter wirbelten durch die Luft. In Marcus' Ohren klingelte es. Das Herz schlug ihm bis zum Hals. Er landete in einem Rosenbusch und rollte sich ab. Die Dornen zerkratzten ihm Gesicht und Hände.

Instinktiv zog er die Pistole aus dem Schulterholster.

Der Mann im vergilbten T-Shirt trat die Reste der Tür beiseite und hob die Flinte, um erneut zu feuern.

54

Marcus rollte sich weg, als der zweite Schrotschuss donnerte. Einen halben Meter links von ihm spritzten Schnee und schwarze Erde hoch in die Luft. Ohne wirklich zu zielen, eröffnete er das Feuer mit seiner P220. Zehn Geschosse schlugen in die Reste der Haustür. Er warf das Magazin aus und schob ein neues ein, doch Rudy Kolenda war schon nicht mehr an der Tür.

Die Waffe schussbereit näherte sich Marcus dein Haus. Kolenda zog sich wahrscheinlich zur Hintertür zurück. Andrew musste die Schüsse gehört haben und ihn hinter dem Haus erwarten. Dennoch ging Marcus keine Risiken ein. Er ging methodisch vor, musterte die Zimmer aus der Deckung und prüfte alle Ecken.

Das Innere des Hauses war abstoßend. Die Wände waren vielleicht einmal weiß gewesen, aber der Gilb war bis in den Putz gezogen. Überall stank es nach Rauch, Schweiß und verdorbenem Essen. Stapel aus Zeitungen, Teller mit halb gegessenen Mahlzeiten, Schokoriegelpapiere und Haufen schmutziger Kleidung ließen kaum etwas von dem stumpforangefarbenen Teppich erkennen. Eine braunweiße Couch stand im Wohnzimmer. Aus langen Schlitzen quoll ihr Innenleben. Brandflecke von Zigaretten übersäten die Lehnen. Im Schlafzimmer lag nur eine nackte Matratze auf dem Fußboden, umgeben von noch mehr schmutziger Kleidung, Kleingeld und Pornoheften. Am einzigen sauberen Fleck lag ein Spiegel mit einer Pfeife und kleinen weißen Brocken Methamphetamin. Die Arbeitsflächen und den Tisch in der Küche bedeckten Türme aus schmutzigem Geschirr. Schubladen und Schränke waren geöffnet, aber nicht wieder geschlossen worden und ließen umgeworfene Lebensmittelkartons erkennen.

Marcus erreichte die Hintertür. »Andrew?«

Sein Partner trat um die Ecke, eine Glock 22 Kaliber .40 in der Hand.

»Ist er an dir vorbei?«, fragte Marcus.

»Auf keinen Fall. Er ist hier nicht rausgekommen.«

Marcus fluchte leise. Die einzige Tür, die er ignoriert hatte, gewährte Zugang zu einer Treppe aus nackten Holzstufen, die in den Keller des Hauses führte. Er hatte nicht damit gerechnet, dass Kolenda sich in die Falle begab, die ein Keller darstellte, aber vielleicht waren dort noch mehr Waffen gehortet. Oder es gab einen weiteren Weg nach draußen.

»Hast du da draußen ein Kellerfenster gesehen, oder eine Luke?«, flüsterte Marcus.

»Nichts dergleichen.«

»Okay, du sicherst die Kellertür. Ich sehe mich hier oben schnell noch mal um. Ich will nicht, dass der Kerl uns in den Rücken fällt.«

Die Durchsuchung des kleinen Hauses dauerte nur Sekunden. Es schien alles in Ordnung zu sein. Marcus kehrte zu Andrew an die Kellertreppe zurück. Er nickte, dann drückte er die Tür nach innen auf, während Andrew ihm Deckung gab und mit der Taschenlampe in die tintigen Tiefen des Kellers leuchtete. Einen Augenblick lang hielten sie inne und lauschten. Von unten war nichts zu hören.

Andrew machte einen Schritt auf die Treppe zu, doch Marcus hielt ihn mit ausgestreckter Hand auf. »Hast du das gehört?«, raunte er, kehrte ins Schlafzimmer zurück und vernahm das Geräusch erneut. War es nur ein Knarren des Hauses, das auf die Kälte zurückzuführen war?

Er lauschte. Bis auf das Summen der Heizung und das ferne Brummen der Autos auf Route 43 war es still im Haus.

Dann hörte er es wieder. Und diesmal fand er den Ursprung des Geräuschs. Es kam nicht von unten, sondern von oben.

Der Dachboden!

Andrew öffnete den Mund, um etwas zu sagen, doch Marcus legte rasch einen Finger auf die Lippen. Dann schob er sich langsam zum Wandschrank vor, der offenstand, und schaute hoch. In dem Schrank fehlte die Kleiderstange, stattdessen stand dort ein abgewetztes Bücherregal aus Mahagoni. An diesem Regal konnte man hinauf zur Luke in der Decke klettern.

Marcus entdeckte einen Regenschirm am Boden, der wie gerufen kam für das, was er vorhatte. Mit einer Hand hielt er sich an der Oberkante der Schranktür fest und stieg auf das dritte Regalbrett. Er brauchte nur den anderen Arm auszustrecken, um die Klappe zu öffnen. Er führte den Schirm nach oben und drückte die Klappe hoch.

Ein Geräusch wie ein Donnerschlag dröhnte von oben herunter. Der Schrotschuss vernichtete die Klappe und zerfetzte das obere Ende des Regenschirms. Marcus fiel zurück und rollte sich aus dem Schrank, als drei Schüsse durch die Decke fuhren und sich in das Regal bohrten. Mörtelstaub und Flocken aus rosa Isolationsmaterial stoben durch die Luft wie ein Sandsturm. Marcus reagierte, indem er die P220 hob und mehrere Schüsse in die Decke jagte.

Der Staub und die rosa Isolation trieben um ihn her durch die Luft und brachten seine Haut zum Jucken und Brennen, während er sich aufrichtete und lauschte.

Stille.

Wieder ein Schuss, aber aus größerer Entfernung und nicht auf Marcus gerichtet.

»Was tut er da?«, fragte Andrew.

Marcus fluchte. »Er muss ein Lüftungsgitter oder so was aufgeschossen haben. Der Mistkerl versucht, durchs Dach abzuhauen. Renn nach draußen und schneide ihm den Weg ab!«

»Okay.« Andrew eilte los.

Marcus zog sich wieder am Bücherregal hoch und kletterte auf den Dachboden. Der Raum war leer bis auf freiliegende Balken und Isolationsmaterial am Boden. Unverkleidete Dachsparren und Grobspanplatten befanden sich über seinem Kopf. Weiter vorn, wo ein rundes Lüftungsgitter gewesen war, klaffte ein gezacktes Loch in der Wand. Auf Händen und Knien schob Marcus sich vor und schlüpfte durch das Loch. Eine alte Fernsehantenne war an der Hauswand befestigt. Er hielt sich daran, kletterte hinunter und erhaschte einen Blick auf eine schemenhafte Gestalt, die durch die Gasse davoneilte. Eilige Schritte knirschten über den Neuschnee.

Kaum war Marcus am Boden, nahm er die Verfolgung auf. Andrew kam um die Ecke des Hauses und folgte ihm dichtauf. Die Luft war eiskalt und lag schwer auf der Lunge, doch Marcus holte zu Kolenda auf: Der Mann mit den fettigen Haaren wurde durch die Flinte behindert, die er noch immer mit der rechten Hand umklammerte.

Kolenda fuhr herum und eröffnete das Feuer, doch er war zu weit entfernt und nahm sich nicht die nötige Zeit zum Zielen. Der Schuss fuhr in einen Holzzaun an einem roten Ziegelhaus. Marcus stürmte voran, ohne seine Schritte zu verlangsamen.

Kolenda ließ die Flinte fallen und stolperte weiter durch den Schnee. Er taumelte durch Gärten, suchte sich einen Weg über Nebenstraßen, zog unvermittelt eine Beretta aus dem Hosenbund und feuerte wieder. Seine Schüsse waren wild und ungezielt, doch Marcus befürchtete, dass ein Querschläger ihn treffen könnte. Kolenda brüllte irgendetwas, doch es waren eher primitive Schreie der Wut. Er war nun fast an der Route 43. Dort konnte er versuchen, einen Wagen zu stehlen oder in eines der vielen Geschäfte an der Straße zu verschwinden und Geiseln zu nehmen.

Marcus wollte ihn lebend.

Er suchte Deckung hinter einem Lichtmast und zielte niedrig. Die SIG Sauer bellte, und ein Bein Kolendas gab nach. Der Mann heulte vor Schmerz und Wut, ging aber nicht zu Boden, sondern taumelte die letzten paar Meter bis zur Route 43 und auf die vierspurige Hauptverkehrsstraße.

Autos hielten mit kreischenden Bremsen und krachten auf der rutschigen Fahrbahn ineinander. Das Quietschen von Reifen, das Klirren von Glas und das Kreischen von Metall brachen über die Straße.

Einer der Wagen, ein roter Ford, erfasste Kolenda und

schleuderte ihn über den Boden. Er schlitterte durch den braunen Schneematsch auf der Straße, doch irgendwie war es ihm gelungen, seine Beretta festzuhalten. Das Crystal Meth hatte ihm zusätzlich Kraft verliehen. Wahrscheinlich hatte er den Aufprall gar nicht gespürt.

Marcus legte auf ihn an. »Lass die Waffe fallen! Du kommst hier nicht weg!«

Kolenda lachte. In seinen Augen stand ein irrer Ausdruck. Entweder war er völlig wahnsinnig, oder er stand so sehr unter Drogen, dass er nicht mehr wusste, wie ihm geschah. Vielleicht ein wenig von beidem.

Blut glänzte auf seinen Zähnen, als er grinsend die Beretta hob.

Marcus schoss dreimal. Jede Kugel traf: eine ins Gehirn, zwei in die Brust.

Kolenda fiel in den schmutzigen Schneematsch zurück.

Sein Blut fügte der hässlichen, braunschwarzen Mischung seine eigene Note hinzu.

55

Marcus meldete den Zwischenfall, obwohl er sicher war, dass die Nachbarschaft wegen der Schießerei bereits die Polizei alarmiert hatte. Tatsächlich trafen innerhalb weniger Minuten zwei Streifenwagen ein. Andrew zeigte seine Dienstmarke und wies die Cops an, den Schauplatz des Geschehens abzuriegeln und die Leiche abzuschirmen. Kurz darauf erschienen Belacourt und seine Leute. Doch Marcus wollte einen Blick in Kolendas Keller werfen und war nicht in der Stimmung, sich dabei an Belacourt und seinen Spießgesellen vorbeizukämpfen.

Er kehrte zu Kolendas verwahrlostem Haus zurück und stieg die Treppe hinunter. Die nackten Stufen knarrten unter seinem Gewicht. Die Luft war kühl und feucht, aber er bemerkte auch Schimmelgeruch und ein merkwürdiges, chemisch anmutendes Moschusaroma. Den Betonfußboden des Kellers bedeckte eine Schicht aus Erde, wahrscheinlich der Überrest einer Überschwemmung. Rot lackierte Stützböcke aus Stahl hielten den Boden des Erdgeschosses. In einer Ecke standen eine Heizung und ein blauweißer Wasserboiler, aber im Grunde war der Raum offen und ungenutzt. Die einzige Unterteilung bestand aus einer provisorischen Wand aus Latten, die nicht zusammenpassten. Als Tür dienten mehrere mit Querhölzern zusammengenagelte Latten an zwei Scharnieren. Ein Vorhängeschloss versperrte die Öffnung.

Marcus packte das Schloss und riss daran. Das Holz war

dünn und spröde, und die Schrauben des Sicherungsblechs ließen sich mühelos aus der Wand ziehen. Mit einem Ächzen schwang die primitive Tür auf. Ihre Unterkante scharrte über den Betonfußboden und verkeilte sich auf halbem Wege. Die Öffnung war jedoch groß genug, dass Marcus sich hindurchzwängen konnte.

In dem Verschlag fand er einen alten Holztisch vor, auf dem ein Schraubendreher und zwei Schlachtermesser lagen, alles mit getrocknetem Blut verklebt. Hätte er raten müssen, hätte er es für Hühnerblut oder das Blut einer streunenden Katze gehalten, die Kolenda als Opfer dargebracht hatte. Genauso gut konnte es aber auch Menschenblut sein. An der Wand dem Eingang gegenüber prangte eine Mischung aus merkwürdigen, satanistisch anmutenden Symbolen und krakeligen, unleserlichen Lettern, von denen auf den ersten Blick nichts zu den Zeichen an den Tatorten zu passen schien. Das Merkwürdigste an dem Raum aber waren die unzähligen, aus Büchern herausgerissenen Seiten, die an einer Angelschnur von den Balken hingen. Marcus sah sich eine der Seiten genauer an. Sie stammte aus der *Offenbarung*. Mehrere Stellen waren rot unterstrichen.

Er erinnerte sich an die Patientenakte Kolendas, die sie sich aus der Praxis des Psychiaters geborgt hatten, bei dem Kolenda in Behandlung gewesen war. Die Akte attestierte ihm Paranoia und Realitätsverlust. Kombinierte man beides mit Crystal Meth, erhielt man eine tödliche Mischung. Dennoch, etwas stimmte nicht.

Dem Ausdruck in Andrews Gesicht zufolge war sein Partner zu der gleichen Schlussfolgerung gelangt. »Er ist es nicht, oder?«, fragte Andrew.

»Ich glaube nicht. Unser Mann ist ein hochorganisierter Täter. Dieses Haus ist eine Müllhalde. Und Kolenda wohnte allein. Ich glaube immer noch, dass der Anarchist eine Familie hat. Kolenda war eindeutig ein Spinner. Nur war er leider nicht unser Spinner.«

Sie durchsuchten den Keller noch eine Zeit lang, bis sie hörten, wie jemand mit schweren Schritten und außer Atem die Stufen herunterkam. »Sind Sie da unten, Williams?«

Marcus drehte hilfesuchend die Augen zur Decke. Er hatte gehofft, Detective Sergeant Belacourt aus dem Weg gehen zu können, aber das wäre wohl zu einfach gewesen. »Hier.«

Belacourt schob sich durch die Brettertür und nahm das Bild in sich auf. Stupak war direkt hinter ihm. Der dünne Schwarze sah aus wie aus dem Ei gepellt und trug einen Anzug, für den sich ein betuchter Anwalt nicht hätte zu schämen brauchen. Belacourt schwitzte wie ein Schwein. Der Schweiß lief ihm in Rinnsalen die Stirn hinunter und sammelte sich in seinem Haar. Marcus fragte sich, wie jemand bei solch kaltem Wetter ins Schwitzen geraten konnte. Vielleicht hatte er die Grippe oder einen Hang zu gewissen Substanzen, legal oder illegal.

Belacourt schüttelte den Kopf und rieb sich den Schnurrbart. »Zum zweiten Mal an diesem Tag haben Sie in der Öffentlichkeit Ihre Waffe abgefeuert. Gratuliere. Ich habe Cops, die seit über zwanzig Jahren dabei sind und die ihre Waffe im Dienst nur abgefeuert haben, um ein Tier zu erlösen, das von einem Auto überfahren worden war.«

»Schön für sie.«

»Ich bin mir noch nicht sicher, ob der Ärger Ihnen folgt oder ob Sie aktiv danach suchen.«

»Das frage ich mich manchmal auch.«

»Sie sind ein echter Klugscheißer, wissen Sie das?« Belacourt trat näher an Marcus heran. In seinen Augen stand Hass. Sein Atem roch nach Zigarrenrauch und Fleischbällchen.

Marcus wich nicht zurück, er lächelte. »Ich bin lieber ein Klugscheißer als ein Dummschwätzer wie Sie.«

»Halten Sie sich aus meinen Ermittlungen raus! Ich sage es nicht noch einmal!«

»Das ist gut. Ich ignoriere Sie ungern. Sie könnten davon Komplexe bekommen.«

Belacourt stieß ihn vor die Brust.

Es war weder ein fester noch ein gezielter Stoß, sondern die Reaktion von jemandem, der eigentlich keinen Kampf beginnen wollte, dem aber keine schlagfertige Antwort einfiel, und Marcus wusste es. Er hätte es ignorieren können. Er hätte die andere Wange hinhalten und weggehen können. Er hatte nichts zu beweisen und nichts zu gewinnen.

Er war aber auch die Spielchen dieses Mannes leid und hatte überall Schmerzen. Außerdem stachen ihm tausend Dornen ins Gehirn, die seine Aufmerksamkeit nötiger hatten als ein Vorstadtbulle, der sein Territorium verteidigte. Die Dornen mussten gezogen werden. Maggie. Ackerman. Fehlende Bänder. Der Anarchist. Die entführten Frauen, die vielleicht noch lebten, verängstigt, allein. Die Nacht, in der seine Eltern starben.

Er brauchte nicht noch mehr Dinge, die ihm Sorgen machten – aber wohin er sich auch wandte, er traf auf

Belacourt, der die Dinge verkomplizierte und sich mit ihm, Marcus, messen wollte.

Marcus bewegte sich, ehe ihm klar wurde, was er tat. Es war, als würde er für einen Moment aus sich heraustreten und hätte die Rolle eines aktiven Teilnehmers mit der eines Zuschauers getauscht. Seine rechte Hand umklammerte Belacourts linke Faust und drückte fest zu. Belacourt verzog das Gesicht zu einer Grimasse des Schmerzes, doch Marcus ließ es dabei nicht bewenden. Ehe jemand im Kellerraum reagierte, drehte er Belacourt den Arm auf den Rücken und rammte den Sergeant gegen die Betonwand.

Marcus brüllte den Cop an, doch es klang überhaupt nicht nach seiner eigenen Stimme, sondern tief und furchteinflößend. Das Geräusch ängstigte sogar ihn selbst. »Was glaubst du, mit wem du dich hier anlegst!«

Dann umfassten ihn kräftige Arme, und er hörte noch mehr Gebrüll. Sie zerrten ihn vom Detective weg. Marcus wehrte sich nicht. Er ließ zu, dass sie ihn auf den schmutzigen Boden rissen. Jemand drückte seine Wange auf den Beton, und die Erde darauf rieb wie Sandpapier über sein Gesicht. Er hörte Schritte. Weitere Personen kamen die Treppe herunter.

Dann hörte er Belacourt. »Handschellen anlegen! Das hat Konsequenzen!« Schellen schlossen sich um Marcus' Handgelenke. Er schloss die Augen.

Fünfter Tag –

19. Dezember, morgens

56

Während sie sich für die Schule fertigmachten, packte Melanie Schofield ihren Vater bei der Hand und zerrte ihn aus der Küche zum Tisch im Esszimmer. Sie hatte eine Papiertüte mit Pausenbroten, Wattebäuschen, Bastelpapier, Wachsmalstiften und einer Schere zusammengestellt. Mit ihren großen grünen Augen schaute sie zu ihm hoch. Die braunen Locken fielen auf die Schultern ihres rosaroten Shirts, und sie sagte: »Es tut mir leid, Daddy.« Sie war den Tränen nahe.

»Was tut dir leid, mein Schatz?«

Sie streckte die Unterlippe vor. »Ich sollte doch gestern Abend mit dir das Bild vom Weihnachtsmann machen, aber ich hab's vergessen. Die Lehrerin ist bestimmt sauer auf mich. Wir sollen die Bilder heute an die Wand hängen, damit die Eltern sie sehen können, wenn sie zum Krippenspiel in die Turnhalle kommen. Aber ich hab's vergessen, und jetzt bin ich das einzige Kind ohne Weihnachtsmannbild.«

»Keine Sorge, meine Süße.« Harrison Schofield beugte sich vor, legte ihr eine Hand auf die Schulter und lächelte liebevoll. Dann schaute er auf die Uhr. »Ich wette, wir haben noch genügend Zeit, um das Bild fertigzumachen, ehe wir fahren müssen. Und wenn nicht, bringen wir deinen Bruder und deine Schwester zur Schule, und Daddy ruft auf der Arbeit an und sagt, dass er später kommt, weil er etwas Wichtigeres zu erledigen hat. Das klappt schon. Vertrau mir.«

Melanie grinste und zeigte ihre Zahnlücken. »Danke, Daddy!«

»Oh nein, so leicht kommst du mir nicht davon.« Er klopfte auf eine Stelle an seiner Wange, und Melanie stellte sich auf die Zehenspitzen und küsste ihn. »Wer ist dein bester Freund?«

»Daddy.«

»Und wer ist der tollste, supercoolste Dad auf der großen weiten Welt?«

Sie verdrehte die Augen und kicherte. »Du, Daddy!«

»Okay. Haben wir alles, was wir brauchen?«

Melanie schürzte die Lippen und legte einen gebogenen Finger an die Wange, als würde sie intensiv nachdenken. »Wir brauchen noch schwarzes Bastelpapier und einen Klebestift.«

»Verstanden. Du fängst schon mal an. Ich hole beides und bin gleich wieder da.«

Schofield schritt über die Parkettböden zu einem freien Zimmer, in dem seine Frau Eleanor alles aufbewahrte, was sie für ihre Alben und gelegentliche Kunstprojekte mit den Kindern brauchte. Das neueste Familienmitglied, der Zwergspitz, flitzte um Schofields Füße herum und folgte ihm. In dem Bastelzimmer hatte jedes Kind seinen eigenen Schubladenkasten aus Plastik unter einem langen Tisch. Zuerst schaute Schofield in Melanies Schubladen. Oben lagen ein paar unfertige Projekte, die sie mit ihrer Mutter begonnen hatte. Darunter lagen Stapel aus verschiedenfarbigem Bastelpapier, Strohhalme, Bastelhölzer, Federn, Perlen, Schaumstoffstückchen, kleine Glubschaugen zum Aufkleben, Garn und Flitter. Ganz unten fand er einen

Klebestift. Nach schwarzem Bastelpapier suchte er allerdings vergebens.

Er öffnete die nächste Schublade, auf der Benjamins Name stand, kramte in noch mehr Bastelmaterial und nahm schließlich einen Stapel Papier heraus.

Was darunter eingeklemmt war, brach ihm das Herz.

Zeichnungen. Bilder von Menschen und Tieren, die Schmerzen litten, die starben, die tot waren. Die Bilder waren düster und beklemmend, aber alles andere als simpel und mit Liebe und Können gezeichnet. Blut und Angst bildeten die verbindenden Elemente. Auf einigen Bildern waren Messer zu sehen, auf anderen Flammen.

Schofield sank auf die Knie und weinte. Er hatte es vermutet, doch nun wusste er es. Sein Fluch war weitergegeben worden. Ganz wie sein Vater war Benjamin ohne Seele auf die Welt gekommen.

57

Das Polizeirevier von Jackson's Grove hatte sechs Zellen. Drei standen leer, drei waren belegt. Marcus saß an der Wand der zweiten Zelle von rechts. Der Raum war klein und eng. Weiße Ziegelmauern, keine Fenster bis auf das in der stählernen Zellentür, das mit einem Schieber verschlossen war. Am Boden war ein Bett mit grau lackiertem Stahlrohrgestell festgeschraubt, darauf lagen eine schäbige Matratze und eine dünne Decke. Die winzige Toilette bestand aus Edelstahl. Sie war mit einem Waschbecken verbunden, das zugleich als Trinkbrunnen fungierte. Über dem Becken waren zwei Metallknöpfe in die Wand gesetzt, von denen einer die Toilette spülte und der andere Trink- und Waschwasser spendete.

Marcus hatte die Augen geschlossen und tatsächlich eine ganze Stunde geschlafen. Als er aufwachte, fühlte er sich ein wenig erfrischt. Vielleicht sollte er sich öfter einsperren lassen. Er starrte an die Ziegelmauer und dachte über den Fall nach. Dabei griff er auf sein Gedächtnis zu, als wäre es ein Computerterminal. Die Wand fiel zurück und wurde unsichtbar, während Bilder vor seinen Augen vorbeizogen: Verbrechensschauplätze, Opferbefunde, alles, was er gesehen, was er gehört, was er empfunden hatte. Alles war da. Der Killer war dabei. Zusammen mit dem, was er brauchte, um ihn zu fassen. Marcus musste nur klug genug sein, um darauf zu kommen, was es war.

Die Zellentür fuhr beiseite. Er erkannte Vasques am

Duft ihres Parfüms, ehe er sie erblickte. Der blumige Duft war weich, aber frisch, und besaß einen Hauch Exotik. Er passte gut zu ihr. Marcus stand nicht auf, noch schaute er in Vasques' Richtung. Sie setzte sich neben ihn auf die Pritsche.

»Was haben Sie sich dabei gedacht?«

»Ich habe nicht gedacht. Ich habe nur reagiert. Wenn jemand mich stößt, stoße ich zurück. Wenn mir jemand ins Gesicht spuckt, haue ich ihm die Nase platt. Das ist vielleicht dämlich, aber so wurde ich erzogen.«

»Das ist Ihre Entschuldigung?«

»Das ist keine Entschuldigung. Nur eine Erklärung. Ich habe Mist gebaut. Ich weiß nicht, was passiert ist.«

»Ich schon. Sie haben einem Cop sieben Handknochen gebrochen und die Schulter ausgerenkt. Die Schulter hat man wieder eingerenkt bekommen. Er will Anzeige erstatten.«

Marcus sagte nichts. Es gab nichts zu sagen.

»Ich habe es ihm ausgeredet.«

Er wandte ihr das Gesicht zu. »Ich spüre, dass da ein ›aber‹ folgt.«

Vasques seufzte. »Belacourt hat nach einem Vorwand gesucht, Sie loszuwerden, und den haben Sie ihm nun verschafft. Er lässt die Anzeige nur fallen, wenn Sie den Fall abgeben.«

»Wo ist er jetzt?«

Vasques blickte auf die Uhr. »Wahrscheinlich auf dem Laufband. Im Keller haben sie gegenüber der Asservatenkammer einen Umkleideraum und eine kleine Turnhalle.«

»Er trainiert?«

»Zweimal täglich, sieben Tage die Woche. Immer zur gleichen Zeit. Man kann die Uhr danach stellen. Sieben Uhr morgens vor der Arbeit und zwölf Uhr dreißig in der Mittagspause. Sogar mit einer gebrochenen Hand.«

»Sie können mich jetzt nicht aus dem Fall drängen.«

»Nennen Sie mir einen einzigen guten Grund.«

Er lächelte. »Okay, aber es könnte einfacher sein, wenn ich es Ihnen zeige.«

58

Jessie Olagues Schlafzimmer war nicht verändert worden, seit Marcus es zuletzt gesehen hatte. Der Ehemann war offenbar nicht ins Haus zurückgekehrt. Vielleicht kam er nie zurück. Das Bett war ungemacht, die Decken zurückgeschlagen. Jessies Geruch hing noch in der Luft, aber nur schwach. Vasques' Parfüm überdeckte ihn. Nach wie vor prangte die Visitenkarte des Killers wie ein Brandmal an der Wand.

Vermutlich kaufte irgendwann jemand das Haus und löschte die letzten Spuren seiner früheren Bewohner aus. Marcus' Erfahrung nach hatten Häuser allerdings ein Gedächtnis. Die Mauern erinnerten sich, auch wenn die Menschen vergaßen. Bestimmte Zimmer würden immer Echos oder Schwingungen dessen festhalten, was sie gesehen hatten. Das Böse, das in einem Haus begangen wurde, befleckte es und hinterließ eine kalte Leere. In dieser Hinsicht ähnelten Häuser der Seele eines Menschen.

»Ich habe versucht herauszubekommen, woher der Killer so viel über die Frauen und ihre Häuser weiß.«

Andrew setzte sich aufs Bett. Vasques blieb in der Tür stehen. »Das ist einfach«, sagte sie. »Er ist schon hier drin gewesen und hat sich das Haus angesehen. Er hat sie beobachtet. Er kannte ihren Tagesablauf.«

»Definitiv, aber kein Nachbar hat zu Protokoll gegeben, jemand Auffälliges in der Umgebung gesehen zu haben. In keinem einzigen Fall.«

»Das kann sein.«

»Aber dieser Typ hätte das nie dem Zufall überlassen«, sagte Andrew.

Marcus nickte. »Genau. Er muss eine Möglichkeit gefunden haben, völlig unauffällig zu sein und sich vor aller Augen zu verstecken. Vielleicht tarnt er sich als Parkuhrenableser, Straßenarbeiter, Klempner, Elektriker, was weiß ich. Wenn die Leute jemanden im Arbeitsanzug mit Klemmbrett sehen, haben sie ihn in der nächsten Sekunde schon wieder vergessen.«

»Okay«, sagte Vasques, »aber wie hilft uns das weiter?«

»Das tut es nicht – nicht für sich genommen. Aber ich habe mich gefragt, ob es ihm reichen würde, ins Haus zu kommen. Oder würde er noch mehr wollen?«

Vasques zog ein Kaugummipäckchen aus der Hosentasche und schob sich einen Streifen in den Mund. Schweigend bot sie den anderen Kaugummis an. Marcus schüttelte den Kopf und begann im Raum auf und ab zu gehen. Andrew nahm sich einen Streifen.

»Die Augen. Sie denken an die Augen«, sagte Vasques kauend.

»Ja, aber es will mir noch nicht richtig in den Kopf. Es ist wie ein Name, der einem auf der Zunge liegt. Ich habe das Gefühl, dass er sie in irgendeiner Weise gebrauchen will ... etwas in Besitz nehmen, das sie haben. Die Augen sind der Schlüssel. Er handelt zielorientiert. Er will etwas Bestimmtes von den Frauen. Nicht von irgendjemandem. Er hat sich die Frauen genau ausgesucht. Sie sind für ihn etwas Besonderes.«

»Aber wieso? Wir haben keine Verbindung zwischen den Opfern nachweisen können. Kein Muster.«

»Ich weiß es auch nicht. Er will die Frauen kennenlernen, ehe er sie tötet. Er will sie *wirklich* kennen, auf einer ganz persönlichen Ebene.«

»Du meinst, er kannte sie aus dem Alltag?«, fragte Andrew. »Die meisten von ihnen arbeiteten in der Öffentlichkeit. Restaurants, Coffeeshops.«

»Nein, zu oberflächlich. Das wäre ihm nicht genug.« Marcus wies auf den Türrahmen, an dem Vasques stand. »Als wir letztes Mal hier waren, fiel mir die Vorlegekette an der Tür auf. Sie erschien mir fehl am Platze. Doch als ich darüber nachdachte, erinnerte ich mich an etwas aus Jessies Akte. Vor einer Woche ist jemand hier eingebrochen und hat einen DVD-Player gestohlen. Sie haben es gemeldet, aber es reichte nicht, dass die Versicherung haftete. Eigenanteil.«

»Stupak ist der Sache nachgegangen«, sagte Vasques. »Er dachte, es war vielleicht eine Tarnung, hinter der sich der Killer versteckte. Aber der Einbrecher wurde zwei Tage später auf der gleichen Straße auf frischer Tat ertappt. Ein Junkie. Hat nicht mal Handschuhe getragen. Die Fingerabdrücke stimmten.«

»Gut, aber die Kette sieht neu aus. Deshalb habe ich mir überlegt, dass Jessie sie erst nach dem Einbruch angebracht hat.«

»Wenn du recht hast«, meinte Andrew, »war der Killer innerhalb der letzten Woche hier. Und in der Nacht hat er ein Werkzeug mitgebracht, mit dem er die Tür öffnen konnte, ohne Jessie zu wecken.«

»Ja. Und das bringt mich auf etwas anderes. Er geht ungern Risiken ein. Den größten Risikofaktor sehe ich in den Frauen selbst. Wie kann er mit Sicherheit wissen, dass sie schlafen? Er will eine Konfrontation vermeiden, und das ist ihm jedes Mal gelungen. Außerdem interessieren sich hochorganisierte Täter wie er oft für die Ermittlungen. Eine ganze Reihe solcher Täter sind gefasst worden, weil sie der Versuchung nicht widerstehen konnten, sich unter die Gaffer vor den Tatorten zu mischen.«

Vasques schüttelte den Kopf. »Das haben wir überprüft. Im Übrigen sind das zwar beeindruckende Spekulationen, aber ich sehe nicht, worauf Sie hinauswollen. Wie sollen diese Überlegungen uns helfen, den Kerl zu fassen?«

Marcus lächelte. »Mir ist es klar geworden, als ich an unseren Kampf gegen Kolenda dachte. Wie er sich vor uns auf dem Dachboden versteckt hat. Die meisten Killer suchen sich fest umrissene Opfer. Unser Freund mordet sogar rassenübergreifend, was bei Fällen dieses Typs fast ohne Beispiel ist. Wie gesagt, in seinem Kopf verbindet diese Frauen irgendetwas. Trotzdem gibt es noch etwas Offensichtlicheres, was diese Frauen gemeinsam hatten.«

Andrew lachte leise. »Dachböden.«

»Genau.«

Vasques' Augenbrauen bildeten ein V. Sie begriff nicht. Marcus beschloss, es ihr zu zeigen. Er ging in den Flur zurück und suchte den Zugang zum Dachboden. Er fand ein kleines Quadrat in der Decke ohne Ausziehleiter oder dergleichen, nur ein einfaches, in die Decke gelassenes Loch, das mit einer Holzplatte verschlossen war.

»Wartet hier.«

Im Bügelzimmer hatte er eine kleine Stehleiter gesehen. Er holte sie und trug sie die Treppe hoch. Rasch war sie aufgebaut, und er stieg zum Dachboden hinauf. Dort war es eiskalt. Als er ausatmete, bildete sich ein Wölkchen vor seinem Mund. Isolationsmaterial, das aussah, als würden Ratten darin nisten, lag zwischen den Balken. Es gab nur wenig Kopfraum, und er kroch auf Händen und Knien weiter. Hinter ihm schob Vasques den Kopf durch das Loch.

Marcus brauchte nur wenige Sekunden, dann hatte er gefunden, was er suchte. Es lag in der Isolierung vergraben. Er zog es heraus und legte ein Kabel frei, das sich zu einer anderen Stelle auf dem Dachboden schlängelte.

»Was ist das?«, fragte Vasques.

Marcus zog das Kabel aus der Rückseite des Geräts, löste es aus der Halterung, steckte es in die Tasche und schob sich zum Loch zurück. »Ich komme.«

Kaum war er unten, zeigte er ihnen die kleine Kamera, die er vom Dachboden geholt hatte.

»Verdammt«, sagte Vasques. »Das ist vor Gericht nicht mehr verwertbar. Die Beweismittelkette ist nicht eingehalten worden.«

Marcus hätte beinahe gelacht. Er machte sich keine Gedanken darüber, wie er Beweismaterial für eine Gerichtsverhandlung zusammenbekam, denn er bezweifelte, dass der Anarchist lange genug leben würde, um vor die Richterbank zu treten. Aber das konnte er Vasques nicht sagen. »Überlegen wir uns lieber, wie wir den Kerl finden. Das ist eine Überwachungskamera neuester Bauart. Der Killer hat vermutlich das ganze Haus verwanzt und es so eingerichtet, dass alles übers Internet an ein anderes System gesendet wird. Vielleicht benutzt er sogar das drahtlose Netzwerk hier im Haus. Er beobachtet die Frauen, und später beobachtet er die Cops, wie sie den Tatort untersuchen.«

»Woher weiß der Anarchist, dass sie den Dachboden nicht benutzen und die Kameras nicht finden?«

Marcus zuckte mit den Schultern. »Es ist ein Risiko, aber es hält sich in Grenzen. Wie viele Menschen mit so einer Luke benutzen ihren Dachboden denn wirklich? Und wenn, wie viele stellen bloß ein paar Kartons gleich neben den Durchgang? Wer schleppt schon eine Leiter an und kriecht da oben herum?«

»Vielleicht arbeitet er für irgendeine Elektro- oder Wachfirma«, meinte Andrew.

»Das ist ein guter Gedanke. Vielleicht können wir auch die Geräte zu einem Käufer oder Händler zurückverfolgen.«

Vasques verzog das Gesicht. »Wir werden nichts zurückverfolgen können. Genau wie bei dem Wagen. Er wird dafür sorgen, dass die Kameras nicht mit ihm in Verbindung gebracht werden können, für den Fall, dass jemand sie findet.«

»Ihr überseht beide das Offensichtliche.« Marcus schüttelte den Kopf. »Es könnte noch mehr Frauen geben, die in diesem Moment von einer Kamera auf ihrem Dachboden beobachtet werden. Wir können sie warnen. Die Medien einbeziehen. Wir könnten die Leute in den Nachrichten auffordern, nach diesen Kameras zu suchen und die Polizei zu verständigen, falls sie welche finden.«

»Das hilft uns auch nicht, den Hurensohn zu fassen.«

»Aber es könnte anderen Frauen das Leben retten. Außerdem sind wir möglicherweise in der Lage, eine aktive Verbindung zurückzuverfolgen. Und vielleicht bewegt es diesen Irren zu übereilten Aktionen.«

Vasques dachte einen Augenblick nach. »Okay, ich mache ein paar Anrufe.«

Marcus und Andrew gingen zu ihrem Wagen zurück. Vasques war mit dem eigenen Auto gekommen. Während Marcus in der Zelle gesessen hatte, war Andrew von Maggie über die Einzelheiten ihres Treffens mit Ellery Rowland ins Bild gesetzt worden. Sie hatte eine weitere Adresse in Nord-Chicago erhalten, wo sie vielleicht etwas erfahren konnten. Viel war das nicht – trotzdem kam es Marcus zum ersten Mal während der Ermittlung so vor, als würden sie Fortschritte machen. Es war ein gutes Gefühl.

Dann klingelte sein Handy, und das Gefühl verebbte.

59

Durch das Fenster seines frisch erworbenen arktisweißen Saturn Astra beobachtete Ackerman, wie Marcus zum Yukon ging und auf sein Handy starrte. Die Finger der linken Hand des Killers umklammerten sein eigenes Mobiltelefon.

Nimm endlich ab, Marcus.

Er spürte, wie wieder Zorn in ihm aufwallte. Das Messer in seiner rechten Hand grub Furchen in das Armaturenbrett des Saturn. Dann verstummte der Klingelton, und Marcus' Stimme war zu hören.

»Was willst du?«

Wie eine reinigende Flut spülte Erleichterung über Ackerman hinweg. »Tut mir leid wegen Allen. Ich hatte nicht vor, ihn zu verletzen. Es war ein Unglücksfall.«

Marcus schwieg. Sein Atem drang aus dem Handylautsprecher. »Egal«, sagte er schließlich. »Es ändert nichts. Wenn ich je die Gelegenheit bekomme, bringe ich dich trotzdem um.«

Ackerman schloss die Augen und dachte daran, dass sich bald alles ändern würde. Sie näherten sich dem Ende einer Ära und dem Beginn einer neuen Epoche. Sobald sein Plan ausgeführt war, würde Marcus die Welt mit völlig anderen Augen sehen. Ackerman fühlte sich an die Geschichte des Paulus erinnert, der auch den Vornamen Saulus trug. Als Saulus hatte er sich auf die Verfolgung der frühen Christen verlegt, doch auf der Straße nach Damaskus änderte das

Schicksal den Lauf seines Lebens, und Saulus wurde zu Paulus. Der Sünder wurde zum Heiligen. Bei ihm und Marcus würde es genauso sein.

»Ich habe dich nie belogen, Marcus. Im Gegensatz zu allen anderen Menschen in deinem Leben.«

»Was soll das heißen?«

»Hast du dich nie gefragt, wieso dein Freund, der Director, ausgerechnet mich für deine Rekrutierung eingesetzt hat?«

Marcus schwieg.

»Du und ich, wir sind miteinander verbunden, Marcus. Du weißt, dass ich recht habe. Tief in dir spürst du es. Unser beider Schicksal ist verflochten, schon seit sehr, sehr langer Zeit. Aber keine Angst. Schon bald wirst du alles verstehen.«

60

Maggie hatte länger geschlafen, nachdem es am Vorabend spät geworden war und sie mit Ellery Rowland im Kingston Mines einen über den Durst getrunken hatte. Sie war gerade rechtzeitig aufgewacht, um noch Frühstück zu bekommen, und hatte sich mit einem altbackenen Muffin und Orangensaft begnügt. Danach war sie ins Fitnesscenter des Hotels gegangen und hatte versucht, ein wenig von ihrer Wut auf Marcus abzuarbeiten. Es hatte nicht geholfen.

Genau acht Minuten lang duschte sie, dann begann sie ihre tägliche Morgenroutine. Sie wusch sich die Hände dreimal mit Seife. Sie putzte sich die Zähne, indem sie jeden Quadranten zweiundvierzig Mal in die eine und zweiundvierzig Mal in die andere Richtung bürstete. Dann eine Minute siebenundvierzig Sekunden lang mit Mundwasser gurgeln. Haare bürsten – siebenundzwanzig Mal auf jeder Seite, rechts, hinten, links, oben. Fingernägel und Zehennägel auf perfekte Symmetrie stutzen. Immer vom Daumen oder großen Zeh nach außen arbeiten. Rechte Hand, linke Hand, rechter Fuß, linker Fuß.

Sie war gerade fertig und legte ihre Kleidung für den Tag heraus, als es an der Tür klopfte. Durch den Türspion sah sie Marcus auf dem Flur, zwei Becher Starbucks-Kaffee in der Hand. Sie holte tief Luft und öffnete.

»Guten Morgen«, sagte sie und versuchte, ihre Stimme gleichmäßig und neutral zu halten.

»Morgen, Mags. Ich habe mich gefragt, ob du ein Friedensangebot annimmst.« Er hielt ihr den Kaffee hin. »Zwei Tütchen Stevia, die ich eigens in einem Lebensmittelgeschäft kaufen musste, und zweimal Sahne. Ich habe sogar die Markierungen auf den Tütchen aneinander ausgerichtet, ehe ich sie aufgerissen habe. Nur für dich.«

Sie versuchte sich nicht allzu viel anmerken zu lassen, doch sie wusste, dass sie auf keine deutlichere Entschuldigung zu hoffen brauchte. Marcus verstand sich nicht gut auf Beziehungen und noch schlechter darauf, jemandem zu sagen, dass ihm etwas leidtat. Maggie fielen die Schatten unter seinen eingesunkenen Augen auf. »Du siehst schrecklich aus«, sagte sie.

»Danke. Du siehst großartig aus.«

Sie merkte, wie sie errötete, und riss ihm rasch den Kaffeebecher aus der Hand. »Komm schon rein.«

»Geht nicht. Andrew hat mir von deinem Treffen mit Rowland erzählt. Wir fahren zu diesem Crowley, dessen Adresse er dir gegeben hat. Ich dachte, vielleicht möchtest du mitkommen.«

Sie lächelte. Ideale Gelegenheit. »Würde ich gern, aber ich wäre nur das fünfte Rad am Wagen. Außerdem bin ich zum Mittagessen verabredet.«

Der Schreck in seinen Augen war unbezahlbar. »Mit wem?«

»Ellery Rowland führt mich in ein Restaurant namens Everest aus. Es soll dort sehr schön sein.«

»Rowland? Du meinst diesen Teufelsanbeter?«

»Genau. Und er betet gar nicht den Teufel an. Er glaubt nicht einmal an den Teufel.«

Marcus lachte. »Natürlich nicht. Er lebt nur so, wie es dem Teufel wohlgefällig ist. Das erinnert mich an einen Satz aus *Die üblichen Verdächtigen.* In dem Film sagt Kevin Spacey: ›Der größte Trick des Teufels war, die Welt glauben zu lassen, es gäbe ihn gar nicht.‹«

»Ist egal. Ich hatte gestern Abend wirklich Spaß. Ich rufe dich an, wenn ich zurück bin. Viel Glück.«

Als Maggie die Tür schließen wollte, hörte sie ihn sagen: »Warte! Du …«, doch sie beachtete ihn nicht und knallte ihm die Tür vor der Nase zu. Dann lehnte sie sich einen Moment lang mit dem Rücken an die Wand, bis sie wieder zu Atem gekommen war.

Sie fragte sich, ob sie in ihrem Leben schon einmal größere Genugtuung empfunden hatte.

61

Gleich hinter der Grenze zu Indiana, in einer Kleinstadt namens Highland, befand sich auf einem Eckgrundstück der Firmensitz der SSA, der Schofield Security Associates, eingezwängt zwischen Einkaufspassagen und Fast-Food-Restaurants. Highland lag nur vierzig Autominuten von der Chicagoer Innenstadt entfernt, eine Viertelstunde vom Chicago International Airport und zehn Minuten vom Briar Ridge Country Club, wo Schofields Großvater Golf zu spielen pflegte. Als das Gebäude errichtet worden war, hatte es in der Gegend nur wenige Firmen gegeben, doch mittlerweile war die Stadt bis hierher vorgedrungen.

Das Gebäude war massig, schiefergrau und schien nur aus Stahl und Glas zu bestehen. Ein Ende war abgerundet wie bei einem Stadion und hatte Harrison Schofield immer an das Kolosseum im Rom der Antike erinnert. Sein Großvater, Raymond Schofield, hatte einem Architekturbüro aus Los Angeles eine immense Summe für den Entwurf dieser Monstrosität gezahlt. Als Finanzvorstand war Harrison von Anfang an gegen den Bau gewesen, doch sein Großvater hatte sich damit einen lebenslangen Traum erfüllt.

Raymond Schofield hatte die SSA in den Siebzigerjahren gegründet und zu einer weltbekannten Beraterfirma aufgebaut, die neunzig Städte in dreißig Bundesstaaten betreute und mehr als siebzehntausend Menschen beschäftigte. Sie bewachten alles Mögliche, von Privatgebäuden bis hin zu

Objekten aus den verschiedensten Branchen, seien es Banken, Produktionsbetriebe oder Handelsunternehmen.

Schofield hielt am Kontrollpunkt und zog seinen Firmenausweis durchs Lesegerät. Der automatisierte weiße Sperrzaun glitt zur Seite und ließ ihn passieren. Die Tiefgarage belegte zwei Geschosse unterhalb der abgerundeten Seite des Gebäudes und wurde nur von SSA-Angestellten benutzt.

Er parkte auf seinem Platz und stellte den Motor ab. Die Firma hatte einen eigenen Fuhrpark und eine Flotte von Kastenwagen, die von den Installationsteams benutzt wurden. Ein Mann namens Rick Mortimer war für die Wartung und Zuteilung der Firmenfahrzeuge zuständig. Mortimers Büro, gleich neben dem Aufzug, hatte einen offenen Schalter, wo Angestellte die Schlüssel der ihnen zugeteilten Fahrzeuge abholen oder abgeben konnten. Während Schofield aus dem Camry stieg, spürte er, wie Mortimers Blick sich in seinen Rücken bohrte.

Als er zum Aufzug ging, kam er am Schalter von Rick Mortimers Büro vorbei. Mortimer war ein gut aussehender Mann mit graumeliertem Haar, tadelloser Frisur und gemeißelten Zügen. Hätte jemand den blau-weißen Overall und das Namensschild gegen einen maßgeschneiderten Anzug und eine konservative Krawatte ausgetauscht, hätte Mortimer als Präsidentschaftskandidat durchgehen können. Doch an diesem Morgen blickte er finster drein.

Schofield lächelte ihn an. »Alles in Ordnung?« Dennoch wich er dem Blickkontakt aus.

»Keine Ahnung. Sagen Sie es mir.«

»Ich weiß nicht, was Sie meinen …« Schofield kämpfte gegen den Impuls an, die Flucht zu ergreifen.

»Ich habe mich gefragt, wieso Sie einen meiner Wagen benutzt haben. Und jemand hat einen unserer Overalls und ein Namensschild gestohlen. Darüber wissen Sie wohl nichts, was?«

Schofield stand kurz vor dem Hyperventilieren. Die Betonwände der Garage rückten immer näher. »Ich habe nicht … ich habe nur … na ja, vielleicht einmal.«

Mit seinen Kindern hatte Schofield einmal auf Discovery Channel eine Sendung über den Fight-or-Flight-Instinkt geschaut. Am meisten hatte er sich mit dem Opossum identifizieren können: Wenn es Gefahr spürt, stellt es sich tot, beachtet die Bedrohung nicht und hofft, dass sie verschwindet.

Schofield entschied sich für die Flucht statt für den Kampf, schlurfte vom Fenster weg und drückte wütend auf den Aufzugknopf. Er hörte ein Klingeln, und die Tür öffnete sich. Mit scharfem, schnellem Rhythmus drückte er den Finger gegen den Knopf innen, der die Tür schloss. Er glaubte zu hören, wie Mortimer »Missgeburt« murmelte. Schofield gab ihm recht. Er war eine Missgeburt. Aber vielleicht müsste er es nicht immer bleiben.

Im dritten Stock stieg er aus, ging an Großraumbüros vorbei und durch Flure mit Glastüren, bis er zu den Einzelbüros gelangte. Das war immer der schlimmste Teil des Tages. Er hatte seinen Großvater um Erlaubnis gebeten, von zu Hause aus zu arbeiten, doch Raymond Schofield war der Ansicht, dass ein wenig Kontakt zu Menschen seinem Enkel gut tun würde. Der alte Raymond begriff es nicht – wie auch? Schofield wich jedem Blickkontakt aus und versuchte, keine Aufmerksamkeit auf sich zu ziehen. Als er sein Büro erreichte, hatte er nur wenigen Mitarbeitern und seiner Sekretärin zunicken müssen.

Er schloss die Tür hinter sich, legte seinen schwarzen ledernen Aktenkoffer auf den Boden, atmete tief aus und beugte sich vor, die Hände auf den Knien. Zum Glück war ihm sein Großvater insoweit entgegengekommen, als er ihm ein privates Büro und einen eigenen Waschraum zugestand. Die Arbeit begann um neun, doch Schofield kam morgens meist eine Stunde später, um den Fußgängerverkehr zu meiden und sicher zu sein, dass schon alles an seinen Tischen saß. Am Abend ging es einfacher. Er konnte abwarten, bis die anderen verschwunden waren, und ihnen aus dem Weg gehen.

Er versuchte, Herzschlag und Atmung zu beruhigen, und ging dabei in seinem geräumigen Büro auf und ab. Es war ganz in Weiß und Chrom und Glas – ein Stil, den die Innenarchitekten als »modernen Art déco« bezeichnet hatten. Das Einzige, was Schofield selbst beigesteuert hatte, waren die Fotos, die an einer Wand über dem Regal hingen, und die Trophäen. Die Fotos waren zumeist aktuelle Bilder seiner Familie, nur zwei stammten aus seiner Kindheit. Das eine zeigte seine Mutter, das andere war eine Naturaufnahme, geschossen von einem Felsvorsprung unweit der Sektenkommune in Wisconsin. Auf dem Bild waren vor allem Bäume zu sehen: Ahorne, Eschen, Wacholder, Balsamtannen, außerdem eine felsige Böschung und ein Bach. Das war seine Zuflucht gewesen, ein Ort von ganz besonderer Bedeutung für ihn.

Er hatte viel Zeit an dieser Stelle verbracht, wenn er sich als neugieriges Kind vom Lager weggeschlichen hatte. Er hatte den Wald als sein eigenes kleines Königreich betrachtet, in das er vor den Menschen fliehen konnte, vor ihren Blicken und den Wörtern, die sie hinter seinem Rücken murmelten. Hier hatte er zum ersten Mal getötet. Hier hatte er seine erste Seele genommen und entdeckt, welche Kraft es ihm schenkte.

Ein anderer Junge, der Schofield immer besonders grausam behandelt hatte, war ihm in den Wald gefolgt. Der Junge verspottete ihn und warf ihn zu Boden. Sie kämpften und wälzten sich verbissen auf dem Waldboden. Plötzlich erschlaffte der Körper des Jungen. Er war mit dem Schädel gegen einen Stein geprallt und hatte sich den Hinterkopf eingeschlagen. Schofield blieb auf dem Jungen sitzen und starrte ihm in die Augen, als er starb.

Der Prophet war stolz auf ihn gewesen.

Ein Klopfen an der Bürotür riss ihn in die Gegenwart zurück. Sein Großvater kam herein. Raymond Schofield war groß und kräftig, hatte weißes Haar und einen dichten Bart. Er warf einen mächtigen Schatten. Seine Stimme war tief und befehlsgewohnt. »Hallo, mein Junge«, sagte er liebevoll und schlug Harrison auf den Rücken. Raymond war immer gut zu ihm gewesen. Schließlich war seine Mutter das einzige Kind seines Großvaters, und Harrison war der einzige Enkel.

Raymond stellte sich neben Schofield vor die Bilderwand. Er nahm eine Schützentrophäe in die Hand und sagte: »Wir sollten mal wieder auf den Schießstand gehen, vielleicht heute Mittag. Ich habe eine neue Zwölfer Remington. Oder wir nehmen uns ein paar Tage frei und gehen auf einen richtigen Jagdausflug. Wir könnten Benjamin mitnehmen.«

Schofield konnte nur an die finsteren Träume des Jungen vom Tod denken. »Das würde ihm sicher gefallen.«

»Gut. Ich kümmere mich darum. Wir könnten diesmal nach Wyoming. Oder möchtest du lieber wieder nach Kanada?«

»Ist mir gleich.«

Gespanntes Schweigen breitete sich aus. Schofield spürte, dass sein Großvater eine Frage stellen wollte. Schließlich sprach der ältere Mann sie aus: »Wo warst du gestern?«

Schofield gab keine Antwort.

»Wie geht es ihr?«, fragte sein Großvater. Seine Stimme klang weich, und Traurigkeit stand ihm in den Augen.

»Unverändert.«

»Ich finde es wunderbar, dass du dich um sie kümmerst und sie besuchst, trotz allem, was du ihretwegen durchgemacht hast. Das kann ich mir nicht einmal vorstellen. Du hast ein gutes Herz, Harrison. Ich sollte selbst öfter zu ihr gehen, aber das ist einfach …«

»Schwierig«, sagte Schofield.

»Ja. Es tut mir entsetzlich leid, was dir passiert ist, als du ein kleiner Junge warst. Wenn ich …« Er legte Schofield eine Hand auf die Schulter und blickte auf das schwarzweiße Foto seiner Tochter, das sich zwischen den anderen verbarg. Auf dem Bild lächelte sie nicht. Ihre Augen blickten traurig in die Ferne. »Deine Mutter war schon als Mädchen labil. Trotzdem war es der schwärzeste Moment in meinem Leben, als sie weggelaufen ist. Zugleich war es der glücklichste Tag in meinem Leben, als du gekommen bist und bei mir bleiben wolltest.«

Er räusperte sich und blickte auf die Uhr. »Ich komme zu spät zu einer Sitzung. Okay, was den Jagdausflug angeht, kümmere ich mich um alles Nötige. Vielleicht können wir Ben am Wochenende mit auf den Schießstand nehmen, damit er es mal lernt.«

»Das wäre toll.«

Während Schofield seinem Großvater hinterherblickte, war ihm bewusst, dass er Freude über dessen Worte hätte empfinden sollen. Doch er spürte nichts außer einem beklemmenden, hohlen Schmerz.

Er blickte aus dem Fenster und dachte an seine Vergangenheit – seine Mutter, das Lager, den Propheten – und seine Zukunft – Eleanor, Alison, Melanie und Benjamin. Wieder hörte er die Worte seines Großvaters: *Du hast ein gutes Herz, Harrison.* Aber das stimmte nicht. Das Böse fraß an seinem Herzen wie ein Krebsgeschwür, und er konnte es nicht aufhalten, konnte es nicht zügeln. Er hatte jeden verraten, der ihm lieb und teuer war.

In einem jähen Wutanfall fegte er sämtliche Papiere von seinem Schreibtisch, Jahresberichte, Verdienstabrechnungen, Anlagereports. Alles flog auf den Boden und verteilte sich im ganzen Büro. Schofield starrte auf die Unordnung und seufzte. Verlegen machte er sich daran, die Dokumente aufzusammeln und wieder säuberlich zu stapeln.

Fünfter Tag –

19. Dezember, nachmittags

62

Crowley's Occult Books lag im Norden von Chicago nicht weit von der I-94. Auf der anderen Straßenseite befanden sich ein hohes weißes Apartmenthaus und ein kleiner, eingezäunter Park mit drei knorrigen Bäumen. Der Buchladen teilte sich die Straße mit einem Spirituosengeschäft, einem Nagelstudio und einem Café. Gemeinsam waren ihnen bunte Markisen, meterhohe Namen und Hausnummern sowie Neonschilder. Nur der Buchladen machte eine Ausnahme: Im Schaufenster hing lediglich ein kleines Schild:

Seltene und alte Artefakte – nur ernsthafte Anfragen aktiver Spiritisten, Okkultisten und Schamanen erwünscht.

Marcus verdrehte die Augen. »Was ist Vassago Crowley eigentlich für ein Name?«

»Er ist erfunden«, antwortete Andrew. »Stan hat mir erklärt, Vassago sei der Name irgendeines Dämons. Crowley kommt vermutlich von Aleister Crowley.«

»Der Kerl aus dem Song von Ozzy Osburne?«

Nun war es Andrew, der die Augen verdrehte. »Falsche Ausweise?«

»Ja. Ich glaube, heute sind wir mal vom FBI.«

Sie schoben sich durch die Tür in den Laden. Eine Türglocke kündete von ihrem Kommen. Der Laden roch nach Weihrauch. Aus Deckenlautsprechern drangen die Klänge eines Streichquartetts. Der Laden war voller Bücherreihen, zahllosen Kerzen, mit merkwürdigen Substanzen gefüllten Gläsern, Totenschädeln, Talismanen und Symbolen. Die Ladentheke befand sich im hinteren Teil des Raumes. Ein blonder Mann Anfang fünfzig stand dahinter. Er hatte sich mit den Ellbogen auf das Glas gestützt und blätterte durch ein altes Buch mit Ledereinband. Ohne von den Seiten aufzublicken, fragte er: »Was wollt ihr?« Seinem Akzent nach zu urteilen stammte er aus Australien oder Neuseeland.

Marcus verabscheute ihn vom ersten Augenblick an. »Vassago Crowley?«

Crowley starrte sie über seine Brillengläser hinweg an und blickte wieder ins Buch. »Verzieht euch.«

»Sir, wir sind vom FBI.«

»Seid ihr hier, um mich zu verhaften?«

»Nein.«

»Habt ihr einen Durchsuchungsbefehl?«

»Wir brauchen keinen Durchsuchungsbefehl. Wir wollen Ihnen nur ein paar Fragen stellen.«

»Na, wenn das so ist, dann verzieht euch, wie gesagt. Ich weiß nichts. Wenn ihr morgen wiederkommt, weiß ich sogar noch weniger.«

»Wir versuchen einen Mörder zu fassen und haben Grund zu der Annahme, dass Sie Kenntnisse besitzen, die uns bei der Ermittlung weiterhelfen könnten. Wir werden nicht viel von Ihrer Zeit in Anspruch nehmen.«

An der Ladentür klingelte es, und ein untersetzter Mann mit dichtem rotbraunem Bart trat ein. Er ging gebeugt und hinkte. Er hatte eine Knollennase, die aussah, als wäre sie mehrmals gebrochen gewesen. Langes braunes Haar hing ihm über das runzlige Gesicht. Der Mann achtete kaum auf sie und näherte sich zielstrebig einem Stapel Bücher an einer Wand.

»Ich habe einen Kunden. Und ich weiß nichts. Ich kann euch nicht helfen.«

»Komm schon«, sagte Andrew, »gehen wir einfach.«

Doch Marcus spürte, wie Wut in ihm hochkochte. Er ließ den Nacken knacken und knallte die Hand auf die Theke. »Hier stehen Menschenleben auf dem Spiel. Wir wollen Ihnen nur ein paar Fragen stellen.«

»Okay, du kannst mir eine Frage stellen. Frag mich, ob mir diese Menschenleben einen Spritzer Pisse wert sind. Na los. Frag mich mal.«

Marcus' Zähne knirschten. Er zählte von fünf rückwärts und sagte: »Sir, bitte seien Sie ...«

»Wenn ihr mich nicht verhaften wollt, dann raus mit euch. Ohne Anwalt beantworte ich keine einzige Frage. Ist das jetzt klar?«

Marcus lächelte. »Kristallklar.«

Dann schoss seine offene Hand vor und traf Crowley gegen die Kehle. Dem Mann flog die Brille weg, als sein Kopf nach hinten peitschte. Marcus packte ihn beim Haar und schmetterte ihm den Kopf nach vorn auf das Glas der Theke. Ein Spinnennetz aus Rissen überzog die Scheibe. Marcus presste Crowleys Kopf gegen das Glas und zog seine Pistole. Er drehte die Mündung an Crowleys Wange hin und her.

»Erzählen Sie mir vom Anarchisten!«

»Ich weiß nichts!«

Marcus spannte den Hahn der SIG Sauer. »Na los!«

Andrews Finger schlossen sich um Marcus' linken Bizeps. Er klang ruhig, aber fest und bestimmt. »Komm, Marcus. Wir sind hier fertig.«

Marcus' Hände zitterten, und er drückte die Waffe noch fester in Crowleys Backe. Er biss sich auf die Unterlippe.

»Marcus! Es reicht!«

Marcus löste die Waffe von Crowleys Gesicht und wandte sich zur Tür. Der Rotbärtige schien zu wissen, wann man sich besser um seine eigenen Angelegenheiten kümmerte, und wich jedem Blickkontakt aus. Marcus konnte es ihm nicht verdenken. Als er die Ladentür aufriss, klingelte die Glocke wieder, und Crowley schrie ihm nach: »Dich zeig ich an, du Scheißpsychopath!«

Marcus widerstand dem Verlangen, sich umzudrehen, und ging zum Yukon.

»Gib mir die Schlüssel!«, befahl Andrew. »Und steig ein. Die Polizei ist sicher schon unterwegs, und du hast heute genug Cops zusammengeschlagen.«

63

Ackerman sorgte sich um Marcus. Für den kleinen Gewaltausbruch, dessen Zeuge er geworden war, hatte es keinen Grund gegeben. Nicht dass Ackerman je etwas gegen Gewalt gehabt hätte, aber Marcus' Reaktion war impulsiv und dumm gewesen und hatte jede Berechnung vermissen lassen. Sie hatte keinem Zweck gedient; es hatte gar nicht zu ihm gepasst. Marcus wurde nachlässig. Er brauchte Hilfe. Nur einen kleinen Stoß in die richtige Richtung.

Der Killer richtete sich auf und kratzte seinen roten Bart. Die Verkleidung gehörte zu denen, die er am wenigsten mochte, doch sie war effizient. Er hatte den Bereich, wo Nase, Stirn und Augen zusammenkamen, mit einer Latexprothese versehen und an der Stirn und um die Augen Runzeln angebracht. Dazu kamen mehrere Schichten Bühnenschminke, damit alles ineinander überging und natürlich aussah. Das kostete viel Zeit, aber es lohnte sich. Außerdem waren die Kleidungsstücke ausgepolstert, damit er schwerer wirkte. Die meisten Gesichtserkennungsprogramme hätten sich von der falschen Nase vermutlich täuschen lassen, aber bei einem Infrarotbild fielen die Temperaturunterschiede zwischen Haut und Maske auf. Gegenüber einer guten Software war auch der falsche Bart nutzlos. Doch die Lösung dieses Problems war simpel und elegant zugleich. Der Großteil der Erkennungssoftware basiert vor allem auf einer Augenanalyse und erforderte Symmetrie, um effizient arbeiten zu können. Bei Ackermann hing das Haar der langen braunen Perücke über die rechte Gesichtshälfte und verbarg damit sein rechtes Auge. Seinen Tests zufolge bestand eine Gefahr von nur drei Prozent, dass er erkannt wurde.

Er blätterte durch das Buch in seiner Hand. So weit er es verstand, befasste es sich mit Weissagung und Magie im alten Ägypten. Kaum waren Marcus und Andrew abgefahren, schob er den Band ins Regal zurück und ging zur Theke.

Crowley fluchte noch immer und betrachtete sein Gesicht im Spiegel eines kleinen Waschraums gleich hinter der Theke, auf dessen Tür »Nur für Mitarbeiter« stand. Als er Ackerman sah, wies er mit dem Finger auf ihn. »Was willst du?«

Lächelnd legte Ackerman einen großen Revolver auf den Ladentisch, einen Taurus Judge, den er mit Schrotpatronen geladen hatte. Jede Hülse enthielt drei kupferummantelte Scheiben und zwölf kupferummantelte Kugeln, die für maximale Mannstoppwirkung sorgten. Der Judge lag auf dem Zentrum des Spinnennetzes aus Rissen und Blut, das Marcus erst vor wenigen Augenblicken mit Hilfe von Crowleys Gesicht erzeugt hatte.

»Ich möchte ein kleines Spiel machen«, sagte er. »Nennen wir es *Die ganze Wahrheit.*«

64

Andrew riss den Yukon auf einen Parkplatz zwischen einem mexikanischen Restaurant und einem verlassenen, vor Graffiti strotzenden Gebäude. Es war vielleicht einmal ein Lebensmittelgeschäft oder ein Spirituosenladen gewesen, Marcus konnte es nicht genau erkennen. Das Dach hatte Brandschäden, und die Fenster waren vernagelt. Ein paar Gangmitglieder, die zum mexikanischen Restaurant gingen, starrten sie an, als wären sie am falschen Ort. Das Radio spielte *Carry On Wayward Son*. Andrew schaltete es ab.

»Ich mag das Lied«, beschwerte sich Marcus.

Andrew, der auf dem Fahrersitz vor Wut schäumte, fuhr ihn an: »Was ist los mit dir? Ich kann so nicht weitermachen.«

»Tut mir leid. Ich bin die ganze Zeit gereizt. Ich kann nicht schlafen. Ich kann nicht atmen. Mir ist, als würde mir gleich der Kopf platzen. Ich verliere die Kontrolle über alles.«

»Dann finde dich damit ab und reiß dich zusammen. Ich bin es leid, dein Kindermädchen zu spielen.«

Im Wagen breitete sich Schweigen aus. Der Wind nahm zu, blies den Schnee vom Dach des leerstehenden Gebäudes und wehte ihn auf ihre Windschutzscheibe.

»Was hast du wirklich?«, fragte Andrew. »Ich will die Wahrheit hören.«

Marcus atmete tief aus. »Was glaubst du, wie viele Menschen ich getötet habe?«

»Tja … als ich auf der Highschool war, kam einmal ein Vietnamveteran in unseren Geschichtsunterricht. Er schilderte seine Erlebnisse, dann durften wir Fragen stellen. Ich war ein dummer Junge und wollte von ihm wissen, ob er jemals getötet hätte, als er dort war. Seine Antwort habe ich bis heute nicht vergessen. Er sagte mir, er würde sich lieber auf die Menschen konzentrieren, die er gerettet habe. Genau das musst du auch tun. Du kannst dich nicht ohne triftigen Grund von der Schuld zerfressen lassen.«

»So einfach ist das nicht.«

»Oh doch. Du machst es nur kompliziert.«

»Du verstehst das nicht.«

»Dann erleuchte mich.«

Marcus betrachtete die Schneeflocken, die träge über die Scheibe strichen. Menschen gingen mit hochgeschlagenen Krägen und heruntergezogenen Kapuzen vorbei. Er musterte sie, während sie vorbeistapften, und fragte sich bei jedem, wohin er wollte. Ihre Welten waren so anders als seine. Was machten normale Menschen? Was empfanden sie?

»Ich fühle mich nicht schuldig, weil ich sie getötet habe, Andrew. Im Grunde habe ich es sogar genossen. In mir steckt etwas, das genauso ist wie bei Ackerman. Jedes Mal, wenn ich den Abzug drücke, wird es ein bisschen einfacher. Mein Herz wird ein bisschen kälter. Die Welt wird ein bisschen dunkler. Ich mache mir Sorgen, dass ich eines Tages eine Grenze überschreite und irgendein Schalter in mir umgelegt wird. Es steckt in mir, es will sich freikämpfen. Und es wird immer schlimmer.«

Fünfter Tag –

19. Dezember, abends

65

In der Werkstatt in seiner Garage schritt Schofield auf und ab. In ihm tobte ein Tornado widersprechender Empfindungen. Er überlegte, ob er sich stellen sollte. Er dachte an Selbstmord. Er dachte an seine Mutter. Vielleicht hatte sie von Anfang an recht gehabt. Vielleicht war er wirklich von Geburt an verdammt. Vielleicht war er tatsächlich ein Gräuel in den Augen Gottes. Für die Welt wäre es vermutlich besser gewesen, hätten die Versuche seiner Mutter, ihn zu töten, ehe er das Erwachsenenalter erreichte, zum Erfolg geführt.

Er setzte sich an den kleinen Schreibtisch, den er bei einer Versteigerung in einer alten Kirche erworben hatte. Früher hatte das Möbel vielleicht dem Pastor gehört. Es hatte schwere Eichenschubladen mit Schlössern. Schofield holte seinen Laptop aus dem dritten Schubfach von unten und rief die Kameraübertragung aus dem Haus der Frau ab, die er zum nächsten Opfer erkoren hatte. Sie stand am Herd und kochte. Er sah, wie sie etwas in einen Topf mit kochendem Wasser schüttete. Aus der Kameraperspektive war es nicht zu erkennen, doch er glaubte, dass es Nudeln waren.

Er brauchte diese Frau. Er musste sie sich am Abend holen. Doch wenn er sie dem Propheten übergab, und seine Vermutungen trafen zu ...

Der Gedanke war zu schrecklich. Er klappte den Laptop zu, setzte sich an den Schreibtisch und blickte aus dem

Fenster. Der Tag war bedeckt gewesen, und jetzt ließ die Sonne die Welt im Stich.

Schließlich stand er auf und wollte zurück ins Haus gehen, als ihm beim zufälligen Blick aus dem Fenster etwas ins Auge fiel. Ihr Grundstück grenzte an einen kleinen Wald. Ein weißhaariger alter Mann war am Waldrand erschienen, wo der gepflegte Rasen vor dem Unkraut kapitulieren musste. Der Mann sprach mit jemandem.

Schofield trat näher ans Fenster, damit er besser sehen konnte, und begriff, dass die zweite Person sein Sohn Benjamin war.

Er stürmte aus dem Anbau und überwand rasch die Entfernung zu seinem Sohn. Benjamin wollte ihm nicht in die Augen blicken. »Was ist hier los?«

Sein Nachbar fuhr sich mit der Hand durch das lange weiße Haar und antwortete mit dem breiten irischen Akzent, der Schofield stets auf die Nerven ging: »Hallo, Harrison. Ich habe mit Ben gerade über etwas gesprochen, das ich im Wald gefunden habe. Aber jetzt, wo Sie hier sind, überlasse ich es Ihnen.«

Im Weggehen schlug der alte Mann Schofield auf die Schulter. Schofields wütender Blick brannte dem Nachbarn Löcher in den Rücken. Eines Tages wäre er stark genug, um mit dem Alten ein für alle Mal fertig zu werden.

Benjamin konnte ihn noch immer nicht ansehen, deshalb hockte Schofield sich hin, sodass sie auf Augenhöhe waren. »Mir kannst du alles erzählen, Kumpel«, sagte er. »Was ist los?«

»Versprichst du mir, dass du nicht böse bist?«

»Ich verspreche es. Du bekommst keinen Ärger.«

Benjamin deutete auf einen Schuhkarton, der an einem Baum in der Nähe auf dem verschneiten Boden lag. Es war ein schwarzbrauner Nike-Karton aus dicker Pappe. Der Deckel war mit den Seiten verbunden und konnte wie an einem Scharnier hochgeklappt werden. Die Schachtel war geschlossen.

»Was ist das?«

Tränen traten Ben in die Augen. Er sagte kein Wort.

Schofield trat zu der Schachtel und starrte darauf. Der Wind frischte auf, und er schauderte im kalten Luftzug. Er trug nur ein leichtes Sweatshirt und Jeans – er hatte nicht damit gerechnet, im Schnee stehen zu müssen. Mit der Schuhspitze klappte er den Deckel des Schuhkartons hoch.

Er war entsetzt, als er sah, was darin war. Doch im nächsten Moment sagte er sich, dass er damit hätte rechnen müssen. Das Innere der Schachtel war blutverschmiert. Der verstümmelte, ausgeweidete Kadaver eines kleinen Tieres lag darin. Vielleicht war es eine Katze gewesen, doch er konnte es nicht mit Sicherheit sagen, dazu war der Kadaver zu sehr entstellt. Als Kind hatte Schofield ähnliche Grausamkeiten an kleinen Tieren begangen, die er in der Nähe des Lagers gefangen hatte.

Schofield blickte Benjamin an. Schmerz und Trauer rissen ihn beinahe von den Füßen. Er schluckte heftig. Die Kinder hatten ihn niemals weinen sehen. Bens Gesicht war tränenüberströmt. Mit leiser Stimme sagte der Junge: »Es tut mir leid, Daddy. Mr O'Malley sagte ...«

Schofield ergriff den Jungen, hob ihn vom schneebedeckten Boden und drückte ihn liebevoll an seine Brust. Ben weinte an seiner Schulter. »Das ist egal, Benjamin.

Egal, was du tust, ich habe dich deswegen nicht weniger lieb.«

»Wirst du es Mom sagen?«, fragte Ben, das Gesicht noch immer im Sweatshirt seines Vaters vergraben.

»Nein. Das bleibt unser kleines Geheimnis.«

Schofield drückte den Jungen fester. Der kalte Wind umpeitschte sie, doch er wollte nie mehr loslassen. Er hatte sich oft gefragt, was er getan hätte, wäre er an seiner Mutter Stelle gewesen. Jetzt wusste er es. Ganz egal, was eines seiner Kinder tat, er konnte ihnen nicht wehtun. Sie waren seine Welt. Nur sie zählten. Ein Grund mehr, seine leere Seele zu füllen und der beste Vater zu sein, der er sein konnte.

Lange Minuten verharrten Vater und Sohn. Dann rief Eleanor von der Hintertür: »Jungs, seid ihr da draußen? Das Essen ist fertig. Wo steckt ihr denn?« Ihre Stimme kam näher, während sie sprach.

Schofield stellte seinen Sohn rasch zu Boden, wischte ihm die Wangen sauber und schloss mit dem Fuß den Schuhkarton. »Geh ins Haus und wasch dich fürs Essen, Ben. Vergiss nicht, es bleibt unser kleines Geheimnis.«

Ben floh, als Eleanor um die Ecke des Werkstattanbaus kam. Der Junge rannte an ihr vorbei zum Haus. Eleanor hatte sich eine dünne gelbe Strickjacke übergezogen. Die Arme hatte sie vor der Brust verschränkt und zitterte vor Kälte. »Alles okay?«

»Alles bestens.«

»Was wollte Mr O'Malley denn?«

Schofields Blick schweifte zum Haus des alten Mannes, das längst nicht so exklusiv war wie das ihre, ein einstöckiges Ding im Ranchstil mit einem Dach aus beigefarbenen Ziegeln. Nach hinten hatte es einen großen Wintergarten und an der Seite eine Tür, durch die der Alte direkt zu ihrem Haus kommen und seine Nase in ihre Angelegenheiten stecken konnte.

»Ich möchte, dass die Kinder sich von O'Malley fernhalten.«

»Wieso? Er ist ein netter Mann. Die Kinder betrachten ihn wie einen zweiten Großvater.«

»Ich mag ihn nicht.«

»Er ist nur ein einsamer alter Mann.«

»Du kennst ihn nicht.«

»Ist was passiert?«

Er widerstand dem Verlangen, auf den Schuhkarton zu blicken. »Nein, alles okay. Ich komme gleich nach.«

Sie wirkte nicht überzeugt, sagte aber: »Es gibt Hähnchen-Chinapfanne. Dein Lieblingsessen.«

»Ich muss nur noch schnell was erledigen, dann komme ich nach. Fangt schon ohne mich an.«

Schofield sah seiner Frau hinterher, bis sie im Haus verschwunden war, dann ging er zur Garage und holte einen Spaten mit langem Fiberglasstiel. Der Boden war vermutlich gefroren und ließ sich nur schwer bewegen. Zum Glück brauchte er nicht allzu tief zu graben, um das Werk seines Sohnes zu beseitigen.

66

Maggies Verabredung mit Ellery Rowland war bestens verlaufen. Das Everest war ein elegantes französisches Restaurant in der vierzigsten Etage der Chicagoer Börse. Bronzeskulpturen des schweizerischen Künstlers Ivo Soldini schmückten jeden Tisch, und an den Wänden hingen Gemälde des Chicagoer Malers Adam Siegel. Sie hatte sich Rochen in Haselnusskruste mit Kapern in brauner Butter bestellt. Maggie war sich nicht ganz sicher, ob sie Rochen mochte, aber es war auf der Speisekarte das erste Gericht unter der Überschrift »Hauptgerichte« gewesen.

Das Restaurant war um die Mittagszeit normalerweise geschlossen, doch Ellery war ein enger Freund des Küchenchefs. Bei der ganzen Sache hatte Maggie sich auf eigenartige Weise gefühlt wie Julia Roberts in *Pretty Woman*. Rowland war charmant und interessant, doch aus irgendeinem Grund hatte sie immer wieder an Marcus denken müssen.

Wir wollen eben immer, was wir nicht haben können, sagte sie sich.

Nachdem sie sich von Rowland verabschiedet hatte, war sie ins Hotel zurückgekehrt und hatte sich wieder an Beweismaterial und Berichte gesetzt. Ihre Mittagspause als Prinzessin war vorbei, sie musste weiterarbeiten. Sie hatte gerade einen digitalen Bericht geöffnet, der das Leben Sandra Lutrells nachzeichnete, dem ersten Opfer der neuen Mordserie, als es an ihrer Tür klopfte.

Maggie öffnete. Vor ihr stand jemand, den sie als Letztes erwartet hätte.

Vasques bedachte sie mit einem herzlichen Lächeln. »Tag, Agent Carlisle. Haben Sie Marcus gesehen? Er ist nicht in seinem Zimmer und geht nicht ans Telefon. Ich dachte, vielleicht ist er bei Ihnen.«

Maggie verzog keine Miene. Sie bemerkte, dass Vasques sich nur nach Marcus, nicht nach Andrew erkundigt und ihn »Marcus« genannt hatte, nicht Agent Williams. »Sie sind nicht hier, aber sie sind auf dem Rückweg.«

»Okay, dann sagen Sie Marcus einfach, dass ich hier war, nur falls ich ihn verpasse. Ich setze mich in die Lobby und warte da.«

»Sie können hier warten«, sagte Maggie. »Es kann nicht mehr lange dauern.«

»Ich möchte Sie nicht stören.«

»Schon gut. Ich gehe nur Material über den Fall durch.«

Als Vasques ins Zimmer kam, bemerkte Maggie, dass sie alles in sich aufnahm. Sie warf einen Blick auf das Make-up und die Toilettenartikel auf der Ablage im Bad. Alles war säuberlich in symmetrischen Reihen aufgestellt. Ihre Kleidungsstücke lagen in ordentlichen Stapeln auf dem ungenutzten Bett. Vasques musterte sie mit erhobener Augenbraue. Am liebsten hätte Maggie sie angefahren, dass die Einladung, im Zimmer zu warten, nicht bedeute, dass sie ihre Gastgeberin analysieren dürfe, doch sie verbiss es sich. Stattdessen suchte sie nach etwas, das sie sagen konnte. »Ihr Vater hat an dem Fall gearbeitet, nicht wahr? Während der letzten Mordserie?«

Vasques nickte. »Ich glaube, er war dicht an etwas dran, aber er starb, ehe er der Sache nachgehen konnte.«

»Das tut mir leid.«

»Er war ein guter Cop und ein guter Vater. Es war ein dummer Unfall.«

»Mit dem Auto?«

»Ein Brand. Er ist beim Rauchen eingeschlafen.«

»Das tut mir leid.«

»Das sagten Sie schon.«

»Ich meine es ehrlich. Sind Sie bei den versteckten Kameras schon weitergekommen?«

»Noch nicht, aber es ist ja auch noch früh.«

Die Stille dehnte sich. Maggie konnte sich nicht erinnern, dass sie sich seit ihrem ersten richtigen Rendezvous in der siebten Klasse jemals so unbeholfen gefühlt hätte.

Nun war Vasques an der Reihe, nach Strohhalmen zu greifen. Der weibliche FBI Special Agent setzte sich auf die Bettkante und fragte: »Wie sind Sie zu diesem Beruf gekommen?«

Maggie war sich nicht sicher, was sie antworten sollte. Innerhalb der Shepherd Organization stellte niemand je solch eine Frage, und sie hätte es sich im Traum nicht einfallen lassen, von sich aus darüber zu sprechen. Nichts fragen, nichts sagen. Jedes Mitglied des Teams hatte eine Leiche im Keller, an die man besser nicht rührte. Sie erwog, Vasques eine Lüge aufzutischen, sagte sich dann aber, dass es nicht schaden könne, wenn sie ein bisschen von ihrer Vergangenheit preisgab. Sie setzte sich aufs Bett, stellte ein Kissen ans Kopfende und lehnte sich zurück. »Mein kleiner Bruder wurde von einem Serienmörder entführt, der als

›The Taker‹ bekannt geworden ist. Ich sollte damals auf ihn aufpassen. Als ich dann versucht habe, den Bastard zu finden, habe ich einiges über Strafverfolgung gelernt. So kam ich zu diesem Job.«

»Jetzt tut es *mir* leid.«

»Ist lange her.«

»Wurde der Kerl gefasst?«

»Nein.«

»Was wurde aus Ihrem Bruder?«

»Man hat ihn nie gefunden.«

»Das tut mir leid.«

»Das sagten Sie bereits.«

Vasques lächelte milde. »Wie lange arbeiten Sie schon mit Marcus?«

»Wir sind etwas über ein Jahr zusammen.«

Vasques zog die Brauen hoch, und Maggie begriff, dass ihre Formulierung mehrdeutig war. »Oh, so meine ich es nicht. Auch wenn es kurze Zeit so war.«

»Aber jetzt nicht mehr?«

»Nein, jetzt nicht mehr.«

Als Vasques bedächtig nickte, entdeckte Maggie in den Mundwinkeln der FBI-Beamtin die Andeutung eines mädchenhaften Lächelns. Obwohl sie kein Recht dazu hatte, hätte sie Vasques am liebsten quer durchs Zimmer gekickt.

Doch Maggie saß nur da und nickte wie eine Schwachsinnige.

67

Es klopfte an Maggies Zimmertür. Vasques war erleichtert. Beide Frauen wussten nicht mehr, was sie erzählen sollten, sodass das Gespräch peinliche Züge annahm.

»Ich mach auf«, sagte sie.

Andrew stand vor der Tür. Er wirkte niedergeschlagen, und in seinen Augen stand eine Traurigkeit, die vorhin noch nicht da gewesen war.

»Äh … hallo, Agent Vasques«, sagte er.

»Ich habe Marcus gesucht.«

»Er ist wieder in unserem Zimmer.«

»Okay, danke.«

Als Vasques sich an ihm vorbei auf den Flur schob, sagte Andrew: »Er braucht jedes bisschen Ruhe, das er bekommen kann.«

»Vollkommen richtig. Ich wollte ihm nur etwas sagen. Ich beeile mich.«

Vasques gab ihm keine Gelegenheit zu einem Einwand. Sie schloss einfach die Tür und ging zum Aufzug. Der Flur hatte strukturierte pfirsichfarbene Wände, und das rote Kringelmuster des Teppichs verursachte ihr leichten Schwindel. Vielleicht lag es an der Situation, die ihr bevorstand. Sie schwitzte, und ihr war ein bisschen übel.

Während sie in Maggies Zimmer auf der Bettkante gesessen hatte, war Vasques zu einer Entscheidung gelangt. In ihrem Beruf konnte man durch Passivität oder übermäßige Vorsicht bewirken, dass Menschen verletzt oder getötet wurden. Das Gleiche konnte passieren, wenn man sich blindlings in die Gefahr stürzte. Dennoch hatte Vasques keine Schwierigkeiten, in Situationen, in denen es um Leben oder Tod ging, augenblicklich zu reagieren und innerhalb eines Sekundenbruchteils zu handeln. Das war ihre zweite Natur.

Weshalb fiel es ihr dann so schwer, Entscheidungen zu fällen, die ihr Privatleben betrafen?

Bisher hatte sie es sich niemals erlaubt, spontan oder risikofreudig zu sein, wenn es um Gefühle ging. Doch als sie nun wieder an den geheimnisvollen neuen Mann in ihrem Leben dachte, sagte sie sich, dass sie jetzt damit anfangen konnte.

68

Der Alarmgeber des winzigen Bewegungsmelders, den Marcus an der Tür seines Hotelzimmers angebracht hatte, vibrierte an seiner Brust. Im Raum war es dunkel, und er hatte das Gesicht im Kissen vergraben. Dennoch schlief er nicht. Vermutlich war es Andrew, der den Melder ausgelöst hatte, doch er wollte kein Risiko eingehen. Die Waffe unter seinem Kopfkissen war ein stupsnasiger Taurus-Revolver vom Kaliber .357 Magnum. Er war kompakt und aus einem leichten Polymer gefertigt, besaß aber eine hohe Durchschlagkraft und einen Rückstoß wie ein Tritt von einem Maultier. Vor allem hatte der Spannabzug einen Widerstand von zehn Pfund, sodass es praktisch ausgeschlossen war, dass sich versehentlich ein Schuss löste. Letzteres fand Marcus bei einer Waffe, die jede Nacht neben seinem Kopf lag, besonders wichtig.

Mit der Magnum in der Hand rollte er sich aus dem Bett, hielt inne, lauschte. Niemand war ins Zimmer gekommen, niemand hatte geklopft. Mit dem Daumen spannte er den Hahn des Revolvers und verringerte damit den Zehn-Pfund-Widerstand auf zweieinhalb. Jemand aus dem Hotel hätte bereits geklopft, und die Liste der Personen, die wussten, in welchem Zimmer er schlief, war kurz: Andrew, der wollte, dass er sich ausruhte. Maggie, die entweder nicht wusste, dass sie wieder da waren, oder die von Andrew erfahren hatte, dass Marcus zu schlafen versuchte. Allen, der noch im Krankenhaus lag. Stan, der in DC geblieben war. Und Vasques.

Er wählte ihre Nummer. Sie meldete sich nach dem zweiten Klingeln.

»Stehen Sie vor meiner Tür?«, fragte Marcus.

»Woher wissen Sie das?«

»Ich habe kein Klopfen gehört.«

»Weil ich noch nicht angeklopft habe. Lassen Sie mich rein. Ich muss Ihnen etwas zeigen.«

Marcus schob die Waffe hinten in den Hosenbund und ging zur Tür. Nachdem er für alle Fälle durch den Spion geschaut hatte, öffnete er. »Ist etwas passiert?«, wollte er wissen. »Ist bei den Kameras irgendwas herausgekommen?«

»Nein. Ich dachte nur, Sie möchten vielleicht Gesellschaft.«

Zum ersten Mal, seit er Vasques kannte, wirkte sie beinahe zaghaft. Dadurch trat eine Weichheit in ihr Gesicht und eine Unschuld in ihre Augen, die ihre Schönheit noch deutlicher hervortreten ließ. Marcus schloss hinter ihr die Tür. Ehe er wusste, wie ihm geschah, hatte sie ihn gegen die Wand gedrückt und presste ihre Lippen auf seinen Mund.

Er wehrte sich nicht. Der Kuss war intensiv und von gierigem Verlangen. Seine Arme glitten hinter ihren Rücken, und er zog sie an sich. Er spürte ihren festen Körper, während sie sich an ihn schmiegte. Der exotische Blumenduft ihres Parfüms war stärker denn je. Er fuhr mit der Hand durch ihr langes, dunkles Haar, und sie griff nach seinem Gürtel.

»Ein bisschen schnell, oder?«, fragte er atemlos.

»Ich bin es leid, vorsichtig zu sein. Ich bin es leid zu warten. Mach einfach mit.«

Vasques drückte ihn auf die schwarze Ledercouch und setzte sich rittlings auf ihn. Der Revolver drückte in seinen

Rücken, aber er achtete nicht darauf. Sie zog ihr Shirt über den Kopf. Darunter trug sie einen spitzenbesetzten schwarzen BH. Der Anblick überraschte ihn. Er hatte bei ihr etwas Praktischeres erwartet. Sie beugte sich vor und küsste ihn mit noch größerer Wildheit. Ihr langes dunkles Haar fiel ihm über Gesicht und Brust. Er schloss die Augen und fuhr mit den Fingern hindurch. Doch vor sich sah er Maggie. Er dachte an ihre Verabredung zum Mittagessen mit Ellery Rowland, und Eifersucht überkam ihn.

Und dann klingelte Vasques' Handy. Sie stöhnte und blickte aufs Display. »Das ist Belacourt. Ich muss rangehen.«

Marcus hörte nur ihre Seite des Gesprächs, doch es reichte, um ihn wissen zu lassen, dass etwas passiert war. Sie beendete das Gespräch. »Eine Frau in Orland Park hat Kameras auf ihrem Dachboden gefunden.«

»Ruf ihn zurück.«

»Wozu?«

»Er soll niemanden ins Haus schicken und ihr einschärfen, dass sie die Kameras nicht anrühren soll.«

»Das hat sie vielleicht schon.«

»Ja, oder sie ist ausgerastet und hat zuerst die Cops angerufen.«

»Glaubst du, er zeigt sich da noch?«

»Es ist denkbar, dass er weder die Nachrichten gesehen noch beobachtet hat, wie sie die Polizei anrief. Einen Versuch ist es wert.«

Vasques drückte auf die Rückruftaste, stieg von Marcus herunter und ergriff ihr Shirt.

Marcus wusste, dass er eigentlich hätte enttäuscht sein müssen. Stattdessen war er seltsam erleichtert.

69

Ackerman trat zurück und bewunderte sein Werk. Im Allgemeinen zog er es vor, seine Spiele einfach zu halten, doch als er den Apparat betrachtete, den er gebaut hatte, wusste er sofort, dass die zusätzliche Mühe sich gelohnt hatte. Alles war nun bereit, und es wurde Zeit, mit der Attraktion des Abends zu beginnen.

Er hielt Crowley das Riechsalz unter die Nase, und der Mann wachte allmählich auf. »Was …? Wo bin ich? Was soll denn das!«

Ackerman weidete sich an der Angst in Crowleys Gesicht. Es war lange her, seit er sich zum letzten Mal richtig vergnügt hatte, und Crowley war der ideale Spielgefährte. Marcus wäre ihm vielleicht sogar dankbar dafür.

Der Mann saß nackt auf dem Apparat, die Hände auf den Rücken gefesselt. Hakenbesetzte Lederschellen umschlossen die beiden Fußgelenke. Ackerman hatte das Foltergerät nach Plänen aus der Zeit der spanischen Inquisition gebaut. Ein Original zu beschaffen war ihm nicht gelungen, doch seine Version funktionierte genauso gut. Der Apparat bestand aus einem langen senkrechten Brett mit einem scharfen, V-förmigen Keil am unteren Ende. Während Crowley bewusstlos war, hatte Ackerman ihn sorgfältig positioniert, sodass er mit gespreizten Beinen auf dem Keil saß.

Crowleys Blick zuckte von links nach rechts, als er die Umgebung in sich aufnahm. Da der Apparat eine hohe

Decke erforderte, hatte Ackerman die Befragung ursprünglich in einem leerstehenden Schulgebäude unweit des umgewidmeten Crackhauses, in dem er gewohnt hatte, durchführen wollen. Deshalb hatte er den Apparat im Laderaum des gestohlenen Lieferwagens mitgeführt, als er zu Crowleys Buchladen gefahren war. Doch als er sich rasch im Hinterzimmer von Crowleys Geschäft umsah, änderte er seine Pläne. Wie zuvorkommend von Mr Crowley, eine eigene schallgedämmte Folterkammer zu unterhalten. Die Räume im Kundenbereich von Crowleys Laden waren sechs Meter hoch, die Folterkammer ebenso, nur dass schallschluckende Schaumstoffblöcke Decke und Wände bedeckten. Im ganzen Raum hingen Kameras in unterschiedlichen Winkeln, einige hoch, andere niedrig. Im Raum hatte auch ein kleines Bett gestanden, ein Kinderbett, das Ackerman in die Ecke geschoben hatte.

»Sie sind ein schlechter Mensch, Mr Crowley.«

»Leck mich am Arsch. Für wen hältst du dich? Lass mich hier runter!« Crowley gab sich weiterhin tapfer, doch Ackerman sah die Fassade bröckeln.

»Wozu haben Sie diesen Raum wohl benutzt? Haben Sie kleine Jungen hierhergebracht, Mr Crowley? Sie sind ein registrierter Sexualstraftäter. Man hört, dass Sie Geschmack an solchen Dingen haben. Aus diesem Grund haben Sie hinter Gittern gesessen.«

Der schnelle Rhythmus von Crowleys Atem erinnerte Ackerman an eine Waschmaschine, die mit vollem Tempo schleuderte. »Ich weiß nicht, was du laberst.«

»Ich bin nicht hier, um über Sie zu richten. Persönlich bin ich der Ansicht, dass man jemandem, der ein Kind missbraucht, bei lebendigem Leib die Lunge entnehmen sollte. Aber ich wohne im Glashaus, daher bewerfe ich Sie Ihrer Sünden wegen nicht mit Steinen. Ich bin nicht hier, um Rache zu üben oder Buße zu erzwingen. Ich brauche nur Antworten.«

»Gut. Hol mich runter. Ich sag dir alles.«

»Einem Mann wie Ihnen, der sich mit der dunkleren Seite des Lebens befasst und in gewisser Weise historisch gebildet ist, dürfte die spanische Inquisition ein Begriff sein.«

»Na klar, Mann! Bitte, hol mich einfach runter.«

»Diese Apparatur wurde in jener Zeit von den kirchlichen Inquisitoren benutzt. Von den Heeren Spaniens und Großbritanniens ebenfalls. Als ich ein Junge war, zwang mich mein Vater, mir Kenntnisse über mehrere Foltermethoden anzueignen, aber diese hat mich immer besonders fasziniert. Die Spanier hatten wirklich eine lebhafte und abseitige Fantasie. Ich wollte die Methode schon immer ausprobieren. Einen *Oldie but Goldie* sozusagen. Man nennt sie den Spanischen Bock.«

Offenbar hatte Crowley beschlossen, sich vom Bitten aufs Befehlen zu verlegen, denn er brüllte: »Ich sagte, lass mich runter, du Dreckschwein!«

Die Worte seines Vaters klangen Ackerman in den Ohren. *Du bist ein Ungeheuer ... Wir machen jetzt ein kleines Spiel, Francis.* Er ignorierte beide Stimmen, die aus der Gegenwart und die aus der Vergangenheit. »Der Spanische Bock wird weithin als eine der brutalsten und schmerzhaftesten Foltermethoden betrachtet, die der boshafte menschliche Verstand je ersonnen hat. Als sie Verwendung fand, gab es zahlreiche Fälle, in denen Männer und Frauen komplett entzweigeteilt wurden. Können Sie sich vorstellen, wie schmerzhaft das gewesen sein muss? Zu spüren, wie man langsam ausgeweidet wird, und dabei zu wissen, dass der Keil umso tiefer vordringt, je stärker man sich wehrt. Selbst wenn die Probanden das Verhör überlebten, starben fast alle später an Entzündungen. Natürlich wurden damals solche Aktionen eine nach der anderen vorgenommen. Man hat sich wohl nicht damit aufgehalten, die Apparatur zwischen den Sitzungen zu reinigen.«

»Sie brauchen das nicht machen. Ich hab's kapiert, Mann. Ich bin total verängstigt. Ich sage Ihnen alles, was Sie wissen wollen.« Crowley war offenbar nicht mehr nach Duzen zumute.

»Bitte schweigen Sie nun. Sie verderben den Augenblick. Wo war ich? Ach ja, der Bock funktioniert folgendermaßen: Ich stelle Ihnen Fragen, und für jede Antwort, die mir nicht gefällt, vergrößere ich das Gewicht an Ihren Füßen. Die scharfe Kante des Bocks schneidet dann tiefer. Und ich fürchte, dass dies, bedingt durch die Natur des Geräts, in der Folge eine langsame Kastration bedeutet.«

»Bitte! Holen Sie mich runter!«

»Aber wo würde da der Spaß bleiben? Betrachten Sie es als wissenschaftliches Experiment. Sie sind doch ein harter Bursche, Crowley. Messen wir mal, was erforderlich ist, um aus einem richtig harten Burschen ein kleines Mädchen zu machen.«

Crowley schrie auf und versuchte sich von dem Keil zu befreien. Die scharfe Kante drang ihm ins Fleisch, als er sich in den Fesseln aufbäumte. Mit dem ganzen Gewicht warf er sich zur Seite, offenbar, um das Gestell umzureißen. Doch Ackermans Hand schoss vor, packte Crowley beim Fußgelenk und hielt ihn fest.

»Ich fürchte, so einfach ist das nicht. Aber da fällt mir ein: Der Bock wurde gewöhnlich mit wenigstens zwei Männern betrieben, ich aber muss ihn allein bedienen. Wenn ich auf einer Seite das Gewicht erhöhe, muss ich mich rasch auf die andere bewegen, um die Verteilung gleich zu halten. Ich mache mir Sorgen, dass die zusätzlichen Schwankungen und Unterschiede den Prozess beschleunigen, aber wir müssen wohl einfach schauen, was passiert. Also, spielen wir.«

Ackerman hatte zwei 255-Pfund-Sätze gummiummantelter Hantelscheiben und etliche Meter schwarzes Nylonseil gekauft. Während Crowley bewusstlos war, hatte er Seilschlaufen durch die Löcher in den Scheiben gezogen, mit denen er sie an den Haken aufhängen wollte, die an Crowleys Fußfesseln angebracht waren. Früher hatten die Folterknechte Kanonenkugeln verwendet, doch mit den Gewichten ging es genauso gut. Er hoffte, dass er genügend Gewichte gekauft hatte, denn schließlich hatte er nicht die leiseste Ahnung, wie viel Zug erforderlich war, um einen Mann in zwei Hälften zu spalten.

Crowley wehrte sich weiter, doch er bereitete sich damit nur zusätzliche Schmerzen. Ackerman begann langsam und hängte nur fünf Pfund an jedes Fußgelenk. Er machte weiter, bis der Keil so tief schnitt, dass Blut hervortrat. Crowley heulte vor Schmerzen, doch Ackerman wusste, dass bisher so gut wie kein bleibender Schaden verursacht worden war.

»Was wissen Sie über den Anarchisten, Mr Crowley?«

»Holen Sie mich hier runter!«, rief Crowley schluchzend.

»Aus reiner Neugierde – wendet sich ein Satanist wie Sie in Augenblicken wie diesem um Hilfe an Gott, oder glauben Sie, der Fürst der Finsternis rettete Sie?«

»Bitte!«

Ackerman fügte weitere Gewichte hinzu. »Der Anarchist?«

Als Crowley sprach, stieß er seine hektischen Worte als atemlosen Schwall hervor. »Ich weiß nicht, wer er ist, aber er gehörte zu einer Sekte, die von einem Kerl gegründet wurde, der sich Prophet nannte. Sagte, der Teufel spräche aus ihm. Er hieß Conlan. Sie hatten so ein verstecktes Lager in Wisconsin. Dachten, sie würden der Apokalypse auf die Sprünge helfen, weil sie einen Jungen hatten, von dem sie sagten, er wäre der Antichrist.«

»Wie hieß der Junge?«

»Ich weiß es nicht!«

»Wo ist Conlan jetzt?«

»Ich weiß es nicht! Er ist untergetaucht. Als er noch das Lager besaß, hat er aktiv Jünger angeworben. Aber dann ist da etwas passiert, und er ist verschwunden.«

»Hat er versucht, Sie anzuwerben?«

»Ja! Bitte!«

»Wo ist das Lager?«

»Ich war nur einmal da. Es war auf irgendeiner Farm ... oben in Wisconsin. In Jefferson County.«

»Wie hieß der Besitzer der Farm?«

»Das weiß ich nicht!«

Ackerman erhöhte das Gewicht, und Crowley kreischte

auf, als der Keil in ihn schnitt. Tränen und Schweiß brachten seine Haut zum Glänzen. Die Flüssigkeiten sprühten zu Ackerman hinüber, als Crowley sich wand und den Kopf vor Schmerzen hin und her warf.

»Bitte«, schrie Crowley. »Ich glaube, auf dem Briefkasten stand Bowman oder Beaman ... irgendwas in der Richtung.«

Der Killer dachte darüber nach. Es war eine gute Spur. Marcus konnte sich die Grundbücher von Jefferson County ansehen, vielleicht fand er das Lager. Vielleicht fand er Conlan. Es genügte, um Marcus in die richtige Richtung zu lenken, und Ackerman wollte ihm nicht die gesamte Arbeit abnehmen.

»Sehr gut, Mr Crowley. Ich glaube Ihnen.« Er nahm einen kleinen Notizblock mit blutrotem Deckblatt aus der Gesäßtasche, klappte ihn auf, schrieb etwas und riss das Blatt heraus. Auf das nächste Blatt schrieb er noch etwas und riss es ebenfalls ab. Dann steckte er den Block wieder ein und breitete die Hände aus wie ein Magier, der einen Trick vorbereitet. In jeder Hand hielt er einen Zettel. »Da Sie meine Fragen beantwortet haben, gebe ich Ihnen eine Fünfzig-Prozent-Chance, mit dem Leben davonzukommen. Eines dieser Papierstücke enthält das Wort *Leben*. Auf das andere habe ich *Tod* geschrieben. Suchen Sie sich eines aus.«

Crowley schluchzte und murmelte etwas Unverständliches.

»Das ist nicht kompliziert. Jeden Tag treffen wir Entscheidungen, die unser Leben und das anderer beeinflussen. Menschen entscheiden sich, noch einen zu trinken, geraten auf die Gegenfahrbahn und stoßen mit einem anderen Fahrzeug zusammen. Sie entscheiden sich, ihre Kinder zu misshandeln, Drogen zu nehmen, gehen wegen Steuerbetrugs ins Gefängnis. Doch selbst eine simple und scheinbar unbedeutende Entscheidung kann alles ändern. Stellen Sie sich einen Mann vor, der sich am 11. September 2001 krankmeldete oder seinen Zug verpasste. Ich tue hier nichts anderes, als den Vorhang zu lüften und Ihnen zu zeigen, wie zerbrechlich das Leben in Wirklichkeit ist. Jetzt entscheiden Sie sich.«

»Nein, ich kann nicht!«

»Das ist an sich schon eine Entscheidung, aber Ihnen wird nicht gefallen, was sie zur Folge hat.«

Crowley schluchzte noch eine Weile, dann brachte er sich gerade lange genug unter Kontrolle, um zu sagen: »Rechts.«

Ackerman öffnete die rechte Hand und las, was auf dem kleinen Zettel stand. »Zu schade. Heute ist nicht Ihr Glückstag, Crowley.«

»Nein! Bitte!«

»Ich habe in meinem Leben vieles gesehen. Hatte viele faszinierende und schöne Erlebnisse und habe Schmerzen ertragen, die für tausend Jahre reichen. Aber ich habe noch nie gesehen, wie ein Mann in zwei Hälften gespalten wird. Da Sie ehrlich zu mir gewesen sind, möchte ich mich revanchieren. Es ist nicht nötig, dass Sie sich oder Ihre Entscheidung im Nachhinein infrage stellen. Ich habe geschummelt und beide Zettel mit *Tod* beschriftet.«

Crowley schrie. Und Ackerman hängte mehr Gewichte an.

70

Dreiundzwanzig Kilometer südwestlich der Chicagoer Innenstadt saß Marcus in Vasques' grauem Crown Victoria auf dem Beifahrersitz, trommelte mit dem Finger auf der Armaturenabdeckung und nippte an einem Becher Kaffee. Ein örtlicher Classic-Rock-Sender spielte Led Zeppelin. Robert Plant sang *When the Levee Breaks.* Das Haus der Zielperson war minzgrün gestrichen und hatte schwarze Fensterläden. Es war ganz und gar durchschnittlich, nicht alt, nicht neu, nicht ärmlich, aber auch nicht prachtvoll. Auf der Straße war es still, und es gab nicht viel Verkehr. Auf solch einer Straße – vorstädtisch, ruhig, abgelegen – hatten Marcus und seine Freunde Ball gespielt, als er noch ein Junge war, damals in Brooklyn. Schneeflocken trieben wie gewichtslos durch die Luft und setzten sich auf der Windschutzscheibe ab. Der Schnee würde das Sichtfeld einengen und die Beobachtung des Hauses der Zielperson behindern, wenn er dichter fiel.

Im Fußraum vor dem Beifahrersitz lagen Fast-Food-Schachteln. Marcus musste sie an den Sitz zurückschieben, damit er Platz für seine Füße hatte. Der Geruch nach Fett aus den leeren Schachteln vermischte sich mit dem Geruch des Kaffees und überdeckte Vasques' exotisches Blumenparfüm. Marcus schmeckte sie noch immer auf den Lippen. Im Wagen war es kalt und dunkel. Beide hatten sie den Mantelkragen hochgeschlagen, aber sie durften kein Lebenszeichen zeigen, indem sie das Licht oder die Heizung einschalteten – wenn die Fenster von innen beschlugen, konnte es sie verraten.

»Wo ist Belacourt?«, fragte Marcus.

Vasques nahm einen Schluck Kaffee. »Er beobachtet die Gasse am nächsten Block.«

»Weiß er, dass ich noch dabei bin?«

»Nein.«

»Was wird er tun, wenn er mich sieht?«

»Bin mir nicht sicher. Wahrscheinlich kommt ihm Rauch aus den Ohren. Vielleicht platzt ihm eine Ader. Überlass ihn mir.«

Im Radio wurde der Song von Led Zeppelin ausgeblendet, und der Moderator arbeitete eine Liste von Nachrichten ab. Er erwähnte einen Schneesturm, der über die Gegend hereinbrechen würde. Dann sprach er über die bevorstehende Wintersonnenwende. Marcus streckte die Hand nach dem Regler aus und drehte die Lautstärke hoch.

»... wird durch die Mondfinsternis die diesjährige Wintersonnenwende nicht nur die längste, sondern auch die dunkelste Nacht werden, und das nicht nur dieses Jahres – sie wird die längste und dunkelste Nacht der letzten fünfhundert Jahre.«

»Das ist es«, sagte Marcus. »Was der Anarchist auch plant, es wird in dieser Nacht geschehen!«

»Bist du sicher?«

»Die dunkelste Nacht in fünfhundert Jahren. Was wäre geeigneter für ein apokalyptisches Ritual?«

»Aber das ist erst in zwei Tagen, und er hat erst ein Opfer entführt, das er noch nicht getötet hat. Sein Muster sah zwei Getötete innerhalb von vier Tagen vor und dann fünf

Menschen, die an den folgenden fünf Tagen entführt wurden.«

»Dinge ändern sich. Vielleicht will er die Sache beschleunigen. Oder er hat schon drei entführt, von denen wir nichts wissen.«

»Hoffen wir, dass es nicht so ist.«

»Ich kann es spüren. Das ist der Termin, auf den er hinarbeitet. In zwei Tagen wird er fünf Opfer für sein Ritual bereit haben. Es sei denn, wir halten ihn auf.«

Vasques' Funkgerät quäkte. Belacourts Stimme drang aus dem Lautsprecher. »Dunkelblauer Mittelklassewagen nähert sich dem Haus. Könnte ein Camry sein. Position halten, bis ich den Befehl zum Zugriff gebe. Das könnte unser Mann sein.«

71

Vor dem Haus des nächsten Opfers, einer gewissen Liz Hamilton, klinkte Schofield sich in das ungesicherte drahtlose Netzwerk eines Nachbarn ein und griff auf die Kameras im Haus zu. Er beobachtete Liz, die friedlich schlief. Ihre Bettdecke hob sich in langsamen, regelmäßigen Intervallen. Liz ging stets früh zu Bett und stand früh auf.

Schofield klappte den Laptop zu, betrachtete den fallenden Schnee und versuchte, den Mut aufzubringen für das, was getan werden musste. Er musste die Pläne des Propheten für das letzte Ritual erfahren; er konnte das Unvermeidliche nicht länger hinauszögern. Er wählte die Nummer aus der Erinnerung. Nach dreimaligem Klingeln drang der schleppende, beruhigende Südstaatlerakzent des Propheten aus dem Handy.

»Hast du die Frau, Harrison?«

Schofield versagte die Stimme. Seine Zunge fühlte sich dick und nutzlos an.

»Harrison? Bist du dran, Junge? Hast du meine Nachricht erhalten?«

»Ich bin hier, Prophet. Und ich habe deine Nachricht bekommen.«

»Also hast du dich ferngehalten?«

»Ja, Herr. Ganz wie du befohlen hast ... Herr, ich ... ich habe über das letzte Ritual nachgedacht.«

»Tu einfach, was dir gesagt wird. Darüber hinaus brauchst du dir keine Gedanken zu machen. Ich habe alle Vorbereitungen getroffen.«

»Das ist es ja, was ich befürchte. Ich muss wissen, wer die letzten drei Opfer sind. Ich brauche …«

»Wie kannst du es wagen, mich infrage zu stellen! Ich spreche für den Vater. Indem du mich infrage stellst, stellst du *ihn* infrage. Wir alle haben unsere Rollen zu spielen. Konzentriere dich darauf, dich für den Aufstieg bereit zu machen. Die Einzelheiten überlässt du mir.«

Schofield biss sich auf die Lippe. Er bebte am ganzen Körper. Er konnte beinahe spüren, wie die Peitsche in seinen Rücken schnitt und sein Fleisch aufplatzen ließ. Nackt stand der Prophet hinter ihm und brüllte in einer fremden Zunge. Aber damals war er, Schofield, nur ein Junge gewesen. Ein Junge mit einer hohlen Seele. Jetzt war er ein Mann und hatte die Kraft anderer in sich aufgenommen.

Nun beschwor er allen Mut und alle Kraft seiner Opfer und sagte: »Das reicht mir nicht. Sag es mir! Wen willst du als Opfer verwenden?«

Der Prophet schwieg. Nur sein langsames Atmen und das statische Rauschen waren zu hören. »Ich glaube, das weißt du schon.«

»Sie gehören nicht dazu. Ich lasse dich niemals in ihre Nähe.«

»Du tust, was man dir sagt!«

»Ich lasse nicht zu, dass du meiner Familie Schaden zufügst!«

»Was glaubst du, weshalb ich dich zu deinem Großvater geschickt habe, damit du ein normales Leben führen kannst?« Der Prophet lachte. »Du hast bis jetzt nie darüber nachgedacht, was? Ich habe dir meine Erlaubnis erteilt, eine Familie zu haben. Aber sie gehört *mir*. Deine Kinder leben nur, weil ich es gestattet habe. Und was glaubst du wohl, weshalb?«

Schofield rührte sich nicht, sagte keinen Ton. Tränen rannen ihm über die Wangen.

»Ich habe es gestattet, weil sie etwas liefern, das bei den anderen Ritualen gefehlt hat. Als du noch ein Junge warst, haben wir Opfer dargebracht, aber sie haben dir nichts bedeutet. Im vergangenen Jahr war es das Gleiche. Das waren nicht deine Opfer. Es war nicht deine Entscheidung. Dein Herz war noch nicht bereit. Es war noch nicht finster genug. Das letzte Ritual sollte dich nur auf die Dunkelste Nacht vorbereiten. Alles, was wir getan haben, führte an diesen Punkt. Zu der schwärzesten Nacht in fünfhundert Jahren. Jetzt bist du bereit. Wenn du dich entscheidest, deine eigenen Kinder dem Vater zu opfern, steigst du zum Thron auf. Dann bist du der wahre Antichrist. Diese Welt wird enden, und aus ihrer Asche wird eine bessere geboren.«

Angst und Zweifel überfluteten Schofield, doch er wischte sich die Tränen ab und erwiderte: »Nein. Ich werde nicht zulassen, dass ihnen etwas geschieht. Ich bin es leid zu tun, was du mir sagst. Ich bin nicht deine Marionette. Ich bin nicht mehr der kleine Junge.«

»Du wirst tun, was ich dir sage!«

Schofield stellte das Handy ab. Wut, Angst und Unschlüssigkeit wirbelten ihm durch den Kopf und drohten ihn von innen zu zerreißen. Ihm war, als bröckelten die Säulen, die seine zerbrechliche Welt hielten, und der Himmel stürze auf ihn nieder. Er verlor die Kontrolle und wusste nicht, wie er die Abwärtsspirale anhalten sollte.

Er blickte zum Haus von Liz Hamilton. Er brauchte ihre Stärke. Sein Selbstvertrauen und seine Kraft waren mit jedem Mord gewachsen, und wenn er den Propheten aufhalten und seine Familie beschützen wollte, brauchte er alle Seelen, die er bekommen konnte.

Es war Zeit für ein neues Opfer.

72

Der Verdächtige saß in seinem Wagen. Marcus konnte erkennen, dass es ein Mann war, doch wegen des zunehmenden Schneefalls ließ sich sonst kaum etwas ausmachen. Offenbar hielt der Mann sich ein Handy ans Ohr.

»Das ist kein Camry«, sagte Marcus.

Vasques senkte das Fernglas. »Im Dunkeln könnte der Wagen aber für einen durchgehen.«

»Ja, kann sein.«

Marcus' Handy vibrierte in seiner Tasche. Das Display zeigte eine unbekannte Nummer, und er wusste genau, was das bedeutete. Ackerman. Er drückte den Ausschaltknopf am oberen Rand, um den Anruf abzuweisen und weitere Störungen zu verhindern.

»Wer war das?«

»Niemand Wichtiges.«

»Ruft er dich oft an?«

»Ständig.«

Belacourts Stimme, die aus dem Funkgerät drang, unterbrach ihr Gespräch. »Okay, alle Einheiten: Zugriff. Wir wollen ihn lebend.«

Marcus hatte vernommen, dass Vasques und Belacourt über die nächsten Schritte uneins waren. Sie hatte auf ihrer Überzeugung beharrt, dass sie dem Killer gestatten sollten, sich dem Haus zu nähern, um ihn auf frischer Tat zu ertappen. Vasques sorgte sich, eine Festnahme der falschen Person könnte dem echten Anarchisten verraten, dass sie ihm auf der Spur waren. Belacourt hatte dem entgegengehalten, dass sie keine Cops im Haus postieren könnten, weil sie sonst von den Kameras entdeckt würden, und sie hatten noch keine Zeit gehabt, eine Aufnahmeschleife einzuspielen. Für ihn hatte die Sicherheit der Frau im Vordergrund gestanden.

Marcus wusste, dass sie beide recht hatten – und zugleich unrecht. In dieser Situation wäre er allerdings auf Belacourts Seite gewesen. Selbstverständlich hätte er das Vasques gegenüber niemals zugegeben.

Der Mann im Auto hatte das Handy weggelegt und starrte auf ein kleines Gerät, das er aufs Lenkrad stützte. Das helle LED-Display des Geräts tauchte die Züge des Mannes in geisterhaftes Licht. Es konnte sich um eine Art Videobildschirm handeln.

Marcus beobachtete, wie die Polizeieinheiten sich um den blauen Wagen zusammenzogen. Vier SWAT-Team-Mitglieder in voller Panzermontur näherten sich ungesehen aus Richtung eines Nachbarhauses. Dann fuhren drei zivile Fahrzeuge vor, unbeleuchtet, bis sie neben dem verdächtigen Wagen waren. Die Zivilwagen bremsten und blockierten das Zielfahrzeug von allen Seiten. Zeitgleich mit den Wagen stürmte das SWAT-Team durch den Schnee und umzingelte das dunkelblaue Auto. Die Beamten in den Fahrzeugen hatten die Waffen gezogen und bedrohten den Verdächtigen. Das alles dauerte nur wenige Sekunden, dann war der Verdächtige in sicherem Gewahrsam.

Der Mann trug Jeans und ein Anzughemd mit Button-Down-Kragen und einem Firmenlogo auf der linken Brusttasche. Er trug weder Schwarz, noch war er angemessen gekleidet, um den Schnee zu durchqueren.

Vasques fluchte leise. »Das ist er nicht.«

»Stimmt. Er hat bloß in der falschen Straße angehalten. Ich wette, er hat auf ein GPS-Gerät geschaut. Er hat sich verfahren.«

»Verdammt! Wenn der Anarchist das beobachtet hat, ist er jetzt definitiv weg.«

Marcus nahm ein großen Schluck Kaffee. »Er ist gar nicht hier«, sagte er. »Wir sind am falschen Haus.«

73

In Liz Hamiltons Schlafzimmer spielte leise Musik, akustischer Pop-Rock, wie Schofield vermutete. Im Wohnzimmer roch es nach Wald. Ein Weihnachtsbaum, eine schöne Fraser-Tanne, stand vor dem Vorderfenster, geschmückt mit Kugeln, Kerzen und einem Engel an der Spitze. Der Baum war gesund und duftete, ein schönes Exemplar, das so gar nicht in das bescheidene kleine Haus passen wollte. Schofield schaute zu dem Engel hoch, der dicht unter der Decke schwebte. Seine Augen schienen ihn mit anklagendem Blick zu verfolgen.

Die Tür zum Schlafzimmer war nur ein paar Schritte entfernt, und der animalische Teil seines Hirns war erregt von der Nähe seines Opfers und dem, was er gleich tun würde. Er hatte nicht vor, die Frau zu betäuben und dem Propheten zu übergeben. Er hatte auch keine Pläne, sie zu erschießen. Diesmal würde er seine neu erlangte Kraft unter Beweis stellen, indem er sie überwältigte und ihre Seele an Ort und Stelle verzehrte. Er wollte eine Konfrontation herbeiführen, die er bisher jedes Mal vermieden hatte. Bei diesem Gedanken fühlte er sich auf seltsame Weise befreit. Er würde dadurch jenes Selbstvertrauen erlangen, das er brauchte, um sich endlich dem Propheten zu stellen. Dann würde er beweisen, dass er stärker war denn je.

Da Schofield wusste, dass die unbekannten Variablen und Risiken entmutigend wirken würden, wenn er zu lange darüber sinnierte, handelte er rasch und unbedacht. Er trat die Tür ein. Das Sicherungsblech brach fast ohne Widerstand aus dem Türrahmen, und die Tür flog nach innen.

Das Licht aus dem Wohnzimmer fiel ins Schlafzimmer und beschien Liz Hamiltons Gesicht. Der Lärm und die Helligkeit veranlassten sie, sich ruckhaft aufzurichten. Sie war schlagartig wach und blickte Schofield aus weit aufgerissenen Augen an. Ihr schriller Schrei erfüllte das Schlafzimmer und ließ Schofield ein paar Sekunden zögern. Das verschaffte Liz die Zeit, vom Bett zu springen und ins angrenzende Badezimmer zu fliehen. Sie knallte Schofield die Tür vor der Nase zu.

Er wich zurück, um auch diese Tür einzutreten, doch dann durchschaute er Liz' Plan. Er kannte den Grundriss des Hauses genauso gut wie sie selbst. Das Bad grenzte an ein kleines Wäschezimmer, das wiederum in die Küche führte. Liz schloss sich nicht im Bad ein. Sie wollte zur Hintertür in der Küche.

Um ihr den Fluchtweg zu verstellen, warf Schofield sich herum und rannte durch die eingetretene Schlafzimmertür, vorbei an der Fraser-Tanne durchs Wohnzimmer in die Küche. Auf dem dunklen Linoleumboden schlitterte er um die Ecke. In der Küche brannte kein Licht, aber das Fenster über der Spüle sorgte für ausreichend Beleuchtung. Schofield sah Liz' Gestalt im Dunkeln. Der Kitzel der Jagd pumpte ihm Adrenalin ins Blut. Er fühlte sich erregt, lebendig.

Liz griff nach etwas auf der Theke und stürzte vor.

Mit einer Geschwindigkeit, die er nur seinem animalischen Instinkt verdankte, wich Schofield zur Seite und entging um Haaresbreite dem Küchenmesser, das ihn mitten in den Unterleib getroffen hätte. Die Klinge schlitzte seine dunkle Jacke auf. Schofield war kein Kämpfer, wusste sich aber zu verteidigen. Er schlug Liz das Messer aus der Hand und ging ihr an die Kehle.

Mit seinem Gewicht überwältigte er sie. Beide stürzten zu Boden. Schofields Hände drückten ihr den Kehlkopf zu. Liz versuchte zu schreien, brachte aber nur ein ersticktes Röcheln hervor. Mit den Fingern krallte sie nach ihm.

Plötzlich fiel grelles Licht durch das Fenster in der Hintertür. Schofields Blick zuckte in die Richtung. Beinahe rechnete er damit, einen Polizisten zu sehen, der durch die Scheibe eine Waffe und eine Taschenlampe auf ihn richtete. Doch es war niemand zu sehen. Offenbar war ein Auto durch die schmale Straße gefahren. Zum Glück hatte er seinen Camry so weit auf Liz' Grundstück gefahren, dass der andere Wagen passieren konnte.

Schofield hörte ein Geräusch. Er blickte gerade rechtzeitig zu Liz, als sie eine Schublade aus dem Küchenschrank zog und sie ihm gegen den Schädel schmetterte.

Er fiel von ihr herunter und landete mit dem Rücken auf dem dunklen Linoleum. Als er sich an den schmerzenden Kopf fasste, ertastete er Blut. Der plötzliche Schmerz bescherte ihm einen Moment der Klarheit, und er fragte sich, was er sich bei der ganzen Sache gedacht hatte. Hatte er es darauf angelegt, diesmal gefasst zu werden?

Als er Liz' schnelle Schritte hörte, die sich zum Badezimmer entfernten, zog er sich vom Boden hoch. Er stolperte hinter ihr her, packte den Knauf der Badezimmertür und rüttelte daran. Abgeschlossen.

Na warte!

Die billige Wabentür gab beim ersten Tritt nach. Liz war bereits durch die andere Tür ins Schlafzimmer geflohen. Nun blickte sie hinter sich und schrie auf, als Schofield aus dem Dunkeln auf sie zustürmte. Er warf sie aufs Bett nieder und schlug mit beiden Fäusten auf sie ein. Wieder gellte ein Schrei. Schofield brauchte einen Moment, bis ihm klar wurde, dass dieser Schrei tief aus seiner eigenen Kehle gedrungen war.

Liz versuchte, über das Bett davonzukriechen, doch er packte sie bei den Beinen und zerrte sie unter sich. Wieder legte er ihr die Hände um den Hals, und diesmal drückte er noch fester zu. Das Licht aus dem Wohnzimmer fiel auf ihr Gesicht, das sich puterrot färbte, als sie nach Atem rang. Sie krallte nach seinen Händen, doch ihre Nägel glitten von seinen Handschuhen ab. Dann schlug sie nach seinem Hals. Ihre Nägel gruben sich neben seiner Kehle in seine Haut.

Wieder schrie er auf und schüttelte sie, drückte sie fester auf die Matratze. Seine Finger waren wie ein Schraubstock. Er konnte sehen, wie die Kraft aus ihrem Körper strömte.

Sie war so blond wie Alison, seine älteste Tochter. Die Ähnlichkeit war ihm bisher nie aufgefallen, doch jetzt stach sie ihm ins Auge. Er dachte an seine Frau und seine Kinder und was der Prophet tun würde, wenn er sie fand.

Er bedauerte, was er dieser Frau antun musste. Er bedauerte es, gezwungen zu sein, sie alle zu töten. Nichts davon hatte er je gewollt. Aber wenn er zwischen den geopferten Frauen und seiner Familie wählen musste, fiel ihm die Entscheidung leicht. Bislang hatte er dem Propheten stets gehorcht, weil er fürchtete, der Alte könnte seiner Frau und den Kindern etwas antun, doch er war dadurch auch immer stärker geworden. Da hatte der Prophet einen Fehler begangen. Die Morde hatten Schofields hohles Herz gefüllt und ihm die Kraft gegeben, sich zu wehren. Eine Kraft, die er früher nie gekannt hatte.

Liz schlug wirkungslos mit den Armen nach ihm. Nach ein paar Sekunden sanken sie schlaff herunter. Schofield blickte ihr tief in die Augen, als sie den Kontakt zu dieser Welt verlor und ihr entglitt.

Er fing ihre Seele, ihre Lebenskraft auf und trank sie.

Dann überlegte er, ob er seine Signatur hinterlassen sollte. Eigentlich spielte es keine Rolle. Das Gefängnis war keine Option für ihn. Wenn die Polizei ihn mit einem Mord in Zusammenhang brachte, reichte das mehr als aus, um sein Leben zu zerstören. Also nahm er ein kleines Taschenmesser hervor und schnitt Liz das A im Kreis in die Stirn. Dann öffnete er ihr die Pulsadern und malte mit ihrem Blut ein großes A im Kreis an die Wand. Er rieb sich Blut in den Mund und spürte, wie noch mehr von ihrer Kraft in ihn eindrang.

Das Haus war ein einziges Chaos. Trümmer und Kampfspuren überall. Genau das, was Schofield bisher so sorgfältig vermieden hatte. Er betastete die Wunde an seinem Hals, dann blickte er auf Liz' Hände. Mit Sicherheit war sein Blut daran, vermutlich auch an anderen Stellen im Haus, allein schon das Blut aus seiner Kopfwunde. Und damit hätte die Polizei seine DNA.

Außerdem hatten sie gewaltigen Lärm gemacht. Ein Nachbar hatte vielleicht schon die Polizei gerufen. Jeden

Moment konnte ein Streifenwagen kommen. Die Cops näherten sich vielleicht schon dem Haus, um ihn einzukreisen.

Schofield zog die schallgedämpfte Pistole, sah nach den Fenstern und trat durch die Hintertür in den Garten. Er entdeckte niemanden, der aus einem Fenster blickte, aber das bedeutete noch lange nicht, dass niemand die Polizei gerufen und sich in die Sicherheit seines Hauses zurückgezogen hatte. Er musste sich beeilen.

In Liz' Garage fand er eine Heckenschere. Er ging wieder ins Haus, warf das Gartenwerkzeug aufs Bett und holte eine Gallonenflasche Bleichlauge aus dem Wäschezimmer. Mit der Küche beginnend goss er den Chlorreiniger auf jede Stelle, auf die möglicherweise sein Blut getropft war. Nachdem er der Spur ins Schlafzimmer gefolgt war und alles mit Bleichlauge behandelt hatte, tränkte er damit das Bett und die Leiche. Dann blickte er auf die Finger der Frau. Er wusste, was er zu tun hatte, und griff nach der Heckenschere.

74

Im Keller seines Antiquitätengeschäfts wappnete sich der Prophet für eine Beratung mit seinem Meister über die Komplikationen, die durch Schofields Aufsässigkeit entstanden. Er steckte sich drei Stücke Löschpapier, die mit Lysergsäurediethylamid – LSD – behandelt waren, in den Mund. Die meisten derartigen »Tickets«, die man auf der Straße kaufte, enthielten nur einhundert Mikrogramm LSD oder weniger, doch um die Mauern der Wirklichkeit niederzureißen und die andere Seite zu kontaktieren, benutzte der Prophet eine Dosierung von vier Milligramm. Er hatte keine Angst vor einer Überdosis, denn noch nie war ein Mensch unmittelbar durch LSD zu Tode gekommen. Der einzige Nachteil bestand darin, dass ihre regelmäßige Anwendung zu rascher Gewöhnung führte, da die 5-HT_{2A}-Rezeptoren im Gehirn an Empfindlichkeit verloren. Zum Glück verlor sich die Toleranz nach einigen Tagen ohne Gebrauch der Medizin wieder, daher bestand für ihn nur wenig Grund zur Befürchtung, seine Kommunikationsleitung zum Vater könnte jemals durchtrennt werden.

Die Droge konnte entweder unter der Zunge aufgenommen werden, indem er die Blättchen im Mund behielt, oder im Magen, falls er sie schluckte. Bei sublingualer Absorption setzte die Wirkung rascher ein. Der Prophet brauchte die Antworten jetzt, daher ließ er die Löschpapierstückchen eine Weile im Mund, verkaute sie und rieb sie gegen seine Zunge, ehe er sie schluckte.

Er stand von dem alten Holztisch auf und ging über den kalten Betonfußboden zu dem stabilen Käfig, in dem er das Mädchen gefangen hielt. Er war nackt, und jeder Schritt sandte wunderbare Tentakel der Empfindung durch seinen Körper. Schofield hatte gesagt, das Mädchen hieße Melissa Lighthaus, doch dem Propheten war ihr Name egal. Sie war nur ein weiteres unverständiges, dumpfes Tier, ein Stück Vieh, das er benutzte und wegwarf – eine aus der Unzahl von Sklaven, die schon bald im Großen Brand den Tod finden würden.

Er hatte die Mauern des alten Kellers schallisoliert, damit die Schreie der Frauen, die er dort hielt, nicht nach außen drangen. Das war vor allem deshalb erforderlich, weil der alte Keller sich weiter erstreckte als die oberirdischen Geschosse des Gebäudes. Direkt über dem Käfig war der Gehsteig. Der Gedanke, dass andere Sklaven über seine Gefangene hinwegschritten, ohne etwas von ihr zu ahnen, erregte den Propheten. Er hatte ihr dies sogar mitgeteilt, um ihre Verzweiflung zu steigern. So viele Menschen, so nahe. Und doch konnte niemand ihr helfen.

Die Wirkung seiner Dosis setzte ein, und schon bald würde sich ihm der *Blick* eröffnen. Ringsum änderte sich bereits die Realität, brach zusammen. Kein Sklave begriff, dass die Hölle *hier* war, nicht irgendwo anders. Ständig waren sie von ihr umgeben. Doch in der Dunkelsten Nacht, wenn das Ritual abgeschlossen war, würden die Barrieren, die den Vater von dieser Welt fernhielten, nicht mehr existieren. Welch glorreicher Tag, wenn die Mauern einstürzten! Wenn Hölle und Erde endlich eins wurden! Die Menschheit näherte sich dem nächsten wichtigen und unausweichlichen Schritt in ihrer Entwicklung. Bald wäre das *Werk* vollendet, und er würde zwischen den Sklaven hervortreten und seinen Platz zur Rechten des wahren Gottes einnehmen.

Doch bis dieser Tag kam, genoss er sein Refugium unter der Erde. Indem er sich von der Welt der Sklaven trennte, fühlte er sich dem Vater näher.

Das Mädchen kauerte in der Ecke des Käfigs. Ihre Haut schien zu leuchten, und ihre Augen waren helle purpurne Murmeln, die aus sich heraus strahlten. Ihr Gestank füllte die Luft, ausgehend von dem Eimer, den er in eine Ecke des Käfigs gestellt hatte, damit sie sich dort erleichtere. Doch schon bald wäre der Gestank kein Ärgernis mehr.

Er nahm den metallischen Geschmack der Droge auf seiner Zunge wahr, während die andere Seite immer tiefer in seine Welt vordrang. Die gepolsterten Wände ringsum begannen zu atmen. Aus den dunklen Ecken des Kellers beobachteten ihn Augen. Die Schatten lebten, trächtig mit Wesen der Finsternis. Der Beton war geschmolzen und warf Wellen unter ihm. Seine Füße klebten daran, sanken ein. Er musste alle Kraft aufbringen, um sie loszureißen, sodass er sich bewegen konnte.

Der Keller war ein großer offener Raum, dessen Decke auf Betonsäulen ruhte. In seiner Mitte war ein schwarzes Pentagramm auf den Boden gemalt. Hohe Spiegel waren nach den fünf Ecken des Symbols ausgerichtet. Ein schwarzer Eisenhocker stand im Zentrum des Pentagramms.

Der Prophet betrat den heiligen Zirkel, setzte sich auf den Hocker und wartete.

Die Schatten am äußeren Rand des Kreises wechselten

die Gestalt. Ölige schwarze Schemen wirbelten um ihn her – die Geschöpfe der Finsternis. Seine Gedanken tasteten sich vor, zuckten zurück, stießen wieder vor, als er zur anderen Seite der Wirklichkeit durchstieß. Fremdartige Gestalten krochen über den Beton. In den hohen Spiegeln verschwand sein Abbild, und eine raucherfüllte Dunkelheit schwamm auf der anderen Seite des Glases.

»Vater, Schofield hat uns verraten. Er hat das Werk zurückgewiesen und sich gegen uns beide aufgelehnt. Ich brauche deinen Rat. Die Dunkelste Nacht ist nahe.«

Er schloss die Augen und wartete, dass der Vater ihm den Weg zeigte. Eigentümliche Farbmuster wirbelten hinter seinen Lidern wie ein lebendiges Kaleidoskop, das Zeit und Raum transzendierte.

Dann schälte sich ein Gesicht aus dem Meer der Farben.

Der Prophet öffnete die Augen und sprach in die Dunkelheit. »Der Junge ist vom gleichen Blut, und wir haben diesen Tag vorbereitet. Dennoch weiß ich nicht, ob er bereit ist. Aber mir steht es nicht zu, deinen Willen zu hinterfragen, Vater. Der Junge soll der neue Auserwählte sein. Der wahre Antichrist.«

75

Wie benebelt wanderte Vasques durch Liz Hamiltons Haus. Überall stank es nach Chlorreiniger, überall fanden sich Spuren eines Kampfes. Kriminaltechniker strömten ins Haus und machten sich sofort an die Arbeit. Der Tatort war noch frisch.

Keine Stunde vor Vasques' Ankunft hatte ein Nachbar merkwürdigen Lärm aus Liz Hamiltons Haus gemeldet. Zwei Beamte waren vorgefahren und hatten die Leiche entdeckt. Danach hatte es wenig Sinn gehabt, weiter das Haus der anderen Frau zu bewachen, doch sie hatten dort für alle Fälle mehrere Beamte und das vierköpfige SWAT-Team zurückgelassen. Belacourt stand neben der Leiche und sprach mit Stupak und einem anderen Detective. Belacourts Kleidung war zerknittert und zu lange getragen, während Stupak in seinem teuren Anzug, dem sauber geschorenen Kopf und dem gestutzten Ziegenbärtchen wie ein Investmentbanker aussah.

Vasques nahm die Szenerie in sich auf. Sie konnte nicht fassen, dass ein und derselbe Mann für dieses Blutbad verantwortlich sein sollte. Die Gewalttätigkeit passte nicht zum Wesen des Anarchisten.

Belacourt kam zu ihr. »Was hältst du davon?«

»Das passt nicht zusammen.«

»Finde ich auch.« Belacourt strich sich über den Schnurrbart. »Es muss das Werk eines Nachahmungstäters sein.«

»Hast du im Dachboden nach Kameras suchen lassen?«

»Noch nicht, aber das kommt noch.«

»Du solltest einen Graphologen die Schrift an der Wand und auf der Stirn des Opfers analysieren lassen. Wenn wir die gleichen Kameras haben und die Handschrift passt, wissen wir, dass er es doch war.«

»Ich verstehe es trotzdem nicht«, sagte Belacourt. »Mein Gott, er hat ihr die Finger mit einer Heckenschere abgeschnitten. Wenn das der Anarchist war, wird er schlampig. Er verliert den letzten Rest Verstand. Aber das macht es uns leichter, ihn zu fassen.«

Vasques beugte sich über die Tote und blickte in ihre erloschenen Augen. »Kann sein. Aber es könnte auch alles sehr viel schwieriger machen. Wenn er es wirklich war, ist eine neue Eskalationsstufe erreicht, und er wird noch gefährlicher. Ich habe das schreckliche Gefühl, dass noch viel Blut fließen wird, ehe alles vorüber ist.«

76

Im Crown Vic lehnte Marcus sich an die Kopfstütze und blickte auf die Vorderseite von Liz Hamiltons Haus. Es war alt und klein, aber gepflegt. Auf der anderen Straßenseite stand ein Apartmenthaus, das aussah, als wäre es staatlich subventioniert. Polizeibeamte hatten Absperrungen errichtet, doch die Apartments hatten sich geleert, während die Nachbarn um eine gute Sicht auf den Verbrechensschauplatz rangelten. Es war wie ein makabres Straßenfest. Die Leute konnten vermutlich so viel sehen wie Marcus, also kaum etwas. In dem Haus war gerade erst eine Bluttat verübt worden, und dank seiner eigenen Dummheit konnte er es nicht aufsuchen.

Marcus war sich nicht sicher, wie Belacourt reagieren würde, wenn er erfuhr, dass er noch in der Stadt war, und er konnte weitere Scherereien nicht brauchen. Noch eine Nacht im Gefängnis zu verschwenden wäre nicht zu rechtfertigen gewesen. So ungern er es tat, er musste sich auf Vasques' Urteil verlassen.

Er war müde und fühlte sich nutzlos. Immer wieder ging ihm durch den Kopf, was Ackerman am Morgen gesagt hatte. Sagte der Killer die Wahrheit? Gab es wirklich einen Grund, weshalb ausgerechnet Ackerman zu Marcus' Anwerbung ausgewählt worden war? Es wäre nicht das erste Mal gewesen, dass der Director ihn belog oder absichtlich Informationen vorenthielt.

Marcus nahm sein Handy heraus und wählte Emily Morgans Nummer.

Sie ließ es sechsmal klingeln, ehe sie abnahm. Als sie sich meldete, klang sie erschöpft. »Hallo?« Das Wort wurde von einem Gähnen untermalt.

»Tut mir leid, wenn ich dich wecke.«

»Das braucht dir nicht leid zu tun, ich bin immer für dich da. Was ist los?«

»Gibt es etwas, wovon du mir nichts gesagt hast?«

»Ich weiß nicht, was du meinst.«

»Hast du je meine Akte eingesehen?«

Sie schwieg kurz. Dann antwortete sie: »Darauf habe ich keinen Zugriff. Nur der Director darf Personalakten einsehen. Ich habe Einblick beantragt, aber er erlaubt es nicht.«

Ackermans Worte klangen ihm in den Ohren. *Ich habe dich nie belogen, Marcus. Im Gegensatz zu allen anderen Menschen in deinem Leben.*

»Wie sollst du uns psychiatrisch behandeln, wenn man dich über unsere Vergangenheit im Dunkeln lässt?«

»Das habe ich ihn auch gefragt. Er meint, ich sollte nur wissen, was du mir freiwillig verrätst.«

»Was ist mit dem, was nicht mal wir selbst über uns wissen?«

»Zum Beispiel?«

»Ackerman sagte zu mir, dass er mit mir verbunden wäre und dass es einen Grund gebe, weshalb man ihn bei meiner Anwerbung eingesetzt hat. Etwas, das der Director mir verheimlicht.«

»Hast du irgendwelche Ideen?«

»In den Sitzungen, in denen du mir geholfen hast, mich an die Nacht zu erinnern, in der meine Eltern starben, hörte ich immer diese Stimme in der Dunkelheit, die mich getröstet hat, während die Schreie aus dem Erdgeschoss kamen.«

Emily gähnte wieder. Marcus erinnerte sich, dass es in Washington schon eine Stunde später war. »Darüber haben wir doch schon gesprochen. Viele Forscher nennen es den Engel-Effekt. Sie glauben, dass Menschen bei einem traumatischen Erlebnis oder einer Nahtoderfahrung im Unterbewusstsein eine tröstende Stimme erzeugen, die ihnen hilft, mit der Situation umzugehen.« Sie zögerte einen Moment. »Andererseits glaube ich an Gott und Engel. Deshalb würde es mich nicht überraschen, wenn du wirklich einen Schutzengel gehabt hättest, der in jener Nacht über dich gewacht hat.«

»Ja, vielleicht.«

Emily wollte noch etwas sagen, doch Marcus' Handy zeigte einen weiteren Anruf an. Von Maggie. »Emily, ich muss Schluss machen. Ich ruf dich morgen wieder an.«

Er schaltete zu Maggie. »Was gibt's?«

Ein Hauch von Angst schwang in Maggies Stimme mit. »Ich habe gerade einen Anruf von Ackerman bekommen.«

Marcus setzte sich kerzengerade auf. Der Killer hatte noch nie ein anderes Teammitglied einbezogen. »Geht es dir gut?«

»Alles in Ordnung. Er wollte, dass ich dir sofort etwas ausrichte. Er sagt, er hat wichtige Informationen zu dem Fall. Ich soll dir ausrichten, du sollst unbedingt rangehen, wenn er anruft.«

Wie aufs Stichwort erschien die unbekannte Nummer auf dem Display. *Wenn man vom Teufel spricht.* »Er ruft gerade an.«

»Ruf mich zurück.«

Diesmal nahm Marcus den Anruf entgegen. »Ich brauche deine Hilfe nicht.«

Ackerman lachte. »Das ist höchst fraglich. Oder soll es heißen, dass du nicht hören möchtest, was ich von deinem lieben Freund Crowley erfahren habe?«

Marcus' Finger krallten sich um das Mobiltelefon, und seine Zähne knirschten. Er wollte Ackermans Hilfe nicht, aber das Leben Unschuldiger stand auf dem Spiel. Wenn er sich die Information geben ließ – billigte er dann die Methoden, mit denen Ackermann sie sich beschafft hatte?

»Bist du noch dran, Marcus?«

»Was hast du mit Crowley gemacht?«

»Um ihn würde ich mir keine Gedanken machen. Wusstest du, dass er pädophil war?«

Marcus fiel sofort auf, dass Ackerman die Vergangenheitsform benutzte. »Ist er tot?«

»An deiner Stelle würde ich eher an den Anarchisten denken und die Rettung dieser armen unschuldigen Frauen. Crowley soll verfaulen.«

Marcus schloss die Augen und dachte darüber nach, zu welchem Monster er wurde. Früher hatte er moralische Werte gehabt, die er über alles stellte. Die Welt war in Schwarz und Weiß unterteilt gewesen, in Gut und Böse. Jetzt war alles kalt und grau. Die Grenzlinie zwischen richtig und falsch war mittlerweile so verschwommen, dass er nicht mehr wusste, auf welcher Seite er stand.

»Sag mir, was du erfahren hast.«

77

Auf einer Brücke über der I-80 hielt Schofield am Straßenrand. Die Reifen holperten über die Rüttelstreifen, bis das Fahrzeug zum Stehen kam. Er hatte noch immer den kupfrigen Blutgeschmack im Mund, der sich in seiner Erinnerung mit dem Duft der Fraser-Tanne in Liz Hamiltons Wohnzimmer stach und ein scheußliches Amalgam bildete, von dem ihm schlecht wurde.

Sein Blick fiel auf die Plastiktasche auf dem Beifahrersitz, und die Übelkeit in seinem Magen wurde unbezwingbar. Er stieß die Tür auf und erbrach sich auf die Straße.

Über den Brückenrand betrachtete er die Wagen, die unter ihm über die Interstate jagten. Er überlegte, ob er springen sollte. Selbst wenn der Aufprall ihn nicht tötete, käme er unter die Räder eines nichtsahnenden Lkw- oder Autofahrers. In diesem Augenblick wusste er, dass er niemals das Leben bekäme, nach dem er sich sehnte. Die Analyse und Berechnung von Variablen war ihm von jeher leichtgefallen. Er hätte dieses unausweichliche Ergebnis wahrscheinlich vorhersagen können, aber er hatte niemals glauben wollen, dass alles so katastrophal zusammenbrechen könnte. Er wollte nur für seine Familie ein ganzer Mensch sein, und nun hatten seine Taten sie in ernste Gefahr gebracht. Er musste für seine Lieben stark sein.

Er traf eine Entscheidung, die alles für immer ändern würde, und wählte die Nummer seiner Frau.

Nach mehrmaligem Klingeln hob sie ab. »Hallo?«

»Eleanor, hör mir genau zu.«

»Harrison?«

»Ja, Liebes. Du musst mir jetzt vertrauen und darfst keine Fragen stellen. Tu ganz genau das, was ich dir sage.«

»Du machst mir Angst.«

»Du solltest dich auch fürchten. Nimm die Kinder und verlasse das Haus. Sofort. Auf der Stelle. Zieht euch etwas an und verschwindet. Geht in ein Motel.«

»Was? Wo?«

»In Brookfield gibt es das Belmont Motel. Trag dich als Patricia Raymond ein und zahle bar. Lasst alle Handys zu Hause. Ich rufe euch morgen im Motel an.«

»Sag mir doch, was los ist!« Die Angst und der Zweifel in ihrer Stimme brachen ihm das Herz.

»Dafür ist keine Zeit. Tu, was ich sage. Ich beschaffe uns genug Geld, dass wir aus der Stadt verschwinden können.«

»Hast du Schwierigkeiten?«

»Du musst mir vertrauen. Wir sind alle in großer Gefahr.«

»Okay.«

»Ich liebe euch alle ... und es tut mir leid.« Er legte auf, ohne auf ihre Antwort zu warten, weil er fürchtete, sie könnte seine Gefühle nicht erwidern.

Sein Blick kehrte zu der Plastiktasche auf dem Beifahrersitz zurück. Er musste eine Stelle finden, wo er die Finger loswurde.

78

Keisha Schuyler hätte die nächste Jackie Joyner-Kersee werden können. Ihr Gesicht wäre auf Cornflakesschachteln und in Nike-Reklamen zu sehen gewesen. Keisha war die 50 Meter Hürden in 6,69 Sekunden gesprintet und hätte damit beinahe den US-Rekord gebrochen. Und sie wurde noch besser. Obwohl sie mit einem so starken Sichelfuß auf die Welt gekommen war, dass er beinahe als Behinderung galt, korrigierte sich die Fehlhaltung von selbst, sobald sie sprintete. Im Grunde kam ihr nur auf der Aschenbahn alles ganz normal vor.

Eine Knieverletzung und eine lange Phase der Abhängigkeit von Schmerzmitteln und Alkohol hatten ihr sämtliche Hoffnungen und Träume geraubt und nur die leere Hülle eines menschlichen Wesens hinterlassen. Die fortgesetzte Sucht hatte sie ihre Karriere gekostet und in die Reha gebracht.

Dort allerdings hatte sie Greg kennengelernt, ihren Betreuer und späteren Ehemann. Mit Gregs Hilfe kam ihr Leben endlich wieder in die Spur.

Keisha sah auf die Uhr. »Komm schon, Baby«, sagte sie gähnend. »Es ist wirklich spät. Wir müssen ins Bett.«

Greg grummelte. »Vergiss nicht, wir haben Urlaub.«

»Stimmt. Und ich will nicht den ganzen Tag verschlafen. Spätestens um vier müssen wir unterwegs sein.«

»Okay, du hast gewonnen.« Greg machte den Fernseher aus.

Sie hatten sich beide eine Woche freigenommen und wollten am morgigen Nachmittag aufbrechen, nachdem Rhaelyn, Keishas Stieftochter, von der Schule nach Hause gekommen war. Ihr Ziel war Seattle. Keishas Eltern waren vor drei Jahren dorthin gezogen, und Keisha hatte noch nie ihr neues Haus gesehen. Daher hatten sie beschlossen, sie zu besuchen.

Als sie von der Couch aufstand, protestierte ihr Knie. Der Schmerz war im Winter am schlimmsten, doch sie lächelte ihren Mann an und zwinkerte ihm zu. Er beugte sich vor und küsste sie. Greg war ein fürsorglicher, gut aussehender Mann mit einem kräftigen Körper, schwarzem Haar und großen braunen Augen. Und er konnte sogar kochen.

Das Leben hatte endlich einen angenehmen, sicheren Rhythmus angenommen, und zum ersten Mal seit langer Zeit schien alles so zu laufen, wie Keisha es sich wünschte.

79

Die Wut des Propheten war von einem grellen Rot. Er sah die Farbe pulsierend von seinen Händen und Armen ausstrahlen, während er das Lenkrad des weißen Ford Taurus umklammerte. Gerade hatte er das Haus der Schofields verlassen. Es war leer gewesen. Die Familie war gewarnt worden. Noch ein Verrat des früheren *Auserwählten*. Aber er würde sie schon finden. Mit dem Vater an seiner Seite war er unbesiegbar.

Doch während er rätselte, wie er Eleanor und die Kinder finden konnte, war er sich bewusst, dass er noch eine Sklavin für das Ritual beschaffen musste. Er brauchte fünf, eine für jede Spitze des Pentagramms.

Im Gegensatz zu Schofield, dessen Eigenarten bei der Auswahl der Opfer immer ein Ärgernis gewesen waren, das er geduldet hatte, brauchte der Prophet das unwissende Stück Fleisch nicht zu kennen, ehe er es sich nahm. Er hatte kein Bedürfnis nach einer wie auch immer gearteten Dramatik, die über das Ritual hinausging. Kein A im Kreis auf den Wänden. Nur ein bedeutungsloser Sklave mehr als Opfer für den Vater. Nichts mehr, nichts weniger. Die Dunklen würden ihn zum nächsten Opfer führen, wie es von vornherein hätte geschehen sollen.

Er schob sich ein weiteres Stückchen mit LSD getränktes Löschpapier in den Mund, damit er die Welt weiterhin sehen konnte, wie sie wirklich war, ohne dass der Schleier des Irdischen ihm die Sicht verstellte. Ein paar Augenblicke saß er nur da. Der Schnee, der um ihn fiel, leuchtete von innen wie die kleinen biolumineszierenden Wesen, die in den Tiefen des Ozeans lebten. Die Luft war schwer, als hätte sie sich verflüssigt, und roch nach Zorn. Die Vorstadtstraße dehnte sich und zog sich um ihn zusammen. Die Häuser hatten sich nicht verändert, doch nun war zu sehen, dass sie lebten, atmeten.

Ein Abschnitt der Schatten verschmolz zu einer öligen, formlosen Gestalt. Sie entfernte sich von ihm und hinterließ schwarz strahlende Wegweiser. Der Prophet legte den Gang ein und versuchte sein Bestes, den Taurus zwischen den wabernden Leuchtstreifen der Fahrbahn zu halten, während er dem Dunkel die Straße entlang folgte.

80

Keisha Schuyler stapfte über den burgunderfarbenen Teppich und verriegelte die Glasschiebetür, die zur Veranda an der Hausseite führte. Sie schob die Hand unter den dunkelbraunen Vorhang links neben der Tür, wo sich der Schalter für das Verandalicht befand, und hielt inne. Eine Sekunde zögerte sie, dann schrie sie auf.

Ein Mann näherte sich der Hintertür. Er war ganz in Schwarz gekleidet, und der Ausdruck seines Gesichts verriet ihr alles, was sie zu wissen brauchte. Seine Augen waren weit aufgerissen und voller Wut, sein Gesicht ausgezehrt.

Keisha taumelte von der Tür zurück und stürzte über den Couchtisch aus Zedernholz. Sie hörte, wie ihr Mann die Treppe heruntergerannt kam. »Greg!«, rief sie. Doch das Wort hatte kaum ihre Kehle verlassen, als der Mann in Schwarz einen Verandastuhl packte und gegen die Scheibe schleuderte. Scherben flogen ins Wohnzimmer, der Stuhl drehte sich in der Luft und krachte auf den Couchtisch, neben dem sie lag.

Der Mann trat das verbleibende Glas aus dem Rahmen und stieg hindurch. Auf Händen und Hinterteil wich Keisha zurück. Aus ihrem schlimmen Knie schoss Schmerz durch das ganze Bein, doch das Adrenalin überdeckte ihn.

Greg kam durch den Torbogen ins Wohnzimmer gerannt, in der Faust einen Baseballschläger, bereit, den Eindringling damit zu attackieren.

Der Mann zeigte keine Regung, nur ein Starren aus weit

aufgerissenen Augen, die in die Ferne zu blicken schienen. Dann hob er den Arm, und zum ersten Mal sah Keisha den großen Revolver, den er bei sich hatte.

Sie riss den Mund auf, um Greg zuzurufen, er solle fliehen, doch ehe sie auch nur ein Wort herausbekam, spie die Waffe Feuer. Gregs linkes Bein gab unter ihm nach, und er prallte mit dem Gesicht auf den burgunderroten Teppich.

Der Knall des Schusses ließ Keishas Ohren klingeln, obwohl sie drei Meter entfernt war. Alles erschien surreal, wie etwas, das jemand anderem passierte, oder in einem Film.

Gregs Schreie hallten von den Wänden wider. Er versuchte davonzukriechen. Doch der Mann in Schwarz trat ohne Hast zu ihm und schoss erneut. Greg zuckte unter dem Einschlag der Kugel, dann lag er reglos am Boden.

Keisha rannte zur Treppe. Sie wollte zum Zimmer ihrer Stieftochter im Obergeschoss, doch als eine weitere Kugel vor ihr in die Wand einschlug, taumelte sie von den Stufen zurück.

»Keine Bewegung. Geh auf die Knie.« Der gedehnte Südstaatenakzent des Mannes überraschte Keisha. Solch eine Stimme hätte sie bei einem Plantagenbesitzer erwartet, der vor zweihundert Jahren gelebt hatte. Es war kein ländlicher Dialekt, eher die Sprache des Geldadels oder eines Professors aus den Südstaaten.

»Bitte! Nehmen Sie sich, was Sie …«

»Sei still. Ich will dich lebend, aber das heißt nicht, dass ich dir keine Kugel verpassen kann. Vielleicht an einer Stelle, wo es besonders schmerzhaft und störend ist. Die Kniescheibe, zum Beispiel. Mit einer Kanone wie der hier schieße ich dir wahrscheinlich das Bein sauber ab.«

Keisha rannen die Tränen die Wangen hinunter. Sie unterdrückte ein Wimmern, als sie auf die Knie sank. Der Mann in Schwarz trat vor und setzte ihr den Lauf des schweren Revolvers an die Stirn. Die Mündung war noch heiß von den drei abgegebenen Schüssen und brannte ihr auf der Haut. Doch sie wagte es nicht, davor zurückzuzucken. Stattdessen kauerte sie da und zitterte am ganzen Leib. Überzeugt, dass ihr Leben vorüber war, schloss sie die Augen. Ihre einzige Hoffnung war, dass ihre Stieftochter, die den Lärm gehört haben musste, sich ein gutes Versteck suchte, statt ihr zu Hilfe zu kommen.

Dann hörte sie einen gedämpften Schlag und riss die Augen auf. Auf dem Teppich lagen ein Paar Handschellen und eine Spritze. »Injizier dir das in den Arm. Dann leg die Handschelle an. Hände hinter den Rücken.«

»Bitte, ich …«

Der Mann spannte den Revolverhahn. Das scharfe Knacken kratzte Keisha über das Trommelfell. »Du hast drei Sekunden, um dich zwischen einer Nadel im Arm oder einer Kugel im Kopf zu entscheiden.«

Sie nahm die Spritze und dachte an Rhaelyn, während sie sich die Kanüle in den Arm stach. Sie gehorchte mehr, um ihre Stieftochter zu schützen, als um ihretwillen. Wenn Gregs Killer sie hatte, brauchte er den Rest des Hauses nicht zu durchsuchen, und Rhaelyn bekam vielleicht eine Chance.

Keisha schloss die Handschellen um ihre Handgelenke. Der Mann in Schwarz zog sie vom Boden hoch und schob sie vorbei an der Leiche des einzigen Mannes, den sie je geliebt hatte, zur Tür.

81

Nach Ackermans Anruf hatte Marcus sich mit Maggie in Verbindung gesetzt und sie gebeten, ihn mit dem Yukon abzuholen. Sie mussten einen kleinen Abstecher nach Norden machen, und er wollte mit ihr unter vier Augen besprechen, was zwischen ihnen vorging. Danach hatte er Stan angerufen und ihm mitgeteilt, was Ackerman von Crowley erfahren hatte. Sie brauchten einen möglichen Standort des »Lagers« der Sekte und weitere Informationen über den Mann namens Conlan, der sich offenbar »Prophet« nannte.

Andrew und Vasques hatte er zu Crowleys Buchladen geschickt: Sie sollten überprüfen, ob der Mann noch lebte. Es hatte nicht lange gedauert, und Marcus erfuhr, dass Crowley tot war. Er war jedoch nicht einfach ermordet worden – sein Mörder hatte ihn fast in zwei Hälften zerteilt. Andrew schien von dem, was er gesehen hatte, schwer erschüttert zu sein, und das hieß etwas bei einem Mann, der täglich mit dem Makabren zu tun hatte.

Marcus fühlte sich wider Willen für Crowleys Tod verantwortlich, konnte aber kein Bedauern empfinden. Crowley war in einer Folterkammer aufgefunden worden, die er selbst errichtet hatte. Bei der Durchsuchung waren Videos entdeckt worden, auf denen er kleine Jungen missbrauchte. Wenn jemand eine solche Begegnung mit Ackerman verdient hatte, so war es Vassago Crowley gewesen. Und tief in einem animalischen Teil seines Bewusstseins wünschte sich Marcus, er selbst hätte die Informationen aus dem Kerl herausgeholt.

Da er wusste, dass die Anlage sich irgendwo in Jefferson County in Wisconsin befand, hatte er die I-290 zur Route 53 genommen und war dann auf die Route 12 gewechselt. Unterwegs war er durch die verschiedensten Landschaften gekommen, von Vorstadt über Land zu Wald. In zwei Stunden, knapp vor Sonnenaufgang, würden sie Jefferson County erreichen. Mit etwas Glück hätte Stan ihnen bis dahin ein Ziel mitgeteilt.

Maggie hatte während der Fahrt meist geschwiegen, und Marcus fand nicht die richtigen Worte, um auszudrücken, was er empfand. Mit den Fingern trommelte er aufs Lenkrad und sagte das Erste, was ihm in den Sinn kam. »Was ist zwischen dir und diesem Rowland?«

»Wieso? Bist du eifersüchtig?«

»Wir sind keine Teenager, Maggie.«

»Können nur Teenager eifersüchtig sein?«

»Ich finde, er passt nicht zu dir.«

»Du bist ihm ja nicht einmal begegnet.«

»Ich kenne den Typ. Rowland sollte sich nicht als Satanisten bezeichnen. Leute wie er sollten ehrlich sein und offen aussprechen, dass sie selbstsüchtig sind. Wie kannst du dich für einen Mann interessieren, der glaubt, dass Menschen ihr eigener Gott sein sollten? Dass sie sich nur für ihre eigenen Wünsche interessieren sollten? Dass sie nur anstreben sollten, was sie selbst glücklich macht?«

Maggie wandte sich ihm zu. Das Leder des Beifahrersitzes knarrte unter ihr, und die Bewegung bewirkte, dass ihr Parfümduft sich im Wagen ausbreitete. Es roch süß und aromatisch zugleich, wie Orchideen mit Honig.

»Erklär mir das mal«, sagte sie, »denn ich komme nicht mit. Du bist nicht eifersüchtig, weil ein anderer Mann mich zum Essen eingeladen hat, du machst dir nur Sorgen um meine unsterbliche Seele?«

»Schon gut. Vergiss es.«

»Ich versuche nur zu begreifen, was du von mir willst.«

Marcus erwiderte nichts. Das Schweigen dehnte sich.

Schließlich fragte Maggie: »Liebst du mich jetzt, oder nicht?«

Die unverblümte Frage erschreckte Marcus und ließ ihn zögern. Er war sich nicht sicher, wie er auf solch eine Frage antworten sollte. Offenbar wertete Maggie sein Schweigen als Absage. »Das ist dann wohl meine Antwort.«

»So einfach ist das nicht.«

»Oh doch. Entweder liebst du mich, oder du liebst mich nicht.«

»Es spielt keine Rolle. Du begreifst es nur nicht. Was, meinst du, würde passieren? Dass wir heiraten, Kinder haben und sie zwischen den Fällen aufziehen? Früher, da wollte ich nichts anderes als normal sein. Mit dir eine Familie gründen. Aber das geht nicht, weil ich nicht normal bin. Ich bin genauso kaputt wie die Kerle, die wir jagen.«

»Ich kann nicht aus der Organisation aussteigen, falls du das willst«, sagte sie.

»Ich weiß nicht, was ich will. Ich weiß nur, dass ich vor mir nicht davonlaufen kann.«

Ein langes, kaltes Schweigen begleitete sie, als sie auf der Route 12 an Häusern, Geschäften und kahlen Bäumen vorbeifuhren, undeutliche Schemen am dunklen Rand der Scheinwerferkegel. Der Schneefall hatte nachgelassen, und Schneepflüge waren in voller Aktion. Doch Marcus hatte gehört, dass der Sturm erst noch richtig losgehen würde.

Sechster Tag –

20. Dezember, morgens

82

Sie fuhren schweigend, bis sie den nördlichen Rand von Jefferson County erreichten. Stan hatte noch immer nicht angerufen und ihnen mitgeteilt, was sie wissen mussten. Marcus beschloss, den Wagen aufzutanken. Sollte Stan sich nicht gemeldet haben, wenn sie von der Tankstelle losfuhren, wollte er ihn selbst anrufen.

Er hielt an einer kleinen, rot-weißen Citgo-Station mit Autowaschanlage. Den Namen des Ortes hatte er nicht registriert, aber die Tankstelle schien das Zentrum des hiesigen Handels darzustellen.

Er stampfte mit den Füßen und blies sich auf die Hände in der kalten Luft, während er zusah, wie die Ziffern an der Tanksäule die Sechzig-Dollar-Marke hinter sich ließen.

Marcus' Handy klingelte. »Was hast du herausgefunden, Stan?«, fragte er. »Wir fliegen hier blind.«

»Ich habe einiges über unseren neuen Freund Conlan erfahren. Sein voller Name lautet Anthony Mason Conlan.«

»Sein Vorname ist Anthony?«

»Sagt er dir was?«

»Ja, allerdings. Er bedeutet, dass Vasques' Dad uns die ganze Zeit einen Schritt voraus war. Nach seinem Tod fand sie auf seinem Schreibtisch eine Notiz, die sich auf einen Anthony C. bezog. Er muss auf irgendetwas gestoßen sein.«

»Wenn er von Conlan wusste, dann definitiv. Dieser Kerl ist ein Irrer der Handelsklasse eins. Als Junge stellte ein Arzt bei ihm eine milde Form der Schizophrenie fest, aber

Conlans reicher Daddy wollte davon nichts hören. Der Junge wuchs ohne psychiatrische Behandlung auf und ging zum Militär. Er wurde Leutnant in der Army und meldete sich freiwillig zu einer Versuchsreihe, die Ende der Sechziger-, Anfang der Siebzigerjahre durchgeführt wurde und den Codenamen Projekt Kaleidoskop trug. Die Soldaten bekamen LSD verabreicht, synthetische Cannabinoide und zwei Dutzend andere psychoaktive Wirkstoffe. Alles, um chemische Waffen zu entwickeln, die feindliche Soldaten kampfunfähig machen sollten. Absolut illegal, das Ganze.«

»Hört sich an wie das MK-ULTRA-Programm der CIA«, sagte Marcus.

»Ja, das lief ähnlich. 1981 wurde eine Studie durchgeführt, die zu dem Ergebnis kam, dass die Teilnehmer an den Experimenten keine Langzeitschäden erlitten hätten. Aber Conlan nahm an der Studie nicht teil, weil er zu dem Zeitpunkt bereits untergetaucht war.«

»Da muss noch mehr dran sein«, sagte Marcus.

»Dazu komme ich noch. Wie auch immer, ich habe tiefer in den als geheim erklärten Original-Laborbüchern des Chefforschers gegraben, einem gewissen Dr. Ted Uhrig. Und Doktor Teddy hat einiges über unseren Freund Conlan zu sagen. Während der Experimente ist der Spinner wohl ausgeflippt und hat behauptet, Botschaften vom Teufel persönlich zu erhalten. Schneller Vorlauf über ein paar Jahre, und Conlan hat seine erste Sekte auf der Plantage seines Vaters in Georgia gegründet. Dann beißt Daddy ins Gras – unter mysteriösen Umständen – und hinterlässt seinem einzigen Sohn ein kleines Vermögen. Der nennt sich mittlerweile ›der Prophet‹.«

Ein Mann in einem ramponierten Pick-up hielt hinter Marcus an der Zapfsäule und drückte auf die Hupe. Marcus antwortete mit einem gebärdensprachlichen Ausdruck, den er in jungen Jahren in Brooklyn erlernt hatte und der den Gebrauch des Mittelfingers beinhaltete.

»Wo ist Conlan jetzt?«, fragte er Stan.

»Völlig von der Bildfläche verschwunden. Wenn er noch lebt, benutzt er eine falsche Identität.«

»Okay, such weiter. Weißt du, wo dieses ominöse Lager war?«

»Ich habe mehrere Landbesitzer namens Bowman oder Beaman in Jefferson County gefunden, dann aber mit der Topografie und dem Zeitabschnitt gefiltert. Stieß auf einen alten Knaben namens Otis. Das klingt mir zwar mehr nach einem Namen für einen Hund, aber früher gab es ihn wohl häufiger. Wie auch immer, du hast Glück. Der alte Knabe wohnt noch immer da. Ich schicke dir eine SMS mit Adresse und Wegbeschreibung.«

83

Marcus konnte bloß raten, wo Otis Beamans Zufahrt genau verlief, denn sie bestand nur aus einem alten Feldweg, der völlig unter dem Schnee begraben lag. Zum Glück hatte der Yukon Allradantrieb und kam so ziemlich überall durch. Die Farm selbst stand auf einhundertzwanzig Morgen Land zwischen Bäumen. Sie kamen an einigen Feldern vorbei, auf denen im Sommer vermutlich der Mais stand, die jetzt aber öd und kahl dalagen. Der Weg folgte einem alten Zaun, der aus drei Reihen Holzbalken bestand, aber an vielen Stellen verrottet und zerfallen war.

Nebengebäude und eine alte Scheune mit Silo standen auf dem Grundstück. Das schneebedeckte Dach der Scheune hing unter dem Gewicht durch. Früher musste sie ein schöner Bau gewesen sein und hatte etliche Lattenverschläge an den Seiten. Ursprünglich war sie wohl rot gewesen, doch jetzt zeigte sie die Farbe von dunkler Erde und altem Rost. Das Haus selbst war im bescheidenen Cape-Cod-Stil errichtet – anderthalbgeschossig mit steilem Satteldach und Giebelwänden. Im Laufe der Jahre war es mehrmals ausgebaut worden, aber jetzt zerbröckelte die alte weiße Wandverkleidung, und die Farbe war beinahe völlig abgeblättert. Rostige Maschinen standen herum; Werkzeuge lagen auf dem Grundstück verstreut, und in der Auffahrt stand ein alter orangefarbener Pritschenwagen. Marcus konnte sich nicht erinnern, jemals ein Fahrzeug dieses kleinen, kastenartigen Typs auf der Straße gesehen zu haben.

Durch den Schnee pflügten sie bis ans Ende der Auffahrt und stiegen aus. Der Schnee reichte Marcus bis an die Schienbeine und fiel ihm auf die Turnschuhe und Hosenbeine. Die Luft war süß und rein, jedoch eiskalt. Der Schneefall hatte aufgehört, aber die Temperatur war gefallen.

Die Sonne, die am Himmel stand, war noch jung, aber Farmer gingen üblicherweise früh schlafen und standen früh wieder auf. Und Marcus war es im Grunde egal, ob sie den alten Mann weckten oder nicht. Die Türklingel funktionierte nicht, doch nachdem sie geklopft hatten, öffnete Otis Beaman. Sein Gesicht war schmal und runzlig, sein Haar grau und schütter, und er trug einen buschigen Schnurrbart wie Wilford Brimley. Doch er war ein großer Mann und kam Marcus vor wie jemand, der einmal über gewaltige Kräfte verfügt haben musste, ehe die Jahre ihren Tribut gefordert hatten.

»Otis Beaman?«

»Ja.« Beamans Stimme war ruhig, aber rau.

Marcus ließ eine FBI-Dienstmarke aufblitzen, die auf unbescholtene Bürger am meisten wirkte. Zeigte er seinen Ausweis des Justizministeriums, glaubten die Leute oft, er wolle ausstehende Steuern eintreiben oder ähnlich absurde Dinge, und Erklärungen kosteten unnötig Zeit. »Wir sind hier, um Ihnen ein paar Fragen zu stellen. Über einen Mann namens Anthony Conlan.«

Ein merkwürdiger Ausdruck legte sich auf das runzlige Gesicht des alten Mannes. Scham? Traurigkeit? Beaman nickte. Er schien zu einer Entscheidung gekommen zu sein. »Kommen Sie herein.«

Alles im Haus erschien alt und abgenutzt. Der braune gemusterte Teppich war dünn und abgewetzt. An einer Wandecke stand ein verstaubtes Klavier unter Familienfotos, von denen etliche vergilbt waren. Eine Vitrine enthielt Nippes und altertümliche Souvenirs, und eine kleine Fernsehkonsole stand an einer Wand einer Couch gegenüber. Die Couch zeigte ein Blumenmuster, das auf dem mittleren Sitzkissen abgeschabt war.

Beaman holte einen weißen PVC-Stuhl mit hoher Rückenlehne aus der Küche und bot ihnen Platz auf der Couch an. »Ich bin überrascht, dass es so lange gedauert hat, bis jemand nach Conlan fragt. Ich habe Sie schon vor Jahren erwartet. Ich habe viel und oft überlegt, was ich dann sagen soll.«

»Warum fangen Sie nicht mit dem Anfang an, Mr Beaman?«

»Sie müssen wissen, dass die Bank damals die Zwangsversteigerung meiner Farm vorbereitet hatte. Das Jahr war hart gewesen, und ich musste an meine Frau und drei Kinder denken. Als Conlan zu mir kam, dachte ich zuerst, meine Gebete wären erhört worden und Gott brächte mir das Mittel, meine Farm zu retten. Heute weiß ich, dass der Herr mich geprüft hat. Matthäus 16, Vers 26: ›Was hülfe es dem Menschen, wenn er die ganze Welt gewänne und nähme doch Schaden an seiner Seele?‹«

Beaman verfiel in Schweigen. Sein Blick schweifte in die Ferne.

»Was wollte Conlan?«, fragte Marcus.

»Er sagte, er würde ein abgelegenes Stück Land auf meinem Besitz nutzen wollen. Sagte, er wäre der Anführer einer kleinen frommen Gruppe, die befürchtete, für ihren

Glauben verfolgt zu werden. Er hat mir einen dicken Batzen Geld angeboten, wenn ich ihnen erlaubte, eine Art Bunker zu bauen, und kein Wort darüber verlöre. Ich habe mich umgehört. Conlan hatte auch andere Farmer aus der Gegend angesprochen. Einige von ihnen überlegten, ob sie sein Angebot annehmen sollten.«

»Aber Sie waren der Erste?«

»Das Land nutzte mir nichts. Ich machte dort nur ein bisschen Holz. Ich habe zwei Tage darüber gebetet, und ich hatte das deutliche Gefühl, dass Gott mir sagte, ich solle ablehnen. Aber ich habe nicht auf ihn gehört. Immer wieder kamen Briefe von der Bank, und diese Briefe sprachen eine andere Sprache als der Herrgott. Mir gefiel die Sache nicht. Dieser Conlan kam mir reichlich verdreht vor. Aber ich musste an meine Familie denken. Also willigte ich ein und nahm sein Geld. Hab für eine verdammte Farm dem Teufel meine Seele verkauft.«

»Was hat die Sekte auf Ihrem Land gemacht?«

»Ich weiß es nicht. Zur Abmachung gehörte, dass ich niemals jemandem etwas erzählen und mich nie in ihre Angelegenheiten mischen sollte. Sie haben sich ihren Bunker gebaut und dort über zwei Jahre gelebt. Ich hab nie einen Ton von denen gehört, und es gab nie Probleme. Sie hatten einen großen Kerl mit schiefen Zähnen, der als Einziger hin und wieder den Wald verließ. Er fuhr dann in die Stadt und kaufte ein. Ich glaube, er ist den ganzen Tag rumgefahren und hat kleine Mengen in unterschiedlichen Lebensmittelgeschäften gekauft, damit es nicht auffiel. Eines Tages fuhr er dann mit seinem alten Kastenwagen los und hatte andere dabei. Ich war draußen bei der Arbeit und habe Conlan auf dem Beifahrersitz gesehen. Ich hab mir nicht viel dabei gedacht. Ging mich ja nichts an. Aber sie sind nie wiedergekommen.«

Tränen traten Beaman in die Augen. Sein Blick fiel auf den braunen Teppich.

»Sind Sie je zu dem Bunker hinausgegangen?«, fragte Maggie.

Beaman nickte. »Ich wusste, dass sie unmöglich alle in den Kastenwagen gepasst hätten. Ich hatte keinen blassen Schimmer, wie viele da draußen lebten, aber ich wusste, dass es ganze Familien waren. Schließlich ging ich hin und hab nachgesehen.«

Der alte Mann verstummte, aber weder Maggie noch Marcus drängte ihn zum Weiterreden. Schließlich fuhr er mit bebender Stimme fort: »Ich werde den Gestank nie vergessen. Ich bin Farmer. Ich hab schon oft was Totes gesehen, aber das ... Es war böse. Und ich wusste, dass ich mich selbst zur Verdammnis verurteilt hatte. Alles für Conlans dickes Bündel Geldscheine. Ich hab den Eingang zugeschüttet und bin nie wieder hingegangen. Sogar meine Frau hab ich angelogen. Ich hab ihr erzählt, ich hätte nichts gefunden.«

Beaman schlug die knorrigen verwitterten Farmerhände vors Gesicht.

Marcus beugte sich vor und legte dem alten Mann eine Hand auf die Schulter. »Was immer da draußen geschehen ist, es wäre woanders genauso passiert. Sie haben einen Fehler begangen, aber jetzt bekommen Sie die Chance, das wieder in Ordnung zu bringen.«

Beaman sah ihm in die Augen. Marcus fügte hinzu: »Wir müssen diesen Bunker sehen.«

84

Nachdem sie fast eine Stunde in Stiefeln, die der alte Mann ihnen geborgt hatte, suchend durch den Schnee gestapft waren, fanden sie den Bunker endlich. Beaman hatte einen Spaten mitgebracht, und Marcus räumte Schnee und Erde vom Eingang. Die rostige Stahltür war ein Stück unter der Oberfläche versenkt. Sie erinnerte Marcus an eine Außentür zu einem Keller, nur dass hier weit und breit kein Haus stand.

Marcus blickte sich um. Sie befanden sich auf einem flachen Hügel, doch er sah keine äußeren Anzeichen für den Bunker. »Hier sind weder Lufteinlässe noch Schornsteine«, sagte er.

»Ich hab sie alle niedergerissen und zugeschüttet«, erwiderte Beaman.

»Dann ist die Luft da unten bestimmt nicht gut. Okay, wir lassen die Tür offen und bleiben nur ein paar Minuten drin. Wenn jemandem übel oder schwindlig wird, ziehen wir uns sofort zurück.«

Maggie und Beaman nickten.

Mit dem Spatenblatt stemmte Marcus die Tür auf. Er hatte mit Stufen gerechnet, die in die Tiefe führten – stattdessen war eine alte Eisenleiter an die Betonblöcke geschraubt. Der Schacht war weiter, als die Kellertür breit war, und führte in die Finsternis. Die Leiter war durchaus sinnvoll: Eine Treppe hätte erheblich mehr Platz beansprucht. Mit seiner Taschenlampe leuchtete Marcus in das Loch. Der Boden wirkte ausreichend stabil.

»Ich gehe als Erster.«

Marcus trat auf die oberste Leitersprosse, prüfte ihre Festigkeit. Sie machte den Eindruck, als hielte sie sein Gewicht, und er begann den Abstieg. Dabei sah er, dass das Dach des Bunkers offenbar eine Konstruktion aus Stützbalken war, auf denen Lagen aus Wellblech ruhten. Als er das untere Ende erreichte, prüfte er den Holzboden. Er bestand aus dicken, nackten Sperrholzplatten. Nur ein paar Vorleger und Decken lagen herum. Das Sperrholz knarrte unter seinem Gewicht, machte aber nicht den Eindruck, als würde es einbrechen.

»Gut, der Nächste.«

Während das Geräusch von Füßen auf den Eisensprossen von den Bunkerwänden widerhallte, schaute Marcus sich genauer um. Die Mauer rechts bestand aus grauen Betonziegeln. Eine Schultafel hing daran. Vor einem Hocker neben der Tafel lag ein großer runder Teppich. Ein Schulzimmer? Die Wand hinter ihm bestand ebenfalls aus Betonziegeln, aber die Wände links und auf der anderen Seite waren dünne Abtrennungen, mit dunklen Holzpaneelen verschalt. Marcus schätzte, dass der Raum zehn Meter lang und halb so breit war. In der anderen Hälfte standen alte Klapptische, Stühle und Bücherregale aus Pressspan. Auf einigen Tischen sah er noch Tassen, Teller und aufgeschlagene Bücher. Jenseits davon war eine Tür. Die Luft roch abgestanden und schimmlig.

Maggies Taschenlampenkegel tanzte durch den Raum, offenbarte aber nichts Neues. »Ich wette«, sagte sie, »die hatten Pläne eines alten Atombunkers und haben ihn schlicht und einfach vergrößert.«

»Könnte sein«, pflichtete Marcus ihr bei.

In der Wand links waren drei Türen. Marcus öffnete eine davon – eine billige, leichte Wabenausführung – und leuchtete in den Raum dahinter. Es sollte wohl ein Schlafzimmer sein, doch die nackte, zweckmäßige Kammer erinnerte ihn eher an eine Mönchszelle.

Er trat ein. In der linken Ecke war ein dreieckiges Holzgebilde an die Wand geschraubt; es hatte offenbar als Schreibtisch gedient. Davor stand ein grauer Klappstuhl. An der rechten Wand waren mehrere selbst gezimmerte Pritschen. In einer Ecke lag ein Stapel zerfallener Kleidung. Die in neutralen Farben gehaltenen Stücke erinnerten an die Overalls von Gefängnisinsassen.

Maggie war an der Tür stehengeblieben. »Kannst du dir vorstellen, so zu leben?«

»Ich habe Schlimmeres gesehen«, erwiderte Marcus, der an die Bänder denken musste, die Ackerman als Jungen zeigten. Er kehrte in den großen Raum zurück. »Ich sehe mal nach, was hinter der Tür da hinten ist. Du schaust in die beiden anderen Schlafzimmer.«

Marcus durchquerte den Raum, vorbei am behelfsmäßigen Klassenzimmer, den Tischen, Stühlen und Bücherregalen. Er ließ das Licht der Taschenlampe über einige Buchrücken streichen und sah Namen, die er aus seinen Recherchen zu diesem Fall kannte: Anton LaVey, den zur Ikone gewordenen Gründer der Church of Satan, Aleister Crowley und andere Namen wie Ayn Rand.

Die Tür am Ende des Raumes hatte wie die zu den Schlafzimmern kein Schloss. Marcus ging hindurch und entdeckte eine Art Gemeinschaftsspeisesaal. In diesem Raum war es dunkler als in den anderen; hier schien überhaupt kein Umgebungslicht mehr hinein. In einer Ecke stand ein Holzofen mit einem Abzugsrohr, das zur Decke führte, in der anderen ein altmodischer Eisschrank. Die gegenüberliegende Wand war mit Regalen voll Konservendosen und Einmachgläsern bestückt. Die Vorräte reichten aus, um etliche Menschen wenigstens zwei Monate lang zu versorgen. In der linken Wand waren weitere Türen wie im ersten Raum. Marcus untersuchte sie oberflächlich; die Zimmer hinter den Türen waren alle gleich und enthielten nur das absolut Notwendige zum Überleben. Das einzig Ungewöhnliche bestand darin, dass die Außenmauer des letzten Schlafzimmers sich nach innen wölbte und Erdreich hereingefallen war – vermutlich hatte eine Baumwurzel sie eingedrückt.

Marcus kehrte in den vorderen Raum zurück und fragte Maggie: »Hast du was gefunden?«

»Nur das hier. Es lag auf einem der Schreibpulte in der Ecke.« Sie reichte ihm einen Stapel alten Endlospapiers für Nadeldrucker – die Sorte mit perforierten Kanten, die als lange Schlange aus dem Drucker kam.

Marcus leuchtete auf die oberste Seite und las ein paar Zeilen. Es schien sich um eine Art satanisches Manifest zu handeln, das die Welt mit Begriffen wie »der Vater«, »die Sklaven«, »die Jünger«, »das Werk«, »der Große Brand« und »der Auserwählte«, beschrieb. Marcus hatte sich über Sekten informiert und erfahren, dass die meisten eigene Begriffe entwickelten. Die Bedeutung der Wörter festzulegen und das Schwarz-Weiß-Denken zu fördern war ein Werkzeug der Sektenführer, die Gedanken ihrer Mitglieder zu kontrollieren.

Als er rasch durch die Seiten blätterte, fand er auch Zeremonien erwähnt, die ihn an die Schauplätze der Verbrechen erinnerten, die der Anarchist begangen hatte.

Er leuchtete wieder den Raum aus. Hier musste es noch mehr geben. In der Ecke entdeckte er, wonach er suchte. Unweit des Schachts, durch den sie hereingekommen waren, war im Boden ein weiteres Loch, das eine Falltür verdeckte. Ein kleiner Messinggriff war an den Rand der Tür geschraubt. Marcus zog sie auf und sah eine Leiter, die in ein zweites Untergeschoss führte.

Mit dem Taschenlampenkegel leuchtete er den anderen ins Gesicht. »Schauen wir mal, wie tief der Kaninchenbau reicht.«

85

Das zweite Untergeschoss des Bunkers war auf seltsame Weise anders. Marcus versuchte sich klarzumachen, dass es sich um einen rein psychologischen Effekt handelte. Ihm kam es dunkler vor, weil der Weg zu den Kellertüren länger war, und kälter erschien es ihm, weil er wusste, dass sie sich von der Sonne entfernten. Dennoch wurde er das Gefühl nicht los, dass die Kälte hier tiefer drang und sich die Finsternis verdichtete.

Der Raum hatte die gleiche Größe wie der darüber, erweckte aber den Eindruck einer Kirche. Stühle waren auf einen zentralen Sprecher ausgerichtet. Fremdartige Symbole, die an die Zeichen erinnerten, welche an den Tatorten entdeckt worden waren, bedeckten Wände und Boden. Dies war unverkennbar ein Ort der Anbetung.

In der linken Wand befand sich eine Tür, die stärker aussah als die anderen. Marcus leuchtete auf den Türknauf und entdeckte ein Schlüsselloch. Im Gegensatz zu allen anderen Türen im Bunker gab es hier ein Schloss.

»Ich glaube, wir haben Conlans Zimmer gefunden«, sagte er und drehte den Knauf. Doch die Tür war abgeschlossen. Er ließ Maggie und Beaman zurücktreten und trat sie ein. Begleitet vom Krachen splitternden Holzes flog sie nach innen.

Der Raum dahinter bildete einen grellen Kontrast zu den Räumen im ersten Untergeschoss. Das Zimmer war so groß wie in einem Herrenhaus und üppig eingerichtet. Fast der gesamte Fußboden war mit Teppichen bedeckt. Ein großer, verzierter Eichenschreibtisch stand in der Mitte. Papiere, Stifte und eine kleine Plastikbox lagen darauf. Ein gepolsterter Drehstuhl stand an dem Schreibtisch. Gefüllte Bücherregale beherrschten die Wand gegenüber dem Eingang. An einer Seite stand ein großes Bett, daneben ein Nachttisch und ein Kleiderschrank.

Marcus trat an den Schreibtisch und öffnete die Plastikbox. Sie enthielt kleine Plastiktütchen voller gefalteter Aluminiumfolie. Er öffnete eines und wickelte die Aluminiumfolie auf. Sie enthielt kleine Quadrate aus gelbem Löschpapier. Marcus stellte sich vor, wie Conlan seiner Gemeinde diese Papierfetzen auf die Zunge legte, so wie ein Pfarrer bei der Kommunion Hostien austeilte.

Er drückte Maggie den Inhalt der Folie in die Hand. »LSD.«

Maggie zuckte vor Abscheu zusammen. »Ich wette, dieser Drecksack hat mit jedem Mitglied seiner Gruppe geschlafen. Er hat hier unten wie ein König gewohnt, während Frauen und Kinder unter Bedingungen vegetierten, gegen die jeder Knast ein Luftkurort ist.«

Marcus entgegnete nichts, und Beaman hatte kein Wort gesagt, seit sie die Leiter hinuntergestiegen waren. »Geht es euch gut? Kein Schwindel, kein Orientierungsverlust?«, fragte Marcus.

»Nein, nichts in der Art«, sagte Maggie.

»Mr Beaman?«

»Alles in Ordnung.« Das Flüstern des alten Mannes war kaum zu verstehen.

Sie kehrten in den Hauptraum im zweiten Untergeschoss zurück. Marcus leuchtete in das entfernte Ende. Dort war eine weitere Tür. Als Marcus darauf zuging, überkam ihn eine böse Vorahnung.

Er rechnete damit, den Tod vorzufinden, doch was er sah, erfüllte sogar ihn mit Entsetzen.

86

Hinter der Tür lag der größte Raum im Bunker. Marcus schätzte ihn auf zehn Meter im Geviert. Die Wände waren vom Boden bis zur Decke verspiegelt. Der Fußboden wurde von einem großen schwarzen Pentagramm beherrscht. An den fünf Spitzen stand jeweils ein Stuhl. Auf jedem Stuhl saß die kleine Leiche eines verbrannten Kindes, die Hände auf den Rücken gefesselt. Ihre Köpfe standen in merkwürdigen Winkeln. Todesschmerz hatte sich in die schwarzen, verkohlten Gesichter gegraben.

Maggie schlug eine Hand vor den Mund und sah rasch weg. Beaman taumelte in den anderen Raum zurück. In der Stille des Bunkers hörte Marcus, wie er flüsternd betete.

Marcus leuchtete den Rest des Raumes ab und fand weitere Leichen, die wie Müll in einer Ecke gestapelt waren. Erwachsene. Fünf Frauen, drei Männer. Die Eltern der ermordeten Kinder.

Er trat näher und untersuchte die Leichen flüchtig. Er wünschte sich, Andrew wäre bei ihm: Er hätte die genaue Todesursache nennen können. Der Verfall der Leichen war so weit fortgeschritten, dass für Marcus nicht ersichtlich war, wie die Erwachsenen gestorben waren.

»Ich wette«, sagte Maggie, »die Eltern haben versucht, Conlan aufzuhalten, als sie herausfanden, dass er vorhatte …«

Sie beendete den Satz nicht, und das war auch nicht nötig.

Marcus vermutete, dass Conlan ein charismatischer und überzeugender Mensch war. Immerhin hatte er mehrere Familien dazu bewegt, mit ihm in einen versteckten unterirdischen Bunker zu ziehen. Offenbar waren seine Gehirnwäschemethoden aber nicht wirksam genug gewesen, um diese Leute davon zu überzeugen, dass sie ihre eigenen Kinder opfern müssten. Doch Conlan dürfte es egal gewesen sein. Er war auf ihre Einwände vorbereitet gewesen und hatte sie beseitigt. Gift wäre der einfachste Weg gewesen. Marcus stellte sich vor, wie alle sich zum Mahl an den Tisch setzten. Vielleicht hatten sie gelacht. Vielleicht waren sie sogar glücklich und zufrieden gewesen mit ihrem kargen Leben. Und dann waren sie alle unter Qualen gestorben.

Er wandte sich wieder dem Pentagramm zu. Als er es betrachtet hatte, war sein Blick sofort auf die verbrannten Leichen am Rand des Symbols gezogen worden. Jetzt bemerkte er, dass im Zentrum ein Hocker stand. Und dieser Hocker war leer.

Marcus trat in die Mitte des dunklen Kreises und setzte sich auf den Hocker. Sein Blick strich über die Gesichter der Kinder. Sie schienen ihn anzustarren, eine stumme Anklage in den Augen.

»Hier hat der Anarchist gesessen«, flüsterte Marcus.

»O Gott«, sagte Maggie. »Er saß da und schaute zu, wie die anderen Kinder verbrannten. Seine Freunde.«

Im Raum war es still.

Während Marcus aus dem Kreis blickte, fragte er sich, was wohl aus ihm geworden wäre, hätte er nur einen Bruchteil der Schmerzen und Qualen erleiden müssen wie Ackerman und der Anarchist.

Er wusste nicht, wie lange er dort gesessen hatte, als er schließlich sagte: »Wir sollten gehen. Wir brauchen frische Luft. Dann kommen wir zurück und suchen nach weiteren Spuren.«

Maggie nickte, und sie kehrten in den anderen Raum zurück, ließen Tod und Schrecken hinter sich. Maggie legte Beaman tröstend eine Hand auf die Schulter.

In diesem Moment hörte Marcus ein merkwürdiges Geräusch, als liefe in der Ferne eine Dusche oder ein Wasserhahn. Und er roch etwas.

Plötzlich wurde ihm alles klar. Er rannte zur Leiter, stieg sie eilig hinauf. Er hörte, wie Maggie und Beaman etwas riefen, doch er hatte keine Zeit für sie.

Als er die Falltür halb durchquert hatte, schaute er hoch zur Kellertür und zur anderen Leiter, die nach draußen führte. Die Gestalt, die dort stand, wurde von hinten beschienen und lehnte sich in die Öffnung. In den Händen hielt sie etwas, das nach einer umgedrehten Zwei-Liter-Flasche mit Feuerzeugbenzin aussah. Aus dem Hals der Flasche ergoss sich der Inhalt über die Leiter und bildete eine Lache am Boden.

Marcus sah dem Mann ins Gesicht. Ihre Blicke trafen sich.

Dann zündete der Mann die aus der Flasche gluckernde Flüssigkeit an. Feuer schoss die Leiter hinunter, und knallend fiel die Kellertür zu.

87

Als die Flammen loderten, ließ Marcus die Leiter los, stürzte ins zweite Untergeschoss des Bunkers zurück und prallte mit den Beinen auf den Beton. Schmerz schoss durch sein verletztes Fußgelenk. Er stürzte zu Boden.

Maggie packte ihn bei den Schultern und zog ihn von der Leiter und der Öffnung weg, wo die Flammen aus dem oberen Stockwerk leckten. Sie half ihm auf. Das Fußgelenk protestierte, doch Marcus unterdrückte den Schmerz und trat wieder auf die Leiter zu.

Er blickte zum oberen Geschoss, ob es noch einen Weg hinaus gab. Das Sperrholz war in Brand geraten, und von den Eisensprossen der Leiter, die nach oben führte, tropfte brennendes Benzin. Dort kamen sie unmöglich hinaus. Aber bald würde der Sauerstoff aufgezehrt sein. Und der Mann, der das Feuer gelegt hatte, würde die Öffnung mit der Schaufel, die sie zurückgelassen hatten, unter einem Kubikmeter Erde begraben. Selbst wenn sie die Kellertür erreichten, würden sie die Zentnerlast nicht anheben können.

Marcus leuchtete mit der Taschenlampe durch den Raum. Fenster gab es natürlich nicht, auch keine anderen Ein- oder Ausgänge.

Sie saßen in der Falle.

Beaman begann hysterisch zu brüllen. »Ich will nicht verbrennen!« Der alte Mann stürzte zur Leiter, doch Marcus riss ihn zurück. Beaman wand sich, versuchte sich zu befreien. Marcus ließ ihn los, und der alte Mann fiel auf den Betonboden.

»Das schaffen Sie nicht!«, fuhr Marcus ihn an.

»Was machen wir dann?«

Maggie versuchte Beaman zu beruhigen. »Wir müssen ganz ruhig nachdenken«, sagte sie. »Wir kommen hier schon raus.«

Marcus schaute sie an. Sie setzte Vertrauen in ihn. Sie schien überzeugt zu sein, dass ihm etwas einfiel. Das Problem war nur, dass er keinen Einfall hatte. Es gab keinen Ausweg aus dem Bunker.

Oder doch?

Marcus schloss die Augen, stellte sich das Bauwerk vor. Analysierte es. Zerlegte es in seine Bestandteile. Suchte nach Schwächen. Die Tür war versperrt. Die Lüftungsschächte und Kamine waren zugeschüttet.

Vielleicht konnten sie die Tür aufsprengen. Marcus dachte an ihre Waffen und die Munition, die sie dabeihatten. Jede .45-ACP-Patrone enthielt ungefähr ein halbes Gramm Pulver. Seine Waffe hatte ein Magazin mit zehn Patronen, dazu kam eine in der Kammer. Er trug zwei Ersatzmagazine und nahm an, dass Maggie es genauso hielt. Ihre 9-mm-Patronen hatten weniger Pulver, doch das Magazin fasste mehr, sodass sie etwa Gleichstand hatten. Dazu kamen zwei Ersatzwaffen. Sie besaßen also um die einhundert Patronen. Das waren etwa fünfzig Gramm Pulver.

Bei Weitem nicht genug, um die Tür aufzusprengen.

Außerdem, wie sollten sie durch das Feuer dorthin kommen? Sie wären erstickt, ehe sie alle Patronen geöffnet und das Pulver entnommen hätten.

Auf diesem Geschoss oder dem Stockwerk über ihnen hatte er nichts Leichtentzündliches gesehen.

Verdammt, Marcus. Denk nach.

Doch er zog eine Niete nach der anderen. Es gab keinen Weg hinaus. Sie würden hier unten sterben.

88

Die Flammen verzehrten das obere Stockwerk des Bunkers. Marcus spürte bereits, wie ihm von Rauch und Sauerstoffmangel die Lunge brannte. Trotzdem fand er keinen Ausweg. Sie konnten sich keinen Weg freimachen. Sie konnten die Tür nicht sprengen, konnten nicht telefonisch um Hilfe ersuchen. Selbst der nächste Nachbar käme niemals rechtzeitig. Das Knistern der Flammen wurde lauter. Beaman begann zu husten.

»Wie passt das zu Conlan?«, sagte Maggie plötzlich. »Er ist paranoid genug, um im Wald einen unterirdischen Bunker zu errichtet, aber seine Paranoia geht nicht so weit, dass er eine Hintertür einbaut, um im Notfall entkommen zu können?«

Marcus nickte. »Daran habe ich auch schon gedacht. Ich habe von Sekten- und Bürgerwehrfestungen gehört, bei denen es geheime Fluchttunnel gab. Conlan hat vielleicht etwas Ähnliches gebaut. Wir müssen es nur rechtzeitig finden. Okay, ihr beiden untersucht den Raum mit den Spiegeln. Vielleicht ist einer davon drehbar. Ich suche in Conlans Schlafzimmer.«

Ohne auf den Schmerz in seinem Fußgelenk zu achten, rannte Marcus los, wobei er den Taschenlampenstrahl über die Wände huschen ließ. Er griff hoch in die Bücherregale, zog und zerrte, bis sie umkippten. Der Lärm, mit dem sie auf den Boden schlugen, klang wie Kanonenschüsse. Doch hinter den Regalen war nichts. Das Licht spielte über die

Mauern. Marcus suchte sie hastig nach Symbolen oder Markierungen ab, die auf einen verborgenen Mechanismus hindeuteten. Schließlich schob er Conlans Bett beiseite und schaute darunter. Nichts.

Der Rauch quoll bereits ins untere Geschoss. Die Falltür war verbrannt, und an der gegenüberliegenden Wand brach das Sperrholz ein. Ihnen blieb nicht mehr viel Zeit.

Marcus rannte in den Raum mit den Leichen und dem Pentagramm. Er sah Maggie und Beaman, die jeden Spiegel an den Wänden untersuchten. Sie zogen daran, drückten dagegen, betasteten das Glas.

Dann hörte er, wie Maggie sagte: »Moment ... Ich glaube, ich hab was.«

»Was denn?«, fragte Beaman.

»Der Spiegel hier ist kälter als die anderen.«

Marcus rannte zu ihr. »Tritt zurück.« Er zog die Pistole und schlug mit dem Griff gegen das Spiegelglas. Es zersprang. Scherben regneten auf den Betonboden.

Und da war es: ein kleines, unregelmäßiges Loch in der Erde, gerade weit genug, dass ein Mann hindurchkriechen konnte. Marcus leuchtete hinein. Der Stollen führte aufwärts. Er konnte ungefähr vier Meter weit hineinschauen, dann beschrieb der Stollen einen Knick.

Im Nachbarzimmer fiel irgendetwas krachend zu Boden. Die Decke gab nach. Sie mussten sich beeilen.

»Beaman, Sie zuerst.«

»Ich mag es nicht, wenn's eng ist.«

»Verbrennen Sie lieber?«

Der alte Mann schluckte schwer, bekreuzigte sich und kroch in das Loch.

»Okay, Maggie. Jetzt du.«

Sie lächelte. »Gern geschehen übrigens.«

»Ja, ja. Später. Noch sind wir nicht draußen.«

Sie schob sich in den Stollen und kroch vorwärts. Marcus ließ ihr etwas Raum, dann folgte er. Es war eng, und der Boden bestand nur aus Erde und Steinen. Sie kratzten ihm über Unterarme und Ellbogen, als er sich durch den engen Schlauch wand. Noch nie hatte er Klaustrophobie erlebt, doch jetzt begriff er das Gefühl. Es schien, als lastete das Gewicht der ganzen Erde auf seiner Brust.

Dann hielt Maggie inne. Beamans Stimme war zu hören. Der alte Mann rief: »Der Weg ist blockiert!«

89

Ein lautes Donnern hallte aus dem Bunker durch den Stollen. Ein weiteres Stück der Decke musste eingestürzt sein. Aber der Lärm war nicht das Einzige, was den dreien folgte. Auch der Qualm wälzte sich in den Stollen. Es war, als setzte das Feuer ihnen nach, um ihre Flucht zu vereiteln.

Marcus hustete. Seine Lunge und seine Augen brannten, und ihm war schwindlig. Der Geschmack nach Rauch lag ihm dick und schwer auf der Zunge.

»Was sehen Sie?«, rief er zu Beaman hinauf.

»Da ist eine Wand aus Erde und Stöcken, als wäre der Stollen eingestürzt!«

Marcus fluchte. Was jetzt? Die Sektenmitglieder hatten den Stollen an mehreren Stellen mit Brettern abgestützt, die in die Wände verkeilt waren; vermutlich hatte eine Baumwurzel im Laufe der Zeit einen Teil der Bretter eingedrückt. Marcus blickte nach hinten. Er sah einen schwachen orangefarbenen Schimmer in der Dunkelheit, die sie hinter sich gelassen hatten. Der Brand musste sich inzwischen im gesamten Bunker ausgebreitet haben. Zurück ging es nicht mehr.

»Beaman, können Sie durch das Hindernis sehen?«

»Nein, es verschließt den Stollen ganz.«

Marcus richtete seinen Taschenlampenstrahl an Maggie vorbei und betrachtete den Stollen. Er war hier etwas breiter. Er konnte versuchen, sich an Beaman und Maggie vorbeizuquetschen; vielleicht gelang es ihm, das Hindernis aus dem

Weg zu räumen, oder er konnte es mit schierer Kraft durchstoßen. Doch er verwarf die Idee. Seine Schultern drückten zu beiden Seiten gegen die Stollenwände. Er konnte sich kaum bewegen. Wenn er versuchte, sich an den beiden vorbeizuzwängen, verkeilten sie sich nur und steckten hilflos fest.

Die Rauchtentakel hatten Beaman und Maggie nun erreicht. Beide husteten und keuchten.

»Moment. Sagten Sie, es seien Erde und *Stöcke?*«

»Ja, alles verklumpt.«

Wieso sollte es so tief unter der Oberfläche einen Klumpen aus Stöcken und Erde geben?

»Sieht es aus wie von Menschenhand? Also hätte jemand es mit Absicht dahingesetzt?«

»Könnte sein. Ja, ich glaub schon.«

»Versuchen Sie es rauszudrücken.«

Marcus hatte eine Ahnung, welchem Zweck das Hindernis diente. Er hoffte, dass er richtig vermutete. Anderenfalls starben sie alle innerhalb der nächsten Minuten an Rauchvergiftung.

»Es gibt nicht nach.«

»Doch, es wird nachgeben. Drücken Sie gleichmäßig mit beiden Händen. Als wollten Sie einen losen Ziegel aus einer Mauer schieben. Sie schaffen das.«

Marcus hörte, wie der alte Mann angestrengt versuchte, das Hindernis wegzudrücken, doch seine Muskeln, die jahrelang nicht beansprucht worden waren, protestierten gegen die unerwartete Anforderung. Tränen ließen Marcus' Sicht verschwimmen, als der Rauch ihm in die Augen biss. Er blinzelte hustend, um in dem Dunst noch sehen zu können, der sie mittlerweile umgab.

Dann strahlte Licht am Ende des Stollens auf. Maggie kroch rasch weiter. Marcus wand sich ihr hinterher. Sein Kopf dröhnte, seine Lunge schmerzte, und er fühlte sich schwach. Doch er gab nicht auf.

Im nächsten Moment fiel er knapp einen Meter tief und landete neben Maggie an einem Bachlauf im Schnee. Der Stollen endete unter einem Felsvorsprung, von dem man auf das Wasser blickte. Die Sektenmitglieder hatten aus Stöcken und Erde eine Barriere gebaut, die einen Deckel am Ende des Stollens bildete und dafür sorgte, dass niemand ihren Fluchtweg durch Zufall fand.

Die drei sogen tief die kalte, klare Luft ein und husteten sich den Rauch aus der Lunge. Marcus ließ den Kopf nach hinten in den Schnee sinken. Er wollte nur noch hier sitzen und sich ausruhen.

»Passiert euch so was oft?«, fragte Beaman.

Marcus nickte. »Man gewöhnt sich daran.«

Maggie stand auf und klopfte sich den Schnee von der Kleidung. »Jemand hat versucht, uns umzubringen. Glaubst du, er ist noch in der Nähe?«

»Das bezweifle ich. Er hat wahrscheinlich den Eingang verschüttet und zugesehen, dass er wegkam. Und im Moment bin ich zu groggy, um jemandem hinterherzujagen.«

»Woher wusste er überhaupt, dass wir hier sind? Niemand ist uns gefolgt.«

Marcus antwortete nicht, stattdessen zog er das Handy aus der Tasche, schaltete es aus und entnahm den Akku.

Maggie fluchte. »Unsere beste Spur hat sich soeben in Rauch aufgelöst, und du willst einfach hier rumsitzen?«

»Mehr oder weniger.«

»Na, toll. Du hast dir einen prima Moment ausgesucht, um aufzugeben.«

Marcus schloss die Augen. »Reg dich ab. Ich muss überlegen, wie wir unseren nächsten Schachzug möglichst geschickt vorbereiten.«

»Wovon redest du?«

»Von dem Kerl, der das Feuer gelegt hat. Als er das Benzin anzündete, konnte ich sein Gesicht sehen. Und das ändert alles.«

»Wieso?«

»Weil ich ihn kenne.«

Sechster Tag –

20. Dezember, nachmittags

90

Andrew ging an dem Wärter hinter der Scheibe vorbei, nickte ihm zu und winkte knapp. Der Mann musste ihn erkannt haben, denn er stellte keine Fragen und verlangte keinen Ausweis. Stattdessen drückte er den Summer, der Andrew einließ.

Andrew folgte dem langen, beige-weißen Korridor zur Treppe.

Er war überrascht gewesen, Marcus' Stimme zu hören, als Maggies Handynummer auf seinem Display erschien, aber was sein Partner erfahren hatte, war noch viel erstaunlicher. Marcus hatte ihn in seinen Plan eingeweiht und ihn instruiert, was er zu tun hatte.

Und dann hatte er ihm gesagt, wo und wann er die Zielperson finden könne.

Andrew spähte um die Ecke und vergewisserte sich, dass die Zielperson beschäftigt war, wie Marcus es vorhergesagt hatte. Schließlich ging er in den Umkleideraum und machte sich an die Arbeit.

91

Als Marcus anrief und sie fragte, ob sie in Jackson's Grove eine abgelegene Stelle kenne, hatte Vasques sofort an Foleys altes Holzlager gedacht. Der Platz befand sich auf einem abgeschiedenen Grundstück im Süden der Stadt und war vor zehn Jahren geschlossen worden. Als Vasques fragte, wieso er das wissen wolle, war Marcus sich treu geblieben und der Antwort ausgewichen. Er hatte sich nicht in die Karten blicken lassen.

Sie hielt vor seinem Hotel direkt an der Lobby unter einem großen Vordach. Kurz darauf trat Marcus durch zwei automatische Türen, ließ sich auf den Beifahrersitz fallen und sagte: »Es wird kälter.«

Für Small Talk fehlte Vasques die Geduld. »Was soll das Ganze?«

»Kommt er?«

»Er sagte, er würde da sein, aber es gefiel ihm nicht.«

»Und du hast ihm verschwiegen, dass ich es bin, der ihn treffen will?«

»Ja.«

Marcus ließ sich in den Sitz sinken und schloss die Augen.

»Sagst du mir jetzt, worum es geht?«

Er hielt die Augen geschlossen. »Nein.«

Vasques drückte den Fuß fester aufs Gaspedal. In der Mittelkonsole lag ein Päckchen Kaugummi, und sie steckte sich einen Streifen in den Mund, damit sie nicht mit den Zähnen knirschte.

Den Rest der Fahrt verbrachten sie schweigend. Sie folgten der Route 30, passierten den Einlagerungshof, auf dem Sandra Lutrell ermordet worden war, bogen nach rechts auf die Division Street ab und fuhren an dem Haus vorbei, in dem Jessie Olague entführt wurde; hier war Vasques zum ersten Mal Marcus begegnet. Der Crown Vic rumpelte über Eisenbahngleise. Nach gut hundert Metern erreichten sie Foleys alten Holzplatz.

Auf dem Grundstück sah man normalerweise nichts als Schlamm und Erde, aber jetzt war der Boden gefroren und schneebedeckt. Vasques lenkte den großen Pkw durch eine Schneewehe und hielt hinter dem Hauptgebäude, wo sie sich verabredet hatten. Die Stadt hatte vor einigen Jahren ein Nebengebäude abreißen lassen, nachdem Jugendliche ein Feuer darin gelegt hatten, aber das Haupthaus, in dem die Büros der Holzfirma gewesen waren, stand noch. Es zeigte ein staubiges Weiß, und die alte Aluminiumverschalung war mit Graffiti bedeckt. Zu beiden Seiten des Gebäudes befanden sich Vordächer, unter denen Sperrholz und Stapelholz unterschiedlicher Größen gelagert war. Zwei lang gestreckte Lagerhäuser standen im hinteren Teil des Geländes; die Dächer und der größte Teil der Seitenwände waren eingestürzt. Jetzt bestanden sie nur noch aus skelettartigen Gerüsten, die während der Frühlings- und Sommermonate von Unkraut überwuchert wurden.

Vasques stellte den Schalthebel auf P und wartete.

Marcus schlug die Augen auf. »Tust du mir einen Gefallen?«

»Ich tue dir doch gerade einen, und du hast dich noch kein bisschen revanchiert.«

»Lass deine Waffe im Auto.«

»Was? Wieso?«

Als Marcus antworten wollte, jagte ein anderes Fahrzeug auf das Gelände, bremste scharf vor ihnen und blieb schräg zu Vasques' Crown Victoria stehen. Es war ein metallic-roter Chevy Impala. Belacourt saß einen Augenblick reglos hinter dem Lenkrad und starrte Marcus an, dann stieg er aus. Über einem weißen Button-Down-Hemd und einer Khakihose trug er einen grauen Wollmantel mit hochgeschlagenem Kragen.

Vasques und Marcus stiegen ebenfalls aus und stellten sich zu beiden Seiten neben die Vorderräder. Der Wind peitschte über den leeren Platz und blies Schnee vom Gebäude zu ihnen. Die Sonne spendete kaum Wärme. Vasques sah, wie das Sonnenlicht auf jedem flüchtigen Wölkchen ihres Atems spielte.

»Was macht der Bursche denn noch hier, Vasques?«, fragte Belacourt. »Ich dachte, wir hätten was abgemacht.«

»Hör dir an, was er zu sagen hat, Trevor. Er sagt, es sei wichtig. Ich hätte dich nicht hierher in die Kälte bestellt, wenn ich nicht der Meinung wäre, dass es die Mühe lohnt.«

Belacourt schüttelte den Kopf, stemmte die Hände in die Hüften und blickte Marcus an. »Okay. Machen Sie schon. Mir ist kalt.«

Marcus trat einen Schritt vor. Er sprach laut genug, dass seine Stimme den aufheulenden Wind übertönte. »Wir haben neue Erkenntnisse. Sie betreffen Sie beide. Ich hielt es für das Beste, wir bereden es unter uns. Jemand, den Sie beide kennen, hat dem Anarchisten geholfen.«

»Das ist absurd! Ich habe keine Zeit mehr für Ihre ...«

»Der Anarchist war Mitglied einer Sekte, die von einem gewissen Anthony Conlan gegründet wurde.«

Vasques stellte augenblicklich die Verbindung her: der Zettel auf dem Schreibtisch ihres Vaters. Er musste tatsächlich eine Spur gehabt haben, hatte vielleicht sogar kurz vor der Festnahme des Anarchisten gestanden, als er starb. Ihr war klar, dass Marcus die gleiche Überlegung angestellt haben musste, dennoch hatte er sie nicht eingeweiht. Wieso nicht?

»Conlan hat sich einen Bunker in Wisconsin eingerichtet. Dort versuchten sie ein ähnliches Ritual mit einer Gruppe von Kindern durchzuführen. Der Anarchist war noch ein kleiner Junge, als er miterleben musste, wie seine Freunde bei lebendigem Leib verbrannten. Außerdem weiß ich jetzt, weshalb sämtliche Morde innerhalb dieses Zuständigkeitsbereichs verübt wurden.«

»Und weshalb?«, fragte Belacourt.

»Weil der Killer Insider-Tipps bekommt – von der Polizei.«

In einer Geste der Verzweiflung hob Belacourt die Arme und machte kehrt, um zu seinem Wagen zu gehen. »Mir reicht's. Das ist lächerlich.«

Marcus trat einen weiteren Schritt vor. »Ach ja? Warum ist dann ein Kerl namens Jansen, den Sie mit meiner Beschattung beauftragt hatten, an dem Bunker dort aufgetaucht? Und wieso hat er versucht, mich und einen meiner Leute umzubringen?«

Belacourt fasste an den Türgriff. »Das ist Irrsinn.«

»Ich habe es nachgeprüft. Jansen ist nicht bei der Polizei. Woher also wusste er, wo wir waren? Niemand hat uns verfolgt. Zumindest nicht auf Sichtweite.« Marcus nahm das Handy aus der Tasche und hielt es hoch. »Dann habe ich begriffen. Als Sie mich festnahmen, haben Sie die Ortungsdienste auf meinem Handy aktiviert. Auf diese Weise konnten Sie mich im Auge behalten, ohne dass ich Ihren Handlanger noch einmal zu Gesicht bekam. Ich wette, wenn wir tief genug graben, Belacourt, finden wir heraus, dass Sie eine Verbindung zu diesem Bunker und zu einem Mann hatten, den die Sektenmitglieder den Propheten nannten.«

»Sie sind völlig durchgeknallt!« Belacourt stieß einen fleischigen Finger in Marcus' Richtung, riss die Tür des Impalas auf und stellte sich dahinter. »Jetzt sind Sie endgültig zu weit gegangen. Wenn ich wieder im Revier bin, beantrage ich einen Haftbefehl gegen Sie.«

»Warum nehmen Sie mich jetzt nicht fest? Ich begleite Sie ohne Widerstand zum Revier. Wir berichten Ihren Beamten, was meine Leute über Ihre Vorgeschichte herausgefunden haben. Wir könnten Ihnen erzählen, wie Sie sich als neunzehnjähriger Gefreiter freiwillig für Projekt Kaleidoskop gemeldet haben und einen Leutnant namens Anthony Conlan kennenlernten. Dann können wir die Lücken in Ihrer Vorgeschichte besprechen, die ausgerechnet zu der Zeit klaffen, als Conlan seine Sekte führte. Wir könnten aber auch über die Geburtsurkunde sprechen, derzufolge Sie Vater eines kleinen Mädchens waren, das in Georgia zur Welt kam. Das Mädchen hieß Tabitha. Ihre Mutter hieß Darcy. Jede Wette, Ihre Kollegen wären ganz versessen darauf, beide ausfindig zu machen.«

Belacourt zog die Waffe und richtete sie auf Marcus. Es war eine schwere Kimber .45 ACP, eine Sonderanfertigung. »Nehmen Sie nie wieder ihre Namen in den Mund.« Tränen traten dem Cop in die Augen, und seine Stimme bebte.

Vasques konnte nicht fassen, was sie sah. Sie kannte Belacourt seit Jahren. Er war ein Vater, ein Ehemann gewesen? Sie hatte ihn nie mit einer Frau gesehen. Er war der Partner ihres Vaters gewesen, bis zu dessen …

Oh nein!

Sie trat einen Schritt vor. In kurzen, hastigen Zügen sog sie die eiskalte Luft ein. »Trevor, bitte sag mir, dass du mit Dads Tod nichts zu tun hast.«

Belacourt schwenkte die Waffe zu ihr. »Keine Bewegung, Vicky.«

»Hast du ihn getötet?«

»Nicht ich persönlich, aber ich musste ihnen sagen, dass er zu nahe dran war. Ich wollte das alles nicht. Ich habe versucht, von Conlan loszukommen, aber er sagte, wenn ich nicht helfe und sie gefasst werden, sorgt er dafür, dass ich mit untergehe. Du weißt nicht, wie das ist.«

Vasques' Hände zitterten. Sie öffnete und schloss sie, wollte ihre eigene Waffe ziehen. Doch Belacourt hielt sie in Schach. Sie konnte die Waffe nicht ziehen, entsichern und abdrücken. Bis dahin hätte er längst geschossen. Er brauchte nur abzudrücken. Außerdem stand er hinter einer Autotür, die ihm Deckung bot.

»Ich weiß nur, dass du meinen Vater verraten und dafür gesorgt hast, dass er getötet wurde.«

»Es tut mir leid, Vicky. Ich wollte nie, dass deinem Vater etwas passiert. Ich wollte nie, dass *irgendjemandem* etwas passiert. Aber dafür ist es jetzt zu spät.«

Belacourt richtete die große .45 auf ihren Kopf und drückte ab.

92

Ackerman hatte endlich die Zeit gefunden, sich der beiden Leichen zu entledigen. Er wollte nicht, dass die toten Dealer rasch gefunden wurden. Dann würde die Polizei ihre Wohnung durchsuchen, und dann müsste er sich um noch mehr Leichen kümmern. Deshalb hatte er beiden den Brustkorb geöffnet, die Lunge entnommen, den Hohlraum mit Steinen gefüllt und den Brustkorb wieder zugenäht. Die Lunge war das Organ, das eine Leiche anschwellen und an die Oberfläche eines Gewässers zurückkehren ließ. Ohne Lunge würden die Toten behaglich unter acht Metern Wasser am Grund des Lake Calumets liegenbleiben.

Nachdem er die sterblichen Überreste der Degenerierten an der 130th Street von der Brücke geworfen hatte, säuberte Ackerman das Crackhaus und richtete sich im Wohnzimmer einen Arbeitsplatz ein. Bei Lowe's auf der South Holland Road hatte er Material und ein Lichtbogenhandschweißgerät gekauft. Nun machte er sich an den Bau seines Apparats.

Er setzte eine umhüllte Stabelektrode in den Halter und schraubte sie fest. Nachdem er das Gerät an der Stahlplatte geerdet und die Stromstärke eingestellt hatte, setzte er die Schutzbrille auf und kratzte mit der Elektrode, als würde er ein Streichholz anreißen, über die Metalloberfläche, damit der Lichtbogen entstand. Die Umhüllung der Elektrode würde schmelzen und verhindern, dass Sauerstoff und

Stickstoff mit dem geschmolzenen Stahl in Berührung kamen, und die Schweißstelle vor Oxidation schützen. Nach dem Schweißen prüfte er das LED-Display und die Tastatur auf Funktion.

Stolz auf seine Arbeit brachte er Boden und Seiten der kleinen Metallbox an und verschweißte sie ebenfalls. Schließlich wollte er nicht, dass Marcus oder ein Entschärfungskommando hineinblicken und sehen konnten, welche Tricks er auf Lager hatte.

93

Marcus sah, wie Belacourt abdrückte. Die meisten Polizeibeamten waren gute Schützen – das galt sicher auch für Belacourt. Und die Polizei von Jackson's Grove hatte im Keller neben der Asservatenkammer einen eigenen kleinen Schießstand – eine Seltenheit bei einem Vorstadtrevier. Außerdem hatte Marcus in Belacourts Akte gelesen, dass er zu den Schießausbildern des Departments gehörte. Der Detective hatte daher viel Übung im Abfeuern der großen Kimber-Pistole. Auf diese Entfernung konnte er gar nicht danebenschießen. Er würde es auf einen Kopftreffer anlegen, und niemand überlebte einen Kopfschuss mit einem Geschoss vom Kaliber .45.

Doch nichts von alledem spielte eine Rolle, denn Marcus hatte Andrew gebeten, sich in den Umkleideraum zu schleichen und den Schlagbolzen von Belacourts Waffe zu entfernen, während der Detective sich seinem täglichen Training widmete.

Belacourt drückte ab und schwenkte die Waffe bereits zu Marcus, als ihm auffiel, dass sie nicht gefeuert hatte. Rasch zog er den Verschluss zurück, drückte erneut ab. Wieder nichts.

Belacourt tat das Einzige, was er tun konnte. Er sprang in den Wagen, duckte sich hinter das Armaturenbrett und legte den Rückwärtsgang ein.

Vasques erholte sich von ihrem Schock und griff nach ihrer Waffe.

»Nicht schießen!«, rief Marcus. »Wir brauchen ihn lebend!«

Belacourts Wagen schlitterte über den Schnee, als er ihn herumriss, doch ihm gelang die Wende, und er jagte zur Ausfahrt des Grundstücks. Vasques sprang in ihr Fahrzeug, drehte den Schlüssel, packte den Schaltknüppel. Doch Marcus' Hand schoss vor und hinderte sie daran, einen Gang einzulegen. Er lehnte sich halb in den Wagen.

»Was soll das?«, fragte er.

»Lass mich fahren, ich erkläre es unterwegs.«

Ihr Blick zuckte von Marcus zu der Spur, die Belacourts Impala hinterlassen hatte, und wieder zurück zu ihm.

»Er hat genau so reagiert, wie ich gehofft hatte«, sagte Marcus. »Er tut, was wir wollen.«

Vasques nahm die Hand vom Schaltknüppel, doch ihre Unterlippe bebte. Einen Augenblick dachte Marcus, sie würde wieder nach dem Knüppel greifen, dann aber stieg sie aus und kam auf die Beifahrerseite. Marcus setzte sich hinters Lenkrad, und sie fuhren vom Holzplatz. Er musste kräftig aufs Gaspedal treten, damit sie sich einen Weg durch den Schnee bahnen konnten.

»Was ist passiert?«, fragte Vasques. »Ich müsste eigentlich tot sein. Wir beide.«

»Nicht durch Belacourts Waffe. Ich habe Andrew den Schlagbolzen herausnehmen lassen.«

»Wann?«

»Als dein Chef trainiert hat. Du hast mir erzählt, dass er zweimal am Tag Lauftraining macht, und dass man die Uhr nach ihm stellen kann. Deshalb wusste ich, wo er wann sein würde. Und ich wusste, dass seine Waffe und sein Handy in seinem Spind im Umkleideraum liegen.«

»Du hattest das geplant?«

»Mehr oder weniger. Deshalb wollte ich mich an einer abgelegenen Stelle mit ihm treffen. Ich wollte ihn zur Rede stellen. Ich hatte gehofft, dass er aufgibt und einen Deal mit uns macht. Oder er stellt sich gegen uns und flieht.«

»Was er dann auch getan hat. Lässt du sein Handy orten?«

»Andrew hat eine kleine App darauf installiert, die wir von der NSA haben. Wir können ihn orten und jedes Gespräch abhören, das er führt.«

»Du hast eine Ortungs- und Überwachungssoftware auf dem Handy eines Polizeibeamten installiert? Das ist illegal.«

»Festnehmen kannst du mich später. Wäre ich an Belacourts Stelle, wüsste ich, dass wir seinen Wagen jetzt zur Fahndung ausschreiben und die Telefongesellschaft kontaktieren, um sein Handy zu orten. Er braucht also Hilfe. Hoffentlich ruft er Conlan an.«

»Er kontaktiert jemanden, der mit drinhängt, und wir lassen uns eine Stufe höher führen. Warum hast du mir nichts davon gesagt?«

Marcus schwieg, hielt den Blick auf die Straße gerichtet.

»Du hast gedacht, ich bringe ihn um, wenn ich es vorher gewusst hätte.«

»Hättest du's getan?«

Vasques blieb einen Moment still. Dann sagte sie leise: »Wahrscheinlich. Und was jetzt?«

»Wir warten, dass er telefoniert.«

94

Der Prophet betrachtete die Frauen, die zitternd in der hintersten Ecke ihres Käfigs kauerten. Als er sie dort einsperrte, hatte er sie bis auf die Unterwäsche entkleidet. Beide waren schön. Besonders Keisha Schuyler: Sie war Sportlerin. Man sah es an ihrem Muskeltonus, der ungewöhnlich war für eine Frau ihres Alters und Aerobic und einen strengen Trainingsplan verriet. Wenn nur mehr Zeit wäre. Er grinste sie an, und die Schwarze bedachte ihn mit einem trotzigen, wütenden Blick. Sie war stark. Das gefiel ihm. Sie barg den Kopf der anderen Frau an ihrer Brust. Beide hatten geweint, aber sie schenkten einander Kraft. Es faszinierte den Propheten immer wieder, wie Ausweglosigkeit völlig Fremde einander so rasch nahebrachte.

Stillvergnügt lachte er in sich hinein, als die Gesichter der Frauen sich veränderten. Sie schrumpften, blähten sich auf, leuchteten. Doch die Wirkung des LSD ließ nach. Die Last der Realität zerrte ihn zurück aus der rauschhaften Welt und kettete seinen Geist an die Mühsal des Irdischen. Die Medizin verlor ihre Heilkraft. Er sehnte sich nach dem Augenblick, wenn diese Welt nicht mehr existierte. Dann würde er nicht mehr die Hilfe irgendwelcher Substanzen benötigen, um zu fliegen.

Ein merkwürdiges Geräusch hallte über den Betonfußboden. Der Prophet brauchte einen Moment, bis er begriff, dass es sein Handy war.

»Hallo?«

»Hier ist Erik.«

Der Prophet lächelte. Es tat gut, die Stimme seines Jüngers zu hören. Er hatte gewusst, dass er Hilfe benötigte, um sicherzustellen, dass die Dunkelste Nacht so verlief wie geplant. Deshalb hatte er zwei Jahre zuvor mit der passiven Suche nach einem neuen Rekruten begonnen. Nach jemand Vertrauenswürdigem, der ihm half, das Werk zu vollenden. Schließlich hatte er schon immer gewusst, dass Schofield schwach war. Und Belacourt war vom rechten Weg abgewichen. Er war kein Jünger mehr. Auch er zählte nicht mehr zu den wahren Gläubigen und war nur noch ein unverzichtbares, aber unwilliges Werkzeug. Es war bedauerlich, denn Belacourt und Schofield waren die letzten Überlebenden der alten Gemeinde. Aber sie waren auch Paradebeispiele für die Schwäche und Ignoranz der Menschen. Selbst Männer wie sie, die die Wahrheit kannten, ließen sich von der Sklavenhaltergesellschaft leicht in die Irre führen. Genau das war der Grund gewesen, weshalb er seine Gemeinde in Wisconsin isoliert hatte.

Dann aber hatte der Vater ihn mit Erik Jansen gesegnet. Erik war erst Neonazi gewesen, dann theistischer Satanist. Der Prophet hatte ihn auf einem Online-Diskussionsforum kennengelernt. Jansen war ein Mann, dem er trauen konnte. Der wahrhaftig an das Werk glaubte. Ein neuer Jünger.

»Sprich, Bruder. Was hast du auf dem Herzen?«

»Belacourt. Er hat mich gerade angerufen und herumgezetert. Er war sehr aufgebracht. Es tut mir leid, Prophet, aber der Agent namens Williams hat das Feuer an deinem alten Bunker überlebt.«

Der Prophet beugte sich ruckartig vor. »Was? Wie ist das möglich?«

»Das kann ich nicht sagen. Aber er hat mich gesehen, als ich den Brand legte, und das hat ihn zu Belacourt geführt. Das ist aber noch nicht das Schlimmste.«

Der Prophet ging auf und ab. Der Betonboden war eiskalt unter seinen bloßen Füßen. »Belacourt will Geld.«

»Richtig. Er sagt, du schuldest es ihm. Sagt, dass er sich stellt und der Polizei alles erzählt, wenn du nicht zahlst. Er meinte, sie machen vielleicht einen Deal mit ihm, wenn er Harrison und uns beide preisgibt.«

Der Prophet schloss die Augen und sah zu, wie die Farben in fremdartigen neuen Formen tanzten und wirbelten. Nach einem Moment sagte er: »Du wirst Folgendes tun.«

95

Sie waren Belacourts GPS-Signal durch Wohnviertel gefolgt, dann die Route 30 entlang vorbei an Drogeriemärkten, Einkaufszentren und Fast-Food-Lokalen. Schließlich bog er nach Norden ab und hielt in einem Wohngebiet nördlich der Lindenwood University. Marcus vermutete, dass er ein anderes Auto stahl und den Impala zurückließ. Dann hatte er den Anruf getätigt. Stan zeichnete ihn auf und spielte ihn ihnen vor. Leider hatte Belacourt nicht viel mehr als einen Namen offenbart: Harrison. In einer Stadt von der Größe Chicagos war das nicht viel.

Marcus hielt den Wagen auf dem Parkplatz eines Dunkin' Donuts, und sie warteten auf Belacourts nächsten Schritt. In Chicagoland schien es an jeder Straßenecke einen Dunkin' zu geben. Sorgenfalten überzogen Vasques' Gesicht. Sie schien auf Autopilot zu sein, während sie Belacourts Betrug verarbeitete. Schließlich fragte sie: »Was meinst du, wieso hat Belacourt mich persönlich für diesen Fall angefordert?«

Marcus zuckte die Schultern. »Keine Ahnung.«

»Komm mir nicht mit so einem Mist. Ich will eine Antwort.«

Marcus rieb sich den Nacken und seufzte. »Gut. Sie wollten nicht, dass allzu viele Ermittler dabei sind. Je mehr Leute, desto höher die Wahrscheinlichkeit, dass jemand etwas merkt. Deshalb wurden fast alle Morde in Belacourts Zuständigkeitsbereich verübt. Auf diese Weise konnte er den Informationsfluss kontrollieren.«

»Du weichst der Frage aus. Wieso ausgerechnet mich? Er wollte das FBI nicht in die Sache reinziehen, deshalb suchte er sich eine, die er für zu blöd hielt, als dass sie ihm schaden konnte. Und er hatte recht. Ohne deine Hilfe wäre ich ihm nie auf die Schliche gekommen.«

Marcus schüttelte den Kopf. »Nein. Belacourt hat sich gesagt, dass du jemand bist, den er beeinflussen kann. Ich habe mir deine Akte angesehen. Du bist ein verdammt guter Agent. Beim Kampf gegen Menschenhändlerringe hast du großartige Arbeit geleistet. Serienmörder sind eine andere Sache. Belacourt hat es vielleicht als Zeichen der Schwäche betrachtet, dass du dich von der Verhaltensanalyseeinheit des FBI hast wegversetzen lassen, aber ich sehe es als Beweis der Stärke. Du hast erkannt, dass es nicht das Richtige für dich ist, und das Gebiet gefunden, auf dem du wirklich etwas bewegen kannst. Ich versuche schon mein Leben lang, vor mir selbst davonzulaufen.«

»Danke, Marcus.«

Er kratzte sich die Bartstoppeln auf der Wange und überlegte sich genau, was er als Nächstes sagte. »Vielleicht ist es nicht der beste Zeitpunkt, aber ich wollte dir noch etwas sagen. Wegen gestern Abend ...«

»Du brauchst mir nichts zu sagen. Ich weiß Bescheid. Aber mit Maggie solltest du reden.«

Er lachte. »Vielleicht wärst du doch keine so schlechte Verhaltensanalytikerin.«

Vasques erwiderte sein Lächeln, aber er sah Traurigkeit in ihren Augen. Er fragte sich, ob die Bemerkung über Maggie nur ein Schuss ins Blaue gewesen war, eine Vermutung, die er nun bestätigt hatte. »Was ist mit Jansen?«, fragte sie. »Wissen wir etwas über ihn?«

»Wir haben ihn zur Fahndung ausgeschrieben. Auf der Rückfahrt aus Wisconsin habe ich Stan angerufen und ihn seine Vorgeschichte überprüfen lassen. Ziemlich durchschnittlicher Mistkerl. Unehrenhafte Entlassung von den Marines, Haftstrafe in Pontiac Prison wegen Körperverletzung. Ließ sich mit Neonazis ein und wandte sich später dem Satanismus zu. Vor ungefähr zwei Jahren ist er völlig von der Bildfläche verschwunden. Aber er ist ein Fußsoldat. Um der Anarchist zu sein, fehlt ihm der Grips.«

»Also ist dieser Harrison, den Belacourt am Telefon erwähnt hat, unser Mann?«

»Ich glaub schon.«

»Was ist mit der Liste der Camry-Halter? Wir sollten auf dieser Liste nach dem Namen suchen.«

»Schon passiert. Kein Harrison.«

»Wann hast du das gemacht?«

»Zwischendurch, im Kopf. Ich habe die Liste auswendig gelernt. Als Nächstes wirst du nach Ehepartnern fragen, aber auch da kommen wir nicht weiter. Ich hatte Stan sämtliche Namen auf die Liste schreiben lassen.«

»Was, wenn es ein Firmenwagen ist?«

»Ich bin die Liste der Firmen durchgegangen. Nichts, was passt.«

Marcus' Handy rappelte auf der Mittelkonsole, wo er es abgelegt hatte. Er fuhr mit dem Finger über den Schirm, um das Gespräch anzunehmen, und stellte es auf Freisprechanlage. »Was gibt's, Stan?«, fragte er.

»Belacourt hat gerade einen Anruf von Jansen bekommen«, sagte Stan. »Sie treffen sich in zwei Stunden hinter dem Einkaufszentrum von Jackson's Grove. Belacourt sagte, er fährt einen grünen Honda Civic und parkt am hinteren Rand des Parkplatzes ganz außen.«

»Hat er sonst noch was gesagt?«, fragte Vasques.

»Nein, das war's. Kurz und auf den Punkt.«

Marcus legte einen Gang ein und lenkte den Crown Vic auf die Route 30 in Richtung Einkaufszentrum. Es lief nicht wie erhofft. Belacourt hatte am Telefon nichts Nützliches ausgeplaudert, und statt des Generals kam der Fußsoldat zum Treffen. Selbst wenn sie Jansen und Belacourt festnahmen, bestand keine Garantie, dass sie zu Conlan oder dem Anarchisten geführt würden. Belacourt wurde vielleicht zum Kronzeugen, vielleicht aber auch nicht. Und wenn Marcus' Verdacht zutraf, würden am kommenden Abend fünf Frauen rituell ermordet werden. Die Uhr tickte. Er streckte die Hand aus, um den Anruf zu beenden, doch Vasques hielt ihn auf.

»Warten Sie«, sagte sie. »Die Liste der Camrys, die Sie abgerufen haben, Stan, galt sie nur für Illinois oder auch für Indiana?«

»Nur Illinois«, antwortete Stan.

»In zwanzig Minuten ist man von hier aus in Indiana.«

»Okay, ich schaue nach.« Eine Pause folgte, die mehrere Minuten andauerte, während das Handy nur Tastengeräusche und das Rauschen von Computerlüftern wiedergab. Dann sagte Stan: »Nichts mit dem Namen Harrison.«

»Ich bin mir ziemlich sicher«, sagte Marcus, »dass der Anarchist nur ein paar Minuten von Jackson's Grove entfernt wohnt, wenn nicht sogar innerhalb der Stadtgrenzen.«

Vasques schüttelte den Kopf. »Was ist mit Firmen, Stan?«

»Augenblick ... ich glaube, ich hab was. Es gibt einen Wachdienst namens Schofield Security Associates, der mehrere Camrys besitzt.«

Marcus beugte sich zu dem Handy vor. »Das passt, Stan. Kannst du eine Liste der Angestellten beschaffen?«

»Ich kann es versuchen, aber dazu müsste ich mich in ihre Personalakten einhacken. Moment, ich bin auf ihrer Website. Da ist die Geschäftsleitung aufgeführt ... einer der Geschäftsführer heißt Harrison Schofield.«

»Was hat er für eine Aufgabe?«, fragte Marcus.

»Leiter der Finanzabteilung.«

»Das ist er. Alles passt zusammen. Hast du eine Adresse?«

»Haltet euch fest, Jungs und Mädels, denn unser lieber Mister Schofield wohnt nirgendwo anders als in Jackson's Grove.«

Marcus blickte auf die Uhr. Kurz nach zwei am Nachmittag. Schofield sollte auf der Arbeit sein, konnte aber bereits eine Warnung von Jansen erhalten haben. Sie mussten Schofield rasch zur Strecke bringen, sonst riskierten sie, dass der Killer entkam. Wenn das geschah, fanden sie ihn vielleicht nie, und die Frauen wären so gut wie tot.

Alles fügte sich zusammen und brach gleichzeitig auseinander. Marcus wusste, dass Vasques Belacourt keine Ruhe gönnen würde. Er konnte es ihr nicht verübeln. Wenn Belacourt für den Tod seiner Eltern verantwortlich gewesen wäre, hätte sich das Monster in Marcus bereits befreit und den Cop getötet. So gesehen hielt Vasques sich sehr gut im Zaum. Aber auf gar keinen Fall würde sie Belacourt entkommen lassen.

Andrew führte Telefonate über Jansen und wartete auf weitere Anweisungen, und Maggie erholte sich von den Strapazen in Wisconsin. Er konnte sie beide hinzurufen, hatte aber trotzdem nicht genug Leute. Seine Ressourcen waren mehr als ausgeschöpft.

»Stan, ruf in Schofields Firma an und frag nach, ob er da ist, aber vorsichtig, damit er nichts merkt. Dann benachrichtige die Ortspolizei. Sag den Leuten, dass er Verdächtiger in einer Mordserie ist und als bewaffnet und extrem gefährlich betrachtet werden muss. Dann schick mir seine Privatadresse und die Anschrift der Firma.«

Marcus beendete das Gespräch, bog in eine Nebenstraße ab und fuhr an den Straßenrand. Die Reifen rumpelten über den Schnee, während er auf einen Parkplatz an einem Getränkeladen zuhielt.

Ehe er etwas sagen konnte, packte Vasques ihn beim Hemd, beugte sich über die Mittelkonsole und sah ihm in die Augen. »Ich schnappe mir Belacourt. Ich lasse ihn nicht davonkommen. Und niemand sollte sich mir in den Weg stellen.«

Mit einem Blick auf ihre Hand stellte Marcus den Crown Vic auf Parken. »Lass die Dramatik. Ich will dich ja gar nicht davon abhalten, den Kerl zur Strecke zu bringen. Du kannst ihn festnehmen oder ihn sein Grab schaufeln lassen. Mir ist es gleichgültig. Aber ich rufe Andrew, dass er mich abholen soll. Dann kümmere ich mich um den Anarchisten. Ich schlage vor, du alarmierst deine Freunde beim FBI und lässt Jansen und Belacourt koordiniert festnehmen.

Aber das überlasse ich dir. Ich schicke dir auch Stans Kontaktinfo. Er steht dir zur Verfügung. Was du auch machst, viel Glück, und sei vorsichtig.«

Ohne ein weiteres Wort nahm er sein Handy von der Konsole, stieg aus und verschwand in der Kälte.

96

Einen Aktenkoffer aus hellbraunem Leder in der Hand trat Harrison Schofield vor einen großen Schreibtisch aus Chrom und Glas, auf dem ein Computer und ein Monitor standen. Die Frau am Schreibtisch blickte ihn fragend, aber mitfühlend an. Sie hieß Valerie, doch jeder nannte sie Val. Sie war Mitte vierzig, hatte mokkafarbene Haut und kurzes schwarzes Haar. Ihre Lippen waren gespitzt, als hätte sie gerade etwas Saures gekostet. Wegen eines irreparablen Nervenschadens bei einem Autounfall trug sie einen Arm stets in der Schlinge. Seit Schofield sie kannte, hatte sie sich kaum verändert. Als er jünger war, hatte er vor dem Büro seines Großvaters gesessen und ihr zugesehen, wie sie geschickt mit einer Hand auf einer speziellen Tastatur tippte.

Hinter ihr war eine Tür mit großen schwarzen Lettern auf einer goldenen Plakette: *Raymond Schofield, Vorstandsvorsitzender.*

»Hallo, Val«, sagte Harrison. »Ist er da?«

Er kannte die Antwort, noch ehe Val den Mund öffnete. Er wusste, dass sein Großvater ein Treffen mit einem potenziellen neuen Kunden hatte, der überall auf der Welt Sportstadien baute und einen Lieferanten für die Sicherheitssysteme suchte. Leider hatte er den genauen Termin nicht gekannt und war gezwungen gewesen, seit Mittag das Sicherheitstor von seinem Bürofenster aus zu überwachen. Endlich, vor fünfzehn Minuten, hatte er gesehen, wie der große Bentley seines Großvaters hinausfuhr.

»Tut mir leid, Mr Schofield. Er ist gerade zu einem Termin. Kann ich Ihnen helfen?«

»Schon gut. Ich habe nur ein paar Papiere für ihn. Ich lege sie ihm auf den Schreibtisch.«

Er ging einen Schritt auf die Tür zu, doch Val sagte: »Sie können sie hier bei mir lassen.«

Als Schofield ein Junge war, hatte der Prophet ihn einmal am Hals hochgehoben und auf den Rücken geschleudert. Die Luft war ihm aus der Lunge gepresst worden, und er hatte nicht mehr atmen können. In diesem Moment fühlte er sich genauso, kämpfte um Worte, starrte die ältere Frau an. Die schallgedämpfte .22-Pistole in der Innentasche seines Jacketts wog schwer. Er mochte Val. Er wollte sie nicht töten müssen.

Dann aber stand Val vom Schreibtisch auf, tätschelte ihm den Arm und sagte: »Schon okay, Mr Schofield. Gehen Sie nur hinein.« Sie öffnete ihm die große schwarze Tür.

Als Schofield im Büro war und die Tür hinter sich geschlossen hatte, konnte er wieder atmen. Doch ihm fehlte die Zeit, zu sich zu finden; er musste schnell handeln. An der Wand hinter dem Schreibtisch hing ein großes gerahmtes Familienfoto, das ihn und Raymond mit Eleanor und den Kindern zeigte. Einen Safe hinter einem Bild oder Gemälde zu verstecken war zwar nicht besonders einfallsreich, aber keine schlechte Möglichkeit. Das Verbergen diente mehr der Ästhetik als der Sicherheit. Geschützt wurde der Safe von seiner fortschrittlichen Technik: einem Ziffernfeld, in das eine fünfzehnstellige Geheimnummer eingegeben werden musste, dazu ein biometrischer Handflächenleser, der die Viskosität und Temperatur der Haut maß und anhand der Messwerte feststellte, ob jemand unter Zwang handelte.

Zum Glück hatte ihm sein Großvater die PIN gegeben und seinen Handabdruck einprogrammiert. Schofield schämte sich, das Vertrauen des alten Mannes missbrauchen zu müssen, aber er war sich sicher, dass dieser ihm das Geld aus freien Stücken gegeben hätte, wären ihm die entsetzlichen Umstände bekannt gewesen.

Mit einem Surren von Zahnrädern und dem Zischen einströmender Luft öffnete sich der Tresor. Val erwartete ihn bald wieder, daher verschwendete Schofield keine Zeit und stopfte seinen Aktenkoffer und die Anzugtaschen mit den Banknotenbündeln voll, die er im Safe fand.

Er schloss den Aktenkoffer und verriegelte ihn, doch als er zur Tür ging, hörte er Sirenen und kreischende Reifen. Er eilte ans Fenster. Bei dem, was er sah, blieb ihm beinahe das Herz stehen. Das durfte nicht wahr sein! Nicht jetzt, wo das Entkommen so nahe war. Schwarz-weiße Streifenwagen näherten sich aus mehreren Richtungen dem Gebäude. Auf ihren Dächern flackerten blaue und rote Lichter.

Schofield überlegte rasch. Er hatte für verschiedene Situationen vorgesorgt, darunter auch für diese, und mehrere Alternativpläne erstellt. Schließlich war das Abschätzen des Risikos und Gewichten der Variablen seine große Stärke.

Er eilte an die Tür, öffnete sie einen Spalt. »Val, könnten Sie kurz hereinkommen?«, sagte er. »Ich muss etwas Wichtiges mit Ihnen besprechen.«

Schofield fragte sich, ob er den Mut gehabt hätte, das zu

tun, was er jetzt tun würde, ehe er die Seelen seiner letzten Opfer in sich aufgenommen hatte. Wahrscheinlich nicht.

Val kam herein und schloss die Tür hinter sich. Als sie sich ihm zuwandte, zog er die schallgedämpfte Pistole und richtete sie auf ihre Stirn. Val riss die Augen auf und erstarrte. Er hatte oft gehört, dass einem Menschen unmittelbar vor dem Tod das ganze Leben vor den Augen vorüberziehe. Ob auch Val das jetzt durchlebte? Und fand sie in den Erinnerungen Glück oder Verzweiflung?

»Ich bin ein Mörder, Val«, sagte Schofield. »Die Zeitungen und Fernsehnachrichten nennen mich den Anarchisten. Ich habe sehr viele Menschen getötet. Ich sage Ihnen das, damit Sie begreifen, dass Sie mich nicht kennen und erst recht nicht wissen, wozu ich imstande bin. Aber ich kenne Sie. Ich kenne Ihre Familie. Und wenn Sie nicht genau das tun, was ich sage, töte ich Sie und jeden Ihrer Angehörigen, den ich finden kann.«

97

Marcus wartete in dem Getränkeshop auf Andrew. Der Laden sah aus wie ein altes Lebensmittelgeschäft, das sein Besitzer aufgegeben hatte. In einer Kühltruhe, die offenbar für Gemüse bestimmt war, lagen unordentlich Flaschen gestapelt. Er sah Reihen von Stahlregalen, vollgestellt mit allen erdenklichen Spirituosen und sämtlichen Biersorten. Stan hatte bei ihm den Geschmack an Scotch geweckt; nun fragte er sich, ob eine Flasche Glenlivet das Richtige gegen die Migräne wäre, die ihm von hinten gegen die Augäpfel hämmerte. Hinter der Theke stand ein älterer Schwarzer mit eingefetteten krausen Haaren und beäugte ihn unablässig. Marcus hielt sich über Styling nicht gerade auf dem Laufenden, war sich aber ziemlich sicher, dass der Haarschnitt schon vor zwanzig Jahren außer Mode geraten war.

Sein Handy vibrierte. Eine SMS mit dem Text: *Bin da* erschien, dann hielt Andrew mit dem Yukon vor dem Laden. Marcus stieg ein, und sie folgten der Route 30 Richtung Indiana. Im SUV war es warm und angenehm, und es roch nach neuem Leder. Marcus blickte auf die Uhr. Er schätzte, dass sie Schofields Firma in zwanzig Minuten erreichten.

Mit einem Blick auf die Rückbank fragte er: »Wo ist Maggie?«

Andrew nahm die Augen nicht von der Straße. »Die Antwort wird dir nicht gefallen.«

»Wieso?«

»Sie hat sich entschlossen, Schofields Haus nach Spuren der Frauen zu durchsuchen oder nach einem Hinweis, wo er sie festhält.«

Andrew hatte recht: Das gefiel Marcus ganz und gar nicht. Doch wenn er dieses Team leiten wollte, musste er Maggie vertrauen und ihr Handlungsspielraum lassen. Er hatte ohnehin ein Problem mit Autorität und mochte es nicht, der Boss zu sein.

Er wählte Maggies Nummer.

Sie meldete sich, ohne Hallo zu sagen. »Marcus, ich weiß, was ich tue, und ich lasse es mir vor dir nicht ausreden. Ich will nur ...«

»Hey, immer langsam. Ich rufe nicht an, um es dir auszureden. Ich vertraue auf dein Urteil.«

Am anderen Ende herrschte für einen Moment Schweigen, dann sagte sie: »Okay.«

»Aber denk dran, dass Conlan nach wie vor auf freiem Fuß ist. Sei vorsichtig.«

»Sicher.«

»Maggie, du weißt, dass ...« Er verstummte.

»Ich weiß was?«

»Dass du mich auf dem Laufenden halten musst«, sagte Marcus und legte auf.

Draußen vor den Fenstern huschten die südlichen Vorstädte vorüber. Das Funkgerät schwieg; das einzige Geräusch stammte von der Lüftung, die Wärme in die Kabine des Yukons pumpte. Marcus bemerkte, dass Andrew ihn aus dem Augenwinkel beobachtete. Das Erstaunen im Gesicht seines Partners war deutlich zu sehen, doch Andrew sagte kein Wort.

98

Maggie hielt mit ihrem Mietwagen, einem hellblauen Kia Rio, an der Bordsteinkante vor Schofields Haus. Die Adresse hatte sie von Stan, und mithilfe des GPS-Gerätes auf dem dunkelgrauen Armaturenbrett war sie mühelos an ihr Ziel gelangt. Dennoch prüfte sie erneut die Adresse im Gerät, um ganz sicherzugehen.

Das Haus sah anders aus, als sie erwartet hatte. Es war ein massiger, schöner Bau aus roten Ziegeln. Von einem Landschaftsgärtner angelegte Sträucher und Beete, unter der Schneedecke gerade noch sichtbar, umgaben das Haus. Ein Betonweg, im gleichen Muster geprägt wie die roten Ziegel an den Mauern, führte zur Vordertür und dann um die Hausseite herum. Der Gehsteig und die Zufahrt zur Garage waren frisch vom Schnee geräumt.

Maggie parkte zwei Häuser weiter und ging zu Schofields Haus zurück. Die Tür war aus massiver Eiche und hatte die Farbe von Ahornsirup. Niemand öffnete, als sie klopfte, daher folgte sie dem Weg hinters Haus. Sie entdeckte einen Garten mit abgedecktem Swimmingpool und eine überdachte Terrasse mit gemauertem Grill und einer Treppe zu einem Balkon, der vermutlich zum Elternschlafzimmer gehörte. Ein großes Gebäude mit einer zweiten Garage und einer Werkstatt oder einem Lagerraum für Schwimmbeckenbedarf stand im hinteren Teil des Grundstücks. Die Fassade war mit den gleichen kompliziert gemusterten Ziegeln verkleidet wie das Haus.

Schofield arbeitete für eine Sicherheitsfirma, daher hatte das Haus vermutlich die beste Alarmanlage, die man für Geld kaufen konnte. Zum Glück stand Stan auf Maggies Seite. Er war bereits in die Datenbank von Schofield Security Associates eingedrungen und hatte Schofields Personalakte sowie den Deaktivierungscode für die Alarmanlage zutage gefördert.

Nachdem Maggie das Schloss geknackt hatte, betrat sie das Haus und gab den Code in ein Ziffernfeld, das anderthalb Meter von der Tür entfernt in die Wand eingebettet war. Die Küche war ganz aus Chrom und Granit, dazu kam dunkles, geschnitztes Holz. Kunstvolle Muster rahmten die Parkettböden ein. Das Haus roch neu und sauber. In den Geruch mischte sich ein Vanille-Aroma.

Maggie rief: »Hallo?«, um sich zu vergewissern, dass niemand zu Hause war. Dann ging sie das Erdgeschoss ab. Sämtliche Zimmer waren elegant und geschmackvoll eingerichtet, dennoch strahlte das Haus Gemütlichkeit aus. Ohne Zweifel wohnte hier eine Familie, was kleine Dinge bewiesen: Buntstiftbilder am Kühlschrank, ein Baseballhandschuh, der vergessen auf der Küchentheke aus Granit lag.

Eine große Treppe wand sich aus einem einladenden Foyer zum Obergeschoss hoch, doch Maggie beschloss, zuerst nach dem Keller zu suchen. Wenn Schofield irgendetwas vor seiner Frau verbarg, war es vermutlich im Keller zu finden.

Maggie hatte gerade das Foyer verlassen und folgte einem langen Gang, dessen Wände mit Familienfotos behängt waren, als es an der Tür klingelte. Instinktiv drückte sie sich an die Wand, wobei sie darauf achtete, keine Fotos herunterzureißen. Leise bewegte sie sich zum Foyer zurück, spähte um die Ecke. Vor der Tür stand eine schemenhafte Gestalt, die durch die Milchglasscheibe gerade noch sichtbar war. Maggie erkannte nicht mehr, als dass der Mann dunkelblaue oder schwarze Kleidung trug.

Wieder läutete es. Das Geräusch war überlaut in der Stille und hallte im Foyer wider. Maggie wartete, rührte sich nicht. Dann klopfte die schattenhafte Gestalt, wartete erneut und rief: »Mrs Schofield? Es geht um Ihren Mann. Es ist wichtig.«

Maggie stand regungslos da und wartete. Offenbar hatte die State Police von Indiana gebeten, jemanden von der örtlichen Polizei zu schicken, um Schofields Frau abzuholen. Die Beamten würden aber nicht ins Haus kommen, selbst wenn sie den Verdacht hatten, dass jemand anwesend war, denn dazu bräuchten sie einen Gerichtsbeschluss.

Als der Cop endlich verschwunden war, ging Maggie wieder den Flur entlang bis zu einer Treppe mit teppichbelegten Stufen, die ins Untergeschoss des Hauses führten.

99

Der Hauptsitz von Schofield Security Associates sah für Marcus eher nach einem Krankenhaus als nach einem Bürogebäude aus. Eine Einkaufspassage im Erdgeschoss erschwerte der Polizei die Aufgabe, das Gebäude zu umstellen. Eine beachtliche Menschenmenge hatte sich angesammelt, sodass die Cops Absperrungen hatten errichten müssen. Uniformierte hielten die Schaulustigen fern, doch das erste Kamerateam war bereits vor Ort. Die schwarz-weißen Streifenwagen der Ortspolizei und die bronzefarbenen Fahrzeuge des Lake County Sheriff's Departments hatten das Gebäude eingekreist. Marcus bemerkte einen Lkw mit Anhänger, markiert mit blauen Buchstaben, die die Wörter *Mobile Command Center – Indiana District One* bildeten. Diese mobile Einsatzzentrale sah beeindruckend aus und gehörte zur technischen Aufrüstung der Polizei nach den Anschlägen vom 11. September 2001, seitdem die USA schätzungsweise fünfundsiebzig Milliarden Dollar jährlich für den Heimatschutz ausgaben.

Marcus und Andrew parkten auf der anderen Straßenseite, zeigten an der Absperrung ihre Dienstmarken und gingen zur Einsatzzentrale. Marcus bemerkte einen Mann, der das Kommando zu führen schien und vor einem weiteren großen Lkw mit der Aufschrift *Lake County Sheriff Tactial Unit* stand. Er trug einen alten Kampfanzug des Heeres und eine kugelsichere Weste mit der Aufschrift *SHERIFF* auf der Vorderseite. Er hatte einen schwarzen Schnurrbart, dichte Augenbrauen und eine Boxernase, die aussah, als wäre sie gebrochen gewesen und nicht richtig zusammengeheilt.

Marcus wies sich ihm gegenüber aus. »Meine Dienststelle hat angerufen, dass Sie den Kerl festnehmen sollten, aber wenn ich mir den Zirkus hier ansehe, hat es wohl nicht geklappt wie geplant.«

Der Sheriff kniff die Augen zusammen.

Andrew schaltete sich ein und versuchte, die Situation zu entschärfen. »Die Bemerkung meines Kollegen galt der Menschenmenge, Sheriff. Wir haben nicht die Absicht, hier die Leitung zu übernehmen oder Ihre Entscheidungen infrage zu stellen. Wir würden nur gern wissen, was vorgeht und was Sie planen.«

Der Sheriff wirkte nicht überzeugt. »Ihr Verdächtiger hat sich in einem der Büros verschanzt und eine Geisel genommen«, erklärte er. »Wenn wir ins Gebäude einzudringen versuchen, droht er sie umzubringen. Er weigert sich, mit jemand anderem zu sprechen als mit einem FBI-Unterhändler.«

Marcus fuhr sich mit der Hand durchs Haar und schüttelte den Kopf. »Machen Sie keinen Fehler. Der Kerl ist ein Killer. Es gibt nichts Gefährlicheres als ein Raubtier, das in die Ecke getrieben wurde.«

Der Cop kniff den Mund zusammen und machte wieder schmale Augen. »Weiß ich. Wir wissen, was wir tun.«

»Was planen Sie?«

»Im Augenblick sichern wir den Schauplatz und warten auf den Unterhändler. Ich habe die Polizei von Jackson's Grove bereits gebeten, Einheiten zum Haus des Verdächtigen zu schicken. Vielleicht können sie seine Frau und seine Kinder herbringen, damit sie ihm die Sache ausreden. Außerdem entwerfen wir gerade Alternativpläne für den Fall, dass die Verhandlungen scheitern und wir ins Gebäude eindringen müssen.«

»Was ist mit den Beschäftigten?«

»Der Kerl hat den Feueralarm ausgelöst, daher ist niemand mehr drin.«

»Sind Sie sicher, dass er bewaffnet ist? Hat ihn jemand gesehen?«

»Nein, er hat die Tür verbarrikadiert und seine Geisel gezwungen, den Notruf zu wählen und seine Anweisungen weiterzugeben. Wenn es Ihnen nichts ausmacht – ich muss ans Telefon und hören, wo unser Unterhändler bleibt. Ich halte Sie auf dem Laufenden.«

»Vielen Dank«, sagte Andrew.

Marcus verzog das Gesicht. Das konnte Stunden dauern, und sie wussten noch immer nicht, wo die entführten Frauen waren und wo der Prophet sich aufhielt. Möglicherweise hatte Conlan sie in seiner Gewalt und traf in diesem Augenblick Vorbereitungen, sie bei lebendigem Leib zu verbrennen.

Marcus schlug den Mantelkragen hoch und suchte sich eine abgelegene Stelle innerhalb der Absperrung, von wo er zum grauen, gerundeten Ende des Bürogebäudes hinaufblickte. Andrew erschien an seiner Seite.

»Hältst du es für möglich, dass er wirklich glaubt, der Antichrist zu sein?«, fragte Marcus. »So wie Crowley es Ackerman erzählt hat?«

»Keine Ahnung, aber Conlan glaubt es offenbar.«

»Wie kann man glauben, man würde die Apokalypse auslösen, indem man Frauen ermordet?« In der kalten Luft kondensierte Marcus' Atem zu weißen Wölkchen.

»Das ist eine ziemlich alberne Frage.«

»Wie meinst du das?«

»Du glaubst an Gott, Marcus, nicht wahr?«

»Selbstverständlich. Aber der Gott, an den ich glaube, würde so etwas niemals wollen.«

»Das habe ich auch nicht gemeint. Ich sage nur, du glaubst, dass es einen Gott gibt, auch wenn du es nicht beweisen kannst.«

Marcus fiel ein Zitat des Paulus ein. »Eine feste Zuversicht auf das, was man hofft, und ein Nichtzweifeln an dem, was man nicht sieht.«

»Genau. Man glaubt, weil man es im Herzen fühlt. Aber stell dir vor, du glaubst wirklich fest daran, durch das Töten einer Hand voll Menschen könntest du die Seelen aller anderen retten. Nicht dass ich das für richtig hielte oder auch nur ein Wort davon glauben würde, aber der Glaube ist etwas sehr Mächtiges. Und fehlgeleiteter Glaube ist etwas extrem Gefährliches. Da braucht man sich nur die Terroranschläge und Selbstmordattentate anzuschauen.«

Marcus erwiderte nichts. Er dachte an die zahllosen Menschen, die Gott oder die Religion oder eine Ideologie als Krücke benutzten, um sich zu stützen – oder als Waffe, um ihre selbstsüchtigen Ziele zu erreichen. Er hatte Gott stets als Quelle der Liebe betrachtet. War Hass im Spiel, kam es nicht von Gott. Doch im Gegensatz zu vielen anderen, die in Gottes Namen die Saat des Hasses säten, hatte zumindest Conlan nie vorgegeben, Gottes Werk zu verrichten. Der Herr des Propheten war der Schöpfer des Hasses.

Marcus' Gedanken wandten sich wieder Schofield zu. Die ganze Situation hatte etwas an sich, das ihn störte, doch er wusste nicht zu sagen, was es war. Wenn er ehrlich war, konnte er sich auf kaum etwas anderes konzentrieren als das Hämmern in seinem Schädel.

»Haben wir Kopfschmerztabletten im ...«

Eine vertraute Stimme unterbrach ihn. »Marcus! Wie schön, Sie zu sehen.«

Als er sich umdrehte, kam der Director der Shepherd Organization durch die Menge auf ihn zu. Er trug einen grauen Wollmantel, den er bis zum Hals zugeknöpft hatte, und schwarze Lederhandschuhe, dazu eine Schiebermütze.

»Was machen Sie denn hier?«, wollte Marcus wissen.

»Das Gleiche wie Sie, nehme ich an. Stan sagte mir, Sie hätten den Anarchisten in die Ecke getrieben. Ich war in der Stadt und habe Allen besucht.«

»Wie geht es ihm?«

»Stabil. Wie ist die Lage hier?«

»Er ist mit einer Geisel im Gebäude und will mit einem FBI-Unterhändler sprechen.«

»Wir könnten Sie als Unterhändler vorschicken.«

Andrew lachte. »Das halte ich für keine gute Idee, Boss.«

Marcus blickte ihn wütend an. »So ungern ich es zugebe«, sagte er, »aber Andrew hat recht. Ich bin nicht gerade die Stimme der Vernunft.«

»Das mag sein, aber Sie sind ein guter Ermittler. Sie haben in diesem Fall hervorragende Arbeit geleistet.«

Marcus zuckte nur die Schultern. Zu loben oder Lob

entgegenzunehmen war nie sein Ding gewesen. »Andrew, könntest du nachsehen, ob wir Schmerzmittel im Wagen haben?«, fragte er. »Ich muss mit dem Director etwas Privates bereden.«

Andrew murmelte vor sich hin, als er wegging. Marcus glaubte, *verdammt* und *Laufbursche* zu hören. »Wieso wurde Ackerman bei meiner Anwerbung verwendet?«, fragte er dann den Director.

Der zögerte. Nicht lange zwar, aber lange genug, um zu verraten, dass er log. »Das haben wir doch schon besprochen. Er kam gelegen. Ein zufälliges zeitliches Zusammentreffen.«

»Also besteht keine Verbindung zwischen ihm und mir?«

»Was hat er Ihnen gesagt?«

»Dass Sie ein Lügner sind.«

»Und Sie glauben ihm mehr als mir?«

»Ich frage noch einmal: Besteht eine Verbindung zwischen mir und Francis Ackerman?«

»Ich finde, wir sollten darüber sprechen, wenn der Anarchist ...«

»Nein. Jetzt.«

»Gut. Ich bin mir nicht sicher, was er Ihnen gesagt hat, aber die Wahrheit ist, dass Ackerman und sein Vater Ihre Eltern ermordet haben.«

Marcus wurde schwindlig.

»Sie haben ein grausames Spiel mit Ihren Eltern getrieben. Die beiden hätten Sie ebenfalls ermordet, wenn Sie die Schreie nicht gehört und sich versteckt hätten. Das ist der Grund, weshalb ich ihn für Ihre Anwerbung ausgesucht habe. Wäre die Sache damals nicht aus dem Ruder gelaufen, hätten Sie das alles erfahren und Ackerman zur Rede gestellt. So hatte ich es wenigstens geplant.«

Marcus stützte sich auf einen Streifenwagen, konnte das Gefühl des Stürzens aber nicht abschütteln.

»Das ändert gar nichts. Sie fassen ihn, und der Gerechtigkeit wird Genüge getan. Ich hätte es Ihnen gesagt, aber ich wollte Ihr Urteilsvermögen nicht trüben.«

Marcus schloss die Augen, kämpfte mit den Tränen. Er hätte darauf vorbereitet sein müssen. Er hatte es nicht anders erwartet. Dennoch kam es ihm fremd vor, beinahe surreal. Fast sein Leben lang hatte er sich über jene Nacht den Kopf zerbrochen. Er hatte versucht, sich zu erinnern. Hatte davon geträumt, die Verantwortlichen zu finden. Und jetzt wusste er plötzlich, wen er dafür ins Visier nehmen konnte.

Er ballte die Fäuste, öffnete sie wieder und neigte den Kopf zur Seite, dass die Halswirbel knackten. Ohne die Augen zu öffnen, sagte er: »Gehen Sie bitte. Wenn ich die Augen aufmache, und Sie stehen noch vor mir, tue ich womöglich etwas, das für uns beide nicht gut wäre.«

100

Vasques hatte Marcus' Rat befolgt und die Kavallerie gerufen, aber das FBI hatte sie nicht einschalten wollen. Zum Glück hatte Troy LaPaglia, ihr Partner, Freunde im Revier des Sheriffs von Cook County und konnte ihre taktische Einheit dazu bewegen, dass sie bei den Festnahmen halfen. Aus offensichtlichen Gründen hatte sie die Polizei von Jackson's Grove nicht hinzuziehen wollen.

Nun saß sie in dem gleichen Observierungsfahrzeug, das sie vor vier Tagen benutzt hatte, als sie den Menschenhändlerring in Elk Grove Village sprengten. Die PVC-Buchstaben, die MASCONI HEIZUNG UND SANITÄR bildeten, hafteten nach wie vor an den Außenseiten, und das Innere des Kastenwagens roch weiterhin nach abgestandenem Kaffee und fettigem Fast Food. Belacourt hatte den Wagen nicht gesehen, da war Vasquez sich sicher; falls doch, besaß er nicht Marcus' Gedächtnis.

Troy hatte neben die Überwachungsmonitore einen kleinen Heizlüfter auf den Schreibtisch gestellt. Aus irgendeinem Grund kam nur kalte Luft heraus. Vasques hätte das Gerät am liebsten aus dem Fenster geworfen.

Der Parkplatz des Einkaufszentrums von Jackson's Grove war voll. Weihnachten war nicht mehr fern, und jeder hatte es eilig, Geschenke für seine Lieben zu kaufen. Der Anblick der Menschenmassen und Autoschlangen, die auf die Mall zuhielten, weckte in Vasques Traurigkeit und Wut. Sie würde an Weihnachten weder Geschenke machen noch welche bekommen. Kindheitserinnerungen an Weihnachten mit ihrem Vater fachten ihre Wut auf Belacourt zusätzlich an.

Sie griff in ihre Panzerweste und kratzte sich an der Brust. Die Weste würde ein .44-Magnum-Geschoss stoppen, das mit vierzehnhundert Fuß pro Sekunde einschlug, aber sie war sperrig und vergrößerte Vasquez' Unbehagen im engen Innern des Kastenwagens. Sie schob sich ein drittes Stück Juicy-Fruit-Kaugummi in den Mund. Neben ihr sagte Troy: »Ich habe gerade ein frisches Päckchen Zigaretten gekauft, falls du eine möchtest.«

»Danke, Satan, bei mir ist alles prima.«

»Du siehst aber nicht prima aus, eher wie ein Junkie.«

Vasques schüttelte den Kopf, aber sie lächelte dabei. »Halt's Maul und achte auf die Monitore.«

An jedem Eingang zum Einkaufszentrum hatten sie einen Beobachter postiert. Fünf Beamte in zivilen SUVs hielten sich bereit, Belacourt und Jansen zu umstellen, sobald sie eintrafen. Belacourt hatte sich das Einkaufszentrum vermutlich als Treffpunkt ausgesucht, weil er in der Menge verschwinden wollte, aber das machte es auch für Vasques' Team einfacher. Sie hatte Stan gerufen; er würde sie benachrichtigen, sobald Belacourts Signal sich dem Zentrum näherte. Belacourt hatte Jansen am Telefon mitgeteilt, dass er einen grünen Honda Civic fahren und am hinteren Ende des Parkplatzes halten würde.

In Gedanken ging Vasques noch einmal alles durch. Das Team würde mit aller Wucht zugreifen. Mit etwas Glück würde es dadurch auf keinen Widerstand treffen. Auf dem hinteren Teil des Parkplatzes standen nicht allzu viele Fahrzeuge, deshalb wären sie in sicherem Abstand von Unbeteiligten. Außerdem hatte Vasquez den Van so nahe geparkt, dass sie mit dem taktischen Team zu Belacourts Wagen eilen und die Festnahme persönlich vornehmen konnte.

Sie waren so weit. Jetzt konnten sie nur noch warten.

101

Als Andrew zurückkehrte, drückte er Marcus zwei extra starke Tylenol-Tabletten in die ausgestreckte Hand und fragte: »Wo ist der Director?«

»Ist mir egal«, sagte Marcus und blickte auf die Tabletten. »Du hast mir nur zwei gebracht.«

»Die sind extra stark. Du sollst nicht mehr als zwei auf einmal nehmen.«

»Man soll auch nicht auf Menschen schießen oder das Tempolimit überschreiten. Das hat mich aber noch nie abgehalten.«

»Wie viele nimmst du denn normalerweise?«

»Ich weiß nicht. Vier oder fünf.«

»Damit machst du dir die Leber kaputt.«

Marcus schluckte die Pillen trocken. »Wenn ich so lange lebe, dass ich etwas davon merke, werde ich mich glücklich schätzen. Glaubst du, die haben in der Einsatzzentrale eine Kaffeemaschine?«

»Komm nicht auf dumme Ideen. Wenn du Kaffee willst, hol ihn dir selbst.«

Marcus lachte leise. »Du bist aber gereizt. Hast du schon wieder deine Tage?«

»Sehr witzig. Wenn ich einen Becher Kaffee hätte, würde ich ihn über dir ausschütten.«

»Bei diesem Wetter wäre das vielleicht nicht verkehrt.«

Andrews Blicke schweiften über die Schaulustigen und die Polizisten. »Fällt dir an der ganzen Situation etwas auf?«

»Ja. Irgendwas passt nicht. So viel steht fest.«

»Der Anarchist ist so sorgfältig, durchdenkt jede mögliche Entwicklung und will auf jede Situation vorbereitet sein. Wieso ist er nicht auf das hier vorbereitet? Er muss doch einen Plan gehabt haben für den Fall, dass die Polizei ihm auf die Schliche kommt.«

Marcus blickte zu dem Gebäude zurück und fragte sich, was er selbst in einer ähnlichen Lage tun würde. Er überdachte die Fakten, analysierte, was er wusste. Die Sekretärin hatte angerufen und die Anweisungen erteilt. Verschanzt waren sie in einem innen gelegenen Büro. Schofield hatte den Feueralarm ausgelöst. Überall waren Menschen. Sie befanden sich an einer Einkaufspassage, die überfüllt war, weil die Leute Weihnachtseinkäufe erledigten. Die Polizei wusste nicht einmal, ob Schofield überhaupt bewaffnet war. Sie hatten ihn nicht gesehen. Niemand hatte ihn gesehen. Niemand hatte auch nur mit ihm gesprochen.

Marcus riss die Augen auf, blickte Andrew an und las im Gesicht seines Partners, dass er dem gleichen Gedankengang gefolgt war. »Wir müssen los.«

»Schofield ist gar nicht da drin.« Andrews Satz war keine Frage, sondern eine Feststellung.

»Die Geiselnahme ist nur eine Ablenkung, die seine Flucht decken soll.«

»Seinen Wagen kann er nicht genommen haben. Er muss das Gebäude durch den Hinterausgang oder durch die Tiefgarage verlassen haben und in der Menge untergetaucht sein. Aber wohin könnte er jetzt wollen?«

Marcus' Kopf fühlte sich an wie ein Vulkan kurz vor dem Ausbruch. Er drückte beide Hände gegen die Schläfen. »Ich habe keine Ahnung.«

102

Eric Jansen hatte es gehasst, Marineinfanterist zu sein. Die eigentliche Ausbildung hatte ihm nichts ausgemacht, aber alles andere hatte er verabscheut. Er hasste die Kultur im Corps. Sechs-Sekunden-Duschen für fünfundsiebzig verschwitzte Rekruten, die den ganzen Tag durch Salzwiesen gerobbt waren, führten zu Gerüchen, die er immer noch in der Nase hatte. Einmal hatte man ihn fürs Zuspätkommen bestraft, weil er nur fünfzehn Minuten zu früh an Ort und Stelle gewesen war. Die Ausbilder behandelten ihn wie einen Sklaven und bemäkelten jede seiner Bewegungen. Erst brüllten sie ihn an, er stelle zu viele Fragen. Dann brüllten sie ihn an, dass er keine Initiative zeige, weil er keine Fragen stelle und nur auf Anweisungen warte.

Eric hatte keinen Sinn darin entdeckt. Er war froh gewesen, als man ihn rauswarf, weil er einem Ausbilder die Zähne eingeschlagen hatte.

Während seiner Zeit im Marine Corps hatte er dennoch einige wertvolle Fertigkeiten erworben. Er war zuvor schon ein guter Kämpfer gewesen, aber man hatte seine Fähigkeiten verfeinert. Und er hatte viel über Waffen gelernt. Man hatte ihm beigebracht, wie man tötete, aus der Nähe und aus der Entfernung.

Er dachte an die Lektionen zurück, als er nun vierhundert Meter von der hintersten Ecke der Jackson's Grove Mall entfernt im Auto saß. Ein breiter Streifen unbebauten Landes grenzte an den Parkplatz des Einkaufszentrums.

Dahinter zog sich eine Straße entlang, die auf einer Seite von kleinen Vorstadthäusern gesäumt wurde. Auf dieser Straße hatte Jansen seinen weinroten Dodge Caravan vor einem kleinen Fertighaus im Ranchstil geparkt. Der Minivan war perfekt, denn er war unscheinbar und bot einen großen Innenraum. Deshalb hatte Jansen sich für dieses Fahrzeug entschieden.

Im hinteren Teil des Kleintransporters lag sein Scharfschützengewehr, eine Remington 700 M24, zwischen der zweiten Reihe Schalensitze. Die Waffe war mit M118LR-175-Grain-Munition des Kalibers 7,62 mm geladen und hatte eine Reichweite von etwa achthundert Metern. Heute brauchte er nur über die halbe Distanz zu schießen.

Er hatte alles geplant.

Sobald Belacourt auf den Parkplatz fuhr, würde Jansen die Seitentür des Caravans öffnen, den Feigling anvisieren und eine Kugel abfeuern, die mit 768 Metern pro Sekunde flog. Die Windschutzscheibe von Belacourts Wagen sollte keine Rolle spielen; allerdings hätte Jansen es vorgezogen, wenn ein anderer Schütze die Scheibe zerschossen hätte, ehe er den tödlichen Schuss abgab. Doch er würde eine zweite Kugel hinterherfeuern, um ganz sicher zu sein, dass Belacourt tot war.

Dann würde er die Waffe auf beliebige Personen in der Nähe richten und als Zugabe noch ein paar Sklaven töten.

103

Nachdem er seine Ablenkung inszeniert hatte, war Schofield in einen blau-weißen Overall geschlüpft, wie ihn Mechaniker und Systeminstallateure von SSA trugen. Dazu hatte er sich eine Perücke mit langen blonden Haaren aufgesetzt und sie mit einer blauen SSA-Baseballkappe bedeckt. Die gleiche Verkleidung hatte er benutzt, als er seine Kameras einbaute. Schofield hatte die Kleidungsstücke aus der Firma entwendet und hinter einer Deckenplatte auf der Herrentoilette im zweiten Stock versteckt, falls er jemals auf der Arbeit behelligt wurde und rasch fliehen musste. Er plante gern voraus.

Als Schofield mit den anderen Technikern das Gebäude verließ, fürchtete er, jemand könnte ihn erkennen. Mortimer, der Fuhrparkleiter, hatte in seine Richtung geblickt, als sie in der Gruppe die Rampe hinauf eilten, und Schofield hatte schon die Hand um den Griff der Pistole geschlossen. Doch im Wirrwarr der Brandevakuierung achtete niemand wirklich auf ihn.

Danach war er ein paar Blocks zu Fuß zu einem Taxiunternehmen gegangen. Er bezahlte einen Fahrer, ihn über die Staatsgrenze zwischen Illinois und Indiana zum Flughafen von Lansing zu fahren. Vor ein paar Jahren hatte er für 850 Dollar in bar einem Privatmann einen verbeulten 1988er VW Jetta GLI mit 150.000 Kilometern auf dem Tacho abgekauft. Den Wagen parkte er in einem Bereich für Dauerparker am Flughafen, zehn Autominuten von seinem

Büro. Jeden Monat hatte er den Platz gewechselt und seine Fluchtroute immer wieder ausprobiert – in der Hoffnung, sie nie benutzen zu müssen.

Doch nun ging es nicht anders. Schofield saß hinter dem Lenkrad des Jettas und fuhr nach Hause. Ihm war klar, dass es ein Risiko bedeutete, nach Hause zurückzukehren, zumal seine Familie bereits fort war und alles, was er brauchte, im Kofferraum lag. Aber noch stand etwas aus, das er sich schon vor langer Zeit vorgenommen hatte, und endlich hatte er die Kraft, es durchzuführen. Die Polizei würde das Haus beobachten, aber er hoffte, dass dafür nur ein oder zwei Beamte abgestellt waren. Damit kam er klar. Waren es mehr, würde er einfach weiterfahren.

Auf Route 30 kehrte er nach Jackson's Grove zurück. An seinem Block angekommen, fuhr er zweimal im Kreis, ohne in die Straße einzubiegen, in der er wohnte. Er hielt die Augen offen, suchte nach Observierungsfahrzeugen und Streifenwagen. Er bemerkte zwei Fahrzeuge, die er nicht kannte. Einer war ein Kia Rio und damit wohl kaum ein Zivilfahrzeug der Polizei. Der andere jedoch war ein schwarz-weißer Streifenwagen und stand auf der anderen Straßenseite vor seinem Haus. Wie es aussah, saß nur ein Cop darin. Das war vermutlich der Normalfall, denn wie die meisten kleinen Polizeireviere hatte auch das Jackson's Grove Police Department nicht genügend Leute, um zwei Beamte für einen Streifenwagen abzustellen. Schofield vermutete, dass man hier nicht gezielt auf ihn wartete, sondern nur versuchte, seine Familie aufzuspüren.

Er parkte eine Straße weiter, durchquerte die Gärten zweier Nachbarn und gelangte neben ein großes Haus, das wie sein eigenes aussah, nur dass die Ziegel cremefarben waren und kein Landschaftsgärtner das Grundstück gestaltet hatte. Der Streifenwagen stand etwa fünfzehn Meter entfernt an der Bordsteinkante. Schofield sah den Hinterkopf des Beamten. Wie es aussah, tippte er etwas in den Computer, der über die Mittelkonsole montiert war; vermutlich füllte er einen der vielen Berichte aus, die einen großen Teil der Polizeiarbeit ausmachten.

Er war leichte Beute.

Schofield überlegte sich sein Vorgehen genau. Er würde sich außerhalb des Sichtfelds der Seitenspiegel nähern und die schallgedämpfte Walter P22 erst im letzten Augenblick heben; vorher würde er sie auf dem Rücken halten. Die Scheibe konnte ein Problem darstellen. Eine Kaliber zweiundzwanzig Long Rifle war keine starke Patrone, das Geschoss konnte leicht abprallen. Der Beamte würde eine kugelsichere Weste tragen. Es musste ein Kopfschuss sein, und schon eine leichte Ablenkung der Kugel konnte dazu führen, dass der erste Schuss nicht saß. Er konnte versuchen, die Scheibe mit dem Pistolengriff einzuschlagen, aber was, wenn sie nicht völlig zersprang? Letzten Endes war es wohl das Beste, das gesamte Magazin auf den Mann abzufeuern, nur um sicherzugehen.

Schofield atmete tief durch, trat vom Haus weg und befolgte seinen Plan buchstabengetreu. Als er noch einen Schritt vom Seitenfenster entfernt war, hob er die Waffe und feuerte zehn Schuss in den Wagen. Er durfte nicht riskieren, dass der Polizist auch nur so lange lebte, wie er brauchte, um auf die Sprechtaste des Funkmikrofons zu drücken.

Der Cop hatte keine Chance. Die Kugeln trafen ihn in den Hinterkopf. Er zuckte unter den Einschlägen und sank nach vorn, prallte jedoch vom Computer ab, und seine linke Schulter landete genau auf der Hupe des Streifenwagens. Ein durchdringendes, ohrenbetäubendes Quäken erfüllte die Luft.

Fluchend sprang Schofield vor und schob den Toten vom Lenkrad, doch der Schaden war angerichtet. Schwer atmend hielt er Ausschau, ob ein Anwohner den Lärm gehört hatte, konnte allerdings nichts entdecken.

Er schob die Leiche ins Wageninnere, bis sie auf der Seite lag, sodass sie kaum noch zu sehen war. Dann machte er sich auf den Weg, um seine unerledigte Aufgabe in Angriff zu nehmen. Der Cop war nicht der Einzige, den er heute zu töten gedachte.

Doch im Gegensatz zu dem Polizisten würde das nächste Opfer nicht schnell und lautlos sterben. Es würde bei lebendigem Leib verbrennen. Es würde entsetzlich leiden, ehe der Tod es verschlang.

Schofield war zu dem Schluss gelangt, dass die Experimente seines Sohnes an dem Tier, das in dem Schuhkarton gelegen hatte, und die scheußlichen Zeichnungen, auf die er gestoßen war, nicht etwa darauf zurückzuführen waren, dass Benjamin keine Seele besaß. Nein, der Junge wurde von außen beeinflusst – und Schofield wusste genau, wer dahintersteckte.

Jetzt sollte der alte Mann von nebenan lernen, dass er sich niemals in Schofields Familienangelegenheiten hätte einmischen dürfen.

104

Binnen weniger Augenblicke geschahen zwei Dinge, die Maggies Unbehagen weckten. Zuerst kam eine SMS von Marcus, die besagte: *Schofield auf freiem Fuß, sei vorsichtig.* Das Zweite war eine Autohupe irgendwo auf der Straße. Der anhaltende Ton war merkwürdig. Wenn jemand beim Ausparken oder Zurücksetzen Gefahr lief, mit einem anderen Wagen zusammenzustoßen oder Ähnliches, wäre die Hupe nur kurz ertönt. Maggie hatte aber weder das Quietschen von Reifen noch das Scheppern von Blech gehört. Dennoch blieb sie bei ihrem Entschluss, sich erst einmal den Keller anzuschauen. Er war erst halb fertiggestellt und wurde zum Teil als Lagerraum benutzt. Regale voller Plastikbehälter mit Klebeetiketten füllten den Lagerbereich. In einer Ecke stand ein Waffentresor, den Maggie nicht öffnen konnte. Von den gekidnappten Frauen fehlte jede Spur.

Kaum war Maggie zurück im Erdgeschoss, schlich sie ins Foyer, um nachzuschauen, ob der Cop noch da war. Sie spähte durch die Sonnenblenden und sah den Wagen, aber nicht den Polizisten. Vielleicht ging er das Grundstück ab. In diesem Fall steckte sie fest. Bundesagentin hin oder her – der Polizist durfte sie beim Verlassen des Hauses auf keinen Fall sehen.

Maggie ging zur Rückseite des Hauses und blickte aus einem der Fenster, doch auch im Garten und bei der Garage sah sie keine Spur von dem Cop. Sie kehrte in die Küche zurück, schaute aus einem Fenster auf der Nordseite.

Ihr Blick schweifte über die Häuser der Nachbarn. Möglicherweise hatte der Polizist beschlossen, sie zu befragen.

Dann entdeckte sie ihn: Ein Mann in einem dunkelblauen Overall betrat eines der Nachbarhäuser. Stan hatte ihnen ein Bild Schofields geschickt, das von der Website des Unternehmens stammte, und obwohl Maggie den Mann im Overall nur im Profil sah, hätte sie schwören können, dass es sich um Schofield handelte. Doch weshalb sollte er hierher zurückkehren? Und hätte der Polizist ihn nicht aufhalten müssen?

Es sei denn, der Cop war bereits tot.

Maggie zog ihre Waffe aus dem Holster und eilte zur Hintertür.

105

Eine SMS von Stan erschien auf Vasques' Handydisplay und informierte sie, dass Belacourt unterwegs sei. Im nächsten Moment meldete ein Beobachter aus dem taktischen Team des Sheriffs von Cook County über Funk, dass das Zielfahrzeug sich nähere. Nun war es so weit. Ein wenig hoffte sie, dass Belacourt Widerstand leisten und sich für Selbstmord durch Polizeikugeln entscheiden würde, doch sie schob den Gedanken beiseite. Sie wollte, dass er wegen Beihilfe zum Mord an ihrem Vater und vermutlich auch seiner eigenen Frau und Tochter vor Gericht kam. Sie wollte, dass er sich verantwortete für das, was er getan hatte. Sie wollte ihm in die Augen sehen, wenn man ihn in Handschellen abführte.

Auf dem Monitor beobachtete Vasques, was die kleine schwenkbare Kamera auf dem Dach des Kastenwagens aufzeichnete. Sie sah, wie Belacourts gestohlener Honda Civic über den Parkplatz fuhr und in einer Parktasche nahe der hintersten Ecke hielt.

Vasques drückte die Sprechtaste ihres Funkgeräts. »Positionen halten. Warten Sie, bis die zweite Zielperson eintrifft.«

Wieder vibrierte ihr Handy. Diesmal zeigte es eine Nachricht von Marcus. Sie lautete: *Schofield ist entkommen – wir BRAUCHEN Belacourt und Jansen.*

Wir arbeiten daran, sendete Vasquez zurück, steckte sich ein Juicy Fruit in den Mund, schaute auf die Uhr und fragte sich, wie lange sie abwarten sollte, ehe sie Belacourt festnehmen ließ, falls Jansen sich nicht zeigte.

Troy sprach sie an. »Hör mal, wenn wir das alles hinter uns haben, könnte ich dich doch mal zum Abendessen einladen.«

Als sie die Brauen hob, fügte er hinzu: »Nur zum Feiern.«

Doch in seinen Augen stand etwas, das sie nie zuvor bei ihm gesehen hatte. Sie waren seit langer Zeit Partner. Vasques hatte nie wirklich darüber nachgedacht, aber er war vermutlich auch ihr bester Freund.

Doch ehe sie antworten konnte, zerriss der Knall eines Hochleistungsgewehrs die Luft und hallte im Innern des Wagens wider. Entsetzt beobachtete Vasques auf dem Monitor, wie die Windschutzscheibe von Belacourts Honda zerplatzte.

»Nein!«, schrie sie, stieß die Hecktür des Vans auf und rannte auf Belacourt zu. Vielleicht lebte er noch.

Ihre Füße platschten durch den braunen Schneematsch auf dem Parkplatz. Sie hörte Troys Stimme hinter sich, doch sie klang weit entfernt. Er rief ihr zu, in Deckung zu gehen, doch sie musste zu Belacourt. Er war ihre einzige Spur bei der Suche nach den vermissten Frauen.

Noch im Laufen hielt sie nach dem Schützen Ausschau und zog ihre Waffe.

Belacourts Wagen war nur noch wenige Meter entfernt.

Dann sah sie ihn. Sein Kopf hing über die Seite. Er rührte sich nicht.

Hinter einem großen, freien Geländestreifen befand sich ein Wohngebiet; dort stand ein Minivan auf der Straße. War der Schütze dort?

In diesem Moment stürzte sie. Irgendetwas hatte sie getroffen und ihr die Beine weggerissen. Ihr Kopf knallte auf den Asphalt. Eiseskälte durchströmte sie. Ihr ganzer Körper war taub.

Was ist passiert?, fragte sie sich verwirrt.

Vorsichtig schob sie die Hand unter den Bauch. Er fühlte sich warm und klebrig an. Die Luft war frisch und kalt auf ihrer Haut, während sie nach Atem rang. Ihre Sinne waren seltsam geschärft. Gleichzeitig hatte sie das Gefühl, als schwebte sie über dem Boden. Schreie drangen an ihr Ohr. Sie konnte nicht sagen, ob sie von ihr selbst oder von jemand anderem kamen.

Sie blickte zum Himmel, sah unterschiedliche Töne von Grau und Blau und Weiß.

Die Taubheit griff auf ihren ganzen Körper über. Mit einem Mal fühlte sie sich seltsam gelassen, als würde sie auf ruhiger See dahintreiben, eine Million Kilometer weit weg von allem, über ihr ein endloser Himmel.

Dann schloss sie die Augen.

106

Maggie näherte sich dem Haus aus der Diagonalen, damit sie von der Front oder den Fenstern nicht gut zu sehen war. Das Nachbarhaus war nicht annähernd so extravagant wie das Schofield'sche Anwesen, aber dennoch ein schönes Gebäude, nur in kleinerem Maßstab, einstöckig und im Ranchstil, von einem roten Steingarten umgeben. In der Auffahrt stand ein weißer Ford Taurus. Der Wagen war frei von Schnee, als wäre er erst vor wenigen Minuten abgestellt worden. Zwischen den Häusern wehte ein heftiger Wind. Er biss Maggie in die Haut und zerrte an ihren Haaren. Der Schnee lag tief, kroch über die Kappen ihrer Halbstiefel und tränkte die Enden ihrer Hosenbeine.

Maggie trat auf das steinige Blumenbeet und bog um die Ecke des Nachbarhauses. Mit schussbereiter Pistole betrat sie die kleine Veranda, die an der Vorderseite verlief, und blickte durchs Fenster. Ein dünner weißer Vorhang verdeckte ihr teilweise die Sicht, aber die Jalousien waren offen. Eine braun-weiße Sofagarnitur stand vor einem Flachbildfernseher, der an die gegenüberliegende Wand montiert war. Auf einer Armlehne der Couch lag eine große blaue Decke.

Mitten im Raum saß ein alter Mann geknebelt und mit Klebeband gefesselt auf einem Küchenstuhl. Er hatte dichtes weißes Haar, das durchtränkt war und ihm im Gesicht klebte. Seine Kleidung wirkte ebenfalls nass, seine Augen weit aufgerissen vor Angst und Unglauben. Maggie hörte

Schofield, sah ihn aber nicht. Er schrie den alten Mann an: »Du hättest meine Familie in Ruhe lassen sollen!«

Langsam arbeitete Maggie sich am Fensterrand vor – und da war er. Vor dem gefesselten alten Mann schritt Schofield auf und ab, in der rechten Hand eine Pistole mit Schalldämpfer, in der Linken eine große Flasche Grillanzünder.

Als Maggie begriff, wieso der alte Mann nass aussah und was gleich geschehen würde, rannte sie zur Haustür, doch die war abgeschlossen.

Sie konzentrierte sich auf die Stelle genau unter dem Knauf, holte tief Luft und sammelte sich für den Tritt. Ihre Ferse traf genau die Stelle unter dem Knauf. Die Tür flog an den Angeln nach innen und krachte gegen die Wand. Bruchstücke des Rahmens segelten ins Wohnzimmer. Mauerstaub und Holzsplitter wirbelten durch den Raum, als Maggie hineinrannte.

In der Luft hing der Gestank nach Rauch, Benzin und brennendem Fleisch. Maggie sah eine Bewegung; jemand floh aus dem Zimmer.

Doch sie hatte zuerst etwas ganz anderes zu tun, denn in der Zimmermitte stand der alte Mann in Flammen. Er wand sich in unerträglichem Schmerz, schrie in seinen Knebel, wiegte sich hin und her und warf den Stuhl um.

Maggie zögerte nicht, ließ die Waffe fallen und riss die blaue Decke von der Couch. Sie warf sie über den Mann und legte sich mit ganzem Gewicht auf ihn, um die Flammen zu ersticken.

Nachdem sie ihn mehrere Augenblicke lang hektisch abgeklopft und gerieben hatte, war das Feuer gelöscht. Der

Mann lebte; er hatte nur wenige Sekunden in Flammen gestanden. Maggie bezweifelte, dass an seinem Kopf oder der Brust noch Haare übrig waren, aber seine Verbrennungen waren nicht lebensbedrohlich.

Als das Feuer gelöscht war, hielt sie sich nicht damit auf, dem alten Mann die Fesseln zu lösen. Ihre Pistole lag an der eingetretenen Haustür. Sie nahm die Waffe auf und verfolgte Schofield. Sie hetzte zu einer Seitentür und gelangte in den Garten. Der Wald bot gute Deckung und eine günstige Fluchtroute, daher schaute sie zuerst in diese Richtung, sah aber keine Spur von dem Flüchtigen.

Dann blickte sie auf den Schnee. Fußabdrücke zogen sich von der Seite des Hauses zum Bürgersteig. Maggies Blick folgte den Spuren zur Straße. Dann sah sie Schofield auf der anderen Seite. Er hatte beinahe schon die nächste Straße erreicht. Unbeholfen eilte er zwischen den Nachbarhäusern durch den Schnee.

Maggie setzte ihm nach. Der Schnee lag tief und behinderte sie, aber sie war leichtfüßig und gut in Form. Sie erreichte die Straße, gelangte aufs Nachbargrundstück. Rasch legte sie die Entfernung zwischen den Häusern und der nächsten Straße zurück.

Doch sie kam zu spät.

Als sie die Straße erreichte, sah sie nur noch einen alten Jetta. Die durchdrehenden Reifen schleuderten den Schneematsch in die Luft, als der Wagen davonschoss. Maggie brachte die Pistole in Anschlag, aber der VW war bereits außer Schussweite.

Schofield war entkommen.

Sechster Tag

20. Dezember, abends

107

Marcus hielt den Yukon an der Absperrung vor Schofields Haus. Es wimmelte von Fotografen, Kriminaltechnikern, Polizisten, Sanitätern und Feuerwehrleuten. Die Polizei von Jackson's Grove hatte vermutlich Hilfe von Cook County, den umliegenden Bezirken und der State Police angefordert. Es gab wenigstens drei verschiedene Schauplätze, die möglicherweise Beweismaterial enthielten; deshalb brauchte die örtliche Polizei jede Unterstützung, die sie bekommen konnte. Doch Marcus interessierte sich nur für eine einzige Person.

»Lass mich ein paar Minuten mit ihr allein«, sagte er zu Andrew.

»Okay. Mal sehen, was ich über Mr O'Malley ausgraben kann. Vielleicht waren er und Schofield Feinde.«

Maggie saß gegenüber vom Haus des alten Mannes, den Schofield hatte verbrennen wollen, auf dem Bordstein. Ihre Hände ruhten auf den Knien, ihre Augen waren glasig und starr. Marcus wäre am liebsten zu ihr gerannt und hätte sie umarmt, doch als sie ihn sah, machte sie keine Anstalten, zu ihm zu kommen. Deshalb ließ er sich stumm neben sie auf den Bordstein sinken.

Schließlich sagte Maggie leise: »Ich habe ihn entwischen lassen. Vielleicht hattest du recht. Vielleicht bin ich als Einsatzagentin nicht geeignet. Ich kann auf andere Art helfen. Nach dem, was heute passiert ist, und in Harrisburg ...«

»Nein, Maggie, du hast deine Sache gut gemacht. Mir ist

klar geworden, dass unser Job nicht darin besteht, Killer zu fassen. Wir müssen unschuldige Menschen schützen. Und das hast du getan. Du hast einem Mann das Leben gerettet.«

Sie blickte ihm in die Augen. Ihre Wangen waren gerötet, doch er konnte nicht sagen, ob es von der Verlegenheit kam oder der Kälte. »Danke.«

»Dank mir nicht. Du bist eine gute Agentin. Wenn ich ein brauchbarer Teamleiter wäre, wüsstest du das längst.« Marcus atmete tief aus. »Und wenn ich ein brauchbarer Mann wäre, wüsstest du, wie sehr ich dich liebe. Aber wir ...«

Maggie zog ihn unvermittelt an sich und küsste ihn. Es war ein langer, leidenschaftlicher Kuss. Marcus schloss sie in die Arme. Er spürte, wie ihr Herz klopfte.

Als sie sich von ihm löste, sagte sie: »Sag nichts mehr. Du verdirbst es nur.«

108

Als Marcus eintraf, stand Stupak an dem Streifenwagen des getöteten Polizisten. Der Erschossene sah jung aus. Wahrscheinlich hatte er die Polizeischule erst ein paar Jahre hinter sich, und zu Hause warteten Frau und Kinder auf ihn.

Stupaks teurer Anzug und sein Mantel waren verknittert. Sein Schlips hing lose herab, und das Hemd war aus der Hose gerutscht. Zum ersten Mal, seit Marcus den Detective im Besprechungsraum des Jackson's Grove Police Department gesehen hatte, sah der Mann betroffen aus.

»Tut mir leid, was hier passiert ist«, sagte Marcus.

Stupak nickte, nahm den Blick aber nicht von den Kriminaltechnikern, die die Spuren am Streifenwagen sicherten. »Er war ein guter Cop. Nahm den Job ernst. Für ihn war es mehr als nur ein Broterwerb.« Stupak fuhr sich mit der Hand über den perfekt glatt rasierten Schädel. »So etwas passiert hier sonst nie. Zwei von uns tot. Innerhalb von ein paar Stunden.«

»Zwei? Heute ist noch ein Polizist getötet worden?«

Stupak musterte ihn verächtlich, als wollte er ermessen, ob Marcus seine Bemerkung ernst meinte. »Belacourt. Mir ist egal, was über ihn gesagt wird. Er war ein guter Polizist – und mein Freund.«

»Belacourt ist tot?«

»Sie haben nicht davon gehört?«

»Nein, ich habe versucht, Vasques zu erreichen, aber sie geht nicht ans Handy.«

Stupak ächzte und rieb sich den Nacken. »Es tut mir leid. Sie werden sie so bald nicht erreichen können. Zusammen mit Belacourt hatte sie einem gewissen Erik Jansen eine Falle gestellt. Der Schuss ist nach hinten losgegangen. Wir gehen davon aus, dass es Jansen war, der Belacourt mit einem Hochgeschwindigkeitsgewehr erschossen hat. Belacourt war auf der Stelle tot. Vasques hat eine Kugel in den Bauch bekommen. Nicht einmal ihre schusssichere Weste konnte solch ein Geschoss aufhalten, aber sie hat es wohl gebremst. Sie wird im Moment operiert. Mehr weiß ich auch nicht.«

Marcus hatte das Gefühl, als würde ihm unversehens die Luft abgeschnürt. Kalte Schauer durchrieselten ihn. Doch binnen weniger Sekunden wich das Kältegefühl dem Feuer der Wut. »Ich werde die Kerle finden, Stupak. Und ich bringe sie um. Conlan, Schofield, Jansen. Alle. Sie brauchen mir nicht zu helfen, aber kommen Sie mir ja nicht in die Quere.«

Stupak blickte ihn lange an. Dann fragte er: »Wie kann ich Ihnen denn helfen?«

»Haben Ihre Leute schon das Haus durchsucht?«

»Ja. Wir haben im Keller einen Tresor mit mehreren illegalen Waffen entdeckt. Und eine Handgranate.«

»Eine Handgranate? Wo hat er die her?«

»So was ist gar nicht so schwer zu beschaffen. Erst recht nicht, wenn man in der Sicherheitsbranche arbeitet. Die Firma beschäftigt garantiert eine Menge Exsoldaten. Entschärfte Handgranaten können Sie außerdem in jedem Armyshop kaufen. Dann muss man nur noch wissen, wie man das Innenleben nachrüstet.«

»Was ist mit der Familie? Wissen Sie da schon Näheres?«, fragte Marcus.

»Wir haben die Telefongesellschaft gebeten, die Handys zu orten. Sie sind alle hier. Offenbar haben die Schofields sie zurückgelassen. Dann haben wir mit Schofields Schwiegermutter gesprochen. Sie sagt, ihre Tochter habe sie gestern Abend angerufen und ihr erklärt, sie müssten wegen eines Notfalls eine Weile fort. Sie hat versucht, Näheres herauszubekommen, aber ohne Erfolg.«

Marcus musterte die Umgebung und Schofields Haus, den Star des Wohnviertels, das den ohnehin aufgeblähten Grundstückswert sämtlicher Nachbarn steigerte. Der Kerl hatte eine Frau, drei Kinder und das größte Haus im Block. Trotzdem entkam er seiner Vergangenheit nicht. Der Hunger, der an Schofield fraß, konnte nicht mit allem Geld der Welt gestillt werden.

Marcus fragte sich, wieso Schofields Familie geflohen war. Hatten seine Angehörigen sein Geheimnis entdeckt und waren aus Angst verschwunden?

Er zog eine Visitenkarte aus der Innentasche seiner Lederjacke und reichte sie Stupak. »Ich schaue mir das Haus selbst an. Rufen Sie mich an, wenn Sie noch etwas herausfinden.«

Stupak nahm die Karte. »In Ordnung. Für Sie gilt das Gleiche.«

Marcus ging zu dem Weg aus geprägtem Beton, der zu Schofields Haustür führte. Einer der Kriminaltechniker wollte ihn nicht hereinlassen, doch Marcus zeigte seine Dienstmarke und sagte dem Mann ein paar deutliche Worte. Als der Beamte ihn einließ, durchforschte er rasch das Erdgeschoss. Im Zentrum des Hauses befand sich ein langer Flur voller Familienfotos. Bilder aus dem Urlaub, von Abschlussfeiern, Schulveranstaltungen, Schnappschüsse, professionelle Porträts. Es war eine Chronik der Familie Schofield und ihres gemeinsamen und offenbar glücklichen Lebens.

Marcus dachte an Vasques. Er fragte sich, ob sie noch die Chance bekam, ebenfalls eine Familie zu gründen. Wahrscheinlich hatten die Mistkerle ihr diese Möglichkeit gestohlen. Dafür würden sie zahlen.

Marcus' Handy klingelte. Er kannte die Nummer nicht, deshalb wusste er sofort, wer ihn anrief. Er knirschte mit den Zähnen und sagte schroff: »Ich habe nichts zu sagen.«

»Was hat er dir erzählt?«

»Die Wahrheit.«

Ackerman lachte. »Das bezweifle ich.«

»Er hat mir gesagt, dass du und dein Vater meine Eltern ermordet haben.«

»Ach ja? Interessant. Ich würde sagen, teilweise trifft es zu, ist aber nicht die ganze Wahrheit. Ich war selbst noch ein Junge und hatte mit ihrem Tod nichts zu tun. Ich hatte aber sehr wohl damit zu tun, dass du diese Nacht überlebt hast. Erinnerst du dich wirklich an nichts mehr?«

Marcus gab keine Antwort, doch er wusste genau, worauf Ackerman anspielte. Er erinnerte sich an die Stimme in der Dunkelheit, die ihm geholfen hatte, während seine Eltern unten schrien. Er erinnerte sich, dass jemand seine Hand gehalten hatte. Er erinnerte sich an die Angst, die Traurigkeit, die Gefühle jener Nacht. Doch er war noch klein gewesen, und seine Erinnerungen bestanden aus verschwommenen, unzusammenhängenden Bildern. Manche Erinnerungen aus dieser Zeit – Ausflüge zum Bronx Zoo und nach Coney Island oder Essen in Mazzolas Bäckerei oder Ninos Pizzeria – waren lebhaft und vollständig, aber ausgerechnet diese Nacht war fast vergessen.

Ackerman fuhr fort: »Ich habe die Wahrheit selbst erst vor Kurzem erfahren. Ich erinnerte mich an die Nacht, aber ich hatte sie nicht mit dir in Verbindung gebracht. Ich hatte nur einen verängstigten kleinen Jungen in einem Cowboy-Pyjama vor Augen. Ich sollte dich nach unten bringen, aber ich weiß noch, dass ich in deinen Augen etwas gesehen habe, das mich gedrängt hat, dich von ihm fernzuhalten. Ich habe dich auf dem Vordach der Veranda vor deinem Zimmerfenster versteckt. Dann habe ich das Bett gemacht und meinem Vater gesagt, du wärst nicht da. Er ist die Treppe hochgestürmt und hat selbst nach dir gesucht, konnte dich aber nicht finden. Dass du noch am Leben bist, verdankst du mir. Ich habe dich gerettet.«

Marcus wusste nicht, was er erwidern sollte. Was der Killer ihm erzählte, passte zu seinen Erinnerungsfetzen.

»Wie hast du herausgefunden, dass uns das verbindet?«

»Jetzt ist es aber gut, Marcus. Du kannst nicht erwarten, dass ich alle meine Geheimnisse preisgebe. Außerdem haben wir im Moment Wichtigeres zu tun. Wie läuft die Jagd nach unserem Freund, dem Anarchisten?«

»Auf Wiederhören, Ackerman.«

»Warte, ich kann dir helfen. Ich weiß, wie du ihn findest.«

Marcus wusste, dass er nun eigentlich auflegen müsste. Er wusste, dass es besser wäre, sich nicht auf die Fantastereien des Irren einzulassen und ihn nicht auch noch zu ermutigen. Doch seine Neugier, gekoppelt mit dem Wunsch, unschuldiges Leben zu schützen und Morde zu rächen, war zu stark. Er sagte nichts, beendete das Gespräch aber auch nicht.

Ackerman akzeptierte diese stillschweigende Einwilligung. »Wenn man jemanden schlagen und beherrschen will«, sagte er, »muss man seine Schwächen herausfinden. Wen oder was liebt diese Person? Was will sie? Was braucht sie? Was ist das Wichtigste für sie? Wenn du diese Fragen im Zusammenhang mit dem Anarchisten beantworten kannst, dann kannst du seine Schwächen nutzen und ihn zwingen, nach deiner Pfeife zu tanzen. Ich glaube, du weißt schon, was du tun musst. Du brauchst nur die innere Kraft, diesem Weg zu folgen. Das ist es, was dich ausmacht. Gute Jagd.«

Die Leitung war tot.

Marcus schloss die Augen. Ackerman hatte recht. Er, Marcus, wusste genau, was Schofield am Herzen lag. Doch er hasste sich dafür, dass ausgerechnet er es sein sollte, der dieses Wissen gegen den Killer einsetzen musste, um ihn zu stoppen.

Marcus blickte auf die Fotos voller lächelnder Gesichter und fröhlicher Erinnerungen. Dann wählte er Stans Nummer.

»Stans Krematorium. Sie killen, wir grillen.«

»Bin nicht in Stimmung, Stan. Hör mal, du musst Schofields Familie finden. Sie sind auf der Flucht, aber sie kennen das Spiel nicht. Ich wette, sie haben mindestens schon einmal gepatzt und irgendwo eine Spur hinterlassen.«

»Okay, bin schon dran. Was machst du, wenn wir sie finden?«

»Wir kidnappen sie und erpressen den Hurensohn.«

109

Eleanor Adare Schofield starrte aus dem Fenster des Belmont Motels und dachte an das perfekte Leben, das sie hinter sich gelassen hatte. Das Motel war klein, mit orangeweißer Fassade aus Ziegelimitat. Das große Neonschild warb mit Telefon, Klimaanlage und Fernseher, als wäre dies ein besonderer Luxus, doch wenn man sich das Gebäude anschaute, fragte man sich unwillkürlich, ob diese Angaben stimmten. Innen waren die Wände leuchtend gelb gestrichen. Die gesteppte Tagesdecke war mit einem Sonnenblumenmuster bedruckt und ähnelte der Überdecke auf dem Bett ihrer Großmutter, als Eleanor noch ein Kind war. Das Zimmer roch leicht nach Schimmel wie ein Keller, in dem man Desinfektionsmittel versprüht hatte, aber wenigstens war es halbwegs sauber.

Der Gedanke verursachte ihr Übelkeit. War sie so tief gesunken, dass es ihr wie ein Triumph erschien, wenn sie ihren Kindern einen Platz zum Schlafen beschaffte, der nicht von Kakerlaken befallen war?

Harrison hatte sie ins Belmont geschickt, als hätte er es geplant – als hätte er schon früher eine Flucht in Erwägung gezogen. Er hatte ihr befohlen, bar zu bezahlen, doch zu ihrer Bestürzung hatte Eleanor erfahren müssen, dass ein Zimmer in solch einer Absteige sechzig Dollar pro Nacht kostete. So viel Bargeld hatte sie niemals dabei – sie zahlten immer mit Kreditkarte und beglichen am Monatsende die Rechnung. Deshalb hatte sie auf die andere Straßenseite gehen müssen, um an dem Bankautomaten dort Geld zu ziehen.

Den Kindern hatte Eleanor gesagt, sie machten einen Überraschungsurlaub. Die beiden Kleineren hatten ihr geglaubt, aber Alison hegte einen Verdacht. Vermutlich fürchtete sie, ihre Eltern ließen sich scheiden, und vielleicht hatte sie damit sogar recht.

Im Moment hatte Alison die Ohrhörer eingesteckt und hörte Musik. Benjamin beschäftigte sich mit seinem kleinen Videospiel, und Melanie sah sich *Dora the Explorer* auf einem kleinen Röhrenfernseher mit verwaschenem Bild an. Der kleine Hund, den Harrison mit nach Hause gebracht hatte, schlief in Melanies Schoß.

Als das Telefon auf dem Nachttisch klingelte, sprang Eleanor vom Fenster weg und schrie vor Überraschung so laut auf, dass Alison sich die Ohrhörer herunterriss und ihre Mutter aus großen, erschrockenen Augen anblickte.

Eleanor nahm ungeschickt den Hörer ab. »Hallo?«

»Ich bin's. Geht es euch gut? Hattet ihr Schwierigkeiten?«

Zuerst überfiel sie Erleichterung, weil sie Harrisons Stimme hörte, doch nachdem der erste Funke von Wärme und Sicherheit verglüht war, wusste sie nicht mehr, was sie empfinden sollte. Eleanor kämpfte gegen die Tränen an. Als sie ins Büro des Motels gegangen war, um das Zimmer zu bezahlen, waren dort die Nachrichten gelaufen, und sie hatte einen Bericht über eine Geiselnahme bei Schofield Security Associates gesehen. Sie hatte gehört, welche schrecklichen Verbrechen ihrem Mann zur Last gelegt wurden, und sie hatte sofort gewusst, dass alles der Wahrheit entsprach. Im Grunde hatte sie es immer gewusst. Nun gab sie sich die Schuld, nicht schon früher etwas unternommen zu haben.

»Eleanor, bist du noch dran?«

Sie wollte etwas sagen, doch ihre Kehle war trocken, und sie wusste nicht, wo sie anfangen sollte. Sie nahm das Telefon vom Nachttisch, ging ins Bad und schloss die Tür hinter sich. Der Raum war minzgrün und roch nach Chlorreiniger.

Am anderen Ende war es für einen Moment still. Dann fragte Harrison: »Du hast die Nachrichten gesehen, nicht wahr?«

»Ja. Sie sagen, du bist der Anarchist. Dass du wegen mehr als zehn Morden gesucht wirst.«

»Tut mir leid, Eleanor. Ich wünschte, das wäre dir erspart geblieben.«

»Damit du mich weiter belügen könntest?«

»Nein, damit du es von mir selbst hören könntest. Dann würdest du es verstehen.«

»Da gibt es nichts zu verstehen, Harrison. Du bist ein Mörder. O Gott, wie konntest du nur?«

Als er antwortete, hörte sie seine Qual. »Weil ich ohne Seele geboren wurde.«

Diese Worte erfüllten Eleanor mit Entsetzen. Harrison hatte ihr von den Misshandlungen erzählt, die er als Kind hatte erdulden müssen, aber sie hätte nie gedacht, dass er den Unsinn, den seine Mutter und die anderen Sektenmitglieder ihm als Kind eingeredet hatten, wirklich glaubte. Hätte sie es ahnen müssen? Angst überkam sie, als Ehefrau versagt zu haben.

»Das ist doch albern. Deine Mutter und diese Leute waren geistesgestört. Das weißt du genau.«

»Ich weiß nicht, was ich glauben soll. Ich wollte nur eins: für dich ein ganzer Mensch werden. Der Mann und Vater sein, den du und die Kinder verdient haben. Es tut mir schrecklich leid, dass ich versagt habe.« Seine Stimme brach, und sie hörte, dass er weinte.

Eleanor wollte ihrem Hass freien Lauf lassen, doch etwas in ihr bemitleidete ihn. Sie hatte von jeher gewusst, dass seine Wahrnehmung der Welt durch die Narben seiner Kindheitserlebnisse verzerrt war, aber ihr war nie klar gewesen, wie tief die Wunden gingen.

»Harrison, wir lieben dich. Wir haben dich immer geliebt und werden dich immer lieben. Aber jetzt musst du dich stellen. Gemeinsam stehen wir das durch.«

»Das kann ich nicht.«

»Doch, du kannst. Du brauchst Hilfe. Allein schaffen wir das nicht.«

»Du verstehst nicht. Ich habe dir nicht um meinetwillen gesagt, dass ihr fliehen sollt, sondern weil ihr in Gefahr seid.«

»Von wem droht die Gefahr?«

»Vom Propheten.«

»Dem Anführer dieser Sekte? Du hast doch gesagt, er wäre tot.«

»Nein, er hat mich nie gehen lassen. Er ist immer da gewesen. Seit dem Tag meiner Geburt ist er der Teufel auf meiner Schulter. Und jetzt will er euch. Er will dich und die Kinder opfern.«

Eleanor unterdrückte einen Aufschrei. Die Knie wurden

ihr weich. »Verdammt, Harrison! Wie konntest du deine Kinder in Gefahr bringen!«

»Ich hatte nie die Absicht, das musst du mir glauben.«

»Ein Grund mehr, weshalb du dich stellen musst. Bitte! Die Polizei kann uns helfen! Vielleicht bieten sie dir einen Handel, wenn du gegen den Propheten aussagst.«

»Ich kann allenfalls hoffen, in einer Nervenheilanstalt zu landen statt in einem Gefängnis. Dieser Demütigung setze ich dich und die Kinder nicht aus. Ich weiß, wie das ist, und ich würde es dir niemals antun. Ich habe Geld. Wir können das alles ...«

Eleanor zuckte zusammen und ließ den Telefonhörer fallen, als ein Klopfen an der Tür von den mintgrünen Fliesen des Badezimmers widerhallte.

Sie öffnete in der Erwartung, eines ihrer Kinder zu sehen. Stattdessen stand ein seltsamer Mann vor ihr.

***

Harrison Schofield saß in seinem eigenen schäbigen Motelzimmer. Er packte den Hörer des alten Wählscheibentelefons auf dem Nachttisch und schrie den Namen seiner Frau. Er hatte ein Poltern gehört, dann ein Klappern, als hätte sie den Hörer fallen gelassen, und schließlich einen unterdrückten Schrei.

Während Schofield nach ihr rief, schien die Welt ringsum zusammenzubrechen. Er wusste, der Prophet hatte seine Familie aufgestöbert. Das grauenerregende Bild, wie seine Kinder bei lebendigem Leib verbrannten, trat ihm vor die Augen, und er sank auf die Knie.

Dann drang eine Männerstimme aus dem Telefonhörer. Die Stimme war tief und bedrohlich, doch Schofield erkannte sie nicht.

Die Worte waren einfach und auf den Punkt gebracht: »Ich habe Ihre Familie. Sie stirbt, wenn Sie nicht genau das tun, was ich Ihnen sage.«

Siebter Tag

21. Dezember, morgens

110

Der Blizzard war in der Nacht gekommen. Wie ein Tsunami war er über Chicagoland hinweggefegt. Als Marcus auf das gemietete Haus zuging, stach ihm der Schnee in Wangen und Augen, sodass er kaum seine Umgebung erkennen konnte. Sie hatten ein Haus auf der Artesian Avenue in Brighton Park gefunden, zehn Minuten von der Chicagoer Innenstadt entfernt. Eigentlich stand das Haus zum Verkauf, doch der Eigentümer hatte nicht lange überlegen müssen, als sie ihm Bargeld boten, wenn er ihnen das ungenutzte Objekt eine Woche lang überließ. Der Mann hatte das Haus als Bungalow beschrieben, doch für Marcus war es mehr eine kleine Scheune mit knallroter Veranda und einer Wandverschalung aus bläulichen Schindeln. Es überraschte ihn wenig, dass das Haus schon lange leerstand.

Er klopfte, und Andrew öffnete die Tür. Marcus trat ein und trampelte auf der *Willkommen*-Fußmatte, damit der Schnee von seinen Schuhen fiel und die Kälte von seinen Schultern geschüttelt wurde. Das Innere des Hauses war nicht viel besser, als das Äußere vermuten ließ. Einen Teppich gab es nicht, nur blassgelbes Linoleum und rostrote Tapeten. Mehrere Zimmertüren waren unerklärlicherweise aus dem Rahmen gerissen, und es stank nach Urin. Marcus nahm an, dass es deshalb keinen Teppichboden gab. Vielleicht hatte eine Frau mit tausend Katzen hier gewohnt und ihren Lieblingen erlaubt, sich zu erleichtern, wo immer sie wollten.

Andrews Gesichtsausdruck zeigte deutlich, was er von der Unterbringung hielt.

»Ist ja nur vorübergehend«, sagte Marcus.

»Besser wär's.«

»Wie geht es der Familie?«

»Ungefähr so, wie zu erwarten«, sagte Andrew. »Aber ich begreife es nicht. Warum lassen wir nicht einfach Schofield zu seiner Familie kommen und schnappen ihn uns dann? Wieso die List mit dem Kidnapping?«

»Aus einem einzigen Grund: Wenn Conlan die Frauen hat, sterben sie heute Nacht. Wir haben keine Zeit für eine Vernehmung. Conlan ist extrem labil und wahnhaft. Was er tun wird, lässt sich nicht vorhersagen. Schofield muss glauben, dass das Leben seiner Angehörigen auf dem Spiel steht. Wenn wir ihm drohen, ihm zu rauben, was er liebt, liefert er uns Conlan aus.«

»Hoffentlich hast du recht. Aber es gefällt mir noch immer nicht. Maggie oder ich sollten dich begleiten.«

»Wir haben zu wenig Leute. Ich nehme Stupak mit. Wir brauchen seine Hilfe, sobald wir wissen, wer die Frauen sind. Mit Schofield werde ich schon fertig.«

Andrews Handy gab einen Glockenschlag von sich. Er blickte aufs Display und schüttelte den Kopf.

»Was ist das?«, fragte Marcus.

Andrew lachte. »Nichts. Ich spiele nur online Scrabble mit Allen. Er wird in seinem Bett verrückt. Er ist es nicht gewöhnt, untätig herumzuliegen.«

»Wie steht's?«

»Allen macht mich fertig. Der Professor hat einen beeindruckenden Wortschatz. Maggie fährt gerade zu ihm. Sie wollte auch nach dem alten Mann sehen, den sie gerettet hat. Du solltest Allen auch mal besuchen. Vor dem Treffen mit Schofield hast du noch Zeit. Das Krankenhaus liegt auf dem Weg.«

»Ich weiß nicht recht. Mal sehen.«

»Du bist nicht schuld an dem, was ihm passiert ist. Das weißt du doch, oder? Niemand wirft dir etwas vor. Allen am wenigsten.«

Marcus sagte nichts. Er nickte nur, ging zu der einzigen geschlossenen Tür im Haus und klopfte an. Eine Stimme von der anderen Seite forderte ihn auf einzutreten. Als er die Tür öffnete, kläffte ihn ein kleiner hellbrauner Hund an. Eleanor Schofield saß auf dem Linoleumboden und spielte mit ihrem Sohn und der kleinen Tochter *Candyland*. Sie versuchte zu lächeln und sich vor den Kindern nichts anmerken zu lassen, doch Marcus sah Traurigkeit und Schmerz in ihren Augen.

»Können wir kurz reden?«, fragte er.

Sie nickte und folgte ihm ins Wohnzimmer, wo Andrew auf der Couch saß und an seinem Handy fummelte.

Marcus schloss die Tür hinter Eleanor. »Ich möchte Ihnen für Ihre Bereitschaft zur Zusammenarbeit danken.«

»Ich tue es für die entführten Frauen, nicht für Sie.« Eleanor wies auf das Schloss, das Andrew außen an der Tür angebracht hatte. »Sind wir hier Gefangene? Sie haben uns in ein Zimmer ohne Fenster gesperrt.«

»Das ist nur zu Ihrem Schutz. Ich hoffe, die Sache ist bald vorüber.«

»Mein Mann ist kein Ungeheuer.«

»Das habe ich nie behauptet.«

Eleanors Augen nahmen einen wässrigen Glanz an. Ihre Stimme war rau und bebte. »Ich kann nicht akzeptieren, dass alles nur eine Lüge war. Er ist ein guter Mensch. Aber er ist krank und braucht Hilfe.«

»Ich weiß, dass Ihr Mann kein Ungeheuer ist. Es ist nur so, dass ich früher von Männern wie ihm in solchen Begriffen gedacht habe, weil es dann leichter erscheint, solche Leute zu verstehen. Wir alle sind Sünder und Heilige, nur in unterschiedlichem Ausmaß. Wir sind alle fähig, Schmerz und Hass in die Welt zu bringen, doch wir alle können auch Mitgefühl und Liebe zeigen. Ich glaube an das Böse, aber ich glaube nicht, dass es in Ihrem Mann lebt. Er ist jedoch krank, und ich darf nicht zulassen, dass er anderen Menschen Schreckliches zufügt.«

Eleanor blickte zur Seite. »Ich weiß«, flüsterte sie.

»Und da ist noch etwas. Ich glaube, dass dieser Plan nur deshalb funktionieren wird, weil Ihr Mann Sie und Ihre Kinder sehr liebt. Und egal was geschieht, daran sollen Sie festhalten.«

111

Vasques sah blass aus hinter dem Wirrwarr aus Schläuchen und Verbänden. Sie schlief. Hinter den geschlossenen Lidern flatterten ihre Augen. Marcus hatte sich an ihren süßlichen Blumenduft gewöhnt, doch die Gerüche von Desinfektionsalkohol und Flüssigseife überdeckten ihn völlig. Es kam ihm so vor, als wäre ein Teil von ihr bereits gestorben.

Ein blonder Mann mit teigig-weißem Gesicht saß neben ihr am Bett. Er hielt ihre Hand. Der Mann trug ein weißes Button-Down-Hemd, das aus der Hose hing; seine Krawatte war gelockert, die Augen blutunterlaufen. Er blickte in Marcus' Richtung und schien ungehalten über die Störung zu sein.

»Sind Sie ihr Bruder?«, fragte Marcus.

»Nein, ihr Partner. Special Agent LaPaglia.«

»Gut, Sie kennenzulernen. Ich bin Special Agent Marcus Williams vom Justizministerium. Vasques und ich haben gemeinsam an diesem Fall gearbeitet.« Er hielt LaPaglia die Hand hin, aber der ergriff sie nicht.

»Wie geht es ihr?«, fragte Marcus.

»Ihr Zustand ist stabil. Die Ärzte glauben, sie ist über den Berg.« LaPaglia schüttelte den Kopf. »Sie sind schuld, dass das passiert ist.«

»Wie kommen Sie darauf?«

»Es war Ihre Idee, die anderen mit Belacourt anzulocken. Sie hätten ihn in Gewahrsam nehmen und verhören müssen, wie jeden anderen Verdächtigen. Wegen Ihres kleinen Spiels liegt Vasques jetzt hier.«

»Vasques ist nicht die Sorte Frau, der man sagen muss, was sie tun soll. Sie hat selbst entschieden, wie wir mit Belacourt verfahren. Aber ich hätte dort sein sollen, dann wäre es vielleicht nicht passiert.«

LaPaglia sprang von dem Krankenhausstuhl auf, stieß Marcus vor die Brust und drängte ihn zurück. »Wollen Sie sagen, ich hätte nicht auf sie aufgepasst? Raus mit Ihnen! Sie sind hier nicht erwünscht!«

Marcus hob beschwichtigend die Hand und wich an die Tür zurück. Er hatte nicht die Absicht, mit jemandem zu streiten, dessen Blick von Trauer, Schuldgefühlen und Schlafmangel getrübt wurde. Er wandte sich zum Gehen, hielt dann aber inne. »Mir hat neulich jemand einen guten Rat erteilt, den ich an Sie weitergeben möchte«, sagte er. »Wenn sie aufwacht, sollten Sie ihr sagen, was Sie wirklich empfinden.«

***

Allens Krankenzimmer war noch genau so wie in Marcus' Erinnerung. Der gleiche Geruch nach Desinfektionsmittel hing in der Luft. Die gleichen Blautöne, die gleichen Möbel, die gleichen summenden und piependen Apparate. Doch die Stimmung war anders. Bei seinem letzten Besuch hatte eine düstere, bedrückende Aura geherrscht, diesmal aber saß Allen aufrecht im Bett und scherzte mit seiner Frau und mit Maggie. Er hatte noch immer Schläuche in den Armen und der Nase, und die Ärzte wussten nach wie vor nicht, ob er jemals wieder gehen könnte, aber er lächelte, und seine Wangen hatten wieder ein bisschen Farbe bekommen. Er beugte sich über ein Rolltablett mit Essen, das er sich hineinschaufelte, als hätte er eine Woche lang nichts zu sich genommen.

»Es schmeckt, als hättest du es gekocht, Loren«, sagte er zu seiner Frau. »Das Fleisch ist so zart wie eine Schuhsohle, und ich glaube, jemand hat mir ins Kartoffelpüree gespuckt.«

»Wenn du weißt, was gut für dich ist, alter Mann, dann hältst du den Mund«, erwiderte Loren. »Ich habe deine Vollmacht. Ich kann den Ärzten sagen, sie sollen die Apparate abstellen und dich verschrumpeln lassen.«

»Lehr' nicht deine Lippen solchen Hohn: Zum Kuss geschaffen, Herrin, sind sie ja«, zitierte Allen wieder einmal Shakespeare.

Marcus trat ins Zimmer. »Wer nichts zu sagen hat, dem gelingt es im Allgemeinen, genau damit mehr Zeit zu vergeuden als jeder andere.«

Loren lachte und umarmte ihn. »Anscheinend kennt dieser Kerl dich, Allen.«

Allen blickte sie beide böse an. »Das war von James Russell Lowell, einem amerikanischen Dichter. Ich glaube, er ist in den Neunzigerjahren des neunzehnten Jahrhunderts gestorben, deshalb hatte ich nie das Vergnügen. Du hast dir den Spruch doch für genau so eine Gelegenheit aufgespart, stimmt's, mein Junge?«

»Ich weiß überhaupt nicht, wovon ihr redet«, sagte Marcus. »Wo sind die Kids?«

»Unten in der Cafeteria. Wenn ihr nichts dagegen habt, Ladys, ich müsste mit Marcus unter vier Augen sprechen.«

Maggie erhob sich vom Sessel neben Allens Bett, und

Loren nahm ihre Handtasche. Auf dem Weg zur Tür schlug sie Marcus auf die Schulter. »Einfach nur lächeln und immer nicken«, sagte sie. »So mache ich es auch.« Dann streckte sie Allen die Zunge heraus.

Als sie das Zimmer verlassen hatten, fragte Marcus: »Also, was ist los?«

»Ich muss mit dir über Ackerman sprechen.«

»Wir kriegen ihn, Allen. Er wird immer dreister. Irgendwann macht er einen Fehler, und wenn das geschieht, habe ich ihn.«

»Darum geht es nicht.« Allen seufzte. »Ich hätte es dir schon lange sagen müssen.«

Marcus drückte seine Hand. »Schon okay. Ich kenne die Verbindung zwischen Ackerman und mir.«

»Wirklich?«

»Ja, Ackerman hat es angedeutet, und ich habe den Director zur Rede gestellt. Er hat mir gesagt, dass Ackermans Vater meine Eltern ermordet hat.«

Allen schloss die Augen und schüttelte den Kopf. »Ich fürchte, das streift nur oberflächlich die Wahrheit.«

Siebter Tag

21. Dezember, Nachmittag

112

In Mr O'Malleys Zimmer standen zwei Betten. Davon abgesehen glich es dem Zimmer Allens. Die Tür war offen, und Maggie konnte sehen, dass O'Malley sorgsam seine Sachen zusammensuchte. Verbände bedeckten die Brandwunden auf seinem Gesicht und seinen Händen. Um Augen und Mund war die gerötete Haut sichtbar. Seine Lippen waren aufgesprungen und blutig. Doch alles in allem konnte er sich glücklich schätzen, dass er noch lebte.

Maggie klopfte an, und der alte Mann wandte sich ihr zu. Zuerst lag Wut in seinem Blick. Maggie konnte ihm die Emotion nicht verdenken. Doch O'Malleys Zorn verflog rasch, und er brachte ein Lächeln auf die rissigen Lippen. Als er sprach, war sein schwerer irischer Akzent nicht zu überhören. Seine Stimme klang nach trockenem Laub, das zertreten wird. »Miss Maggie, ich hatte gehofft, Sie zu sehen. So kann ich Ihnen wenigstens angemessen danken, dass Sie mir das Leben gerettet haben. Als Sie im Rettungswagen nach mir geschaut haben, war ich ein bisschen neben der Spur.«

Sie lächelte. »Damit musste man rechnen. Aber Sie müssen mir nicht danken.«

»Jetzt kommen Sie mir bloß nicht mit so einer Floskel, dass Sie nur Ihre Arbeit getan hätten oder so was. Ohne Sie wäre ich jetzt tot. Wo ich herkomme, ist es etwas Besonderes, wenn jemand einem das Leben rettet. Es ist eine Schuld, die man niemals zurückzahlen kann.«

»Ich wünschte nur, ich hätte den Mann gefasst, der Ihnen das angetan hat.«

»Seine unglaubliche Brutalität ist mir ein Rätsel. Ich habe ihm zwar angemerkt, dass er es nicht mochte, wenn ich in die Nähe seiner Kinder kam. Vielleicht war er eifersüchtig auf unser gutes Verhältnis. Aber das kann doch so was nicht rechtfertigen.«

»Nichts auf der Welt kann rechtfertigen, einen anderen Menschen in Brand zu setzen.«

»Wahrscheinlich nicht. Apropos Familie: Hat man von den anderen Schofields schon etwas gehört?«

Maggie wusste, dass es Marcus nicht gefallen würde, wenn sie Informationen über die Schofields preisgab, aber O'Malley tat ihr leid. Er war ein guter Nachbar, dem seine Freundlichkeit Brandnarben am ganzen Körper und eine Nahtoderfahrung eingebracht hatte. Er verdiente es, mehr zu wissen. Dennoch zögerte sie. »Es tut mir leid. Ich habe noch nichts erfahren.«

O'Malleys Gesicht fiel zusammen. Bis zu diesem Moment hatte er einen beinahe heiteren Eindruck gemacht für einen Mann in seiner Lage, doch plötzlich schien er den Tränen nahe zu sein. Seine Stimme bebte, als er sagte: »Wenn Sie etwas hören, lassen Sie es mich bitte wissen. Ich bezweifle, dass ich ein Auge zutun kann, solange ich nicht weiß, ob die Kinder in Sicherheit sind. Ich hatte mal eine Tochter. Sie starb, ehe sie mir Enkelkinder schenken konnte. Wenn ich an Alison, Melanie und Benjamin denke, ist es so, als wären sie mein eigen Fleisch und Blut. Ich mache mir schreckliche Sorgen um sie.«

Maggie verspürte tiefes Mitgefühl. Dieser Mann hatte

mehr als genug durchgemacht. »Mr O'Malley, was ich Ihnen jetzt sage, muss unter uns bleiben. Wenn Sie es jemandem weitererzählen, gefährden Sie die Sicherheit der Schofields.«

O'Malleys Augen leuchteten auf, und er machte einen Schritt vorwärts. »Wissen Sie, wo sie sind?«

»Ja, wir haben sie an einen sicheren Ort gebracht.«

»Gelobt sei der Herr! Damit retten Sie mich zum zweiten Mal.« Sein Gesicht nahm einen nachdenklichen Ausdruck an. »Glauben Sie, es besteht eine Chance, dass ich ihnen einen Besuch abstatte? Die arme Eleanor hat sicher schlimme Schuldgefühle wegen dem, was ihr Mann mir angetan hat. Sie ist sehr verletzlich. Ich möchte ihr gern sagen, dass ich ihr nichts nachtrage. Und die Kinder könnten bestimmt ein bisschen Stabilität brauchen. Etwas, das ihnen zeigt, dass ihre Welt nicht völlig aus den Fugen geraten ist.«

Maggie schüttelte bedauernd den Kopf. »Tut mir leid, das wird nicht möglich sein.«

»Ich bitte wirklich ungern darum, aber ich weiß, dass ich Eleanor und den Kindern helfen könnte, diese finstere Zeit durchzustehen.«

»Es tut mir leid. Ich kann nicht ...«

»Bitte. Ich würde bereitwillig eine Augenbinde tragen, sodass ich nicht wüsste, wo Sie sie untergebracht haben. Ich würde alles tun. Nur eine halbe Stunde!«

Maggie verschränkte die Arme vor der Brust und schaute dem alten Mann tief in die Augen. Die Haut ringsum war rot und aufgerissen, und die Verbände verdeckten Blasen und wunde Stellen. O'Malley und die Schofield-Kinder hatten ohne eigene Schuld viel durchgemacht. Und es konnte wirklich nicht schaden, wenn sie, Maggie, ein bisschen Licht in die Welt brachte.

»Warten Sie einen Moment.« Sie nahm ihr Handy heraus und schickte Marcus eine SMS.

Ich habe Mr O'Malley gesagt, dass die Schofields in Sicherheit sind. Er möchte sie sehen.

Nach ein paar Sekunden kam die Antwort.

Was hast du dir dabei gedacht?

Maggie fluchte lautlos in sich hinein, während ihre Finger über die virtuelle Tastatur huschten.

Der Mann hat eine Menge durchgemacht. Das haben sie alle. Ich bitte dich um gar nichts. Ich sage es dir nur.

Diesmal musste sie ziemlich lange auf eine Antwort warten. *Es gefällt mir zwar nicht, aber du tust ja doch, was du willst. Aber mach schnell.*

»Sind Sie bereits entlassen?«, fragte sie O'Malley.

Der alte Mann lächelte wie ein Kind bei der Weihnachtsbescherung. »Der Arzt war vor einer halben Stunde hier. Ich habe eigentlich auf einen alten Freund gewartet, der mich nach Hause fahren wollte, aber ich kann ihn von unterwegs anrufen und ihm sagen, dass er mich doch nicht abzuholen braucht.«

Maggie war bewusst, dass sie sich manipulieren ließ, dennoch sagte sie: »Okay, aber Sie können nicht lange bleiben.«

113

Ackerman beobachtete Maggie, wie sie aus dem Aufzug stieg und auf den Kia Rio zuging, der in der Nähe parkte. Sie hatte einen Mann bei sich, dessen Körper von Verbänden nahezu bedeckt war, als wäre er der Unsichtbare aus dem legendären Science-Fiction-Film. Aber das spielte keine Rolle. Wer immer ihr Begleiter war, für Ackerman war er weitgehend unerheblich.

Das Herz schlug dem Killer bis zum Hals. Vor innerer Erregung war ihm schwindlig. Sie alle standen auf einem Felsvorsprung über dem Abgrund gigantischer Offenbarungen und Erleuchtungen. Ereignisse, die er fast ein Jahr lang geplant hatte, würden bald in Gang kommen, und Maggie war ein unverzichtbarer Teil der Gleichung.

Auf seine eigene Weise hatte er Marcus gewarnt, dass es geschehen würde. Er hatte ihm gesagt, dass man einen Menschen am besten dadurch lenkt, indem man das, was er liebt, bedroht oder ihm wegnimmt. Und Maggie gehörte zu dem wenigen auf der Welt, das Marcus liebte.

Weshalb Ackerman sie ihm wegnehmen musste.

Er lächelte, als sie an ihm vorbei und die Rampe hinunterfuhr.

Dann legte er selbst den Gang ein und fädelte sich hinter ihr in den Verkehr.

114

Für das Treffen hatte Marcus eine Stelle ausgesucht, an der Schofield vollkommen exponiert war, sodass eine Flucht nahezu unmöglich sein würde. Eine Stelle, die öffentlich und zugänglich war, aber dennoch isoliert. Als er am Columbus Drive hielt und in Sichtweite des Buckingham-Brunnens parkte, wusste er, dass er sich richtig entschieden hatte.

Der Buckingham-Brunnen war das Herzstück des Grant Parks in der Chicagoer Innenstadt. Er gehörte zu den berühmtesten Sehenswürdigkeiten der Stadt und war der größte beleuchtete Springbrunnen der Welt. Normalerweise enthielt der hochzeitstortenförmige Brunnen fast sechs Millionen Liter Wasser, doch Mitte Oktober stellte man ihn jedes Jahr ab und ersetzte das Wasser durch Lichterketten. Da noch immer der Blizzard tobte, strömten keine Touristen aus Doppeldeckerbussen oder machten Schnappschüsse. Der gesamte Bereich war menschenleer, sodass Marcus einen ungehinderten Blick über die Umgebung hatte. Er sah nur einen Mann, der in einiger Entfernung am Treffpunkt stand. »Sind Sie bereit?«, fragte er seinen Beifahrer.

Stupak nickte stumm. Sein Blick ließ den Mann am Springbrunnen nicht los. Marcus hatte den Detective angewiesen, keinen Anzug zu tragen. Daraufhin war Stupak in einem eleganten schwarzen Button-Down-Hemd erschienen, das in einer Designerhose steckte. Marcus trug einen schwarzen Hoodie mit Reißverschluss und Jeans. Er fragte sich, ob Stupak überhaupt ein schlichtes Sweatshirt besaß.

»Sie halten den Mund und tun, was ich sage, oder Sie bleiben im Auto. Haben wir uns verstanden?«

»Vielleicht hätten wir Verstärkung rufen und den Bereich absperren lassen sollen«, meinte Stupak.

»Dafür haben wir keine Zeit. Der Kerl ist clever und stinkt vor Geld. Sobald wir ihn festnehmen, holt er seinen Anwalt, und wir bekommen kein Wort aus ihm heraus.«

»Was, wenn er Freunde hat, die hier auf uns warten? Es könnte ein Hinterhalt sein.«

»Er würde seine Familie nicht in Gefahr bringen. Schofields Frau zufolge wollte Conlan sie opfern. Daher ist Schofield jetzt kein treuer Gefolgsmann mehr. Wen könnte er also noch als Rückendeckung haben?«

»Mir gefällt die Sache nur nicht.«

»Wir versuchen, einen mehrfachen Mörder zu überlisten, damit er uns hilft, das Leben von zwei Frauen zu retten, die in ein paar Stunden dem Teufel geopfert werden, wenn wir sie nicht vorher finden. Was könnte einem daran gefallen?«

Als Marcus die Fahrertür öffnete, sprang der kalte Wind ihn an wie ein Raubtier. Er zog die Kapuze über seine Yankees-Mütze und blickte in Richtung Innenstadt, sah aber in der Entfernung nur undeutliche Umrisse von Gebäuden; Einzelheiten gingen in einem weißlichen Nebel unter. Der Schnee fiel so dicht, dass ein Mantel aus Dunst die ganze Stadt einzuhüllen schien. Auf der Columbus herrschte wie immer Verkehr, doch Marcus fühlte sich seltsam isoliert. Es schien beinahe so, als hätte eine übernatürliche Macht eine Schneekugel geschüttelt und die Millionen anderen Menschen in Chicago verschwinden lassen.

Marcus schüttelte das Gefühl ab und schlug den Weg zum Brunnen ein. Er kam an einer langen Reihe großer Steintöpfe vorbei. Normalerweise wurden sie mit Blumen bepflanzt, doch jetzt waren sie von Schneehügeln bedeckt. Labyrinthe aus Buschwerk mit weißen Kappen grenzten den Weg ab, der zum Springbrunnen führte. Andere Fußspuren waren nicht zu sehen. Niemand war so verrückt, sich bei solch einem Wetter in den Park zu wagen.

Als die beiden Männer die Hälfte der Strecke zurückgelegt hatten, waren Marcus' Hände eiskalt, und ihm lief die Nase. Der Schnee schien aus allen Richtungen auf sie einzuprasseln. Er hielt den Kopf gesenkt, damit der Schirm seiner Yankees-Mütze das Schlimmste abhielt.

Schofield stand neben dem Springbrunnen und beobachtete, wie Marcus und Stupak näherkamen. Er trug einen Wollmantel über einem blau-weißen Overall und eine Baseballmütze mit dem SSA-Logo. Die Hände hatte er in die Taschen gesteckt. Marcus sah deutlich eine Ausbeulung, die von einer Waffe herrühren konnte.

Als die Entfernung zwischen ihnen nur noch drei Meter betrug, sagte Schofield: »Das ist nahe genug. Wo ist meine Familie?«

»Die ist vorerst in Sicherheit. Sie nennen uns den Aufenthaltsort des Propheten und der vermissten Frauen, und ich sorge dafür, dass es so bleibt.«

Schofield beäugte die beiden Männer durch den fallenden Schnee. »Ich kenne Sie doch. Beide. Ich habe Sie an den Schauplätzen meiner Verbrechen gesehen, ehe Sie meine Kameras gefunden haben. Sie sind Cops.« Der Killer ließ den Blick über die Umgebung schweifen. Vielleicht erwartete er, weitere Polizisten zu entdecken, die einen Ring um ihn schlossen. »Sie werden meiner Familie nichts tun.«

»Ich weiß, dass Conlan Ihre Angehörigen töten wollte. Wieso schützen Sie ihn?«

»Wir haben uns nichts mehr zu sagen.«

Schofield wich zurück, doch Marcus zog die SIG Sauer unter dem Mantel hervor. »Sie gehen nirgendwohin. Zeigen Sie mir Ihre Hände.«

»Man soll immer genau überlegen, was man sich wünscht«, erwiderte Schofield und zog langsam die Hände aus den Taschen. In jeder Faust hielt er eine Handgranate. Die Sicherungsstifte waren gezogen.

115

Maggie parkte den Kia am Bordstein vor dem hässlichen blauen Haus in Brighton Park. Marcus fand zwar, dass er mit der Anmietung ein großartiges Geschäft gemacht habe, aber Maggie war der Ansicht, dass der Eigentümer den Schuppen längst hätte niederbrennen sollen. Wenigstens brauchte sie hier nicht zu schlafen. Schon beim Betreten des Hauses kribbelte es ihr am ganzen Körper. Die Schofields, die in diesem entsetzlichen Loch untergebracht waren, konnten einem schon deshalb leid tun.

Maggie hatte überlegt, O'Malley eine Augenbinde anzulegen, wie er selbst vorgeschlagen hatte, sich aber dagegen entschieden. Gehsteige und Stufen waren glatt, und sie wollte nicht schuld sein, wenn der alte Mann stürzte und erneut ins Krankenhaus musste.

Dicke, schwere Schneeflocken fielen auf die beiden, als sie die Stufen hinaufstiegen, die zur Veranda führten. O'Malleys Mantel hatte eine Kapuze, doch die Nadelstiche aus Kälte mussten auf seiner lädierten Haut brennen wie Feuer. Auf dem Gehweg rutschte Maggie mehrmals aus und wäre beinahe gestürzt. O'Malley hingegen war sicher auf den Füßen und hatte keine solchen Schwierigkeiten.

Maggie klopfte an. Fast augenblicklich erschien Andrew. Er musterte sie seltsam und fragte: »Wer ist dein Freund?« Der Ausdruck in seinen Augen besagte allerdings eher: *Wer ist denn diese Mumie?*

»Das ist Mr O'Malley, der Nachbar, den Harrison

Schofield überfallen hat. Ich habe ihn im Krankenhaus besucht. Wir hielten es für eine gute Idee, wenn die Kinder ein vertrautes Gesicht sehen.«

»Weiß Marcus davon?«

»Ja. Können wir reinkommen? Ich erfriere hier draußen.«

»Sicher. Entschuldige.«

Andrew trat von der Tür zurück, und Maggie folgte ihm ins Haus. Der Gestank überfiel sie augenblicklich, und sie unterdrückte ein Schaudern bei dem Gedanken an die Myriaden von Bakterien, die hier auf jeder freien Fläche klebten. Mitten im Wohnzimmer stand ein Küchentisch, den Siebzigerjahren entrissen mit seiner Platte aus hellem Holzimitat, ebenso wie die vier grünen Stühle in der Farbe von Entenschlick.

Maggie zog sich den Mantel aus und legte ihn widerstrebend über eine Stuhllehne.

»Sind die Schofields hier?«, fragte O'Malley.

Andrew nickte. »Sie sind im hinteren Schlafzimmer. Ich gehe sie holen.«

Doch O'Malley lächelte nur und sagte: »Wenn Sie gestatten.«

Ehe Maggie begriff, wie ihr geschah, zuckte O'Malleys Arm vor. Er riss ihr die Pistole aus dem Holster. Der alte Mann bewegte sich mit erstaunlicher Schnelligkeit. Mit einer flüssigen Bewegung hielt er die Pistole in der Hand und schmetterte sie Maggie seitlich an den Kopf. Sie taumelte, prallte gegen den Tisch.

Noch während sie den alten Mann fassungslos anstarrte, griff Andrew nach seiner Waffe. Und dann sah Maggie, wie O'Malley ihm mit ihrer Glock aus nächster Nähe drei Kugeln in die Brust jagte.

116

Der Anblick der beiden Handgranaten hätte Marcus nicht so sehr überraschen sollen, wie es der Fall war, und er verfluchte sich dafür. Er hatte gewusst, dass die Polizei in Schofields Keller M67-Splittergranaten gefunden hatte. Der Mann plante stets voraus. Doch Marcus hatte nicht damit gerechnet, dass Schofield so viel riskierte, wo das Leben seiner Familie auf dem Spiel stand. Andererseits hatte er auch nicht die Möglichkeit erwogen, dass Schofield sie als Cops erkannte. Wahrscheinlich forderten die Migräne und der Schlafmangel ihren Tribut und beeinträchtigten sein Denkvermögen.

»Wenn Sie auch nur einen Schritt näherkommen«, sagte Schofield, »werfe ich Ihnen eins von den Dingern vor die Füße. Das andere landet mitten im Verkehr auf der Columbus.«

Marcus schob die Pistole ins Holster. »Tun Sie nichts Unüberlegtes. Ich weiß, Sie wollen hier nicht sterben.« Er machte einen Schritt vor.

»Keine Bewegung! Ich habe alle Variablen berücksichtigt! Wenn ich eine Handgranate fallen lasse, könnten Sie weglaufen, ehe sie detoniert. Aber die andere, die auf der Straße landet, können Sie nicht stoppen. Und falls ich Sie damit immer noch nicht überzeugen kann, habe ich noch ein Ass im Ärmel.«

Schofield wies auf eine der grünen Seepferdstatuen im Brunnen, und ein lauter Knall hallte über den Park. Eine

Kugel prallte von dem Seepferd ab, schlug in den Schnee und ließ eine weiße Wolke aufstieben.

Marcus zuckte instinktiv zurück, und Stupak hätte sich beinahe zu Boden geworfen. Normalerweise wären hundert Touristen und Spaziergänger in diesem Moment schreiend auseinandergestoben, aber mitten im Schneesturm war der Grant Park menschenleer. Die nächsten Personen saßen in ihren Autos, die auf der Columbus und den Lake Shore Drives vorüberfuhren.

»Mein Großvater, Raymond Schofield, war ein guter Schütze«, sagte Schofield stolz.

»Vielleicht auf dem Schießstand. Aber einen Menschen ins Visier zu nehmen ist etwas ganz anderes«, wandte Marcus ein.

»Stimmt. Er hat verlangt, dass ich mich stelle, aber als ich ihm erklärt habe, dass das Leben der Kinder auf dem Spiel steht, war er einverstanden, bis zum Äußersten zu gehen. Er würde seine Seele verkaufen, um uns zu schützen.«

Marcus hielt den Dienstausweis hoch. Er hatte beschlossen, die Taktik zu ändern. »Ich bin kein Cop. Ich gehöre zum Justizministerium und habe die Befugnis, Ihnen einen Deal anzubieten. Wenn Sie uns Conlan und die Frauen ausliefern, können Sie der Strafverfolgung entgehen.«

»Na klar, tolle Idee. Danach kann ich einfach davonmarschieren, und wegen des Papierkrams setzt mein Anwalt sich mit Ihnen in Verbindung, was? Für wie dumm halten Sie mich?«

»Ich glaube, Sie haben eine Heidenangst. Sie haben Ihr Leben lang Angst gehabt, nicht wahr? Sie hatten Angst vor dem Propheten, vor Ihrer Mutter, vor allen Menschen.

Aber vor allem haben Sie Angst vor sich selbst. Angst vor dem, wozu Sie fähig sind.«

»Sie kennen mich nicht. Wir sind hier fertig. Versuchen Sie ja nicht, mir zu folgen.«

Schofield machte einen Schritt zurück. Marcus rückte sofort nach. »Ich weiß mehr über Sie als Sie selbst«, fuhr er fort. »Ich weiß, dass Sie glauben, ohne Seele geboren zu sein. Ich weiß von den Dingen, die man Ihnen als Kind eingeredet hat. Ich weiß, was der Prophet Ihnen angetan hat. Ich weiß von Ihren Freunden im Bunker, als Sie im Kreis gesessen und mit angesehen haben, wie sie verbrannt sind.«

Schofield wich vor ihm zurück und kreischte: »Sie wissen gar nichts!«

Marcus warf rasche Blicke nach links und rechts. Es gab viele Stellen im Park, wo ein Schütze sich verbergen konnte, aber eine stach heraus: Keine hundert Meter hinter Schofield stand ein kleines grünes Gebäude mit Blechdach und Markisen an den Seiten. Ein Schild verriet, dass es sich um das Fountain Cafe handelte. Im Winter war das Lokal vermutlich geschlossen und stand leer. Jetzt bot es den idealen Schlupfwinkel für einen Schützen.

»Ich weiß, wer Ihr Vater ist. Sie auch?«

Schofield starrte Marcus an, als wäre soeben ein Engel vom Himmel gestiegen. Seine Miene zeigte Ehrfurcht und Verwirrung. »Halten Sie das Maul«, flüsterte er.

Marcus trat einen weiteren Schritt vor. »Kommen Sie schon, Harrison. Sie sind doch ein kluger Mann. Sie glauben doch nicht ernsthaft, dass Sie das Ergebnis irgendeiner unbefleckten Empfängnis sind. Dass Luzifer aus der Grube gestiegen ist und Ihre Mom geschwängert hat. Also wirklich. Ein bisschen misstrauisch waren Sie doch immer schon.«

»Das können Sie doch gar nicht wissen.«

Marcus trat noch näher. »Ich habe Ihrer Mutter im Pflegeheim einen Besuch abgestattet. Sie hat mir die Wahrheit verraten. Ihr schmutziges kleines Geheimnis.«

»Sie lügen!« Schofield hielt die Handgranaten vor sich. Seine Arme zitterten. Marcus wusste, dass es nicht von der Kälte kam.

»Sie haben eine Seele und einen Vater wie jeder andere, Schofield. Und ich glaube, Sie wissen, wer Ihr Vater ist. Sie haben es immer gewusst, aber Sie hatten Angst, es zuzugeben.«

»Der Prophet ist nicht mein Vater!«

Marcus schob sich noch näher an den Anarchisten heran. »Ihre Mutter hat mir alles erzählt. Wie Conlan sie zu einer Sonderlektion in seine Privaträume geholt hat. Ich bin mir sicher, dass es nicht die einzige war. Vermutlich hat er jedes kleine Mädchen im Bunker gevögelt. Wie alt war sie damals, zwölf? Dreizehn? Hat er Sie auch zu Sonderlektionen zu sich geholt?«

Schofield trat einen Schritt vor und kreischte: »Halt dein dreckiges Maul!«

Marcus' Augenblick war gekommen.

117

Maggie hatte Cops, die an Schießereien beteiligt waren, erzählen hören, wie die Zeit sich verlangsamte und alles in Zeitlupe geschah. Doch bei ihr war es anders. Sie erlebte eher das Gegenteil. Was in dem kleinen Haus in Brighton Park geschah, ging so schnell, dass Maggie es kaum zu erfassen vermochte.

Sie erlebte nur einen Blitzschlag von Bildern und Empfindungen. Die Waffe in O'Malleys Hand. Etwas, das sie ins Gesicht traf. Wie sie rückwärts gegen den Tisch taumelte. Wie O'Malley Andrew in die Brust schoss. Das Klingeln in ihren Ohren von den Schussdetonationen. Der Geruch nach verbranntem Schießpulver. Andrew, wie er auf einer schmuddeligen alten Couch zusammenbrach. Wie sie umkippte, als die Schwerkraft Andrew auf den blassgelben Linoleumboden zog. Er knallte gegen einen kleinen Beistelltisch, und eine alte Lampe fiel auf ihn.

O'Malley drehte sich langsam um, wollte die Waffe auf Maggie richten.

Ihr erster Instinkt riet zur Flucht, doch sie kämpfte dagegen an. Stattdessen riss sie einen Stuhl vom Tisch zurück und schmetterte ihn auf O'Malleys Rücken. Er schrie vor Schmerz, blieb aber auf den Beinen.

Marcus hatte Maggie beigebracht, ihre gesamte Umgebung als Waffe zu benutzen, und stets betont, dass in den richtigen Händen alles zur Waffe werden konnte. Diesen Rat befolgte Maggie nun, als sie den Tisch aus Holzimitat packte und nach O'Malley schleuderte.

Der Tisch traf ihn, und er stolperte zurück. Doch wieder überraschte er Maggie, indem er nicht zu Boden ging. Der Mann, der Augenblicke zuvor alt und gebrechlich gewirkt hatte, schien zwanzig Jahre abgeschüttelt zu haben und erwies sich als kräftig und schnell.

Maggie griff nach der Ersatzpistole an ihrem Fußgelenk, doch kaum hatte sie die Waffe aus dem Holster, als O'Malley heranstürzte und ihr mit einem Aufwärtshieb den Pistolengriff ins Gesicht schmetterte.

Maggie spürte, dass die Haut aufplatzte. Sie stürzte schwer auf das Linoleum. Die Wucht des Aufpralls trieb ihr die Luft aus der Lunge. Sie verlor die Glock, die über den Boden außer Reichweite schlitterte.

O'Malley richtete die Pistole auf sie.

In dem Moment, als er feuerte, rollte Maggie sich zur Hintertür, einer schweren Holztür mit abblätterndem weißem Anstrich. Maggie hatte das Gefühl, dass ein heißes Stück Metall die Luft dicht neben ihrem Kopf versengte. Sie hörte das Geräusch, als der Putz an der Stelle abplatzte, wo das Projektil einschlug.

Dann war Maggie durch die Tür. Sie stolperte auf eine alte Veranda, die man mit Bretterwänden abgeschlossen und in eine Waschküche umgewandelt hatte, warf sich auf den Boden und schloss die Tür mit einem Fußtritt. Drei weitere Kugeln fetzten hindurch und ließen das Holz zersplittern.

Maggies Gedanken rasten. Sollte sie zur Hintertür hinaus und Hilfe holen? Aber sie konnte die Schofields nicht im Stich lassen. Es war ihre Aufgabe, sie zu schützen, nicht die eigene Haut zu retten. Wieder kamen ihr Marcus' Worte in den Sinn. *Alles kann eine Waffe sein.*

Rasch blickte sie sich in dem kleinen Raum um, in dem es nach Wasserschäden roch. Sie sah einen alten Wäschetrockner und eine Waschmaschine. Über den Geräten hing ein Regalbrett. Darauf standen eine verstaubte kleine Flasche Weichspüler und eine große Flasche mit der Aufschrift CLOROX.

Alles kann eine Waffe sein.

Maggie packte das Clorox, drehte den Deckel ab. Dann kauerte sie sich hin – ein weiterer Trick, den sie von Marcus gelernt hatte: Ein Gegner rechnet stets mit einem Angriff auf Brust- oder Kopfhöhe, weil der Blick als Erstes dorthin geht. Indem Maggie von unten angriff, konnte sie sich vielleicht einen Sekundenbruchteil erkaufen, und mehr war oft nicht nötig, um in einem Kampf das Blatt zu wenden.

Die Atempause dauerte nicht lange. O'Malley trat die Tür ein und stürzte hindurch, die Waffe in der Hand. Maggie zögerte keine Sekunde und schleuderte dem Mann den Inhalt der Flasche ins Gesicht.

Im letzten Moment sah er sie und riss den Kopf zurück, was ihm vermutlich das Augenlicht rettete. Trotzdem klatschte ihm die Bleichlauge ins Gesicht und auf die Arme, durchtränkte Kleidung und Verbände. Auf seiner verbrannten Haut musste der Chlorreiniger sich anfühlen wie Säure in einer offenen Wunde.

O'Malley heulte vor Schmerz. Doch Maggies Attacke verlangsamte seinen Angriff kein bisschen. Im Gegenteil, sie schien O'Malley in Rage zu versetzen. Mit rollenden Augen und irrem Blick stürzte er auf Maggie zu. Den Mund weit aufgerissen, kreischte er wie ein Dämon.

Maggie taumelte aus der Hocke zurück, doch O'Malley

war schon bei ihr und warf sie zu Boden. Seine bandagierten Hände fanden ihren Hals. Er drückte zu, während er sie gleichzeitig vom Boden hob und ihren Hinterkopf gegen das Linoleum schmetterte.

Gegen solche Wut und Gewalt half keine Gegenwehr. Maggie trat und krallte die Finger in O'Malleys verbrannte Haut, doch die Raserei des alten Mannes überdeckte allen Schmerz. Je verzweifelter Maggie sich verteidigte, desto fester drückte er zu. Es dauerte nicht lange, und Maggie spürte, wie ihr Bewusstsein schwand, während ihre Lunge nach Luft schrie. Sie versuchte durch die Nase zu atmen, roch aber nur den stechenden Chlor der Bleichlauge.

Dunkelheit schloss sich um sie. Ihr Körper wurde schwer und taub.

Dann flog die Hintertür der Waschküche auf. Schnee und Licht stachen in den Raum. Die kalte Luft fühlte sich wundervoll an.

Maggie sah eine undeutliche Gestalt in der Tür. Ein Nachbar, der die Schüsse gehört hatte? Ein Cop, der zufällig in der Nähe war?

Der Neuankömmling trat O'Malley mit Wucht in den Bauch und schleuderte ihn von Maggie herunter. Dann kam er in den Raum, begleitet von einem Schwall Kälte und Schnee, und schloss die Tür hinter sich. Sein schwerer Edelstahlrevolver zeigte genau auf O'Malley. Maggie kannte die Waffe. Es war ein Taurus Judge, ein Revolver, der mit fünf Schrotpatronen geladen werden konnte.

Sie schnappte nach Luft und sah zu ihrem Retter hoch. Der Atem blieb ihr in der brennenden Kehle stecken. Sie hustete, keuchte.

Der Mann bedachte sie mit einem charmanten Lächeln in seinem hübschen Gesicht.

Es war ein Gesicht, von dem Maggie gehofft hatte, es nie wieder sehen zu müssen.

118

Marcus hatte gehofft, Schofield abzulenken, indem er über dessen Kindheit redete und die entsetzlichen Dinge, die sich in dem Bunker in Wisconsin ereignet hatten. Und es hatte funktioniert. Doch ehe er handeln konnte, mussten zwei Dinge geschehen: Erstens musste er langsam den Abstand zwischen ihnen verringert haben, und zweitens musste Schofield genau zwischen ihm und dem Fountain Cafe stehen, damit der Scharfschütze kein freies Schussfeld hatte.

Als Marcus den Missbrauch durch den Propheten erwähnte, kam Schofield wütend auf ihn zu. Sofort nutzte Marcus seine Chance, packte beide Fäuste des Mannes, schloss die Hände darum und drückte mit aller Kraft zu. Um den Handknochen eines Erwachsenen zu brechen, braucht es einen Druck von ungefähr zwölf Pfund, doch Marcus ging es nicht darum. Ihm ging es um die beiden Splittergranaten in den Fäusten des Anarchisten. Er zog den Kopf ein, biss die Zähne zusammen und spannte die Muskeln im Nacken. Ein Kopfstoß war ein ziemlich einfaches Manöver, aber wirksam. Die Stirn ist eine große harte Knochenfläche, das Gesicht und die Nase weiche, zerbrechliche Körperpartien.

Zu Schofields Unglück hatte Marcus sich schon immer gut darauf verstanden, andere Menschen zu verletzen. Er ließ den Kopf vorschnellen, bog dabei den Rücken und legte sein ganzes Gewicht in den Angriff. Seine Stirn krachte gegen Schofields Nasenrücken. Der Kopf des Mörders peitschte von der Wucht des Aufpralls in den Nacken.

Schofields Griff um die Granaten lockerte sich, doch Marcus hielt sie fest, während der Anarchist zurücktaumelte. Das Blut schoss ihm aus der zerschmetterten Nase. Seine Augen blickten glasig, und er wäre beinahe gestürzt, als er sich mit unsicheren Schritten vom Springbrunnen entfernte.

Doch Schofield war nicht Marcus' einziges Problem. Er spürte förmlich das Fadenkreuz eines Gewehrs, das in diesem Moment auf ihn oder Stupak gerichtet war. Marcus holte mit dem rechten Arm aus und schleuderte eine der Handgranaten in Richtung des Heckenschützen.

»An den Brunnen!«, rief er Stupak zu, während er über einen hüfthohen Drahtzaun sprang und auf den Brunnen zuhielt. Dabei stellte er sich vor, wie die Handgranate auf das kleine Gebäude zuflog, auf den schneebedeckten Boden prallte und wie ein tödlicher Schneeball auf die Außenmauer des Cafés zurollte.

Stupak folgte Marcus auf dem Fuß. Beide warfen sich über den Rand des Springbrunnens und landeten auf Händen und Knien im halbmeterhohen Schnee, der sich am Boden des äußeren Brunnenrings angesammelt hatte. Der Brunnen war nur eins zwanzig tief, aber das genügte, um ihnen Deckung zu geben.

Dann drang der Explosionsknall an Marcus' Ohren. Die Granate schleuderte einen Wirbel aus Schnee, Betonstaub und Stahlsplittern um sich. Marcus spürte die Druckwelle bis auf die Knochen.

In der linken Faust hielt er noch immer die entsicherte

M 67-Splittergranate. Mit der Rechten zog er seine SIG Sauer, ließ den Blick über das Café und den Park schweifen und hielt nach Bewegungen Ausschau. Doch von Schofield war nichts mehr zu sehen. Offenbar hatte er sich in Deckung begeben.

In diesem Moment sah Marcus einen Mündungsblitz im Fenster des Cafés. Sofort ließ er sich hinter den Brunnenrand fallen. Auf diese Entfernung war er waffentechnisch im Nachteil; das 7,62-mm-Gewehr hatte eine viel größere Reichweite als seine .45-Pistole. Wenn sie eine Chance haben wollten, musste er näher heran.

Marcus betrachtete das Innere des Brunnens. Normalerweise hätte das Wasser bis über ihre Köpfe gereicht, aber im Winter war der Brunnen ein leeres Gerippe, an dem man die Rohre, Düsen, Laufgänge, Lampen und Stützstreben sehen konnte. Schnee bedeckte die Zierstatuen. Marcus sah nichts, was ihm helfen konnte, nur die Ornamentierung und die Gerüste. Keine Gullydeckel, die Kanäle oder Tunnel verrieten, in denen sie sich in Sicherheit bringen konnten.

Den Kopf stets unter dem Brunnenrand huschte Marcus zum anderen Ende des Beckens. Dort riskierte er einen Blick über die Kante. Ungefähr dreißig Meter entfernt stand eine Reihe von Bänken, hinter denen sich Sträucher erhoben. Dahinter verlief ein Gehweg, der an einen Teil des Parks grenzte, in dem hohe Bäume standen und der bis an die Rückseite des Fountain Cafes reichte. Wenn er die Bänke und dann die Bäume erreichte, konnten er und Stupak den Schützen in die Zange nehmen. Doch dazu musste er mehr als dreißig Meter freies Gelände überqueren, und dabei würde er exponiert und verwundbar sein. Der Sichtschutz, den der fallende Schnee ihm bot, war kaum der Rede wert.

Wieder hob er vorsichtig den Kopf über den Brunnenrand und entdeckte Schofield, der aus einer Baumreihe kam und auf das Café zuhinkte. Die Schwierigkeiten, die er beim Gehen hatte, deuteten darauf hin, dass er von Splittern seiner eigenen Granate getroffen worden war.

In diesem Moment prallte eine Kugel vom Stein unmittelbar rechts neben Marcus' Kopf ab. Er warf sich in Deckung und fluchte: »Scheiße!«

»Das läuft gar nicht gut«, merkte Stupak an.

»Finden Sie?« Marcus suchte fieberhaft nach einer Lösung. Die erste Splittergranate hatte ihnen genügend Zeit verschafft, um in Deckung zu gelangen; die zweite hätte vielleicht die gleiche Wirkung. Doch wenn Schofield begriff, dass Marcus' Wurf das Gebäude nicht erreicht hatte, ging er womöglich gar nicht erst in Deckung wie beim ersten Mal. Vielleicht feuerte er stattdessen. Aber dieses Risiko mussten sie eingehen.

»Okay«, sagte Marcus. »Halten Sie sich bereit, das Gebäude unter Sperrfeuer zu nehmen. Ich werfe die letzte Handgranate und sprinte zu den Bäumen.«

Stupak nickte. Er hielt eine Glock 22 Kaliber .40 in der rechten Hand.

Marcus holte tief Luft und machte sich bereit, die Granate zu werfen.

119

Während er draußen wartete und überlegte, wie er sein Ziel am besten erreichte, hatte Francis Ackerman jr. die vertrauten Geräusche von Schüssen gehört, die aus dem blauen Haus drangen. Rasch hatte er das Grundstück überquert, durch ein Fenster ins Innere geblickt und gesehen, wie Maggie zur Hintertür floh, von dem bandagierten Mann verfolgt. Ackerman hatte keine Ahnung, für wen der Kerl sich hielt, aber niemand legte sich mit seinen Freunden an.

»Ich würde vorschlagen, dass keiner von Ihnen sich bewegt«, sagte er nun, während er über Kimme und Korn des Taurus Judge visierte. »Schön, Sie wiederzusehen, Maggie, aber ich glaube, ich hatte noch nicht das Vergnügen, die Bekanntschaft Ihres Freundes zu machen.«

Sie blickte ihn mit funkelnden Augen an und erwiderte nichts.

»Wie heißen Sie?«, fragte Ackerman den Bandagierten. »Ihr richtiger Name.«

Der Mann stand auf. Seine Augen hinter den Verbänden waren hell und stechend. Ackerman kannte diesen Ausdruck; er war ein Zeichen des Wahnsinns. Der Mann mit den Verbänden schürzte verächtlich die rissigen, verbrannten Lippen.

»Hören Sie gut zu, mein Freund«, fuhr Ackerman fort. »Im Grunde ist es mir egal, wer Sie sind. Für mich sind Sie nur eine Kakerlake mehr.«

»Halten Sie das Maul. Sie machen sich keine Vorstellung

von der Macht, über die ich gebiete.« Die Stimme des Mannes war rau und angespannt und dennoch seltsam beruhigend, beinahe hypnotisch. Er sprach in einem tiefen Südstaatlerbariton.

Ackerman bemerkte, wie Maggie erschrocken den Kopf zu dem Bandagierten herumriss. »Sie sind gar kein Ire«, sagte sie. »O Gott, *Sie* sind es! *Sie* sind der Prophet! Sie haben sich verstellt. Deshalb hat Schofield versucht, Sie zu töten. Er wollte seine Familie schützen.«

»Schofield hat den rechten Weg verlassen. Aber das ist nicht deine Sorge. Du vergehst heute Nacht mit allen anderen im Großen Brand.«

»Entschuldigen Sie«, sagte Ackerman, »das ist zwar überaus faszinierend, aber ich bin auch noch hier.« Er warf eine Spritze in Richtung des Bandagierten, die mit einer farblosen Flüssigkeit gefüllt war. Sie rollte über den Linoleumboden und blieb vor seinen Füßen liegen. »Sie haben die Wahl. Entweder injizieren Sie das Maggie, oder ich schieße Sie nieder und tue es selbst. Mir wäre lieber, Sie tun es. Gegen mich würde Maggie sich wehren, was zusätzliche Zeit kostet.«

»Wer sind Sie?«, fragte der Mann mit den Verbänden.

»Spielt das eine Rolle? Ich weiß nicht, wie es hier ist, aber wenn man in einer bewohnten Gegend eine Waffe abfeuert, rufen die Nachbarn normalerweise die Polizei. Ich bin sicher, dass bereits Streifenwagen unterwegs sind. Obwohl ich gerne mehr über den Großen Brand erfahren würde, von dem Sie sprechen, habe ich leider keine Zeit. Also geben Sie Maggie die Spritze, und wir machen uns auf den Weg.«

»Was ist mit mir?«

»Wenn Sie ihr die Spritze geben, können Sie sich gerne weiter um Ihre eigenen Angelegenheiten kümmern.«

Der Bandagierte hob die Spritze auf und bedachte Ackerman mit einen Lächeln seines blutigen Mundes.

120

Die Strecke zwischen dem Springbrunnen und der Bankreihe waren die längsten dreißig Meter in Marcus' Leben. Nachdem er die Handgranate geworfen hatte, sprintete er los, um in Deckung zu kommen. Doch bei jedem Schuss Stupaks fragte sich Marcus, ob die nächste Kugel vom Scharfschützen seinen Körper durchschlug und seine inneren Organe zerfetzte.

Vier Sekunden verstrichen. Die Granate detonierte, unmittelbar nachdem Marcus die Bänke und Sträucher erreicht hatte. Er schaute nicht hin, doch er spürte die Druckwelle am ganzen Körper. Von den Schüssen klingelten ihm die Ohren. Wind und Schnee fegten ihm ins Gesicht.

Er verschwendete keine Zeit, überquerte den Gehweg und gelangte in den relativen Schutz der Bäume. Dort schlängelte er sich zwischen den kahlen Ulmen hindurch, bis er die Rückseite des Fountain Cafe erreichte, drückte sich an die Mauer und schob sich herum bis zur Vorderseite.

Stupak belegte das Südende des Cafés weiterhin mit Sperrfeuer. Marcus spähte in ein Fenster. Er sah eine Kühltheke und Stühle. Direkt gegenüber von ihm stand ein Mann an einem anderen Fenster.

Harrison Schofield war nirgendwo zu sehen, und das beunruhigte Marcus. Als er den Anarchisten zuletzt gesehen hatte, war er in diese Richtung gehinkt.

Der Scharfschütze kehrte ihm den Rücken zu. Mit angeschlagenem Gewehr lehnte sich der ältere Mann über die Spüle des Cafés. Marcus zielte und feuerte durch die Fensterscheibe. Mehrere Kugeln schlugen in Raymond Schofields Beine. Er brüllte vor Schmerzen und brach zusammen. Das Gewehr klapperte über den gefliesten Boden.

Marcus stürmte ins Gebäude und hielt den älteren Mann in Schach. »Keine Bewegung!«, rief er Schofield zu, aber der schien ihn nicht zu hören. Der Boden war rutschig vom Blut, und Marcus konnte sehen, dass seine Kugeln die Oberschenkelknochen des Mannes durchschlagen hatten. Schofield stellte keine Gefahr mehr dar. Dennoch nahm Marcus Plastikhandschellen heraus, legte sie dem Verletzten an, entlud das Gewehr und schleuderte es in die Ecke.

Dann rief er aus dem offenen Fenster: »Stupak! Kommen Sie rauf!«

Er beobachtete, wie Stupak über den Rand des Springbrunnens kletterte und auf das Café zukam. Schofields Großvater wälzte sich auf dem Boden hin und her und schlug vor Schmerzen mit dem Kopf gegen die Fliesen. Die Kugeln hatten ihm anscheinend beide Beinknochen zertrümmert. Bei dem Aufprall auf die Knochen waren die Geschosse vermutlich zerplatzt und hatten weitere Schäden angerichtet. Sie mussten den Mann ins Krankenhaus schaffen, sonst verblutete er.

»Wo ist Ihr Enkel?«, fragte Marcus.

»Fahren Sie zur Hölle«, erwiderte Schofield. Seine Stimme war kaum mehr als ein Flüstern.

Marcus fluchte. Er hatte sich diese Mühe nicht gemacht, nur um den Anarchisten entkommen zu lassen. Dann fiel ihm ein, wie er den hinkenden Schofield gesehen hatte, und er eilte zur Tür. In der Ferne waren Polizeisirenen zu hören. Die Explosionen der Granaten mussten am Ende doch Aufmerksamkeit erregt haben.

»Was ist los?«, fragte Stupak, der keuchend das Café erreichte.

»Der Großvater liegt da drin. Er braucht einen Rettungswagen.«

»Was ist mit Schofield?«

»Er kann nicht weit sein. Passen Sie auf den alten Mann auf, und holen Sie Hilfe. Ich suche Schofield.«

Marcus fand rasch, wonach er Ausschau hielt. Die rote Spur hob sich so deutlich vom strahlend weißen Schnee ab wie eine Neonreklame. Er folgte ihr eine Treppe hinunter zu einem Weg, der durch den Park nach Osten führte, in Richtung Michigansee.

Den Blick nach vorn gerichtet rannte Marcus den Weg entlang. Schneeflocken gerieten ihm in die Augen. Kahle Ulmen und gusseiserne Laternenpfähle säumten den Gehweg. Das Heulen der Polizeisirenen kam rasch näher. Von der Straße, auf die der Weg führte, hörte Marcus ein wütendes Hupkonzert.

Und dann entdeckte er Schofield. Er war ungefähr fünfzig Meter entfernt und humpelte über die neun Verkehrsspuren auf dem Lake Shore Drive. Schofield war der Grund für das Verkehrschaos. Autos hielten mit kreischenden Reifen, Hupen dröhnten.

Marcus suchte sich einen Weg über die belebte Straße. Ein weißer Chevy kam nur einen Meter vom ihm entfernt zum Stehen, und der Luftzug eines vorüberdonnernden Sattelschleppers riss ihm den Atem von den Lippen. Dann aber hatte er die Fahrbahn überquert und hielt Ausschau nach seiner Beute.

Schofield war nur zwanzig Meter von ihm entfernt und humpelte eilig auf das Ufer des Michigansees zu. Marcus fragte sich, was er dort wollte. Hatte der Anarchist noch ein weiteres Ass im Ärmel?

Marcus rannte durch den Schnee, die SIG Sauer auf den Rücken des Killers gerichtet. »Das ist weit genug!«, rief er ihm zu.

Schofield blieb sofort stehen und ließ geschlagen die Schultern hängen, drehte sich aber nicht um. Marcus konnte sehen, wie er zitterte. Sein Atem ging schnell und ungleichmäßig.

»Es ist vorbei, Schofield. Nehmen Sie die Hände hoch und drehen Sie sich um. Schön langsam.«

Schofield gehorchte. Als er sich schwerfällig umgedreht hatte, sah Marcus eine lange klaffende Wunde im rechten Oberschenkel. »Mich bekommen Sie nicht lebendig«, sagte er. Seine Stimme klang gespenstisch ruhig wie die eines Mannes, der akzeptiert hat, dass er sterben muss. »Ich weiß, wie es ist, wenn ein Elternteil weggesperrt wird. Das werde ich meiner Familie nicht antun. Ich schütze sie am besten, indem ich sterbe.«

»Wo sind die vermissten Frauen?«

»Das weiß ich nicht.«

»Raus mit der Sprache!«

»Ich weiß es nicht.«

»Wo ist der Prophet?«

»Keine Ahnung.«

»Hat er die Frauen?«

»Ja. Er besitzt einen kleinen Antiquitätenladen im nördlichen Teil der Stadt, aber ich bezweifle, dass er dort ist. Sie müssen verstehen ... Ich bin nicht sein Partner oder sein Komplize. Ich bin sein Schoßhund. Er erwartet von mir, dass ich tue, was er will. Er weiht mich nicht in seine Pläne ein. Ich wollte, ich hätte schon vor langer Zeit den Mut gehabt, ihn zu töten.«

»Es ist nicht zu spät. Wenn Sie mir helfen, ihn zu finden, sorge ich dafür, dass er nie wieder jemandem ein Leid zufügt.«

Schofield lachte, doch es lag keine Belustigung darin, nur Reue. »Ich habe versucht, ihn zu töten, aber diese Frau hat mich aufgehalten.« Er grinste verzerrt. »Verdammt, beinahe hätten sie ihn schon damals im Bunker umgebracht, als ich noch ein Kind war. Die anderen hatten sich gegen ihn gestellt, aber er war zu schlau für sie. Sie haben keine Ahnung, wozu er fähig ist.«

»Von welcher Frau sprechen Sie? Wer hat Sie aufgehalten?«

»Gestern habe ich versucht, ihn bei lebendigem Leib zu verbrennen, so wie er mir bei all den Frauen befohlen hat ... Wie er es meinen Freunden angetan hat, als ich noch ein Junge war. Aber die Blonde hat es verhindert.«

Mit einem Mal zitterte die Waffe in Marcus' Händen. Er hatte bisher nicht begriffen, weshalb Schofield seinen alten Nachbarn überfallen hatte, doch jetzt wusste er es. Maggies Mitgefühl für einen alten Mann hatte sie alle in höchste Gefahr gebracht. Maggie hatte den Propheten zu seinen nächsten Opfern geführt. Die Vorstellung, wie sie bei lebendigem Leib verbrannte, stand ihm vor Augen, und ihm wurde übel.

Schofield spürte sein Unbehagen. »Was ist los?«

»Conlan ist Ihr Nachbar?«

»Ja, er blieb stets in meiner Nähe. Wie ein Dämon, der mich immer und überall aus den Schatten beobachtet.«

Ohne die Waffe von Schofield zu nehmen, zückte Marcus sein Handy. »Ich glaube, Conlan hat Ihre Familie in seiner Gewalt.«

Schofield trat einen Schritt vor. »Was reden Sie da?«

Marcus' Herz pochte bei jedem Klingeln auf Maggies Handy schneller. Ihre Mailbox meldete sich. Marcus hinterließ eine knappe Nachricht und stellte sein Handy ab.

»Ihre Familie ist in schrecklicher Gefahr«, sagte er zu Schofield. »Wenn Ihnen wirklich etwas an Ihrer Frau und den Kindern liegt, dann helfen Sie mir, diesen Mistkerl zur Strecke zu bringen. Also, was war Ihr Fluchtplan?«

Siebter Tag

21. Dezember, abends

121

Marcus musste der Polizei aus dem Weg gehen. Er war gerade an einer der berühmtesten Sehenswürdigkeiten Chicagos in eine Schießerei verwickelt gewesen. Zwar würde seine Legimitation dafür sorgen, dass man ihn wieder auf freien Fuß setzte, aber die Polizei würde Aussagen aufnehmen und Berichte schreiben müssen, und dazu fehlte ihm die Zeit. Er überlegte, dem leitenden Beamten die Situation zu erklären, doch selbst dann war nichts garantiert. War er ein guter Cop, der den Ernst der Lage begriff, ließ er ihn vielleicht die Verfolgung des Propheten fortsetzen. Geriet er jedoch an einen Bürokraten, konnte die Sache ins Auge gehen. Außerdem brauchte er Schofield, und die Polizei würde ihn niemals mit einem der schlimmsten Mörder in der Geschichte Chicagolands abziehen lassen.

Deshalb folgte Marcus nun mitten im Blizzard dem Uferverlauf des Michigansees. Der Wind, der vom Wasser kam, war noch kälter und rauer als im Park. Er peitschte Marcus den Schnee ins Gesicht, pfiff ihm eiskalt um die Ohren und ließ seine Zähne schmerzen. Seine Kleidung und die Schuhe waren nass und schwer, seine Füße waren taub und wurden gleichzeitig von tausend Nadeln durchbohrt. Die Abgase vom Lake Shore Drive mischten sich mit der sauberen kalten Luft und bildeten ein Geruchsgemisch, das natürlich und industriell zugleich roch.

Marcus war nicht sicher, ob er bei dem Wind etwas hören könnte, versuchte aber trotzdem, Andrew anzurufen, doch er erreichte seinen Partner nicht.

Nachdem sie sich schier endlos lange durch den Schnee geschleppt hatten, erreichten sie den Parkplatz unterhalb von Route 41. Er wirkte dunkel und bedrohlich wie eine Elendssiedlung aus Pappkartons, in der Obdachlose hausten. Marcus sah keinen Wachdienst. Er konnte sich gut vorstellen, dass die Straßenräuber der Gegend sich hier jeden Abend ein Stelldichein gaben.

Er traute Schofield noch immer nicht, obwohl das Leben seiner Familie auf dem Spiel stand; daher ließ er den Mörder vor sich hergehen und hielt eine Hand an der Pistole in seiner Jackentasche.

Schofield führte ihn zu einem alten, zerbeulten VW Jetta.

»Sie fahren. Ich sitze hinten«, sagte Marcus.

Schofield schüttelte den Kopf. »Ich rühre keinen Finger, ehe Sie mir nicht sagen, was los ist. Wo ist meine Familie?«

»Ich weiß es nicht. Aber eins wollen wir gleich klarstellen. Sie haben kein Recht, Fragen zu stellen oder Forderungen zu erheben. Wenn Sie nicht genau das tun, was ich Ihnen sage, breche ich Ihnen das Genick und werfe Ihre Leiche in den Schnee.«

Schofields Blick huschte zum Rückspiegel. Marcus drückte dem Killer die kalte Mündung seiner SIG Sauer in den Nacken. »Machen Sie sich keine Illusionen«, sagte er. »Sie leben nur noch, weil ich Ihre Hilfe brauche, um den Propheten zu finden und die verschwundenen Frauen zu retten. Das macht uns weder zu Partnern noch zu Komplizen. Ich weiß, dass Sie die Hölle durchgemacht haben, aber ich werde dafür sorgen, dass Sie für Ihre Taten bezahlen. Wenn Sie mir helfen, bekommen Sie vielleicht die Gelegenheit, Ihre Familie zu retten und den Propheten zu töten. Wenn Sie mir in die Quere kommen, sind Sie ein toter Mann. Ist das klar?«

Schofield sagte nichts.

Mit einer raschen, heftigen Bewegung knallte Marcus ihm den Pistolengriff gegen den Kopf. Der Anarchist schlug mit der linken Schläfe gegen das Seitenfenster und keuchte vor Schmerzen auf.

»Ist das klar?«

»Glasklar.«

»Gut. Jetzt fahren Sie vom Parkplatz und nehmen Sie die 55 nach Süden.«

Schofield lenkte den Jetta unter der Brücke hervor und hielt auf die Ausfahrt zur I-55 zu. Als sie am Buckingham-Springbrunnen vorbeifuhren, herrschte dort rege Aktivität. Streifenwagen und eine Ambulanz parkten auf der gegenüberliegenden Seite. Als sie zur Interstate gelangten, versuchte Marcus erneut, Maggie zu erreichen. Wieder erhielt er keine Antwort, daher wählte er Andrews Nummer.

»Hallo?« Die Stimme am anderen Ende klang atemlos.

»Andrew?«

»Ja.«

»Ist Maggie bei dir?«

»Ich hab drei Kugeln in die Schutzweste bekommen. Zwei Rippen gebrochen und ein paar üble Prellungen. Außerdem hat es mich zu Boden geworfen, und ich bin mit dem Kopf aufgeprallt. Als ich aufwachte, waren die Cops hier, aber alle anderen waren verschwunden. Es war Schofields

Nachbar, dieser alte Ire. Er muss Maggie mitgenommen haben. Ich weiß nicht, was passiert ist. Ich fühle mich, als hätte mich ein Laster geküsst.«

»Der Nachbar ist in Wirklichkeit Anthony Conlan. Deshalb Schofields Anschlag auf ihn. Der Akzent und sein Gehabe als Unbeteiligter waren nur gespielt.«

»Was? Und wir haben ihn direkt zu der Familie geführt. Verdammt, das tut mir leid.«

»Nicht deine Schuld. Ich hätte es vorher durchschauen müssen. Wo bist du jetzt?«

»Sie haben mich ins Krankenhaus gebracht.«

»Okay. Ich versuche herauszubekommen, wohin sie unterwegs sind. Sobald ich mehr weiß, rufe ich dich wieder an.«

Marcus drückte die Auflegetaste und sagte zu Schofield: »Fahren Sie mich zu Conlans Antiquitätenladen.«

122

Aramark war marktführend im Firmenservice. Seine Dienstleistungen umfassten Gebäudemanagement, Catering und Berufskleidung. Bei dieser Firma war Erik Jansen unter falscher Identität als Fahrer beschäftigt. Sein Job bestand darin, Pflegeeinrichtungen mit Arbeitskleidung zu versorgen. Der große weiße Lieferwagen, den er dazu verwendete, eignete sich auch ideal zum Transport gefesselter und geknebelter Frauen.

Der Prophet saß mit dem Jungen in der hinteren Sitzreihe, während Eleanor Schofield und ihre beiden Töchter zusammen mit den anderen zwei Sklavinnen gefesselt auf dem Boden des Laderaums lagen. Der Plan des Propheten sah vor, bis zur Stunde des letzten Rituals in Bewegung zu bleiben. Es war nur eine Frage der Zeit, bis die Polizei oder das FBI sein Geschäft und sein Haus durchsuchten, doch er ging davon aus, dass sie keine Probleme bekämen, solange sie auf der Straße blieben.

Benjamins Blick haftete starr auf seiner Mutter und seinen Schwestern. Seine Augen waren voller Tränen. Der Prophet streckte die Hand aus und drehte den Kopf des Jungen sanft von den Opfern weg. »Das ist nicht deine Familie, Benjamin. Heute Nacht, wenn das Ritual abgeschlossen ist, wirst du mit deinem wahren Vater vereint. Diese Weiber sind nur Sklavinnen, die sich bis zum Augenblick deines Aufstiegs um dich kümmern. Wir haben seit Langem darauf hingearbeitet.«

»Ich weiß … aber ich will ihnen nichts tun.«

»Sie werden nur einen kurzen Moment Schmerzen empfinden, und das ist unbedingt notwendig. Sobald das Ritual vorüber ist, bist du der König dieser Welt und führst die Menschheit in ein neues goldenes Zeitalter. Von jedem Auge wischst du die Tränen. Du wirst unser glorreicher Retter sein, dann wird niemand mehr als Sklave eines falschen Gottes leiden müssen. Diese Menschen leben nur, um dich zu prüfen. Sie sollen dich davon abhalten, an den Platz emporzusteigen, der dir gebührt. Lass dich nicht täuschen von ihren leeren Worten und ihren geheuchelten Liebesbekundungen. Sie lieben dich nicht, Benjamin. Sie wissen, dass du der Auserwählte bist. Sie sind eifersüchtig. Sie hassen dich.«

Benjamins Blick fiel auf den Boden des Lieferwagens. Der Prophet legte dem Jungen eine Hand aufs Knie und drückte sanft. »Keine Sorge. Ich glaube an dich. Ich weiß, wie stark du bist. Ich weiß, dass du der Auserwählte bist, und heute Nacht wirst du zu meinem König. Glaubst du daran?«

»Ich weiß nicht …«

»Aber ich weiß es! Es muss dir ernst sein, Junge. Die anderen Kinder in der Schule lachen über dich, oder?«

»Manchmal.«

»Weil sie merken, wie besonders du bist. Sieh nur, was sie mir angetan haben, Benjamin. Sie haben versucht, mich zu töten. Diese Sklavinnen werden mit dir das Gleiche versuchen, wenn du es erlaubst. Aber ich weiß, dass du es niemals zulassen wirst. Du bist mein starker König. Wenn heute Nacht vorüber ist, wird jeder dich lieben. Du wirst nie wieder Angst haben müssen, nie wieder traurig sein oder dich ausgeschlossen oder anders fühlen. Wir haben alles vorbereitet. Du brauchst nur eine Entscheidung zu fällen, um deinen rechtmäßigen Platz auf dem Thron einzunehmen. Glaubst du daran?«

Benjamin hob die Augen und begegnete dem Blick des Mannes. »Ja, Prophet.«

123

Conlans Antiquitätengeschäft war eine überraschend elegante Galerie im Chicagoer Stadtviertel River North. Die Tür war verschlossen, doch Schofield besaß einen Schlüssel und kannte den Code für die Alarmanlage. Das Innere kam Marcus wie ein uraltes Geschäft vor, das aus Südfrankreich hierher verpflanzt worden war. Überall standen antike Möbel, Skulpturen und Töpferwaren und Gläser. Die Böden bestanden aus einem hellen, abgewetzten Hartholz wie in einer alten Scheune. Die Wände waren aus cremefarbenen Ziegeln. Die Trägerbalken des Daches lagen bloß; dicht an dicht hingen kunstvolle Kronleuchter herunter. Alles strahlte die Eleganz der Alten Welt aus. Eines musste Marcus Conlan lassen: Der Mann hatte Geschmack.

Marcus begann mit dem Büro. Er durchwühlte die Aktenschränke und Papierstöße auf dem alten Sekretär des Propheten. In dem antiken Stück gab es zahllose winzige Schubladen und Regälchen. Doch Marcus fand dort lediglich Geschäftsunterlagen. Es gab nichts, was auf Conlans Pläne hingewiesen hätte.

Schofield führte ihn in den hinteren Teil des Geschäfts, wo ein großer Teppich aus kunstvoll verwobenen roten Fasern eine Falltür verbarg. Sie war mit einem Vorhängeschloss gesichert. Marcus brach es mit einem Stemmeisen auf, das er sich aus dem Kofferraum von Schofields Jetta holte.

Kaum war die Tür offen, schlug ihnen übel riechender

Brodem entgegen. Marcus erkannte am Gestank nach Exkrementen und ungewaschenen Körpern, dass die Frauen hier festgehalten worden waren.

Als sie die Betonstufen hinunterstiegen, sah Marcus große Blöcke aus schallisolierendem Schaumstoff an den Wänden. Er ähnelte dem Material, das er und seine Kollegen auf dem Schießstand in Washington verwendeten. Niemand konnte die Schreie der gefangenen Frauen gehört haben.

Marcus stellte sich die eigentümliche Situation vor, wie Conlan genau über der Stelle, wo er die Frauen festhielt, um sie später dem Teufel zu opfern, Kunden aus der Oberschicht bediente. Doch sämtlichen Aussagen zufolge konnte Conlan sehr charmant sein. Niemand hätte seine wahre Natur erraten können. Marcus fragte sich, wie jemand, der so verrückt war, nach außen hin so normal erscheinen konnte.

In der Ecke stand ein großer, selbst gebauter Käfig mit einem Eimer darin, der eine scheußlich riechende Flüssigkeit enthielt. Nackte Glühbirnen erleuchteten den Raum und beschienen ein großes schwarzes Pentagramm, das auf den Boden gemalt und von mannshohen Spiegeln umgeben war. Außerdem gab es einen alten Holztisch, auf dem Aluminiumfolie lag, dazu eine Pappschachtel, mehrere kleine Plastikbeutel und eine Rolle mit dünnem Draht. Marcus nahm die Schachtel in die Hand und betrachtete sie. Sie war beschriftet mit *Alpha Fire 1Q – drahtloses Fernzündgerät für pyrotechnische Feuerwerksdarbietungen.* Der Karton war leer. Er sah sich die Drahtrolle an. In schlichter Schrift stand auf einem weißen Adressaufkleber: *Widerstandsheizdraht, Nickelchrom, .032 mm², 15 m.*

»Wo will er hin, Schofield?«, fragte Marcus.

»Ich habe es Ihnen doch schon gesagt. Ich weiß es nicht.«

Marcus fluchte und fuhr sich mit der Hand durchs Haar. Sie steckten in einer Sackgasse, und er hatte keine Ahnung, wie er weitermachen sollte. Alles ging in die Brüche. Vasques, Andrew und Allen lagen im Krankenhaus, Maggie wurde vermisst. Er hatte sie alle im Stich gelassen.

Trotzdem, er musste etwas übersehen haben. Irgendeinen Fingerzeig. Oder eine bedeutsame Information. Oder eine Ermittlungsrichtung, die ihm noch offenstand.

Schofield fragte: »Haben Sie wirklich mit meiner Mutter gesprochen?«

»Nein. Ich wusste aus Ihrer Akte von ihr. Den Rest habe ich mir ausgedacht.«

»Also ist Conlan gar nicht mein Vater?«

»Mit Bestimmtheit kann ich es nicht sagen, aber ich würde darauf wetten. Es passt zu gut. Sie müssen sich die Frage schon früher gestellt haben.«

»Seit meine Mutter in der Anstalt ist, habe ich versucht, es aus ihr herauszubekommen, aber sie behauptet immer noch, ich wäre das Kind des Satans. Und dass ich keine Seele hätte. Dass ich ein Gräuel in den Augen Gottes wäre. Ich habe versucht, mich davon zu befreien, aber ich habe versagt.«

Schofields Blick haftete auf dem Boden, und seine Augen glänzten im Licht der nackten Birnen über ihnen. Er sah aus wie ein gebrochener Mann. Marcus konnte nicht anders, er bedauerte ihn. »Ihre Familie liebt Sie, Schofield. Ihre Frau und Ihre Kinder. Trotz allem, was Sie verbrochen haben. Und das bedeutet sehr viel.«

»Ich weiß. Nur für sie wollte ich ein ganzer Mensch sein.«

»Wir alle sind die Summe der Erfahrungen, die wir gesammelt haben. Und Ihre Erfahrungen waren schrecklich. Sie sind krank, aber das macht Sie weder zu einem Monster noch zu einem Gräuel. Ihre Familie liebt Sie so, wie Sie sind, nicht als den, der Sie gerne wären.«

Schofield schwieg einen Moment. »Glauben Sie, Gott kann mir vergeben, dass ich anderen das Leben genommen habe?«, fragte er dann.

Marcus dachte an die Menschen, die er selbst getötet hatte. An seinen Händen klebte genauso viel Blut wie bei Schofield, und er hatte sich oft die gleiche Frage gestellt. Leise antwortete er: »Ich hoffe es.«

Schofield schloss die Augen und stützte sich auf den alten Holztisch.

Marcus untersuchte den Keller weiter. Irgendetwas musste es hier geben. Etwas, das er übersah. Er betrachtete das Pentagramm und die Spiegel und dachte an den Bunker in Wisconsin, wo Conlan das erste Ritual vollzogen hatte.

»Hat das letzte Ritual, das Conlan abgehalten hat, hier stattgefunden?«, fragte er Schofield.

»Nein. Das war in einer alten Kirche in den westlichen Vorstädten, die wegen Renovierungsarbeiten geschlossen war. Er wollte das Ritual unbedingt auf geweihter Erde vollziehen.«

»Also soll das bevorstehende Ritual ebenfalls auf geweihter Erde stattfinden?«

»Das nehme ich an«, sagte Schofield, »aber haben Sie

eine Vorstellung, wie viele Kirchen es in der Metropolregion Chicago gibt?«

»Zweitausendneunhundertzweiundachtzig Kirchen und Weihestätten allein in Chicago. Aber es muss eine Möglichkeit geben, es genauer einzugrenzen. Conlan will nicht gestört werden, also müsste die Kirche abgeschieden liegen. Hat er sonst noch etwas über das Ritual gesagt?«

»Nur etwas davon, dass ›der Gräuel am geweihten Ort steht‹.«

Marcus dachte an einen Vers aus dem Matthäusevangelium: *Wenn ihr nun sehen werdet den Gräuel der Verwüstung (davon gesagt ist durch den Propheten Daniel), dass er steht an der heiligen Stätte (wer das liest, der merke darauf!), alsdann fliehe auf die Berge, wer im jüdischen Lande ist.*

»Hat er sonst noch etwas gesagt?«

»Er hat erwähnt, dass das Ritual zur dunkelsten und längsten Nacht an höchstem Ort stattfindet. Ich weiß nicht, ob das etwas zu bedeuten hat.«

Marcus dachte kurz darüber nach, nahm sein Handy und rief Stan an.

Beim dritten Klingeln nahm er ab. »Danke, dass Sie die anonymen Prokrastinatoren anrufen. Bitte hinterlassen Sie eine Nachricht, und wir rufen Sie zurück ... irgendwann.«

»Lass den Blödsinn, Stan.«

»Oje, da ist einer aber schlecht aufgelegt.«

»Du musst für mich herausfinden, ob derzeit in der Metropolregion Chicago Kirchen renoviert werden, oder ob es Kirchen gibt, die aus irgendeinem Grund zurzeit geschlossen sind.«

»Okay, gib mir ein paar Minuten.«

Marcus legte auf. »Wie viel Zeit bleibt uns noch?«, fragte er Schofield.

»Er wird das Ritual um drei Uhr morgens beginnen.«

»Das wissen Sie genau?«

»Conlan zufolge ist es die Stunde des Teufels, wenn die Barrieren zwischen Hölle und Erde am schwächsten sind. Es hat damit zu tun, dass Jesus um drei Uhr nachmittags ans Kreuz geschlagen wurde. Die Umkehrung davon ist die Zeit des Teufels.«

Marcus nickte, obwohl er es sehr merkwürdig fand, dass jemand einer bestimmten Stunde eine übernatürliche Bedeutung zumaß. Schließlich war Christus sozusagen in einer anderen Zeitzone gekreuzigt worden. Drei Uhr morgens war es immer irgendwo. Doch er brauchte sich den Glaubensvorstellungen des Propheten nicht anzuschließen oder sie auch nur verstehen, um sie gegen den Killer zu verwenden.

Sie gaben die Durchsuchung von Conlans Laden auf, kehrten zum Auto zurück und warteten auf Stans Anruf. Marcus war aufgedreht und todmüde zugleich. Er wünschte sich, die Augen schließen und ein bisschen schlafen zu können, während sie warteten, aber er durfte Schofield keine Sekunde aus den Augen lassen.

Sein Handy klingelte. Stans Nummer erschien auf dem Display.

»Was hast du herausgefunden?«, fragte Marcus gespannt.

»Ich habe eine ganze Tonne Kirchen, die nicht mehr benutzt werden und in Eigentumswohnungen oder Häuser umgewandelt wurden.«

»Nein, so was nicht. Etwas Isoliertes.«

»Okay, es gibt eine kleine Kirche am Nordrand der Stadt, deren Dach vor Kurzem bei einem Feuer beschädigt wurde. Sie ist wegen Reparaturen geschlossen. Die Gemeinde geht zu anderen Gottesdiensten.«

»Das könnte sie sein. Schick mir die Adresse«, sagte Marcus. »Vielleicht haben wir Glück und sind ihm endlich mal einen Schritt voraus.«

Doch im Hinterkopf war ihm klar, dass sie noch immer irgendetwas übersahen.

124

Als der Prophet zum Nachthimmel blickte, sah er, dass die Verfinsterung bereits begonnen hatte. Die Oberfläche des Mondes war zu siebenundfünfzig Prozent dunkel. Wenn eine Mondfinsternis ihren Höhepunkt erreichte, verschwand der Erdtrabant nicht etwa vom Himmel, sondern färbte sich blutrot vom Sonnenlicht, das in der Erdatmosphäre gebrochen wurde. Ein Blutmond an einer Wintersonnenwende hätte bereits die längste und dunkelste Nacht innerhalb von fünfhundert Jahren bedeutet, aber wegen der Vulkanausbrüche in Island und Indonesien während des vergangenen Jahres trieben zwei Wolken aus Staub und Asche hoch in der Atmosphäre. Als Ergebnis wäre die Mondfinsternis noch dunkler und ließe den Mond vielleicht vollständig verschwinden.

Alles fügte sich ineinander. Ein perfekter Sturm der Himmelskräfte braute sich zusammen, um einen nie da gewesenen Moment hervorzubringen, der endlich die Mauern dieser Wirklichkeit einreißen und eine neue Realität erschaffen würde. Und bald würde er, der Prophet, am höchsten Punkt der Verehrung im ganzen Land stehen und das Werk vollenden.

Er befestigte einen Schalldämpfer an seiner .45 FNP Tactical-Pistole und lud sie mit Unterschallmunition. Er wollte sicherstellen, dass sie unbemerkt eintreten konnten, damit sie während des Rituals nicht gestört wurden. Jansen parkte den Lieferwagen ein kleines Stück die Straße hinunter, und der Prophet stieg aus.

»Warte hier auf mich. Ich rufe, wenn ich für die Opfer bereit bin.«

Jansen nickte unterwürfig. »Jawohl, Prophet.« Seine Augen funkelten vor Aufregung. Diese Nacht verhieß Freude und Triumph.

Der Prophet folgte dem Gehweg zur Vorderseite des Wolkenkratzers und trat durch eine große Tür aus Glas und Bronze ein. Dahinter befand sich ein langer, schummrig beleuchteter Gang mit dunklem Marmorboden, weißen gemauerten Wänden und bronzeverzierten Bogengängen. Das schwache Licht spiegelte sich auf der Bronze und verlieh ihr ein leuchtendes, kerzenbeschienenes Aussehen. Hinter einem kleinen Tisch in einer Nische auf der rechten Seite saß ein Wachmann, links befand sich eine Reihe von Aufzügen.

Der Wachmann war ein kleiner Asiat mit rot gefärbtem Haar, das ihm auf einer Seite herunterhing. Er trug eine blaue Blazerjacke mit einem kleinen bronzenen Namensschild, auf dem *Ronald* stand. Als der Prophet nähertrat, lächelte Ronald ihn breit an, machte dann aber große Augen. Vermutlich überraschten ihn die Verbände. »Kann ich Ihnen helfen?«, fragte er.

Der Prophet erwiderte das Lächeln, bis er dicht vor dem Schreibtisch stand. Dann zog er die schallgedämpfte FNP und schoss Ronald zweimal in die Stirn, ehe der Mann etwas sagen konnte. Die Schüsse waren gedämpft, hallten jedoch laut genug durch den Gang, um Aufmerksamkeit zu erregen. Der Prophet wartete ab, ob jemand kam, auch wenn er nicht damit rechnete, dass zu dieser Stunde noch jemand im Haus war. Als niemand erschien, trat er hinter den kleinen Schreibtisch und nahm Ronald die Schlüssel ab. Er hatte eingehend recherchiert, was die Örtlichkeit für das Ritual anging, deshalb wusste er, dass er einen speziellen Schlüssel benötigte, um mit dem Aufzug in die gewünschte Etage zu fahren.

Sobald er den Schlüssel in der Hand hielt, rief er Jansen an. »Bring die Opfer und den Jungen. Wir können anfangen.«

125

Die Northwest Church of Christ stand in Mayfair im Chicagoer Norden und war ein mittelgroßes Gebäude aus weißen und lehmfarbenen Ziegeln. Ein Arbeitsgerüst war errichtet worden, und Stapel aus Dachpfannen umgaben das Gebäude, doch die Reparatur musste auf wärmeres Wetter warten.

Die Kirche war in keiner Weise besonders, hatte nichts Außergewöhnliches, stach durch nichts hervor. Marcus fand keine Erklärung, weshalb der Prophet sie für sein Opus Magnum aussuchen sollte – sah man davon ab, dass sie wegen der Dachreparatur geschlossen war. Er wurde das Gefühl nicht los, dass sie am falschen Ort waren.

Während der Wartezeit hatte Andrew das Krankenhaus auf eigene Verantwortung verlassen und Marcus und Schofield mit dem Yukon abgeholt. Nun behielten die Männer die Kirche im Auge. Marcus saß hinten im Wagen, Andrew hinter dem Lenkrad, Schofield auf dem Beifahrersitz, unbequem mit Plastikhandschellen an den Griff neben dem Fenster gefesselt, an dem sich Beifahrer in das hohe Fahrzeug ziehen konnten. Die gelben Schellen waren aus Polykarbonatharz. Sie besaßen ein Sperrsystem und konnten nur entfernt werden, indem man sie aufschnitt.

»Wir sind hier falsch«, sagte Marcus.

Die anderen beiden Männer antworteten nicht, doch er wusste, dass sie das Gleiche dachten. Und sie alle hatten etwas zu verlieren. Schofield musste seine Familie vor einem grausamen Tod bewahren. Andrew wollte seine Freundin retten. Und Marcus wollte herausbekommen, was mit der Frau geschehen war, die er liebte. Seine Fantasie gaukelte ihm immer wieder Bilder vor, wie Maggie bei lebendigem Leib verbrannte. Das Leben vieler Menschen stand auf dem Spiel, und sie hatten nicht die leiseste Ahnung, ob sie überhaupt am richtigen Ort waren.

Marcus blickte auf die Uhr. Weniger als eine Stunde bis zum Ritual, und noch immer keine Spur von Jansen oder Conlan.

Er schloss die Augen und rief sich ins Gedächtnis, was er über das Ritual wusste. Conlan würde es an einer abgelegenen Stelle ausführen, um halbwegs sicher sein zu können, dass er nicht gestört wurde. Irgendwo auf geweihter Erde. Aber an einem besonderen Ort. Alles, was der Prophet geplant hatte, war extrem: die finsterste, längste Nacht – Schofield, der das höchste Opfer brachte – die größte Blasphemie gegen Gott, indem sie eine Kirche entweihten.

Marcus zermarterte sich das Hirn.

Was übersah er?

Er musste daran denken, was Schofield im Keller des Propheten gesagt hatte.

Dass der Gräuel am geweihten Ort stehe … dass das Ritual zur dunkelsten und längsten Nacht am höchsten Ort stattfinde.

Am höchsten Ort …

Als Schofield die Worte aussprach, hatte Marcus angenommen, dass er mit dem »höchsten Ort« eine Stelle von spiritueller Bedeutung meinte, einen Altar oder eine Kirche. Aber was, wenn er damit tatsächlich die höchst gelegene Kirche meinte?

In diesem Moment wusste er, wo sie suchen mussten.

Das Chicago Temple Building war ein Wolkenkratzer mit der höchsten Kirchturmspitze der Welt. Und gleich unterhalb dieses Kirchturms befand sich die Sky Chapel, die Himmelskapelle – der am höchsten gelegene geweihte Ort der Stadt.

126

Die Sky Chapel war kein großes Gotteshaus, ganz im Gegenteil. Der intime und doch schöne Andachtsort bot nur dreißig Personen Platz und wurde für Gebet und innere Einkehr, für Hochzeiten und besondere Messen genutzt. Die Kapelle befand sich am untersten Punkt des Kirchturms und hatte einen achteckigen Grundriss. Sechzehn Buntglasfenster stellten verschiedene Szenen aus der Bibel und der Kirchengeschichte dar. Im Zentrum der Decke befand sich eine große, blau erhellte Aussparung in Kreuzform, umgeben von Gold und Rot und christlichen Symbolen. Von hinten beleuchtete Glasscheiben warfen Sonnenlicht in die vier Quadranten der Aussparung und symbolisierten die Macht Gottes, die in alle vier Himmelsrichtungen strahlte.

Der Prophet war schon oft hier gewesen und wusste, dass die Kapelle sich als geweihter Ort perfekt für das letzte Ritual eignete. Gemeinsam mit Jansen hatte er die Bänke so umgestellt, dass es ihren Zwecken diente. Normalerweise standen sie einem Altar gegenüber, der mit kunstvollen Schnitzereien verziert war, die Jesus Christus zeigten, der weinend über Chicago blickte, weil die Menschen nicht erkannten, was ihnen Frieden brachte. Nun jedoch standen die Bänke an den Ecken eines primitiven Pentagramms, das der Prophet mit schwarzem Farbspray mitten auf den Fußboden gesprüht hatte.

Die fünf Opfer waren noch immer geknebelt und mit eigens entworfenen Geschirren, die Zwangsjacken ähnelten, an die Bänke gefesselt worden. Die Gesichter der Frauen waren tränenverschmiert, und durch die Knebel drangen Stöhnen und Schluchzen. Im Mittelpunkt des Pentagramms stand eine Bank für den Jungen, von einem großen schwarzen Tuch verdeckt.

Der Prophet strich Benjamin über das dunkle Haar und fragte in seinem trägen, schleppenden Südstaatenakzent: »Bist du bereit, mein Junge?«

»Ja, Prophet.«

»Dann leg dich hin.«

Benjamin gehorchte, und Jansen schloss die Gurte um den Körper des Kindes.

»Benjamin«, sagte der Prophet, »du wirst der Funke sein, der den Großen Brand entfacht. Wie der legendäre Phönix wirst du aus der Asche aufsteigen und eine neue, bessere Welt errichten. Es wird ein glorreicher Neuanfang sein. Hier, in der dunkelsten und längsten Nacht an höchstem Ort, wird ein Gott aus dir. Willst du deinen Platz als der Auserwählte einnehmen?«

»Ja, Prophet.«

Der Prophet drückte dem Jungen die Schulter. »Ich bin sehr stolz auf dich.«

Dann gossen Jansen und er die zwanzig Liter Feuerzeugbenzin über die Opfer und die Kapelle aus.

Jetzt mussten sie nur noch auf die richtige Stunde warten und dann zuschauen, wie die Welt verbrannte.

127

Der Chicago Temple war eine 173 Meter hohe Wolkenkratzerkirche im Herzen der Chicagoer Innenstadt. Marcus erschien das Bauwerk als fremdartige Verschmelzung von Hochhaus und Gotteshaus, ein Bürogebäude mit einer gotischen Kathedrale auf dem Dach. Es beheimatete die First United Methodist Church of Chicago, doch etliche Stockwerke waren als Büroflächen vermietet.

Als sie vor dem Gebäude hielten, blickte Marcus über die Straße auf die charakteristische rotbraune Fassade des Richard J. Daley Centers, in dem mehr als einhundertzwanzig Gerichts- und Anhörungssäle sowie die Gerichtsbibliothek von Cook County untergebracht waren. Zwischen dem Daley Center und dem Chicago Temple befand sich die Daley Plaza, auf der gegenwärtig der offizielle Weihnachtsbaum der Stadt stand, eine über zwanzig Meter hohe Tanne, von roten und grünen Lichtern gesprenkelt.

Marcus öffnete die Wagentür. Augenblicklich fielen Schnee und Wind über ihn her. In der Wärme des Yukons hatte er ganz vergessen, wie bitterkalt es draußen war.

»Warten Sie«, sagte Schofield und zerrte an seinen Fesseln. »Sie hatten gesagt, ich könnte Ihnen helfen.«

»Ich sagte, dass Sie helfen können, Ihre Familie zu retten, und das haben Sie hoffentlich getan. Sehen Sie es so: Sie hatten Glück.«

Marcus schlug die Tür zu. Dann kämpften er und Andrew sich durch den Schnee zu den bronzenen Eingangstüren des Chicago Temples. Als sie im Gebäude waren, schüttelten sie die Kälte ab und ließen den Blick schweifen. Andrew entdeckte das Blut hinter der Empfangstheke zuerst. »Hier sind wir richtig«, sagte er. »Wohin?«

»Ganz nach oben«, antwortete Marcus und drückte den Rufknopf des Aufzugs. Die schimmernden Bronzetüren teilten sich, und die Männer betraten die Kabine. Der Aufzug fuhr im Prinzip bis in den zweiundzwanzigsten Stock, doch als Andrew den Knopf drückte, leuchtete er nicht auf, und nichts rührte sich.

Marcus fluchte und tippte mit dem Finger gegen ein Schlüsselloch neben dem Knopf. »Man braucht einen Schlüssel.«

»Und was jetzt?« Andrew blickte zur Decke und suchte nach einer Luke.

»Die wird nicht aufgehen«, sagte Marcus. »Sie wird von der anderen Seite verriegelt sein. Hast du je vom Aufzugsurfen gehört?«

»Nein. Klingt nach einer olympischen Disziplin für Börsenmakler.«

»Wir machen Folgendes: Wir nehmen den Aufzug bis zum einundzwanzigsten Stock. Ich steige dort aus. Du fährst zurück zum zwanzigsten und drückst den Notstoppknopf, damit der Aufzug stehenbleibt. Ich hebele die Türen auf und steige oben auf die Liftkabine.«

»Dann löse ich die Notbremse und fahre den Aufzug wieder zum einundzwanzigsten Stock rauf?«

»Nein, ich übernehme ihn mit der Wartungssteuerung auf dem Kabinendach.«

Andrew musterte ihn neugierig. »Hört sich an, als würdest du das nicht zum ersten Mal machen.«

»Ich bin in einer Stadt mit jeder Menge Wolkenkratzern aufgewachsen und hatte jede Menge Zeit.«

Marcus drückte den Knopf mit der 21. Der Aufzug setzte sich in Bewegung. Die Lampen über der Tür leuchteten nacheinander auf und erloschen wieder, bis die 21 aufleuchtete. Begleitet von einem lauten Klingelton öffnete sich die Tür. Mit einem Nicken verließ Marcus die Kabine, drehte sich um und wartete, bis die Türen sich wieder geschlossen hatten. Dann holte er sein Taschenmesser hervor, führte die Klinge zwischen die beiden bronzenen Türhälften und hebelte, bis ein Spalt erschien. Er schob die Finger in den Spalt und zog die Tür ganz auf.

Ein leises Summen war im Aufzugschacht zu hören, und es roch nach Hydraulikflüssigkeit, Öl und Staub. Marcus schaltete eine Arbeitslampe auf der rechten Seite der Kabine ein. Der Aufzugsschacht wurde sichtbar. Er enthielt mehrere Führungsschienen für weitere Liftkabinen, alle drei Meter von Stahlstreben getrennt, die über die gesamte Länge liefen.

Auf dem Dach der Liftkabine war ein Stahlrohrgeländer angebracht, das aber nur einen Meter hoch war und kaum verhindern konnte, dass jemand in den Schacht stürzte. Das Dach selbst bestand aus mattgrauem Blech. Darüber verliefen mehrere blaue Leitungen, das stumpfblaue Gehäuse der Hydraulik und eine gelbe Kontrolltafel von der Größe eines Schuhkartons. Auf dem Kasten brannte eine rote Lampe.

Marcus trat auf das Dach und bückte sich vor der Kontrolltafel. Er drehte einen Schalter und zog einen roten Knopf heraus, der den Aufzug in den Inspektionsmodus versetzte. Damit war die Steuerung von der Tafel in der Kabine auf die Schalter am Dach umgestellt. Marcus legte den Steuerschalter um und fuhr die Kabine hinauf zum zweiundzwanzigsten Stock.

An den Innenseiten der Türen waren Hebel angebracht, die das Dach der Kabine automatisch betätigte, sodass die Türhälften sich öffneten, wenn der Lift das entsprechende Stockwerk erreichte. Marcus hielt die Hand gegen den Hebel und drückte ihn hoch. Die Tür fuhr ein Stück auseinander. Wie er es zuvor auf der anderen Seite getan hatte, schob Marcus die Finger in den Spalt und drückte die Hälften auseinander.

Doch anders als zuvor begrüßte ihn hier der Lauf einer schallgedämpften Pistole, die auf sein Gesicht zielte.

128

Marcus zuckte von der Öffnung zurück. Eine glühend heiße Kugel schoss an seinem Gesicht vorbei. Blitzschnell griff er in die Lücke und schloss die Hand um den Schalldämpfer am Lauf der Waffe. Er riss fest daran, setzte sein gesamtes Körpergewicht ein, um die Waffe wegzuziehen.

Etwas Großes krachte gegen die andere Seite der Aufzugtüren. Marcus hörte einen gedämpften Schmerzensschrei. Abrupt kam die Waffe frei. Der plötzliche Ruck hätte Marcus beinahe kopfüber in den Aufzugschacht stürzen lassen, doch er ließ die Pistole fallen und hielt sich am niedrigen Geländer fest. Aus dem Schacht war das Klappern zu hören, als die Pistole in die Tiefe fiel, wobei sie immer wieder gegen die Betonwände prallte.

Als Marcus sich wieder der Tür zuwandte, entdeckte er einen stämmigen Mann, der die Türhälften mit den Händen auseinanderschob. Erik Jansens Augen funkelten vor Wut. Mit einem Schrei sprang der massige Mann auf das Dach der Kabine. Marcus wusste, dass er einem Frontalangriff dieses Hünen nicht standhalten konnte: Jansen war wenigstens zwei Meter groß, wog sicherlich hundertdreißig Kilo und hatte Fäuste wie Betonblöcke.

Marcus ließ sich so tief sinken, wie er konnte, und drückte den Rücken gegen das niedrige Geländer, damit er nicht vom Dach gestoßen werden konnte. Er versuchte, Jansens Schwung gegen ihn selbst einzusetzen und den Mann über den Rand der Kabine zu katapultieren, doch der Hüne erkannte die Gefahr rechtzeitig, hielt sich ebenfalls geduckt und hämmerte Marcus beide Fäuste auf den Rücken. Die Wucht des Schlages schleuderte ihn flach aufs Kabinendach. Jansen zerrte ihn hoch und schmetterte ihn mit dem Gesicht zuerst gegen die Seitenwand aus Beton neben den Aufzugtüren. Greller Schmerz durchraste Marcus' Kopf, als seine Haut über die Wand scharrte.

Doch Jansens Attacke war noch nicht vorüber. Mit seinen riesigen Fäusten bearbeitete er Marcus' Rücken und Nierengegend. Dann packte er ihn bei der Lederjacke, hob ihn vom Kabinendach und schleuderte ihn in den offenen Aufzugschacht.

129

Marcus fühlte sich einen Augenblick lang gewichtslos. Dann riss die Schwerkraft ihn nach unten in den Schacht. Die Dunkelheit von zweiundzwanzig Stockwerken und fast zweihundert Metern Leere zerrte an ihm, doch sein Überlebensinstinkt war schneller als jedes rationale Handeln.

Seine Hände packten das Stahlseil, doch sein Gewicht zog ihn weiter nach unten. Von der Reibung am Kabel brannten seine Handflächen wie Feuer, und das Metall schnitt ihm ins Fleisch. Er brüllte vor Schmerz, dass es schauerlich aus den Tiefen der Betongrube widerhallte. Doch endlich gelang es ihm, den Sturz abzufangen.

Keuchend blickte er zu Jansen hoch. Der Hüne stand grinsend auf dem Dach der Aufzugskabine und wackelte einladend mit einer riesigen Faust. Die Bedeutung dieser Geste war eindeutig: Wenn du noch nicht genug hast, dann komm.

Mit Freuden, dachte Marcus.

Er überlegte, ob er die Pistole aus der Jacke ziehen sollte, verwarf die Idee dann aber, als ihm klar wurde, dass er sich dann mit nur einer verletzten Hand über dem Abgrund festhalten konnte.

Hand über Hand zog sich Marcus hoch, bis er auf einer Höhe mit Jansen war. Dann schwang er die Beine hoch und trat nach seinem Gegner. Immer noch grinsend, wich Jansen ihm aus. Er sprang gerade so weit zurück, dass Marcus sich übers Geländer auf das Dach der Aufzugkabine schwingen konnte. Dann stürmte der Riese wieder vor, aber diesmal war Marcus vorbereitet. Er wich seitlich aus und rammte Jansen den Ellbogen so schnell gegen die Schläfe, dass die Bewegung kaum zu sehen war. Sofort setzte er mit vier wuchtigen Schlägen in das aknenarbige Gesicht seines Gegners nach.

Blut lief Jansen aus dem Mund und tropfte aufs Kabinendach. Brüllend vor Wut warf er sich nach vorn, umklammerte Marcus' Oberkörper mit beiden Armen und drückte zu. Marcus war, als wäre ein Lastwagen auf seine Brust gerollt. Keuchend rang er nach Atem. Sein Herz pochte wild, und ihm dröhnte der Schädel.

Von Panik getrieben drosch er die Fäuste auf Jansens Kopf und Rücken und trat ihm gegen die Schienbeine. Jansen verzog schmerzerfüllt das Gesicht, doch die Kraft seiner Umklammerung ließ nicht nach.

Marcus wurde schwarz vor Augen. Er konnte die Arme und Beine nicht mehr bewegen. In seiner Verzweiflung versenkte er die Zähne tief in Jansens Wange und biss mit aller Kraft zu.

Jansen brüllte auf, und der fürchterliche Druck hob sich von Marcus' Brust. Mit einem Stück Fleisch im Mund löste er sich von dem Riesen, spuckte den widerlich metallischen Geschmack sofort aus und rang keuchend nach Luft.

Beide Hände auf die Wunde in seiner Wange gepresst, taumelte Jansen an den Rand des Kabinendachs.

Marcus zögerte nicht.

Seine Hand fuhr in die Jacke und kam mit der SIG Sauer wieder hervor. Er feuerte Jansen eine Kugel in jede Kniescheibe. Der Hüne stürzte krachend auf das Blechdach.

Die Schüsse hallten wie Donner durch den Schacht und klingelten Marcus in den Ohren, während sich der Gestank nach verbranntem Pulver ausbreitete.

Jansen rollte sich in Qualen herum, während Marcus sich mit dem schwarzen T-Shirt das Blut vom Mund wischte.

»Das war für mich«, sagte er. »Und das hier ist für Vasques.«

Marcus jagte Jansen eine Kugel in den Kopf und schob die Leiche mit dem Fuß über die Kante des Kabinendaches. Er blickte dem Toten hinterher, als er in der Dunkelheit des Aufzugschachts verschwand. Nach einigen Sekunden hörte er den dumpfen Aufprall.

Marcus beugte sich vor, nahm den Aufzug aus der Inspektionssteuerung und trat durch die Tür ins zweiundzwanzigste Stockwerk. Dann drückte er den Rufknopf und wartete, bis die Kabine kam. Mit lautem Klingeln fuhren die Türen zur Seite.

Andrew stand draußen. Er musterte Marcus' Verletzungen und starrte auf das Blut um seinen Mund.

»Wieso hast du so lange gebraucht?«, fragte er dann.

130

Im zweiundzwanzigsten Stock befand sich ein langer verglaster Gang, der über mehrere Stufen zu einem kleinen weißen Aufzug führte. Die Waffen schussbereit stiegen Marcus und Andrew in die Kabine und fuhren bis ganz nach oben. Als sie ausstiegen, gelangten sie in ein dunkles Foyer mit vier hohen Fenstern hinter monströsen Holzbalken in X-Form.

In einem weiteren Treppenhaus mit dunkelgrauen Teppichstufen und rot-goldenen Wänden stiegen sie zur Sky Chapel hoch. Marcus behielt das Geländer über ihnen ständig im Auge. Andrew folgte ihm dichtauf.

Schließlich stiegen sie die letzte Treppe hinauf zum Altarraum. Die beruhigenden Naturtöne dieses Raumes – rosa, gold, blau und creme – strahlten Eleganz und Würde zugleich aus, wären da nicht die schreienden, gefesselten Frauen an den Ecken eines primitiven Pentagramms gewesen, das auf den Boden gemalt war.

Über Visier und Korn der SIG Sauer ließ Marcus den Blick durch den Raum schweifen, entdeckte aber keine Spur vom Propheten. War der Verrückte irgendwie an ihnen vorbeigekommen? Oder hatte er andere dazu gebracht, ihm die schmutzige Arbeit abzunehmen, wie schon in früheren Zeiten?

Wie auch immer, Marcus gefiel es ganz und gar nicht. Weshalb sollte Jansen den Aufzug bewacht haben, wenn seine eigentliche Aufgabe darin bestand, das Feuer zu zünden?

Marcus bewegte sich vorsichtig in den Altarraum hinein. Im Zentrum des Pentagramms entdeckte er den Jungen. An Händen und Füßen mit Lederriemen gefesselt lag er flach auf einer Kirchenbank, die mit einem schwarzen Tuch verdeckt war, das bis zum Boden herunterhing, sodass sie wie ein finsterer Opferaltar aussah. Der Blick des Jungen war verschwommen und auf die Vertiefung in der Decke gerichtet.

In der Luft hing der durchdringende Geruch nach Feuerzeugbenzin, noch intensiver als an den anderen Verbrechensschauplätzen. Der Raum schien förmlich damit getränkt zu sein. Sobald das Feuer ausbrach, würde die gesamte Kapelle mit allem darin binnen kürzester Zeit zu Asche verbrennen.

Es ergab einfach keinen Sinn. Conlan würde den Jungen ebenfalls töten. Marcus schüttelte den Kopf. Nichts, was dieser selbst ernannte Prophet tat, war für einen geistig gesunden Menschen auch nur ansatzweise nachvollziehbar.

Marcus dachte an Conlans elegantes Antiquitätengeschäft mit der Folterkammer im Keller. Es spiegelte geradezu perfekt seinen Besitzer wider: charismatisch und charmant nach außen, irrsinnig und verkommen im Innern.

Plötzlich begriff er die Bedeutung der Gegenstände, die er in Conlans Keller gefunden hatte – die Pappschachtel und die Drahtrolle. Auf der Schachtel hatte *Alpha Fire 1Q – drahtloses Fernzündgerät für pyrotechnische Feuerwerksdarbietungen* gestanden. Ein Fernzünder mit Funkschalter, wie man sie bei professionellen Feuerwerken verwendete. Und die Drahtrolle war mit *Widerstandsheizdraht, Nickelchrom, .032 mm², 15 m* etikettiert gewesen. Nickelchrom war das

Material der Heizdrähte in einem Toaster. Würde Strom hindurchgeleitet, glühte der Draht und wurde extrem heiß.

Heiß genug, um das Feuerzeugbenzin zu entzünden.

Was bedeutete, dass der Prophet mit dem Zünder und dem Draht das Feuer von jedem erdenklichen Punkt in Reichweite des Senders auslösen konnte.

Jederzeit. Auch in dieser Sekunde.

131

Schofield hatte an seinen Fesseln gezerrt, bis seine Handgelenke aufgescheuert waren und bluteten. Mit brutaler Gewalt aber hatte er keine Fortschritte gemacht und irgendwann aufgegeben. Er musste darauf hoffen, dass Marcus Williams seine Familie rettete.

Und im Grund war Schofield froh. Er hatte für seine Familie der Held sein wollen, hatte dem Propheten widerstehen und alle retten wollen. Zugleich fürchtete er sich vor dieser Konfrontation. Er fühlte sich machtlos, leer. Sein Kopf sank ans Fenster, und er weinte gegen die Scheibe, deren kalte Oberfläche ihn wenigstens etwas anderes empfinden ließ als Schmerz und Reue.

Er öffnete die Augen, wischte sich die Tränen mit dem Ärmel des blauen Overalls ab und blickte über die Straße auf die Daley Plaza. Von jeher hatte er dieses rot-braune Gebäude merkwürdig gefunden, weil seine Stützpfeiler an der Außenseite verliefen. Während er die Fassade musterte, fiel ihm trotz des Schneegestöbers eine geschützte Nische vor der Lobby des Centers auf.

Da stand jemand.

Schofield schaute genauer hin und hatte mit einem Mal das Gefühl, der Magen würde ihm in die Kehle steigen.

Der Mann blickte voller Erwartung zum Chicago Temple Building hoch. Schofield konnte gerade noch die Verbände erkennen, die das Gesicht des Mannes verdeckten. Es konnte nur einer sein: der Prophet.

Der Mann, der sein Leben zerstört hatte – der Mann, der vielleicht sein leiblicher Vater war –, stand auf der anderen Seite des Platzes.

Schofield wusste, was er zu tun hatte. Vielleicht war er am Ende doch noch der Held.

Nur war er noch immer gefesselt und machtlos.

Doch wenn er sich nicht durch Gewalt befreien konnte, dann vielleicht auf anderem Weg. Er besah sich die gelben Plastikhandschellen genau und bemerkte, wie ähnlich sie Kabelbindern waren. Es war das gleiche Verschlusssystem. Einmal hatte er gesehen, wie seine Frau einen Kabelbinder mit einer Stecknadel öffnete.

Er betrachtete den Halteblock der Schellen. Wie es aussah, passte etwas sehr Dünnes zwischen die Zunge und den gezahnten Riemen. Dadurch verlor die Zunge den Kontakt zu den Zähnen. Dann war es ihm vielleicht möglich, ein bisschen Spiel in die Schlaufen zu bringen, bis er die Hände herausziehen konnte.

Doch er brauchte irgendetwas, das zwischen den Riemen und den Block passte.

Er blickte auf die Uhr im Armaturenbrett. Keine drei Minuten mehr bis drei Uhr morgens, der Stunde des Satans.

132

Marcus warf Andrew sein geschlossenes Klappmesser mit der Wolframstahlklinge zu. »Schneid die Frauen los und bring sie hier raus. Ich suche den Zünder.«

Er blickte auf die Armbanduhr. Wenn Schofield recht hatte, zündete Conlan das Feuer in weniger als zwei Minuten. Sein Blick strich über das Umfeld. Wenn er das Gerät fand, ließe es sich leicht unschädlich machen. Schließlich war es nur ein billiger Fernzünder für ein Feuerwerk. Wahrscheinlich hatte es keine Ausfallsicherung und keine komplizierten Schaltkreise. Zugleich aber war es ziemlich klein, sodass es sich überall verstecken ließ.

Marcus klopfte das Herz bis zum Hals. Sein Magen krampfte sich zusammen. Er musste den verdammten Zünder finden.

Aber ihn beschäftigte noch etwas anderes und trübte seine Gedanken. Maggie war nicht in der Kirche. Die beiden entführten Frauen, dazu Mrs Schofield und ihre beiden Töchter, waren an den Ecken des Pentagramms festgebunden. Keine Spur von Maggie.

Hatte der Prophet sie ermordet? Oder war sie seine Geisel?

Marcus konnte es sich nicht leisten, lange darüber nachzugrübeln. Er musste sich auf das Dringendste konzentrieren und das Problem logisch und methodisch angehen.

Zuerst musterte er alle Stellen, die er mühelos einsehen konnte.

Nichts.

Dann schaute er in jede Vertiefung, jede Nische, jeden Winkel und hinter die X-förmigen Stützbalken, die die Kapelle umgaben.

Nichts.

Er blickte hinter den Altar. Unter den Altar. Hinter ein kleines elektrisches Piano, das an eine Wand geschoben worden war.

Nichts.

Sein Atem ging schnell und rasselnd. Adrenalin strömte durch seinen Körper, ließ seine Muskeln beben. Er widerstand dem Verlangen, auf die Uhr zu schauen. Jeden Moment konnte der Prophet das Feuer zünden.

Andrew hatte die ersten beiden Mädchen befreit, aber das Geschirr, das sie hielt, konnte er nicht so einfach öffnen. Er musste die Mädchen mühsam mit dem Messer lossäbeln. So würde es niemals reichen, alle aus der Kapelle zu schaffen, ehe das vernichtende Feuer losbrach.

Also hing alles von Marcus ab. Er musste den Zünder finden, ehe ihnen die Zeit ausging.

Wo ist das Mistding, verdammt noch mal!

Wieder suchte er den Raum ab. Und ein drittes Mal. Noch immer nichts. Keine offensichtlichen Verstecke. Aber es *musste* ein Versteck geben, er sah es nur nicht.

Marcus zwang sich, ruhig zu werden, logisch nachzudenken.

Wo hätte ich den Zünder versteckt?, fragte er sich.

Er versuchte, wie Conlan zu denken. Er dachte an die Worte in Conlans Schriften, die er im Bunker in Wisconsin gefunden hatte. Von dem Auserwählten und dem Großen Brand war die Rede gewesen.

Der Junge.

Der Junge stand im Mittelpunkt. Er war der Schlüssel. Der Funke. Conlan würde darauf abzielen, dass das Feuer von Benjamin ausging.

Marcus stürzte ins Zentrum des Pentagramms und ging neben dem Jungen auf die Knie. Benjamin blickte mit einem Mal verängstigt und verwirrt. Marcus wollte sich gar nicht erst vorstellen, was der Junge durchgemacht hatte. Er würde eine ausgedehnte Therapie brauchen.

Falls er die Nacht überlebte.

Marcus' Jeans saugten das Feuerzeugbenzin vom Boden auf. Es fühlte sich glitschig, ölig und kalt an. Er zog das schwarze Tuch hoch, das unter dem gefesselten Jungen über die Kirchenbank gebreitet war. Und dort, unter dem Schleier, entdeckte er den Zünder, ein unscheinbares schwarzes Kästchen mit einer silbrigen Antenne und ein paar Knöpfen und Schaltern. Eine kleine LED strahlte hellgrün. Darunter sah Marcus einen Schiebeschalter mit drei Stellungen: TEST, AUS, FEUER. Der Schalter stand auf FEUER.

Marcus stellte den Fernzünder auf AUS. Nur um sicherzugehen, zog er den Chromnickeldraht aus den roten und schwarzen Buchsen und brach die Antenne ab.

Dann, zum ersten Mal seit etlichen Stunden, gestattete er sich ein erleichtertes Seufzen.

Doch das Gefühl währte nur kurz, denn sofort kehrte seine Sorge um Maggie zurück.

Wo war sie? Und wo war der Prophet?

133

In einer Nische in der Fassade des Daley Centers vor den Elementen geschützt beobachtete der Prophet den höchsten Ort und wartete auf den Augenblick, der dem Ereignis angemessen war. Die Erwartung ließ sein Herz rasen, und er schwitzte trotz der Kälte. Das Werk wurde heute Nacht endlich abgeschlossen, und in der neuen Welt, die sich aus der Asche der alten erheben würde, würde er ein Gott sein.

Er blickte auf die Uhr. Die Stunde der Rache war gekommen, und es war Zeit, den Großen Brand zu entfachen. Er zog den Fernzünder aus der Jackentasche, ein einfaches Gerät aus schwarzem Kunststoff mit ausziehbarer Antenne und einer verschiebbaren Abdeckung über dem Zündknopf.

Mit dem Daumen schob der Prophet das schützende Plättchen sanft zurück, und ein hellroter Knopf erschien. Der Prophet trat hinaus in Wind und Schneegestöber und streckte die Arme ehrerbietig zu beiden Seiten aus. Auf dem kalten Boden sank er auf die Knie, hob den Blick zum höchsten Ort.

Dann drückte er den Knopf.

Nichts geschah.

Was ist das?

Er hatte damit gerechnet, dass Flammen aus den Fenstern der Kapelle schlugen – ein Fanal, dass die alte Welt endete und die neu begann. Doch es gab nichts zu sehen. Kein Feuer. Keinen Hinweis auf etwas Ungewöhnliches.

Als er die Polizeisirenen hörte, wusste er, dass er versagt hatte. Irgendwie hatten die Sklaven die Stätte des Rituals gefunden und alles zunichtegemacht.

Ihn überfiel eine so abgrundtiefe Traurigkeit, dass er daran dachte, sich an Ort und Stelle das Leben zu nehmen. Der Colt Magnum in seiner Jackentasche zerrte schwer an seiner Seite. Er stellte sich vor, wie er sich den kalten Lauf des Revolvers an die Schläfe hielt und den Abzug drückte.

Aber das durfte er nicht. Es war nur eine weitere Prüfung. Er war so weit gekommen, und nun war er gescheitert. Aber das geschah nicht zum ersten Mal, und es würde auch nicht das letzte Mal sein. Er würde das Werk verrichten, bis die Sklaven und ihre falsche Gottheit ihm den letzten Lebenshauch von den Lippen rissen! Der Prophet gab niemals auf.

Er würde einen neuen Auserwählten finden und von Neuem beginnen.

134

Von Zorn getrieben suchte Harrison Schofield nach einer Möglichkeit, sich von seinen Fesseln zu befreien. Er brauchte ein kleines Stück Metall, eine Nadel, doch da seine Hände über dem Armaturenbrett fixiert waren, konnte er nicht einmal danach suchen.

Er schaute auf die Uhr. Es war so weit.

Über den Platz blickte er zu seinem Vater hinüber. Der Prophet kniete und ließ den Kopf hängen. Etwas musste schiefgegangen sein. Offenbar hatte Marcus Erfolg gehabt.

Schofield wünschte, er könnte Freude empfinden, Erleichterung und Glück. Aber solche Gefühle drangen nicht in sein Inneres vor. Er empfand nur die gleiche Leere wie immer.

Doch Schofield wusste nun, wer für die Kälte in seinem Inneren verantwortlich war, und hielt es für seine Aufgabe, dafür zu sorgen, dass der Betreffende für seine Sünden büßte.

Schofield hob den rechten Fuß aufs Armaturenbrett und zog Schuh und Socke aus. Mit dem bloßen Zeh betätigte er den Verschluss des Handschuhfachs direkt vor sich. Die Klappe fiel herunter, und er blickte hinein, suchte nach etwas, das er benutzen konnte, doch das Fach enthielt nur ein paar Zettel und Handbücher. Dann entdeckte er Fahrzeugpapiere, die von einer kleinen, silbrigen Büroklammer zusammengehalten wurden.

Er beugte den Oberkörper zur Seite und verdrehte sich so weit, dass er den Fuß seitlich ins Handschuhfach schieben konnte. Behutsam zog er die Papiere heraus, die schließlich auf die Fußmatte fielen. Dann suchte er mit den Füßen, bis er die zusammengehaltenen Blätter erreichte. Ein paar Sekunden bewegte er die Zehen blind über die Papiere in der Hoffnung, einen Halt zu finden. Langsam, vorsichtig hob er den Stapel zum Armaturenbrett, wo er ihn mit den Fingern ergreifen konnte.

Eilig zog er die Büroklammer ab und bog sie gerade. Nach mehreren Fehlversuchen glitt das Ende zwischen Zunge und Riemen. Als er die Schelle straffzog, spürte er, dass die Zähne den Halt verloren hatten. Er befreite nur die rechte Hand; mit der linken hielt er sich gar nicht erst auf. Die Zeit lief ihm davon. Der Prophet würde bald erkennen, dass das Ritual fehlgeschlagen war, und in die Nacht fliehen, um das Leben einer anderen Familie zu zerstören.

Das durfte er nicht zulassen.

Am gleichen Abend hatte er Marcus dabei beobachtet, wie dieser Munition aus einer Hartplastikkiste im Heck des Yukons genommen hatte. Schofield hoffte, dass sich in den Kisten auch Waffen befanden.

Ohne die Plastikschelle zu beachten, die ihm von der linken Hand baumelte, stieg er aus und eilte ans Heck des schwarzen SUVs. Er öffnete die Tür, fand die Kisten und klappte bei einer den Deckel hoch.

Schofield war schockiert, als er ein wahres Arsenal an Schusswaffen und Munition entdeckte. Er sah Tausende Patronen und mehrere Waffen. Eine fiel ihm sofort ins Auge – ein kompaktes, futuristisch anmutendes Sturmgewehr. Rasch lud er ein Magazin mit dreißig Schuss .45 ACP, rammte es in die Waffe und setzte dem Propheten nach.

Er entdeckte Conlan, wie er sich auf der Dearborn Street in nördlicher Richtung vom Daley Center entfernte. Schofield konnte sich denken, wohin der Kerl wollte.

Zur U-Bahn.

Wegen der Uhrzeit und des Blizzards waren die Chicagoer Straßen ruhiger, als Schofield es je erlebt hatte. Die Luft war bitterkalt, und der Schnee stach ihm in die Wangen. Der Prophet ging langsam und stetig, wollte keinen Verdacht auf sich lenken.

Schofield hörte Polizeisirenen, die sich rasch näherten. Nur noch ein paar Sekunden, und überall am Temple Building und dem Daley Center würde es vor Polizei nur so wimmeln.

Schofield mühte sich, den Abstand zum Propheten zu verringern. Er war vielleicht noch dreißig Meter entfernt, als Conlan plötzlich über die Schulter schaute. Die Blicke der Männer trafen sich. Sofort schritt Schofield schneller aus, verringerte den Abstand auf zwanzig Meter.

Conlan zog einen Revolver aus der Jacke. Der Edelstahllauf schimmerte im Licht der Straßenlaternen.

Fünfzehn Meter.

Conlan hob den Revolver, feuerte. Die schwere Waffe brüllte auf und ruckte hoch. Aus der Mündung brach eine grellrote Stichflamme. Die Schussdetonation hallte von den Fensterscheiben der umstehenden Gebäude wider. Die erste Kugel verfehlte Schofield knapp und zischte über seine Schulter hinweg.

Schofield hob das Gewehr und drückte im gleichen Moment ab, als Conlan seinen zweiten Schuss abfeuerte. Wieder ruckte der Revolver in seiner bandagierten Hand.

Schofields Sturmgewehr ratterte ohrenbetäubend. Schon nach zwei Sekunden war das Dreißig-Schuss-Magazin leer. Nicht alle Kugeln trafen ihr Ziel, aber mehr als genug. Conlans Körper wurde von den Einschlägen durchgeschüttelt. Er heulte vor Schmerz, als die Geschosse ihn durchsiebten.

Schofield beobachtete, was geschah, noch während er zu Boden sank. Er fühlte sich benommen, und ihm war schrecklich übel. Erst nach ein paar Sekunden bemerkte er den bohrenden Schmerz im Unterleib. Plötzlich spürte er den Schnee auf seinen Wangen nicht mehr. Ihm wurde schwindlig. Taubheit breitete sich in seinen Beinen aus und drang bis in sein Inneres vor. Sein Körper wurde schwer und kalt.

Er wusste, was geschah. Der Tod hielt ihn in den Klauen.

So ist es am besten, dachte er benommen. *Der Kreis hat sich geschlossen.*

Er, Harrison Schofield, hatte dafür gesorgt, dass der Prophet nie wieder jemandem schadete. Auf ein glücklicheres Ende hatte er nicht hoffen können. Er wünschte sich, seine Familie noch einmal sehen zu können. Allen zu sagen, dass er sie liebte. Sie noch einmal an sich zu drücken. Sie um Verzeihung zu bitten.

Doch zugleich wusste er, dass sie ohne ihn besser dran waren. Ihr Leben würde weitergehen. Eleanor würde wieder heiraten. Die Kinder würden aufwachsen und glücklich sein. Er würde es nicht miterleben, doch er wusste, dass es so kommen würde, und der Gedanke gab ihm Trost.

Als Schofield an diese glücklichen Erinnerungen dachte, die die Zukunft erst noch bringen musste, empfand er tiefen Frieden.

Er blickte zum Nachthimmel. Der Schnee, der durch die Dunkelheit fiel, schien im Licht der Straßenlaternen zu leuchten wie eine Million Sternschnuppen.

Schofield fragte sich, ob Gott auf ihn heruntersah. Er dachte an die Geschichte vom reuigen Sünder am Kreuz, an den Dieb, der das gleiche Schicksal erleidet wie Jesus, und der den Sohn Gottes um Beistand bittet. Und Jesus sagt zu ihm, dass er bald mit ihm im Paradies sein werde.

Schofield fragte sich, ob Gott auch ihm vergeben könnte.

Und noch während ihm diese bange Frage vor Augen stand, starb er.

Achter Tag

22. Dezember, morgens

135

Die Nachwirkungen der Substanzen, die Ackerman ihr injiziert hatte, machten Maggies Umgebung undeutlich und verschwommen. Sie wechselte zwischen Wachbewusstsein und Besinnungslosigkeit. Immer wieder durchdrangen Bilder wie Blitze den Nebel. Sie sah das Innere eines Autos, spürte die Unebenheiten der Straße, hörte das Brummen des Motors und das Mahlen der Räder im Schnee.

Dann endete das Rütteln und Schütteln des Wagens, und sie schien über einen Gehweg zu laufen. Aber sie ging nicht. Sie bewegte sich zwar vorwärts, doch nicht aus eigener Kraft. Als sie an sich hinunterschaute, sah sie eine orangerote Afghandecke, die ihren Körper einhüllte, und Räder, die sich über den Gehsteig drehten. Ein Rollstuhl?

Die Welt erschien Maggie dunkel und braunstichig. Verschwommen wurde ihr bewusst, dass sie eine Sonnenbrille trug. Unter der Decke ruhte ein schweres Gewicht auf ihrem Schoß. Es fühlte sich kalt und metallisch an. Sie versuchte, die Arme zu bewegen, stellte aber fest, dass sie gelähmt waren und sich nicht regten. Entweder es lag am Betäubungsmittel, oder die Arme waren gefesselt.

Eine widerliche Übelkeit flatterte in ihrem Unterleib. Sie öffnete den Mund, um zu sprechen, brachte aber kein Wort hervor. Auf dem Gehweg waren etliche Personen unterwegs, und Autos befuhren die Straße, doch niemand schenkte ihr Beachtung.

Maggie blinzelte verwirrt, als sie sich plötzlich in einem

Gebäude wiederfand. Sie fuhr in einem Aufzug und wurde durch eine Art Lichthof bewegt. Menschen drängten sich in dem Raum, zu Hunderten. Alle trugen Einkaufstaschen bei sich und schienen es eilig zu haben. Maggie versuchte, ihnen etwas zuzurufen, doch kein Laut drang aus dem Nebel, der ihren Verstand einhüllte. Der Lichthof war hoch und offen und von Glas und Schaufenstern umgeben. Ein Einkaufszentrum?

Der Rollstuhl hielt vor einer Barriere aus Glas und Chrom mitten in dem offenen Raum. Maggie spürte, wie sie im Kreis gedreht wurde, bis sie mit dem Rücken zum Geländer stand.

Ängstlich zuckte sie vor dem Gesicht zurück, das sie anblickte. Ackerman trug einen Mantel aus grauer Wolle über einem schwarzen Button-Down-Hemd. Er fiel zwischen den anderen Kunden kein bisschen auf.

»Hallo, Maggie«, sagte er. »Wie wundervoll, mehr Zeit mit Ihnen zu verbringen. Nur fürchte ich, dass wir das Ende unserer Reise erreicht haben. Die Wirkung der Mittel, die ich Ihnen verabreicht habe, wird bald nachlassen, aber ich schlage vor, dass Sie dennoch schön ruhig bleiben und sich nicht bewegen. Nicken Sie, wenn Sie verstehen, was ich sage.«

Mit einiger Mühe bewegte Maggie den Kopf auf und ab.

»Sehr schön. Ich habe eine speziell konstruierte Bombe mit Ihrem Körper verbunden. Nur Marcus besitzt das nötige Wissen, diese Bombe zu entschärfen. Sobald ich Sie verlassen habe, rufe ich ihn an und informiere ihn, wo Sie sind. Unter der Decke ist ein Mobiltelefon. Meine Nummer ist darin gespeichert. Wenn Marcus kommt, braucht er nur die Wähltaste zu drücken, in Ordnung? Nicken Sie, wenn Sie mir bislang folgen konnten.«

Ihr Kinn zitterte, ihr Puls raste, doch sie nickte schicksalsergeben.

»Sie machen das großartig, Maggie. Sie halten sich wirklich gut. Aber bitte versuchen Sie nicht, sich auf eigene Faust zu retten. Rufen Sie nicht um Hilfe. Ziehen Sie nicht die Polizei oder das Bombenräumkommando hinzu, und versuchen Sie nicht, jemanden zu warnen. Wenn Sie das tun, werden unschuldige Menschen unnötigerweise verletzt. Ich werde Marcus die Gelegenheit geben, Sie zu retten. Lassen Sie ihm die Möglichkeit. Und denken Sie immer daran, ich beobachte Sie. Also bleiben Sie ganz ruhig da sitzen und warten Sie darauf, dass Ihr Märchenprinz erscheint.«

***

Nachdem er sich von Maggie getrennt hatte, nahm Ackerman die Rolltreppe hinunter zur Michigan Avenue, zückte ein neues Prepaid-Handy und machte zwei Anrufe. Der erste ging an Marcus. Ackerman unterrichtete ihn, wo Maggie zu finden war; er werde sich bald mit weiteren Anweisungen melden.

Ackerman legte auf und tätigte den zweiten Anruf. Der ging an den Director der Shepherd Organization. Die Botschaft war einfach. Entweder der Director sagte Marcus die Wahrheit, oder sein Schützling und Maggie lebten nicht mehr lange.

136

Der Chicago Water Tower ruhte zwischen den Wolkenkratzern an der Michigan Avenue wie eine Burg aus der Alten Welt. Er war aus gelblichen Kalksteinblöcken erbaut und mit neugotischen Türmchen gespickt. Gleich nördlich dieser Sehenswürdigkeit erhob sich das Water Tower Place, das ein achtstöckiges Einkaufszentrum mit einer Grundfläche von siebzigtausend Quadratmetern beherbergte.

Andrew setzte Marcus vor den von massigen Marmorsäulen flankierten Glastüren des Einkaufszentrums ab. Kaum hatte Marcus sie durchquert, hetzte er eine Rolltreppe hinauf, die zur Hauptebene führte. Zwischen den Rolltreppen und den normalen Treppen ragte ein vielstufiger Katarakt aus schwarzem Granit auf, an dem Wasser in unablässigem Strom zur Straße hinabrann. Am oberen Ende der Rolltreppe kennzeichnete ein Modell des Water Towers aus Legosteinen den Beginn des Einkaufsbereichs. Gerüche nach Parfüms, Kaffee, fettigem Fastfood und Zimtröllchen stiegen Marcus in die Nase.

Er ging langsamer, während sein Blick durch den großen Raum huschte. Ackerman konnte sich überall verstecken und ihn beobachten. Bis Weihnachten waren es nur noch wenige Tage, und auf dem braunen, parkettartigen Fliesenboden des Einkaufszentrums drängten sich die Besucher, mit Taschen und Kartons beladen.

Dann entdeckte er Maggie. Sie saß in der Mitte eines Lichthofs, der sich vor einer gewaltigen Reihe aus Glasaufzügen über die gesamten acht Stockwerke des Zentrums erhob.

In diesem Moment klingelte Marcus' Handy, und er klaubte es aus der Tasche seiner Jeans. Der Director war am Apparat. »Ja?«

»Marcus, ich bin fast da«, sagte der Director. »Tun Sie nichts, ehe ich eintreffe. Es ist eine Falle.«

»Es ist immer eine Falle«, erwiderte Marcus und legte auf.

Er schob sich durch die Menschenmassen, bis er Maggie erreichte. Ihre Augen waren voller Tränen, und sie zitterte sichtlich unter der orangeroten Afghandecke. »Da ist eine Bombe«, sagte sie.

»Keine Sorge. Alles ist gut.«

»Er sagt, unter der Decke ist ein Handy, mit dem du ihn anrufen sollst.«

Marcus hob die Decke an. Darunter befand sich eine widerstandsfähige Stahlkassette, komplett zugeschweißt, von der Größe eines Schuhkartons mit Tastatur und LED-Bildschirm, die an der Oberseite angebracht waren. Neben Maggies Beinen lag ein Prepaid-Handy. Marcus nahm es und drückte die grüne Taste. Ackerman antwortete nach dem ersten Klingeln.

»Hallo, Marcus. Bestimmt hat Maggie dir geschildert, wie ernst deine Lage ist. Wir warten, bis der Director eintrifft. Er verfügt über den Code, mit dem sich die Vorrichtung entschärfen lässt. Sag ihm, er braucht nur den Namen deines wirklichen Vaters einzugeben.«

»Ich weiß genau, dass es keine Bombe gibt.«

Ein paar Sekunden lang herrschte Stille am anderen

Ende der Leitung, dann sagte Ackerman: »Natürlich ist dort eine Bombe. Gerade du solltest meine Entschlossenheit am wenigsten infrage stellen. Ich bin ein Ungeheuer. Ich würde jeden in diesem Einkaufszentrum töten, ohne mit der Wimper zu zucken.«

»Du würdest sogar deinen eigenen Bruder umbringen?«

Ackerman gab keine Antwort.

»Du hättest nichts von alldem tun müssen«, fuhr Marcus fort. »Ich weiß, dass du den Director zwingen wolltest, mir die Wahrheit zu sagen, aber ich kenne sie schon.«

»Woher?«

»Allen hat es mir im Krankenhaus erzählt. Er hat mir alles anvertraut. Aber irgendwie habe ich es immer schon gewusst. Als ich dich zum ersten Mal sah, spürte ich eine Vertrautheit, die ich nicht zuordnen konnte. Jetzt weiß ich, woran es lag. Du siehst aus wie sie ... wie unsere Mutter. Die gleichen Augen, das gleiche Lächeln.«

»Als ich dich zum ersten Mal sah, hatte ich Angst«, sagte Ackerman. »Das erlebe ich nur selten. Die Wissenschaft sagt, irgendein Fehler in meinem Gehirn bewirke, dass ich keine Angst empfinden kann. Jedenfalls nicht so wie normale Menschen. Aber du hattest etwas an dir, das mir Angst machte. Später begriff ich, dass es an deiner Ähnlichkeit mit unserem Vater liegt. Es ist in deinen Augen.«

Wie Dolche bohrten sich diese Worte Marcus ins Herz. Ackerman schwadronierte weiter über Schicksal und Verbindung, doch Marcus hörte ihm gar nicht mehr zu. Die Welt rings um ihn schmolz zusammen. Er stützte sich ans Geländer.

Es ist in deinen Augen.

Er hatte stets gewusst, dass er anders war. Er hatte immer schon eine seltsame Wut, ein unerklärbares Verlangen verspürt, hatte sich aber immer erfolgreich dagegen zur Wehr gesetzt. Dennoch hatte Ackerman es gesehen, hatte beobachtet, wie es dicht unter der Oberfläche wütete, dieses Monster in Marcus' Innerem, das mit Krallen und Zähnen versuchte, sich einen Weg in die Freiheit zu bahnen.

Die Welt drehte sich um ihn. Tränen strömten. Eine Flutwelle aus Angst, Wut und Zweifel brandete gegen die Fundamente seiner Seele.

Francis Ackerman senior, sein echter Vater, war ein Irrer, der seinen eigenen Sohn gefoltert und zahlreiche Menschen ermordet hatte. Jetzt kannte Marcus sein wahres Erbe.

Er war kein Polizist in dritter Generation.

Er war ein Serienkiller in zweiter Generation.

Achter Tag

22. Dezember, nachmittags

137

Mit Andrews Schlüssel öffnete Maggie die Tür des Hotelzimmers, das er sich mit Marcus teilte. Der erste Raum der Suite war leer bis auf das umgestellte Mobiliar, das Touchscreen-Display und diverse Tassen und Essensverpackungen. Es roch nach altem Fett und kaltem Kaffee. Die Tür zum Schlafzimmer war geschlossen. Maggie öffnete sie und erblickte Marcus, der im Dunkeln auf dem Bett saß und geistesabwesend an die Wand starrte. Seine Tasche war gepackt und stand hinter ihm auf der Tagesdecke.

Nach seinem Telefonat mit Ackerman hatte er kaum ein Wort gesprochen, zu niemandem. Er schien sich in einer Art Dämmerzustand zu befinden. Maggie hatte ihn noch nie so erlebt. Er war einfach auf die Michigan Avenue hinausgegangen und hatte ein Taxi herangewinkt. Sie hatten beim Taxiunternehmen anrufen müssen, um ihn wiederzufinden, aber zuvor hatte der Director ihr und Andrew die Lage erklärt. Als Marcus' Mutter mit ihm schwanger war, hatte sie ihren prügelnden, verstörten Mann verlassen: Francis Ackerman senior. Der Schmerz ihres Verlusts wiederum hatte eine Kette von Ereignissen in Gang gesetzt, die zu zahllosen Todesopfern und unermesslichem Leid führte.

Marcus schien Maggies Eintreten nicht zu bemerken. Sein starrer Blick ruhte weiterhin auf der Wand. Seine Augen waren blutunterlaufen. Maggie sah ihm an, dass er geweint hatte.

»Es ändert gar nichts«, sagte sie. »Du bist und bleibst der gleiche Mensch wie immer.«

Seine Augen bewegten sich nicht. »Das stimmt. Ich war immer gewalttätig. Ein Killer. Jetzt weiß ich auch, wieso.«

»Das ist nicht wahr. Du hast vielen Menschen geholfen. Du bist ein Held. Wer dein Vater war, spielt keine Rolle. Wichtig ist nur ...«

Er hob die Hand, damit sie schwieg. »Hast du es gewusst?«

»Natürlich nicht.«

»Wie soll ich das glauben?«

»Es ist die Wahrheit. Du weißt doch selbst, wie verschwiegen der Director ist. Er sagt uns nie, was wirklich vor sich geht.«

»Und damit hast du kein Problem?«

»Doch, natürlich«, sagte Maggie, »aber was soll ich tun?«

»Ich weiß es nicht. Ich weiß nicht mehr, was ich denken soll, aber ich kann so nicht weitermachen. Ich bin fertig.« Marcus stand auf und schaute ihr in die Augen. »Ich liebe dich, Maggie. Ich habe dich immer geliebt. Ich kann es nur nicht gut zeigen.«

Seine Hand fand ihre Wange, und sie drückte ihr Gesicht gegen seine Handfläche, während ihr die Tränen über die Wangen liefen.

»Komm mit mir«, fuhr Marcus fort. »Wir können ein neues Leben anfangen, ein normales Leben. Ich kann dir nicht versprechen, dass es perfekt sein wird, aber ich werde mein Bestes tun.«

Sie schluckte und dachte an ihren jüngeren Bruder und den Mann, der ihn geraubt hatte. Ihr Mund war trocken, und ihre Stimme zitterte. »Ich will kein normales Leben. Wir helfen anderen. Denk nur an die vielen Menschen, die diese Woche gestorben wären, wenn du sie nicht gerettet hättest. Ich kann das nicht hinter mir lassen. Du hast es selbst gesagt: Man kann nicht vor sich selbst davonlaufen.«

Er beugte sich vor und küsste sie. Dann wisperte er: »Ich kann es versuchen.«

***

Marcus fühlte sich, als durchwandere er einen Albtraum irgendwo zwischen Wachzustand und Schlaf. Diese Depression kannte er bereits. Er hatte schon genug Traurigkeit empfunden, aber nichts, was so tief und zerstörerisch gewesen wäre. Es schien, als hätte sich ein schwarzes Loch in ihm geöffnet, das seinen Lebenswillen in sich aufsaugte.

Als er hinaus auf den Flur trat und Maggie hinter sich zurückließ, sah er Andrew an der Wand lehnen.

»Wo willst du hin?«, fragte er.

»Bloß weg von hier«, antwortete Marcus.

»Vasques ist wach, und es geht ihr gut.«

»Schön.«

»Besuchst du sie?«

»Nein«, sagte Marcus, der an seinen Zusammenstoß mit Vasques' Partner denken musste.

Andrew fasste ihn bei der Schulter. »Wir brauchen dich. Das weißt du doch, oder? Du bist der beste Ermittler, mit dem ich je zusammengearbeitet habe. Du brauchst nur etwas Zeit, um alles zu verarbeiten und wieder einen klaren Kopf zu bekommen.«

Marcus zwang sich zu einem Lächeln. »Du bist ein guter Freund gewesen. Ich melde mich, wenn ich mich irgendwo niederlasse. Pass gut auf Maggie auf.«

Andrew nickte. Marcus ging an ihm vorbei zum Aufzug.

»Marcus, warte. Wenn du uns sowieso verlässt, solltest du eins noch wissen.«

138

In den frühen Morgenstunden war der Schneesturm abgeflaut, und der Tag hatte sich als schön erwiesen. Der Director stand unter dem Carport von Marcus' Hotel und genoss den Wetterwechsel. Er paffte an einer Zigarette. Fünfzehn Jahre lag es zurück, seit er mit dem Rauchen aufgehört hatte, aber an diesem Morgen war er schwach geworden und hatte eine Schachtel mit seiner alten Marke gekauft.

Nachdem er noch einmal die Zeit am Handy abgelesen hatte, fragte er sich, wie Maggie die Situation mit Marcus handhabte. Genau aus diesem Grund hatte er die Wahrheit überhaupt erst verborgen. Marcus konnte mit dem Wissen um seine wahre Herkunft einfach nicht umgehen. Es lag in der menschlichen Natur, bestimmte Wahrheiten über alle Zweifel zu stellen. Wurden diese Wahrheiten dann doch infrage gestellt oder geradewegs zertrümmert, war es eine aufwühlende, das Leben verändernde Erfahrung. Manche Menschen konnten sich davon erholen, andere nicht.

Der Director lehnte auf der Motorhaube seines Mietwagens, eines silberfarbenen Buick LaCrosse, und zog erneut an seiner Zigarette. Doch als der warme Rauch in seine Lunge strömte, traf ihn etwas von hinten und schleuderte ihn gegen das Auto.

Sein Angreifer riss ihn herum und drückte ihm den Lauf einer großen schwarzen Pistole an den Hals.

Der Director versuchte ruhig zu bleiben, doch in Marcus' Augen loderte Mord.

»Sie haben unzählige Male unser Leben aufs Spiel gesetzt!«, stieß Marcus zwischen den Zähnen hervor. Er bebte vor Wut.

»Bereinigen wir das ein für alle Mal«, sagte der Director. »Sie haben keine Ahnung, wovon Sie reden.«

Er versuchte sich zu befreien, doch Marcus stieß ihn erneut gegen den Wagen.

»Andrew hat mir alles erzählt. Stan hat vor Monaten entdeckt, dass Ackerman unser System gehackt hat, aber Sie haben ihm befohlen, nichts zu unternehmen. Sie haben Ackerman mit Informationen versorgt. Warum haben Sie das getan? *Warum?*«

Der Director atmete scharf aus und überlegte sich seine nächsten Worte sehr genau. »Es gibt da ein paar Dinge, Marcus, die Sie nicht begreifen können, solange Sie das Gesamtbild nicht sehen. Sie …«

Marcus schmetterte dem Director den Ellbogen gegen den Kiefer. Seine Zähne schlugen aufeinander, und er schmeckte Blut im Mund. Marcus drückte ihm die Mündung der Waffe noch fester gegen den Hals. »Ich sollte Ihnen den Kopf wegpusten. Ohne Sie wäre die Welt besser dran.«

»Verdammt noch mal, Junge! Was soll ich denn sagen? Ich habe Sie als Köder benutzt. Ackerman war untergetaucht. Aber er war besessen von Ihnen. Unsere größte Chance, diesen Irren zu fassen, bestand darin, diese Besessenheit auszunutzen. Deshalb habe ich ihm Zugang zu unseren Systemen gegeben. Diese Maßnahme war richtig.«

Marcus schüttelte den Kopf. »Sie rücksichtsloser Hundesohn. Sie haben völlig den Verstand verloren. Sie hätten uns alle umbringen können. Wegen Ihnen kann Allen vielleicht nie wieder gehen. Ja, klar, es war die richtige Maßnahme!«

»Sie hätten das Gleiche getan. Und ich hatte vollstes Vertrauen in die Fähigkeiten Ihres Teams, Ackerman der Gerechtigkeit zuzuführen.«

Marcus ließ ihn los und trat zurück. »Wir sind bloß Bauern auf Ihrem Schachbrett, die Sie herumrücken und opfern können, wie es Ihnen in den Kram passt.«

»Sie haben recht. Ich hätte es Ihnen sagen sollen. Ich habe Fehler begangen wie jeder andere. Aber ich wollte nicht riskieren, dass Ackerman Lunte riecht.«

Mit einem Kopfschütteln schob Marcus die SIG Sauer in die Jacke und hob die Hände. »Ich bin raus.«

»Was reden Sie da? Sie können nicht einfach aufhören. Sie haben schon einmal versucht, davonzulaufen, aber weit gekommen sind Sie nicht.«

»Ich kann es besser. Viel besser als Sie. Ich kündige. Ist das deutlich genug?«

Marcus ging die Straße entlang.

Der Director wusste, dass er eine schwere Entscheidung treffen musste und dass ihm nicht viel Zeit blieb. Er fluchte leise und rief Marcus hinterher: »Wenn Sie jetzt gehen, werden Sie nie erfahren, was das letzte Puzzlestück ist. Etwas, das nicht einmal Ackerman weiß. Er lebt, Marcus.«

Marcus ging weiter, wurde aber langsamer. Schließlich blieb er stehen, drehte sich um und fragte: »Von wem reden Sie?«

»Von dem Mann, der Ihren Bruder gefoltert hat. Der Ihre Mutter getötet hat. Und Ihren Stiefvater. Ich rede von Francis Ackerman senior. Von dem Mann, der Sie gezeugt hat. Er lebt noch.«

Danksagung

Vor allen anderen möchte ich meiner Frau Gina und meinen Töchtern Madison und Calissa für ihre Liebe und Unterstützung danken (besonders Gina, die im Zuge der Recherchen eine Menge Verrücktheiten erdulden musste, mir aber weitgehend freie Hand ließ). Außerdem danke ich meinen Eltern, Leroy und Emily Cross, dass sie mich als Kind oft mit ins Kino genommen und mir die Liebe zum Geschichtenerzählen anerzogen haben. Meiner Mutter danke ich außerdem dafür, dass sie stets meine erste Testleserin war. Dank auch an meine Schwiegermutter Karen, meine beste Verkäuferin.

Im Zuge meiner Recherchen zu diesem Roman habe ich verschiedene Polizeibehörden besucht und Polizisten auf ihren Streifen begleitet. Dazu gehören das Montgomery County Sheriff's Department, Montgomery County Sheriff Jim Vazzi und UnderSheriff Rick Robbins, das DuPage County Sheriff's Office und Deputy Andrew Barnish, das Matteson Police Department und Officer Aaron Dobrovit sowie der Schriftsteller und Polizeibeamte i. R. Michael A. Black.

Mein Dank geht auch an John und Gayle Hanafin für ihre Unterstützung der Benefizveranstaltung der Montgomery County Cancer Association, indem sie das höchste Gebot des Abends dafür abgaben, eine Figur in diesem Buch benennen zu dürfen (von ihnen stammt der Name Eleanor Adare Schofield, mit dem sie die Namen ihrer

Mütter und Enkelkinder ehren – Adam, Danielle, Ashleigh, Rebecca und Elizabeth).

Leider gibt es jedes Mal Recherchen, deren Ergebnisse es aus irgendwelchen Gründen nicht ins Buch schaffen. Auch in diesen Fällen schulde ich Dank, diesmal ganz besonders Thornton Quarry und Dave Wenslauskis. Ich bin mir sicher, dass die faszinierenden Dinge, die ich von ihnen erfahren habe, in einem anderen Roman erscheinen werden.

Und wie immer wäre nichts von alldem möglich gewesen ohne die Hilfe meines Mentors, Verlegers und Freundes Lou Aronica und meiner Agenten Danny Baror und Heather Baror-Shapiro. Auch Tim Vanderpump, meinem Freund und Lektor in England, schulde ich Dank für seine harte Arbeit an diesem Buch (und das zeitgleich zur Geburt seines Sohnes Oskar).

Und ohne die Ratschläge und die Freundschaft meiner Autorenkollegen in der International Thriller Writers Organization wäre dieser Roman wohl niemals geschrieben worden. An sie und meine Leser geht mein aufrichtiger Dank. Ohne eure Unterstützung könnte ich meinen Traum nicht leben.